KB064885

대학 글쓰기 연구와
텍스트 해석

한국 언어·문학·문화 총서

5

대학 글쓰기 연구와 텍스트 해석

정희모 외

보고사

머리말

인간이 글을 사용한다는 것은 무엇을 의미할까? 글이 없다면 우리는 어떤 존재일까? 리처드 도킨스는 인간에게 언어체계가 없었다면 다른 생물과 마찬가지로 "생존 기계"에 지나지 않았을 것이라고 말한 바 있다. 글을 읽고 쓴다는 것은 문화 상징적 존재로서 인간에게 매우 중요한 의미가 있다.

이 책에 실린 다양한 논문들은 이처럼 인간이 글을 쓰고 해석하는 행위에 관해 분석하고 탐구한 것들이다. 문식성(Literacy) 행위의 일종인 쓰기 연구는 다양한 방면에서 이루어지고 있다. 미세한 언어 분석부터 복잡한 텍스트 분석까지 언어학, 인지심리학, 문학, 사회학 등의 도구들이 쓰기 연구에 사용되기도 한다. 그렇지만 인간이 텍스트를 작성하는 데 사용되는 복잡한 과정은 쉽게 밝혀지고 있지는 않다. 다만 언어 사용에는 우리가 생각하는 것보다 훨씬 다양하고 복잡한 요소들이 작용한다는 것은 차츰 알려지고 있다.

한 편의 글을 쓰는 데에는 어휘, 문장 연결의 차원을 넘어 개인의 사고, 장르, 공동체, 사회적인 문화까지 다양하게 관련된다. 학자들은 이런 과정을 모두 밝히기를 원하지만 쉽게 그 전체를 다 찾아내기는 힘들

것이다. 다만 연구의 관점을 넓게 펼쳐 작문을 보다 넓게 이해하고자 하는 노력은 계속되고 있다. 최근에는 언어, 텍스트와 같은 미시적 분석 연구 못지않게 장르나 담화공동체와 관련된 사회 담화적 연구도 많이 나오고 있다. 이 책의 논문들은 그 중에서도 텍스트와 장르에 관련된 이론적인 연구와 교육적인 연구들을 모은 것이다.

이 책 1부에서는 대학 글쓰기 연구의 이론적인 영역에서 텍스트와 장르의 문제에 관한 논문을 모았다. 이 안에는 인지적 방법과 관련된 대학 글쓰기 연구 동향, 대학의 읽기-쓰기 연구 문제, 학술적 글쓰기에 관한 탐색, 글쓰기 주체와 자기 서사, 복합 양식성 쓰기 문제에 관한 논문들이 포함되어 있다. 이 책 2부에는 주로 텍스트 분석을 사용한 논문을 실었다. 여기서는 쓰기 텍스트 질에 관한 분석과 독자 분석, 수정 양상에 관한 분석, 상호텍스트성 분석에 관한 논문들을 다루고 있다. 이 책에서는 대체로 성인 필자보다 학생 필자의 문제에 초점을 두었다.

여기에 실린 여러 논문들은 연세대학교 국어국문학과 BK 사업단의 글쓰기 세미나가 바탕이 되어 만들어진 것들이다. 지난 8년 동안 글쓰기 세미나에서는 글쓰기 이론에 관한 다양한 논문들을 학습해 왔다. 인지주의, 수정(revision), 독자, 텍스트 평가, 담화 통합, 읽기와 쓰기, 장르에 관한 논문들을 함께 읽었으며, 글쓰기 연구에 관한 다양한 학술 발표를 진행해 왔다. 글쓰기 세미나를 중심으로 학술 연구 프로젝트가 여러 차례 진행되었으며, 이 연구의 일환으로 속초와 제주에서 학술 세미나가 개최되기도 했다. 이 책에 실린 대다수 논문들은 이처럼 오랜 연구를 바탕으로 작성된 것들이다.

글쓰기 연구는 매우 다양한 내용들을 품고 있지만 아직 한국에서는 연구자가 많지 않다. 대학 글쓰기 교육은 일반화되어 있는 반면 이에 관한 연구는 부족한 형편이다. 이 저서가 대학 글쓰기 연구를 촉진하는 출발점이 되기를 기대한다. 활발한 연구와 토론이 있어야 대학 글쓰기 교육도 활기를 띄게 될 것이다.

이 책이 나오기까지 여러 사람의 도움을 받았다. 먼저 책 출간을 기획한 연세대 국문과 BK 사업단 신형기 단장과 허경진 교수, 송은영 선생과 여러 실무진들, 그리고 세부 기획 단계에서 도움을 준 김미란, 김성숙 교수, 원고를 수합하고 정리를 맡은 김희용 선생, 여러분들에게 고마움의 뜻을 전한다. 아울러 외부 필자로 원고를 보내준 김영희 교수, 나은미 교수에게도 감사하다는 말을 하고 싶다. 또한 이 책을 출간해 준 보고사에게도 고맙다는 말을 전한다.

2015. 6.
여러 필자를 대신하여
정희모 올림.

차례

대학 신입생 대상 '학술적 글쓰기'의 장르적 의미와 성격 — 【이윤빈】

학술 담화 공동체 장르 변천에 따른 전문 저자성 양상 — 【김성숙】

대학 글쓰기에서 복합양식적 쓰기 교육의 가능성과 방향 모색 — 【주민재】

다섯 가지 텍스트 해석 방법을 활용한 읽기 중심 교육 모형의 개발 —【김미란】

대학생의 학술적 비평문 쓰기 수행에 대한 연구

비평문 텍스트의 질과 필자·텍스트 변인들의 상관 분석을 중심으로 —【이윤빈】

대학 신입생의 융·복합적 사고 능력 배양을 위한 렌즈에세이 쓰기 교수 모듈 효과 — 【김성숙】

반복된 상호작용이 독자 인식에 미치는 영향 분석

블로그 쓰기와 다층적 독자인식을 중심으로 — 【주민재】

대학생 한국어 작문의 L1/L2 수정 양상 비교 — 【김희용】

제1부

대학 글쓰기 연구와 텍스트 및 장르

대학 글쓰기와 텍스트 및 인지 연구

정희모
연세대학교

1. 대학 글쓰기 연구와 주변 학문

대학 글쓰기 연구는 그동안 독자적인 학문 영역으로 발전하면서 주변 학문의 영향을 강하게 받아왔다. 쓰기 행위가 개인의 인지 활동 및 사회적 영향의 복합적 산물임을 고려할 때 이는 당연한 일이라 할 수 있다. 그렇지만 이런 영향들이 때로 대학 글쓰기의 독자성을 위협하고 대학 글쓰기 교육의 현실을 왜곡하는 결과를 낳을 수가 있어 문제가 된다. 예를 들어 포스트모더니즘의 등장은 텍스트의 의미 고정성과 의미 전달성을 부정하기 때문에 작문 연구와 작문 교육의 정체성을 위협한다. 바흐찐의 영향은 언어의 다성성과 대화성을 통해 규범적인 글쓰기(good writing)를 지향하고자 하는 교육적 의미를 약화시킨다. 다양한 학술적 동향의 영향력은 때로 긍정적 기능도 하지만 때로 부정적인 결과를 미치기도 했다. 그렇기 때문에 초중등과 다르게 대학 글쓰기 교육에서는 여러 외적인 영향력 속에 어떻게 작문 연구 방향을 설정해야 하는지가 매우 중요해진다.

이런 외적인 영향력 중에 최근에 가장 큰 관심을 끌고 있는 것이 '비판적 문식성'의 관점이다. 비판적 문식성은 인지적 연구가 차츰 영향력을 잃어 가던 1980년대 중반부터 시작되었다. 작문 연구에서 사회적 관점

(Social perspective)이 대두되면서 비판적 문식성의 입장도 본격화되었다. 사회적 관점은 필자의 의미 구성을 개인의 인지 활동이 아니라 담화 공동체나 사회적 환경에 의한 것으로 보기 때문에 당연히 작문에서 사회적 책임감, 의무를 중시하는 입장이 강화될 수밖에 없었다. 비판적 문식성의 입장은 모든 텍스트는 이념적이기 때문에 글쓰기 자체가 사회와 무관한 순수한 행위가 될 수 없다는 것이다.

여기서 한 가지 기억해야 할 것은 사회적 관점의 도입과 함께 초기부터 작문 연구의 주요 방법이었던 언어적 방법과 인지적 방법이 사라진 것이다. 초기의 언어적 방법이나 인지적 방법은 대학 교실 현장에서 작문 교육을 위한 좋은 방법이 되었다. 그러나 사회적 관점의 성장과 함께 이런 연구 방법들은 자연스럽게 위축되었다. 한국 대학의 현실에서는 대학 글쓰기 교실 현장의 양적, 질적 성장이 필요한 시점이다. 그렇기 때문에 교수 학습적 측면에서 언어적, 인지적 방법의 연구가 필요한 실정이다.

이 논문은 작문 연구가 대학 교육을 중심으로 성장했던 미국의 초기 학술적 동향을 살펴보고 국내 대학 글쓰기 연구에 언어적 방법과 인지적 방법의 성장이 필요하다는 입장을 취한다. 이를 위해 미국 대학 글쓰기 연구에서 사회적 관점이 대두된 배경을 검토하고, 언어적 방법과 인지적 방법이 위축된 이유와 언어적 연구와 인지적 연구를 수행할 때 주의해야 할 점 등을 알아본다. 그리고 국내에 이러한 연구가 필요한 이유와 연구 방향을 검토해 볼 것이다.

2. 비판적 문식성 관점의 대두

1990년대에 들어와 인기를 얻고 있는 CDA(Critical Discourse Analysis)

의 대표적 필자 Fairclaugh는 자신의 책에서 이렇게 말하고 있다.

> 언어교육의 중점은 언어 자체에 대한 인식(awareness)에 있지 않고, 담화의 산출자와 해석자로서 학습자(children)들의 언어능력 발달에 필수적으로 수반되는 것에 대한 인식에 있다. 여기서 나는 개별 학습자의 언어능력을 발전시키는 것뿐만 아니라, 억압받는 사회집단의 학습자들에 대한 집단적인 언어능력을 향상시키는 것까지 언급하고 있다. 나는 이를 언어 교육의 일차적 해방 과제로 간주할 것이다. 해방적인 담화는 억압받는 사회적 집단들이 지배 권력에 저항하는 투쟁의 한 영역으로서, 지배적인 담화 질서에 도전하고, 이를 돌파하며, 마침내 변형시키게 되는 담화이다. 비판적 언어 인식은 이런 해방적 담화의 촉진자가 된다.[1]

최근 미국 언어 교육에서 자주 볼 수 있는 이런 언급을 통해 우리는 Paulo Freire나 Henry Giroux가 주장했던 비판적 문식성의 관점을 엿볼 수 있다. 이런 관점에서는 자유로운 인간의 의식과 사고가 교육 제도와 같은 국가 이데올로기의 틀에 의해 왜곡되고 제약된다고 생각한다. 그래서 교육적 현장을 개선하고 탈억압적 교육과정을 실천함으로써 인간과 사회의 해방을 촉구해야 한다고 주장한다.

우리가 사용하는 언어, 개념, 가치들이 Giroux의 말처럼 지배 권력의 통제를 통해 구성된 것이라면, 그리고 그것이 교육을 통해 지배적 사회관계를 재생산하는 데 기여한다면 문제는 간단치 않다. 언어 교육이 개별 텍스트를 다루는 수준에서 거대 담론의 구조에 관여해야 하는 사태가 발생하는 것이다. 이런 문제에 무관심하다가는 정정호가 말한 대로 "억압체와 공모하는 지식기능공"[2]이 되어 버리기 쉽다. 그러나 여기서 말하

---

1 Fairclaugh, Norman, *Language and Power*, Person Education Limited, 2001, p.198.

고자 하는 것은 언어교육에서 이런 사회적 관점의 대두가 어제 오늘의 일은 아니었다는 점이다.

Richard Fulkerson은 2005년 미국의 작문 교육의 전반에 대해 진단을 내린 바 있다. 주로 대학 교육을 중심으로 하지만 미국 작문 교육의 전반적인 현황을 알 수 있는 중요한 자료이다. 이 논문에서 그는 1980년 이후 20여 년간 작문 연구(교육)의 변화를 이끌어 온 것은 '사회적 관점으로의 전환(social turn)'이라고 말했다. 그는 최근 미국 작문 연구(교육) 분야의 3가지 주된 흐름을 사회적 관점과 표현주의적 관점, 수사적 관점으로 분류하고, 이 중 가장 주된 흐름을 사회적 관점, 즉 비판적 문화 분석(Critical Cultural Studies)의 경향이라고 말하고 있다. 다시 말해 현재 작문 연구에서 가장 많은 관심을 받는 분야가 바로 언어 교육을 사회적 관점에서 재해석하는 비판적 교육학의 한 경향이라고 보고 있다.[3]

비판적 문화 분석의 수업들이 중점을 두는 것은 사회적 불평등에 관한 문화적 텍스트를 읽고, 불평등한 권력 관계를 분석하며, 권력 이양의 수사적 가능성을 탐색하는 글을 쓰는 것이다. 예를 들어 TV나 대중음악에 나타난 권력 담론의 양상을 주제로 삼거나, 사회적 소수자, 페미니즘의 문제를 주제로 삼아 언어 담론에 나타난 권력 양상을 분석하고 이를 비판하는 텍스트를 작성한다. 그래서 이들은 수업의 주된 목표가 글쓰기 능력의 향상에 있지 않으며, 지배 담론으로부터 의식의 해방, 인식의 해방을 유도하는 것이라고 말한다.[4] Fairclaugh의 말처럼 해방의 인식이

---

2 정정호, 「언어, 담론, 그리고 교육–전지구화 복합문화시대의 "비판적" 언어교육을 위한 예비적 논의」, 『국어교육』 115호, 한국어교육학회, 2004, 49쪽.

3 Fulkerson, R., Composition at the Turn of Twenty First Century, *CCC* 56:4, 2005, p.659.

4 Fulkerson, *Ibid*, pp.659~661.

필요한 것은 모든 담론에는 사회적 권력 관계가 내재되어 있고, 개인적으로 형성된 지적 자원조차 이를 벗어날 수 없다고 믿기 때문이다.

사실 작문 이론에서 담화 자체의 사회적 근원을 묻는 이런 질문법은 매우 오래된 배경을 가지고 있다. 인지주의가 융성하던 1984년에 Kenneth Bruffee는 우리의 생각과 사고를 정신의 내재적 본질로 취급하지 않고, 사회적 관계에 의해 창조된 인공물로 규정한 바 있다. Bruffee는 Firsh의 견해를 인용하면서 우리의 사고 형태와 정신적 작용은 몇몇 다른 해석 공동체에 근원이 있으며, 언어를 통해 생산된 "의미"들의 원천도 이들 사회 공동체라고 주장하였던 것이다.[5] Bruffee에 따르면 글쓰기는 사회적 대화를 텍스트로 옮겨 놓은 것이 되고, 그 원천은 사회적 공동체와 그 관계가 된다.

1988년에 James Berlin은 우리가 사용하는 언어 자체가 이데올로기적 실천이라는 점을 분명히 했다.[6] 존재에 대한 질문, 정체성에 대한 탐색, 진리와 가치에 대한 인식은 모두 사회적 관계 속에서 구체적인 경험을 통해 역사적으로 규정되는 것이기 때문에 언제나 이데올로기일 수밖에 없다. 그리고 이런 이데올로기는 언어를 통해 주체와 주체의 관계, 주체와 물질의 관계를 규정하게 되므로, 언어적 담론은 언제나 사회적 산물이고 이데올로기적 산물이라고 본 것이다. 따라서 Berlin은 글쓰기와 같은 수사학은 이데올로기의 문제로부터 벗어날 수가 없으며, 언제나 지배 권력에 대항하여 현실 폭로적이 될 수밖에 없다고 말하고 있다. Berlin의 이런 관점은 작문 교육이 비판적 교육학의 색채를 띠게 되는

---

5 Bruffee, A., Kenneth, Collaborative Learning and the "Conversation of Mankind", *CCC* 46:7, 1984, pp.639~640.

6 Berlin, James, Rhetoric and Ideology in the Writing Class, *College English* 50:5, 1988.

중요한 근거가 된다.

작문 교육(담화 교육)의 비판적 이데올로기성에 대해서는 Trimber나 Faigley, McComisky를 통해 지금까지 이어지고 있다. Fairclaugh의 주장처럼 우리가 텍스트를 생산할 때 기억 자원과 맥락적 환경을 이용하지만, 이것이 모두 사회적 권력의 구조적 산물이라면 이데올로기로부터 벗어날 방법이 없어진다. Fairclaugh는 기억 자원의 배경으로서 우리 인식 밑바탕에 있는 상식(common sense)조차 사회적으로 형성된 것으로 보고 있다. 이를 그는 자연화된 것이라고 지칭하면서 우리 의식 밑에 작용하는 사회 권력 구조의 결정 인자를 인정해야 한다고 말하고 있다.

Paulo Freire나 Henry Giroux의 관점에서 비판적 문식성의 작문 교실은 현장 자체가 권력 작용의 관계(교사–학생, 교육당국–교사·학생) 속에 있게 되며, 또 이런 권력 관계를 폭로해야 하는 정치 실천의 현장이 된다. 매우 당혹스러운 결과이지만 언어가 개인적 형성물이 아니라 사회적인 관계의 산물임이 틀림없다면, 또 Foucault의 말처럼 지식과 담론이 언어를 통해 형성되며, 이를 통해 사회적 관계가 수행된다면, 언어 속에 담긴 권력의 장(場)을 부정하기도 어렵다. 그렇지만 그렇다고 쉽게 교실 현장을 권력 폭로의 장으로 만들기도 어렵다. "언어는 이미 언제나 정치적이며 정치학의 장이다"[7]라는 말과 '언어는 도구적이고, 가치중립적이다'는 말 사이에서 우리는 어떤 입장을 취해야 할까.

국내에서도 최근 작문 분야에서 비판적 문식성에 대한 인식이 필요하다는 논의가 나오기 시작했다. 이재기는 작문 공동체에서 그동안 수사적 접근법이 일방적인 독주를 해 왔다고 평가하고 대학 글쓰기 교육에서라도 비판적 문식성의 접근이 필요하다는 입장을 취했다.[8] 옥현진은 21세

7 정정호, 앞의 논문, 57쪽.

기 지식기반사회에서 작문 능력의 핵심은 실천력(literacy in practices)으로 간주되고 있다면서 우리나라 대학생들의 경우 현실에 대한 인식과 사회적 의미 구성 참여에 대한 의지가 매우 낮은 편임을 감안할 때 비판적 문식력에 대한 관점도 필요하다는 견해를 피력했다.[9] 물론 이들의 입장이 이데올로기적 실천을 의미할 만큼 강한 입장은 아니라고 판단된다. 그러나 수사적 관점이 강한 한국 현실에서 비판적 문식성에 대한 관점이 등장한 것은 주목해 볼 만한 것이라고 판단된다. 반면에 대학 글쓰기가 완전히 자리 잡지 못한 우리 현실에서 교육적 효과가 없이 현실 참여만 강조하는 것이 가능할 수가 있을까 하는 의문이 드는 것도 사실이다.

3. 언어적 방법과 인지적 방법의 몰락

작문 교육에서 사회적 입장이 강화된 것은 20세기 후반 인문사회과학에 영향을 미친 학문적 경향과 궤도를 같이 한다. 후기 맑스적 영향에 따라 권력 해부적 경향이 강화되거나, 포스트모던의 영향에 따라 담화 해체적 경향이 강화되었다. 인문사회과학을 장악한 이 두 경향은 흥미롭게도 언어를 권력의 도구로 보거나, 반대로 언어를 해체시키고자 한다. 말하자면 언어교육에서 비판적 문식성의 영향을 강화시키거나 아니면 언어교육에서 의미를 해체시키고자 한 것이다. 미국의 작문 교육에서 비판적 문화연구(CCS)가 융성하고, 작문의 후기과정운동(해체적 관점)이 일어난 것도 이런 경향과 관련이 있다.

---

8 이재기, 「작문 연구의 동향과 과제」, 『청람어문교육』 38권, 청람어문교육학회, 2008, 204쪽.

9 옥현진, 「작문 연구의 국제 동향 분석과 대학 글쓰기 교육을 위한 시사점」, 『반교어문연구』 31집, 반교어문학회, 2011, 278~280쪽.

그런데 여기서 내가 관심을 갖고 있는 것은 작문 교육에서 70, 80년대 융성했던 언어적 관점과 인지적 관점이 어떻게 그렇게 쉽게 무너졌는가 하는 점이다. 우리가 잘 알다시피 1970년대와 1980년대 가장 융성했던 작문 연구는 언어적 방법과 인지적 방법이었다. 1970년대 작문 연구는 학생들이 텍스트를 작성할 때 필요한 언어적 방법을 찾는 데 중점을 두었다. Connors(2000)에 의하면 이 당시 유행했던 언어적 방법으로는 '문장의 생성수사학'이나 '모방 훈련', '문장 결합 교수법' 등이 있었다고 한다.[10] 이들 방법 중에서 생각에 따라 문장들을 확장해 가는 문장의 생성수사학과 핵심적 문장을 연결시켜 내용을 확장하는 문장 결합 훈련이 유행했다.

학생들은 작문 수업을 통해 이런 언어적 방법을 반복적으로 수행함으로써 쓰기 능력을 숙달시킬 수 있었다. 또 학생들은 이런 문장 작성 방법들을 통해 실제 텍스트를 구성해 볼 수도 있었다. 물론 이런 방법들이 규범적인 문장, 텍스트 작성 방법의 일환으로 전개된 것이기에 작문에 관한 초보적인 학습 방법이었다는 점을 부정할 수가 없다. 또 이와 함께 모범적인 작가의 규범적인 텍스트를 모방하도록 했기 때문에 언어 생성이나 텍스트 작성에 대한 복잡한 과정을 반영한 것이 아니었다. 그렇기 때문에 규범적인 문장 생성 외에는 큰 기대를 하기가 어려운 것도 사실이다. 그러나 실제 교실 현장에 사용할 수 있는 방법들을 탐구했다는 점에서 큰 의미가 있었다. 수업에서 학생들은 문장 작성과 단락 쓰기 연습을 하면서 자신들의 쓰기 능력을 향상시킬 수가 있었던 것이다.

인지주의는 인지 심리학의 도움을 받아 글쓰기의 과정을 탐구하고자 했던 것으로 잘 알려져 있다. 인지주의는 의미 생산의 주체를 인간 내면

---

10 Connors, J. Robert, The Erasure of the Sentence, *CCC* Vol.52 No.1, 2000, p.98.

의 사유 체계로 인식했고, 이들의 표상 형식을 탐구하고자 했다. 작문 과정에서 우리가 사유를 계획하고 조직하는 단계에서부터 언어를 생산되고 완성되는 단계까지, 일련의 사유 체계 흐름을 분석하여 이를 형식 모델로 구성하고자 한 것이다. 잘 알려진 Flower와 Hayes의 쓰기 과정의 인지 모형이 이러한 형식의 모델이다. 인지주의는 작문 연구에 엄청난 영향을 끼쳤다. 인지적 접근을 통해 쓰기 현상을 학문적인 영역으로 접근시켰을 뿐만 아니라 쓰기 과정을 과학적으로 탐구해 볼 수 있는 길을 열어주었다. 쓰기에서 필자의 목적과 태도 문제, 쓰기 용량의 문제, 우수 필자와 열등한 필자의 인지적 차이, 쓰기 과정의 분석, 계획하기와 수정하기의 세부적 과정 등, 인지주의적 관점과 관련된 작문 연구는 매우 다양했고, 좋은 성과도 얻었다. 뿐만 아니라 지금과 같은 작문 수업이 가능할 수 있었던 것도 인지주의와 무관하지 않다. 쓰기 과정을 계획하기와 번역하기(집필하기), 점검하기(수정하기)의 단계로 나누고, 계획하기도 화제, 주제, 내용 생성처럼 다양한 과정으로 분리한 것이 쓰기 학습을 조직화할 수 있는 계기를 만들어 준 것이다. 이렇게 본다면 인지주의 관점은 작문 연구와 작문 교육을 서로 연계된 과정으로 묶어 줄 수 있는 매우 훌륭한 연구 방법 중의 하나였다고 말할 수 있다.

그렇다면 이런 언어적 방법과 인지적 방법이 왜 사회적 관점과 포스트모던의 대두 속에서 그렇게 빠르게 몰락의 길을 걷게 되었을까? 그 과정을 모두 알 수는 없지만, 가장 큰 영향은 1980년대 이후의 학술적 상황(사회적 관점의 대두, 포스트모더니즘의 대두)과 밀접한 관련이 있다. Connors의 말처럼 1980년대 이후 사회적 관점에 대한 관심과 함께 점차 증가하는 반형식주의, 반행동주의, 반경험주의의 경향이 이런 관점(언어적, 인지적 방법)을 순식간에 몰락하게 만들었던 것이다.[11] Hayes(1996)는 인지주의의 몰락을 유행만 쫓아가는 학술계(영문학계)의 잘못된 풍조 때문이라고 한탄했는데,

사실 그런 면이 있는 것을 부정할 수는 없다. 그렇지만 이를 무작정 유행의 문제만으로 볼 수만은 없다고 생각한다. 이 속에는 반형식주의, 반행동주의, 반경험주의가 주는 비판의 의미가 담겨 있기 때문이다. 언어적 방법이나 인지적 방법은 그 자체로 작문 연구나 작문 교육을 위해 좋은 방법이 되었다. 그렇지만 이들 방법이 언어 발화와 언어 생산에 대해 매우 고정적이고, 편협된 생각을 가지고 있었다는 점도 알아야 한다.

예를 들어 Christensen의 문장수사학을 살펴보자. Christensen의 문장수사학은 짧은 문장을 기본으로, 수식적인 절과 구를 붙여 점차 누적 문장을 생성해 가도록 지도하는 문장교수법이다. 이 방법은 하나의 문장, 하나의 단락에 그치지 않고, 전체 텍스트 생성에까지 영향을 미치는 방법으로 확대되었다. Christensen은 짧은 문장이 차츰 긴 문장으로 확장되는 과정을 생각이 생성되는 과정으로 생각했다. 문장을 통해 생각을 키우는 방법을 강구했던 것이다.[12] 그런데 많은 교실 현장에서 사용했던 이 방법은 1980년대 이후 순식간에 자취를 감추게 된다.

이런 몰락의 원인 중 하나는 작문에 대한 연구들이 진척되면서 한 편의 글을 완성하는 데 문장 이외의 엄청난 자원들이 동원된다는 사실이 밝혀졌기 때문이다. 뿐만 아니라 인간의 사고와 언어 생산에는 단순히 언어 자원뿐만 아니라 수많은 삶과 사회적 자원들이 함께 사용된다는 사실이 차츰 드러난 것도 한 원인이 되었다. 작문 연구를 통해 맥락, 담화 공동체, 독자, 상호텍스트, 담화 소통과 같은 다양한 요소들이 등장하면서 문장 학습이 텍스트 생산의 핵심 인자(단 하나의 요소)가 될 수 없

---

11 Connors, J. Robert, The Erasure of the Sentence, *CCC* Vol.52 No.1, 2000, p.96.

12 Connors, J. Robert, *op.cit.*, pp.98~107. 문장 수사학을 한국어에 적용하여 글쓰기 프로그램을 만든 것으로 이재성·이윤빈(2008)의 논문이 있다. 이 논문 속에 문장을 이용한 학습 프로그램에 대한 자세한 설명이 있으니 참고할 것.

다는 사실을 많은 교수자들이 알게 되었다. 마치 좋은 물감과 좋은 붓만 있다고 해서, 또 훌륭한 붓터치 기술을 배운다고 해서 좋은 그림을 만들 수 없는 것처럼, 텍스트 생산에는 문장 이외에도 매우 복잡한 요소들이 융합되어 있음을 많은 교수자가 비로소 인식하게 된 것이다. 사회적 관점의 여러 작문 이론들이 이런 생각을 할 수 있도록 이론적 배경을 제공했음은 두말할 나위가 없다.

인지주의에 대한 비판도 이와 같은 연장선에서 생각해 볼 수 있다. 인지주의는 언어적 방법처럼 효율성을 추구한 것이 아니라 사고와 언어에 대한 보편적이고 불변적인 구조를 찾고자 했다. Flower와 Hayes가 글쓰기를 문제 해결의 과정으로 묘사하고 쓰기 과정을 계획하기, 번역하기, 점검하기의 3단계로 나눈 것은 작문 과정에 대한 보편적 원리를 찾기 위해서였다. 우리는 Flower와 Hayes가 언어정보이론의 도움을 받아, 쓰기 과정을 입력→산출→출력의 매우 세련된 과정으로 구성했음을 잘 알고 있다. 이런 방식을 통해 쓰기 과정을 구성적 입장에 파악할 수 있게 해 주었다. 그러나 다른 한편으로 생각하면 이런 구성 방식은 복잡한 쓰기 현상을 매우 단순하고 획일적인 것으로 규정한 것이다. 그뿐만 아니라 Flower와 Hayes가 문제 해결 과정이라고 보았던 쓰기 과정에서 상위 목표가 하위 목표의 진행을 어떻게 규제하는지 우리는 정확히 알지 못한다. 또 사고가 언어로 번역되는 과정을 지금도 알지 못한다.

Bizzell은 인지주의의 보편성 탐구 특성을 '확실성(certainty)에 대한 집착'으로 설명했다.[13] 그는 인지주의자들을 작문 과정의 보편적 모델을 찾기 위해 이데올로기를 넘어서는 강력한 원칙들을 찾아 헤매는 사람들

---

13 Bizzell, Patricia, Cognition, Convention, and Certainty, *Academic Discourse and Critical Consciousness*, University of Pittsburgh Press, 1992, pp.96~98.

로 판단했다. 인지주의자들은 논쟁을 넘어서 과학에 근접하는 확실성의 어떤 규칙들을 찾고 싶어 했다. 그리고 이를 통해 교육의 패러다임을 바꾸고 싶어 했다. Bizzell은 인지주의자들이 왜 그렇게 자신들의 연구에 서둘러 권위를 부여하고, 이를 교육에 적용하고자 했는지 그 이유를 설명했다. 학술공동체 속에서 초기 작문 연구자가 지녔던 불안정함, 교실에서 작문 교육의 불확실한 상황, 작문 교육에 관한 교사들의 정서적인 요구들이 이와 같은 "신성(Deity, 확실성)에 대한 기원의 수사적 기능"을 실행시켰다고 보았다. Bizzell은 인지주의자들이 찾았던 확실성의 형식들은 사실상 우리가 소유할 수 없는 것들이라고 확신했다.

이런 평가는 상당 부분 옳다고 판단할 수 있다. 그렇지만 초기 인지주의 연구가 잘못 되었다고 해서 인지주의 연구 경향이 잘못되었다고 판단되지는 않는다. 예컨대 이런 질문이 가능하다. 작문 연구가 아무런 과학적 결과를 가지고 있지 못할 때 인지주의가 첫발을 내디딘 것에 대해 이렇게 부정적으로만 평가할 수가 있을까? 모든 학술적 발전은 발달상의 어떤 단계를 거쳐야만 이룰 수 있는 것이 아닌가? Berlin은 Flower와 Hayes가 인간의 마음을 합리적인 구조 형태, 예컨대 개인의 마음이 목표 달성이 가능하고, 적응할 수 있으며, 재배열도 가능한, 그런 합리적인 구조로 되어 있다고 믿는 것을 비판했지만[14], 모든 학술적 작업에는 그와 같은 가정이 초기 단계에서 필요한 것이 아닌가? 이렇게 생각하면 언어적 방법과 인지적 방법은 작문 연구와 작문 교육을 가능하게 했던 초기의 가능한 방법이었다고 생각한다. 지금에 와서 보면 많은 부분에서 단순성과 획일성, 순진함으로 가득 차 있지만 작문 연구와 작문 교육이

---

14 Berlin, James, Rhetoric and Ideology in the Writing Class, *College English,* Vol.50 No.5, 1988, p.482.

학술적인 자리를 차지할 수 있도록 한 것은 이들의 업적이 있었기에 가능했다.

4. 텍스트 작성의 복합성과 인지 연구

그렇다면 이제 언어적 방법과 인지적 방법의 몰락을 보면서 우리가 얻을 수 있는 교훈은 무엇일까? 먼저 우리는 언어적 방법과 인지적 방법의 몰락을 통해 작문 연구가 작문 교육과 멀어졌으며, 이것이 바람직한 것이 아니라는 사실을 깨닫게 되었다는 점을 지적해야 한다. 앞서 말한 Henry Giroux나 James Berlin의 비판적 언어교육이나 Derrida식의 후기과정 작문이론, Bakhtin류의 대화주의 작문이론 등은 작문 연구를 추상적인 것으로 만들었고, 교실 현장에 적용 불가능한 것으로 만들었다. 특히 미국과 다른 우리 상황에서 포스트모던의 영향을 받은 추상적인 원리를 교수 학습 방법에 바로 적용하기는 어려운 일이다.[15] 대체로 이런 원리들은 지나치게 이데올로기적이거나, 아니면 해체적이고 다차원적이다. 그렇기 때문에 실용적인 작문 교육을 지향하든, 내용적인 작문 교육을 지향하든, 교육 과정과 교육 평가가 요구되는 교육적 환경에서 이를 적용하기란 쉬워 보이지 않는다.

그런데 이보다 더 중요한 교훈은 인간에게 언어적 현상이 얼마나 복잡하고 다양한 과정인가를 알 수 있게 해 주었다는 점이다. Chomsky의 변형생성문법의 영향 때문인지 인지주의자들은 인간에게 사고를 전달하는 보편적인 규칙체계가 있다고 믿었다. 그리고 알다시피 Flower와 Hayes가 찾은 것은 문제해결구조였다. 이 방식은 앞서 말한 대로 사회

15 이에 대한 상세한 내용에 대해서는 정희모(2011)의 논문을 참고할 것.

적 관점의 학자들로부터 많은 비판을 받았다. 사회적 관점의 학자들은 텍스트를 작성하는 인간 심리의 과정을 일관된 하나의 원리로 설명할 수는 없다고 보았다. 언어 사용 현상이 매우 복잡해서 우리는 그 일부만 추정할 수 있을 뿐이다. 이를 하나씩 살펴보자.

우선 Bizzell이 비판하고 있듯이 인간 사유가 상당 부분 언어에 의존하고 있는 것은 틀림없다. 그리고 Vygotsky의 말대로 그것이 사회화 과정의 한 부분인 것도 맞는 말이다. 그렇기 때문에 Bizzell은 Flower와 Hayes가 계획하기와 번역하기를 나눈 것 자체가 모순이라고 비판한다. 어차피 이 모든 과정은 사고와 언어의 변증법을 통해 이루어지는 일이기 때문이다. 그런데 Bizzell의 비판 중에 중요한 것은 작문의 과정이 Flower와 Hayes가 생각했던 것보다 훨씬 복잡하고 다차원적이라는 점이다. 우선 기억 자원만 생각해 보자. 우리는 언어를 통해 지식을 습득하고, 이를 기억 체계(장기기억, 기억자원…) 속에 저장하여 상황에 따라 기능적으로 사용한다. 우리의 기억 체계는 담화공동체나 해석공동체의 자원을 담고 있으면서 개인의 사회화 과정과 그 역사를 축적한다. 필자는 기억 체계를 이용해 다양한 상황에서 목적에 따라 적절한 대응을 하게 된다. 예컨대 우리는 건의문을 쓰더라도 선생님께 쓰는 것과 관공서에 쓰는 것을 구분하여 쓰기 국면에 맞게 적절한 쓰기 대응을 할 수 있다. 문제는 매우 미세한 국면에서 이런 차이를 자연스럽게 형성해 내는 필자의 인지 체계를 우리가 아직 알아내지 못하고 있다는 점이다.

이와 함께 우리가 담화 공동체의 영향을 받고 있다는 사실도 부정할 수가 없다. 우리의 사고 태도뿐만 아니라 쓰기 습관도 이런 공동체의 영향 아래 있다. 많은 논문들이 학술적 공동체에 따라 다른 담화 특징들이 나타나는 양상을 분석한 바 있다. 문학을 전공하는 사람과 역사를 전공하는 사람의 쓰기 관습은 비슷하면서도 매우 다르다. 같은 전공 안에서도 세부 영역에 따라 쓰기 관습이 다를 수 있다. 다음으로 우리는 쓰기 현상이 장르의 영향을 강하게 받는다는 사실도 기억해야 한다. 예를 들어 "시계가 열두 시를 가리켰다"라는 표현은 아무런 정보가 없더라도 탐정 소설과 연애 소설에서는 각자 다르게 해석될 것이다. 독자는 사전 정보가 없어도 장르 지식과 배경 상식만으로 판단과 해석을 수행한다. 이처럼 장르에 대한 우리의 인식은 글의 작성과 해석에 많은 영향을 끼친다.

텍스트 작성과 해석에 독자가 강한 영향을 미칠 것이라는 것도 틀림없는 사실이다. Nystrand는 작가가 어떻게 독자와 의미 협상을 하면서 텍스트를 진술하는지를 자세히 분석한 적이 있다. 필자는 주제를 정하거나 문장을 쓰면서 예상 독자가 자신의 의도를 파악할 수 있도록 조정한다. 그리고 문제 근원(trouble source)을 인지하고, 내용의 수정 정도와 상세화(elaboration)의 정도를 설정한다. 필자와 독자의 상호 작용은 매우 복잡한 인지 작용이어서 성공과 실패를 예측하기가 어렵다. Nystrand는 주제 차원에서 이런 상호작용이 실패하면 난해한 텍스트가 되고, 진술 차원에서 실패하면 모호한 텍스트가 되며, 장르 차원에서 실패하면 오독을 낳게 된다고 말한다.[16] 텍스트의 의미가 문자 속에 담재 하는지, 독자의 해석 행위 속에 존재하는지 여전히 논란거리로 남아 있지만, 독자 영역이 텍스트의 작성에 상당 부분 관여한다는 것은 틀림없는 사실이다.

이렇게 보면 텍스트 생산에 관해 관여하는 요소는 매우 복잡하고 다양하다. 크게는 기억 자원, 담화 공동체, 장르, 독자의 영역이 관여하겠지만 세밀한 부분에 들어가면 이보다 많은 자원과 요소들이 투입된다. Grabe & Kaplan은 텍스트를 구성하는 요소로 언어학적 한계 내의 것과

16 Nystrand, Martin, A Social-Interactive Model of Writing, *Written Communication,* Vol.6 No.1, 1989, pp.78~80.

언어학적인 한계 밖의 것으로 나누었다. 언어학적인 한계 밖의 것으로 필자의 상황 및 세계 배경지식, 필자의 기억, 감정, 자각, 필자의 의도, 수사적 유형 등이 있다면 언어학적인 한계 내의 것으로 표상차원(문장차원), 텍스트 차원(전체 텍스트 수준), 독자–필자 차원이 있다.[17] 이들에 의하면 텍스트는 세계, 필자, 독자, 텍스트 정보 사이의 매우 복잡한 상호작용 속에 있다. 각각의 요소 속에는 엄청난 하위 요소들을 품고 있다. 그리고 이런 복잡한 요소들이 개인의 특성에 따라 서로 융합하면서 각각 또 다른 특징들을 만들어 내게 된다.

지금까지 해석된 복잡한 인지 과정은 사실 초기의 매우 단순한 투입과 산출의 모형에서 출발했다. 그리고 이에 대한 학술적 정보가 늘어나면서 차츰 우리는 작문 행위에 대한 복잡한 양상을 이해할 수 있게 되었다. 그렇기 때문에 우리는 문법적 방법과 인지적 방법이 가졌던 초기의 단순한 시각들을 그렇게 잘못된 것으로 볼 필요가 없다. 초기 단계가 있었기 때문에 이후의 연구가 가능할 수 있었던 것이다. 앞으로 작문 과정의 복잡한 현상을 보다 심층적으로 연구하기 위해서 언어적 연구와 인지적 연구가 필요할 것으로 판단된다. 아울러 효과적인 교육을 위해서라도 이런 연구가 요구된다.

걱정인 것은 비판적 언어학의 확대와 포스트모더니즘의 확대가 언어적 연구와 인지적 연구를 가로막고 있지는 않은가 하는 점이다. 언어가 처음부터 사회적 담론(권력 담론)이었다고 해서, 언어 속에 담긴 의미가 불안정(해체적)하다고 해서 학생들에게 언어를 가르치지 않을 수는 없다. 학생들은 수준 높은 언어 표현을 통해 자신의 삶을 풍요롭게 할 권리가 있다. 언어적 방법과 인지적 방법은 작문 능력을 성장시키는 데 매우 중

17 Grabe & Kaplan, 허선익 역, 『쓰기 이론과 실천 사례』, 박이정, 2008, 116~119쪽.

요한 기능을 담당할 수 있을 것이다. Hayes(1996)는 많은 학자들이 "인지적 연구는 끝났어."라고 확신하듯이 말을 하는 것을 안타까워했다. 그는 인지적 방법을 연구하지 않는 것은 바보 같은 목수가 "나는 해머를 발견했기 때문에 다시는 칼을 사용할 수는 없어"라고 말하는 것과 같다고 주장했다.[18] 사회적 방법이 옳다면 인지적 방법도 옳을 수 있다.

5. 대학 글쓰기와 인지적 연구의 방향

국내 대학 글쓰기 분야에서 언어적 방법과 인지적 방법에 대한 심도 깊은 연구는 드문 것 같다. 대학 글쓰기의 연구자도 드물 뿐만 아니라 연구 환경도 부족한 점이 많다. 국내 작문 연구는 특히 작문 교육을 통해 이루어지는 경우가 많기 때문에 언어적 연구와 인지적 연구를 필요로 한다. 그렇지만 외부적 환경은 우호적이지 않다는 것이 문제이다. 인문학과 교육학은 포스트모던이나 탈식민주의 이론의 영향 아래 놓여 있다. 언어교육 분야에도 사회적 관점을 도입해야 한다는 소리가 심심치 않게 들려온다. 중요한 점은 언어적 방법과 인지적 방법이 이전과 같은 실패를 반복하지 않게 언어 생산과 쓰기 과정을 매우 복합적으로 해석하고 조심스럽게 접근해야 한다는 것이다. 섣불리 어떤 하나의 현상이 모든 것을 결정짓듯이 판단해서는 안 된다.

예컨대 한 동안 문법을 기능적으로 학습시켜야 한다는 통합교육론이 제시된 바가 있다.[19] 문법을 통해 국어사용능력을 높이겠다는 것이다.

---

18 Hayes, John R., A New Framework for Understanding Cognition and Affair in Writing, Roselmina Indrisano & James R. Squire, *Perspectives on Writing* International Reading Association, 2000, pp.21~22.

그러나 언어 사용에는 수많은 요소가 관여하기 때문에 하나의 요소를 통해 언어 사용 능력이 좋아진다는 보장이 없다. 언어 사용에 있어 문법은 훨씬 근원적인 차원의 문제이지 기능적으로 접근할 것은 아니다. 사고력에 대한 문제도 마찬가지이다. 사고 능력만 키운다고 작문 능력이 좋아지는 것은 아니다.[20] 표현만 학습하는 것도 마찬가지 결과를 가져올 것이다. 언어 사용은 개인과 환경, 맥락과 관습이 모두 관여하는 매우 복합적인 현상이기 때문에 이에 대한 분명한 인식이 있어야 한다.

이런 관점에서 대학 글쓰기에서 할 수 있는 언어적 방법과 인지적 방법의 연구로는 어떤 것이 있을까? 언어적 연구와 인지적 연구의 대상은 독자–필자 차원, 텍스트 차원(전체 텍스트 수준), 표상 차원(문장 차원)에 폭넓게 퍼져있다. 우리는 작가의 의도가 어떻게 문장 단위로 표상되는지에 대한 정확한 과정을 모르고 있다. 또 문장과 문장을 통해 어떻게 의미가 연결되고 독자가 이를 인지하는지에 대해서는 잘 모른다. 우수한 필자가 언어 지식과 전문 지식을 이용하여 글을 구성해 내고 표현해 내는 구체적인 과정을 알지 못한다. 그렇기 때문에 순수하게 작문 현상과 관련하여 연구할 과제 항목만으로도 엄청나게 많다고 말할 수 있다. 그리고 이런 과제들은 단일한 연구 대상일지라도 궁극적으로 쓰기에 관련된 모든 현상과 연결되어 있다. 대학 글쓰기에서 이와 관련된 필요한 연구 과제를 몇 가지 제시하면 다음과 같다.

필자의 의도, 사고, 지식들이 어떻게 텍스트에 영향을 미치는가를 연구하는 항목들이 있다. 이와 같은 연구 대상들은 아직까지 필자의 인지 활동

19 이에 대해서는 신명선, 「통합적 문법 교육에 관한 담론 분석」, 『한국어학』 31호, 한국어학회, 2006 참고.

20 이에 대해서는 정희모, 「대학 글쓰기 교육과 사고력 학습에 관한 연구」, 『현대문학의 연구』, 현대문학연구학회, 2005 참고.

에 대해서 많은 것이 알려지지 않았기 때문에 제한적인 방법으로 가능하다. 예를 들어 주제에 대한 필자의 전문 지식들의 질과 양이 텍스트의 수준에 어떤 영향을 미치는지 혹은 담화 지식에 관한 필자의 지식들이 텍스트의 수준에 어떤 영향을 끼치는지, 필자의 과제에 대한 인식들이 텍스트 작성에 어떤 영향을 미치는지, 이와 관련된 연구 과제 중 국내 연구로는 과제 표상에 관한 것이 있다.[21] 과제 표상에 대해서는 미국의 연구를 보면 전공에 따라, 또 능숙한 필자와 미숙한 필자에 따라 과제 표상의 내용이 달라진다는 사실을 발견한 것이 있다. 국내 연구에서도 능숙한 필자와 미숙한 필자가 과제를 어떻게 판단하느냐에 따라 텍스트의 구성 방식과 텍스트의 질이 달라졌다. 학생들이 쓰기 과제를 받고 이에 대해 판단하는 표상의 문제가 텍스트의 양상에 큰 영향을 미친다는 사실이 확인된 것이다. 이런 연구는 학생들의 쓰기 능력을 향상시키기 위한 좋은 방법이다. 아울러 국내 연구 중에서도 필자의 전문 지식이 텍스트의 질을 높이는 데 중요한 근거가 된다는 사실을 확인한 것도 있다.[22]

필자가 계획하기나 수정하기에 사용하는 방법이나 전략에 의해 텍스트가 어떻게 변화하는지를 연구하는 논문들도 있다. 필자 사전 지식이 계획 과정에 어떻게 투입되는지, 학생들이 쓰기 계획을 어떻게 설정하는지, 학생에 따라 쓰기 계획의 방법이나 구성이 어떻게 다른지 연구할 수 있는 항목들이다. Flower & Schriver의 연구를 보면 학생들의 계획하기 과정이 지식에 의해, 인지적인 스키마에 의해, 구성적인 과정에 의해 달라진다고 한다.[23] 수정하기에 대한 연구도 외국에는 많지만 국내는 드문

---

21 이윤빈·정희모, 「과제 표상 교육이 대학생의 학술적 글쓰기 수행에 미치는 효과」, 『국어교육』 131호, 한국어교육학회, 2010.

22 이윤빈, 「대학생의 학술적 비평문 쓰기 수행에 대한 연구」, 『국어교육』 133호, 한국어교육학회, 2010.

편이다.[24] 오류를 진단하는 과정, 수정 전략, 필자의 인지 지식이 수정에 미치는 과정 모두가 연구 대상이 된다.

문장이나 텍스트 차원의 연구도 매우 중요하다. 어떻게 문장 결속을 통해 의미 연결을 해 가는지, 또 문장의 의미가 단락이나 텍스트 전체의 의미와 연관을 맺는 방식 등 모든 면에서 아직 알려지지 않은 것이 많다. 학생들을 지도하다가 항상 만나는 문제는 문장 연결에 있어 단절이 생기는 문제인데, 그 원인이 어디에 있는지 아직 정확하게 밝혀져 있지 않다. 분명한 것은 필자의 의도와 독자의 해석이 문장 단절에 영향을 미치는데, 이를 찾아내기가 어렵다는 점이다. 필자는 문장 연결에 인지적 오류를 발견하지 못하지만, 독자는 그렇지 않다. 이런 인식의 차이가 필자의 문제인지, 텍스트의 문제인지, 독자의 문제인지 정확히 알려져 있지 않다.

이런 점에서 보면 문장의 의미 생성이나 의미 연결이 필자의 인식이나 독자의 예상이 얼마나 중요하게 작용하는지 알 수 있다. 중요한 것은 문장을 생성하고, 의미를 연결시키며, 텍스트를 구성해 내는 것이 단순히 언어적 방법에 해당하는 사항만이 아니라는 것이다. 궁극적으로 이것은 결국 필자나 독자의 인식 체계와 연결되어 있다. 앞서 대학 글쓰기 연구와 관련하여 인지 연구가 독자-필자 차원, 텍스트 차원(전체 텍스트 수준), 표상차원(문장 차원)에 폭넓게 퍼져 있다고 말한 바 있다. 중요한 점은 이런 연구 대상들이 상호 관련되어 있다는 점이다. 앞으로의 연구는 이런 점을 폭넓게 수용해야 한다.

---

23 Linder Flower et al., The Cognition of a Constructive Process, *NWP Technical Report* No.34.

24 미국에서 작문의 수정 과정을 종합한 연구로 다음과 같은 것이 있음. Linda Flower et al., Detection, Diagnosis, and Strategies of Revision. *College Composition and Communication,* Vol.37, No.1.

한국의 대학 글쓰기 연구는 아직 초창기에 있다. 대학 글쓰기 교육이 시작한 지 얼마 되지 않기 때문에 미국의 교육 상황과 비교할 수가 없다. 국내 대학 글쓰기 교육은 대체로 학생들에게 대학 교육에 필요한 쓰기 능력을 함양하기 위해 최근에 도입되었다. 그렇기 때문에 역사가 오래되었고, 수업 시수가 많은 미국 대학의 교육 배경을 바로 비교하기가 어려울 것이다. 미국에서 비판적 문식성의 관점, 표현주의 관점, 수사학 관점 등 대학 글쓰기 교육에 관한 다양한 시각과 철학이 가능한 것도 우리와 다른 미국의 교육 환경 덕분이다. 지금 한국의 대학 글쓰기 교육을 위해 우리가 할 수 있는 방법은 쓰기 능력을 향상시키기 위한 다양한 연구 자료와 교수 방법을 마련하는 일이다. 대학 글쓰기 교육을 위해 인지주의 연구가 필요하다고 주장하는 것도 이와 연관이 있다. 앞으로 대학 글쓰기 분야에도 많은 학자들이 나와 많은 연구가 있기를 기대한다.

텍스트·수사학·담론

대학의 읽기-쓰기 교육과 '사회적 전환'의 필요성

김미란
성균관대학교

1. 한국 대학의 읽기-쓰기 교육(론)에 대한 비판적 검토

한국의 글쓰기 연구자들에게 잘 알려져 있는 사실은 아니지만, 미국의 대학에서는 20세기 중반까지 읽기와 쓰기를 별개의 영역으로 보았다가 1980년대에 들어와서야 양자를 통합적 과정으로 재규정하면서 그에 맞게 교육을 실시해 오고 있다. 그런데 미국 대학의 경우와 달리, 글쓰기 교육의 역사가 매우 짧은 한국 대학에서는 처음부터 읽기와 쓰기가 밀접한 관계에 있다는 전제 하에 교육이 이루어지고 있어 주목된다. 이는 한국의 대학에서 글쓰기가 중요한 교육 대상으로 인식되고 교양 교육의 핵심 교과로 제도화되기 시작한 1990년대 초반부터 양자가 통합적 관계에 있다고 가정되었음을 의미하는 것이다.[1]

1 한국의 초·중·등 국어과 교육에서는 5차 교육 과정부터 국어과의 언어활동 영역을 말하기·듣기·읽기·쓰기의 네 영역으로 나누고, 영역간 연계성이 강하다는 점에서 각 영역을 통합적으로 교육해야 학습효과를 최대화할 수 있다는 관점을 적용하기 시작하였다(초등학교는 1987년, 중고등학교는 1988년에 실시됨). 이러한 상황을 반영한 초기 논문 중 읽기 영역에 대해 논구한 글로는 노명완, 「초·중·고교에서 읽기·쓰기 교육」, 한국교육개발원, 『제5차 국어과 한문과 교육과정 개정을 위한 세미나』, 1986과 박수자, 「읽기교재에 수록될 '글(text)'의 정체성에 관한 연구」, 『국어교육학연구』 2,

물론 이것이 한국의 글쓰기 연구가 미국보다 단시간에, 그리고 매우 밀도 있게 이루어졌다는 것을 의미하는 것은 아니다. 오히려 그것은 한국의 글쓰기 교육이 미국의 글쓰기 교육 이론의 영향 하에 있는 현 상황을 새삼 환기시킨다. 그렇다고 이러한 지적이 미국의 연구 성과를 수용하는 것 자체를 문제 삼기 위한 것은 아니다. 연구의 역사가 길지 않은 상황에서, 미국의 사례를 참조하면서 이론과 방법론 등을 벤치마킹하는 것은 효율성의 측면에서 의미가 있다. 하지만 그 과정에서 미국 연구자들이 다양한 논쟁을 거쳐 축적해 놓은 이론과 교수학습 방법론 중 인지주의에 입각한 과정 중심 교육 이론과 방법론만을 선별적으로 수용해 왔다는 것이 문제가 될 따름이다. 즉 이론과 방법론의 수용이 선택과 배제의 과정을 통해 이루어졌으며 그 한계가 이제 드러나기 시작하는 상황이다.

구체적으로 말하자면, 미국에서는 읽기와 쓰기의 상호 관계에서부터 양자의 통합 방식 및 교수 방법론 등에 이르기까지 다양한 이론적, 방법론적 논쟁이 장기간에 걸쳐 진행되어 왔다. 그렇지만 한국의 연구자들은 미국에서 이루어진 논쟁 과정보다는 합의를 거쳐 축적된 (특히 인지주의에

1992, 노명완의 「읽기의 관련 요인과 효율적인 읽기 지도」, 『이중언어학』 11(1), 1994. 등이 있다. 또한 읽기와 쓰기를 통합적으로 다루는 연구 역시 이 시기부터 등장하기 시작하나 이론과 실제 양면에서의 논의 수준이 높다고 보기는 어렵다. 박주영, 「읽기/쓰기 통합지도 방안모색」, 『청람어문학』 7(1), 1992; 이재순, 「읽기와 쓰기의 통합지도 방안 연구」, 『현장연구』 17, 1996 등의 논문이 그 사례에 해당한다. 이론적 수준이 높은 비교적 최근의 논의로는 김혜정, 「읽기 쓰기 통합과정에서 의미구성의 내용과 이행과정 연구」, 『독서연구』 11, 2004가 있다. 이론 중심의 논문인 이 글은 미국의 인지구성주의와 사회구성주의, 소련 언어 심리학의 활동 모형을 끌어들여 논의를 펼치고 있다는 점에서 주목된다.

한편으로, 대학의 글쓰기 교육은 90년대 들어와서 본격화되었기 때문에 대학 글쓰기 교육에서 읽기가 갖는 의미를 쓰기와의 관계를 중심으로 탐구한 논문은 최근에 와서 생산되기 시작하고 있다.

입각해 있는 과정 중심) 이론과 교육 방법론을 집중적으로 도입하였기 때문에 읽기-쓰기 관계와 교육 방법 등을 둘러싼 이론적 논쟁이 거의 이루어지지 않았던 것이다. 그래서 2000년대에 들어와 한 연구자가 지금까지의 상황을 검토하면서 "읽기와 쓰기를 통합적으로 지도해야 한다는 것은 이제 하나의 패러다임을 형성하고 있는 것으로 보인다"[2]고 적은 것은, 한국의 글쓰기 교육에 대한 논쟁이 합의 과정에 들어섰음을 의미하는 것이 아니라 처음부터 확정된 교육 원리가 연구자들 사이에 널리 확산되어 있음을 가리키는 것으로 해석되어야 한다.[3] 특히 여기서 합의된 것으로 이해되는 것은 인지주의에 입각한 과정 중심 교육 원리를 의미하는 바, 사실 한국의 연구자들 대다수가 이 원리를 처음부터 전적으로 수용

---

2 이재승, 「읽기 쓰기 통합 지도의 방법과 유의점」, 『독서연구』 11, 2004, 276쪽.

3 하지만 이것이 한국의 연구자들이나 교수자들이 수동적인 이론의 수입자로 자족하고 있음을 의미하는 것은 아니다. 한국의 연구자들과 교수자들은 한국적 교육 현실에 맞는 교육 방법을 찾아나가기 위해 노력하고 있으며 이는 1980년대부터 2000년대까지의 논문들을 살펴보면 바로 확인된다. 즉 이론의 소개에 그치는 것은 대체로 초기에 한정되며, 이후에는 한국적 현실에 부합되는 미국의 연구 사례를 찾아 적용한다는 구체적인 문제의식을 가지고 작업하였다는 것이 여기서 잘 드러나기 때문이다. 가령 임칠성의 「협상을 통한 읽고 쓰기 협동 수업」, 『국어교과교육연구』 5, 2003은 한국의 교육 현장에서 활성화시킬 수 있는 이론(협동학습 이론)을 도입하여 모둠 수업이라는 교육 방법론으로 구체화하고 있다. 한편, 이것은 사회구성주의의 영향을 받은 연구에 해당하는바(위의 글, 28쪽), 이러한 사례를 참조해볼 때 국내의 이론이 인지주의에만 한정되어 있다고 보기는 어렵다. 다만 인지주의는 여전히 대세를 이루고 있으며, 사회구성주의 역시 인지주의를 부분적으로 보완하여 그 완성도를 높이는 역할을 맡을 뿐이다.

본고에서 문제 삼으려 하는 것은 바로 이러한 측면이다. 물론 현재 인지구성주의자들도 글쓰기의 사회적 성격을 인정하면서 상호작용의 중요성을 강조하고 있다. 이들의 특징은 담론 공동체를 중심으로 글쓰기의 사회적 성격을 강조하고 협력학습을 중요한 글쓰기 방법으로 채택한다는 데 있다. 하지만 사회를 담론 공동체로 한정함으로써 그 영역을 크게 축소하였다는 점과 담론 공동체를 비판적 성찰의 대상이 아닌 학습자들이 그 지식 구조를 수용하면서 진입해야 하는 영역으로 설정하였다는 점에서 한계가 있다. 즉 이 이론에서 사회적인 것은 영역 제한적이자 기능적이다(졸고, 「대학의 글쓰기 교육과 장르 선정의 문제」, 『작문연구』 9, 2009, 74~76쪽 참조).

하면서 논의를 전개해 왔기 때문에 그에 대한 논쟁이 이루어지는 것은 쉽지 않았던 것이다.[4]

이 글에서는 읽기-쓰기 이론과 교육 방법론이 한국의 작문학계에 도입되는 과정에서 인지주의가 보편적 합의를 이룬 것처럼 전제되었으며 그것이 현재까지 어떠한 영향력을 행사하고 있는가를 대학 글쓰기를 중심으로 살펴보고 한국의 읽기-쓰기 교육이 나아가야 할 방향과 그에 맞는 교육 방법론을 시론적으로 모색해 보고자 한다. 이를 위해서는 먼저 미국에서 이루어진 논쟁을 사적으로 고찰하는 것이 도움이 될 것으로 보인다.

미국의 작문 연구자들이 읽기와 쓰기의 관계를 이해하는 방식에 대한 사적 고찰을 시도한 랑거와 플리한에 따르면, 읽기와 쓰기는 오랫동안 별개의 연구 영역으로 취급되었으며 1980년대에 와서 비로소 읽기-쓰기가 하나의 연구 영역으로 인정되기 시작하면서 그에 대한 관심이 고조되었다.[5] 이것은 1970년대 중반부터 '학습의 인지 모형(cognitive model of learning)'이 등장하면서 가능해졌다. 이를 통해 읽기와 쓰기 과정이

---

4 그 점에서 많은 연구자들이 읽기-쓰기 통합적 지도의 중요성을 강조하면서, 이론 생산보다는 통합 교육의 방법을 구체화하는 데 몰두하고 있는 것은 불가피한 귀결이다. 즉 그동안 이론 자체에 대해 발본적인 재성찰을 하기보다는 적용 방법에 적극적인 관심을 기울이는 논문이 대거 양산되었던 것이다.

이러한 상황에 대한 본격적인 문제제기는 이재기의 논문에서 찾을 수 있다. 그에 따르면 미국의 글쓰기 연구는 비판적 접근법, 표현주의 접근법, 수사학적 접근법 같은 다양한 접근법이 공존하고 있지만, 한국의 연구에서는 비판적 접근법, 표현주의 접근법을 찾기 어렵다. 그리고 이는 과정 중심 작문 교육 연구에 초점을 맞춘 수사학적 접근법이 지나치게 조명되고 비대해진 상황과 관련이 있다(이재기, 「작문 연구의 동향과 과제 : 작문에 대한 세 가지 가치론적 접근법」, 『청람어문교육』 38, 2008, 186~187쪽).

5 Langer, J. A. & Flihan, S. "Writing and reading relationship : Constructive tasks", In Indrisano. R. & Squire. J. R. & IRA (Ed.), *Perspectives on writing*, New York : Routledge, 2000, p.4.

모두 텍스트의 의미를 활발히 구성하는 과정이자 상호 영향을 주고받는 활동으로 받아들여질 수 있었던 것이다.[6]

그렇지만 읽기와 쓰기가 상호 관계에 있다는 점에 대한 광범위한 합의가 이루어졌다 하더라도 구체적인 접근에서는 커다란 의견차가 존재했으며 이것은 당시의 읽기-쓰기 연구에서 쟁점이 되었다. 가령, 머스타파에 따르면, 읽기와 쓰기 과정이 모두 텍스트의 의미를 활발히 구성하는 과정이자 상호 영향을 주고받는 활동이라고 가정한 학자들은 방향성 가설(directional hypo.)과 비방향성 가설(non-directional hypo.)을 중심으로 양분되었다.[7] 1980년대 후반부터 1990년대 초반에는 '과정'으로서 읽기와 쓰기가 상호 조건화한다는 관점에 입각해 있는 양방향 모형(bidirectional model)이 각광받게 되며, 이 시기에 읽기와 쓰기를 동시에 교육하는 통합 언어 교실이 대거 등장한다.

머스타파에 의하면, 현재 미국 작문계에서는 읽기와 쓰기의 관계가 특정한 맥락에서는 어떠한 방식으로 드러나는가, 언제, 어느 지점에서 읽기가 쓰기에 영향을 미치고 쓰기가 읽기에 영향을 미치는가가 중요한 관심사이다. 즉 80년대 후반부터 90년대 초반에 걸쳐 진행된 연구는 읽기와 쓰기가 함께 이루어질 때 발생하는 상승효과에 관심을 두었지만,

---

6 Musthafa, B. "Reading-to-write connection : Shifts in research foci and instructional practices", *Education Resources Information Center*(ED 396 275), 1996, pp.4~6.

7 전자는 읽기-쓰기가 구조적 요소를 공유하며, 한 편에서 습득한 구조를 다른 편에 적용할 수 있다고 보았다. 이때 영역 간 전이 효과는 교육의 결과이며, 한 영역의 구조적 구성요소가 다른 영역으로 자동적으로 전이된다고 볼 수는 없다고 생각하였다. 후자는 어느 쪽 방향으로든 읽기-쓰기의 전이가 일어날 수 있으며, 텍스트를 '인지'하는 능력과 '생성'하는 능력은 모두 텍스트 구조에 대한 동일한 지식에 기초한다고 보았다. 이하의 내용과 본문에서 서술한 내용은 Musthafa가 정리한 것을 요약한 것이다. *op.cit.*, pp.4~9.

그러한 연구는 텍스트 읽기-쓰기 관계에만 초점을 맞추어 진행되는 것이 일반적이었다. 하지만 지금은 학습자들이 연루되어 있는 사회 구조와 그들에게 제공되는 문식적 환경을 고려하면서 맥락에 맞게 읽기-쓰기 관계를 설명하는 방향으로 연구가 진행되고 있다. 랑거와 플리한은 이러한 상황을 요약해 읽기-쓰기의 상호 관계에 대한 초기의 관심은 수그러들었고, 이제 사회적이고 문화적인 맥락 안에 놓여 있는 읽기와 쓰기에 관심이 집중되고 있는 상황이라고 정리한 바 있다. 미국의 작문 연구가들은 이를 가리켜 작문 연구에서의 '사회적 전환'[8]이라 칭한다. 이러한 전환의 과정에서 작문 연구에 영향을 준 이론들은 문화 연구와 비판적 담론 연구에서 활성화된 것들이며 이 이론들의 경향에 따라 전통적인 인쇄매체뿐만 아니라 시청각적 매체까지 비판적 분석 대상으로 교육 현장에 적극적으로 도입되었다.[9]

그런데 미국의 상황과 달리, 한국 연구자들간에는 읽기-쓰기 교육에 대한 쟁점이 적극적으로 형성된 적이 없는 것으로 보인다. 이재승은 읽기와 쓰기가 비슷한 사고작용을 필요로 하며, 스키마(내용과 형식 스키마)를 공유한다는 점, 비슷한 언어 처리 과정을 거치며 유사한 기능이나 전략을 요구한다는 점, 언어 지식과 구조가 연관되며 어휘 기반이 같다는 점에서 공통성 또는 관련성이 높으며, 이제 이러한 관점이 한국의 읽기-

8 이에 대한 상세한 설명은 졸고, 「인문학 연구의 활성화가 대학 글쓰기 교육에 미친 영향과 전망 : 문화 연구와 비판적 담론 분석을 중심으로」, 『작문연구』 10, 2010을 참고하라.

9 이것은 미국의 작문 이론 역시 취약함을 반증하는 것이며, 그 점에서 작문 이론은 다른 이론에 비해 독자성이 크게 부족하다고 비판하는 논자도 존재한다. 하지만 그것은 현재의 학문 동향을 도외시한 평가이다. 글쓰기 이론의 변화를 주도한 것은 변화된 현실 상황이듯이, '경계와 영역의 해체'가 특징인 후기 근대적 상황은 글쓰기 영역에서도 근대적인 영역주의의 고수가 아닌, 다양한 분과학문들의 소통과 접맥을 요청하기 때문이다(위의 글, 13쪽).

쓰기 교육에서 대세를 이루고 있다고 본다.[10] 아마도 이재승의 이와 같은 설명에 대다수의 연구자들이 동의할 것이다. 실제로 초등 교육에서 대학 교육에 이르기까지 인지주의적 관점을 토대로 읽기와 쓰기가 통합적으로 교육되고 있는 상황이기 때문이다.

물론 인지주의에 기초한 과정 중심 글쓰기 원리는 작문 교육 패러다임의 전환이라 평가될 정도로 글쓰기 분야 전반에 걸쳐 큰 변화를 초래하였다.[11] 특히 인지주의의 스키마 이론 등을 통해 독자가 능동적인 주체로 간주되면서 교실 수업에서 학생들에게 부여되는 위치가 달라졌다는 점 등을 고려볼 때 이 이론이 교육 혁신에 기여한 바가 적지 않다는 점은 인정되어야 한다. 다만 문제는 읽기-쓰기 교육에 대한 관심이 거기에만 머물러 있다는 것이다. 말하자면, 미국의 경우 작문 영역에서의 사회적 전환이 이루어지면서 인지심리학이 후퇴하고 있는 상황이지만, 현재 한국의 글쓰기 연구자들은 여전히 인지적 관점과 (그에 바탕을 두고 있는-인용자) 수사학적 관점에만 익숙해 있어 이를 매우 낯설게 여기고 있다.[12]

사실 이것은 미국과 한국의 연구 환경이 크게 다른 사정 탓이기도 하다. 미국에서는 글쓰기에 대한 연구가 일찍부터 이루어진데다가 양질의 연구 환경이 제공되어 있기 때문에 다양한 연구 결과가 풍성하게 쌓여 있지만, 한국의 글쓰기 연구는 매우 열악한 상황에서 이루어지고 있어 가치 있는 논문이 제대로 생산되기 어려운 것이 현실이다. 교육 현장에서 이루어지고 있는 글쓰기 교육 역시 매우 미비해서 대학생들은 중고등학교의 교육 과정을 이수하였음에도 불구하고 기초적인 읽기 쓰기 능력

---

10 이재승, 앞의 글, 276쪽.

11 Maxine Hairston, "The Winds of Change : Thomas Kuhn and the Revolution in the Teaching of Writing", *CCC*, 33(1), 1982, p.76.

12 정희모, 「작문 이론의 구체성과 실천성」, 『한국어문교육』 10, 2012, 291쪽.

조차 제대로 갖추지 못한 것으로 평가된다. 그 점에서 한국의 대학 신입생은 능동적 주체로 가정되는 동시에 기초 글쓰기를 학습해야 하는 대상으로 간주되는 것이 일반적이다.[13] 그래서 여전히 읽기 자료는 모방의 대상으로 학생들에게 제공되는바, 이는 교수자들이 학생들을 능동적인 학습 주체로 간주하면서도 실제 수업에서는 대화 모형이 아닌 전통적인 견습생 모형을 채택하고 있음을 의미한다.[14] 이와 관련하여 한 대학의 글쓰기 연구자는 "대부분의 학생들은 자신을 글을 쓰는 필자로 인식하는 것이 강하지 않아 '학자의 입장'을 수용하고 내면화하고자 노력"하며, "이럴 경우 '학자의 입장'에 의해 필자의 입장이 억압되는 현상이 발생하기도 한다."라고 지적한다. 즉 "대학생들은 텍스트의 지식을 완결된 것으로 받아들이기 쉽고 그렇게 인식하려는 읽기 모형이 작동하며, 의미를 재구성하는 필자성이 약화되면서 실제 쓰기를 추동하는 힘은 현저하게 떨어질 가능성이 생긴다."라고 보는 것이다. 그리고 이를 "기존의 읽기-쓰기 교수학습 방법이 인지주의의 자장 안에서 결코 자유롭지 않"았기 때문에 발생하는 현상이라고 진단한다.[15] 사실 그의 지적처럼 "모범 글을 요약·분석하고 텍스트 사이를 찾아 헤매는 근대적 읽기와 텍스트주의의 교육적 지향은 비판되어야" 하며, 이를 위해서는 "읽기 쓰기 패러다임이 바뀌"어야 한다.[16]

이와 관련하여 언급할 필요가 있는 것은 대학의 글쓰기 연구자들과 교수자들이 읽기 자료를 모방적 관점으로 받아들이는 경우는 사실 드물

---

13 위의 글, 292쪽.

14 Charles Bazerman, "A Relationship between Reading and Writing", *Collage English*, 41(6), 1980, p.157.

15 구자황, 「대학 글쓰기 교재의 분기와 신경향」, 『반교어문연구』 32, 2012, 545쪽.

16 위의 글, 546~548쪽 참조.

다는 점이다. 읽기 자료를 비판적 해석의 대상으로 보는 관점이 광범위하게 수용되어 있는 상황이라는 뜻이다.[17] 하지만 교육 현장에서 학생들은 여전히 제공되는 읽기 자료와 자신과의 수준차를 메우지 못해 결과적으로 짜깁기식 글을 쓰는 행위를 반복하고 있다. 교수자들의 의도와 상관없이 읽기 자료가 비판적 해독 대상이 아닌 모방의 대상으로 학생들에게 수용되고 있는 현실인 것이다.

본고에서는 이 문제를 해결하기 위해, 즉 읽기-쓰기의 사회적 전환을 도모하기 위해 읽기 자료를 다각화하고자 한다. 그런데 여기에서 읽기 자료를 다각화한다는 것은 매체를 적극적으로 활용하겠다는 것을 뜻하지만, 이것이 비판적 글쓰기(혹은 학술적 글쓰기)와 별개의 장르로 간주되는 이른바 매체 활용 글쓰기를 활성화하겠다는 의미는 아니다. 오히려 사회적 전환을 통해 활성화시키고자 하는 논리적, 비판적 읽기-쓰기 능력, 즉 비판적 문해력을 신장시키기 위해서 논리적 글쓰기 수업 초반부에 광고 매체를 분석용 읽기 자료로 제공하는 것이 효과적이라는 점을 가리킨다.

이 글에서는, 분석 능력이 대학생들의 비판적 문해력을 기르는 데 매우 중요하며, 전문적인 글 텍스트만을 분석 대상으로 제공했을 때보다 매체를 활용했을 때 학생들은 이 능력을 더 크게 발전시킨다는 것을 경험적으로 입증할 것이다. 매체 텍스트는 문자 언어보다는 이미지와 영상 같은 시각 언어에 의존하기 때문에 모방이 불가능하다는 이점이 있다.[18]

---

17 이것은 대다수의 글쓰기 연구자들과 교수자들이 한국의 70~80년대라는 특수한 정치적 상황에서 비판적 사고를 활성화시키는 교육을 받았기 때문에 가능한 것으로 보인다. 그 점에서 이들은 비판적 사고의 가치를 적극적으로 인정하는 세대라는 공통점이 있다. 하지만 비판적 사고를 활성화시킬 수 있는 글쓰기 이론과 방법론에까지 깊이 천착하고 있지는 않아, 학습자들의 비판적 문해력을 높이는 것의 중요성은 인정하면서도 수업은 자의적인 판단에 입각해서 진행하고 있는 것이 작금의 현실이다.

즉 매체 텍스트는 모방의 대상이 될 수 없으며 오직 분석의 대상으로만 존재하기 때문에 학생들은 능동적으로 텍스트에 접근하여 그에 대해 말하고 쓸 수 있다. 그 점에서 이러한 방법의 장점은, 기초 글쓰기가 일반적으로 가정하는 것처럼 학생들을 '미숙'하거나 '치유가 필요'한 결핍된 존재로 보는 것이 아니라 지금까지의 교육(초·중·고 읽기 쓰기 교육)만으로도 충분히 능동적인 읽기와 쓰기 행위를 수행할 수 있는 존재로 볼 수 있다는 데 있다. 읽기-쓰기의 사회적 전환을 위해 고안된 교수-학습 방법론이 제공되는 이 수업에서는 학생들이 지금까지 습득한 지식만으로 체계적인 분석을 충분히 수행할 수 있는 능동적 주체가 될 수 있는 것이다. 그렇기 때문에 여기서는 학생과 교수자 모두 자기 자신과 상대의 변화를 도모하는 적극적인 주체가 될 가능성이 높아진다. 따라서 비판적 문해력을 기르기 위해 읽기-쓰기 교육에서 다양한 매체를 적극적으로 활용하는 것은 중요하다. 하지만 더욱 중요한 것을 그렇게 이끌 수 있는 원리(이론)와 방법론을 마련하는 일이다.

2. 읽기-쓰기 교육 방법의 재구성과 매체 활용의 가치

대학 글쓰기란 "독서와의 통합을 바탕으로 한 학술적 글쓰기"[19]가 핵

18 시각 언어는 언어에 대한 복합 양식적 관점이 적용된 개념이다. 여기서 복합양식적 관점은 문자언어나 음성언어뿐만 아니라 이를 포함한 다양한 소통양식들이 모두 일정한 기호학적 원리에 의해 작용된다는 것을 전제로 한다. 이처럼 기존의 문자언어와 음성언어의 영역을 넘어서 인간 소통의 역사적 발전 속에서 생겨난 다양한 매체의 의미화 양식들 또는 언어 양식들은 매체 언어로 통칭된다(윤여탁 외, 『매체언어와 국어교육』, 서울대학교 출판부, 2008, 4~5쪽).

19 박영민, 「우리나라 중등, 대학 글쓰기 교육과정과 글쓰기 교재」, 『한·중·일 글쓰기 교육 비교 연구』, 연세대학교 국문학과 BK21한국언어·문학·문화국제학술대회,

심이라는 주장을 수긍하지 않는 한국 대학의 글쓰기 교수자들은 많지 않을 것이다. 하지만 글쓰기 교육이 각 대학의 성격과 특성, 목적에 맞게 이루어지고 있기 때문에 학술적 글쓰기가 유일한 교육의 목표로 선택되는 것은 아니라는 점 역시 많은 이들이 동의할 것이다. 교육의 목표는 대학마다 차이가 있으며 교재 역시 획일적이지 않다. 이를테면 경희대학교와 성균관대학교의 글쓰기 교육 목표는 매우 상이하며, 이를 반영하듯 교재의 서술 방식이나 교육 내용의 차이도 대단히 크다. 경험적, 치유적 글쓰기를 중시하는 경희대학교의 『나를 위한 글쓰기』[20]와 학문적 의사소통 능력의 향상을 목표로 하는 성균관대학교의 『학술적 글쓰기』는 그 성격이 결코 동일할 수 없을 것이다. 그럼에도 불구하고 읽기와 쓰기가 통합적으로 이루어져야 한다는 생각은 양자에서 동일하게 발견된다. 물론 이는 각 대학 교재에 모두 적용되어 있는 관점이기도 할 터이며, 이 논문에서 논의의 전제로 삼고 있는 것이기도 하다. 즉, 본고에서도 읽기와 쓰기는 통합적으로 교육했을 때 효과가 가장 크다는 점에 동의한다. 하지만 이것이 인지적 관점에 입각한 과정 중심 읽기-쓰기가 유일한 교육 방법이라는 데 동의하는 것은 아니다. 오히려 여기서 중시하는 것은 사회적 영역으로 확장된 읽기-쓰기 교육이다.

이와 같은 점에서 본고에서는 연구자들과 교수자들이 읽기-쓰기 교육에 대한 현재의 일반적 시각을 확장할 것을 요청한다. 그리고 여기서 더 나아가 비판적 문해력을 기르기 위해 학생들에게 제공하는 읽기 자료가 대개 문자 텍스트에 치중되어 있는 것은 불필요한 제한에 해당한다고 주장하고자 한다. 물론 일반적인 글쓰기 수업에서도 자아 성찰을 위해

2008, 69쪽.

20 경희대학교 글쓰기의 특성(경험적, 치유적 글쓰기)과 교재의 성격에 대해서는 구자황, 앞의 글 참조.

음악을 틀어주는 등 다양하게 매체를 활용하지만, 글쓰기 교육에 매체를 끌어들이는 것은 대체로 쓰기의 지루함을 덜어주기 위해서거나, 수업의 보조 자료로 활용하기 위해서인 경우가 많다. 이러한 상황을 반증하는 듯이, 매체 활용 교육을 위한 방법론은 거의 개발되어 있지 않으며[21] 그와 관련된 연구 논문도 매우 적은 것이 현실이다.[22]

하지만 "다양한 매체 텍스트에 실현되는 언어의 특성에 주목"하여 '매체 언어'라는 개념을 사용할 것을 제안하는 소수의 연구자들도 존재한다. 이들은 "텍스트의 종류에 따라 음성, 문자, 소리, 이미지, 동영상 등이 복합적으로 의미를 형성"하는 매체 언어가 "다양한 언어가 복합적으로 작용하여 의미를 만들어내는 독특한 언어체계"를 지니고 있다는 점을 강조한다.[23] 이러한 새로운 언어 체계는 학생들의 삶에 깊이 침투해 있어 오늘날에는 이를 분석할 수 있는 능력(디지털 문해력)이 크게 요구되는 것이다.[24] 또한 이는 문화적 영역에서 읽기 대상을 발굴하는 것이 필요하다는 점을 역설하는 것이기도 하다.

---

21 경희대학교의 글쓰기 교재인 『대학글쓰기 : 세계와 나』(글쓰기교과교재편찬위원회, 경희대학교 출판문화원, 2012)는 매체 글쓰기를 위한 방법론을 자세하게 소개하고 있는 드문 경우에 속한다(위의 책, 2장, 미디어 글쓰기 참조). 하지만 이 역시 인지주의 관점에 입각해 있어 교육 방법이 제한적이다.

22 대학 글쓰기의 경우, 이은주, 「매체 언어를 활용한 비판적 읽기 교육」, 『독서교육』 23, 2010; 윤재연, 「텔레비전 광고 텍스트를 활용한 비판적 사고와 글쓰기」, 『한말연구』 28, 2011이 거의 유일하다.

23 윤여탁 외, 앞의 책, 5쪽. 이는 매체 언어를 중등국어 교육의 장 안에 끌어들여 그에 대해 교육시켜야 한다는 관점에 입각해 있어 대학의 글쓰기 교육과는 차이가 있다. 하지만 매체 언어에 주목할 필요성에 대해서는 공감할 수 있어 이 글의 참고 자료로 활용한다.

24 이와 관련하여 한 연구자는 대학생들에게 자유 주제로 글을 쓰라고 했을 때 71.6%가 대중매체와 관련하여 주제를 선정하였음을 밝히면서 매체 언어를 활용한 비판적 읽기 교육이 현실적으로 필요하다고 주장하고 있다(이은주, 앞의 글, 296쪽).

이 연구자들이 의식하고 있든 그렇지 않든 이러한 주장 자체가 한국의 작문 영역에서 '사회적 전환'[25]이 이루어지고 있음을 나타내는 징후이다. 그리고 여기서의 핵심어는 '문화'이다. '사회적 전환'은 실은 '문화로의 전환'을 의미하기 때문이다. 이것은 후기 근대적 문화 사회로의 이행이라는 우리 시대의 특성에 따른 문제 설정 방식이다.[26] 그런데 요시미 슌야가 문화 연구란 후기 근대라는 달라진 시대 상황을 이해, 분석, 비판하고 재구성하기 위해 존재한다고 밝혔듯이,[27] 대학 글쓰기가 문화 연구의 장점을 수용하려면 '문화적 전환'이라는 시대적 특성에 적응하기보다는 그에 대한 비판적 개입 방법을 찾아야 한다.[28] 또한 이는 다매체 시대라

---

25 브루스 맥코미스키, 김미란 옮김, 『사회 과정 중심 글쓰기 : 작문 교육 패러다임의 전환』, 도서출판 경진, 2012, 30쪽 참고.

26 심광현, 「교육개혁과 문화교육운동 : 지식 기반 사회에서 문화사회로의 이행을 위해」, 심광현 편, 『이제, 문화교육이다』, 문화과학사, 2003, 56쪽.

27 요시미 슌야, 박광현 옮김, 『문화연구』, 동국대학교 출판부, 2008 참조.

28 여기에서는 비판적 문화연구의 성과를 읽기-쓰기 교육에 적극적으로 끌어들인 미국의 학자, 브루스 맥코미스키가 제안하는 방법을 적극적으로 활용하면서 이에 대해 생각해 보고자 한다. 그는 작문이 텍스트적이고, 수사학적이며, 담론적인 수준을 모두 구현하는 방향에서 이루어져야 한다고 본다. 여기서 작문의 텍스트적 수준이란 글쓰기의 언어적 특징에 주의를 기울이는 것을 말한다. 작문의 수사학적 수준은 의사소통 상황이라는 (독자·목적 등의) 생성적이면서 한정적인 요건을 가리킨다. 마지막으로 작문의 담론적 수준은 저자로서의 우리의 정체성을 조건 짓는 제도적(경제적, 정치적 사회적, 문화적) 권력에 주목하는 것을 뜻한다. 여기서 담론적 수준은 그가 텍스트의 맥락을 협소한 담론 공동체가 아닌 실제 사회로 확장하고 있음을 보여준다. 한편으로 그에 따르면 작문의 텍스트적 수준에 지나치게 초점을 맞추는 글쓰기 과정은 특수한 수사학적 상황에 의해 글쓰기에 부과되는 압력을 무시하며, 문법과 문체를 학습하는 과정이 되는 경향이 있다. 수사학적 수준에 지나치게 초점을 맞추는 글쓰기 과정은 텍스트와 사회 제도들이 학생들의 글쓰기 과정에 미치는 영향을 무시하며, 수정 및 독자에 대한 인식을 강조하는 경향이 있다. 그리고 담론적 수준에 지나치게 초점을 맞추는 과정은 글쓰기 과정을 전적으로 무시하여, 문화 연구 과정이 되는 경향이 있다. 그러므로 상호 관련되어 있는 작문의 세 수준을 모두 구현하기 위해서는 세 수준의 균형을 유지하는 교육 방법을 제공하는 것이 중요하다(브루스 맥코미스키, 앞의 책, 24쪽 참조).

는 우리 시대의 특성을 적극적으로 반영하는 가운데 이루어져야 한다.

그렇지만 이것은 새로운 지적도, 날선 문제의식도 아니라고 생각될 수도 있다. 각 대학의 교재에는 이미 매체를 활용하여 글을 쓰는 방식이 부분적으로 도입되어 있기 때문이다. 일례로 성균관대학교의 글쓰기 수업(수업명 : 창의적 글쓰기) 교재인 『창의적 사고 소통의 글쓰기』[29]에서도 매체는 다양하게 활용된다. 인터넷에서 올라온 칼럼을 선택해 읽고 반박문이나 대안 칼럼 써 보기, 인터넷 미디어에 독자투고를 하거나 다음 아고라 사이트의 이슈 중 관심 있는 주제에 대한 토론문을 써서 사이트에 올리기, 인터넷에 올린 토론문에 대한 반응을 댓글을 중심으로 살펴보고 그에 대한 자신의 의견을 댓글로 달기, 글쓰기 수업용 온라인카페를 만들어서 댓글을 다는 방식으로 토론하기, 교재에 실린 〈지식채널 e〉의 한 장면과 서술 내용을 살펴보고, 떠오르는 이미지를 활용해 이야기(내러티브)를 구상하여 포트폴리오 작품을 만들거나 자신만의 UCC(User Created Contents) 제작하기 등이 그것이다.

이와 같이 대학생들이 다양한 대중 매체에 익숙한 현실을 반영하는 글쓰기 수업은 읽기와 쓰기가 긴밀한 관계에 있음을 전제하는 것일 뿐만 아니라, 변화된 매체 환경을 고려하여 설계되는 것이기도 하다. 하지만 여기에서 주목하고자 하는 것은 이보다는 글쓰기란 교실 안에서만 이루어질 수 없으며 교실의 바깥 즉, 사회로 확장되어야 한다는 관점이 여기 담겨 있다는 점이다. 이것은 대학에서 이루어지는 글쓰기 교육이 대체로 교실 활동으로 한정되어 있는 한계를 극복하는 데 기여할 수 있다. 그럼에도 불구하고 이 수업 내용들은 이른바 '매체 활용 글쓰기'의 영역에

작문에서 세 수준을 모두 구현하기 위해 그가 채택하는 방법론은 '발견학습'에 기초한 '사회과정 수사학 탐구'이다. 본고의 3장은 이를 응용한 것이다.

29 김경훤·김미란·김성수, 『창의적 사고 소통의 글쓰기』, 성균관대학교 출판부, 2012.

속해 있을 뿐만 아니라 수업 목표와 교수-학습의 원리 및 방법도 불명료해서 이러한 글을 씀으로써 사회적 소통 방식을 익히고 창의성을 기를 수 있지 않을까 하는 막연한 짐작만을 가능하게 한다. 즉 진정한 의미에서의 사회적 전환을 도모할 수 있는 이론과 방법론이 여기에 투영되어 있지 않은 것이다. 그렇지만 비판적 문해력을 기르기 위해 다양한 매체를 활용하면서 읽기-쓰기 통합적 교육을 하려면 그에 걸맞은 이론과 수업 목표, 교수-학습 원리 및 방법이 동반되어야 한다.

3. 비판적 문해력을 기르기 위한 읽기-쓰기 교육 방법의 제안

이를 위해서 여기서는 비판적 사고력을 신장시키기 위해 대학의 읽기-쓰기 교육에 대중 매체를 활용하는 방법을 제안한 연구를 검토하는 데서 시작하자. 이은주의 논문은 비판적 읽기가 비판적 사고를 활성화시키는 중요한 방법이라는 가정 하에, 비판적 읽기 교육은 매체 언어를 활용해서 이루어졌을 때 효과가 크다고 주장한다. 여기에서 중요한 교육 방법으로 부각되는 것은 질문하기와 토론하기이다. 학생들은 이 활동을 통해 스스로 문제를 제기하면서 그에 대한 자신의 시각을 정하고 이를 뒷받침해줄 수 있는 참고자료를 찾아 학술적 글쓰기를 행한다. 여기에서 그녀가 질문과 토론을 비판적 읽기 능력을 신장시킬 수 있는 교육 방법론으로 제안하는 이유는 무엇보다 학생들이 고정관념에서 벗어나서 비판적 사고력을 활성화시키는 데 이바지하는 바가 크다고 판단하기 때문이다.[30] 그렇지만 이 방법론은 실은 새로운 것이 아니며 많은 교수자들이 가장 일반적으로 채택하고 있는 것이다. 그리고 교수자들이 많이 활용하

30 이은주, 앞의 글, 301쪽.

고 있는 수업 방법이면서도 실제로는 질문과 토론이 수업 목표를 충분히 달성할 수 있을 만큼 체계적으로 이루어지는 경우가 흔치 않듯이, 이은주의 방법도 체계적인 질문법이나 토론법을 보여주지는 않는다.[31]

윤재연의 논문은 위의 주장과 기본 관점이 유사하지만 방법론이 매우 구체적이며 상세하다. 그 역시 대학의 글쓰기 교육에서는 비판적 사고를 강화하는 것이 중요하다고 보면서, 비판적 읽기와 쓰기의 대상으로서 광고 텍스트를 활용할 것이 주장한다. 여기서 비판적 사고는 "어떤 대상을 분석하고, 분석된 내용을 바탕으로 의미를 해석하며, 해석된 의미에 대해 판단"을 내리는 대상(텍스트)의 이해 전 과정에 참여하는 사고 행위로 규정된다. 그는 이러한 규정을 바탕으로 기존의 글쓰기 수업에서 비판적 읽기와 쓰기의 주제와 대상이 제한적이었던 것을 지적하고, 대중 매체를 비판적 읽기와 쓰기에 활용할 수 있는 길을 열어 놓고자 한다.

그가 제안하는 비판적 읽기는 '구성 요소 분석하기 → 의미 해석하기 → 가치 판단하기 → 자기 점검하기'의 4단계로 이루어진다. 여기에서 구성 요소 분석은 텍스트적 수준(언어·기호 수준)에서 광고를 분석하는 것이며, 의미 해석하기는 수사학적 수준 즉, 텍스트 생산자(저자)와 수용자(독자)의 위치에서 광고의 의미를 파악하는 것이고, 가치 판단하기는 수용자의 입장에서 텍스트의 전략과 의도, 타당성 등을 파악하는 것이다. 가치 판단에는 그 내용과 표현이 사회적 통념이나 관습, 문화적 척도 등에 비추어 얼마나 적절한가를 판단하는 것까지 포함된다.[32] 즉 담론적

---

31 참고로 여기서 체계적인 것은 텍스트적, 수사학적, 담론적 수준에서 고안된 체계적인 질문법을 가리킨다. 즉 이은주의 방법은 과정 중심 원리가 체계적으로 적용되어 있지 않기도 하나, 그보다는 앞의 세 수준이 반영된 체계적인 질문법이 아니라는 것이다.
그리고 이처럼 교육 방법이 모호한 것도 문제이지만, 교수자가 제시하는 토론 주제가 최근 현대문학 연구자들이 선호하고 있는 한국의 근대성에 대한 담론적 고찰이라는 연구 주제와 차이가 나지 않는다는 점도 한계로 지적될 수 있다.

수준에서의 분석과 평가가 부분적으로 이루어지고 있다고 할 만하다. 마지막으로 자기 점검하기는 자기 자신(독자)의 태도가 합리적이고 객관적인가 등을 점검함으로써 합리적인 결론에 도달하고자 하는 수사학적 수준의 접근 방법에 해당한다. 다만 여기서 수용자의 주체 위치[33]를 고찰하지 않았다는 점이 아쉽다.

하지만 가장 눈에 뜨이는 문제점은 질문 상호간의 연관성이 높지 않아 연구자가 체계적인 이론에 입각해 질문들을 도출해내었다는 인상을 주지 않는다는 것이다. 즉 텍스트적, 수사학적, 담론적 수준을 균형 있게 유지하면서 학생들에게 필요한 질문들을 끌어내지도 못했고 이를 질문 간의 상호 연관성을 고려하여 배치하지도 못한 것이다. 이 문제점은 이론 없이 연구자의 자의적인 판단에 입각해 질문을 만들었기 때문에 발생한 것으로 보인다. 또한 읽기와 쓰기의 교육 방법론이 유기적으로 연결되지 않는다는 점도 문제로 지적된다. 그가 비판적 쓰기를 위해 제시하는 것은 과정 중심 쓰기 원리 외에는 없다. 비록 체계적이지는 않을지라도 텍스트적, 수사학적 수준(부분적으로는 담론적 수준)에 초점을 맞추어 읽기를 진행하는 것과는 달리 쓰기는 인지 이론에 의거한 과정 중심의 쓰기 방법에 한정되어 있는 것이다. 이것이 초래하는 문제는 논문에 실

---

32 윤재연, 앞의 글, 151~154쪽 참조.

33 주체성의 '위치(position)' 문제는 문화 연구와 비판적 담론 분석의 영향을 받은 글쓰기 이론가들에게는 매우 중요하다. 그리고 수사학적 접근에서의 저자-독자 관계 설정만으로는 충분히 포착하기 어려운 '위치'의 문제는 비판적 담론 분석에서는 매우 손쉬운 일이다. 참고로 여기서 주체 위치를 확보하는 것은 정체성을 자연화하여 존재의 불가피한 특성처럼 만들어 버리는 것을 피하기 위한 것이다. 그리고 이처럼 자신의 위치를 인식하는 것은 학생들뿐만 아니라 글쓰기 연구자들과 교수자들도 갖추어야 할 태도이며 비판적 담론 분석은 이를 가능하게 해주는 이점이 있다(졸고, 「인문학 연구의 활성화가 대학 글쓰기 교육에 미친 영향과 전망 : 문화 연구와 비판적 담론 분석을 중심으로」, 31쪽 참조).

려 있는 예시 학생글에서 발견된다. 즉 담론적 수준에서 텍스트에 접근한 내용을 글로 적은 학생들은 하나도 보이지 않는 것이다.

이와 같은 문제를 해결하기 위해서는, 혹은 읽기-쓰기 교육의 사회적 전환이 제대로 이루기 위해서는 텍스트적, 수사학적, 담론적 수준에서 읽기와 쓰기가 이루어질 수 있도록 교수-학습 방법을 새로 구상해야 한다. 본 연구자는 2012년도 1학기 글쓰기 수업에서 실시한 방법을 소개하면서 그에 대해 논하고자 한다. 본 연구자가 위 세 수준을 균형 있게 유지하기 위해서 학생들에게 제공한 것은 발견학습(heuristics)[34]을 위한 질문지이다. 창안(invention)[35]에 해당하는 발견학습은 비판적 탐구 방법의 일종이다. 그런데 이 방법이 효과를 얻기 위해서는 수업 목표부터 명료해야 한다.

본 연구자가 제시하는 수업 목표는 "주장하는 글쓰기에서 주제를 실현하기 위해서는 실증, 예증, 반증, 비교·대조, 설명, 분석, 추론 등의 논거를 제시하는 것이 필요하다. 이중 대학 신입생들이 본격적으로 훈련해야 하는 것은 분석, 설명, 추론이다. 이 수업에서는 분석과 설명, 추론을 연습하는 데 매우 유용한 학습 자료인 광고 텍스트를 선택해, 학생들이 이를 비판적으로 읽고 분석과 설명, 추론을 활용하여 그에 대한 자신의 생각을 서술함으로써 논증 능력을 키우는 것을 목표로 삼는다."이다.

이 수업목표에서 보이듯이, 읽기 자료로 광고 텍스트를 선택하는 것은 비판적 문해력을 발달시키기 위해서이다. 즉 이는 분석과 설명, 추론을 연습하는 데는 글 텍스트보다 광고 텍스트가 유용하다는 판단에 따른

---

34 브루스 맥코미스키가 활용하고 있는 발견학습은 비판적 문화연구를 글쓰기 이론의 자원으로 수용하고 있는 작문 연구가들이 일반적으로 사용하고 있는 교육 방법이기도 하다. 글쓰기 교육에서 활용되고 있는 일반적인 질문법과의 차이는, 텍스트적, 수사학적, 담론적인 작문의 세 수준을 모두 고려한다는 데 있다. 이를 통해 학생들은 텍스트의 생산에서 소비에 이르는 전 과정을 탐사할 수 있게 된다.

35 수사학 용어로, 아이디어 생성 과정에 해당한다.

것이라는 점에서 광고 매체를 수업의 보조 자료로 활용하는 기존의 방식과는 크게 차이가 난다. 이러한 판단의 근거는 학생들에게 비판적 문해력을 발달시킨다는 목적으로 글 자료만을 제공했을 때에는 이를 이해하고 모방하는 데 급급하지만, 광고 자료를 제공받았을 때에는 글의 권위를 의식할 필요가 없기 때문에 훨씬 더 적극적으로 자신의 생각을 표명한다는 경험적 사실에 입각해 있다. 물론 이것은 텍스트적, 수사학적, 담론적 수준이 균형을 이룬 교육 방법론인 발견학습과 결합되었을 때 가능한 일이다. 다음 장에서 살펴보겠지만, 학생들이 텍스트를 주체적으로 분석할 수 있도록 고안된 발견학습은 체계적인 질문법으로 구체화된다.

그렇다고 이 수업에서 대중 매체만을 유일한 읽기 자료로 한정하는 것은 아니다. 오히려 글 텍스트에 능동적으로 접근하도록 하기 위해 광고 텍스트를 제공한다고 하는 것이 실제에 더 가깝다. 학생들은 글 텍스트가 내 생각을 보완하거나 확장하기 존재하는 것이지 내 생각을 대신해 주기 위해 있는 것이 아니라는 사실을 잘 알고 있다. 하지만 실제로 글을 쓸 때에는 글 텍스트에 대한 의존성이 매우 높아서 진정한 의미에서의 '나의 글'을 쓰지 못하는 경우가 다반사이다. 이 때문에 글 텍스트에 능동적으로 접근하는 태도를 길러주기 위해 본고에서는 광고 텍스트를 선택한 것이다. 학생들은 광고에 숨어 있는 다양한 구성 요인들을 다각도로 살피면서 스스로 분석 내용을 찾아내 추론하고 설명한 뒤에 이를 한 편의 글로 쓰는 과정에서 참고할 필요가 있는 글 텍스트를 능동적으로 선택한다. 즉 이들은 자기 분석이 선행된 상태에서 전문적인 수준의 단행본, 학위논문, 소논문 중 자신이 준비하는 글에 필요한 읽기 자료를 선택하여, 자기 글의 분석과 주장을 살리고 뒷받침하기 위해 인용하는 전 과정을 밟게 된다. 이는 '나의 글'이 만들어지는 과정을 경험적으로, 그리고 실감 있게 배우는 일이다. 이 경우 광고 텍스트를 활용하는 것이

디지털 문해력을 기르는 것을 목적으로 하지는 않으나, 그 역시 함께 발달되는 것은 분명하다.

수업의 진행 단계를 중심으로 이를 설명하자면, 본 수업은 "발견학습을 통한 분석 연습→광고를 선택해서 발견학습 적용하기→모둠별로 의견 나누기→이를 바탕으로 창안 기록지(invention notes) 쓰기(두 단락 쓰기) →모둠별 토론하기→주제, 목차, 내용 조정 및 전문 자료(글 텍스트) 수집하기→초고 쓰기→모둠별로 돌려 있고 의견 나누기→교수자의 조언 받기→전문 자료 재수집과 다시 쓰기"의 단계로 구성된다.

차시	수업 활동	수업 외 활동
1차시 (75분)	발견학습을 통한 분석 연습 (모둠 작업 및 발표)	광고 준비해 오기(개인 과제)
2차시 (75분)	준비해 온 광고에 발견학습 적용하기 → 모둠별로 의견 나누기	이를 바탕으로 창안 기록지 쓰기 (두 단락 쓰기)
3차시 (75분)	창안 기록지 돌려보고 모둠별로 토론하기 → 주제, 목차, 내용 조정하기	초고 쓰기에 필요한 전문 자료 수집하기
4차시 (75분)	초고 쓰기 → 모둠별로 돌려 읽고 의견 나누기	교수자의 조언 →전문 자료 재수집 및 다시 쓰기 해서 정해진 기간 안에 제출

이 과정 중 상세한 설명이 필요한 중요 측면은 "발견학습을 통한 분석 연습", "광고 선택해서 발견학습 적용하기", "창안 기록지 쓰기에서 다시 쓰기까지"일 것이다. 지금부터는 이에 대해 꼼꼼히 살펴보기로 하자.

3.1. 발견학습을 통한 분석 연습

학생들이 아이디어 생성 방법을 익히도록 하기 위해 먼저 발견학습을 통한 분석 연습을 실시한다. 이는 모둠별로 함께 분석한 뒤 발표하는 방식으로 이루어진다.

다음은 수업 시간에 이루어진 발견학습을 통한 분석 연습 사례이다.

〈연습1〉 다음의 광고 사진에 대한 분석적 질문에 답해 본 뒤, 분석한 내용을 살려 한 단락 쓰기를 해보자.[36]

질문 ① 이 광고는 무엇을 목표로 삼고 있다고 생각하는가?(수사학적 수준의 질문)[37]

질문 ② 광고의 목표를 위해 선택한 소재들은 무엇인가?(텍스트적 수준의 질문)

질문 ③ 각 광고 사진에서 선택된 인물의 특성은 무엇인가?(텍스트적 수준의 질문)

질문 ④ 여성의 시선은 어떤 특징을 지니는가?(텍스트적 수준의 질문)

질문 ⑤ 여성의 신체와 비행기 본체와의 관계는 어떠한가?(텍스트적 수준의 질문)

질문 ⑥ 배경의 색조는 어떠한 이미지를 불러일으키는가?(텍스트적 수준의 질문)

학생들은 막연한 질문보다 구체적인 질문을 제공받았을 때 대상을 다각적으로 살펴볼 수 있게 된다. 하지만 위 발견학습은 텍스트적 수준의 질문이 과도한 비중을 차지하고 있고 수사학적 수준의 질문은 하나만 있으며 담론적 수준의 질문은 아예 없다는 것이 문제이다. 이 문제는 학생들이 연습 문제의 광고 사진에 발견학습을 적용해 보는 과정을 지켜보

36 김경훤·김미란·김성수, 앞의 책, 180~181쪽.

37 실제 교재에는 텍스트적, 수사학적 수준이라고 구분해 놓지 않았다. 이러한 구분에 대해 설명함으로써 오히려 학습자들이 수업 내용을 복잡하고 까다롭게 여기게 될 가능성을 배제하기 위해서이다.

면서 체감한 것이다. 담론적 수준의 질문이 아예 없을 때 읽기와 쓰기에서 생기는 가장 문제점은 학생들이 자신의 입장(주체 위치)을 광고 생산자의 입장과 일치시켜 결론을 내린다는 것이다. 가령 대한항공은 이러이러한 방식으로 광고의 목적을 실현했다고 긍정적으로 평가하면서 글을 마무리하는 것이 일반적이다. 광고의 소비자이면서도 생산자의 입장에서 광고를 평가하는 것은 수사학적 수준의 질문과 특히 담론적 수준의 질문이 거의 없기 때문에 생겨나는 문제이다.

이에 따라 본 연구자는 두 번째 단계인 "광고 선택해서 발견학습 적용하기"를 학생들이 효과적으로 수행하도록 하기 위해 발견학습을 위한 질문지를 크게 보완하였다.

3.2. 광고 선택해서 발견학습 적용하기

이 단계에서 학생들은 자신이 분석하고 싶은 광고를 한 편씩 준비해서 수업 시간에 가지고 온다. 광고에는 시각 자료가 반드시 들어 있어야 한다는 점이 학생들에게 가해지는 유일한 제약이다. 라디오 광고와 시각 자료가 없는 일반 매체의 광고를 제외한 것은 광고에 숨어 있는 다양한 기호를 언어화해서 분석하도록 하기 위해서이다. 학생들은 발견학습 질문지에 따라 답변하면서 자기가 선택한 광고를 다각도로 분석한다. 참고로 본 연구자는 발견학습 질문지를 보완할 때 브루스 맥코미스키의 아래 질문지를 적극적으로 활용하였다.[38]

---

38 브루스 맥코미스키의 질문지는 브루스 맥코미스키, 앞의 책, 77~79쪽 참조.

〈텍스트적, 수사학적, 담론적 수준에서 광고를 분석하기 위한 발견학습〉

* 텍스트적 수준

1. 자신이 선택한 광고의 기본 사항을 확인하시오.
   - 광고 제목 :
   - 광고의 출처 :
   - 광고가 나온 시기 :

2. 광고의 핵심 요소들과 의미가 결합되는 방식을 확인하시오.
   - 광고의 핵심 요소들을 모두 찾아낸 뒤 그 요소들과 의미가 결합되는 방식을 목록으로 정리하시오. 여기서 의미는 상품 회사가 추구하는 가치로 한정됩니다.
   - 광고의 핵심 요소들과 의미가 결합되는 방식(핵심 요소들이 배치되고 의미를 얻는 방식)을 목록으로 정리하시오.
   - 이 결합을 통해 광고가 암시하는 사회적, 문화적 가치는 무엇입니까?
   - 불편하게 느껴지는 사회적, 문화적 가치에 동그라미 치시오.
   - 기타 나의 질문 :

3. 광고와 대립되는 가치의 목록을 적으시오(대안적으로 볼 때 이상적인 가치는 ~이다).

* 수사학적 수준

1. 광고에 나타나는 문화적, 사회적 가치를 비판하시오(순응, 비판적 수용, 거부 중에서 자신의 입장을 정하시오).
   - 여러분이 전적으로 수용하는 광고의 문화적, 사회적 가치를 확인하고 개인적 경험에 의거해서 왜 이 가치에 순응하는지 설명하시오.
   - 여러분이 전적으로 수용하는 광고의 문화적, 사회적 가치가 광고된 상품과 실제로 관련되어 있다고 믿는지 그렇지 않는지를 설명하시오.
   - 여러분이 비판적 수용을 하고자 하는 광고의 문화적, 사회적 가치를 확인하고 개인적 경험에 의거해서 왜 이 가치들을 비판적으로 수용하는지 설명하시오.
   - 여러분이 비판적으로 수용하고자 하는 광고의 문화적, 사회적 가치가 광고된 상품과 실제로 관련되어 있다고 믿는지 그렇지 않는지를 설명하시오.
   - 여러분이 거부하는 광고와 잡지의 문화적, 사회적 가치를 확인하고 개인적 경험에 의거해서 왜 이 가치를 거부하는지 설명하시오.
   - 여러분이 거부하는 광고의 문화적, 사회적 가치가 광고된 상품과 실제로 관련되어 있다고 믿는지 그렇지 않는지를 설명하시오.

2. (상품을 생산하는 회사이든 서비스를 제공하는 회사이든) 그 회사의 대표자들(저자)은 광고의 문화적, 사회적 가치가 여러분과 다른 소비자들(독자)에게 부정적인 영향을 끼친다는 것을 알고 있습니까?
   부정적인 영향에 대한 회사의 태도는 어떻습니까?

3. 광고가 목표로 삼는 고객은 누구입니까?
   - 소비자들은 광고의 문화적, 사회적 가치가 자신에게 부정적인 영향을 준다는 것을 알고 있습니까?
   - 부정적인 영향에 대한 소비자들의 태도는 어떻습니까?

* 담론적 수준 : 독자의 주체 위치 정하기

1. 주체성 : 광고 생산자(저자)는 소비자(독자)에게 주체성의 어떤 측면(계급, 인종, 젠더, 성, 나이 등)을 환기시킵니까? 저자는 주체성의 이러한 측면들을 긍정적인 방식으로 환기시킵니까, 부정적인 방식으로 환기시킵니까? 혹은 중립적인 방식으로 환기시킵니까? 나는 어떤 주체 위치에서 광고를 분석하고 있습니까?

2. 문화적 가치 : 광고 생산자가 가정하는 이상적인 소비자는 누구입니까? 일반적으로 이들은 어떤 가치를 고수하고 있습니까?

3. 사회적 가치 : 광고 소비자인 내가 생각하는 이상적인 소비자는 누구입니까? 이들의 가치는 무엇입니까? 이 가치는 소비자들이 고수하는 실제의 가치와 동일할 것 같습니까, 다를 것 같습니까?

4. 기타 나의 질문:

3.3. 창안 기록지 쓰기에서 다시 쓰기까지

1)과 2)의 과정을 밟은 다음(1, 2차시 수업), 학생들은 후속 내용을 단계별로 수행해 나간다.

여기서 창안 기록지는 분석 내용을 두 단락으로 정리하는 글을 가리킨다. 이것은 학생들이 한 편의 완성된 글을 서술하는 데 필요한 초점을 잡기 위해 분석 내용을 통합하는 단계에 해당한다. 창안 기록지를 쓴 다음 학생들은 모둠별로 모여 돌려보고 서로 의견을 나누며 자신의 생각을 확장시킨다. 이를 통해 글은 혼자 쓰는 것이 아니라 공동 작업으로 수행되는 사회적 행위임을 인식하게 된다. 이 과정을 거친 뒤 학생들은 완성된 한 편의 분석글 초고를 쓰기 위해 주제와 목차, 내용을 확정하고, 수업 외 활동으로 자기 글에 필요한 전문 자료를 수집한다.

전문 자료를 찾아 인용하는 법을 익히게 하기 위해 이에 대한 규정은 다음과 같이 정했다. "학생들은 필수적으로 학위논문이나, 소논문, 전문가가 쓴 단행본 중에서 필요한 내용을 찾아 자기 글에 인용해야 하며, 이때 반드시 주석을 달아야 한다. 신문 자료 등에서 인용하는 것은 선택사항으로 허용된다."

4차시 수업에서 학생들은 초고를 작성하며 미처 다 쓰지 못한 학생들은 수업 외 시간에 완성해서 교수자가 별도로 정한 면담시간에 초고와 참고자료를 모두 가져온다. 교수자의 조언을 들으면서 학생들은 자유롭게 질문할 수 있으며 이 과정에서 학생들의 글 수정 방향이 명료해진다. 학생들은 정해진 시간에 다시 쓰기를 해서 초고와 함께 제출하며, 교수자는 초고와 재고를 비교하면서 완성도를 평가한다.

다음은 수업 과정을 다 밟고 나서 제출한 학생의 글 사례이다.

〈사례 1〉

카메라와 외모지상주의

스마트폰 어플 중 '포토원더(Photo wonder)'라는 것이 있다. 스마트폰으로 찍은 사진을 간편하게 보정해주는 어플인데 사진 크기와 색감 등 기본적인 보정 기능 외에도 눈 크기를 확대한다거나 잡티를 제거하고 얼굴형을 갸름하게 해주는 기능이 있다. 이 어플은 스마트폰을 이용하는 젊은세대 중에서 사용하지 않는 사람이 거의 없을 정도로 인기를 끌고 있어 '필수' 어플이라고 불린다. 이 어플을 사용한 사진 속 인물은 원본보다 눈이 크고 피부가 깨끗하며 턱선이 갸름하다. 가끔은 과도한 포토원더 사용으로 인해 "누구세요?" 소리가 나올 정도로 평소 알던 모습을 찾아볼 수 없는 사진이 SNS에 올라오기도 한다. 이처럼 요즘 젊은이들은 사진 속 자신의 모습이 실제보다 더 매력적이기 원한다. 이런 젊은층의 욕구를 잘 반영한 광고가 바로 캐논의 IXUS라는 카메라 광고이다.

이 광고는 "인물을 구원하다."라는 카피를 주제로 삼고 있다. 광고 도입부에는 요즘 〈드림하이〉, 〈해를 품은 달〉 등 드라마의 연이은 성공으로 젊은층 사이에서 크게 인기를 끌고 있는 배우 김수현의 사진이 연속적으로 등장한다. 다양한 각도로 촬영된 사진 속에서 김수현은 카메라를 똑바로 응시하기도 하고, 눈을 감기도 하는 등 여러 가지 표정을 짓는다. 사진의 배경은 단조로운 회색조이고 김수현이 입은 옷도 디테일이 거의 없는 무채색 옷이다. 그리고 얼굴만을 근접 촬영해서 마치 셀프 카메라 같은 느낌을 준다. 이런 요소들로 인해 시청자들은 화면 가득 찬 김수현의 얼굴에 집중하게 되는데 여기서 뚜렷한 눈매와 특징들은 현대 사회가 요구하는 미의 기준에 부합한다. 이 때 화면이 전환되어 누군가가 캐논 카메라로 셀프 카메라를 찍고 있다. 카메라의 LCD 액정에는 김수현의 얼굴이 비치고 있다. 당연히 셀카를 찍는 사람이 김수현일 것이라 생각하지만 카메라를 내리자 낯선 얼굴이 나온다. 김수현보다 상대적으로 평범한 얼굴의 일반인 모델이다. 이 때 들리는 내레이션은 "김수현을 김수현처럼 찍는 건 일도 아니지. 이수현을 김수현처럼."이다. 셀카를 찍는 이수현이 환하게 웃는 모습이 김수현과 중첩되고 그 화면 밑에는 "인물의 상태를 개선시키는 안면정화기능"이라는 자막이 뜬다. 그 후 "인물을 구원하다."라는 나레이션과 함께 제품명이 소개되고 광고는 끝난다.

이 광고는 한번 보면 웃음이 나올 정도로 유머러스하고 재치 있는 아이디어로 만들어졌지만 한편으로는 외모지상주의와 미의 획일화가 만연한 우리나라의 현실 상황을 반영하고 있어 씁쓸하다. 이수현을 김수현처럼 보이게 사진을 변형해 주는 카메라의 기능에 감탄하기에 앞서 왜 이수현이 김수현처럼 보여야 하는지 먼저 생각해 보아야 한다. 그저 아름다운 것을 선호하는 것은 인간의 일반적인 본성이기 때문에 당연한 현상이라고 할 수도 있다.[39] 그러나 이 광고는 단순히 더 아름다워지는 것을 넘어서서 본인의 정체성마저 잃어버리면서 맹목적으로 미를 추구하고 있다. 더 아름다워 보이기만 한다면 사진속의 내가 '이수현'인지 '김수현'인지는 중요하지 않은 것이다. 사진기의 본래 기능은 현실을 보이는 그대로 담아내는 것인데, 외모지상주의는 현실을 담아내는 카메라보다는 왜곡된 현실을 반영하는 카메라를 더 선호하게 만들었다. 또한 광고에서 주장하는 안면정화기능은 피부톤을 밝게 하고 주름을 없애주는 기능이다. 검은 피부보다는 흰 피부가, 주름이 있는 피부보다는 팽팽한 피부가 더 '정화된' 얼굴이라는 미의 기준을 정해 놓은 것이다. 광고의 마지막 부분에 "인물을 구원하다."라는 나레이션이 나오는데, 이 카메라의 기능으로 사진을 왜곡하지 않고 생긴 그대로 찍는다면 우리는 구원받지 못한 사람이 되는 것일까?

이처럼 현대 사회는 있는 그대로의 모습을 받아들이기보다는 획일화된 규정에 맞추어 수정을 권하는 사회이다. 이력서에 쓸 사진을 찍으러 비싼 돈을 내고 유명한 스튜디오에 가는 것이 당연한 관례처럼 되어 버렸다. 이런 스튜디오에서는 대개 사진을 잘 찍어주기보다는 잘 수정해 주는데, 결과물을 보면 전혀 남남인 사람들이 어딘가 비슷하게 심지어는 형제자매처럼 보이기도 한다. 획일화된 미의 공식에 따라 사진을 손보았기 때문이다. 한 기사에 따르면 구직자의 14.7퍼센트가 지나친 사진 수정으로 인해서 면접장에서 곤란했던 경험이 있다고 한다.[40] 외모지상주의가 만연한 사회라고 해서, 획일화된 미의 규격에 맞추기 위해 진정한 나 자신까지 잃어서는 안 된다. (2012-1 학생A)

---

39 남경태, 「외모지상주의 문제에 관한 공중별 커뮤니케이션 행동에 관한 연구」, 『한국

이 사례에서 볼 수 있듯이 학생들의 광고 분석은 매우 구체적이고 치밀하다. 이것이 가능했던 것은 글을 쓰기 전에 텍스트적, 수사학적, 담론적 차원에서 광고를 분석할 수 있도록 이끄는 발견학습 질문지를 배부받아 다각적으로 분석을 수행하였기 때문이다. 또한 이는 혼자 하는 것으로 끝나는 것이 아니라 모둠원의 조언을 받는 과정으로 이어지기 때문에 생각하지 못한 사항을 서로 조언해주는 과정에서 분석 능력이 확장될 수 있다. 그러고 나서 학생들은 수업에서 요청 받은 사항에 따라 분석을 보완할 수 있는 자료를 찾아 읽고 필요하다고 판단되는 내용을 글에 적용하였기 때문에 전문 자료에 의존하거나 휘둘리는 것이 아니라 자신이 주체가 되어 글을 전개해 내는 데 성공한 것이다. 이것은 비단 위의 두 사례에서만이 아니라 학생들이 제출한 모든 글에서 발견된다. 이를 단적으로 입증하는 것이 학교의 표절분석 시스템에서 모든 학생의 광고 분석 글쓰기의 표절 비율이 0%였다는 것이다.[41]

수업의 전 과정을 밟으며 글을 쓴 경험에 대한 학생들의 반응도 다양하면서 긍정적이다.

광고홍보학보』 8, 2006, 238쪽.

40 민지희, "구직자 96.2%, 이력서 사진 합격여부에 영향 미친다," 〈K모바일〉, 2011.9.16(http://www.kmobile.co.kr/k_mnews/news, 2012.5.14).

41 이와 다른 방식의 글쓰기를 했을 때 학생 개개인의 표절률은 0~13%까지 다양하게 나타났으며, 표절률이 1~13% 사이인 학생들의 비율은 한 강좌당 10% 내외였다. 이는 표절을 최대한 방지하기 위해 노력하였음에도 불구하고 나온 결과이다. 이와 같은 결과를 고려할 때, 본고에서 제시하는 교육 방법은 표절을 원천적으로 차단하는 데에도 크게 이바지한다는 것을 알 수 있다. 즉 학생들은 완전하게 자기 글을 썼던 것이다.

〈사례 2〉 질문지에 대한 반응 1

> 내가 선택한 광고는 모피 의류 입기를 반대하는 것을 주제로 한 외국의 광고였다. 교수님이 제시하신 생각지도 못했던 분석 항목을 보고 분석 항목이 다양할수록 좋은 분석적 글쓰기를 할 수 있다는 것을 알았다. 생각해 봐도 더 이상 떠오는 것이 없어 그에 대한 하나의 의견만 쓰고 그대로 초고를 냈었다. 하지만 상호 조언 시간에 친구가 조언을 해주어서 다양한 의견을 제시할 수 있었다. (2012-1 학생 B)

〈사례 3〉 질문지에 대한 반응 2

> 즐겁게 글을 썼던 과제 중 하나는 광고를 분석하는 글쓰기이다. 평소에 '분석'하는 것을 좋아했고 '광고'에 관심이 많았기 때문이다. 광고 분석을 할 때에 가장 재밌었던 부분은 광고 장면에 포함된 상징적인 기호들을 읽어내는 작업이었다. 처음 볼 때는 몰랐던 광고의 기호들을 질문지를 통해 하나 둘씩 발견하면서 '참신한 질문'이 좋은 분석에 도움이 된다는 것을 배울 수 있었다. (2012-1 학생 C)

학생들의 반응 사례에서 볼 수 있듯이, 문자 언어로 설명되는 것이 거의 없는 광고를 분석 대상으로 선택하고 이를 체계적으로 분석할 수 있는 '발견학습을 위한 질문지'를 제공한 것이 수업의 성공에 결정적이었다. 이는 학생들이 분석이 무엇이며 어떻게 하는 것인가를 체험적으로 이해하게 하였을 뿐 아니라 전문가들이 쓴 글을 내 글의 목적에 따라 능동적으로 활용할 수 있는 태도를 기르게 했다는 점에서 의미가 있다. 이처럼 논리적 글쓰기 수업에서 논증 능력을 신장시키기 위해 광고 매체를 활용하는 것이 갖는 가치는 크다. 하지만 이보다 더욱 중요한 것은 텍스트적, 수사학적, 담론적 수준의 분석을 할 수 있도록 이끄는 발견학습을 위한 질문지를 제대로 만들어 학생들에게 제공하는 것이다. 이를 통해 분석을 배운 학생들은 어떤 텍스트든 능동적으로 접근할 수 있다는 자신감을 얻게 되기 때문이다. 이와 같이 읽기-쓰기 교육에서의 사회적 전환은 영역 확장을 유도하며, 이 영역 확장은 교육에 대한 인식의 틀을 확장하는 것뿐만 아니라 매체에 대한 인식도 확장할 것을 요청한다.

4. 읽기-쓰기 교육의 패러다임 전환을 위하여

대학의 읽기-쓰기 교육은 변화를 맞아야 할 시점에 이르렀다. 이 글에서는 현재의 과정 중심 원리에 입각해 있는 읽기-쓰기 교육의 패러다임이 '사회적 전환'을 이루어야 한다고 강조하였고, 그 실례로 구체적인 교수학습 방법론을 담은 수업 방법을 제시하였다. 이것은 텍스트적, 수사학적, 담론적 수준을 통합한 읽기-쓰기 교육을 실시하는 방향에서 이루어졌다. 여기서 특히 중요한 것은 이 세 수준이 균형 있게 다루어지도록 하기 위해 체계적으로 구성된 발견학습 질문지를 학생들에게 제공하는 일이다. 그리고 이것을 글 텍스트보다는 광고 텍스트에 먼저 적용하면 능동적으로 분석하는 법을 배울 수 있으며, 이를 통해 학생들은 전문적인 글 텍스트를 자기 글에 활용하는 능력을 키울 수 있는 기반을 얻게 된다는 것이 본고의 요지이다. 이것이 기존의 과정 중심 원리에 입각한 읽기-쓰기 교육 패러다임을 변형시켜 '사회적 전환'을 함으로써 얻을 수 있는 긍정적인 결과이다.

하지만 여기에서 제시하는 것은 읽기-쓰기 교육 패러다임의 '사회적 전환'을 도모하는 방법 중 하나에 해당할 뿐이다. 즉 본고에서 비판적 문해력을 키우기 위해 제시한 것은 패러다임의 '사회적 전환'에 필요한 유일한 방법도 최상의 방법도 아니다. 그 점에서 다양하면서도 더욱 정교한 방법론의 개발은 우리 모두의 몫이다.

대학 신입생 대상 '학술적 글쓰기'의 장르적 의미와 성격

이윤빈
동국대학교 경주캠퍼스

1. 문제 제기 : 신입생 대상 '학술적 글쓰기' 개념 정립의 필요성

> "음, 이 '학술적'이라는 단어가 너무 좀 낯설고…1학년 1학기 때 제가 〈공연예술비평〉이라는 과목을 너무 열심히 들었는데, 교수님이 원하는 방향이 아니었던지 제가 쓴 글이 C+가 나와서 너무 상처를 받았기 때문에 이번 학술적 글쓰기가 더욱 부담이 됩니다. … 학술적 글쓰기라는 게 그때 도서관 교육 때 선생님이 그러셨던 것 같은데, 제일 좋은 글이… 객관적 사실이 가장 많은 부분을 차지하고, 그 밑에 다른 사람의 의견, 그리고 자기 의견이 밑에 조금 들어가는 글이 제일 좋다고 어떤 유명한 분이 그러셨다는데 그렇게 써야 되는 건지… 그러면 이 읽기 자료를 하나씩 읽고, 거기에 나온 객관적인 사실들을 제가 다시 짜깁기해서 제 글로 옮겨야 되는 건지…"
>
> – A대학 국문학과 1학년 2학기 J.

위 내용은 신입생 대상 〈글쓰기〉 강좌에서 '학술적 글쓰기' 과제를 받고, 그에 대한 자신의 표상(task representation)을 드러낸 필자의 사고 구술 프로토콜 일부다. 이 프로토콜은 신입생 필자가 대학에 진입하여 학술적 글쓰기를 수행하며 보편적으로 경험하는 문제들을 드러내고 있다.

대학에서 처음 접하게 된 '학술적 글'이라는 개념에 대한 낯설음과 두려움, 그리고 '학술적 글'에 대한 명확한 표상을 갖지 못한 채 쓴 글이 교수자의 기대와 어긋났을 때의 좌절감이 그것이다. 그런데 이 사례에서는 흥미로운 사실 하나가 더 드러난다. 때로 대학의 교수자(도서관 이용 교육 담당자)마저도 '학술적 글'에 대한 부적합한 표상을 갖고 있고, 이를 학생에게 교육하여 혼란을 가중하기도 한다는 것이다.

종래의 〈대학국어〉 과목을 〈글쓰기〉 과목이 대체하고, 본격적인 대학 글쓰기 교육이 시작된 지 10년 남짓한 시간이 흘렀다(정희모, 2010:41). 그동안 대학 글쓰기 교육은 상당한 전문화와 성장을 이루었다. 그리고 그 배경에는 일반적인 의사소통 중심의 중등 쓰기 교육과는 차별[1]되는, '대학'이라는 맥락에 적합한 전문적 쓰기 교육의 필요성과 중요성에 대한 인식이 자리하고 있다.

대학 〈글쓰기〉 강좌에서 '학술적 글쓰기'가 주요한 교육 내용으로 부상한 것은 이러한 인식을 드러내는 하나의 방증(傍證)이다. 지난 10여 년간 학술적 글쓰기 교육은 대학 글쓰기 교육의 정체성을 규정하는 주된 요소로서 지속적으로 성장해왔다. 학술적 글쓰기 교육은 대학이 고유의

1 원진숙(2005:57)은 현행 7차 교육과정에 명시된 1-10학년까지의 쓰기 영역 교수 학습의 목표가 "쓰기 활동의 맥락과 목적과 대상과 내용을 종합적으로 고려하면서 국어를 정확하고 효과적으로 표현하는 능력과 태도를 신장"시키는 데 있음을 상기시키면서, 중등 쓰기 교육의 목표와 대학 쓰기 교육의 목표에 본질적인 차이가 있음을 강조한다. 즉, 중등 쓰기 교육의 목표가 일반적인 의사소통적 쓰기 능력 수준을 향상시키는 데 목표를 둔다면, 대학 쓰기 교육은 학생들로 하여금 학술적 담화 공동체의 구성원으로서 생각하고 소통하는 방식을 가르치는 데 목표를 두어야 한다는 것이다. 노명완(2010:18-22)과 정희모(2010:45-46)도 고등학교 쓰기 교육과 대학 쓰기 교육이 교육 내용과 기대에 있어서 근본적인 차이가 있음을 지적한 바 있다. 노명완(2010:20)에 따르면 이 차이는 대학 글쓰기 강좌에서 교수와 학생들이 경험하는 갈등 요소로 작용한다.

사고 및 표현 방식을 가진 학술적 담화 공동체(Flower, 1993:29, 원진숙, 2005:56 외)라는 전제 위에서 이루어진다. 또한 신입생들이 공동체의 사고 및 표현 방식을 함양함으로써 공동체 안에서 온전한 발화 주체로 기능할 수 있도록 돕고자 한다. 이 목적을 위해, 많은 대학에서는 '학술적 글쓰기'를 교재의 독립된 장(章)이나 부(部)로 구성하기도 하고, 때로 '학술적 글쓰기'라는 이름의 강좌(성균관대, 연세대 외)나 교재(가톨릭대, 성균관대 외)를 개발하기도 해왔다. 대학 글쓰기 교육을 논의하는 자리에서 학술적 글쓰기에 대한 논의를 접하게 되는 일도 낯설지 않다.

그런데 정작 이 '학술적 글쓰기'가 무엇을 의미하는가를 살피면, 이 개념이 논자(論者)에 따라 상당히 다양하게 규정되고 있음을 알 수 있다. 그 한 사례로서, 대학별 교재에 나타난 '학술적 글쓰기' 개념의 정의 양상을 검토해보자.

〈표 1〉 대학별 교재에 나타난 '학술적 글쓰기'와 '학술적 에세이' 정의

	'학술적 글쓰기' 정의	'학술적 에세이' 정의
(가) 대학	진리 추구의 자유에 기반을 두고 지식을 생산하는 것을 목적으로 하는 글쓰기. 세 가지 조건을 갖추어야 함 : ① 논증 중심의 내용적 조건, ② 일정한 형식적 조건, ③ 윤리적 조건.	붓 가는대로 쓴 것이 아니라 문제의식을 갖고 어떤 방식으로든 연구 주제에 대한 이해를 확장하고 자신의 의견을 정당화하는 내용을 포함한 글.
(나) 대학	합리적인 근거를 바탕으로 하여 어떤 주장이나 견해가 옳다는 것을 객관적으로 입증하는 글이라면 형식에 관계없이 '학술적인 글'이라 할 수 있음. 학술 활동이 다른 창작 활동과 구별되는 주요 특징 중 하나가 바로 '객관적인 입증(정당화)'이기 때문임.	어떤 문제를 자신의 관점에서 분석적, 비판적으로 살펴보고 자신의 견해나 주장을 정립한 후, 이에 대한 합리적인 근거를 제시함으로써 견해나 주장의 정당성을 입증하는 글. 학문 발전에 기여해야 한다거나 해당 주제와 관련하여 반드시 새로운 발견이나 주장을 제시해야 한다거나 전문성이 필수적으로 요구되는 글은 아님. 주장이나 견해에 대한 '논증'이 핵심임.

(다) 대학	학습이나 연구과정에서 얻은 학문적 성과를 알리기 위해 해당 분야의 지식과 언어를 사용하여 일정한 형식의 글로 표현하는 것.	글쓴이의 독창적 관점이 드러난 비교적 짧은 형식의 글쓰기 양식. 자료의 객관성보다는 글쓴이의 주체적인 관점이 더욱 중요함.
(라) 대학	전문적인 정보와 지식의 창출을 통해 세계에 대한 새로운 인식을 열어주는 글쓰기.	어떤 문제에 대한 자신의 독창적인 생각을 일련의 근거나 증거를 통해 합리적으로 주장하는 글. 학생들의 레포트나 소논문, 신문의 칼럼이나 평론, 학술 논문 등 '논증의 형식을 통해 주장을 펼치는 길거나 짧은 글'을 모두 포괄함.

〈표 1〉은 학술적 글쓰기 부문을 비중 있게 다루고 있는 4개 대학의 교재에서 '학술적 글쓰기' 및 학술적 글쓰기의 대표적 양식 중 하나로서 '학술적 에세이'를 정의한 내용을 발췌한 것이다. 이를 검토하면, 대학들이 학술적 글쓰기의 목적 및 형식을 규정하는 방식에 상당한 차이가 있음을 알 수 있다. 예컨대 (가), (다), (라)대학에서는 "새로운 지식 생산"을 학술적 글쓰기의 목적으로 규정하는 반면, (나)대학에서는 "객관적인 입증(합리적 논증)"이 학술적 글쓰기의 핵심이라고 기술한다. 또한 (가)와 (다)대학에서는 학술적 글쓰기의 요건으로 "일정한 형식"을 지키는 것이 중요하다고 보는 반면, (나)대학에서는 합리적 논증을 하는 글이라면 "형식에 관계없이" 학술적인 글이라고 정의하고 있다. '학술적 에세이'에 대한 설명도 상호 충돌하는 양상을 보인다. (다)대학에서는 학술적 에세이가 "비교적 짧은 형식"의 글쓰기 양식이라고 규정하는 데 비해, (라)대학에서는 "레포트나 소논문, 신문의 칼럼이나 평론, 학술 논문 등 논증의 형식을 통해 주장을 펼치는 길거나 짧은 글을 모두 포괄"하는 개념이라고 설명한다. 각 대학이 중점을 두는 학술적 에세이의 핵심 요건도 다르다. (가), (다), (라)대학에서는 필자의 독창성에 주목하며, (다)대학의 경우 "자료의 객관성보다는 글쓴이의 주체적인 관점이 더욱 중요"하다고

까지 강조한다. 반면, (나)대학에서는 "학술 에세이는 주장이나 견해에 대한 '논증'이 핵심"이라고 규정한다. 따라서 "해당 주제와 관련하여 반드시 새로운 발견이나 주장을 제시"할 필요는 없다고 본다.

대학별 교재에 나타난 학술적 글쓰기의 정의가 이처럼 제각각인 이유는 단일하지 않을 것이다. 이중에는 교재 집필 과정에서 단순한 오류가 발생한 경우도 있다. 예컨대 학술적 에세이가 학술 논문을 포괄하는 상위개념인 것처럼 기술된 사례가 그렇다. 그러나 단순 오류로 볼 수 없는 원인도 있다. 예컨대 학술적 글쓰기의 목적에 대한 견해의 상이성은 어느 한 교재 집필자의 오류에 기인하는 것이 아니다. 그보다는 각 교재 집필자가 속한 학문적 배경과 그에 따라 집필자가 우선하는 가치의 상이성에 기인하는 것으로 보아야 한다. 이 경우에는 옳고 그름의 문제를 논하기 어렵다. 학술적 글쓰기에 대해 존재할 수 있는 표상이 다양한 것으로 보아야 한다.

문제는 두 가지다. 하나는 우리의 교육 대상인 신입생 필자가 처한 특수한 상황이다. 이들은 이제 막 대학에 입학하여 처음으로 '학술적 글쓰기' 개념을 접하며, 각자 다양한 전공영역 안에 속해 있다. 대체로 〈글쓰기〉 강좌를 통해 처음으로 학술적 글쓰기에 대한 지식을 쌓게 되지만, 실제적으로는 다양한 전공 및 교양 강좌에서 글쓰기를 수행해야 한다. 그리고 이들은 학술적 글쓰기 개념에 대해 다양한 표상이 존재할 수 있는 가능성에 대해 알지 못한다. 다른 하나의 문제는 '학술적 글쓰기'에 대한 다양한 표상의 범위와 내용이 소통되지 않고[2], 신입생 필자에게 상

2 이는 이론적 논의 영역에서도 동일하게 발생하는 문제다. 나은미(2010:73-77)는 대학 글쓰기 연구물에 대한 메타 연구에서 '학술적, 논리적, 실용적, 창의적, 논증적, 학문적 글쓰기'와 같은 다양한 용어들이 충분한 개념 정의 없이 사용됨으로써 초래되는 혼란에 대해 지적하고, 용어 사용의 조율이 필요함을 주장한 바 있다.

호 충돌하는 메시지로 전달되곤 한다는 것이다. 대부분의 교육 주체-〈글쓰기〉 교재 집필자와 교수자, 튜터, 전공영역 교수자, 도서관 이용 교육 담당자에 이르기까지-는 자신이 가진 표상(만)을 당연한 것으로 생각하는 경향이 있다. 그래서 그것이 존재할 수 있는 다양한 표상 중 하나라는 인식이나 충분한 설명 없이, 이를 교육 상황에 암묵적으로 전제하곤 한다. 이 경우, 신입생 필자는 미궁에 빠지게 된다.

이 글은 신입생을 대상으로 한 '학술적 글쓰기' 교육이 해당 개념의 의미와 성격을 명확히 전제하지 않은 채 이루어져 혼란을 초래하곤 한다는 문제의식을 전제한다. 〈글쓰기〉 강좌를 통해 처음으로 학술적 글쓰기 개념을 접하며, 장차 전공 및 교양 강좌에서 다양한 종류의 학술적 글쓰기를 수행해야 할 신입생에게 교육할 '학술적 글쓰기'란 어떤 것인지에 대한 논의와 규정이 필요하다고 본다. 이 글은 그 시도 중 하나로서, 신입생 대상 〈글쓰기〉 강좌에서 교육해야 할 '학술적 글쓰기'의 의미와 성격을 검토하고 규정하는 것을 목적으로 한다. 2장에서는 학술적 글쓰기 교육과 관련해 존재해온 이론적 쟁점과 논의 변화의 양상을 살핀다. 이를 바탕으로, 3장에서는 신입생 대상 학술적 글쓰기 교육을 위한 구심적 장르를 설정할 필요성이 있음을 밝히고 그 의미와 성격을 규정한다.

2. '학술적 글쓰기' 관련 쟁점 및 논의 변화의 양상

앞서 살핀 신입생 대상 '학술적 글쓰기' 개념을 둘러싼 혼란은 한국에서만 발생한 고유하고 일회적인 현상이 아니다. 그것은 공통교육과정 대신 다양한 학문 영역이 존재하는 대학에서의 쓰기 교육이 존재하는 곳에서라면 어디에서나 겪을 수밖에 없는 혼란이다. 이러한 혼란은 대학 쓰기 교육을 실시하는 국가들에서 이미 존재했거나 진행 중에 있다. 그러므로 우리보다 앞서 동일한 문제를 겪은 외국의 사례를 참조하는 것도 유용하리라 생각한다. 이 장에서는 2세기에 가까운 쓰기 교육의 역사를 가졌고(옥현진, 2010:94), 70년대 이후 40여 년간 신입생 쓰기 교육의 내용을 활발히 모색해온 미국에서의 논의 변화 양상을 검토한다.

'학술적 글쓰기'를 광범위하게 정의할 때, 그것은 "학술적 담화 공동체(academic discourse community)에서 통용되는 사고 및 표현 방식을 습득하여 담화를 생산하는 것"으로 규정[3]되곤 한다. 그런데 이 정의는 신입생 필자와 관련하여 쓰기 연구 영역에 존재하는 수많은 은유를 발생시킨 원천이기도 하다. 즉, 신입생 필자를 학술적 담화 공동체인 대학에 첫 발을 내딛은 "국외자(outsider : Bartholomae, 1985)", "이방인(stranger : McCarthy, 1987)", "관광객(Maimon, 1983)", "여행자(Estrem, 2000)"로 규정하거나, 이들이 중등학교와는 차별되는 대학의 담화 생산 방식을 습득하여 공동체의 일원이 되는 것을 "경계 넘기(border crossing : Rose, 1989)" 혹은 "학술적 담화 공동체로의 입문(initiation : Bizzell, 1982b)"으로 표현하는 것이 그것이다. 이러한 은유들은 다음 사항을 전제한다. 첫째, 학술적 담화 공동체의 경계를 중심으로 안과 밖, 내부인과 외부인이 존재하며 신입생 필자는 경계 밖 외부인의 위치를 갖는다는 것. 둘째, 신입생 필자는 공동체에서 통용

---

3 이와 같은 규정은 대학 글쓰기에 대해 논의하는 국내 논문들에서도 보편적으로 발견할 수 있다. : "학문적 담화 공동체에서 통용되는 의사소통 방식으로서의 학술적 글쓰기(원진숙, 2005:57)", "학술적 글쓰기 능력의 습득은… 높은 수준의 사고력과 구성력을 함양하고 담화 공동체의 진술 양식을 학습함으로써 이루어질 수 있다(이재성·이윤빈, 2008:118).", "대학생은 사회 담화 공동체 구성원으로서 당대 사회의 보편적이고 일상적인 의사소통 구조인 논리적 글쓰기를 해야 하며, 대학 담화 공동체의 구성원으로서는 지식 생산 집단이라는 대학의 특수한 상황 하에서 지식 생산적 글쓰기를 해야 한다(박규준, 2010:10-11)."

되는 사고 및 표현 방식으로서 학술적 담화를 익힘으로써 공동체 내부로 진입해야 한다는 것. 즉, 학술적 글쓰기의 일반적 정의 및 이와 관련된 은유들은 신입생 필자가 담화 공동체의 온전한 구성원이 되기 위해 공동체의 언어를 습득해야 한다는 당위를 내포한다. 한편, 주로 기초 글쓰기[4] 분야에서 통용되는 각종 의학적 은유들-장애, 치료, 클리닉, 진단 등-은 공동체의 언어를 원활하게 구사하지 못하는 학생들을 '경계 넘기'의 실패자로 규정하고, 이들의 재시도를 위한 '보충적인(compensatory)' 처방 교육의 필요성을 역설한다.

그런데 이러한 입장에 대해 두 가지 질문을 던질 수 있다. 하나는 본질적 질문으로, "신입생 필자에게 과연 학술적 글쓰기를 가르칠 필요가 있는가?"라는 것이다. 다른 하나는 보다 실용적인 질문으로, "신입생 필자가 진입해야 할 '학술적 담화 공동체'란 어떤 것이며, 습득해야 할 '학술적 담화'란 무엇인가?"라는 것이다. 70년대 이후 미국의 학술적 글쓰기 관련 논의는 대체로 이 두 가지 질문을 중심으로 전개되어 왔다. 전자의 질문은 학술적 글쓰기에 특권을 부여하고 이를 절대화함으로써 학생의 '개인적 목소리'를 억압하는 폭력성을 문제 삼는다. 그래서 이러한 질문을 제기하는 일군의 학자들(Coles & Wall, 1987; Elbow, 1985; Spellmeyer, 1989; Sommers, 1992)은 학술적 글쓰기가 '존재하지 않는 객관성'의 담보를 위해 학생들에게 "허구화된 자아(Sommers, 1992:27)"를 강요함으로써 생기는 폐해를 폭로한다. 그리고 "학생들을 학술적 문화의 내부자(insider)가 되게 하는 유

---

4 '기초 글쓰기(BW : Basic Writing)'는 1970년대 미국의 개방 입학(open admission) 정책 하에서 공적인 영어 사용에 익숙하지 않은 학생들이 대거 대학에 입학하면서 발전된 쓰기 프로그램을 의미한다. 1975년 〈기초 글쓰기 저널(Journal of Basic Writing)〉에서는 이를 "관습적인 학술적 담화를 제대로 사용하지 못하는 학생들을 위한 교육"으로 정의한 바 있다. 또한 '치료적 글쓰기', '보충적 글쓰기', '발달적 글쓰기', '뒤떨어지는 학생들을 위한 영어' 등 다양한 별칭을 가지고 있다(Bolin, 1996 : 26).

일한 방법은 그들 고유의 개인적 가치와 경험, 지식, 질문을 가져오게 하는 것뿐(Spellmeyer, 1989:274)"이라고 주장한다. 한편, 후자의 질문은 학술적 글쓰기 교육의 필요성 자체는 부정하지 않는다. 다만, 그 교육 내용을 결정하기 위해 '학술적 담화 공동체' 및 공동체의 언어로서 '학술적 담화'의 정체를 문제 삼는다.

이중 이 글의 관심과 직접적인 관련이 있는 것은 후자의 질문이다. 이 질문과 관련된 논의 구도는 대략적으로 다음과 같이 변화해온 것으로 보인다. 1) '학술적 담화 공동체' 및 공동체의 언어로서 '학술적 담화' 개념이 부각되고, 신입생 필자가 이 언어를 습득해야 할 당위성이 주장된 시기(70년대 중후반~80년대 중반). 2) 단일하고 고정된 '학술적 담화 공동체(the academic discourse community)' 및 '학술적 담화(the academic discourse)' 개념이 부정되고, 존재하는 것은 복수의 '학술적 담화 공동체들(academic discourse communities)'과 '학술적 담화들(academic discourses)' 뿐임이 강조된 시기(80년대 중후반~90년대 초반). 3) 단일하고 고정된 공동체 및 담화가 존재하지 않는다는 사실을 인정한 상태에서 신입생 글쓰기 교육의 내용을 다각도로 모색하는 시기(90년대 초중반~현재).

2.1. 학술적 담화 습득을 통한 공동체 진입의 당위성

첫 번째 시기의 논의는 당시 미국 대학의 교육적 상황 및 쓰기 연구 분야의 패러다임 변화에 의해 촉발되었다. 70년대 미국의 많은 대학은 특정한 자격 조건 없이 신입생을 선발하는 개방 입학 정책을 실시했다. 이 시기 공적인 영어 사용에 익숙하지 않은 학생들이 대거 대학에 입학하여, 대학에서 요구하는 학술적 언어를 사용하는 데 많은 어려움을 겪었다. 대학에서는 이 '준비되지 않은(underprepared)' 학생 필자들을 위해 기초 글쓰기 강좌를 마련하여 조력했다. 이 과정에서 “학생의 글쓰기에 대해 대학의 교수자들이 암묵적으로 기대하는 문화적이고 언어적인 관습(Mahala, 1996:9)”을 나타내기 위한 것으로서 ‘학술적 담화’라는 용어가 널리 사용되기 시작했다. 이 용어를 쓰기 연구 영역에 보편화시킨 것은 CUNY 기초 글쓰기 프로그램의 디렉터이자 이론가였던 소네시다. 그녀는 준비되지 않은 학생 필자가 “학술적 세계의 수준 높은 혹은 공적인 스타일을 추정하기 위해(1977:197)” 노력할 때 직면하는 어려움에 대해 설명하면서, ‘학술적 담화’ 개념을 논의의 전면에 배치했다. 소네시 이후 쓰기 연구 영역의 많은 학자들은 학술적 담화의 성격과 역할을 규명하기 위해 연구적 노력을 경주했다.

한편, 쓰기 연구의 큰 흐름이 개인의 인지 과정에 초점을 둔 연구에서 개인의 인지 과정에 직접적인 영향을 미치는 사회적 맥락에 초점을 둔 연구로 전환된 것(박영목, 2008:154)도 논의 발전에 많은 영향을 주었다. 알려진 바와 같이, 이러한 관점에서는 필자가 고립된 개인으로서가 아니라 사회적 공동체의 구성원으로서 글을 쓴다는 것을 강조한다. 개인의 순수하고 독창적인 ‘의도(intention)’ 개념은 배제되고, 이를 결정짓는 것으로서 ‘공동체’의 영향력이 주목된다. 이러한 관점이 보편화되면서 대학생 필자를 다루는 연구 영역에서도 자연히 필자가 속한 공동체의 존재와 그 영향력에 주목하게 되었다.

신입생 필자가 학술적 담화 공동체의 소통 및 사고방식을 습득함으로써 공동체에 진입해야 함을 주장한 대표적 논의로 바톨로메(1985)와 비젤의 초기 저술(1978; 1982a; 1982b; 1986)을 살필 수 있다. 바톨로메가 그의 유명한 논문 「대학을 창안하기(Inventing the university)(1985)」를 시작한 다음 문단은 학술적 글쓰기를 논하는 후속 학자들의 논의에서 수없이 인용되어 왔다.

> 학생이 자리에 앉아 우리를 향해 글을 쓰는 매 순간, 그는 그 상황에 맞는 대학을 창안(invent the university)한다. 즉, 대학을, 혹은 대학의 일부인 역사학, 인류학, 경제학, 영문학을 창안한다. 그는 **우리의 언어(our language)를 우리가 말하는 방식으로 말하는 법**을 학습해야만 한다. 또한 **우리 공동체의 담화(the discourse of our community)를 규정하는 특정한 알기, 선택하기, 평가하기, 보고하기, 결론짓기, 주장하기의 방식**을 시도해야만 한다.[5] (1985:134, 강조 : 인용자)

이 논문에서 바톨로메는 인지주의의 대표적 학자인 플라워와 헤이즈(1981)가 필자의 내적 인지 과정에만 지나치게 집중했음을 비판한다. 그리고 개인 필자가 공동체와 격리된 진공 상태에서 쓰기의 의도나 목적을 갖는 것은 불가능하다고 주장한다. "필자가 무엇을 할 수 있고 무엇을 할 것인가를 결정짓는 것은 담화(the discourse)(139)"다. 그러므로 바톨로메에게 성공적인 글쓰기란 "개별 필자가 자신의 인지적 혼란을 뚫고 나온 순간(143)"을 의미하지 않는다. 그것은 "필자가 하나의 친숙하고 안정된 영역, 즉 인사이더와 아웃사이더가 있고 고정된 관용구와 사례들, 결론짓기의 방식이 있는 영역으로 진입해 들어가는 순간(143)"을 의미한다. 신입생 필자의 글쓰기를 논하는 이 글에서 "하나의… 영역"은 물론 "우리 공동체", 즉, "학술적 담화 공동체"를 지칭한다. 바톨로메는 신입생 필자가 "스스로를 '인사이더'로서 특권을 가진 자로 상상해야만(143)" "우리 공동체의 담화"를 "우리가 말하는 방식"으로 사용할 수 있는 성공적인 학술적

5 이 문단에서, 대학에서의 담화를 바라보는 바톨로메의 관점은 이중적이다. 한편으로 그는 대학을 다양한 전공영역이 존재하는 곳으로 묘사하고, 대학에서의 담화를 필자가 끊임없이 재창안해야 하는 것들로 기술한다. 그러나 다른 한편으로 대학은 단수 명사인 "우리 공동체"로 지칭되며, 대학에서의 담화는 "우리의 언어" 혹은 "우리 공동체의 담화"로 불리운다. 해리스(1989:13)에 따르면 이러한 긴장은 이 글의 전반을 관통하는데, 결국 바톨로메는 "가장 일반화된 형식의 대학 담화"만을 언급하며 주장을 끝맺는다.

필자가 될 것이라는 믿음을 유포[6]시켰다. 그럼으로써 공동체의 경계를 기준으로 한 '인사이더'와 '아웃사이더'의 선명한 자리를 마련했다.

비젤의 초기 저술 또한 신입생 필자가 학술적 담화 공동체의 '인사이더'가 되기 위해 공동체의 언어 관습을 습득해야 함을 역설하는 데 바쳐졌다. 비젤(1982a) 역시 바톨로메와 마찬가지로 플라워와 헤이즈(1981)로 대표되는 인지적 관점의 한계를 지적한다. 그녀는 작문 이론을 내부 지향적 이론과 외부 지향적 이론으로 분류하고, 플라워와 헤이즈류의 내부 지향적 이론에서 초보 필자들을 모종의 인지적 결핍을 가진 자로 치부했음을 비판한다. 그녀가 보기에 초보 필자들에게 "미발달된 것은 학술적 담화 공동체 안에서 경험들이 만들어지고 해석되는 방법에 대한 지식, 모든 담화 공동체들이 경험을 축적하고 해석한다는 사실에 대한 지식(92)[7]이다." 그래서 비젤은 "초보 필자들을 돕기 위해 우리는 그들의 글쓰기가 공동체 내에서 발생한다는 것을 설명하고, 공동체의 관습이 무엇인가에 대해 설명해야 한다(92)."고 주장한다.

그런데 비젤(1982b)은 또 다른 대타항을 설정함으로써 신입생 필자가 학술적 관습을 익혀야 한다고 주장하는 자신의 논의를 정교화한다. 그것은 엘보우(1973) 등에 의해 제기되어 큰 반향을 불러일으킨 "진정한 목소리 교수법(authentic voice pedagogy)(109)"이다. 비젤이 보기에 이 교수법은 플라워와 헤이즈와는 또 다른 의미에서 '개인 필자'의 신화에 함몰되어 있다. 필자 내면의 진정한 목소리를 끌어내는 글쓰기를 유도하는 이

6 바톨로메 역시-이후 그를 비판한 학자들과 마찬가지로-학생들이 학술적 담화 공동체의 언어를 사용하기 위해 교육받을 때 그 학습의 결과가 "창안과 발견보다는 모방과 패러디(143)"가 될 수도 있음을 인식하고 경계했다. 그러나 그가 상정한 창안과 발견은 필자가 "우리 공동체"의 "인사이더"일 때 가능한 것이었다.

7 이하 비젤(1990)을 제외한 논문의 쪽수는 비젤의 논문 모음집(1992)의 것을 표기했다.

교수법은 신입생 필자로 하여금 "개인적 경험은 잘 쓰지만 정작 대학에서 요구하는 가치나 개념에 대한 글은 쓰지 못하게(110)" 한다. 또한 비젤은 이 교수법이 학생들에게 "('진정한 목소리'의 발현을 통한-인용자) 치료가 필요(112)"한 것 같은 "신경증적 관점(112)"을 보인다고 비판한다. 그녀는 학생에게 필요한 것은 "한 '개인'에게 완전한 동의를 보내는 관습에 의해 무비판적인 글을 정교하게 재생산하는 능력이 아니라, 제도 지식을 탈신비화할 작문 구성력(112)", 즉 비판적 분석 능력이라고 주장한다.

흥미롭게도, 그녀가 학생들로 하여금 비판적 분석 훈련의 대상으로 삼도록 권유하는 것에는 다름 아닌 '학술적 담화'가 포함되어 있다. 비젤은 학술적 담화가 일종의 제도화된 권력을 가지고 학생 필자의 정체성 구성에 영향을 미친다는 사실을 인식한다. 그러나 그녀는 학술적 담화에 대한 비판적 분석을 하기 위해 먼저 그 담화 공동체에 진입하여 담화 관습을 숙지해야만 한다는 이중의 과제를 설정한다. : "우리는 아카데미가 가치절하 혹은 지지하는 지식이 무엇인지 검토할 필요가 있다. 그러나 그 헤게모니에 비판적으로 접근하기 위해, 우리는 먼저 그것이 작동하는 방식을 이해해야만 한다. 그리고 그 이해를 위해 우리는 학술적 담화 공동체 안으로 진입해 들어가야 한다. 비록 우리가 결국은 공동체가 제공하는 지식에 대해 비평하고자 할지라도 말이다(1982b:126)."

즉, 비젤은 학술적 담화 공동체의 담화에 비판적 거리를 확보하고 이를 분석할 수 있는 필자가 되기 위해 먼저 공동체의 '인사이더' 자리를 확보해야 함을 역설[8]한 셈이다. 그러나 그녀는 신입생 필자가 이 자리를 확보하도록 돕기 위해 이루어져야 할 구체적 쓰기 교수 활동을 제시하지

8 이와 같은 입장은 이후 대학에서 '개인적 글쓰기'와 '학술적 글쓰기' 중 무엇을 교육해야 할 것인가의 문제로 엘보우와 논쟁을 벌인 바톨로메(1995)의 글에서 그대로 재현된다.

는 못했다. 이는 비젤을 포함해 쓰기 교육에서 '비판적 접근법'을 택한 학자들의 한계로 지적[9]되기도 한다. 그러나 실상 이 시기 신입생 필자에 대한 학술적 담화 교육의 필요성을 주장한 논의 중 구체적 쓰기 교수 활동을 제시한 것은 찾아보기 어렵다. 그것은-뒤이어 살펴볼 후속 학자들의 지적처럼-이들 논의에서 설정된 '공동체'와 '담화' 개념의 추상성에 기인할 것이다. 그럼에도 이 시기의 논의는 대학 신입생 필자가 처한 특수한 상황에 주목하고, 이들에게 적합한 쓰기 교육의 필요성을 환기했다는 점에서 일정한 의의를 갖는다.

2.2. 복수의 공동체'들'과 담화'들'에 대한 인식

바톨로메와 비젤을 비롯한 학자들의 논의는 쓰기 연구 영역에 '학술적 담화 공동체의 구성원으로서(/구성원이 되기 위해) 글을 쓰는 필자' 개념을 널리 유포시켰다. 그러나 다른 한 편으로, 이들 논의의 한계를 비판하는 학자들(Harris, 1989; Cooper, 1989; Elbow, 1991; Spellmeyer, 1993)의 대항적 논의를 불러일으켰다. 이들의 비판은 주로 앞선 논의에 나타난 '학술적 담화 공동체' 및 '학술적 담화' 개념의 추상성에 집중됐다.

해리스(1989:12)는 쓰기 연구에서 '공동체' 개념을 부각시킨 바톨로메와 비젤 등이 다음 세 가지 문제를 초래했다고 지적한다. 첫째, 이들은 '공동체' 개념을 광범위하고 모호하게 사용했다. 이들이 만들어낸 것은 구성원의 쓰기 행위를 지배하고 결정한다고 규정된 담화적 유토피아(discursive utopia)지, 실제적인 작동 규칙과 명료한 경계가 있는 현실의

9 퍼커슨(2005)과 이재기(2008)에서는 비젤을 포함한 비판적 접근법 이론가들이 실제적 쓰기 교수법을 제시하지 못한 한계로 인해 비판 받는 맥락을 잘 정리하고 있다. 한편, 김미란(2010:25)에 따르면, 이 한계는 맥코미스키(2000)의 글쓰기 방법론이나 페이즐리와 셀저(2009)가 내놓은 글쓰기 교재 방법론에 의해 극복된다.

공동체가 아니었다. 그리고 이러한 모호한 공동체 개념은 다시 갈등이나 변화를 기묘하게 결여한 "대학에서의 평균적인 담화('normal discourse' in the university)" 개념을 생산해냈다. 둘째, 이들은 대학에서의 담화를 신입생 필자 대부분에게 전적으로 낯선 것으로 제시한 경향이 있다. 학생들에게 이는 과연 '이방의 언어'인지, 그리고 학생들이 이 언어를 우선적으로 학습해야 하는지에 대한 의문은 배제했다. 셋째, 이 때문에 쓰기에 대한 논의가 양극화된 경향이 있다. 즉, 담화 공동체의 힘과 개인 필자의 상상력 중 하나를 양자택일적으로 옹호해야만 할 것 같은 분위기가 형성되었다.

세 가지 사항 중 해리스가 가장 중점을 두어 비판한 것은 첫 번째 문제인 '공동체' 개념의 모호성이다. 해리스는 특히 바톨로메(1985)의 공동체 개념을 비판하면서, 바톨로메가 언급한 "우리의 언어"를 말하는 "우리(we)"가 누구인가라는 문제가 미궁 속에 있다고 말한다. 해리스가 보기에 바톨로메를 비롯한 학자들이 사용한 공동체 개념은 실상 잘 규정되지 않은(ill-defined) 것임에도 불구하고, 그것이 마치 '스피치 공동체'[10]와 유사한 실제적 집단인 양 행세하는 경향이 있어왔다. 즉, 이들은 "'학술

10 해리스(1989:14-15)는 '담화 공동체' 개념이 모호해진 원인으로, 이 개념이 쓰기 연구에 들어올 때 관련을 맺은 두 개념과의 차이가 명확히 규정되지 않은 채 사용되어 왔다는 사실을 지적한다. 두 개념이란 문예 철학에 뿌리를 둔 '해석 공동체(interpretivecommunity)' 개념과 사회언어학에 뿌리를 둔 '스피치 공동체(speech community)' 개념을 말한다. 이중 해석 공동체는 구체적이고 실체가 있는 집단을 의미하기보다는 특정한 정신적 습관(habits of mind)을 공유하는 개인들의 느슨하고 분산된 네트워크를 의미한다. 반면, 스피치 공동체는 일반적으로 특정한 시공간에 존재하는 화자(話者)들의 실제적 집단을 의미한다. 따라서 전자가 일반적으로 하나의 세계관, 학문영역, 직업(profession) 등에 견주어질 수 있는 데 비하여, 후자는 일반적으로 이웃, 협회, 교실과 같이 보다 구체적인 집단을 의미하는 용어로 사용된다. 해리스가 보기에, '담화 공동체' 개념은 스피치 공동체보다는 해석 공동체에 가까움에도 불구하고 종종 스피치 공동체와 유사한 의미로 사용되어 왔다.

적 담화 공동체'가 어딘가에 실제로 존재하고, 필자와 독자들의 실재하는 집단이 있으며, 우리는 학생들이 그 집단 안으로 진입(initiate)하도록 도울 수 있다고 주장하고 싶어 하는 것으로 보인다(15)."는 것이다. 그러나 해리스는 그런 단일하고 응집된 실체로서의 '학술적 담화 공동체'란 낭만적 허구에 지나지 않는다고 말한다.

> 학술적 담화를 그것이 마치 일종의 단일하고 응집된 공동체 안에서 발생하는 것인 양 낭만화하기보다는, 나는 우리가 학술적 담화를 하나의 도시 이상의 곳에서 발생하는 것으로 생각해야 한다고 주장한다. 즉, 학술적 담화를 응집성 있고 잘 규정된 것으로 제시하기보다는, 우리는 그것을 **다언어(polyglot)**로, 즉, **경쟁적인 신념들과 수행들이 서로 교차하고 대결하는 영역(space)**으로 보아야 할 것이다. (1989:20, 강조 : 인용자)

이 논문에서 '학술적 담화 공동체'는 단일하고 응집된 실체의 지위를 포기하고 다양하고 분산된 복수의 '담화 공동체들'로 재규정된다. 이에 따라, '학술적 담화' 또한 단일 언어가 아닌 '다언어(polyglot)'의 지위를 부여받게 된다. 또한 단일하고 응집된 공동체의 중심성이 해체됨에 따라 '인사이더'와 '아웃사이더'의 대립 구도 역시 허물어진다. 이제 신입생 필자가 놓인 자리는 중심적 공동체로 들어가기 위한 높은 경계(border)의 바깥이 아닌, '다양한 공동체들의 언어가 교차하고 대결하는 영역'이 된다. 그곳에서는 "우리(학생들과 교수자-인용자) 모두가 인사이더이자 동시에 아웃사이더다(19)." 신입생 필자는 그곳에서 복수의 담화 공동체'들'과 복수의 담화'들'의 상호작용을 살피고 그 안에서 소통하는 방식을 습득해야 한다.

'학술적 담화 공동체' 및 '담화'에 관한 대안적 논의로 잘 알려진 해리스의 논문은 큰 반향을 불러일으켰고, 이에 동조하는 논의들이 생산되었다.

엘보우(1991)는 영어영문학 영역 안에 수없이 다양한 담화들 –전통적 게르만 학문으로부터 후기 맑시즘, 후기 구조주의, 쓰기 연구의 접근법들에 이르기까지– 이 혼재해 있음을 밝혔다. 그리고 "학술적 담화를 하나의 단일한 무엇으로 말한다는 것은 미친 짓(It's crazy to talk about academic discourse as one thing)."이라고 단언했다. 쿠퍼(1989) 역시 고정된 의미의 학술적 담화 공동체 개념은 배타성을 가지며, 배타적 공동체의 언어로서 학술적 담화를 가르치는 일은 이 배타적 성곽의 문을 지키는 행위(gatekeeping activity)에 불과하다고 비판했다. 따라서 그녀는 보다 잠정적인 개념으로서 학술적 담화 공동체'들'에 주목할 필요가 있다고 주장(Evans, 1998:3)했다. 비젤(1990:662–663) 역시 초기 논의에서의 생각을 수정했음을 드러낸다. "그러나 나는 의구심을 갖게 되었다. … 학술적 담화 공동체는 그런 하나의 안정된 실체(such a stable entity)가 아니다. 그러므로 우리는 일련의 잘 알려지고 합의된 학술적 모델들에 적합하도록 학생의 글쓰기를 지도하는 방안을 확정할 수 없다. 이제 나는 학술적 공동체란 보다 불안정한 것, 보다 모순투성이인 것, 보다 다성적인(polyvocal) 것이라고 생각한다. … 학술적 담화 개념을 고정시키고, 그 개념을 '프로크루스테스의 침대'처럼 모든 학생들의 글쓰기에 적용하고자 하는 것은 잘못이다."

이와 같은 논의들이 진전됨에 따라, 80년대 후반에 이르면 초기 논의에서 보였던 '학술적 담화 공동체' 및 '담화' 개념의 고정성과 보편성은 완전히 부정된다. 그리고 유동적 경계를 지닌 다양한 학술적 담화 공동체'들'과 담화'들'의 존재가 주목받게 된다. 이 시기 연구는 크게 두 방향에서 진행된다. 먼저 다양한 학술적 담화들이 어떤 차별성을 갖는가를 살핀 연구가 존재한다. 맥카시(1987)는 대학 신입생이 영문학, 생물학, 역사학 강좌들에서 맞닥뜨리는 쓰기 과제와 기대들이 매우 다르다는 사실을 밝혔다. 또한 치세리–스트레이터(1991)는 예술사와 정치학을 전공하는 두 대학생의 사례를 통해 이들이 전공 강좌와 쓰기 강좌에서 부과받는 쓰기 과제의 요구가 어떻게 차별되는지를 검토[11]했다. 한편, 다양한 맥락 안에서 학생들이 쓰기 요구에 반응하는 방식을 살피고 이들의 수행을 증진시킬 방법을 모색한 연구도 있다. 왈부르드와 맥카시(1991)는 대표적 협력 연구로서, 4개의 상이한 강좌들(비즈니스, 역사학, 생물학, 인성학(人性學))에서 학생들이 쓰기를 수행하는 방식을 살폈다. 또한 그린은 역사학(1993) 및 과학사(2001) 강좌에서, 메디슨(1996)은 종교사회학 강좌에서 학생들의 쓰기 수행 방식을 검토했다.

이러한 연구에서는 단일하고 고정된 실재로서 '학술적 담화' 개념 대신, '학문 영역적 담화(disciplinary discourse)', '특정 영역의 담화 관습(discipline-specific discourse convention)', '학문 영역적 스타일(disciplinary style)'과 같은 개념들이 널리 사용된다. 앞선 시기 논의에서 결락된 것으로 비판받은 담화의 '실재(reality)'는 이 시기 논의에서 담화가 발생한 다양한 '맥락(context)'을 통해 비로소 발현되는 것이다. 또한 이러한 인식은 자연히 다양한 공동체'들' 안에서 쓰기 교육이 행해질 필요성과 당위성을 제기한다. 이에 따라, WAC(범교과적 글쓰기 : Writing Across Curriculum) 혹은 WID(학문영역별 글쓰기 : Writing In Discipline) 교육에 발전적 영향을 미치게 된다. 70년대 후반에 미국에 도입[12]되었으나 아직 초기 단계에 머물러 있던 WAC가 도약을 위한 "제2단계"를 모색(McLeod, 1989)하기 시작한 것도 이 시기다.

---

11 이 범주의 연구들은 공통적으로 다양한 강좌들에서의 쓰기에 대한 요구가 상당히 다름에도 불구하고 그 차별성의 내용이 학생들에게 명시적으로 전달되지 않는다는 문제를 지적한다.

12 WAC 운동(Writing Across Curriculum movement)은 1960년대 영국에서 LAC(Language Across Curriculum)라는 이름으로 시작되어 70년대 후반에 미국에 도입되었다.

2.3. 신입생 공통 교육 내용에 대한 새로운 모색

맥락의 구체성 안에서만 '학술적 담화'에 대해 이야기할 수 있다는 인식은 신입생 대상 쓰기 교육의 내용을 설정하는 데 심각한 문제를 초래한다. 존재하는 것은 다양한 학술적 담화 공동체'들'과 담화'들' 뿐이라는 전제 위에서 다양한 전공의 신입생 모두에게 교육 가능한 공통되고 단일한 학술적 쓰기 교육의 내용을 규정하기란 불가능하기 때문이다. 그렇다면 가능한 것은 무엇인가? 90년대 이후 학술적 글쓰기를 둘러싼 논의는 "존재하는 것은 다양한 학술적 담화'들'뿐"이라는 명제를 인정한 상태에서, '그럼에도 불구하고' 교육 가능한 내용을 모색하는 형식으로 전개된다.

가장 보편적 관점이자 현재 미국에서 이루어지는 신입생 작문(FYC : First-Year Composition) 교육의 토대를 이루는 관점은 "다양한 학술적 글쓰기가 공통적으로 요구하는 문식성(academic literacy)이 존재하며, 우리는 이를 가르칠 수 있다(/가르쳐야 한다)."는 것이다. 이러한 관점은 90년대 이후 신입생 대상 학술적 글쓰기에 대해 논의하는 학자들의 글에서 빈번히 발견할 수 있다. 예컨대 플라워 외(1990:224)는 신입생 필자에게 교육할 수 있는 "'학술적 담화'라는 플라톤적 실재(Platonic entity)는 존재하지 않"음을 분명히 전제한다. 그러나 그럼에도 다양한 학술적 글쓰기의 중심에는 "많은 교수자가-그들의 전공과 상관없이- 공유할 수행과 기대", 즉 "공통성(commonality)"이 존재한다고 본다. 이들은 이 공통성의 내용으로 두 가지 수행(practices)을 제시한다. 첫째, 자료들로부터 가져온 정보를 필자의 지식과 통합하기(integrating). 둘째, 필자의 수사적 목적에 적합하게 읽은 내용을 해석하고 글쓰기를 조정하기(adapting). 이들은 이 두 가지 수행이 "학술적 담화의 핵심적 특징인 동시에 신입생 필자가 학술적 담화 공동체에 온전히 진입하는 데 어려움을 겪게 하는 것"이라고 규정한다. 그러므로 교수자들은 신입생 필자가 이 두 가지 수행을 원활히 할 수 있도록 문식성을 길러줄 필요가 있다는 것이다.

한편, 자멜(1993:193-194)은 단일하고 고정적인 학술적 담화 개념을 부정하고 다양한 학술적 담화'들' 개념을 받아들이는 일이 오히려 "지나치게 협소하고 배제적인 '학술적 담화' 개념"을 양산할 수 있음을 경계한다. 그래서 우리가 "(신입생 필자를 교육하는 데 있어서-인용자) 다양한 담화 사이에 있음직한 차이들에 초점을 맞추느라 학생들이 모든 담화에 공통된 것을 발견하지 못하게 하는 것보다는, 다양한 담화가 가진 공통성의 지점(points of commonality)을 발견하고 그것을 교육해야 한다."고 주장한다. 그 교육의 내용으로 자멜이 제안하는 것은 다음 사항이다. 첫째, 학생이 읽기-쓰기-언어에 몰두하게 만들기. 둘째, 풍부한 읽기 자료들을 제공하고, 이에 대해 탐구하고 질문을 제기하고 비판적으로 검토하는 다양한 기회를 주기. 셋째, 학생 자신의 관점과 자료 내용 사이의 연결고리를 생성해낼 수 있도록 안내하기. 그럼으로써 이해의 새로운 틀을 발달시킬 수 있도록 돕기. 넷째, 학생이 스스로 관찰하고 해석하는 가운데 의미를 능동적으로 구성할 수 있도록 허용하기.

보다 최근에는 하인즈(2004:1-3)가 대학 쓰기 강좌에서 목표로 삼아야 할 학술적 글쓰기의 특성 네 가지를 규정한 바 있다. 하인즈 역시 학술적 글쓰기는 역사, 학문 영역, 학자들에 따라 다양하게 정의되어 온 "상황적 개념"이자 "논쟁적 개념"임을 전제한다. 하지만 그럼에도 대학 수준의 학술적 글쓰기에 포함되어야 할 특성이 있다고 본다. 그것은 이슈가 되는 문제에 대해 탐구(inquiry)하기, 이슈에 대한 다양한 관점들에 대한 이해를 포함하기, 독자와 수사적 맥락을 인식하기, 어조(voice)를 효과적으로 사용하기다. 하인즈는 이 특성들이 텍스트에 발현되는 양상 분석을 통해 '높은' 혹은 '낮은' 질의 대학 수준 학술적 글쓰기가 어떠한 것인지를 실제적 차원에서 제시했다.

신입생 작문(FYC) 강좌에서 다양한 학술적 글쓰기가 공통적으로 요구하는 문식성을 교육할 수 있다(/해야 한다)는 인식이 전제하는 것은 '공통성'(공통적 문식성)의 획득을 통한 '특수성'(특수한 학술적 글쓰기 맥락)으로의 '이행 가능성(transferability)'[13]이다. 즉, 신입생 작문 교수자들이 다양한 맥락에서의 학술적 글쓰기를 가르칠 수는 없지만, 학생들이 장차 다양한 학술적 글쓰기 맥락에 적응할 수 있는 기본 자질을 확립하게 할 수는 있다는 논리이다. 이러한 논리는 전미글쓰기관리자협회(Council of Writing Administrators)가 작성(2000)하고 개정(2008)한 〈신입생 작문 교육이 지향해야 할 결과물에 대한 규정안(WPA Outcome Statement for First-Year Composition)〉에서도 잘 드러난다. 이 규정안은 고등교육 기관인 대학에서 "신입생 작문 강좌가 지향해야 할 공통적인 지식, 기술, 태도가 무엇인지 (…) 규정화"한 것이다. 이 규정안에서는 특징적으로 '신입생 작문 강좌가 끝날 때까지 학생이 습득해야 할 능력'과 '다양한 전공 영역 교수자가 학생에게 갖추어주어야 할 능력'을 구분하여 제시한다. 그럼으로써 신입생 작문 교육을 통해 학생들이 습득한 능력이 장차 "전공 영역에서 다각화될 뿐만 아니라 전체적으로 새로운 수준으로 확장, 다양화, 분기될 것"이라는 기대를 나타낸다.

한편, 이러한 '이행 가능성'에 대해 회의적인 입장(Branon, 1995; Petragilia, 1995; Russell, 1995; Wardle, 2004; 2009; Beaufort, 2007; Downs & Wardle, 2007)도 존재한다. 이들은 신입생 작문 강좌에서 학술적 글쓰기를 배운 학생이 자신의 전공 영역에서 글쓰기를 할 때 '이행'이 일어나지 않거나 심지어 '부정적인 이행'이 일어난다고 냉소한다. 러셀(1995)과 워들(2004)

---

13 '진입(initiation)'이라는 용어 대신 '이행·전이(transfer)'라는 용어가 보편적으로 사용되는 것은 90년대 이후 논의의 한 특징이다.

은 활동 이론(activity theory)에 근거해 '신입생 작문 교실'이라는 특정한 쓰기 상황에서 학습한 쓰기 능력이 새로운 쓰기 상황으로 결코 전이될 수 없음을 역설했다. 한편, 보퍼트(2007)는 팀(Tim)이라는 학생을 6년에 걸쳐 관찰한 종적 연구를 통해 신입생 작문 교실에서 배운 내용은 팀에게 '부정적 이행'만을 경험하게 했다고 주장한다. 다운스와 워들(2007; 554-555)도 현재 미국의 신입생 작문 교육이 여전히 "한두 개의 강좌를 통해 학술적 글쓰기 기술들(skills)을 교육하면 그것이 다른 강좌에서의 글쓰기에 쉽게 적용될 수 있으리라 생각하는 잘못된 전제" 위에서 진행되고 있다고 비판한다. 또한 워들(2009)은 학술적 문식성 교육을 위해 신입생 작문 교실에서 사용하는 각종 과제들(논증/입장 진술, 평가/리뷰, 숙고, 수사적 분석 등)을 "잡종 장르들(mutt genres)"[14]이라고 폄하한다. 워들이 보기에 이 과제들은 신입생 작문 교실이라는 특정 맥락에서의 전문 필자나 양산할 수 있을 따름이다. "신입생 작문 교실의 활동 체계(activity system)와 다른 학술적 활동들의 활동 체계는 근본적으로 다르기 때문에(766)" 이 "잡종 장르들"을 통해 습득한 문식성은 다른 학술적 글쓰기를 할 때 소용되지 않는다는 것이다.

그렇다면 어떻게 해야 한다는 것인가? 이들의 해결책은 두 방향으로 전개된다. 브래논(1995)이나 러셀(1995)처럼 아예 현행 신입생 작문 강좌를 폐기하자고 주장하는 입장이 있는 반면, 보퍼트(2007), 다운스와 워들(2007), 워들(2004; 2009)처럼 강좌의 교육 내용을 근본적으로 재구성하

---

14 워들은 "잡종 장르들"을 "필자에게 의미 있는 목적을 달성하기 위해 의사소통 하는 수사적 상황을 요구하지 않는 장르들(777)"이라고 정의한다. 이는 신입생 작문 교실에서 그 의미와 목적을 제대로 설명하지 않은 채 파편적으로 제시하는 다양한 과제들이 학생에게 "왜 그러한 글을 쓰고, 그러한 특정 장르의 글쓰기를 해야 하는 건지 알지 못하게(777)"한다는 문제의식을 나타내는 표현이다.

자는 입장도 있다. 후자의 입장에서 교육할 것을 주장하는 것은 "대학에서의 학술적 글쓰기가 상황 맥락에 따라 다르게 적용된다."는 인식 그 자체이다. 보퍼트(2007:19)의 경우에는 '긍정적 이행'을 위한 담화 이론(discourse theory) 교육의 필요성을 제기한다. 이를 위해 신입생 작문 교실에서 5가지 쓰기 지식(담화 공동체, 주제, 장르의 용도, 수사적 상황, 쓰기 과정에 대한 지식)을 교육해야 하며, 특히 '담화 공동체 이론'을 집중적으로 교육해야 한다고 주장한다. 다운스와 워들(2004:552)도 신입생 작문 강좌를 "쓰기 연구를 소개하는 강좌(Introduction to writing studies)"로 재구성할 필요성을 역설한다. 이를 위해 학생들에게 쓰기 연구자(플라워와 헤이즈, 머레이, 스왈즈, 베켄코터와 허킨 등)의 논문을 읽히고 그에 대한 글쓰기를 하게 하거나 쓰기 연구의 쟁점들[15]에 대해 글쓰기를 하도록 지도해야 한다고 주장한다. 즉, "글쓰기 교육(teaching writing)"이 아닌 "글쓰기에 대한 교육(teaching about writing)"을 하자는 것이다. 그럼으로써만이 신입생 필자에게 "WAC와 WID 강좌들로 통하는 보다 자연스러운 입구(natural gateways)를 제공해줄 수 있(554)"기 때문이다.

이들의 급진적 주장은 아직 현실화되고 있지 않다. 이들의 주장에 대해서는 대체로 "신입생 작문 교육에 대한 문제의식 자체는 흥미롭지만, 문제에 대한 해결책으로 제시하는 교육 모델은 미흡하다(Hazlett:2008)."는 평가가 지배적인 것으로 보인다. 그러나 온전한 해결책을 제시하지 못했다고 해서 문제제기의 울림이 사라지는 것은 아니다. 특히 워들(2009)이 현재 신입생 작문 강좌에서 "잡종 장르들"만을 교육함으로써 학

15 이들이 제시하는 쟁점들(562)의 일부를 소개하면 다음과 같다. '대학 신입생과 고학년은 유사한 방식으로 수사적 전략들을 사용하는가?', '워드 프로그램의 문법 검사기(grammar checker)는 유용한가?', '의대에서 글쓰기를 교육할 필요가 있는가? 있다면 어떻게 교육해야 하는가?'

생의 '이행'을 불가능하게 만든다고 비판하게 한 교육 상황을 점검하는 일은 중요해 보인다. 워들을 비롯한 학자들의 비판은 주로 학생을 제대로 '이행'시키지 못하거나 '부정적으로 이행'시키는 현재의 교육 방식에 집중되어 있다. 이들 역시 신입생 작문 강좌가 다른 강좌들에서의 학술적 글쓰기를 할 수 있게 하기 위한 "입구(Downs & Wardle, 2004:554)"가 되기를 바란다는 점에서, 앞선 학자들과 '이행'에 대한 기대를 공유한다고 볼 수 있다. 그렇다면 이들의 문제의식을 받아들여 현행 교육 방식을 점진적으로 개선해나가는 일도 가능하며 생산적일 것으로 보인다. 이는 현재 미국 대학의 신입생 작문 교육에 관여하는 연구자와 교수자들이 풀어나가야 할 하나의 주요한 과제다.

3. 구심적 장르로서 학술적 읽기-쓰기 에세이의 의미와 성격

이제, 우리 대학의 신입생 대상 학술적 글쓰기 교육 내용에 대해 논의할 차례다. 물론 이 논의는 어느 하나의 목소리를 통해 일회적으로 진행될 수 있는 성질의 것은 아니다. 다만 여기서는 앞 장에서 살핀 이론적 쟁점과 논의를 참조[16]하여 우리 교육의 내용을 설정하는 데 있어 전제로 삼을 만한 사항이 무엇인지 살피고, 이를 바탕으로 가능한 교육 내용을 제안해 보고자 한다.

---

16 미국에서 벌어진 40여 년간의 논의는 물론 해당 시공간에서 배태되고 전개된 맥락특수적(context-specific)인 것이다. 그러므로 이 논의의 결과를 그대로 우리 교육 현장에 적용할 수는 없으며 그럴 필요도 없을 것이다. 그러나 동시에 이 논의들이 현재 우리의 교육 현장에서 나타나는 것과 본질적으로 동일한 혼란들을 타개하기 위해 전개된 흔적 역시 눈여겨 볼 필요가 있다고 생각한다. 이를 참조할 경우, 우리의 논의가 진행되는 과정에서 생길 수 있는 시행착오를 줄이는 데 일정한 도움을 받을 수 있기 때문이다.

3.1. 구심적 장르 설정의 근거와 이점

앞 장에서 살핀 학술적 글쓰기와 관련된 긴 논의사를 통해 우리는 현대 장르 이론을 전통적 장르 이론으로부터 분리[17]시키는 하나의 유명한 명제를 만난다. 그것은 "장르는 본질적으로 역동적이며, 지속적으로 변화(They are inherently dynamic, constantly changing)(Berkenkotter & Huckin, 1993: 481)"한다는 사실이다. 현대 장르 이론가들은 장르를 "사회 문화적 맥락 내에서 일어나는 사회적 행위(Miller, 1994:23-43)"로 파악하고, 장르의 사회적 속성을 "유사하게 반복되는 상황(Bitzer, 1968:13)에 대한 수사적 반응"으로 설명한다. 이에 따라 전통적 장르 이론에서 중시하던 거시 분류 체계보다는 '상황 맥락'에 따라 다양하게 구분할 수 있는 미시 분류 체계에 주목하게 된다(박태호, 2000:99-101). 이러한 시각에 따르면 대학에서의 학술적 글쓰기 역시 상황 맥락 -전공 영역, 강좌, 나아가 특정 교수자가 사용하는 쓰기 과제 형식에 이르기까지- 에 따른 다양한 '장르'들을 구성하게 된다. 그리고 이러한 역동성 속에서, '학술적 글쓰기'를 단일하고 고정된 장르인 것처럼 논의 및 교육하려는 모든 시도는 혼란을 초래할 수밖에 없다. 그것은 애초에 불가능한 기획이기 때문이다.

그러나 그렇다고 해서, 교육 자체를 포기할 수는 없다. 대학은 분명 단일한 학술적 담화 공동체가 아니지만, 중등학교에서 대학으로 이동한

---

17 박태호(2000:100-101)는 Miller(1994)를 비롯한 북미 수사학파 학자들의 장르관을 설명하는 자리에서, "장르의 역동성은 전통적인 장르관에서는 도저히 생각할 수 없는 것"이었으며, 이로 인한 "(전통적 거시 분류 체계에서-인용자) 미시 분류 체계로의 관점 변화는 추천서, 사용자 설명서, 노트, 강의 자료, 사과문, 조사, 취임사, 설교 등과 같이 전통적인 장르 이론에서는 생각할 수 없었던 것들을 하나의 장르 유형으로 자리 잡게 하였다"고 기술한다. 또한 이 개념은 "텍스트에 나타나는 규칙적 유형을 중시하는 쪽에서 텍스트를 생산시키는 사회적 맥락을 중시하는 쪽으로 장르 연구의 방향"을 변화시켰음을 강조한다.

학생들에게 이 다양한 담화 공동체'들'은 중등학교와는 분명히 차별되는 집합적 실재(collective entity)로 직면된다. 이들이 결국 상대할 것이 집합을 구성하는 개별적 글쓰기'들'이라 할지라도 우리는 그들이 이 집합 안에서 자유롭게 이행할 수 있는 수단을 제공해 줄 필요가 있다. 즉, 쓰기 교육 주체로서 우리는 다양하고 역동적인 학술적 글쓰기를 하나하나 교육할 수는 없지만, 학생들이 다양한 글쓰기 상황에 적응할 수 있는 최소한의 교육을 수행해야 한다.

그러한 교육을 위한 방법적 시도로서, 이 글에서는 신입생 대상 학술적 글쓰기 교육을 위한 구심적 장르(centripetal genre) 설정을 제안한다. 이때 '구심적'이라는 표현을 쓴 것은 이 글이 다양한 학술적 글쓰기가 공유하는 공통적 문식성을 규정할 수 있다는 입장을 견지하기 때문이다. 또한 교육 도구로서 '장르' 설정을 제안하는 것은 교육의 목적과 내용을 보다 명확히 규정하고, 이를 교수자와 학생들이 명시적으로 공유할 수 있게 하기 위함이다.

바흐친(1981:Berkenkotter & Huckin, 1993:476에서 재인용)은 장르를 비롯한 모든 의사소통 형태에는 동일성을 추구하는 구심력(unifying "centripetal" forces)과 분화를 추구하는 원심력(stratifying "centrifugal" forces)의 긴장이 있다고 주장한 바 있다. 즉, 장르는 다양한 상황 맥락에 따라 원심적으로 분화되며 생성, 변화, 소멸을 반복하지만 다른 한 편으로 원심적으로 분화되는 장르들을 하나로 묶어주는 구심력의 자장(磁場) 안에 있기도 하다는 것이다. 그렇다면 대학에 존재하는 다양한 상황 맥락이 원심적으로 분화되는 다양한 학술적 글쓰기 장르를 생성한다고 할 때, 우리는 이 다양한 장르가 공유하는 구심성에 주목할 수 있다. 플라워 외(1990)를 비롯한 많은 학자들이 "다양한 학술적 글쓰기가 공통적으로 요구하는 문식성"에 대해 논의하고, 현재 미국의 신입생 작문(FYC) 교육에서 "강좌가 지향해야 할 공통적인 지식, 기술, 태도"를 규정할 수 있는 것은 이들이 바로 이 구심성에 주목했기 때문이다.

한편 여러 학자들이 언급[18]해온 바와 같이, 장르를 규정하는 가장 큰 특징은 그것이 해당 장르를 공유하는 구성원의 의사소통 목적을 위해 기능한다는 점이다. 장르를 규정함으로써 우리는 그것이 사용되는 목적과 성격, 형식과 구조에 대해 이야기할 수 있게 된다. 그리고 이를 교수자와 학생이 공유하는 명시적 교육(explicit instruction)이 가능해진다.

물론 장르에 대한 명시적 교육이 학생들의 창의성을 말살할 우려가 있다는 점을 들어 이에 반대하는 학자들도 존재[19]한다. 그러나 이 글에서 제안하는 '구심적 장르'는 두 가지 측면에서 그러한 우려를 불식하는 이점을 갖는다고 본다. 먼저, 이 장르는 다양한 학술적 글쓰기가 공유하는 문식성을 교육하기 위한 메타 장르의 성격을 갖는다. 그러므로 교육의 초점이 학생들로 하여금 필자의 수사적 목적을 갖고 지식을 비판적으로 변형(knowledge transforming)하는 능력을 함양하게 하는 데 맞춰진다.

---

18 바시아(1993:13)는 "스왈즈(1981, 1985, 1990) 이후 장르는 하나의 인식 가능한 의사소통적 사건이다. 그것은 장르가 발생하는 전문적 혹은 학술적 공동체 구성원들에 의해 인지되고 상호 이해되는 일련의 의사소통 목적(들)에 의해 특징지어진다(after Swales, it(genre) is a recognizable communicative event characterized by a set of communicative purpose(s) identified and mutually understood by members of the professional or academic community in which it regularly occurs)."고 기술하면서 다음과 같이 단정한다. "비록 내용, 형식, 의도된 독자, 매체 등 장르의 성격과 구성에 영향을 미치는 다양한 요소들이 있기는 하지만, 장르를 특징짓는 가장 중요한 요소는 그것이 성취하고자 하는 의사소통 목적(들)이다. 구성원이 공유하는 일련의 의사소통 목적(들)이 장르를 구성하고, 또한 그것에 내적 구조를 부여한다."

19 박태호(2000:182-183)는 주로 쓰기를 사회적 행위로 파악하는 학자들(Swales & Hyon, 1994; Martin, 1989; Christie, 1990)이 장르에 대한 명시적 교수법을 지지하는 한편, 표현주의적 관점을 주장하거나 인지적 관점을 주장하는 학자들이 이에 반대하는 경향이 있다고 설명한다.

그래서 개인의 창의성을 말살하기보다는 오히려 북돋는 방향으로 기능할 여지가 많다.

또한 신입생 〈글쓰기〉 강좌가 갖는 현실적인 제약을 고려할 필요도 있다. 대부분의 〈글쓰기〉 강좌는 한 학기라는 짧은 기간 동안 다양한 장르의 글쓰기를 다룬다. 그런데 이 경우, 교수자에게만 해당 장르들의 의미와 목적이 분명히 인지되고 학생에게는 그렇지 못한 상황이 발생하곤 한다. 즉, 매 학기 해당 강좌를 운영하는 교수자에게는 이 다양한 글쓰기가 '반복되는 수사적 형식'으로서 유의미한 장르로 인지되지만, 학생 입장에서는 〈글쓰기〉 강좌에서만 일회적으로 경험하는 '의미와 목적을 알 수 없는' 단편적 과제들로 인지되곤 하는 것이다. 와들(2009)은 학생들이 강좌에서 요구하는 다양한 장르들을 그저 섭렵하는 데 급급하여 필자에게 의미 있는 목적을 달성하기 위한 글쓰기를 경험하지 못한다고 강조한 바 있다. 그가 "잡종 장르들"이라는 자극적인 표현을 사용하여 비판하려 했던 것은 학생들이 "왜 그러한 글을 쓰고, 그러한 특정 장르의 글쓰기를 해야 하는 건지 알지 못(777)"한 채 "그저 파편적으로 제시되는 과제들(777)"을 수행하는 현실적 상황이었다. 이는 우리 대학의 〈글쓰기〉 강좌에서도 빈번히 일어나는 상황이라고 본다. 그러므로 강좌에서 다루는 장르의 수를 최소화[20]하고, 그 의미와 목적을 명확히 한[21] 구심적 장르를

20 짧은 기간 동안 진행되는 〈글쓰기〉 강좌의 현실적 조건을 고려하여 강좌에서 다루는 장르를 한정할 필요가 있다는 견해는 정희모(2001)에서도 이미 제기된 바가 있다. 정희모(2001:195-198)는 "한 학기라는 짧은 기간 동안 학습자의 학업성취를 만족시킬 수 있는 글쓰기의 가능한 목표를 설정"해야 하며, "이런 구체적인 목표 설정을 통해 자연스럽게 글쓰기의 장르적 대상도 확정할 수가 있"음을 명시했다. 그리고 그 장르로서는 '정보전달을 위한 글쓰기'나 '설득을 위한 글쓰기'가 적합할 것으로 보았다.

21 이와 관련해서는 김미란(2009)에서 문제제기 및 고찰이 이루어진 바 있다. 김미란(2009)은 〈글쓰기〉 강좌에서 역시 빈번히 사용되는 '자기표현적 글쓰기' 장르에 대해 고찰하고 있기 때문에, 해당 강좌에서의 '학술적 글쓰기' 교육 장면에 주목하는 이 글

교육하는 것은 실보다 득이 많으리라 생각한다. 교수자와 학생이 장르의 목적과 의미를 충분히 공유한 상태에서 "필자에게 의미 있는 목적을 달성하기 위한 글쓰기(777)"가 이루어질 가능성이 높아지기 때문이다.

3.2. 학술적 읽기-쓰기 에세이의 의미와 성격

그렇다면 무엇을 구심적 장르로 설정해야 할 것인가? 다양한 견해가 있을 수 있겠지만 이 글에서는 필자가 화제에 대한 다양한 자료 텍스트를 읽고, 이를 바탕으로 자신의 견해를 제시하는 복수(複數) 자료 읽기-쓰기 형식[22]의 학술적 에세이가 가장 적합하리라고 본다. 물론 학술적 에세이는 지금도 많은 〈글쓰기〉 강좌에서 학술적 글쓰기 교육을 위한 도구로 빈번히 이용되는 장르다. 그러나 교육 주체에 따라 요구하는 범위와 형식이 매우 다양하여 때로는 학술적 글쓰기 장르로 받아들이기 어려운 형식[23]의 글쓰기가 요구되기도 한다. 따라서 이 글에서는 그 목적과 성격을 보다 명확히 규정한 학술적 에세이 장르가 필요하다고 보고, 그 형식을 복수 자료 읽기-쓰기로 구체화하고자 한다.

신입생 대상 학술적 글쓰기 교육을 위한 구심적 장르로서, 복수 자료 읽기-쓰기 형식의 학술적 에세이는 다음과 같은 의미와 성격을 갖는다.

첫째, 이 에세이는 다양한 학술적 글쓰기가 보편적으로 요구하는 문

과는 논의 대상에서 차이가 있다. 그러나 강좌에서 교육하는 장르의 필요성과 타당성을 검토하고, 학생들에게 의미 있는 글쓰기를 경험할 수 있게 하기 위한 대안적 장르를 모색했다는 점에서는 이 글과 문제의식을 같이 한다.

22 읽기를 통한 쓰기(writing through reading)의 다양한 형식 중 특히 복수(複數)의 자료들을 읽고 필자의 글을 쓰는 것을 Spivey(1983) 등의 학자들은 '담화 종합(discourse synthesis)'이라고 부른다.

23 예를 들어 한 대학 교재에서는 "'내 인생에 영향을 미친 한 권의 책'이라는 제목으로 학술적 에세이를 (…) 완성해 보자."는 연습 문제를 제시한다.

식성을 필자가 습득할 수 있게 하는 가장 압축적 형식의 장르다. 복수 자료 읽기-쓰기는 학술적 문식성을 이루는 기본 구조이자 학술적 담화들이 생산 및 유통되는 형식이다. 학술적 담화 공동체의 구성원이 담화를 생산하고자 할 때, 그는 언제나 자신이 다루려는 화제와 관련된 다양한 자료 -때로 서로 충돌하고 모순되기도 하는- 를 읽음으로써 진행 중인 논의의 지형을 파악한다. 그리고 이를 바탕으로 화제에 대한 필자의 견해를 제시함으로써 공동체의 담화를 발전적으로 순환시킨다. 이러한 학술적 담화들은 학문 영역에 따라 다양한 형식과 구조의 텍스트로 발현된다. 그러나 이 에세이는 학문 영역에 따른 형식과 구조로부터 자유로우며 비교적 짧은 분량으로 작성된다. 그래서 필자로 하여금 다양한 "학문 생산 양식과 결합"할 수 있는 "지식을 변형하고 생산하는… 고도의 추상적 사고 작용(정희모, 2005:125-126)"을 가장 효율적인 방식으로 습득하게 할 수 있다.

둘째, 이 에세이는 신입생 필자가 중등 교육에서 경험한 장르들과 일정한 유사성 및 차이를 지님으로써 필자가 이미 갖추고 있는 문식성을 토대로 새로운 문식성을 함양할 수 있는 계기를 부여한다. 이 에세이는 신입생 필자가 중등 교육에서 학습한 '주장하는 글(논설문)'이나 '논술'과 유사하기 때문에 필자가 비교적 친숙한 느낌을 갖고 수행을 시도할 수 있다. 그러나 주장하는 글은 언제나 '쓰기를 위한 읽기(reading to write)' 행위를 전제하지는 않는다는 점에서 이 에세이와 구별된다. 읽기 행위를 전제하지 않는 '자발적 쓰기(spontaneous writing)'와 '읽기를 통한 쓰기'는 서로 구분되는 인지 작용을 필요로 한다(Langer & Filhan, 2000). 그래서 필자는 이미 익숙한 수행(화제에 대한 자신의 견해를 논리적으로 개진하기)을 새로운 상황(화제에 대해 다양한 견해를 드러내는 자료들을 이해 및 종합한 상태에서 글쓰기)에서 시도함으로써 새로운 인지 활동을 경험하게 된다.

또한 논술[24]은 다양한 제시문에 대한 읽기 행위를 요구한다는 점에서 이 에세이와 유사하지만, 읽기-쓰기의 목적과 방향을 문항을 통해 제한한다는 점에서 차별된다. 그래서 필자는 다양한 제시문으로부터 문제를 발견하고 설정하여 이에 대한 견해를 제시하기보다는 문항에서 이미 규정한 문제에 대한 견해를 서술하게 된다. 반면, 이 에세이는 필자로 하여금 화제에 대한 다양한 논의 속에서 스스로 문제를 발견하고 설정하여 견해를 개진하는 저자성(authorship)을 요구한다. 저자성은 학술적 글쓰기가 갖추어야 할 핵심적 요소다.

셋째, 이 에세이는 신입생 대상 〈글쓰기〉 강좌가 놓인 현실적인 교육 상황에 적합하다. 대부분의 〈글쓰기〉 강좌는 한 학기 동안 진행되며, 학술적 글쓰기 교육에 한 학기 전부를 할애하기도 어렵다. 대학에 따라 강좌 교육 내용에 필수적으로 포함시킬 것을 요구하는 장르가 있기도 하고, 맞춤법이나 문장 표현처럼 장르 교육 이전에 다루어야 할 내용도 존재하기 때문이다. 이러한 상황에서 학술적 글쓰기 교육을 위해 보고서나

---

24 대학 입시에서 논술시험이 처음으로 도입된 1986년 이후, 논술은 그 내용과 형식면에서 많은 변화와 발전을 거듭해왔다. 이 변화 과정은 논자에 따라 다양하게 구분(김수경, 2008; 노명완, 2010 외)되지만, 광범위하게 분류할 경우 서울대가 '2008학년도 정시모집 논술고사 예시문항 발표 보도 자료(2005. 11. 28)'를 발표한 시기를 전후(前後)로 '고전 논술'과 '통합(교과형) 논술'로 나눌 수 있다. 이 중 이 글에서 논의 대상으로 삼은 것은 '통합 논술'이다. 박정하(2007)에 따르면, 통합 논술이 고전 논술과 변별되는 주요한 특징 중 하나는 그것이 '과정 중심 평가' 방식을 채택하여 글을 쓰는 데 필요한 사고 과정을 분절화하여 하나하나 단계별로 평가한다는 것, 이를 위해 필자의 사고 과정을 확인할 수 있는 논제들을 차례차례 배치한다는 것이다. 즉, 통합 논술은 한 문항 안에 ① 제시문들의 내용을 요약하고, ② 각 제시문의 핵심적 주장에 대해 반론을 제시하고, ③ 앞선 논의를 토대로 특정 문제에 대한 필자의 견해를 제시하라는 단계적 논제를 배치하여 '분석적 이해 능력'과 '비판적 평가 능력', '창의적 적용 능력'을 별도로 평가하고자 한다. 이 글에서 제안하는 학술적 읽기-쓰기 에세이는 통합 논술에서 요구하는 선행 능력들을 모두 요구할 뿐만 아니라, 나아가 필자의 주체적인 '문제 발견과 설정 능력'을 요구한다는 점에서 통합 논술과 연계될 수 있다.

논문과 같이 상대적으로 긴 형식의 글을 쓰게 하기는 어렵다. 그 형식을 단일화하여 교육하는 것도 불가능할뿐더러 학생들에게 복수(複數)의 쓰기 경험을 제공할 수도 없기 때문이다. 학생들이 특정 글쓰기 형식을 의미와 목적이 분명한 장르로 인식하기 위해서는 이들에게 해당 글쓰기가 "반복되는 상황에 대한 수사적 반응(Miller, 1994)"으로 경험될 필요가 있다. 이 에세이는 상대적으로 짧은 분량을 요구하기 때문에 제한된 교육 기간 내에 반복적으로 사용될 수 있다. 주제를 달리한 쓰기 경험을 부여할 수도 있고 개별 글쓰기와 조별 글쓰기를 경험하게 할 수도 있다. 이를 통해 학생들이 그 의미와 목적을 보다 분명히 인지할 수 있다. 또한 학생들이 계열별로 〈글쓰기〉 강좌를 수강하는 경우에는 읽기 자료가 다루는 이슈를 보편적인 것과 계열의 특성에 적합한 것 등으로 다양화할 수도 있다. 물론 교수자들이 이슈별 읽기 자료의 풀(pool)을 만들고 교수법을 공유하는 것도 가능할 것이다.

한편, 복수 자료 읽기-쓰기 형식의 학술적 에세이에 대한 명시적 교육 및 효과 검증은 이윤빈·정희모(2010)에서 이루어진 바가 있다. 이 연구에서 수행한 명시적 교육은 학생들이 복수 자료 읽기-쓰기에 관여하는 복잡한 인지 활동(복수 자료에 나타난 다양한 견해를 이해·종합하기, 자료의 내용을 필자의 선행 지식과 결합하기, 필자의 수사적 목적에 따라 '읽은' 내용을 '쓸' 내용으로 구조화하기 등)에 존재할 수 있는 다양한 경우의 수를 〈과제표상강의〉와 〈자기분석점검표〉를 통해 점검하게 하는 방식으로 이루어졌다. 그리고 해당 장르에서 요구하는 문식성의 구체적 내용을 조직 계획(organizing plan)의 측면[25]에서 제시했다. 그 결과 이러한 명시적 교육이

25 교육은 아래 '조직 계획' 범주(이윤빈·정희모, 2010 : 473-477 참조)를 바탕으로 이루어졌다. 이 범주는 Flower 외(1990)에서 사용한 범주를 한국 학생들의 읽기-쓰기 에세이 특성에 맞게 수정 및 재구성한 것이다.

학생 수행에 긍정적 변화를 일으킨다는 사실을 입증했다. 이 연구에서 수행한 명시적 교육은 그것이 장르의 세부적 형식이나 내용이 아닌, 읽기-쓰기에서 작동해야 할 문식성을 교육하는 방식으로 이루어졌다는 점에서 의미가 있다. 그것이 곧 학생들이 경험할 다양한 학술적 글쓰기가 요구하는 "공통성"이기 때문이다.

4. 맺음말

이 글은 대학 신입생 대상 〈글쓰기〉 강좌에서 교육해야 할 '학술적 글쓰기'의 의미와 성격을 검토하고 규정하기 위해 구성되었다. 현재 대학 〈글쓰기〉 교육 현장에서는 교육 주체에 따라 학술적 글쓰기를 다양한 방식으로 규정 및 교육하고 있다. 그런데 학술적 글쓰기에 대한 다양한 표상들은 그 범위와 내용이 서로 소통되지 않고 교육 현장에 암묵적으로 전제되어 신입생에게 혼란을 주곤 한다. 이에 이 글에서는 〈글쓰기〉 강좌를 통해 해당 개념을 처음 접하며, 다양한 전공 및 교양 강좌에서 학술

〈표 2〉 대학 신입생의 읽기-쓰기 텍스트 '조직 계획' 범주(이윤빈·정희모, 2010 : 475)

상위 범주	하위범주	설명	ⓐ 거시구조	ⓑ 필자 견해	ⓒ 통제개념	ⓓ 수사적 목적
요약	① 요약하기1	지엽적 요약	×	×	×	×
	② 요약하기2	①+필자 견해	×	○	×	×
틀	③ 틀 세우기1	거시구조(A)(B)	○	×	×	×
	④ 틀 세우기2	③+필자 견해	○	○	×	×
종합	⑤ 종합하기1	통제개념 사용하여 자료+견해 종합	○	○	○	×
	⑥ 종합하기2	수사적 목적을 가지고 과제 재해석	○	○	○	○
기타	⑦ 자유반응	읽기 자료와 무관	△	△	×	△

적 글쓰기를 수행해야 하는 신입생에게 교육할 '학술적 글쓰기'에 대한 검토와 규정이 필요하다고 보았다.

이를 위해 이 글에서는 학술적 글쓰기 교육과 관련해 미국에서 존재해 온 이론적 쟁점과 논의 변화 양상을 살폈다. 70년대부터 지금까지 진행되어온 미국의 논의사가 현재 우리 교육 현장에도 많은 참조점을 제공한다고 판단했기 때문이다. 논의는 크게 두 가지 질문을 중심으로 진행되어 왔다. 하나는 "신입생 필자에게 학술적 글쓰기를 가르칠 필요가 있는가?" 라는 본질적 질문이고, 다른 하나는 "신입생 필자가 진입해야 할 '학술적 담화 공동체'란 어떤 것이며, 습득해야 할 '학술적 담화'란 무엇인가?" 라는 보다 실용적인 질문이다. 전자의 질문이 학술적 글쓰기 교육의 필요성 자체를 회의한다면, 후자의 질문은 신입생에게 학술적 글쓰기를 교육할 필요성은 부정하지 않는다. 다만 그 교육 내용을 결정하기 위해 '학술적 담화 공동체' 및 공동체의 언어로서 '학술적 담화'의 정체를 문제 삼는다. 이 중 이 글의 관심과 직접적인 관련이 있는 후자의 질문에 대한 논의는 다음과 같이 변화해왔다. 1) '학술적 담화 공동체' 및 공동체의 언어로서 '학술적 담화' 개념이 부각되고, 신입생 필자가 이 언어를 습득해야 할 당위성이 주장된 시기(70년대 중·후반~80년대 중반), 2) 단일하고 고정된 '학술적 담화 공동체' 및 '학술적 담화' 개념이 부정되고, 존재하는 것은 '학술적 담화 공동체들'과 '학술적 담화들' 뿐임이 강조된 시기(80년대 중·후반~90년대 초반), 3) 단일하고 고정된 공동체 및 담화가 존재하지 않는다는 사실을 인정한 상태에서 신입생 글쓰기 교육의 내용을 다각도로 모색하는 시기(90년대 초·중반~현재). 각 시기의 논의는 신입생 대상 학술적 글쓰기 교육을 각기 다른 방향으로 이끌었다.

마지막으로는 이상의 논의를 참조하여, 우리 대학의 신입생 학술적 글쓰기 교육을 위해 '구심적 장르'를 설정할 필요성을 밝히고 그 의미와 성격을 규정했다. 앞선 논의사는 현대 장르 이론의 기본 명제인 "장르는 상황 맥락에 따른 역동성을 갖는다."는 명제를 환기한다. 대학에서의 학술적 글쓰기 역시 상황 맥락에 따라 다양한 장르로 분화되며, 이 때문에 학술적 글쓰기를 단일하고 고정된 장르로 교육하는 것은 불가능하다. 그러나 이 글은 그럼에도 다양한 글쓰기가 공유하는 공통적 문식성을 규정할 수는 있다는 논자들(플라워 외, 1990 등)과 견해를 같이 했다. 그리고 그 교육을 위한 방법적 설정으로서 '구심적 장르'가 필요하다고 보았다. 또한 '구심적 장르'로는 복수(複數) 자료 읽기-쓰기 형식의 학술적 에세이가 적합할 것으로 판단했다. 판단의 근거로는 이 에세이가 1) 다양한 학술적 글쓰기가 보편적으로 요구하는 문식성을 필자가 습득할 수 있게 하는 가장 압축적 형식의 장르라는 점, 2) 중등교육에서 사용하는 장르들과 일정한 유사성과 차이를 지님으로써 필자가 이미 갖추고 있는 문식성을 토대로 새로운 문식성을 함양할 수 있는 계기를 부여한다는 점, 3) 신입생 대상 〈글쓰기〉 강좌의 현실적인 교육 상황에 적합하다는 점을 들었다. 선행 연구(이윤빈·정희모, 2010)는 해당 장르에 대한 명시적 교육을 통해 신입생의 학술적 글쓰기 능력을 증진시킬 수 있음을 입증한 바 있다.

이 글에서 제안한 신입생 학술적 글쓰기 교육의 방향은 물론 유일한 것이 아니다. 앞으로 다양한 논의와 모색이 이루어질 필요가 있다. 10여 년 전 대학 글쓰기 교육에 대한 이론적 논의가 시작될 무렵에는 "글쓰기 교육 현상은 만연한데 그에 대한 이론적 논의가 부족(정희모 : 2005)"한 상황이 문제로 지적되곤 했다. 대학 글쓰기 교육이 전문화의 단계로 접어든 현재는 '학술적 글쓰기' 교육의 상황에 대해 동일한 문제를 제기할 수 있을 듯하다. 앞으로 대학 학술적 글쓰기 교육에 대한 보다 풍성하고 다양한 논의가 진행되기를 기대한다.

학술 담화 공동체 장르 변천에 따른 전문 저자성 양상

김성숙
한양대학교

1. 디지털 저자성 개념 연구의 필요성

디지털 기기가 날 때부터 환경으로 주어진 디지털 원주민(digital natives) 세대는 그 사용법 숙달에 애쓰지 않는다. 그리고 일단 생활양식이 된 디지털 기기에 어떤 폐해가 있더라도 그 문명 이전으로 되돌아가려 하지 않는다. 산업화 사회를 지나온 우리도 자동차나 원자력이 없는 생활을 상상할 수는 없지 않은가. 따라서 새로운 저술 매체의 출현이 인류에 끼칠 편익이나 혼란에 대한 우려도 그 출생과 성장 과정을 지켜 본 세대가 할 수밖에 없다. 신세대는 생활양식이 되어 버린 새로운 매체를 분석하는 데 필요한 대타적 거리를 유지하기가 어렵기 때문이다.

2029년이면 인간의 뇌처럼 사고하는 기계가 나오고 2045년이면 인간 지능의 수십억 배 역량으로 사고하는 인공 지능 및 영생 기술이 개발될 것이라고 한다(조중혁, 2013). 이렇듯 대규모 포털 사이트나 첨단 디지털 기기는 인간의 신체가 될 준비를 하고 있는데, 이러한 시대를 살아가는 전문 저자는 이 증강된 신체 기능을 어느 정도로 수용해야 할 것인가. 전문 저자로서 이러한 윤리적 판단을 내리려면 '디지털 저자'로서의 자각이 필요하다. 따라서 이 글에서는 먼저 전문 저자성이 어떻게 숙달되는지를 학술 담론 공동체의 계통적 성숙 과정에 비추어 유추해 보고, 디지털 정보 기반 사회의 전문 저자로서 갖추어야 할 디지털 저자성의 세부 요인이 무엇인지를 알아보고자 한다.

어떤 종의 개체 발생은 그 생물의 진화론적 계통 발생을 되풀이한다. 학술 담론 공동체 역시 전대로부터 계승 받은 명제적 지식과 절차적 지식을 후대로 전수해 주고 있다는 점에서 계통적 발생을 이어간다는 공통점이 있다. 그렇다면 한 학술 담론 공동체 안에서 개인이 전문 저자성을 습득해 가는 과정에도 그 공동체가 축적해 온 지식의 면면이 단계적으로 성숙해 가는 절차가 진행된다고 가설을 세워볼 수 있지 않을까? 2장에서는 학술 담론 공동체 안에서 전문 저자성이 습득되어 가는 과정에 저술 문화의 계통적 발생이 되풀이되는 양상을 살펴 볼 것이다.[1]

현 시대 전문 저자들은 어린 시절 나무에 칼로 표식도 남겨 보고 땅바닥이나 담벼락에 벽돌 조각으로 낙서도 해 보고 칠판에 분필로 문제도 풀어 본 세대다. 386, 486으로 PC 사양이 좋아질 때마다 거금을 들여 기기를 갈아치웠던 얼리 어댑터들이며 신생 디지털 인프라를 생활양식으로 적응해 낸, 현대 사회의 중견들이다. 이들의 인생에는 도제적인 지식 습득에서부터 최신 지식 공유 플랫폼인 MOOCs(Massive Open Online Courses)에 이르기까지, 학술 담론 공동체가 유사 이래로 형성해 온, 지식의 이해와 전달 과정이 그대로 체현되어 있다.

---

1 헥켈은 인간의 배아가 어류, 양서류, 파충류의 단계를 거쳐 포유류 배아기에 이르는 과정을 관찰하고 '개체 발생 이론'을 세웠다. 이렇게 자연과학 이론을 전문 저자의 쓰기 인지 발달 과정에 적용함으로써 발생할 수 있는 단순화, 독단화의 위험을 굳이 무릅쓰는 것은 디지털 정보화 시대에 숙달한, 전문 저자성 습득의 계통적 체계를 밝혀 보기 위함이다.

본고에서는 먼저 학술 담론 공동체의 문예사조 변천과 현 전문 저자 세대의 '디지털 저자성' 습득 체험을 통시적으로 분석하여 그 유사점을 찾아보고, 현재의 공시적 저자성 안에 과거의 통시적 저자성 개념이 어떻게 축적되어 있는가를 밝히고자 한다. 그리고 선행 연구 저서 및 논문을 분석하여 현 정보 사회에서 요구되는 '디지털 저자성'의 세부 특징을 살펴 볼 것이다. 이러한 연구 결과는 현대의 공시적 '전문 저자성'이 가진 계통적 역사성을 밝히고, 나아가 현대 사회에서 '전문 저자성'을 습득하고자 하는 학술 담론 공동체 구성원에게 절차적 지침을 마련해 줄 수 있을 것이다.

2. 저술 문화 변천과 저자성 습득 과정의 상동성

이 장에서는 먼저 학술 담론 공동체의 저술 문화가, 물리적인 저술 매체와 양식적인 저술 장르의 두 측면에서 어떻게 계통적으로 형성돼 왔는가를 분석해 보고, 이러한 계통적 발생이 전문 저자성 습득 과정에 어떻게 순차적으로 나타나는지를 연결해 보고자 한다. 전문 저자가 능숙하게 부려 쓰는 저술 매체는, 3차원 공간에 대한 인식이나 무형의 인지적 개념을 2차원 평면에 고정시키는 데 사용된다. 이 저술 매체의 테크놀로지적 변모는 시각적인 저술 양식의 형태나 관념적인 쓰기 내용에도 영향을 미쳐 시대별로, 또 연령대별로 다른 글쓰기 공간과 산출물을 형성하였다.

볼터와 그루신(2006:15)은 글쓰기 테크놀로지를 시각적 공간에 언어적 관념을 배열하는 방법으로 정의하고, 관념의 시각적 재매개(remediation)를 위해 "도구와 재료를 사용하는 기술적인 정신 상태(technical state of mind)"로, 즉 테크놀로지와 정신을 거의 등가의 것으로 보기도 했다. 이후 볼터(2010:12)는 글쓰기 공간이 "물질적 속성과 문화적 선택 및 관습 사이의 상호작용에 의해 발생"된다며, 물질적 속성을 가진 글쓰기 공간의 테크놀로지를 "정신 자체의 발현(a manifestation of the mind itself)"으로까지 해석하기도 했다.

양피지에서 종이로, 필사에서 인쇄로, 아날로그에서 디지털로 진화해 온 글쓰기 테크놀로지는 전문 저자들의 인식 지평을 넓히고 지식의 소비층을 확장시키는 데 기여했고, 점차로 증강되는 보편 지성은 새로운 테크놀로지 발달을 가속화시키고 있다. 현재의 글쓰기 테크놀로지에 숙달되어 있는 전문 저자들은 늘 새로운 글쓰기 공간을 구상하고, 그래서 전문 저자들이 적응해야 할 수사법과 테크놀로지는 날로 정교해진다.

2.1. 미메시스, 그 모방의 기억

세계 문예사조에서 수사법의 역사를 살펴보면, 고대와 중세, 근대에 각각 미메시스와 알레고리, 아이러니의 사유 체계가 주류 텍스트 생성 원리로 작용해 왔다. 고대 구술 문화유산을 문자로 채록하는 과정에서 제의적 발화의 주술성은 점차 사라졌지만 대상을 정확히 묘사하여 미지의 대상에 대한 두려움을 극복하고자 했던 미메시스, 즉 모방의 원리는 고대 서사의 주요 창작 원리였다. 그리고 현대에도 미메시스 수사학은 여전히 예술 창작의 보편적 원리 가운데 하나이다(김성숙, 2011:410).

고대에는 소수의 예언자만이 신과 대면하여 목소리를 들을 수 있었다. 그래서 백성은 예언자나 왕이 들려준 발화를 반복하여 암송하는 것으로 영생을 얻고자 하였다.[2] 글쓰기 테크놀로지도 그리 발달하지 않아서 소

2 벤야민(1933, 2007:203, 212)도 언어의 역사적 발전 과정을 인간의 미메시스 능력의 계통 발생적 변천 과정과 결합시킨 바 있다. "이미 오래전부터 사람들은 미메시스 능력

장 가치가 있는 서책은 필사본의 형태로 유통되었다. 이렇게 대상 텍스트를 그대로 모사하던 미메시스의 시기를 개인의 저자성 발달 국면에 연결시키자면, 말을 배우고 그 말을 문자와 일대일로 대응시켜 보던 유년 시절을 꼽을 수 있다.

학창시절 누구나 국어책 한 바닥을 몇 번씩이나 베껴 써 본 기억이 있을 것이다. 선생님이 불러주는 대로 받아쓰기 시험을 보고 어려운 겹받침을 틀려 좌절하거나 백점 시험지를 들고 의기양양해 하던 기억도 있을 것이다. 또 엄마 등에 손가락으로 글씨를 써서 알아맞히는 놀이를 해 봤고, 담벼락에 낙서를 해서 소문을 유포하거나 심증을 물증으로 굳혀 본 추억도 있을 것이다. 이렇게 기존 어법에 따라 철자와 문법을 학습하는 초보 필자 시절을 지나야 자신의 정서나 사유를 오류 없이 표현하는 숙달된 필자의 역량을 갖추게 된다. 쓰기 인지가 성숙해 가는 동안 이전 단계에서 습득한 지식은 다음 단계 학습 기반으로 축적된다.

대학에 갓 입학한 신입생도 전문 저자로 성장하는 초기에는 학술 담론의 형식과 내용을 모방해야 한다. 신입생이 기초필수교양과목으로 이수해야 하는 〈의사소통〉 교과목에서 학술 담론의 일반적인 전형을 다루고 그 규범에 따라 보고서를 쓰도록 배우는 것이 그러한 훈련의 예이다. 초·중·고등학교를 거치면서 누구나 자기 나름의 쓰기 전략을 갖게 되지만

이 언어에 미친 영향을 시인해 왔다. … 그들은(사람들은-인용자) 언어 생성에서 모방적 태도에 의성어적 요소로서 한 자리를 인정해 주었다. … 그런데 이 미메시스 능력에는 역사가 있다. 그것도 계통 발생과 개체 발생 둘 다의 의미에서다. 개체 발생의 의미에서는 놀이가 미메시스 능력의 교본을 보여준다. … 미메시스적 태도의 계통 발생적 의미에(서 볼 때-인용자) … 예전에 유사성의 법칙이 지배한 삶의 영역은 광범위했다. 소우주뿐만 아니라 대우주에도 유사성이 지배했다. 이 자연적 상응물들은 우리가 그것들이 모두 인간이 지닌 미메시스 능력을 자극하고 일깨우는 역할을 한다는 점을 인식할 때 비로소 결정적인 의미를 얻는다.”

대부분의 신입생은 '학술 담론'은 뭔가 다를 것이라는 느낌 때문에 불안해한다.[3] 이렇게 학술 담론과 관련된 배경 지식이 전혀 없는 신입생들에게는 학술 담론 장르의 "전형적인 요소"를 명시적으로 가르치는 교수법이 효과가 있다.[4] 전 세계 대학에서 범교과적 글쓰기 과목을 개설하고 학술 장르 생성 지식을 도제식으로 전수하는 것은, 해당 학기의 집중적인 모방 훈련을 통해서 학술 담론의 일반적인 관습이 어느 정도는 숙달될 것이라고 믿기 때문이다.

2.2. 알레고리, 그 변용의 추억

고대에 소수의 예언자가 구술 문화를 이끌었다면 중세에는 정예의 성직자가 문자를 익혀 원형 텍스트를 작성하였다. 그리고 도덕적인 교훈을 널리 읽혀 몽매한 대중을 계몽하고자 하는 지식인 집단이 출현한다. 1455년 구텐베르크에 의해 성경이 활자로 인쇄되면서 중세 글쓰기 공간의 테크놀로지는 비약적으로 발전하였다. 이들 지식인 집단의 노력과 출판 기술의 발달로 문식력을 갖춘 대중이 늘어나면서 지배층의 교화 수단이었던 알레고리 수사법은 서민에 의해 계급 사회의 부조리를 비판하는

3 학부생은 이미 알고 있는 장르와 낯선 장르 사이에 수사적으로 유사한 상황이 있는지를 가늠해 보고 나서, 기존의 지식을 새로운 과제 국면에 적용할 방법을 결정할 것이다. 하지만 많은 경우 낯설고 어려운 과제에 직면한 학부생은 자신이 알고 있는 것을 토대로 거의 무의식적으로 행동한다(Devitt, 2006).

4 윌리엄스와 콜롬(Williams & Colomb, 1993:262)은 시카고대학교 학생의 쓰기 능력 인지를 관찰한 "명시적 교수 사례 연구"를 토대로 학술 담론 장르를 명시적으로 가르칠 것을 제안한다. 통사, 어휘, 담화, 수사 등 특정 장르 요소를 명시적으로 배우도록 설계된, 학술적 글쓰기나 직업적 글쓰기 과정에 등록한 400명 학생을 대상으로 한 연구였다. 학생들은 특히 주제 찾기, 도입, 조직, 동사 선정, 명사화 문법에 대한 교육이 유용하다고 판단하였다. 이들 전략의 유용성을 인지하는 정도는 학생들의 쓰기 능력 점수와도 상관이 있었다.

풍자 예술 장치로 역이용되기도 하였다. 현대에도 알레고리적 패러디 원리는 특정 담론 공동체의 관습을 재맥락화하여 비판적 기능을 수행하기에 효율적인 수사법이다.

알레고리 수사법으로 계몽의 목적을 달성하던 중세의 전문 저자들은 동료 전문 독자층의 예봉(銳鋒)을 피하기 위해서도 우화나 풍자 장르를 즐겨 차용하였다. 토마스 모어의 〈유토피아〉는 이 시기 지식인의 대표적인 저작이다. 작가는 작품 속 여행자의 회고담을 통해 자신이 꿈꾸는 이상향의 조건을 설파한다. 이러한 이상적 공동체 상은 이후 프랑스혁명에 이르기까지 그리고 그 이후로도 지식인 집단의 열망이 되었다.

> "하루 6시간 일하고 8시간 잠자며 그 외의 시간은 공동 혹은 개인적으로 교양 강좌를 듣거나 자기가 원하는 대로 자유롭게 시간을 보낼 수 있는 사회, 태어나서 죽음에 이를 때까지 의식주와 교육에 필요한 생활 전반을 국가가 책임지고 지원하는 사회, 빈부의 격차가 극소화된 사회, 계급적 차별이 거의 존재하지 않는 사회, **정의**가 살아있는 사회, **윤리**와 **도덕**이 충만한 공동체 사회, 그리고 가장 중요한 **인간의 존엄성을 기초로 한 평등**한 사회"
> –〈쉽게 읽는 유토피아〉(토마스 모어, 2013:9, 밑줄과 방점, 인용자)

위에 기술된 '유토피아 사회'의 모습 가운데 밑줄 부분은 현 사이버 공간의 모습과 유사하다. 특히 방점으로 표시된 부분은 이 사이버 공간의 미래를 낙관하는 집단지성의 목표이기도 하다. 내부인이 아니면 접근하기 어려운 관문(항구)이 있고, 같은 언어와 법률, 관습, 제도를 공유하는 계획도시라는 점도, 현 세대 인터넷 커뮤니티와 유사한 점이다. 정해진 토의 주제 이외에 새로 제기된 안건은 다음 회의 날짜에 다루도록 시사적 현안을 숙고하는 점이나, 신체적 힘겨루기보다 이성과 총명을 우선시하는 습속에도 공통점이 많다(오태호, 2011:145-148). 특히 유토피아인은 어떤 일을 이해하거나 사색하는 즐거움, 진실하게 살아온 과거에 대한 회상, 장차 보람된 일을 할 것이라는 확고한 희망 등에서 정신적 쾌락을 추구하는데 이는 현 시대 집단지성이 보여주는 숭고한, 지식 공유 자세와 통한다.

이러한 알레고리 시기를 개인의 저자성 발달 국면에서 찾아보자면, 끝말잇기로 어휘를 확장하고 확장된 어휘를 맥락에 맞게 쓰기 위해 짧은 글짓기를 연습하던 초등 고학년부터의 시절을 꼽을 수 있다. 이 시기 아이들은 노래 가사 바꿔 부르기나 동화 결말 다시 쓰기를 하면서 쓰기 표현의 즐거움을 느낀다. 또한 '지우개'를 사용하여 '필기구'의 오류를 정정하게 되면서부터 쓰기 주체의 초인지 수준은 쓰기 과정을 가역(可逆)화할 관리 능력을 갖추게 되고 삭제한 언어 대신 새로운 어휘를 문맥에 합당하게 대체할 능력도 학습한다. 글쓰기 테크놀로지로 컴퓨터를 이용하기도 하지만 아직 아날로그 타자기의 용도를 벗어나지는 못하며 1회성의 입력과 출력 과제를 수행할 뿐이다.

학술 담론 공동체에 진입한 학생의 알레고리적 저술 시기는 고학년이 되고부터 시작된다. 저학년일 때는 모르는, 고학년만 아는 담론 관습이나 전략이 있다. 신입생은 드러내 놓고 모방을 연습하지만 고학년은 직·간접 인용이나 창조적 변용을 통해, 모방을 학술 담론 관습으로 미화할 줄 안다. 프리드먼(Freedman, 1987)에 따르면, 학술 담론에 대한 직감은 학부생이 글을 써서 피드백을 받고 강의를 듣고 토의를 하고 책을 읽으면서 추론해내고 다듬으면서 일반화시킨 감각이다. 학부 고학년이 되면 학술 담론 규범에 대한 명시적인 교육을 통해서보다 다양한 과목의 학술적인 과제를 능동적으로 수행해 가면서 직감으로 낯선 장르를 배우고 그 작성 원리를 터득해 가는 경우가 더 많다.[5] 따라서 고학년이 되어서 학술 담론 생성 전략을 오남용하지 않게 하려면 신입생 대상 〈의사소통〉 수업에서 표절 관련 윤리를 강조할 필요가 있다. 학술 담론 공동체로부터 그 창조적 변용의 결과를 인정받고 부정 당하는 경험을 통해서 초보 필자는 일정한 문턱 수준에 정체하거나 전문 필자로 이행하는 수순을 따르게 된다.

2.3. 아이러니, 그 경계의 상상력

교통과 통신 수단의 발달로 인쇄 문화가 전 지구적으로 확산되면서 대중 독자 시대가 개막되었다. 이제 지식인 집단은 자신을 후원하던 귀족의 기호를 살필 필요가 없고 대중의 편익을 높이기 위한 연구로 부를 획득할 수 있게 되었다. 양차 세계 대전을 거치면서 보편 선의 추구라는 인류의 이상이 한 때 좌절되기도 했지만, 최근 정보 통신 기술이 비약적으로 발전하면서 뜻밖의 공간에서 '대중에 의한, 대중을 위한, 대중의, 예술이 있는 저녁'이 실현되었다. 사이버 공간에서 대중은 복제된 염가(廉價) 예술을 보편적으로 공유하고, 구어와 문어를 융합한 새로운 소통 체제를 구축하고 있으며, 개인간 연대의 가공할 위력을 발휘하고 있다.

근대 낭만주의 시대에 등장한 아이러니 사조 덕분에 개인이 자신에 대해 대자적인 인식을 할 수 있게 되었다면, 현대 디지털 기술의 발달로 구현된 포스트 아이러니성은 정신에 대한 주체의 인식, 즉 초인지의 지평을 열었다. 그리고 한 개인이 확장한 인식의 지평은 최첨단 디지털 기기 덕분에 무한 개인에게 '전송'되고 '재가공'되어 실시간으로 집단지성의 총량을 증가시킨다. 본래 저술 주체는 글을 쓰면서 자기 과거의 무의

---

5 학부생은 '희미한 직감'만으로 낯선 장르에 다가가서 이 장르에 구체화시켜야 하는 특정 내용을 중심으로 스키마를 끌어 모은다. 이렇게 배경지식을 구성하는 중에 '희미한 장르 직감'이 점차 분명해지고, a) 이 '직감'에 따라, b) 작문 과정과, c) 생성 중인 텍스트가 상호 연동하여 정교해지며 감식안도 재설정된다. 이후 학부생은 외재적 피드백(학점)에 따라 자신의 장르 인식 지도를 확정하거나 수정한다(Freedman, 1987:101).

식을 텍스트 위에 현재화하며 미완의 미래를 확정해 왔다. 이제 정보 기반 사회를 사는 전문 저자의 과거는 이미지로 고정되어 현재에 생성되고 탈육체화한 정신으로 사이버 공간에 이송돼 영생을 얻게 되었다.[6]

사이버 공간에서 저자는 고정된 육체를 갖지 않으며 다양한 모습과 성격, 이름, 종으로 탈바꿈할 수 있다. 아무도 이 공간에서 유일하고 고정된 자아정체성[7]을 기대하지 않는다. 로빈스(Robins, 1995)는 이렇게 유동적이고 다원적으로 분산된 사이버 정체성 때문에 인생사 혹은 서사로서의 삶의 의미, 곧 견고하고 지속적인 공적 세계에 대한 믿음(Lasch, 1985:32)이 결여될 수 있다고 걱정한다. 또 물리적인 제약 없이 자유롭게 스스로를 구성하는 사이버 인간은 상상으로 세계를 만드는 어린아이로 퇴행한 것이며, 이러한 유아론적 인간에게 자신의 상상에 제약을 가하는 타자의 존재는 사라진다고 우려한다.[8]

하지만 근대 이후 많은 심리학자와 정신분석학자, 철학자들은 자아가 본질적으로 분열될 수밖에 없음을 주장해 왔다. 프로이트는 자아에 대한 탈중심적 시각을 제시했고, 융은 자아를 다양한 원형이 만나는 광장으로 표현했으며, 라깡은 자아가 허상이라고 주장하였다(Turkle, 1995:178). 이채리(2004:180)도 현실의 자아 정체성 역시 사회적 버전, 문화적 버전,

---

6 정신으로만 현존할 수 있는 사이버 공간에 대해 발로(Barlow)는 "정신(mind)"의 안식처라 정의 내린다. 인간의 살과 강철(flesh and steel)의 세계에서 사회 질서를 특징짓는 "육체적인 시장(bodily market)" – 예를 들면 성과 인종 – 으로부터 개인을 해방시킨다는 것이다('Declaration of Independence for Cyberspace' http://www. ibiblio.org/netchange/hotstuff/barlow.html).

7 정체성(identity)은 동일성(sameness)이라는 의미로 해석되곤 한다. 그러나 정체성에는 '동일성'외에 '개인적 성격(individuality)'이라는 의미도 내포된다. 즉, 개인의 구별적인 성격(character), 인격(personality)의 뜻을 지닌다(이채리, 2004 : 176).

8 이종관(1998) 역시 로빈스의 견해에 동의한다. "타자의 실종과 타자와의 관계 거부 그리고 정체성의 분열, 그것은 사실 인간의 윤리에 치명적이다."

개인적 버전 등 다양한 버전들의 구성물로 볼 수 있다고 말한다.[9] 오히려 사이버 공간에서의 다양한 정체성 경험이 자신감 등 심리적 안정에 기여하여 현실에서의 원활한 인간관계를 돕고, 타인과의 상호협력 및 관계구축에도 긍정적으로 기여할 수 있다는 것이다.

개인의 인지 발달 과정에서 쓰기 주체의 초인지가 아이러니적 사유를 시작하는 것은 사춘기 이후로 볼 수 있다. 정신적으로 대타자인 부모를 살해하고 신을 부정하며 친구에 대한 신뢰가 급상승하는 시기, 아직 완전한 성인도 아니지만 아이도 아닌 시기. 그래서 사이버 공간에 대해서도 완전히 객관적일 수 없지만 아이처럼 순수하게 단일한 목적으로 놀이도구로만 여기지도 않는다. 점차 디지털 공간 플랫폼과 제반 인프라에 숙달하면서 주체(ego)의 인지는, 이상과 실제 사이에서 대타자(super ego)와 실존(id)이 힘겨루기 하는 분열을 경험하며 '삐딱하게 보고 쓰기' 경험에 몰두하게 된다. 우리가 현대 집단지성의 자정 작용을 신뢰하는 이유는 반대를 위한 반대에 골몰하는 삐딱한 '지식in'보다 존재에 대해 철학적인 자성(自省)을 할 줄 아는 아이러니적 주체가 전문 저자 집단으로 성장한다고 믿기 때문이다.

학술 담론 공동체에서 아이러니적 저술은, 자기 담론 공동체의 장르 경계를 인식한 연후라야 가능하다. 일정 기간 동안 선행 저작물을 모방하고 변용하면서 숙달된 필자는 해당 공동체로부터 인정받고 부정 당하는 경험을 거치면서 대학원 과정 이후 자기 학술 담론 장르의 경계를 인식하게 된다. 알레고리적 저술은 그 경계 안에서, 아이러니적 저술은 그 경계의 상상력에서 이루어진다. 일상적인 저술 주체는 늘 자신의 세

9 해러웨이(1997:149)는 "우리 모두는 가공되어진 혼합물, 사이보그들이며, 단일한 정체성을 추구하지 않는다. 사회적으로 강요된 여성성도 주어진 것이 아니라 구성된 사이보그적 정체성임을 인식해야 한다."고 주장한다.

계관을 긍정하며 자신이 납득할 수 있는 언어로 타자를 해석하고 재구성하고 싶어 한다. 하지만 주체와 타자의 상대성을 인지하는 아이러니적 저술 주체는 그 경계에 서서 자기 학술 담론 장르의 확장, 즉 선행 연구로부터의 '탈영토화'를 꿈꾼다. 아이러니적 저술 주체의 '탈영토화' 결과물이 기존 공동체로부터 인정을 받으면 그의 저술로부터 '재영토화'가 시작되고, 이러한 아이러니적 저술 주체들의 부단한 노력으로 특정 학술 담론 장르의 외연이 점차 넓어지는 것이다.

3. 정보 기반 사회의 전문 저자성 요건

미메시스 전통이 우뇌를 활성화하고 알레고리 전통이 좌뇌를 단련했다면, 근대 아이러니 전통은 인간 사유의 기반으로 특정한 '시간(kairos)'과 '공간(topos)' 개념을 정립하였다. 그리고 현대 포스트 아이러니 전통은 예술 창작의 기반으로 플럭서스(fluxus) 개념을 수립했다.[10] 디지털 인프라가 표현 예술 전반에 영향을 미치면서 고정 불변의 진리는 회의되고, '다름'이나 '유동성(流動性)'의 상대적 차이만이 한시적으로 인정된다. 인간의 사유가 고정성이 아닌 유동성을 긍정하게 된 데에는 표현 수단의 변모도 영향을 미쳤다. 글쓰기 테크놀로지가 사유의 전개 속도를 넘어설 만큼 진화했기 때문이다.[11] 2장에서는 이러한 문예사조의 변천이

---

10 플럭서스는 라틴어로서 '흐름, 끊임없는 변화, 움직임'을 의미한다. 고대 그리스의 철학자 헤라클리투스는 '만물은 창조의 흐름 속에서 끊임없이 움직이며 고정적으로 존재하지 않는다'는 '만물유전(萬物流轉)' 사상을 설파했고, 이 말에서 플럭서스가 유래했다(전선자, 2011:234 참조).

11 이제 손가락이나 붓으로 쓰는 것처럼 아날로그적 글씨는 예술의 영역으로 이양되었다. '손으로 그린 그림문자'라는 뜻의 캘리그라피(Calligraphy)는 아름다운 서체란 뜻의

한 개인의 쓰기 인지 발달과 학술 담론 공동체의 전문 저자성 습득 과정에서 그대로 재현됨을 확인하였다. 현재 국내외 대학은 〈의사소통〉 관련 교과를 기초필수교과목으로 지정하여 신입생이 학술 담론 표현에 필요한 기본 문식성 교육을 받도록 지도하고 있다. 그리고 학부 및 대학원의 〈전공 쓰기〉 수업들에서는 학술 담론 공동체의 오랜 전통과 이십여 년의 개별 저자성 습득 과정이 압축적으로 재현된다. 이러한 도제식 쓰기 수업을 이수한 학생 필자들이라야 저술을 직업으로 하는 전문 저자 공동체에 진입할 수 있다.

대학이라는 학술 담론 공동체가 요구하는 쓰기 과제의 성격은 다양하다. 대학의 학술 과제는 주체의 초인지 작용이 거의 제로에 가까운 베껴 쓰기에서부터 메모, 편지, 보고서, 논문, 그리고 반성적 의식 작용이 극대화되는 문예 창작에 이르기까지 그 '인지 표현'의 스펙트럼이 매우 넓다. 이 가운데 신입생 대상 〈의사소통〉 교과목의 보고서 쓰기 과제, 범교과적 과목의 또는 특정 학과 내의 전공 보고서 쓰기 과제, 그리고 대학원 이상의 과정에서 출판되는 일련의 전문 저술 작업 등은 학술 담론 공동체 구성원이 전문 저자로 성장하기 위해 반드시 숙달해야 하는 학술 담론 장르들이다. 이러한 텍스트를 작성하면서 의식화된 '대상'에 집중하는 초인지 강도에 따라 습관적 운동으로서의 미메시스적인 쓰기와 자성(自省)적, 알레고리적인 집필 행위가 구분된다. 그리고 개인에게 축적된 배경지식의 정도와 소환 가능한 독자 범위, 글쓰기 테크놀로지 유형 등 '전문 저자성' 숙달 정도에 따라서도 개별 쓰기 과제 국면에서 '주체'가 생성해내는 텍스트의 질은 달라진다(김성숙, 2013:218 참조). 이 장에서는 현대 정보

그리스어 Kalligraphia에서 유래되었다. 문자에서 의미 전달 수단이라는 본연의 기능을 제거하고, 개성과 우연이 중시되는 순수 조형의 관점만을 중시하여 남긴 것이다. http://terms.naver.com/entry.nhn?docId=72874&cid=43667&categoryId=43667

기반 사회를 살아가는 전문가의 디지털 저자성 세부 요인을 저자 윤리성, 공간 적응성, 집단지성 신뢰성의 세 가지로 나누어 살펴보고자 한다.[12]

3.1. 저자 윤리성(ethos)

저자라면 누구나 글을 쓸 때 '자기 검열'을 한다. 저자 안에 내재된 독자의 자기 검열 강도는 저자로서의 초인지가 발달할수록 세어지기 마련이다. 저자의 경험은 구체적인 시·공간적 질서에 따라 장·단기 기억으로 구획, 저장되었다가 초인지의 소환에 따라 의식의 전면으로 떠오른다. 초·중·고등교육 과정에서 습득된 사실적, 명제적, 절차적 지식은 유사성과 인접성, 인과성을 바탕으로 장기기억 속에 갈무리되어 있다.[13] 전문 저자는 소속 공동체의 통시적 전통과 공시적 성과를 함께 고려하여 객관적으로 흘러가는 시간(chronos)을 주관적으로 의미 있는 시간(kairos)으로 전환시키고 실존적 자아는 이를 검열한다. 생존 본능(id)과 윤리적 양심(super ego)을 가진 이 실존적 자아(meta ego : I) 안에서는, 저자로서의 전문성 정도에 따라 학술적 자아를 비롯해 가족이나 친구, 교사, 미래의 직장 상사, 법률 담당자 등 무수한 세부 주체(i_1, i_2,⋯, i_n)가 내재 독자로 활약하게 된다.

---

12 김성숙(2014)은 학부생 105명을 대상으로 한 설문 조사 결과를 바탕으로 디지털 저자성 측정 문항을 개발하였고, 이 연구에서 제1 저자 윤리성, 제2 공간 적응성, 제3 집단지성 신뢰성의 세부 요인들을 추출하였다.

13 흄은 물질에서 원자들을 서로 결합시키는 인력(attraction)이라는 것이 있듯이 정신에도 '관념연합의 법칙'이 있다고 주장한다. 관념에는 비슷한 것들, 가까이 있는 것들, 그리고 언제나 잇따라 생겨나기 때문에 원인과 결과의 느낌을 주는 것들이 있다. 유사성, 인접성, 인과성이라는 이 세 가지 특징에 의해 관념들은 서로 모이거나 흩어진다. 이렇게 해서 기억은 어느 정도 일관되게 자리 잡고 잃어버린 고리를 메우면서 인격의 동일성을 낳는다고 한다(황수영, 2006:94).

$$I = i_1 + i_2 + \cdots + i_n$$

쓰기 과제 맥락에 직면한 '주체(i_1)'는 회오리치듯 빠른 속도로 명멸하는 사유의 흐름을 문자로 고정한다. 하지만 내성(內省)이든 분석이든, 온라인이든 오프라인이든, 해당 과제 국면에 적합한 '주체'가 주도적으로 텍스트를 생성하는 순간에도, 나머지 세부 주체로 구성된 '내재 독자'의 검열은 멈추지 않는다. 이렇게 특정 장르 행위는 늘 저자 내부에 잠재된 내재 독자들간의 상호 협력과 긴장 관계 속에 조정을 받게 된다(김성숙, 2013:219-220 참조).

현대 학술 담론 공동체의 전문 저자에게 새로이 나타난 검열 주체는 연구 자료 윤리를 준수하고 있는지 여부를 감독한다. 인용 출처 표기, 저작권 존중 등과 관련하여 정보 윤리가 강화되고 있는 추세이지만 빅데이터 등장 이후 연구 자료 윤리는 더욱 민감한 이슈가 되고 있다. 데이터의 규모가 커짐에 따라 연구 가설이 영가설을 기각할 확률이 더욱 높아졌기 때문이다.[14] 과거와 다르게 일상의 모든 흔적이 데이터로 축적되는 현대 사회에서 디지털 인프라에 능숙한 전문가는 빅데이터를 갈무리해서 소비자 기호에 맞는 정보를 제공함으로써 판단의 인지적 부담을 줄여준다. 기업이나 사회의 모든 기간(基幹) 구조는 프로그래밍되고 통계 수치에 따른 조직적 사고(systems thinking)가 더 높은 효율을 보장한다. 물

14 일반적으로 인문사회과학 영역에서는 자신의 연구 결과가 실제로는 아무런 차이를 발생시키지 못하였음에도 표집 오차에 의해 유의미한 연구라는 검정 수치를 얻을, 즉 type 1 error를 범할 확률이 5% 미만이라면 그 연구에 의미가 있다고 인정한다. 그런데 분석할 데이터 크기가 클수록 통계적으로 유의미한 값을 얻을 확률이 높아지므로 앞으로 빅데이터를 다룬 양적 연구의 타당성을 해석할 때는 더욱 세심한 주의가 필요하다.

론 관심 분야의 최근 동향을 실시간으로 제공해 주는 빅데이터 서비스가 편리하긴 하다. 하지만 프로그래밍된 디지털 신경계가 제공하는 정보를 어느 정도까지 신뢰할 것인가, 정보 처리에 직접 관여하지 못하고 소비만 해야 할 때 정보 생산의 의존도 문제를 어떻게 해결할 것인가 등 현대 사회의 전문 저자는 이래저래 윤리적으로 고민이 많다.

이 '저자 윤리성' 요인은 다음에 살펴볼 '공간 적응성'이나 '집단지성 신뢰성'과 비교하여, 학부생의 디지털 저자성을 전반적으로 높이는 데에 가장 크게 기여하는 것으로 나타났다(김성숙, 2014). 따라서 학술 담론 공동체에 새로 진입한 신입생들에게 정보 기반 사회의 전문 저자성을 길러주고자 한다면, 디지털 과제 국면과 관련해 윤리적 판단이 필요한 상황에 대하여 찬반 토론을 하거나 대안을 모색하는 등의 토의 과정을 포함시키는 게 바람직하다.

3.2. 공간 적응성(logos)

현대인은 사이버 공간이란 신세계로 부지런히 이주하여 새로운 집(home page)을 짓고, 공동체(community)를 형성하고, 주소(domain name)와 시민권(netizenship)을 획득한 후 새로운 자아(user ID)를 찾는다(류현주, 2000:50). 사이버 공간 안에 구현되는 가상현실에서는 모든 텍스트가 원격현전(tele-presence)되므로 시공의 제약을 초월한 체험과 정보 생성 및 공유가 가능하다. 이 사이버 공간 안에서 자신이 원하는 공동체에 합류하고 방문객이 많이 오는 집을 지을 수 있느냐 여부는 전문 저자성을 판정하는 주요 요건이다. 사이버 방문객 수는 특정 공간이 보유한 정보의 질과 양에 비례하는데, 이 정보는 문자, 도표, 색채, 음향 등의 기호로 전달되므로 전문 저자라면 이 기호를[15] 다루는 데 능숙해야 한다. 하지만 전문 저자들은 자신의 전문성을 가장 잘 드러낼 수 있는 양식으로 텍스트를 구성하는 데 숙달되어 있으므로 모든 기호를 다 잘 다루어야 할 필요는 없다. 다만 자신이 속한 공동체의 담론 관습을 준수하며 대상을 논리적으로 배열하고, 그렇게 생성된 내용을 직관적으로 전달하는 데 필요한 기호와 관련된 기술은 꾸준히 익혀 나가야 한다.

일반적으로 사이버 방문객은 독자보다 시청자인 경우가 많으므로 복합 양식적 텍스트의 조회 수가 더 높다. 그래서 현대의 학술 정보 텍스트들에도 그림과 도표, 사진 등 시각 정보 첨부가 늘어났다. 하지만 정보의 파급력은 단순 조회 수에 비례하지 않는다. 어떤 정보를 누가 보고 그들에게서 추후 어떤 행위가 추동되는가가 정보의 전문성을 결정짓는다. 일간베스트 조회 수가 더 많다 하더라도 영국의 국제 경제 전문 일간지인, 소수의 파이낸셜타임스 조회 자가 세계를 움직이는 데 더 결정적인 역할을 하는 것처럼 말이다. 그래서 현대 사회의 전문 저자들은 자신의 글을 어느 공간에 올려 누구에게 어떻게 보여줄 것인가를 고심하게 된다.

현대 사회에서 전문 저자로 살려면 특정 카르텔 안에 배타적으로 소속되어야 한다. 전문 저자 공동체일수록 개인의 정체성(ID)이 해당 집단에 로그인해서 들어가기에 적합한지를 까다롭게 심사한다. 정부나 대기업 등 모든 공공기관이 내부 자료를 디지털화하였고 일부 정보는 무료로도 공개하고 있다. 하지만 고급 정보 단체들은 이해관계가 일치하는 일부 기관하고만 협약을 맺어 정보를 맞교환함으로써 특정 정보를 독점하는 데서 오는 시너지 효과를 공유한다. 이제 정보는 생산 수단이 되었고,

---

15 굿먼(1996:145)에게 세계는 버전에 의해 구성되는 것이다. 버전이 세계를 구성한다는 것은 기호체계들을 통해 세계를 규정하고 간주함을 뜻한다. "세계 만들기는 손이 아니라 정신을 가지고서 더 정확히 말하면 언어 혹은 여타의 기호체계들을 가지고서 만드는 것이다."

이 정보 생산 수단을 가진 계층과 소비 계층 사이에는 정보의 부익부 빈익빈 현상이 더욱 심화될 것이다. 따라서 특정 카르텔에 속한 전문 저자가 되고자 한다면 그 집단이 요구하는 자격 조건에 자신의 정체성(ID)을 맞추고 해당 공동체의 정보 자산을 늘리는 기록을 남길(login) 비밀번호를 얻어야 한다.

최근에는 이 디지털 공간 적응성에 대해서 점차 문턱을 없애자는 주장이 공론화되고 있다. 특히 학술 담론 공동체의 지적 자산은 삶을 물질적으로 또 정신적으로 풍요롭게 발전시키는 데 기여하는 바가 크므로 그 공유 운동에 대한 관심이 더욱 높다. 최근 세계 유명 대학을 중심으로 확산되고 있는 MOOCs(Massive Open Online Courses) 운동은 정보 소외 계층의 배움에 대한 열망을 충족시키는 주요 원천이 되고 있다. 지역의 학술 담론 공동체가 자생적으로 성장할 기반을 없애는, 지식의 다국적 세계화가 될 거라는 우려도 있지만 세계의 지적 자산을 고르게 분배하는 데 기여하는 바가 적지 않을 것이다. 이러한 지적 자산 공유 운동이 확산될수록 디지털 인프라의 확충과 접근 편이성이 기술적으로 지원되어야 한다.

3.3. 집단지성 신뢰도(pathos)

집단지성이란 처음에는 개미의 사회적 행동을 설명하기 위한 개념으로 쓰였으나, 현재는 다수의 개체가 협력 또는 경쟁을 통하여 얻게 되는 지적 능력의 결과로 생긴 집단적 능력을 말한다. 프랑스의 사회학자 피에르 레비(2002)는 인류가 사이버 공간을 통해 공동의 지적 능력과 자산을 소통하며 집단적으로 지성을 쌓아감으로써 시공간 제약을 극복하고 새로운 진화를 완성할 것이라 전망한다. 디지털 공간은 물질계와 대별되는 인간 문명화 과정의 완성으로, 인간 진화 과정이 꽃피우는 정신계,

즉 누스피어(noosphere)의 출현이라는 것이다.

정보의 소비자가 동시에 생산자이기도 한 뉴뉴미디어 시대의 다중(multitude)은 이 누스피어 신경계의 주요 노드(nod)이다. 산업시대의 대중(大衆, mass)이 매체에 의해 주조된 단일하고 수동적인 객체라면 정보화 시대의 다중(多衆)은 수많은 내적 차이들로 이루어져 있어 통일적인 또는 단일한 정체성으로 환원되지 않는다(윤수종, 2007 참조). 이 '필-독자(Wreader)'들은 "개방적이고 복수적인 복합체(Negri & Hatdt, 2008:235)" 안에서 "특이성들이 공통적으로 공유하는 것을 기초로 행동"(Negri & Hatdt, 2008:136)한다.

리드비터(2009)는 사이버 공간에서 집단지성의 긍정적 효과가 부활하고 있는 점에 주목한다. 20세기 산업화사회가 배제했던 농업공동체의 협업 방식이 웹 상 공동체에서 공유 윤리의 확산으로 되살아났다는 것이다.[16] "비판자들은 이것을 문화의 하향조정, 혹은 전문직 자질의 침식이라고 비난하지만 앞으로 수십 년 뒤에는 사람들이 창조하고 차용하고 공유하고 개작하고 서로 모방하는 디지털 민중문화가 출현해 우리 경제와 사회의 발전을 이끌 것이다(리드비터, 2009:273)." 컴퓨터공학과 디지

---

16 "1627년에 아이작 뉴턴은 영국왕립학회의 헨리 올든버그에게 색과 빛 이론을 개괄하는 내용의 편지를 보냈다. 올든버그는 뉴턴의 편지를 〈철학회보 *Philosophical Transaction*〉에 실었다. 〈철학회보〉의 창간 목적은 과학의 발견을 신속하고 질서 있게 유포하는 것이었다. 과학계에 자신의 아이디어를 공개한 뉴턴의 기여로 탄생한 과학공동체는 그 후 수백 년 동안 지식을 창출해 내는 원천이 되었다."(찰스 리드비터, 2009:67) 리드비터(2009:69)는 소프트웨어나 프로그램 개발, 아이디어나 정보 제공 같은 집단지성의 시도들이, 아무런 대가 없이 지식을 공개한, 17세기의 '지식 기여' 전통에서 유래한다고 보고, 웹이 동료 검열 시스템을 기반으로 새로운 공유 방식을 초래할 것이라고 전망한다. "웹이 창조하는 문화는 컴퓨터광으로 비유되는 탈(脫)산업화 네트워크, 히피족으로 비유되는 저항문화의 반(反)산업화 이데올로기, 농부로 비유되는 산업화 이전의 조직관" 및 공유 자원의 공동 사용과 민중 문화 중시 사조가 연구자에 의해 결합된 조합물이라는 것이다.

표현의 능숙한 정도와 '현전'의 정확성 및 속도는 비례한다. 그리고 그 결과물의 완성도 수준은 저자의 표현으로부터 독자의 이해에 이르는 시공간적 거리와 깊이를 좌우한다. 독자 계층이 두터울수록 저자로서 느끼는 보람도 커지므로 학술 담론 공동체에 갓 진입한 저자는 그 이해의 외연을 넓힐 사실적, 명제적, 절차적 지식을 공동체로부터 전수받고 싶어하는 것이다.

디지털 정보가 보편화되기 전까지 공동체의 지식은 세대간에 도제식으로 전수되었고 그래서 전문 저자가 되려면 대학과 같은 공간에서 일정 기간 동안 수업을 받아야 했다. 하지만 지금은 지식의 생성 주기를 따질 수 없을 만큼 신생 정보가 빠르게 쏟아지고 어떤 학문 분야에서도 그 영역을 통달하는 공부는 불가능하게 되었다. 따라서 현 정보화 사회에 전문 저자로서 산다는 것은 동료에 대한 신뢰를 전제로 한다. 앞선 세대는 디지털 공간 적응에 미숙하고 후행 세대는 학문적 내실이 적으니 말이다. 현실과 가상의 글쓰기 공간에서 동료 저자들과 소통하는 현대의 전문 저자들은, 동료들이 집단지성으로 구현해 준, 사실적, 명제적, 절차적 지식을 성실히 소비하고 이에 부가가치를 덧입혀 생산해 냄으로써 디지털 신경계를 살찌워야 한다.

미메시스적 모방의 어린 시절을 지나 알레고리적 변용의 학창 시절을 보내고 아이러니적 경계 확장의 사유가 가능해진 현 시대 전문 저자에게 필요한 것은 여전히 아리스토텔레스의 수사학이다. 정보 기반 사회의 전문 저자에게 필요한 저자 윤리성을 에토스로, 디지털 글쓰기 공간 적응에 필요한 사실적, 명제적, 절차적 지식을 로고스로, 집단지성에 대한 신뢰는 청중에 대한 파토스 범주로 구획해 볼 수 있다. 이 가운데 가장 중요한 요인은 저자 윤리성이다. 과학 기술의 발달이 인간의 자유의지에 개입할 가능성이 높아지면서 앞으로 전문 저자로서 윤리적 판단을 내려야 할 국면이 더 많아질 것이기 때문이다. 따라서 학술 담론 공동체를 이어갈 후학들에게 디지털 저자 윤리를 강화할 교수법에 대한 연구가 활성화되어야 하고, 물론 디지털 공간 적응성이나 집단지성 신뢰성을 강화할 과제도 개발되어야 한다. 그리고 이 글에서 범주화한 디지털 전문 저자성의 3개 세부 구인이 신수사학의 관점에서 어떻게 해석될 수 있는지에 대해서도 추후 좀 더 심층적으로 논구되어야 할 것이다.

대학 글쓰기에서 복합양식적 쓰기 교육의 가능성과 방향 모색

주민재
명지대학교

1. 서론

인터넷으로 대표되는 디지털 환경은 인간의 문식 환경에도 커다란 변화를 가져왔다. 다양한 양식의 디지털 텍스트를 통해 사람들은 매일 수많은 정보들을 접하고 의사소통을 한다. 스마트폰과 태블릿 PC는 디지털 텍스트 일상화에 가장 큰 기여를 한 기기일 것이다. 미국을 비롯한 서구에서는 이러한 문식적 환경의 급속한 변화를 적극적으로 교육에 수용하면서 디지털 문식 환경을 기반으로 하는 신 문식성(New Literacy)의 개념을 읽기, 쓰기 교육에 적용하고 있다.

국내에서는 초·중등 국어 교육에 일부 수용되었을 뿐 대학 글쓰기 교육에서는 새로운 문식성에 대해 거의 다루지 않고 있다. 이러한 배경에는 흔히 대학 글쓰기의 목적으로 상정되는 '학술적 글쓰기'에 신 문식성이나 복합양식 문식성(multimodal literacy)[1]의 도입이 적절하지 않다는

---

1 복합양식 문식성(multiliteracy)은 1996년 뉴런던학파(New London Group)가 복합양식 문식성에 관한 교육(A Pedagogy of Multiliteracies)이라는 논문에서 처음 제시한 용어로 복합양식으로 구성된 텍스트나 매체적 환경을 감안한 것이다. 신 문식성(New

교수자들의 견해가 가장 주된 원인인 것으로 보인다. 이러한 견해들은 복합양식적 (글)쓰기가 비판적·논리적 사고를 바탕으로 하는 글쓰기에 적절하지 않거나 이러한 사고를 제대로 표현해낼 수 없다는 믿음의 산물일 가능성이 높다. 본고는 이러한 믿음을 뒷받침하는 근거들이 박약하다는 점을 밝히는 동시에 대학 글쓰기 교육에 복합양식 문식성 도입의 중요성을 제기하는 데 목적을 두고 있다. 그러므로 본고에서는 먼저 '학술적 글쓰기' 개념의 모호성과 이 개념이 글쓰기 교육의 핵심적 목표로 설정된 이유를 '대학 글쓰기 교육' 영역의 형성이라는 관점에서 분석한다. 그리고 이를 바탕으로 대학 글쓰기 교육이 새로운 문식적 환경을 인식하고 수용해야 하는 필요성에 대해 살펴본다. 나아가 복합양식적 쓰기의 특성들이 갖는 유용성에 주목하며 대학 글쓰기 교육에서 이를 수용할 수 있는 가능성을 탐색하려 한다.

2. '학술적 글쓰기' 개념의 모호성

국내 대학들이 글쓰기 교육에 중점을 두기 시작한 시점은 학부제에 바탕을 둔 교양교육의 강화 정책을 시행하기 시작한 시기와 맞물린다. 즉, 대학에서 글쓰기 교육에 주목하게 된 것은 그간 시행해오던 교양교육 과정을 재검토하는 과정에서 대학생들의 기초 수학능력을 성장시키는 데 글쓰기 교육이 적합하다고 판단했기 때문이다. 이러한 인식은 교양교육의 차원에서 글쓰기 교육을 본격적으로 논의하는 흐름을 형성했다. 이러

literacy)은 인터넷 문식성(internet literacy), 디지털 문식성(digital literacy), 뉴미디어 문식성(new media literacy) 등 디지털 기술의 발달로 인해 새롭게 등장한 하위 문식성의 개념들을 포괄하는 개방적 개념의 용어이다. 신 문식성은 1993년 버킹엄(Buckingham, D.)이 처음 제시했다.

한 흐름 속에서 '교양교육을 통해 대학이라는 담론 공동체에 적합한 글쓰기 능력을 키우는 것'이 글쓰기 교육의 목표로 자연스럽게 자리를 잡게 되었고 대학 글쓰기의 성격을 '학술적' 글쓰기로 규정하게 되었다. 학술 연구가 대학의 본연적인 임무 중의 하나임을 떠올리면 대학 글쓰기의 성격이 학술적이라는 점에 이의를 달기는 어렵다. 사전에서는 학술(學術)은 '학문과 기술을 아울러 이르는 말'이거나 '학문의 방법이나 이론'으로, 학술적(學術的)은 '학술에 관한, 또는 그런 것'으로 정의한다. 이러한 사전적 정의를 토대로 한다면 학술적 글쓰기는 '학문의 방법이나 이론에 입각한 글쓰기'가 된다. 이 맥락에서 학문은 일반적인 것이 아닌 특정한 '어느' 학문일 수밖에 없다. 결국 학술적 글쓰기는 '특정한 학문의 영역에서 인정되는 방법이나 이론에 바탕을 둔 글쓰기'이고, 이는 요즘 일부 연구자들이 관심을 보이는 '전공영역의 글쓰기(writing across curriculum : WAC)' 개념과 그 맥락을 같이 한다.

학술적 글쓰기라는 개념이 특정 학문과의 연관성이라는 차원에서 성립될 수 있는 것이라면 대학 교양교육 차원의 글쓰기 교육에 '학술적'이라는 개념을 바로 적용하기는 어려워보인다. 현재 각 대학들이 개설하고 있는 글쓰기 관련 과목들은 대개 교양교육의 차원에서 이루어지기 때문이다. 물론 대학 글쓰기 교육이 학생들에게 본격적인 학문의 영역으로 진입할 수 있도록 돕는 것이 목표 중의 하나인 것은 분명하다. 하지만 그것이 곧바로 학술적 글쓰기 교육이라고 말할 수는 없다. 현재 대학의 글쓰기 교육이 특정한 학문 영역에 적합한 형태로 이루어지는 것은 아니며 그럴 수도 없기 때문이다.[2] 이런 견지에서 보면 현재 대학 글쓰기 교

2 이러한 관점은 '학술적 공동체'를 안정된 실체(stable entity)로 간주하는 이전의 논의들을 비판하면서 불안정하고 모순적이며 다언어(polyglot)적이며 단일한 것이 아닌 복수의 것으로 봐야한다는 새로운 해석과 주장(Harris, 1989; Bizzell, 1990; Evans,

육에서 '학술적' 또는 '학술적인 글'이라는 개념은 매우 모호하다. "'학술적인 글'이란 어떤 주장이나 견해를 적절한 근거들과 함께 제시함으로써 그것의 옳음을 객관적으로 밝히려는 글"(원만희, 2005:129)이라는 정의에 비추어 보더라도 마찬가지이다. 이 정의에 '학술적인 글' 대신 '비판적인 글' 내지는 '분석적인 글'이라는 어구를 집어넣어도 실제 의미에는 큰 차이가 없다. 다시 말해 모두들 관습적으로 '학술적 글쓰기'라는 단어를 쓰고 있지만 막상 그 개념이 정확하게 무엇인지 제시한다는 것은 쉬운 일이 아니다. 결국 현재 교양교육에 기반하고 있는 대학 글쓰기 교육의 조건에서 '학술적 글쓰기'의 개념은 비판적, 분석적 글쓰기라는 다른 개념들을 끌어들이지 않으면 규정하기 어렵다. 앞서 학술적 글쓰기를 정의한 연구자에 따르면 학술적 글쓰기는 비판적 사고 및 반성적 사고에 기반한 글쓰기이며, "기존의 텍스트나 정보에 대한 올바른 분석과 평가, 그리고 이해가 필수적"인 행위(원만희, 2005:123-129)로 규정한다. 다른 연구자는 학술적 글쓰기에 대해 다음과 같이 규정하기도 한다.

> 대학 글쓰기는 오늘날 우리 시대가 요구하는 창의적 사고로, 논리와 논증의 정교함(elaboration)만이 아니라 독창성(orginality), 유창성(fluency), 유연성(flexibility), 민감성(sensitivity), 재구성(redefinition)을 갖춘 '학술적 글쓰기'의 지평으로 전개될 것이다(구자황, 2007:282).

인용문을 살펴보면 학술적 글쓰기는 대학이란 담론 공동체에서 글을 쓰는데 필요한 기본적 자질들이 총망라된 개념으로 보인다. 위의 논의를 정리해보면 학술적 글쓰기는 '대학'이라는 전문 연구의 장(長)에서 학생이 논증력, 독창성, 유창성, 재구성 등의 능력을 활용하여 자신의 사고

1998)에 기반을 두고 있다.

를 창의적으로 제시할 수 있는 쓰기 방식' 정도로 규정할 수 있을 것이다. 학술적 글쓰기 개념이 이렇게 정리된다면, 결국 대학 글쓰기 교육에는 학생들에게 쓰기가 대학 과정의 학습에 필요한 논리적, 비판적 사고력을 증진시키는 가장 효과적 수단이며 대학이라는 담화 공동체에서 통용되는 공통적인 진술 방식에 대한 충분한 이해가 필요하다는 사고가 전제되어 있음을 발견할 수 있다.

3. '대학 글쓰기 교육' 이론의 형성과 교육 목표 설정의 관계

국내 각 대학들에서 글쓰기 교육이 본격화되면서 관련 연구자들이 가장 먼저 시도한 것은 글쓰기 교육 분야를 학문적으로 규정하는 작업이었다. 이 작업은 대학들이 학부제 실시로 인해 교양교육의 체계를 개편해야 하는 필요성의 차원에서 '(대학)국어·교양국어'를 중심으로 시행되었던 기존 교양교육 과정을 재검토하는 맥락(김동준, 1988; 송헌호, 1995; 김연수, 1996)[3], 그리고 교양교육 강화의 일환으로 글쓰기 분야가 채택[4]되면서 글쓰기 과목의 체계를 갖추고 교육적 효과를 학문적으로 규명해야 하는 현실적인 맥락에서 이루어졌다.[5] 당시 글쓰기 교육의 연구자들 및

---

3 2000년을 전후하여 '글쓰기(또는 작문)'이 '대학 국어' 과목을 대체하기 전에도 대학 국어 교육에 대한 문제점을 제기하려는 시도들이 있었다.

4 이명실(2008)에 따르면 2002년부터 각 대학이 대학생들의 의사소통능력 함양을 목적으로 하는 관련 기구 내지는 과목이 신설되기 시작했다.

5 정희모(2001)는 대학 내 글쓰기 과목의 도입이 "교육 구성원들의 합의에 의한 것이라기보다는 대학의 급격한 학제 개편과 맞물려 진행된 것이어서 과목 자체의 성격 규명에 대한 논의 과정이 없었다"고 지적한다. 또한 "과목의 성격이나 목표에 대한 연구가 없었던 사실은 결국 기존의 독본과 작문을 단순히 통합하는 강의를 하게 만들었고, (……) 강사 스스로 과목의 성격과 정체성에 대한 뚜렷한 정립을 할 수가 없었던" 점을

교육자들이었던 이들은 글쓰기 교육이 대학 교육에서 어떤 부분을 담당하고 구체적 교육 내용과 교육 전략을 어떻게 구성할 것인지, 대학에 입학한 학생들에게 글쓰기 교육을 통해 어떤 능력을 키워줄 수 있는지를 논리적·체계적으로 입증해야 하는 상황이었다. 이는 대학의 교양교육 체제에서 글쓰기 교육이 확고한 입지를 굳히는 데 필수적이면서도 시급한 작업이었다. 따라서 대학 글쓰기 과목이 기존의 교양과목과 어떤 차별점을 가지고 있는가, 대학 글쓰기 교육목표는 어떻게 설정되어야 하는가, 실제 교육 내용을 어떻게 구성할 것인가와 같은 문제의식은 이때부터 본격적으로 제기되기 시작했다고 할 수 있다.

초·중등 교육 과정에서 (글)쓰기는 읽기와 함께 국어 활동의 한 부분을 차지한 것은 오래된 일이다. 그러나 이전까지 글쓰기 교육에는 거의 관심이 없었던 대학[6]에서 글쓰기 과목의 학문적 위상을 정립하는 것은 새로운 도전이라 할 만 했다. 대학의 연구자들은 모두 글을 쓰고 있었지만 정작 글쓰기에 관해 체계적인 교육을 받은 사람이 거의 없다는 모순적 상황이 수십 년 간 지속되었기 때문이다. 따라서 글쓰기 교육의 학문적 체계를 세우는 일은 글쓰기 과목의 학문적 위상 정립을 위해 반드시 해야 하는 일이면서도 그만큼 어렵고 지난한 작업이 될 수밖에 없었다.

글쓰기 과목의 학문적 위상을 정립하기 위해서 연구자들이 제일 먼저

밝히고 있다. 이러한 지적을 통해 당시 실제 글쓰기 교육을 담당했던 당사자로서의 글쓰기 과목의 정체성과 학문적 위상에 대한 고민을 엿볼 수 있다. 정희모(2001)는 이러한 고민을 해결하려는 시도로 글쓰기 과목의 목표를 어떻게 설정할 것인지, 그리고 구체적인 교육 방안을 어떻게 구성할 것인지에 대한 방안을 제시하고 있는데 이 분야에서는 거의 최초의 본격적인 연구라는 점에서 주목을 요한다.

6 현재는 국내 대부분의 대학이 글쓰기 또는 글쓰기와 관련된 과목을 개설하고 있고, 관련 연구도 활발하게 이루어지고 있지만, 2000년대 초반에는 대학 내에서 글쓰기 교육에 대한 인식이 부족했고, 글쓰기가 과연 교육의 한 영역을 차지할 수 있는지에 대해서도 의문을 갖는 사람들이 다수 있었다.

주목한 것은 글쓰기 과목의 목표 수립과 관련된 부분이었다. 한 과목의 교육 목표를 설정하는 것은 과목의 정체성을 구현하는데 핵심적인 역할을 할 뿐만 아니라 학문적 체계를 세우는 데도 필수적인 작업이다. 이는 크게 두 가지 방식으로 진행되었다. 글쓰기 과목의 성격과 의의를 구체적으로 규정하려는 직접적 접근 방식[7]과 논리적·논증적·비판적 사고력이 대학 교육에서 갖는 의의를 규명하면서 이를 강화시킬 수 있는 과목으로 글쓰기를 제시하는 간접적 접근 방식[8]이 그것이다. 이처럼 접근 방식에서 차이를 보인 이유는 연구자들이 지닌 학문적 배경과 실제 교육 현장에 대한 인식의 차이에서 비롯된 것으로 보인다. (대학)국어 교육을 담당하고 있던 국어국문학 전공의 연구자 그리고 당시 글쓰기 과목을 담당하고 있었던 이들은 새롭게 개편된 글쓰기 과목의 목표와 교과 내용의 체계를 먼저 구성하는 것이 보다 중요하다고 판단했을 것이다. 하지만 철학 및 사회과학을 학문적 배경으로 두고 있는 일부의 연구자들은 학생들에게 논리적·비판적 사고를 훈련시키는 것이 가장 시급한 일이라고 판단했다. 이러한 두 가지 흐름은 대학 글쓰기 교육이 대학 내에서 차츰 자리를 잡아가고, 학계에서도 본격적인 관심을 보이기 시작하는 2005-6년을 전후로[9] 대학 글쓰기의 구체적 교육 방법 모색이라는 측면으로 통합되면서 연구의 저변을 확대하는데 기여한다.

---

7 직접적 접근 방식을 채택한 연구자는 대표적으로 정희모를 들 수 있다. 정희모(2001, 2005a, 2005b)는 글쓰기 과목이 교양교육에 편입되기 시작한 시점부터 이 분야에 대한 이론적 작업을 해왔다. 이정옥(2005) 역시 이에 속한다고 할 수 있다.

8 간접적 접근 방식으로 글쓰기 교육의 필요성을 역설한 연구자는 김영정(2004), 박정하(2002, 2003), 하병학(2002, 2005) 등을 들 수 있다.

9 2005-6년을 전후로 하여 교양교육에 대한 논의를 중심으로 하는 대학이나 학회 주최의 학술대회와 학술지들을 통해 대학 글쓰기 교육에 대한 연구 성과들이 본격적으로 나오기 시작했다. 2005년에 창립된 한국작문학회가 〈대학 글쓰기 교육〉을 창간호 특집으로 다룬 것은 이러한 흐름과 무관하지 않을 것이다.

2005년 이전에 발표된 관련 논문들을 살펴보면 대학 글쓰기 교육의 정체성과 목표에 대해 논의한 논자들은 소수에 그친다. 그러나 몇몇의 연구자들은 대학 내에서 글쓰기 및 글쓰기 교육이 갖는 의미 그리고 중등교육과 구별되는 대학 글쓰기 교육의 목표 및 이론적인 기반을 구축하려는 작업들을 시도했다. 주요 논자들이 제기한 논점들을 살펴보면 다음과 같다.

정희모(2001)는 대학 구성원 간의 글쓰기 교육의 목표를 합리적으로 설정하기 위해서는 교육 목표에 관한 합의가 필요하다고 전제한다. 이를 위해서 그는 글쓰기가 "사회적 맥락과 교수-학습자의 상호 작용에 의한 인지적인 문제 해결 과정임을 반드시 염두에 두어야 한다"(정희모, 2001: 197)고 지적한다. 이러한 인식을 기반으로 글쓰기 과목은 "독립된 학문 활동으로서 성숙된 사유 능력의 배양과 표현능력의 신장"(정희모, 2001: 197)을 목표로 삼을 수 있다고 지적한다. 이러한 입장은 사유 능력, 즉 사고력의 증진과 이를 효과적으로 표현하려는 능력의 신장을 글쓰기 교육의 목표로 규정하고 있음을 알 수 있다.[10]

이정옥(2005)은 '어떤 주제나 문제에 대한 자기 나름의 생각이나 주장을 펼치기 위해 이미 출판된 자료나 텍스트를 비판적으로 분석하고 검토하여, 이를 근거로 삼아 자신의 관점을 객관적으로 진술'하는 형태인 I.Leki(1989)의 논증적 글쓰기가 대학 글쓰기의 모델이 되어야 한다고 주장한다. 이러한 논증적 글쓰기는 논리적 사고력과 표현력이 서로 상보적인 관계를 이루며 변증법적 발전을 이루어야만 가능하다는 것이다. 이러한 맥락에서 보면 논리적 사고력과 표현력의 향상이 글쓰기 교육의 가장 중요한 목표가 된다.

---

10 정희모(2005a)는 읽기-쓰기 모형에 주목하면서 이러한 모형을 활용하면 보다 높은 사고 기능을 수행할 수 있다고 주장한다.

박정하(2002, 2003)는 '비판적·논리적 사고'가 대학에서 학문 활동을 하는데 필수적 능력임을 확인하면서 관련 과목의 교육 내용은 "논증을 평가하고 논증을 구성하는 능력을 함양하는 훈련 과정"(박정하, 2002:218)이 중심이 되어야 한다고 주장한다. 또한 이러한 교육은 논술(논증적 글쓰기)과 토론의 영역에서 구체적으로 고려되어야 한다고 덧붙인다. 그가 토론에서의 '논쟁/논쟁적 토론'을 중요시하는 것 역시 학생들에게 논리적·비판적 사고를 효과적으로 훈련시킬 수 있는 도구적 역할을 할 수 있다고 판단한 결과로 보인다.

하병학(2002, 2005)은 비판적 사고가 "모든 학문적 주제에 대해 어떤 방식으로 사고하고 탐구하는 것이 보편일 수 있는가 하는 물음에 대해 하나의 가능한 해답을 제공"(하병학, 2005:48)하는 것으로 본다. 이러한 비판적 글쓰기는 언어의 문제, 독자·청중의 문제를 고려함으로써 보편성을 획득할 수 있다는 것이다. 보다 자세히 말하면 독자 및 청중으로 일컬어지는 타자를 인식하는 차원에서 이루어지는 글쓰기를 통해 비판적 사고가 표출될 수 있다고 주장한다.

위의 논자들의 논의를 종합해보면[11] 글쓰기 교육의 목표는 결국 비판적·논리적 사고력의 배양과 이를 독자·청중들에게 효과적으로 전달하는 표현력의 신장으로 정리될 수 있다. 2005년 이후 글쓰기 교육에 관한 연구가 활발해지고 특히 사고력에 대한 논의가 한 축을 이루면서 대개의 논의들은 글쓰기 교육을 통해 배양되는 사고력의 영역에 주목하고 이를 확장시키는 방향으로 전개되었다. 연구자들은 비판적·논리적 사고력

11 글쓰기 교육에 관한 연구자들의 연구 성과들은 2005년 이후 본격적으로 발표되기 시작했는데 연구 논문들의 논의들은 주로 글쓰기 교육 방식, 평가, 피드백 그리고 전공별 글쓰기와 같은 각론에 집중되어 있다. 본고에서 이 부분은 글쓰기 과목의 목적과 위상에 대한 논의들로 제한한 바, 위의 논자들의 주장들에 초점을 맞추었다.

외에 창의적·독창적 사고력과 같은 글을 쓰는 주체의 자율적 사고 영역을 강조하며 사고력 개념의 풍부성을 확보하려는 측면(서정혁, 2006; 구자황, 2007), 일반적 사고의 가능성을 타진하면서 전이의 개념을 적용시켜 교양 교육에서 글쓰기 교육의 유용성을 증명하려는 측면(정희모, 2005), 그리고 의사소통(communication) 개념과 연결시켜 사고력을 증진시키는 측면(황성근, 2005; 이승규, 2007)에 주목하기 시작했다. 흥미로운 것은 글쓰기의 한 축인 사고력의 측면에 대해서는 다수의 연구자들에 의해 다각적인 측면에서 연구가 이루어진 반면, 표현력의 측면에서는 이에 상응하는 연구들을 찾아보기 어렵다는 점이다. 글쓰기에서 표현의 문제는 "어떤 논거를 제시하느냐의 문제와 함께 논증행위에 속한다"(김상희, 2010: 54)는 점을 감안한다면 연구의 방향이 한 쪽으로 치우친 것을 부인하기는 어렵다.

이러한 결과는 글쓰기 교육의 효과와 학문적 위상을 정립하려는 연구자들의 노력이 교양 교육의 차원에서 이루어지며 발생한 것으로 보인다. 글쓰기 교육이 교양 교육의 목적에 부합하는 영역임을 부각하기 위해서는 사고력의 증진과 연관되는 측면을 강조하는 방식이 보다 효과적일 것이라는 현실적인 판단이 어느 정도 영향을 미쳤을 것으로 추측할 수 있다. 이와 더불어 사고력에 비해 표현력은 발달의 정도를 측정할 수 있는 객관적 척도나 준거의 미비, 이에 관해 연구자들이 합의를 하기 어려운 점도 표현력에 대한 연구가 상대적으로 빈약해진 원인[12]일 것이다. 하지만 글

12 여기서 표현력이란 어법, 정서법 등 문장이나 표기법의 차원을 가리키는 것이 아니다. 필자가 어떤 사안이나 대상에 대한 자신의 생각이나 느낌 혹은 입장을 독자에게 보다 효과적으로 전달할 수 있는 포괄적인 능력을 가리킨다. 필자는 글쓰기 영역에서는 표현(력)이라는 일반적인 표현보다는 의미구성(력)이라는 보다 제한적이고 엄격한 용어를 쓰는 것이 바람직하다고 생각하나 본고에서는 논자들이 이미 사용한 용어를 그대로 사용한다.

쓰기는 자신의 생각을 타인에게 효과적으로 전달하거나 설득하는 방법이라는 측면에서 본다면 효과적인 표현방법을 교육하는 것은 사고력의 증진 못지않게 중요하다. 효과적인 표현을 할 수 있는 능력은 새로운 문식적 환경에서 중요해진 의사소통능력과 맞닿아 있기 때문이다.[13] 따라서 앞으로는 글쓰기에서 효과적인 표현력을 개발하기 위한 연구자들의 다각적인 노력이 필요하다. 최근 일부에서 제기되고 있는 의사소통(communication)의 차원에서 접근하는 것도 하나의 방법이 될 수 있다고 본다. 의사소통 개념은 글이 단순히 발화자·필자만이 아니라 수화자·독자(audience)를 포괄하는 사회문화적 맥락에서 타자들과의 상호 교섭을 통해 이루어진다는 사회적 구성주의 관점의 수용을 가능하게 한다. 표현력은 의사소통에서 타자들이 자신의 논지를 일차적으로 받아들이는데 작동하는 일차적인 요소이자 나아가 타자와의 상호교섭력을 높이는 직접적인 요인이기 때문이다. 의사소통적 차원에서 볼 때 글쓰기에서 표현의 문제는 가장 중요한 요소 중의 하나이다. 표현은 글쓰기의 독자 지향적(audience oriented)인 성격과 직접적으로 연결되어 있기 때문이다.

4. 변화된 문식 환경과 대학 글쓰기 교육

다양한 문식성 교육의 필요성은 앞에서 언급한 것처럼 급변하는 현재의 문식적 환경 때문이다. 최근 문식성(literacy)이란 용어는 그 앞에 붙는 수식어에 따라 수많은 의미를 파생시키고 있다. 이는 문식적 환경이

---

13 김상희(2010:54)는 지금까지 논증적 글쓰기에서 감성적 설득수단인 에토스와 파토스를 전달하는 표현이 소홀하게 취급되거나 금기시되었다고 주장하면서 표현의 기술은 "'독자에게서 동의를 얻어내고 독자의 태도를 변화시키는' 논증과 밀접한 관련을 맺"는다고 지적한다.

그만큼 다각화되고 또한 그러한 환경에서 요구되는 문식 능력이 다양하다는 것을 입증하는 지표이기도 하다.

문식성에 대한 정의는 여러 논자들에 의해 이루어졌다. 위키피디아(Wikipedia)에 따르면[14] 문식성은 단순히 읽고 쓰는 능력만이 아니라 언어, 수, 이해에 필요한 여러 도구들 그리고 문화의 지배적 상징 체계를 활용할 수 있는 능력을 포함하는 것으로 확장되고 있다. 또한 최근 OECD 국가들은 과학기술 매체를 활용하여 지식에 접근할 수 있는 기술 및 복잡한 맥락들에 접근할 수 있는 능력까지 문식성의 범주에 포함시키고 있으며 나아가 개인들이 자신들의 목표를 달성하고 지식과 잠재력을 개발하며 공동체나 보다 넓은 사회에 참여할 수 있도록 돕는 학습의 연속체 개념까지 포괄한다. 최근에는 21세기 문식성(Literacy in the 21st Century)[15]을 따로 개념화하기도 한다. 즉 교육과 사회에서 문식성에 관한 보다 의미있는 측면들을 염두에 두어야 한다는 것이다. '의미있는 측면'이란 본격화된 정보 사회가 갖는 특성과 밀접하게 관련된 것임을 짐작하기는 어렵지 않다. 이러한 지적은 이후 우리 사회의 의사소통 체계가 일대일(one to one)이나 일대다(one to many)가 아니라 다수(多數)가 상호(many to many) 소통을 하는 방식으로 변하게 될 것이라는 예견에 바탕을 두고 있다.[16]

이병민(2005)은 Lemke(1997)의 견해를 빌려 문식성은 "현재 이용 가능

---

14 2014년 4월 28일 검색.

15 자세한 내용은 http://en.wikipedia.org/wiki/Literacy#Literacy_in_the_21st_Century를 참조.

16 물론 이러한 의사소통 체계의 변화를 일으키는 주요 원인은 디지털 기술(digital technology)의 발전일 것이다. 위키피디아의 21세기 문식성(Literacy in the 21st Century) 개념에서는 최근 유비쿼터스 기술에 기반한 트위터(Twitter)에 의해 이루어지는 모바일 기반 의사소통방식까지 언급하고 있다.

한 어떤 특정한 기술–그것이 어떤 형태가 되었던–을 사용하여, 그 사회에서 받아들여질 수 있는 의미를 만들어낼 수 있는 여러 가지 능력의 집합체"(이병민, 2005:137)로 정리한다. 문자와 책 역시 과거에는 혁신적인 기술이었다는 점을 감안한다면, 최근 디지털 기반의 기술에 의해 구현되는 다양한 매체들 역시 의미 구성의 도구가 될 수 있는 것은 분명하다.

디지털 기술이 발달하면서 특히 인터넷 기반의 새로운 매체들은 기존의 단일한 양식이 아닌 복합양식적(multimodal)[17] 텍스트 형태를 띤다. 즉 문자 언어를 기반으로 하는 단일양식의 텍스트가 아니라 문자 언어, 영상, 소리, 음악, 사진·그림 등의 각각의 양식들이 둘 이상 복합적으로 작용하여 의미를 구성(make meaning)하는 방식(정현선, 2008:173-177)이 일반화되었다. 우리가 일상적으로 접하는 인터넷 상의 기사, 블로그, 동영상 UCC 모두 복합양식적 텍스트이다. 이제 사람들은 극히 소수를 제외하고는 복합양식적 텍스트들로 구성된 콘텐츠들에서 자유로울 수 없다. 또한 그 의존의 정도는 더욱 심화될 것이다.

정보 사회의 성격에 비추어보면 이러한 문식적 환경 변화와 복합양식적 텍스트의 출현은 자연스러운 현상이다. 정보 사회에서는 산업 사회처럼 주체가 지니고 있는 정보의 양이나 정보 획득 능력에 초점을 두지 않는다. 개인이 정보의 바다에서 원하는 정보를 정확하고 신속하게 찾아내어 정보의 가치와 적합성을 판단하는 능력, 기존의 정보들을 가지고 주체가 추구하는 목적과 맥락에 부합하도록 조합(composition)·구성(construction)하는 능력이 가장 중요하다. 이제는 수없이 많은 정보들 중에서 가치 있는 정보를 찾아낼 수 있는가, 원하는 정보를 신속하고 정확하게 찾아낼 수

---

17 multimode, multimodal은 복합양식/적, 다중양식/적, 다중모드/적 등으로 다양하게 번역되지만 본고에서는 정현선이 제시한 복합양식/적이란 용어가 가장 원어의 의미에 근접한다고 판단하여 이를 사용한다.

있는가, 찾아낸 정보들을 토대로 맥락에 부합하도록 재배치하고 새로운 의미를 만들어낼 수 있는가와 같은 문제들이 더 중요해진 것이다.

정보 사회가 갖는 또 하나의 특징은 정보들이 네트워크를 통해 마치 살아있는 생물처럼 유통된다는 점이다. 인터넷을 기반으로 한 정보의 네트워크화는 정보의 공유와 주체 간 양방향 피드백(feedback)이 동시적·비동시적으로 이루어지도록 한다. 정보와 지식은 더 이상 특정한 개인이나 집단에 의해 독점되지 않는다. 그리고 모든 정보들은 네트워크에 존재하는 수많은 이용자들에 의해 피드백이 이루어지면서 지속적으로 재생산과 증식이 발생한다.[18] 재생산·증식의 체계는 새로운 정보들이 부가되거나 이용 주체들에 의해 변형되어 새로운 맥락에 놓임으로써 다른 의미들을 갖도록 만든다. 동일한 정보라도 어떠한 다른 정보와 결합하는가, 어떤 목적을 지닌 의미 구성의 주체들에 의해 이용되는가, 그리고 어떠한 맥락에 위치하는가에 따라 전혀 다른 의미 체계를 형성하게 된다. 이는 이전 사회에서는 발견할 수 없었던 새로운 현상이다. 그렇기에 앞서 언급한 것과 같은 능력들이 정보 이용 및 생산 주체에게는 필수적인 요소가 된 것이다.

현재 대학 글쓰기 교육에서는 이러한 문식 환경의 변화를 교육 과정에 제대로 반영하고 있다고 보기는 어렵다. 초·중등 국어교육 분야에서는 90년대 말에 들어서면서 매체언어라는 용어를 신속하게 도입하고[19] 교

---

18 대표적으로 블로그에서는 트랙백(trackback)과 덧글 기능을 통해 기존의 텍스트를 피드백하게 된다. 피드백 결과는 텍스트 생산 주체의 재트랙백(re-trackback)에 의해 기존 텍스트가 새로운 텍스트로 변형되는데 결정적인 영향을 미치기도 하고 트랙백-재트랙백의 상호 작용에 의해 새로운 담론의 영역, 즉 블로고 스피어가 형성되기도 한다.

19 최미숙(2007), 서유경(2009)에 따르면 국어교육학계에서 매체 언어에 대한 논의가 본격화된 계기는 1998년 한국어교육학회가 '다매체 시대의 국어교육'을 연구 주제로

육 과정에 편입시킨 것과는 대조적이다. 초·중등 국어교육에서는 매체 언어를 "말, 소리, 글, 동영상, 이미지 등의 결합"(윤여탁 외, 2008:9)으로 보았다. 그리고 매체 언어를 활용한 의미 구성을 텍스트의 종류에 따라 다양한 언어들이 "복합적으로 작용하여 의미를 형성"(윤여탁 외, 2008:62) 하는 것으로 규정했다. 이와 더불어 매체언어 교육을 매체의 언어 작용과 매체 텍스트의 의미와 가치에 대한 비판적 수용, 매체를 통한 의사소통 능력을 함양하는 교육으로 규정했다. 즉 학생들이 매체 텍스트에 대해 비판적으로 분석하거나, 매체를 활용하여 (자신의 생각을) 발표하는 것, 매체를 통한 의사소통의 효과를 파악하는 것 등이 모두 매체언어 교육에 포함[20]되었다.

초·중등 국어교육 분야에서 매체 언어에 대한 연구가 활발히 진행되고 이에 따라 구체적인 교육 내용이 마련되어 7차 초·중등 교육 과정에는 매체언어에 대한 교육 내용이 반영되는 실질적인 성과를 거두었다. 그러나 중등 국어교육과 직·간접적으로 연계되는 대학 글쓰기 교육에서는 매체언어가 생성되는 문식적 환경, 즉 복합양식 문식성이나 신 문식성과 매체언어를 기반으로 하는 (글)쓰기 교육에 대한 본격적인 논의는 아직 초보 단계에 머무르고 있다. 또한 실제 교육 현장에서도 거의 반영되지 못하고 있다.[21] 이러한 현실은 대학 글쓰기 교육이 현재 사회에

개최한 학술대회로 본다.

20 "국어교육은 '매체'가 아닌 '매체언어'를 바탕으로 할 때 의미의 생산, 의미의 공유 및 유통 그리고 의미의 생산 및 수용과 유통의 바탕이 되는 사회·문화에 접근할 수 있는 계기를 마련할 수 있다는 인식을 전제"(윤여탁 외, 2008:63)한다는 입장은 복합양식적 문식성을 수용해야 하는 대학 글쓰기 교육에도 시사하는 바가 적지 않다. '매체'에 대한 교육과 '매체를 도구로 하여' 의미를 형성하고 소통하는 방법 그리고 사회문화적 체계에서 이러한 의미들이 어떻게 공유·소비되는가에 대한 교육은 분명히 다른 것이기 때문이다.

21 김승종(2004)에 따르면 전주대학교에서는 '디지털 시대의 글쓰기'라는 과목이 2002년

서 급속하게 진행되고 있는 문식성의 변화에 능동적으로 인식, 대응하지 못한 측면도 하나의 원인이 될 수 있다. 하지만 보다 근본적인 원인은 지난 10년 동안 학문적 정체성과 기본적인 교육과정 및 내용 그리고 하위 분야들에 대한 연구 등 대학 글쓰기 교육의 전반적인 체계를 갖추는 데 학계가 진력한 나머지 이 분야에 관심을 쏟을 여력이 되지 못하는 현실적 여건에서 찾아야 할 것이다. 하지만 빠르게 변화하고 있는 문식적 상황을 더 이상 외면해서는 안된다. 대학 글쓰기 교육의 대상인 현재 대학생들, 그리고 앞으로 대학에서 수학을 하게 될 중·고등학생들은 이미 멀티미디어 환경에서 성장했기에 사고의 체계나 미디어 콘텐츠를 다루는 방식에 상대적으로 익숙하다는 점도 고려해야 하기 때문이다.[22]

이런 학생들에게 기존의 글쓰기 교육 과정만으로는 기대하는 교육 효과를 거두기는 어렵다고 본다. 학생들에게 비판적·논리적·창의적 사고를 하도록 돕고 이를 효과적으로 타인에게 전달하는 의사소통 능력을 키운다는 대학 글쓰기 교육의 목표는 현대 사회의 변화된 문식적 특성을 외면하고서는 이루기 어렵기 때문이다. 따라서 기존의 글쓰기의 형식 그리고 이를 기반으로 하는 대학 글쓰기 교육 방식에 변화를 꾀하는 것은

부터 개설되었고 2003년에서 관련 교재(고은미 외(2003), 『디지털 시대의 글쓰기』, 태학사)가 간행되었다. 2002년에는 각 대학에서 글쓰기 교육이 아직 완전하게 정착되지 않은 시기로 이러한 시도가 어느 정도의 교육적 성과를 거두었는지는 후속 연구가 없어 명확히 알 수는 없으나, 이때부터 복합양식적 문식성과 이를 기반으로 하는 글쓰기 교육을 실시했다면 현재 한국 대학들의 교육 현실에 비추어 볼 때 매우 드문 사례라고 할 수 있다.

22 미국의 경우 MIT 비교 미디어 연구 프로그램(Comparative Media Studies Program)의 젠킨스(Jenkins et al)(2006)는 10대 중 절반 이상이 미디어 콘텐츠를 생산하고 있고, 3분의 1 정도는 콘텐츠를 공유하고 있다고 지적한다. 또한 돈 텝스콧(Tapscott, D(2009:56))은 넷세대(Net Generation)는 디지털 기술과 함께 성장했고 이에 자연스럽게 동화됨으로써 기술을 그들이 처한 환경의 일부로 간주한다고 말한다.

더 이상 늦출 수 없는 과제가 되었다.

5. 대학 글쓰기 교육의 차원에서 본 복합양식적 쓰기의 특성

5.1. 복합양식적 텍스트와 비판적·분석적 사고의 관계

그간 학계에서는 디지털 매체 환경과 그 안에서 생산되는 텍스트에 대해 부정적으로 평가하는 분위기가 일반적이었다. 매체가 한 사회의 지배 이데올로기를 유포하고 재생산한다는 주장, 수용자에게 매체가 생산하는 메시지들을 수동적으로 받아들이도록 함으로써 주체적 수용을 불가능하게 한다는 주장 등은 대중문화가 갖는 부정적인 측면과 접합되면서 그간 많은 연구자들에게 특별한 이의 없이 수용되었다. 매체에 대해 연구자들이 부정적으로 인식함으로써 복합양식 텍스트는 문자 언어 텍스트가 갖는 논리성의 정도에 이르지 못하는 함량 미달의 텍스트로 취급되었다. 심지어 읽기·쓰기 주체의 분석력이나 비판력을 낮추거나 제거시키는 위험한 텍스트로 취급받기도 했다.[23] 이러한 시각은 수용자들이 매체 텍스트의 메시지를 단지 수동적으로 받아들이기만 한다고 전제하

---

23 복합양식 텍스트가 이런 부정적 평가를 받는 가장 큰 이유는 문자 중심 세계관이 사람들의 사고에 강력한 영향을 끼치기 때문이다. 구텐베르크 이후 문자는 가장 일반적이면서 편리한 커뮤니케이션의 도구로 자리 잡았고 이러한 흐름은 현재까지 수백 년 동안 지속되었다. 문자는 자체의 고도의 상징성으로 인해 의미 구성의 영역에서 독점적인 위치를 차지해왔다. 또 하나의 이유로는 디지털 테크놀로지 적응에 대한 사람들의 두려움을 들 수 있다. 새로운 테크놀로지는 언제나 수용자로 하여금 선망과 두려움이라는 모순된 두 가지 감정을 동시에 갖게 한다. 하루가 다르게 발전하는 디지털 테크놀로지는 수용자에게 적응에 대한 스트레스를 유발하는 것은 부인할 수 없는 사실이다. 이러한 적응 스트레스는 수용자들이 테크놀로지 자체와 그 산물들에 대해 부정적인 반응이나 더 나아가 평가 절하하는 태도를 취하게 하기도 한다.

기 때문이다. 그러나 텍스트의 의미가 텍스트와 수용자 간의 관계에서 형성된다는 문화 연구 관점에서 본다면 이러한 해석은 텍스트 중심주의에서 치우쳐 있다고 할 수 있다. 수용자들이 항상 수동적인 입장에서 매체 텍스트의 의미를 그대로 수용하는 것이 아님은 스튜어트 홀(Stuart Hall)의 의미생산이론을 통해서도 알 수 있다.[24] 교섭적 해석(negotiated code)과 저항적 해석(oppositional code)의 방식은 수용자들이 텍스트 그리고 텍스트 생산자와의 관계에서 얼마나 능동적으로 의미 구성과 해석에 임하는지를 잘 보여준다. 최근 블로그나 인터넷 게시판에서 쉽게 볼 수 있는 대중매체의 메시지들에 대한 일반인들의 비판적 분석들은 홀의 주장이 결코 틀리지 않았음을 보여주는 증거이다.

이러한 홀의 주장을 감안하다면 매체 텍스트의 의미 구성과 수용 맥락에 관한 교육은 현재 수많은 매체들에 노출된 학생들에게 비판적·분석적 사고를 배양하는 데 필수적이다. 매체 텍스트들의 메시지를 부정적인 차원에서 바라본다고 해도 결론은 동일하다. 만약 매체 텍스트가 부정적인 성향이 강하다면 이를 비판적으로 수용하도록 하는 교육이 이루어지는 것이 순리이다.[25] 다만 여기서 짚고 넘어가야 할 것은 비판적, 분석적

---

24 매체 텍스트의 의미를 해석하는 수용자들의 어떤 사회적 위치에 주목하면서 둘 사이의 관계는 어떤 맥락에서 이루어지는가와 같은 사회적 맥락과 그에 따른 의미 구성의 차원에서 본다면 다른 해석이 가능하다고 본 스튜어트 홀(Stuart Hall)은 「기호화/기호해독(encoding/Decoding)」에서 해석의 개념을 수용자의 해석 방식에 따라 세 개로 나누었다. 그는 수용자들의 해석 방식을 ① 텍스트 생산자가 최초에 의도했던 바를 그대로 해석하는 방식, 즉 헤게모니적 지배적 정의를 따르는 선호된 해석(preferred code), ② 수용자가 기본적으로는 지배적 정의를 따르지만 자신의 사회적 위치에서 텍스트의 의도를 적절하고 변형하여 대안적 의미를 생산하는 교섭된 해석(negotiated code), ③ 수용자가 텍스트 생산자 그리고 텍스트의 본래 의도인 지배적 정의를 거부하는 저항적 해석(oppositional code)으로 구분한다. 윤여탁 외(2008), 34쪽; 박선웅(2000), 161~162쪽; Hall, S., 임영호 편역(1996), 5-7장 참조.

25 최근 대학 글쓰기 과목의 커리큘럼들을 보면 영화나 다큐멘터리만이 아니라 드라마

접근이 매체 텍스트의 의미구성방식, 즉 '매체'가 아닌 매체 '언어'의 차원에서 이루어지도록 교육해야 한다는 점이다. 대학 글쓰기 교육은 매체 '언어'를 바탕으로 하는 텍스트 생산과 의미 구성 방식을 다룸으로써 비판적·분석적 사고력을 기르고 나아가 매체를 통해 복합양식적 텍스트 생산 능력을 키우는 데 중점을 두어야 하기 때문이다.

문제 해결력을 향상시키는 교육에서도 매체 텍스트가 기여할 수 있는 여지가 많다. 문제 해결력의 차원에서 매체 텍스트를 접근하기 위해서는 먼저 읽기 방식의 변화에 주목해야 한다. 책, 신문, 잡지 등과 같은 기존의 문자 텍스트와는 달리 인터넷의 텍스트들은 비선형성, 다매체성, 상호작용성이라는 하이퍼텍스트의 특성들을 지닌다. 하이퍼텍스트는 비선형성과 다매체성을 활용하여 독자들이 보다 신속하고 정확하게 원하는 정보를 찾을 수 있도록 한다. 이러한 특성은 독자들의 읽기 방식에도 영향을 미친다. 일반적으로 우리는 인터넷 검색 사이트에서 원하는 검색어를 입력한 후, 검색 결과로 제시된 텍스트들의 제목을 보고 원하는 정보를 찾기에 가장 적절할 것이라고 예상되는 텍스트들부터 차례로 클릭하여 읽는다. 또한 텍스트에 대한 접근 방식 역시 텍스트 전체보다는 원하는 정보 중심으로 텍스트를 훑어본다. 또한 이 텍스트에서 제시하는 경로를 클릭하여 다른 텍스트로 넘어가기도 한다. 문자 텍스트의 체계에서는 기대할 수 없는 이러한 연계(link) 과정은 독자가 원하는 정보를 얻는 순간까지 계속된다. 이렇게 원하는 정보를 중심으로 읽는 방식은 텍스트를 처음부터 끝까지 몰두하거나 사색하며 읽는 방식과는 다를 수밖에 없다. 앞서 말한 비선형성, 다매체성이라는 하이퍼텍스트의 특징이 읽기 방식에 강한 영

나 예능 프로그램까지 미디어가 갖는 특성과 소비의 맥락, 의미구성방식들을 글쓰기 교육에 도입하는 경우들이 늘고 있다.

향을 미치기 때문이다. 폴츠(Foltz, Peter. W, 1996:109-136)는 하이퍼텍스트를 접하는 독자들의 읽기 전략을 문제 해결(problem solving) 방식으로 규정한다.[26] 이러한 읽기 방식은 좋은 독자가 글을 이해하는데 사용하는 기술들과도 상통한다. 피어슨(Pearson, P.D.)에 따르면 좋은 독자는 앞서 갖고 있는 지식을 활성화시키고, 자신이 읽고 있는 것을 확실히 이해하기 위해 필요할 경우 그것을 반복적으로 읽으며, 추론하고, 배운 것을 종합하거나 요약한다(Tapscott, 2009:229). 인터넷에서 정보를 찾기 위해서도 이러한 기술들이 동일하게 요구된다(Schmar-Dobler, E, 2003).

하이퍼텍스트의 읽기 방식이 갖는 특성은 쓰기에서도 거의 동일하게 적용된다. 즉 하이퍼텍스트 생산 역시 이러한 독자들의 읽기 방식을 염두에 두고 이루어진다. 독자들에게 더 많은 정보를 제공하기 위해 문자 외에 사진과 그림 같은 이미지, 음성이나 소리, 음악 등의 다른 요소들을 텍스트 내에 배치하고 외부의 텍스트들과의 하이퍼링크를 시키면서 최대한 유용한 콘텐츠들(contents)을 확보하여 문제를 해결한다. 이제 텍스트는

---

26 Foltz, P.W., (1996), Comprehension, Coherence, and Strategies in Hypertext and Lianer Text, Rouet, J.F, Levonen, J. J., Dillon, A., Spiro, R. J.(eds), *Hyper text and Cognition*, Lawrence Erlbaum Assocaite, Inc.

소위 〈문제 해결 방식의 읽기〉는 매체 환경이 변화하면서 그에 따른 문식 행위의 패턴이 달라졌음을 보여주는 대표적인 예 중의 하나라고 할 수 있다. 그렇다고 텍스트의 내러티브나 주장의 논리성을 주목하면서 읽는 전통적인 읽기 방식이 사라지거나 의미를 상실했다는 것이 아니다. 정보를 찾는 방식의 읽기, 특히 텍스트가 제시하고 있는 정보의 가치를 판단하고 그 안에서 필요한 정보들을 확보하는 방식이 사색적이거나 몰입적인 읽기 방식과 더불어 매우 중요해졌다는 것이다. 이전에도 백과사전이나 책에서 특정한 정보를 찾을 때 사람들은 이러한 읽기 방식을 활용했다. 다만 매체 환경의 변화로 인해 이러한 읽기 방식이 매우 일반적이고 일상적인 차원으로 확대되었다는 점에 주목하려는 것이다. 최근 디지털 환경에서의 최적화된 문식 행위에 대한 언급들(Tapscott, D(2009); Landow, J.C.(2009))은 이러한 읽기 방식을 능동적으로 수용하라고 충고한다.

네트워크화 된 콘텐츠들이 복합적으로 결합된 형태, 즉 하이퍼텍스트로 변모한다. 하이퍼텍스트는 필자가 인식하고 있는 문제의 맥락에서 기존의 콘텐츠들 중 문제 해결의 차원에서 가치가 있는 것들이 선택되고 이들은 다시 필자가 추구하는 의미 구성의 맥락에서 새로운 의미들을 조합, 구성된다. 콘텐츠들은 하나의 텍스트 안에서 결집되기도 하지만 기본적으로는 하이퍼링크를 통해 네트워크화 되면서 거대한 하이퍼텍스트로 구성된다. 이 네트워크는 일정한 순서를 전제하지 않으므로 독자들은 네트워크화 된 하이퍼텍스트 안에서 각자 콘텐츠들을 선택하여 의미를 구성하는 비선형적 읽기를 하게 된다. 하이퍼텍스트에서 독자들의 의미 구성이 각자 달라질 수 있는 것은 바로 이러한 비선형성과 다매체성 때문이다.

하이퍼링크를 통해 콘텐츠들이 연결된다는 것은 또한 콘텐츠들의 공유를 의미하기도 한다. 매체 텍스트의 또 다른 특성인 상호작용성은 공유 개념을 통해 활성화된다. 나의 아이디어가 온라인 네트워크 안에 위치하는 순간 이는 다른 사람들과 공유되면서 상호작용이 이루어진다. 젠킨스는 이러한 과정을 "'참여적 문화(participatory culture)' 속에서 사람과 컴퓨터가 모두 상호 접촉하는 사회적 관계가 형성"되는 것으로 간주한다. 그는 이를 통해 우리의 정신적 능력을 확대시킬 수 있다고 말한다. 이러한 논리는 확장된 인지(distributed cognition)라는 개념이 뒷받침한다. 즉 다른 사람들 및 기계와의 협력 즉 상호작용하는 관계 속에서 지능이 더욱 강화될 수도 있다는 것이다(Jenkins et al., 2006:4).

수많은 콘텐츠들이 연결되는 하이퍼텍스트적 특성을 갖는 디지털 매체에서는 보다 원활하게 논증적 글쓰기를 할 수 있다. 디지털 매체에서의 글쓰기가 감성적인 측면에만 치우쳐 논증적, 비판적 사고를 표출하는 데는 적절하지 못하다는 지적이 종종 있었다. 이러한 지적은 그간 블로그와 같은 하이퍼텍스트들이 사진이나 그림 그리고 동영상들이 주로 필자나 독자의 감성을 표출하거나 자극하는 측면으로 활용된 일부의 사례에만 주목했기 때문이다.[27] 물론 디지털 매체들이 감성적 측면들을 드러내거나 자극하는 경향이 상대적으로 강한 성격을 가지고 있는 것은 부인할 수 없다. 하지만 이러한 특성이 디지털 매체들이 갖는 다양한 가능성을 폄하하는 근거가 되지는 못한다. 영화, 군사 등 특정 전문 분야에서 수많은 블로거들이 전문가를 능가하는 수준에서 생산된 텍스트들을 쉽게 찾아볼 수 있다는 사실은 하이퍼텍스트를 비롯한 디지털 매체가 결코 감성적 차원에서만 유효하다는 주장이 설득력이 없음을 보여준다.[28] 글쓰기가 필자의 논증적·비판적 사고를 향상시킨다면, 디지털 매체를 통한 글쓰기 역시 동일한 효과를 기대할 수 있다. 복합양식적 글쓰기는 의미 구성 과정에서 더 많은 사고와 고려 사항이 필요하므로 필자의 사고력 향상에는 더 유리할 수도 있다. 볼터(Bolter)의 지형학적 글쓰기[29] 개념은 디지털 매체 글쓰기가 문자 텍스트 작성보다 더 많은 요소들을 고려해야 한다는 점을 잘 드러낸다.

---

27 디지털 매체가 필자나 독자의 감성적인 측면에 치우치는 것은 다매체적 특성 때문이라고 할 수 있다. 하지만 싸이월드 등의 1세대 하이퍼텍스트들이 도입되었을 때, 기업의 마케팅이 사용자의 감성적 측면에 과도하게 초점을 맞춘 것도 주요한 원인의 하나라고 생각한다.

28 최근 천안함 사태에서 수많은 블로거들이 자신의 블로그를 통해 정부의 발표에 이의를 제기한 것은 좋은 예이다. 주장의 옳고 그름을 떠나 그들의 텍스트는 사안에 대해 시종 논증적이고 비판적인 입장을 견지했다. 이들은 사진, 그림, 표, 동영상 심지어 외국 사이트들과 같은 다른 콘텐츠들을 하이퍼링크 혹은 자신의 텍스트 내에서 직접 인용함으로써 자신들의 주장에 관한 논증의 정도와 설득력을 높이려고 시도했다.

29 볼터는 전자 글쓰기에서 시각적 묘사와 구술 묘사를 함께 하고 공간적으로 인지되는 장소가 있는 글쓰기를 개념화하기 위해 지형학(topography)의 개념을 차용한다. 그에 따르면 "지형적인 글쓰기는 글쓰기가 단순히 구술 언어의 충복이어야 한다는(로고스중심주의적) 생각에 도전한다."(Bolter, 2001:54)고 본다.

5.2. 복합 양식 텍스트 생산을 통한 의미 구성 능력의 향상

글쓰기는 기본적으로 자신의 생각이나 입장을 타인에게 효과적으로 전달하려는 목적을 갖는다. 즉, 글쓰기는 기본적으로 의사소통 행위이므로 필자는 자신의 생각을 분명하고도 왜곡되지 않게 전달하기 위해 보다 효과적인 방법들을 동원한다. 그간 글쓰기에서는 이러한 표현에 관한 노력을 오직 하나의 양식, 즉 문자로만 국한했다. 이는 글쓰기에서 수사학은 기본적으로 문자적 사고의 범주에 머물러 있었기 때문이다. 그러나 디지털 매체 환경에서 제한된 양식만을 사용하는 방식은 힘을 크게 잃을 수밖에 없다. 디지털 매체는 기본적으로 복합적, 다중적 양식의 형태인 객체지향적[30] 멀티미디어(object-oriented multimedia) 기술을 기반으로 하기 때문이다. 복합적, 다중적 양식을 활용한다는 것은 기본적으로 의미 구성의 방식들을 다수 확보한다는 것과 동일한 의미를 지닌다. 이는 단순히 문자에 사진이나 그림과 같은 이미지 파일을 조합하는 정도의 수준에 머물지 않는다. 이런 수준의 조합 방식은 기존 텍스트에서도 초보적인 형태로 존재했다. 문자만으로는 독자에게 충분히 전달할 수 없는 내용들을 보충하기 위한 목적으로 사진이나 그림 등이 활용되었고 이는 현재에도 매우 익숙하고 일반적인 방식이라는 사실이 이를 뒷받침한다.[31] 복합양식적 텍스트에서의 의미 구성의 방식은 이 수준을 뛰어넘는다. 복합양식적 텍스트에서 각 양식들의 결합은 매우 밀접하고 복합적인 형태를 보인다. 영상이나 소리, 음악 파일들은 문자가 갖는 대상의 간접적 서술이라는 한계를 극복할 수 있게 하며 이는 필자에게 표현 능

30 객체 지향이란 "각각의 정보요소들을 독립적으로 구성해서 이들 요소들이 상호작용할 수 있도록 하는 것"(이은미 외, 2003:9)을 가리킨다.

31 사실 문자 텍스트에 사진이나 그림 등을 활용하여 설명력 혹은 논증력을 보완한다는 것은 그 자체로 문자가 갖는 전달력의 한계를 말해준다.

력을 실제적인 차원에서 극대화시킬 수 있다. 사실 문자는 모든 것을 서술해야 하는 고유한 특성 때문에 텍스트 내용의 구체성이 떨어지는 것이 한계였다면 복합양식적 매체에서는 이러한 점들이 쉽게 극복될 수 있다. 복합양식 텍스트에서는 사진이나 그림 또는 소리나 음악 등의 여타 양식들은 문자와 동일한 수준에서 텍스트 의미 구성의 한 요소로 기능한다. 때로는 문자보다 이러한 양식들이 우위에 서는 경우도 종종 발생한다. 어떤 요소가 텍스트 의미 구성 과정에서 우위에 있느냐가 문제가 아니라 둘 이상의 양식들의 결합물이 복합적인 효과를 일으키며 최종적으로 의미를 결정하는 구조가 중요해지는 것이다.

이러한 의미 구성의 방식은 단일한 텍스트 안에서도 이루어질 수 있지만 하이퍼링크라는 복합양식 텍스트만의 특성을 통해 텍스트 간 연결이 더 원활하게 이루어진다. 이는 하나의 텍스트가 다른 텍스트 의미 구성 과정에 기여함으로써 텍스트 간의 경계를 무너뜨리는 결과를 낳는다. 이는 디지털 매체를 기반으로 하는 텍스트는 각각의 양식들이 하나의 텍스트 안에서 기계적으로 조합되는 수준이 아니기 때문이다. 필자는 자신의 의미 구성 계획에 따라 각각의 텍스트들을 하이퍼링크를 통해 연결시켜 네트워크로 구축한다. 더 이상 모든 콘텐츠들의 조합을 하나의 텍스트로 제한하던 한계가 사라진 것이다. 하이퍼텍스트의 특성을 기반으로 하는 디지털 텍스트들은 하이퍼링크를 통해 콘텐츠들을 자신의 텍스트 안으로 끌어들이는 것과 같은 효과를 거둘 수 있기 때문이다.[32] 이러한 하이

32 하이퍼링크를 통해 구성된 텍스트를 접하는 독자는 자연스럽게 한 텍스트(웹페이지)에서 다른 텍스트로 링크를 통해 옮겨가면서 문장의 의미를 이해하게 된다. 볼터(Bolter, J.D.)는 컴퓨터가 매개해주는 이런 이동이 그 문장을 읽는 행위 자체라고 규정하면서 링크를 따라가는 "독자들은 두 번째 페이지가 첫 번째 페이지에 대해 논평하거나, 상세하게 설명해 줄 것으로 기대"한다고 말한다. 이에 덧붙어 이러한 페이지 사이의 이동은 독자들에게 보이는 일종의 수사학적 몸짓으로 규정한다. 볼터는 디지털

퍼링크를 통한 콘텐츠들의 '유연한 조합'은 필자가 표현력과 전달력을 높이기 위해 치러야 하는 텍스트 생산의 부담에서 벗어날 수 있다. '텍스트들이 콘텐츠를 화제(topic)들로 분할하고 이것이 다시 연결된 구조로 조직하면서 전체 텍스트 구조를 문자적으로 뿐만 아니라 공간적으로 인식하는' 지형학(topography)적 글쓰기는 디지털 매체를 통해 거의 완벽하게 실현될 수 있다.

인터넷에서의 쓰기는 기본적으로 소통의 욕구에 기반을 두고 있다. 텍스트 생산자는 독자의 반응과 그에 대한 응답, 즉 쌍방향적인 소통을 통해 보다 효과적인 의미 구성 방법들을 습득한다. 결국 독자 지향적 글쓰기라는 경향은 텍스트 생산자가 보다 효과적인 의미 구성 방법들을 스스로 찾도록 자극한다.[33] 따라서 텍스트를 채우는 콘텐츠들은 단지 그 내용만이 아니라 가독성을 높이는 쓰기의 공간적 개념들에 입각하여 구성, 배치되어야 한다. 독자들은 이미 단순한 문자적 정보만이 아니라 사진이나 그림, 동영상 그리고 유사한 내용의 다른 콘텐츠까지 제시하는 다매체적 텍스트를 기대하고 있기 때문이다.[34]

복합양식적 쓰기는 문자 중심의 쓰기에서는 표현하기 힘들거나 거의

매체에서의 수사학을 단순히 하나의 텍스트 안에서만 이루어지는 것이 아니라 하나의 텍스트에서 특정한 텍스트로의 연결을 필자의 의도라는 영역으로 수용하면서 개념을 확대시키고 있다. 링크 역시 필자가 자신의 생각이나 의도를 강화하거나 보충하기 위한 의도에서 이루어지는 행위임을 부인하기 어렵다는 점에서 본다면(물론 필자의 의도는 독자의 읽기 루트를 이끄는 것일 뿐, 독자가 항상 그 의도대로 따른다는 보장은 없다) 볼터의 견해는 타당성을 지닌다.

33 필자가 대학생들을 대상으로 한 글쓰기 강의에서 〈블로그 작성하기〉를 실시해 본 바로는 독자의 반응에 따라 그리고 거듭되는 작성의 횟수에 따라 생산된 텍스트들이 양식의 복합수준과 이를 바탕으로 한 설득력의 정도가 더욱 높아지는 경향을 띠었다.

34 대학에서 필자의 글쓰기 강의를 수강했던 학생들을 대상으로 설문조사와 인터뷰를 한 결과를 보면 학생들은 인터넷에서 접하는 텍스트들 중 문자만으로 이루어진 텍스트들을 대체로 외면하는 경향을 보였다.

표현할 수 없었던 것들을 가능하게 하면서 쓰기의 방식을 변형시킨다. 쓰기의 개념은 이제 다른 매체와의 결합을 통해 의미를 구성하고 이를 다시 공간적으로 배치하는 행위 전체를 포괄하게 되었다. 즉 사진이나 그림 혹은 동영상과 같은 요소들을 활용한 시각적 묘사와 문자를 통한 서술을 함께하게 됨으로써 공간을 인식하고 효율적으로 활용하는 기술이 쓰기 능력에서 중요한 요소가 된 것이다.

5.3. 매체 기반 상호작용성을 통한 의사소통 능력의 향상

웹 2.0 시대의 디지털 매체는 텍스트의 생산자와 소비자 사이의 상호작용에 의해 원활한 커뮤니케이션을 보장한다. 대학 글쓰기 교육의 목적 중의 하나는 학생들로 하여금 의사소통 능력을 갖게 하는 것이다. 매체에서는 본질적으로 테크놀로지에 기반을 둔 상호작용성이 이루어진다. 따라서 매체를 활용한 쓰기 교육은 학생들에게 의미 생산자와 수용자라는 양자의 입장을 보다 명확하게 인식하는 기회를 제공한다.

상호작용성의 영역은 크게 이용자(user), 매체(media), 메시지/내용(massage/contents)으로 나뉜다. 이 중에서 어느 영역에 비중을 두느냐에 따라 상호작용성의 개념은 달라진다. 크게 이용자들의 사용동기와 지각(perception)에 따라 상호작용성의 정도가 결정된다는 시각(perceiver), 매체별 기술적 특성이 상호작용을 이루게 한다는 기술중심적 시각(technology), 커뮤니케이션 환경이 상호작용성에 가장 많은 영향을 미친다는 시각(communication setting)으로 분류할 수 있다.

하와 제임스(Ha and James, 1998:462)는 상호작용성을 커뮤니케이션 주체와 오디언스(audience)의 응답이 미치거나 서로의 커뮤니케이션 요구를 이용하려는 정도로 규정한다. 이러한 관점에서는 상호작용성에 미치는 변수들로 재미(playfulness), 선택 가능성(choice), 연결성(connectedness), 정보 수집(information collection), 상호적 커뮤니케이션(reciprocal communication) 등을 제시한다. 선택 가능성이 테크놀로지 영역에 속한다면 연결성은 수용자 지각의 영역에 기반을 두고 있다고 할 수 있다. 의미 구성 행위를 통해 메시지를 전달하려는 주체와 이를 수용하는 오디언스 사이의 의사소통적 요구라는 관점에서 상호작용성을 규정하려는 하와 제임스의 논의는 의미 구성 행위 중의 하나인 쓰기의 차원에서 주목할 만한 것이다. 의미 생산자와 수용자의 긴밀한 관계와 서로의 요구를 충족시키려는 시도는 의미 구성 행위가 좀 더 생산적으로 이루어질 수 있도록 자극하는 요인이 될 수 있기 때문이다.

일례로 블로그에서는 자신의 텍스트에 대한 독자의 반응이 이론상으로는 동시적·비동시적으로 '원활하게' 이루어진다. "시간과 공간 차원의 탈맥락화"(박은희 편저, 2007:153)는 필자와 독자 사이의 상호작용을 더욱 원활하게 만드는 기폭제가 된다. 두 주체가 동일한 시간이나 공간에 있지 않더라도 상호작용이 가능하기 때문이다. 그러나 블로그에서의 상호작용성이 갖는 효과는 여기서 그치지 않는다. 블로거들은 텍스트 생산에서 독자, 즉 수용자의 관계를 지향하는 성향을 갖는다. 즉 "블로그에 게재할 콘텐츠 생산을 위해서 자신의 블로그에 방문하는 수용자의 특성을 파악하고 수용자의 요구와 필요를 분석하는 행위"(박은희 편저, 2007:145)인 수용자 분석을 한다.[35] 필자는 자신이 작성한 텍스트에 대한 독자의 반응을 알게 됨으로써 자연스럽게 독자 지향적 텍스트를 생산하게 되고 아울러 독자 지향적 성향을 강화시킨다. 독자의 반응은 필자로 하여금 텍스트 수정을 유도하기도 하고 자신의 생각이나 의도를 보다 명확하게 전달하기 위한 형식적, 방법

35 김경희·배진아(2006)는 30대 블로거들 대상으로 한 연구에서 블로거들이 수용자관계 지향적 성향을 갖는다는 점을 확인했다.

적 장치들을 고안하도록 자극하기도 한다. 즉, 독자들에게 어떻게 자신의 생각을 효과적으로 전달하고 설득할 것인가라는 문제를 해결하는데 필자는 보다 효과적인 방법들을 찾아내려고 노력하게 된다. 블로그에서 가독성(readability)을 높이기 위한 블로거들의 여러 시도들은 독자 지향적 특성을 설명할 수 있는 대표적인 예라고 할 수 있다. 이러한 쓰기 방식의 변화는 '독자 중심적 쓰기(composition oriented audience)'로 규정할 수 있으며, 이는 기존의 글쓰기 교육에서 강조되어 왔으나 뚜렷한 실천 방법을 찾지 못했던 '독자를 고려한 쓰기'를 실현시키는 실제적 방법이 될 수 있다.[36]

블로그의 상호작용성은 사실 웹 기반 디지털 매체의 본질적인 특성이다. 유튜브(Youtube) 사이트에 게시된 동영상 UCC 역시 블로그와 마찬가지로 제작자와 시청자 사이의 상호작용이 가능하다. 이러한 상호작용성은 자신의 사고를 매체와 기호들을 활용하여 표현하는 새로운 기술인 커뮤니케이션 능력으로 발전한다(Messaries, 1998). 최근 상당수의 대학에서 글쓰기 교육 목표의 하나로 의사소통능력에 주목하는 것을 볼 때, 매체 문식성에 대한 교육은 학생들의 의사소통능력을 실질적으로 향상시키는 데 기여할 수 있다.

36 기존의 글쓰기 교육에서 독자(audience)는 글쓰기에서 매우 중요한 요소로 간주되었지만 학생들에게 독자지향적 글쓰기를 실질적으로 교육할 수 있는 구체적이고도 효과적인 방법들이 거의 제시되지 못했다. 이는 기존의 인쇄 버전(print version)의 글쓰기가 필자와 독자의 실질적인 상호작용성을 보장할 수 없었기 때문이다. 필자는 자신의 글을 읽은 독자의 반응을 접하기 힘들었고, 반응들을 접하더라도 시간적, 공간적으로 많은 제약이 있었다. 이러한 구조적 문제는 글쓰기 교육에서 독자 지향적 글쓰기라는 명제가 당위적이고 추상적인 차원에 머물도록 만들었다.

6. 복합양식적 쓰기 교육의 가능성 - 블로그를 중심으로

대학 글쓰기에서 복합양식적 쓰기 교육은 무엇보다 의미구성 방식에 초점을 맞추어야 한다. 복합양식적 쓰기는 다수의 양식들이 서로 결합되는 멀티미디어 방식으로 이루어진다. 따라서 여러 양식들을 결합하여 의미 구성이 복합적으로 이루어지도록 하는 것이 중요하다. 또한 앞서 언급한 것처럼 디지털 매체 환경의 쓰기가 미디어 교육처럼 매체 자체에 대한 교육이 되어서는 안 된다. 디지털 매체들의 특성을 배우는 것이 아니라 그 매체들의 의미 구성 방식을 익힘으로써 자신의 문제를 해결하는 소위 문제해결적 쓰기가 되어야 하기 때문이다.

현재 대학 글쓰기에서 복합양식적 쓰기 교육을 실현할 수 있는 현실적 도구 중의 하나는 블로그이다. 앞서 언급한 것처럼 블로그는 현재 디지털 매체가 가지고 있는 특성인 다매체성, 비선형성, 상호작용성을 모두 실현할 수 있고 학생들이 가장 쉽게 그리고 익숙하게 활용할 수 있는 양식이기 때문이다. 또한 블로그는 종류에 따라 다르기는 하지만 문자가 텍스트 의미구성의 주된 요소이기 때문에 기존 문자 중심 글쓰기에서 전환이 상대적으로 용이한 양식이기도 하다.

기존 문자 텍스트에서는 사진이나 그림(삽화) 등은 문자 텍스트의 부족한 표현을 단순히 보충해주는 역할에 그쳤다. 하지만 블로그에서는 다매체성을 통해 표현력을 극대화하는 동시에 각 매체가 상호융합하면서 매체 간 상호작용을 일으키는 상호매체성(intermediality)을 구현할 수 있다. 즉 문자와 같은 특정한 매체가 만들어내는 의미에 다른 매체들이 보조하는 것이 아니라 각 매체가 의미 구성에서 동일한 수준으로 기여를 하거나 혹은 각 매체들이 결합하면서 독자가 해석할 수 있는 여지를 넓혀줄 수 있다.

블로그는 현 시점에서 필자·작성자와 독자 간의 상호작용성을 최대로 보장하는 디지털 매체라고 할 수 있다. 블로그는 링크를 통해서 각각의 다른 블로그 및 콘텐츠들과 연결되고 독자들의 반응이 동시적·비동시적으로 이루어진다. 또한 필자(블로거)는 이러한 독자들의 반응을 통해 자신이 작성한 텍스트의 충실도를 높일 수 있다.

블로그에서는 인쇄 텍스트와는 달리 독자는 필자의 텍스트에 관해 자신의 생각을 즉각 덧글이나 트랙백 같은 기능을 통해 전달하고 이에 대한 필자의 반응을 다시 접할 수 있다. 즉, 텍스트를 대상으로 상호 의사소통이 원활하게 이루어질 수 있는 기반을 제공한다. 덧글이 웹 2.0 이전에도 인터넷 사이트에서 지원하는 기능이었다면 트랙백(trackback)은 기존 덧글, 댓글[37] 기능의 확장판(김익현, 2005)이라고 할 수 있다. 이전에는 인터넷 해당 사이트를 방문하여 게시물을 읽은 후 그곳에서 즉시 게시물에 대한 자신의 의견이나 답변 등을 적어야 하는 덧글 방식이었다. 그러나 트랙백은 덧글을 다는 공간이 기존 게시물과 동일한 공간이 아니라 자신의 블로그라는 점이 다르다. 즉 덧글을 자신의 블로그에서 타인의 블로그에 원격으로 달 수 있다. 또한 기존의 덧글은 글자 수에도 제한이 있으며 단지 문자만을 사용할 수 있었다면 트랙백의 경우에는 동영상, 사진, 음성이라 소리 등 텍스트 내의 다매체성을 그대로 구현할 수 있으며 글자 수에도 제한이 없다. 다시 말해 기존의 텍스트에 대한 자신의 견해 혹은 그와 관련된 내용의 새로운 텍스트를 작성하여 덧붙이는 것이다.

트랙백을 통한 텍스트들 사이의 연결은 이슈에 관여하는 모든 블로거들에게 확대되며 자연스럽게 하나의 사회적 연결망, 즉 블로고스피어

---

37 덧글과 댓글이 모두 쓰이고 있으나 '(기존의 글에) 덧붙이는 글'의 준말인 '덧글'이 보다 정확하다고 생각되어 이후에는 덧글로 일원화하여 쓴다.

(Blogosphere)를 형성한다. 블로그의 트랙백을 통한 상호 반응과 그에 따른 관련 텍스트의 생성 과정은 결국 필자-독자의 일방향적인 관계가 아니라 서로가 텍스트 생산의 주체가 되는 상호주관성의 영향을 받는다. 즉, 최초의 텍스트를 읽은 이는 그에 대한 자신의 견해를 피력한 관련 텍스트를 만들어내고 이에 대해 견해를 가진 최초의 텍스트 생산자나 제3자는 또 다른 텍스트를 만들어내는 것이다. 이것은 텍스트를 둘러싼 모든 이들이 생산과 향유의 주체가 되는 상호주관성이 이루어지지 않는다면 불가능한 일이다. 최초 텍스트에 대해 트랙백을 다는 행위는 하이퍼링크, 핑백(ping back)[38] 등을 통해 다른 텍스트들과 연결시켜 자신이 생산한 텍스트의 의미 구성 체계 안으로 포함시킨다. 다시 말해 트랙백, 하이퍼링크, 핑백 등을 통해 연결된 텍스트는 이미 다른 텍스트들과 조합(composition)된 것이다. 트랙백이 걸린 이전의 텍스트 없이는 차후 텍스트는 올바르게 이해될 수 없으며 하이퍼링크된 다른 텍스트(여기서 텍스트는 꼭 문자 텍스트만이 아니라 동영상, 영화, 사진, 그림, 노래, 음악 등이 될 수도 있다) 없이 의미를 온전하게 제시하는 텍스트가 될 수 없다. 조합과 구성을 통한 의미 구성은 꼭 하나의 단일 텍스트 내에서만 이루어지는 것은 아니라는 말이다. 이러한 의미 구성 체계는 매우 복합적인 의미를 갖는다. 단일한 텍스트 내에서 모든 조합이 이루어지는 경우는 일단 수용자들에게 동일한 메시지를 전달한다.[39] 그러나 텍스트들이 하이퍼링

---

38 핑백(pingback)은 트랙백과 비슷하지만 자동으로 표시된다는 점에서 차이가 있다. 트랙백은 블로거 A가 쓴 텍스트a에 대한 블로거 B의 견해를 피력한 텍스트b나 함께 읽기를 바라는 텍스트c가 링크되어 있음을 알리기 위해 사용한다. 그러나 핑백은 내가 쓴 글에 a글을 인용하면서 링크를 걸었을 때 이 링크 사실을 원 텍스트의 작성자에게 자동으로 알려 주는 기능이다. 즉 링크를 걸기만 해도 자동으로 링크를 건 텍스트에 트랙백을 해주는 소위 자동 알림 기능이라고 할 수 있다.

39 물론 수용자가 그 메시지를 해석한 결과는 개인마다 다를 것이다. 여기서 말하려 하

크가 된 경우는 수용자가 링크된 텍스트들을 접하는 정도에 따라 수용자들에게 노출되는 텍스트 의미 구성 요소들의 수가 달라지고 이는 수용자들의 의미 구성 정도에 직접적인 영향을 미친다. 즉, 하이퍼링크를 통해 각 요소들이 조합되어 의미 구성이 이루어지는 텍스트들의 경우에는 수용자의 행위에 따라 의미 구성이 달라지는 것이다.

복합양식적 특성과 트랙백 기능을 통한 블로깅은 학생들에게 보다 효과적인 논증 방식과 표현력을 향상시킬 수 있는 효과적인 도구가 될 수 있다. 다매체를 활용한 효과적인 서술, 트랙백 기능을 활용한 담론의 형성과 이를 통해 보다 자발적인 논증적·비판적 쓰기 등은 충분히 대학 글쓰기 교육에 적용할 수 있는 방법이 될 수 있다.

다매체를 활용한 효과적인 서술은 문자 외에 다른 표현 수단들을 활용하여 자신의 의견을 최대로 표현할 수 있다는 점에서 매력적이다. 실제로 필자가 몇몇 대학 글쓰기 과목에서 블로깅을 실시해 본 결과, 학생들은 놀랍도록 다양한 표현의 방법들을 활용하는 것을 확인할 수 있었다. 문자 텍스트라면 장황한 서술을 해야만 하는 부분에 적절한 동영상을 통해 보다 압축적이면서도 효과적인 표현을 하기도 했고, 강조를 해야 하는 부분에 글자 크기나 색깔을 달리하고 문자 텍스트의 배치 방식에 변화를 주며 가독성과 시각적 기대효과 높이기를 시도하기도 했다. 또한 자신의 논증에 필요한 관련 자료들을 하이퍼링크 시키며 설득력을 높이는 방법을 쓰기도 했다. 처음에는 단지 내용과 직접 관련된 사진이나 그림들을 문자 텍스트와 배치하는 것에서 그치던 것이 점차 텍스트의 주제나 자신들의 의도와 관련된 보다 복합적인 이미지 파일들을 활용하는 수준으로 향상되는 것을 확인할 수 있었다. 즉 특정 TV 프로그램과 관련

는 것은 텍스트에서 조합된 요소들의 노출은 일단 모든 수용자에게 동일하다는 것이다

된 문제에 대해 서술하는 경우 처음에는 그 프로그램을 캡쳐한 장면을 그대로 활용하는 경우가 많았다. 그러나 시간이 흐르면서 학생들은 자신이 작성하는 텍스트의 주제나 독자들에게 강조하고 싶은 부분과 관련된 심화된 이미지들을 보다 많이 사용했다. 사진, 그림 등의 이미지 파일들을 자신이 독자에게 전하려는 의도에 최적화된 방식으로 활용하는 방법을 터득함으로써 보다 효과적인 표현을 할 수 있게 된 것이다.

앞서 언급한 것처럼 블로그의 트랙백 기능을 특정 주제에 관한 블로고스피어를 형성하는데 효과적이다. 학생들은 특정 주제에 대해 다른 학생들과 블로깅을 하면서 자신들도 모르게 블로고스피어를 형성·확장하는 경험을 할 수 있다. 트랙백은 특정한 주제를 다룬 텍스트에 대해 자신의 견해를 토대로 반박하거나 관련된 의견을 링크시킴으로써 관련된 사람들 사이에 의견 교환이 활발하게 이루어지도록 촉진시키는 기제가 되기 때문이다. 특정한 이슈에 대해 다룬 블로그 포스트에 대해 자신의 견해를 트랙백하는 과정이 반복되고 학생들 사이에 네트워크를 형성하여 학생들 스스로 이슈에 대한 이해도를 높이고 나아가 해결책을 모색할 수 있는 방향을 찾게 된다. 단순한 반박의 수준부터 관련된 새로운 이슈를 창출하기도 하는 트랙백하기는 보다 자발적인 논증적·비판적 글쓰기를 유도하기 때문이다. 트랙백하기는 자신의 견해에 대해 비판적인 텍스트들에 대해 효과적으로 반박하는 기술을 터득하고 동시적이고 다중적인 반응들을 다시 접하면서 특정 이슈에 대한 자신의 사고 스펙트럼을 자연스럽게 넓히게 된다.

트랙백 기능은 또한 글쓰기 교육에서 많이 쓰이는 동료첨삭(peer tutoring)에서 진일보한 형태의 모델을 활용할 수 있는 가능성을 제공한다. 기존의 동료첨삭에서는 두 사람의 상호첨삭이나 첨삭자가 2-3명에 그치는 경우가 많았다. 사실 이러한 동료첨삭 방식은 첨삭자의 글쓰기 능력에 따라

첨삭의 질이 좌우됨으로써 첨삭의 질을 보장할 수 없는 경우가 대부분이었다. 따라서 일반적으로 동료첨삭의 질이 교강사의 첨삭보다 낮은 경우가 많았고 따라서 높은 교육적 효과를 기대하기 어려웠다.

트랙백 기능은 특정한 텍스트에 대해 자신의 견해를 피력하는 텍스트 생산과 필자와 독자가 1대 1이 아닌 다중 접속을 가능하게 한다. 트랙백으로 동료들의 첨삭이 다중적으로 이루어지고 첨삭 과정에서 비판적 독해와 함께 새로운 텍스트를 작성하게 하면서 텍스트 생산 능력, 즉 쓰기 능력의 향상을 기대할 수 있다. 최근 하나의 텍스트에 대해 5명 이상의 동료가 첨삭을 하는 경우 교수자의 첨삭보다 첨삭 이후 학습자의 쓰기 능력 향상에 보다 긍정적인 영향을 미친다는 실험 결과(Cho, Chung, King, Schunn, 2008)는 동료들의 다중 첨삭이 유효하다는 것을 뒷받침한다. 트랙백 기능을 활용한 이런 방식은 단순한 첨삭의 수준을 뛰어넘는다. 텍스트에 대해 항목별로 단순히 몇 개의 문장으로 평가하는 것이 아니라 텍스트에 대한 충분한 이해를 기반으로 하여 그에 대해 자신의 견해를 덧붙인 비판적 글쓰기의 형태를 띠기 때문이다.

7. 결론

다수의 연구자들이 이룩한 이론적 작업들을 살펴보면서 대학 글쓰기 교육이 하나의 학문적 영역으로 자리잡는 과정이 어떻게 이루어졌는지를 개괄할 수 있었다. 대학 글쓰기는 국내 대학들이 교양교육 강화의 측면에서 학생들의 비판적·논리적 사고력을 증진시킬 수 있는 교육의 차원에서 형성·발전되었다. 이러한 과정에서 관련 연구자들은 글쓰기 교육이 비판적·논리적 사고력을 향상시키는 측면에 집중하여 연구들을 진행했다. 이러한 경향은 자연스럽게 비판적·논리적 사고력의 향상이 대학 글쓰기 교육의 중요한 목적으로 자리 잡도록 했다. 하지만 글쓰기 교육의 또 다른 목적의 하나인 표현력의 향상에 대한 연구는 상대적으로 저조하게 된 이유가 되기도 했다.

변화된 문식적 환경에서 생성된 복합양식적 쓰기는 그간 비판적·논리적 사고력을 중시하는 대학 글쓰기의 입장에서는 주목받지 못하였다. 그러나 급속하게 변하는 문식적 환경에 대한 능동적인 대응 그리고 비판적·논리적 사고력을 바탕으로 하는 복합양식적 쓰기의 가능성 등은 대학 글쓰기 교육에 복합양식적 쓰기를 수용해야 하는 시기에 이르렀음을 보여준다. 또한 복합양식적 쓰기는 그간 상대적으로 저조했던 쓰기의 표현력, 즉 의미구성 능력의 영역에 대한 연구들을 촉발시킬 수 있다는 점에서도 중요한 의미를 갖는다. 최근 매체 언어에 대한 학계의 다양한 연구들도 이러한 현실을 인식하고 능동적인 반응한 예라고 할 수 있다. 또한 최근 대학생들은 컴퓨터, 인터넷(블로그, 동영상 UCC), 트위터와 같은 디지털 커뮤니케이션 환경에 노출된 상태에서 청소년기를 보냈다는 측면 역시 교육 내용에 반영해야 한다. 대학 글쓰기 교육 종사자들은 다각적인 차원의 문식성을 교육하는 것이 학생들이 자신의 생각을 보다 다양한 방식으로 표현할 수 있는 방법을 익히고 나아가 표현력을 향상시키는데 긍정적인 영향을 끼칠 가능성이 높다는 입장을 견지해야 한다.

대학 글쓰기 교육에서 복합양식적 쓰기를 현실적으로 가능하게 하는 매체는 블로그이다. 블로그는 디지털 환경에서 하이퍼텍스트가 갖는 특성인 다매체성, 비선형성, 상호작용성을 모두 실현할 수 있다는 점에서 쓰기 교육의 도구로 유용하다. 인터넷을 기반으로 하는 블로그는 학생들에게 상호작용적 쓰기를 촉진시킴으로써 참여적 글쓰기의 경험을 제공할 수 있다. 또한 복합양식적 쓰기는 학생들에게 단일한 텍스트만이 아니라 의미의 맥락에 따라 텍스트들을 연결시키며 거시적 텍스트(mega text)를 형성하여 의미를 구성하는 경험을 하도록 만든다. 이렇게 다층적 텍스트 생산 능력을 향상시킬 수 있다는 점에서 복합양식적 쓰기는 급속하게 변하는 문식 환경에 능동적으로 반응하고 의미를 구성할 수 있는 능력을 배양하는데 중요한 역할을 할 수 있다.

이러한 측면에서 볼 때 대학 글쓰기 교육에서 복합양식 문식성에 기반한 쓰기 영역을 보다 능동적으로 수용하고 효과적으로 교육할 수 있는 교육과정과 도구들을 개발해야 한다. 이를 위해서는 많은 연구자들이 관심을 갖고 관련 연구들이 앞으로 활발히 진행되어야 할 것이다.

‘자기 탐색’ 글쓰기와 ‘자기 서사’의 재구성

대학 글쓰기 교육에서의 적용 사례와 효과 분석

김영희
연세대학교

1. 들어가며

습격과 범람, 혹은 일상 세계로의 침투를 넘어 ‘육화(肉化)’[1]라는 표현이 나올 정도로 신자유주의 물결이 깊숙이 파고든 한국 사회에서, 오늘날 대학 교육은 무한 경쟁과 인간의 도구적 존재로의 전락에 맞서기는커녕 오히려 더욱 성실히 복무하는 핵심 기제로 자리매김하고 있다. 이제는, ‘대학이 산업’이라는 구호나 ‘대학이 취업을 위한 사설 학원이나 직업양성소로 전락했다’는 탄식이 그다지 새로울 것도 없고, 사회적 ‘루저(loser)’가 되지 않도록 ‘화려한 스펙(specification) 쌓기’를 도와달라는 요청이 대학 교육에 대한 학습자들의 가장 현실적이고 핵심적인 요구라는 사실을 부인하기도 어렵다.

대학 교육의 성과가 각종 자격 시험을 통과한 학생의 수나 다수의 취업 준비생들이 원하는 고소득 전문 직종으로의 취업 비율 등과 같은, 수치화·계량화된 지표로 환산되는 현실 속에서 대부분의 교양 교육은 패

---

1 김홍중, 「육화된 신자유주의의 윤리적 해체」, 『사회와 이론』 14, 한국이론사회학회, 2009, 177쪽.

퇴·축소의 철퇴를 면하지 못하거나 살아남기 위해 성급한 실용화의 길을 모색하고 있다. 주목할 것은 교양 교육의 붕괴와 왜곡 속에서도 '글쓰기'만은 점차 확대·심화되는 추세에 있다는 사실이다. 글쓰기 교육의, 생존을 넘어선 성장–대학 교양 교육 시스템과 프로그램 내에서의–은 글쓰기가 인간 실존의 근저에 닿아 있는 철학적이고 사회·정치적인 행위인 동시에 대학 교육의 변화된 목표 지향에 부합하는 도구적이고 실용적인 활동이라는 인식에 기반한다.

바로 이 지점에서 현 단계 대학 글쓰기 교육의 양가적(兩價的, ambivalent) 성격이 드러난다. 한편으로는 글쓰기 주체로 하여금 인문학적 성찰을 통해 기존 체계에 맹목적으로 동화·포섭되지 않도록 현실 세계에 대한 비평적 거리를 유지하게 하면서, 다른 한편으로는 고도로 전문화된 지식 기반 사회가 요구하는 실용적인 글쓰기 기술을 습득함으로써 현실 논리와 도구적 목표에 한 발짝 더 다가서게 만드는 것이다. 물론 여기에는 학술 담론 공동체로의 안정적인 진입과 효과적인 학업 수행을 위한 사고 및 표현 능력 신장이라는 대학 교양 교육의 공통 목표가 전제되어 있다.

두 갈래길 사이에서 어떤 연구자들은 신자유주의 전략에 맞서는 글쓰기 교육의 철학적·정치적 성격 강화를 부르짖기도 하고[2] 교양 없는 시대에 글쓰기가 교양 교육의 핵심 내용이 되어야 한다고 주장하기도 한다.[3] 물론 글쓰기 연구자들 가운데 대학 교육 내에서 글쓰기의 도구적 성격을 극단적으로 강화해야 한다고 주장하는 이들은 없다. 그러나 최근

---

2 류찬열, 「대학의 글쓰기 어떻게 할 것인가?」, 『문예운동』 2010년 봄호(통권 105호), 문예운동사, 2010, 70~80쪽.

3 김주언, 「교양 없는 시대의 교양으로서의 글쓰기–대학 교양 교육으로서의 글쓰기 과목의 방향 설정을 위한 모색」, 『한국문학이론과 비평』 34, 한국문학이론과 비평학회, 2007, 247~271쪽.

대학 글쓰기 과목의 등장과 폭발적인 확대가 '학문의 실용화 현상과 밀접한 관련을 맺고 있다'[4]는 지적은 대학 교육 내 글쓰기 과목의 정체성에 대한 인식 저변에 글쓰기 교육의 도구적 성격에 대한 공감대가 어느 정도 자리하고 있음을 짐작케 한다.

특히 자유경쟁체제의 확산과 인터넷 문화의 활성화 및 지식 기반 사회의 도래로 인해 사회가 급변하고 갈등이 급증하는 상황 속에서 글쓰기가 '소통 능력 신장'이라는 교육적 효과를 성취할 수 있다는 주장[5]이나 정보화 사회가 대학 글쓰기 교육에 요구하는 것이 새로운 방식의 의사소통구조에 능동적으로 대응하면서 정보를 자유자재로 다룰 수 있는 전문 인력 양성이라는 점을 강조하는 논의[6] 등은 사회 변화에 발맞춘 글쓰기 교육의 실용성 강화에 어느 정도 초점을 두고 있는 것으로 파악할 수 있다.

그러나 사실상 대다수 글쓰기 연구자들은 글쓰기의 도구적 역할을 인정하면서도 글쓰기의 인문 교양적 성격을 지속적으로 견지해 나가야 한다는 입장을 고수한다. 심지어는 상대적으로 글쓰기 교육의 실용적 측면을 주요하게 다루는 연구자들 또한 교양 과목으로서 글쓰기 과목이 일정한 자기 정체성을 유지해야 한다는 데 이견을 보이지 않는다. 문제는 누구도 어느 하나를 배제한 채 나머지 하나만을 대학 글쓰기 교육의 목표로 주장하지 못하면서도 논리적인 층위에서 두 측면을 유기적으로 통합해내지 못한다는 데 있다.

대학 글쓰기 교육의 두 성격을 단순히 결합하는 데서 한 걸음 더 나아가

---

4 정희모, 「대학 글쓰기 교육의 현황과 방향」, 『작문연구』 창간호, 한국작문학회, 2005, 120쪽.

5 나은미, 「대학에서의 글쓰기 교육 현황 분석」, 『우리어문연구』 32, 우리어문학회, 2008, 9쪽.

6 이진남, 「〈사고와 표현〉 과목의 정체성과 방향성」, 『사고와 표현』 창간호, 한국 사고와 표현학회, 2008, 65쪽.

고자 한 연구자들은, 글쓰기를 언어·담화 관습을 공유한 담론(담화) 공동체 내 상호작용의 산물로 보는 인지-사회 통합적 관점[7]에 토대를 두고 글쓰기 교육의 도구적이고 실용적인 성격 안에 글쓰기의 사회·문화적 맥락을 포함하는 인문 교양적 측면이 논리적으로 전제될 수밖에 없음을 논증함으로써 글쓰기 교육의 두 측면을 통합하고자 하였다. 대학에서의 글쓰기 교육이 '학습을 위한 쓰기(writing to learn)'를 지향하는 것이 사실이지만 그 안에 '인문학적 교양의 함양과 사고 기능 향상, 표현 능력 향상' 등의 잠재적이고 포괄적인 목표를 설정해 두고 있다는 것이다.[8]

이런 관점에서 보면, 대학 글쓰기 교육에 내재한 양가적 특성이야말로 글쓰기 교육을 한 단계 발전시킬 창조적 계기의 토대가 된다. 글쓰기 교육의 실용성을 인문학적 인식과 상상력의 범위 안에서 재사유함으로써 명실상부한 '실용(實用)'을 지향할 수 있게 되기 때문이다. 여기서 '실용'은 단순하고 파편적인 '도구화'를 의미하지 않는다. '실용'은 말 그대로 '삶의 요구와 생활 세계의 요청에 대한 응답으로서의 쓰임'을 가리킨

---

7 '인지-사회 통합적 관점'은 인지-구성주의적 시각과 사회-구성주의적 시각을 통합한 기초 위에 글쓰기 교육을 재정립하고자 하는 태도로 정의할 수 있다. 두 가지 시각은 모두 구성주의적 관점에 토대를 두고 있지만 전자가 교육의 인지적 측면을 강조하면서 의미 생성 주체로서 '개인'을 강조하는 데 반해 후자는 학습 주체의 능동적 활동을 통해 구성되는 교육 과정의 역동성과 사회·문화적 맥락에 주목하면서 의미 생성 주체를 특정 규범과 관습을 공유한 담론(담화) 공동체로 규정하였다. (N. N. 스피비, 신헌재 외 공역, 『구성주의와 읽기·쓰기』, 박이정, 2004 참조; 박태호, 「구성주의 패러다임의 측면에서 본 작문 이론의 전개 동향」, 『초등교과교육연구』 2, 초등교과교육학회, 1998, 62~95쪽; 박태호, 「사회 구성주의 작문 교육 이론 연구」, 『교육 한글』 9, 한글학회, 1996, 123~153쪽.)

8 정희모, 「글쓰기 과목의 목표 설정과 학습 방안」, 『현대문학의 연구』 17, 현대문학연구회, 2001, 181~204쪽; 정희모, 「대학 글쓰기 교육의 현황과 방향」, 『작문연구』 창간호, 한국작문학회, 2005, 111~136쪽; 정희모, 「대학 글쓰기 교재의 분석 및 평가 준거 연구」, 『국어국문학』 148, 국어국문학회, 2008, 243~277쪽.

다. 글쓰기 주체에게 가장 절실한 '삶의 요구'는, 내가 누구이며 세계는 어떻게 구성되어 있는지, 세계 내에서 나라는 존재는 어떻게 구성되며 또 어떤 위치에 놓여 있는지 묻고 답하는 것이다. 다시 말해서 자기 자신과 세계를 탐색하는 '사고', 세계 속에 자기를 드러내고 구성하는 '표현', 자기 자신 및 세계와 관계 맺는 '소통'과 '해석', 자기 존재의 일관성과 지속성을 견지해 나가려는 노력 속에 맞닥뜨린 실존적 위기를 극복하는 '치유' 등, 실로 다양한 담론적 모색과 실천의 국면들이 글쓰기의 실용성 안에 이미 존재하는 셈이다. 따라서 가장 실용적인 글쓰기야말로 가장 인문학적인 글쓰기일 수밖에 없다.

대학 신입생들을 위한 필수 교양 프로그램 안에 자리하고 있는 글쓰기 교육은 이제 막 대학 공동체에 편입한 스무 살 안팎의 청년들의 삶의 요구에 가장 성실하게 응답하는 실용성을 구비해야 한다. 대학 신입생들이 직면한 삶의 요구는, 첫째 입시 위주의 교육 풍토 속에서 억압되거나 왜곡되었던 사고와 표현 능력을 회복하여 자발적이고 능동적인 학습 주체로 거듭나는 일이며, 둘째 비약적 성장에 걸맞게 세계 인식 범위를 확대하고 비판적 안목과 사회적 변별력을 획득하는 일이며, 셋째 사회입문자로서 집단성과 개별성, 순응과 반항 사이의 긴장과 균형을 유지하는 일이며, 넷째 입사(入社, initiation)와 동시에 몰아닥치는 실존적 위기에 직면하는 일이며, 다섯째 생애 주기 상의 존재론적 과업을 실행하는 일이며, 여섯째 대학 교육이 요구하는 전문 지식 습득과 생산적 활용에 필요한 능력을 함양하고 코드화된 문화적 관습과 규범을 익혀 성공적으로 학술 담론 공동체로 진입하는 일이다.

'자기 구성'과 '자기 기술' 활동을 포함하는 '자기 탐색' 글쓰기는 대학 신입생들의 이와 같은 '실용적' 요구에 가장 적극적으로 응답하는 글쓰기 방식이다. '자기 탐색' 글쓰기는 스무 살 안팎의 젊은이들이 직면하고 있고 직면해야 하는 삶의 과제를 스스로 풀어나가도록 자극하고 지원하는 활동인 동시에, 대학 교육을 능동적으로 수행해 나가야 할 학습 주체로서 스스로를 점검하고 재정립하는 계기가 될 수 있다. 또한 '자기 탐색'은 본격적인 학술적 글쓰기에 앞서 기존의 글쓰기 습관과 관성을 되짚어보고 사고와 표현 능력을 회복하는 과정으로 작용할 수 있으며, 글쓰기 주체로서 '자기'를 새로이 구성하고 실존적·사회적 조건에 부합하는 자신만의 글쓰기 목적과 의미를 세우는 작업으로 기능할 수 있다.

2. 대학 교육 내 '자기 탐색' 글쓰기의 필요성

오늘날 대학 글쓰기 교육은 형식화된 학술적 에세이의 전 과정을 인지적으로 교육하는 일에 여전히 치중된 경향이 있다. 학술적 글쓰기는 대학 교양과목으로서 글쓰기 교육의 핵심 내용이 되지 않을 수 없으되, 형식화된 요소를 극복하고 학습 주체의 삶과 괴리되지 않는 활동으로 구성되어야만 진정한 교육적 가치를 획득할 수 있다. 형식화된 학술적 글쓰기의 인지 위주 학습이 글쓰기 주체의 표현 욕구를 억압하거나 기계적이고 관성화된 글쓰기 틀을 이식하는 작업이 될 수 있음을 비판적으로 사유하지 않고서는 명실상부한 '실용적' 글쓰기 교육을 실행하기 어려운 것이다. 또한 글쓰기 주체의 자기 정체성 안에 이미 사회적 맥락이 들어와 있을 뿐 아니라 정체성 자체가 사회적으로 구성된 대상임을 생각할 때 학술적 지식의 체계나 사회적 담론의 틀 내에서 발견되는 문제들 -학술적 글쓰기의 글감과 주제를 구성하는- 은 사회적 존재로서 글쓰기 주체의 자기 위치에 대한 성찰을 전제로 구성되는 것이며, 이는 곧 글쓰기 주체의 '자기 탐색'에서 출발한 작업이 되어야 한다.[9]

글쓰기가 '자아 정체성 구성'이나 '자기 탐색'에 관련된 바탕과 자질을 지니고 있음은 여러 연구자들 사이에 폭넓게 공유된 사실이지만, 이와 같은 주제를 적극적으로 글쓰기 교육에 끌어들인 연구자는 많지 않았다. 실용적 글쓰기 양식의 다각적인 실습을 위해 활용되는 '자기소개서 쓰기'는 '자아 정체성'이나 '자기' 탐색을 목표로 한 활동으로 보기 어려우므로 이를 제외하면, '자기 탐색'은 문화 비평이나 사회 비평 영역의 주제들보다도 더 활용도가 떨어지는 글쓰기 주제라고 할 수 있다. 그러나 그 중요성이나 효과에 대한 인식만큼은 지속적으로 이어져, 간헐적이나마 최근에 이르기까지 상당수의 대학 글쓰기 교수자들이 '자기 탐색'에 관한 수업을 진행해 오고 있다.

대학 글쓰기 교재에 '자기 탐색' 글쓰기가 등장한 것은 2003년에 발간된 연세대학교 글쓰기 교재를 통해서였다.[10] 그러나 이후 발간된 같은

---

9 표현적 글쓰기(expressive writing)를 강조하는 피터 엘보우(Peter Elbow)는 대학 글쓰기 필자에게 자신의 자연스러운 언어를 드러내려는 '필자의 입장'과 학술적 담화 공동체의 관습과 규칙에 따르고자 하는 '학자의 입장'이 있다고 전제하고 대학 글쓰기 교육이 '학자의 입장'이 '필자의 입장'을 억압하는 방식으로 이루어지고 있음을 비판하였다. 엘보우는 '필자의 입장'을 통해 개인의 언어와 의미를 생성·통제하는 과정을 거쳐 '학자의 입장'을 받아들이는 것이 좋다고 주장하는데 이 글에서 관심을 가지고 있는 자기 탐색 글쓰기 활동 또한 '필자의 입장'을 통해 '학자의 입장'으로 나아가는 엘보우의 문제의식을 공유한다(김보연, 「피터 엘보우 글쓰기 이론 연구」, 연세대 석사학위논문, 2012, 46쪽). 표현주의(expressivism)는 때로 사회적 맥락을 도외시하고 개인주의에 함몰되었다는 비판을 받기도 하는데 이는 피터 엘보우의 논의를 제한적으로 이해한 결과라고 할 수 있다. 엘보우 역시 개인적 글쓰기로부터 학술적 글쓰기로 나아가는 점진적·발달적 과정을 강조하고 있다(김보연, 위의 논문, 57쪽). 만약 표현주의적 글쓰기 활동이 이와 같은 한계를 갖고 있다면 이는 반드시 수정·보완되어야 할 것이다. 이 글에서도 이와 같은 우려를 염두에 두고 자기 탐색 글쓰기가 논리적이고 학술적인 글쓰기로 나아갈 단초를 프로그램 안에 설정해 두었다.

10 신형기 외, 『글쓰기』, 연세대학교 출판부, 2003, 87~103쪽.
이 장에서는 개별적·집단적 정체성 개념을 포괄하는 '정체 확인'과, 일상적 자기 관찰과 해석적 자기 역사 쓰기 등을 포함하는 '자기 탐색과 성찰' 등에 관한 글쓰기를

대학 글쓰기 교재에서는 관련 내용을 발견하기 어려웠다. 또한 다른 대학 글쓰기 교재에서도 '자기 탐색' 글쓰기 관련 내용을 언급하는 일은 드물었다. 그러다가 최근 '자기 탐색'이나 '자기 성찰' 관련 내용들이 다시 대학 글쓰기 교재에 등장하기 시작했다. 경희대학교 후마니타스 칼리지가 발간한 『글쓰기1』은 '나를 위한 글쓰기'라는 부제가 붙어 있을 정도로 '자기 탐색'과 '자기 성찰' 관련 내용을 비중있게 다루고 있다.[11] 2012년에 발간된 성균관대학교 글쓰기 교재[12]나 2013년에 발간된 경기대학교 글쓰기 교재[13]에서도 '자기 성찰'이나 '자기 치유' 관련 글쓰기를 상당한 비중으로 다룬 바 있다.

대학 교육 현장에서 '자기 탐색' 글쓰기가 새롭게 재등장한 것은 이에 관한 개별 연구자들의 제안과 교육 효과 분석이 꾸준히 이어졌기 때문이다. 박현이[14], 김화선[15], 최숙기[16], 정민주[17], 최규수[18], 김미란[19] 등이 문

제안하고 있다.

11 경희대학교 교양대학인 후마니타스 칼리지는 교양 교육의 기본 목표를 '탁월한 개인, 책임 있는 시민, 성숙한 공동체 성원의 양성'으로, 최종 목표를 '삶의 불확실성 앞에서 자기 생애를 이끌어 나갈 내적 견고성 함양'으로 설정하였다. 이에 따라 글쓰기 교과목을 글쓰기1과 글쓰기2로 구분하여 글쓰기1은 대학교 1학년 신입생들이 주 3시간(2학점) 이수해야 하는 필수 기초교과목으로, 글쓰기2는 대학교 2학년 학생들이 주 3시간(2학점) 이수해야 하는 필수 교과목으로 구성하였다. 여기서 글쓰기2는 학술적 글쓰기와 사회적 글쓰기를 핵심 내용으로 삼고 있는 반면 글쓰기1은 자기 성찰과 자기 표현을 위한 글쓰기 활동만으로 구성되어 있다.(경희대학교 후마니타스 칼리지 기초교과 글쓰기 교재 편찬위원회, 『글쓰기1 : 나를 위한 글쓰기』, 경희대학교 출판문화원, 2011 참조.)

12 김경훤·김미란·김성수, 『창의적 사고 소통의 글쓰기』, 성균관대학교 출판부, 2012 참조.

13 경기대학교 글쓰기교재편찬위원회, 『글쓰기』, 경기대학교 출판부, 2013 참조.
이 교재에서는 '5장 일상적 글쓰기'의 2절에서 '자기성찰과 글쓰기'를 다루면서 자기 소개서 작성법과 함께 '자기치유적 글쓰기'를 언급하고 있다. 이 책에서는 시(詩)를 교육 자원으로 적극 활용하여 학생들이 시 읽기를 통해 자기 성찰을 수행하고 그 결과를 시 다시쓰기(re-writing)를 통해 글쓰기 활동으로 이어가도록 제안하고 있다(같은 책, 210~220쪽).

학 텍스트나 심리학 개념을 활용한 '자기 탐색' 관련 글쓰기 수업 사례를 발표한 바 있고, 김종덕・조나현[20]과 김수아[21]가 온라인 글쓰기를 대상으로 '자기 기술'이나 '자기 서사와 정체성 구성'에 관한 논의를 진행한 바 있다. 대학 교양 교육의 축소 흐름 속에서도 이와 같은 시도가 사라지거나 줄어들기는커녕 오히려 최근에 와서 점차 더 활성화되고 있는 까닭은 '대학 신입생'이라는 학습 주체의 특수한 조건에 기인한다.

대부분의 대학에서 글쓰기 교육은 신입생들을 대상으로 한 교양 필수 교과 프로그램의 한 부분으로 실시되고 있다. 대학 신입생은 이제까지의 초・중등 교육 환경과는 너무나도 다른 '대학'이라는 학문-교육 공동체에 이제 막 진입한 존재로 갑작스런 환경 변화와 일시적인 목표 상실로 인해 심리적인 혼란을 경험하는 시기다. 특히 한국 교육의 특수한 상황으로 인해 다른 문화권과 비교할 때 한국의 대학 신입생들은 대학 입학

---

14 박현이, 「자아 정체성 구성으로서의 글쓰기 교육 연구」, 『한국문학이론과 비평』 32, 한국문학이론과 비평학회, 2006, 120~121쪽, 134~135쪽.

15 김화선, 「자아 발견을 위한 글쓰기 교육의 실제」, 『비평문학』 24, 한국비평문학회, 2006, 131~161쪽.

16 최숙기, 「자기 표현적 글쓰기의 교육적 함의」, 『작문연구』 5, 한국작문학회, 2006, 205~239쪽.

17 정민주, 「자기소개 담화에 나타난 '자아 표현' 양상과 실현 맥락에 관한 고찰-대학생 자기소개 담화를 중심으로-」, 『국어교육연구』 44, 국어교육학회, 2009, 129~152쪽.

18 최규수, 「대학 작문에서 자기를 소개하는 글쓰기의 현실적 위상과 전망-대학생에게 자기 성찰의 글쓰기는 어떻게 이루어지는가의 문제」, 『문학교육학』 18, 문학교육학회, 2005, 563~585쪽.

19 김미란, 「대학의 글쓰기 교육과 장르 선정의 문제-자기표현적 글쓰기에 대한 비판적 고찰을 중심으로-」, 『작문연구』 9, 한국작문학회, 2009, 69~94쪽.

20 김종덕・조나현, 「개인 블로그를 통한 자기기술의 변화」, 『한국콘텐츠학회논문지』 8-8, 한국콘텐츠학회, 2008, 128~146쪽.

21 김수아, 「온라인 글쓰기에서의 자기 서사와 정체성 구성」, 『한국언론학보』 52-5, 한국언론학회, 2008, 56~83쪽.

을 계기로 양적으로나 질적으로, 이전 시기와는 비교할 수 없을 정도의 폭발적인 '정체감 위기'[22]를 경험하게 된다. 더구나 한국 대학의 신입생들은 고등학교 때까지 입시 위주 교육에 맹목적으로 내몰리면서 스스로를 돌아보고 자신의 미래를 탐색할 여유를 갖지 못하며, 이와 같은 교육 풍토 속에서 관계의 왜곡이나 단절까지 경험하는 경우가 많아 사회적 감수성이나 공감 능력에 미숙함을 드러내기도 한다. 이와 같은 현상은 타자에 대한 공감만이 아니라 자기 자신에 대한 긍정과 수용의 길까지 장애하는 결과를 초래할 수 있다. 심리학자들은 이와 같은 문제가 극복되지 않으면 자신의 감정에 솔직하게 대면하고 이를 표현하는 법을 익히지 못함으로써 실존적 위기가 일정 기간 지속될 수 있다고 경고한다.

22 발달심리학자들에게 '정체감 위기'는 정체감 탐색의 조건이며 정체감 발달의 계기로 해석된다. 정체감 발달은 평생을 통해 진행되는 과정인데 매 시기 '위기'는 다른 정체감으로의 이동과 '발달'을 촉진하는 선행 조건으로 작용한다. 이들에 따르면 대학 신입생 시절에 해당하는 청년기는 사춘기 시절의 급격한 신체 변화 이후 원초적 자아와 초자아 사이의 '남근기적 갈등'이 극에 달하는 시기며, 부모로부터의 독립과 의존 사이에서 방황하는 '주변인'적 시기며, 사회적 책임과 역할이 어느 정도 유예된 동시에 적극적인 사회 참여를 독려 받는 시기다. 또한 자기 이해력과 판단력이 갖추어지지 않은 상황에서 인생의 중요한 문제를 결정해야 하는 시기며, 고도로 발달된 인지 능력으로 새로운 세계로 진입하는 시기일 뿐 아니라 자신이 의지하고 자신을 지탱하던 고등학교 시절까지의 자아 이미지와 동일시 내용들이 유용성을 상실하고 균열을 일으키는 시기다. 조사 결과에 따르면, 정체감 위기가 지속되는 상황 속에서도 극복을 위한 대안 모색과 실천에 섣불리 나서지 못하는 '유예' 상태일 때 가장 많은 위기경험을 갖게 되는데 과거에 이와 같은 위기경험을 많이 한 사람일수록 정체감 발달과 성취 수준이 높은 것으로 나타났다. '정체감 위기'는 위기 국면을 타개하고자 하는 '관여'의 의지나 갈망은 있으나 결정을 내리기가 어려운 조건에 있는 '결함위기'와, 인생의 전환기에 나타나는 상황 변화에 따른 삶의 다양한 요구와 가치를 조화롭게 통합할 수 없기 때문에 발생하는 '갈등위기'로 구분된다. 조사 결과는 한국의 대학생들이 '결함위기'보다 '갈등위기'를 더 많이 경험한다는 사실을 보여준다. '갈등위기' 속에서 개인은 어쩔 수 없는 불가항력적인 상황에 놓여 있다는 느낌에 휩싸이며, 속으로는 갈등하고 있으면서도 겉으로는 위엄과 통합감을 유지하기 위해 애쓰는 심리적 갈등과 모순 국면을 드러낸다(김애순, 『청년기 갈등과 자기 이해』, 중앙적성출판사, 1997, 41~67쪽).

인간의 전 생애 주기에 걸친 자아개념 및 정체감 발달 모델을 제시한 에릭슨 이후, 대부분의 발달심리학자들은 정체감 탐색을 청년기의 핵심 과업이자 주요 특성 가운데 하나로 지적한다.[23] 이들에 따르면, 청년기에 돌입한 심리적 주체는 상대적으로 낮은 자아존중감으로 인해 위기를 경험하기도 하고 사회적 역할에 따라 다양하게 분화된 자아 개념을 통합하는 문제에 봉착하기도 한다.[24] 현실적 자아와 이상적 자아 사이의 괴리감에 휩싸이기도 하고 타인에게 비춰지는 자신의 모습에 지나치게 집착하기도 한다. 부모에게서 자신들의 부정적 정체성을 인식하고 지금까지 부모와의 동일시가 예전에 생각했던 것만큼 유용한지에 대해 회의하기 시작[25]하면서 부모로부터의 분리와 고착 사이에서 심리적으로 갈등하며, 목표를 상실한 상태에서 새로운 목표를 아직 설정하지 못해 방황하기도 한다. 가정과 익숙하게 살던 지역을 벗어나 갑자기 새로운 환경에 놓이게 되면서 관계 형성에 불안감을 느끼기도 하고 신체적 발달이나 외모 때문에 열등감에 휩싸이기도 한다.[26] 역할 수행의 성패, 목표 달성 및 성취 여부, 타인의 인정, 또래집단으로의 편입 등의 문제 때문에 무력감

---

23 에릭슨은 정체감(identity)을, 우리 자신의 독특성에 비해 비교적 안정된 느낌을 갖는 행동과 사고, 감정의 변화에도 불구하고 우리가 자신에 대해 갖는 일관성으로 정의하고 이때 중요한 것은 타인이 우리들 자신에 대해 갖는 견해가 우리가 우리 자신에 대해 갖는 그것과 일관성이 있어야 한다는 사실이라고 지적하였다. 발달심리학자들에 따르면 에릭슨의 가장 중요한 업적은 그가 정체감을 부모의 양육 태도와의 상관성에만 국한하지 않고 사회문화적 맥락 속에서 고찰하려 했다는 점이다(이옥형, 『청년심리학』, 집문당, 2006; 최윤미 외, 『현대 청년심리학』, 학문사, 1998; 장휘숙, 『청년심리학』, 학지사, 1999 참조).

24 자아 개념은 자기 존재에 대한 인지적 태도에 토대를 둔 반면, 자아존중감은 자기에 대한 정서적 태도에 토대를 둔 것으로 파악된다.

25 김도환·정태연, 『청년기의 자기 탐색』, 동인, 2002, 40쪽.

26 이옥형, 『청년심리학』, 집문당, 2006; 최윤미 외, 『현대 청년심리학』, 학문사, 1998; 장휘숙, 『청년심리학』, 학지사, 1999 참조.

에 빠지거나 불안에 시달리기도 하고, 안나 프로이드의 지적대로 이와 같은 불안에 대처하기 위해 진짜 동기를 감추고 그럴듯한 이유로 스스로를 속이는 합리화, 충동의 억압, 욕망의 전이나 투사, 맹목적인 동일시, 부정 등의 방어 기제를 발달시키기도 한다.[27]

문제는 동서양을 막론하고 '학교가 개인 성장의 경험에 대한 유예기적 탐색을 조장하기보다는 청년들로 하여금 판에 박힌 기술 지향적, 지식 위주의 교육과정 속에다 그들의 창의성, 개체성, 정체감 탐색을 억압하도록 요구한다'[28]는 데 있다. 고등학교까지의 교육은 물론이고 대학 교육마저도 정체감의 위기를 새로운 정체감 탐색의 계기로 제안하지 않고 오히려 이런 탐색의 기회를 박탈하는 데 열중한다는 것이다. 특히 개인에 대한 학교의 이와 같은 억압이 정체감 탐색을 '해야 할 무엇(something to do)'의 즐거운 발견이 아니라 '되어야 할 무엇(something to be)'에 대한 강박적 몰입으로 이끌 때 청년기의 실존적 위기는 더욱 심화된다.

이와 같은 맥락을 고려할 때 대학 신입생들을 대상으로 한 글쓰기 교육에서 '자기 탐색'을 주요 테마로 설정하는 것은 필연적인 일이다. 그러나 '자기 탐색'의 주제를 심리학적 토대 위에 '정체감'이나 '자아정체성'의 관점에서만 접근할 때 중요한 오류를 범할 수 있다. '정체성'이 '내가 누구인가'에 대한 답변이라면, '나는 누구이다'라는 진술은 '나는 ○○이 아니다'라는 관념에 기초한다는 점에서 타자에 대한 배타적 인식에 토대를 둔 자기동일적 관념이라고 할 수 있다. 따라서 자기 내적인 일관성과 동질성에 기초한 '자아' 개념이나, 대상화·타자화의 전략적 산물로서의 '정체성' 내지는 '정체감' 개념에 대한 비판적 고찰 없이 '자기 탐색' 및 '자기 기술'의

27 정옥분, 『청년발달의 이해』, 학지사, 1998, 39~42쪽.

28 정옥분 외, 『청년발달의 이론』, 양서원, 1999, 136~137쪽.

글쓰기를 '정체성 · 정체감' 탐색을 지향하는 활동으로 환원할 수는 없다.

비록 에릭슨이 '자아정체감은 결코 성취된 것으로 확립된 것도 아니고 정지된 것도 불변적인 것도 아니며 사회 현실 속에서 끊임없이 개정되는 자아현실감'이라 말했다[29] 하더라도 심리학적 과점에서 '자아정체감'은 사회적으로 구성되는 것보다 발달 과정 속에서 심리적 주체가 성취하는 것에 가까우며, 이와 같은 발달 과업 상의 심리적 성취는 정상과 비정상의 구분에 기초한 정상성의 범주 내에서 사유되는 대상이라 할 수 있다. 따라서 '자아'나 '자아정체감'이 허구적 구성물일 수 있다는 가정이나, '자아 개념' 형성의 사회문화적 맥락, 주체의 '자기 인식'과 '자기 이미지' 및 '정체성' 구성의 배후에 존재하는 권력 작용의 사회 · 정치적 의미 등이 간과되기 쉽다. '자기 탐색'과 '정체성 구성'의 심리적 국면에 개입하는 사회 · 정치적 맥락이 소거됨으로써, '자아' 내지는 '자기' 내부에 존재하는 균열과 이질성을 포착하지 못한 채 '자기동일성에 기초한 정체성'이나 '집단적 동일성에 동화 · 포섭된 자기 인식'의 틀을 탈신비화하거나 탈자연화할 계기를 놓칠 수 있는 것이다.

더구나 심리학자들이 이미 앞서 지적한 대로, 청년기 주체는 집단적 동일성으로의 동화와 집단적 정체성에 대한 맹목적 순응, 집단화로의 단순한 몰입 등의 특성을 드러낸다. 이들은 타인에게 비치는 자신의 모습에 집착하고 의미 있는 타자와의 상호작용이나 동일시에 맹목적으로 매달리며 개별화보다는 집단화 요구에 더욱 강하게 견인된다.[30] 대학 신입생들이 종종 집단적 정체성의 범주 안에서 자기를 기술하려는 경향성을

29 정옥분 외, 위의 책, 87쪽.

30 '다른 것'을 참지 못하는 청년기의 이와 같은 특성은 정체감이 아직 성취되지 않은 상태에서 지배적으로 남아 있는 자기 혼미의 위험에 대항하는 '필수적 방어'로 설명되기도 한다(정옥분 외, 앞의 책, 96쪽).

드러내거나 특정 신념이나 가치관에 맹렬한 에너지로 몰입하는 현상 역시 이와 같은 맥락에서 설명될 수 있다. 문제는 이와 같은 상태가 비판적 성찰 없이 지속될수록 심리적 위기가 심화될 뿐 아니라 청년기 불안이 가중된다는 사실이다.[31]

이 글에서 '자기 탐색'은 '정체성 탐색'의 지향과 목표를 부분적으로 공유할 수는 있어도 '정체성 탐색'으로 환원되지 않는다. 오히려 '자기 탐색'은 '정체성' 등의 전략을 통해 '자기'가 구성되거나 허구적으로 가정되는 과정 자체를 문제삼아 이를 비판적으로 성찰하는 활동을 포괄한다. '정체성'을 사회적으로 구성된, '자기'에 관한 가상의 시나리오로 가정하면 '정체성'은 '자기 서사(self narrative)'의 맥락에서 사유될 수 있다. 따라서 '정체성'의 개념을 포괄하는 '자기 탐색'은 '자기 서사 구성'이나 '자기 기술', '자기'에 관한 '서사적 정체성' 탐색의 계기를 내포하며, 대상으로서의 '자기'가 드러나지 않은 채로는 탐색 자체가 불가능하다는 점에서 '자기 표현'의 과정 또한 포괄한다.[32]

---

31 김미란은 학교 교육이 계급 재생산에 복무하는 기제로 작동함을 분석한 바 있는 부르디외 등의 논의를 참조하여 대학 글쓰기 교육이 학술 담론 공동체 내의 이질성을 은폐하거나 학술 담론 공동체의 관습에 굴복한, 무비판적 글을 대량 생산하는 데 기여해서는 안 된다는 사실을 분명하게 지적하였다. 대학 글쓰기 교육이 제도 지식을 탈신비화하는 작문 구성력을 길러내는 데 주력하면서 학술 담론 공동체 내의 이질성을 더욱 적극적으로 사유할 필요가 있다는 것이다. 특히 그는 패트리샤 비젤의 주장을 인용하여 대학 교육 내 '자기표현적 글쓰기가 개인 주체의 개인성을 재인증하는 폐쇄회로적인 글쓰기에 멈추거나 타인들과의 실제적 사회관계나 연대감에 대한 이해를 왜곡'시켜서는 안 되며, 오히려 글쓰기를 통해 학생들을 섣불리 치료하려 들기보다는 '운명이 아닌 사회적 압력 때문에 희생자가 된 과정을 추적할 수 있도록 비판적 훈련을 하는 것이 필요하다'고 지적하고 있다(김미란, 앞의 논문, 73~83쪽).

32 가브리엘레 루치우스-회네·아르눌프 데퍼만 지음, 박용익 옮김, 『이야기 분석-서사적 정체성의 재구성과 서사 인터뷰의 분석을 위한 이론과 방법론』, 역락, 2006; 미셸 푸코 지음, 심세광 옮김, 『주체의 해석학』, 동문선, 2007 참조.

그러나 '자기 탐색'은 이 중 어떤 개념으로도 환원될 수 없으며 오히려 이 가운데 '자기 탐색'과 논리적으로 가장 대등하게 연결될 수 있는 개념은 '자기 기술'이라 할 수 있다. – 이때 '기술'은 '서사'와 '표현'의 맥락을 내포한다. 또한 '정체성'은 '자기 기술'과 같은 계기를 통해 수행적(performative)으로 구성되는 개념이므로, '자기 기술'은 정체성 구성 및 수행 과정까지를 암시한다. 따라서 이 글에서 다루게 될 대학 교육 내 글쓰기 프로그램의 한 활동 영역으로서의 '자기 탐색'은 '자기 기술'로서의 글쓰기 활동이라 할 수 있으며 이는 곧 단순한 탐색을 넘어서는, 정체성 구성 및 수행 과정이라 할 수 있다.

3. '자기 탐색' 글쓰기 교육 프로그램의 설계

아래 표는 2002년부터 2009년까지 인문·사회·상경·생활과학·공학·이학·치의예·간호 계열 소속 연세대학교 1학년 학생들이 참여한 글쓰기 수업에서 수행된 '자기 탐색' 활동의 내용을 항목별로 정리한 것이다. 한 학기 동안 글쓰기 수업은 두 가지 축의 교수–학습 활동이 교차하는 가운데 진행된다. 하나의 축은 글쓰기 과정을 단계별로 진행하는 것이고 다른 하나의 축은 '자기 탐색'에서 시작하여 '타자 이해와 공존'으로 나아가는 주제의 흐름이다. 전자의 축은 강의 전반부에 글쓰기 동기화와 연결된 표현 능력의 발현으로부터 주제 구성과 내용 형성, 주제의 초점화와 서술 흐름 만들기, 글의 구성과 전략, 담론(담화) 구성체 내 쌍방향 상호작용을 통한 다양한 피드백, 언어 규범과 문장 표현에 관한 강의를 거쳐 고쳐쓰기 과정을 통해 마무리된다. 중간고사 이후에 진행되는 강의는 논리적 글쓰기 과정의 단계별 학습을 거쳐 학술적 글쓰기를 완성하는 것으로 마무리된다.

<table>
<tr><th rowspan="2">단계</th><th rowspan="2">'자기 탐색' 글쓰기 주제</th><th rowspan="2">교수-학습 내용</th><th colspan="2">교수-학습 활동의 목표와 지향</th></tr>
<tr><th>자기 탐색 및 정체성 구성과 수행</th><th>담론(담화) 공동체 내 상호작용</th></tr>
<tr><td rowspan="3">1</td><td>1-1.
"나를 표현하는 사물"</td><td rowspan="3">1. 1차시 :
'자기 탐색' 글쓰기의 목표와 예비적 활동의 방향 제시 및 안내 - '나를 표현하는 사물' & '내 인생의 10대 사건' & '나를 설명하는 범주'

2. 2차시 :
세 가지 활동 내용을 토대로 단일 주제를 구성하여 3분 스피치 준비 & 실행

3. 3차시 :
세 가지 활동 내용을 토대로 단일 주제를 구성하여 800자 내외 분량의 글쓰기(초고)

* 5주차 : 2·3단계 글쓰기와 함께 개별 강평
6주차 : 문장 표현 & 맞춤법·띄어쓰기 강의 후 고쳐쓰기</td><td rowspan="3">1. '자기' 내부의 모순과 갈등, 이중적 특성 등에 주목 - '자기' 안의 이질성 발견
2. 자기 역사 서술과 정체성 구성
3. 10대 사건 구성 활동 중 반복해서 등장하는 테마에 주목(예 : 죽음, 상실, 성취, 위기, 실패, 관계 등) -자기 역사 구성상의 결절 지점 - 새롭게 의미화
4. 현 단계 자기 해석 내용과 연결
5. 집단적 정체성에 대한 비판적 접근
6. 동질화의 압박 & 순응과 반항의 양가적 태도</td><td rowspan="3">1. 담론(담화) 공동체의 형성
2. '자기'를 소재로 한 스피치를 통해 상호작용의 밀도를 높임
3. 상호 이해와 존중, 상호 수용의 분위기 조성
4. 억압적인 자기 고백이나 단순한 자기소개가 되지 않도록 주의</td></tr>
<tr><td>1-2.
"내 인생의 10대 사건"</td></tr>
<tr><td>1-3.
"나를 설명하는 다섯 범주"</td></tr>
<tr><td>2</td><td>"글쓰기 주체로서의 나"</td><td>1. 1차시 :
영화 〈파인딩 포레스터〉의 일부분 보기

2. 2차시 :
'글쓰기와 사회적 소통', '글쓰기에 개입하는 권력 욕망', '글쓰기를 억압하는 요소들', '글쓰기와 자기 검열', '몸으로 익히는 글쓰기', '도구적 글쓰기와 표현으로서의 글쓰기', '글쓰기 주체의 분열', '글쓰기와 자기 소외', '글쓰기의 타자' 등의 하위주제를 중심으로 서술형 퀴즈 풀기 & 조별 토론</td><td>1. 글쓰기 주체로서의 자기 탐색
2. 글쓰기를 통한 자기 구성 과정 이해
3. 글쓰기의 어려움과 억압 이해
4. 글쓰기 주체로서의 분열 지점 포착</td><td>1. 글쓰기 담론(담화) 공동체 내 사회적 상호작용의 산물임을 이해
2. 상호 강평을 통한 담론(담화) 공동체 내 소통과 자극
3. 담론(담화) 공동체로의 본격적인 진입</td></tr>
</table>

		3. 3차시 : 2차시 활동 내용 평가와 정리 & 1000자 내외 분량의 글쓰기 (초고) 4. 4차시 : 상호 강평 후 반성적 글쓰기 * 5·6주차 : 위 칸 내용과 동일	5. 글쓰기 주체로서 '자기'가 매번의 글쓰기를 통해 구성되는 존재임을 이해	
3	"내 안의 타자-그림자 탐색"	1. 1차시: '그림자'의 개념과 '그림자 탐색'의 의의, '그림자 투사' 사례에 관한 서술형 퀴즈 풀기 - 오픈 북 테스트 * 과제 : 이부영 〈그림자〉 읽기 2. 2차시: 융의 '그림자' 개념 이해 & 자아 개념의 균열상 이해 & '자기' 내부의 이질성 인식의 필요성과 타자 이해 3. 3차시: '그림자 탐색'을 주제로 한 조별 토론 & 교수자·학습자 간 상호 토론을 통한 '그림자 탐색' 주제 정리 * 과제 : 1600자 내외 '그림자 탐색' 글쓰기 * 5·6주차 : 1단계 항목 내용과 동일	1. 자아 내지는 자기 내부의 이질성과 균열상 인식 2. '내 안의 타자' 이해 3. 정체성 구성과 수행 과정으로서의 자기 서사 기술 4. 정체성 담론의 사회문화적 맥락과 정치적 측면 이해 5. 타자와의 관계 속에서 자기 탐색 6. 맹목적 집단화의 폭력적 측면과 집단적 동질화의 위험성 경계	1. 담론(담화) 공동체 내 상호작용의 활성화 2. 담론(담화) 공동체의 한계 이해
4	4-1. "상실을 애도하는 글쓰기"	1. 1차시: 프로이트의 '애도'와 '우울' 개념 안내 * 과제 : 프로이트의 에세이 〈애도와 우울〉 읽기 2. 2차시 : 〈아기장수이야기〉 함께 읽기 & 사회화 과정 속에서의 '상실' 설명 & 푸코의 '주체화'	1. '주체화'의 양가적 측면 이해 2. '자기' 내부의 균열상 심층 이해 3. 우울증적 주체로서의 '자기' 탐색	1. 교수자·학습자 간 상호작용 위주로 진행 - 토론형 수업

	개념 및 주디스 버틀러 '우울증적 주체' 개념 안내 3. 3차시 : '애도'의 필요성 & '애도 양식'으로서의 '굿'의 의미 & '애도'로서의 글쓰기 이해 & 상실한 대상 떠올리기 * 과제 : 자신의 상실을 애도하는 글쓰기 3000자 내외 글쓰기	4. 집단적 동질화에 동화·포섭된 정체성의 탈자연화 & 집단적 동질화에 대한 순응과 반항 사이의 균형 5. '양심'의 억압적 측면 이해 6. 글쓰기를 통한 '자기 치유'의 국면 이해	2. 담론(담화) 공동체의 성격과 자질을 고려한 주제 선택
4-2. "유서 쓰기"	1. 1차시 : '죽음'의 개인적 측면과 사회적 측면 & '죽음'의 사회문화적 맥락 이해 & '죽음'을 다루는 방식 & '죽음'을 통한 '삶'의 이해 강의 2. 2차시 : 다른 이들의 유서 읽기 & 1·2·3단계 작업을 갈무리하여 주제와 내용 구성 * 과제 : 3000자 내외 글쓰기(강의실 밖에서 학습자 단독으로 진행)	1. '죽음'이라는 존재론적 한계를 염두에 둔 자기 탐색 2. 기억의 재구성과 자기 역사 구성 3. 관계 속에서의 자기 탐색	1. 교수자·학습자 간 유대 강화 2. 담론(담화) 공동체 내부 구성원들 상호 간의 공통된 존재론적 기반 인식 – 연대감 형성
4-3. "가족 인터뷰"	1. 1차시 : 가족 인터뷰를 통한 자기 탐색 & 가족 관계 탐색의 필요성 & 부모로부터의 독립과 의존·고착 2. 2차시 : 인터뷰 설계 & 대상 선정과 질문지 작성 & 인터뷰 실시 계획 수립 * 과제 : 인터뷰 실행하기 & 인터뷰 후 글쓰기(5000자 내외)	1. 성장 과정의 은폐기억과 자기 탐색 2. 부모로부터의 분리 과정 이해 3. '어린 시절 나'와의 만남을 통한 자기 치유	1. 강의실 경계를 넘어선 담론(담화) 공동체의 문화와 관습 이해 2. 청중(독자)을 고려한 글쓰기 경험

4-4. "스무 살의 자서전"	1. 1차시 : 자서전 쓰기의 성격과 의의 & 자기 역사 서술의 필요성 & 자기 탐색과 자기 서사 구성 2. 2차시 : 자서전의 주제 구성 & 구성 전략 수립 * 과제 : 자서전 쓰기 (5000자 내외)	1. 자기 서사 구성으로서의 자기 탐색 2. 정체성 구성 및 수행 작업으로서의 자기 역사 서술 3. 자기 서사의 시나리오와 정체성 탐색 4. 기억의 재구성을 통해 서술되는 정체성	1. 자기 자신을 제1 독자로 설정한 글쓰기 방식의 이해 2. 청중(독자)을 고려한 글쓰기 전략 3. 교수자·학습자 간 상호작용 증대

이 글에서 다루는 '자기 탐색'의 주제는 전반부 강의에서 활용되며 후반부 강의에서는 '타자 이해와 공존'이 전체 글쓰기 활동에 영향을 미치는 주제적 흐름으로 구성된다. 두 주제는 중간고사를 기점으로 상호 교차하는데, 두 주제의 연결은 단순하고 기계적인 결합에 머무르지 않는다. 전반부 '자기 탐색'의 주제가 '자기' 안의 이질성, 곧 '내' 안의 '타자'-심리학적 의미-를 발견하고 인식하는 과정이라면 이는 곧 광범위한 범주의 '타자'-철학적 의미-에 대한 이해로 나아가게 되며, 논리적이고 학술적인 글쓰기를 학습하는 단계에서 다시 사회·정치적 의미의 '타자'에 대한 이해와 공감의 주제로 구체화된다.[33]

특히 논리적 글쓰기 과정을 거쳐 학술적 글쓰기를 완성하는 이 마지막 단계(후반부)의 글쓰기 수업에서는 '주권화 과정에서 경계 바깥, 혹은 경계

33 학습 주체는 교수자의 비계 설정과 읽기 자료, 담론(담화) 공동체 내 상호작용(토론을 포함하는)과 글쓰기 과정을 통해 '자기 탐색'을 통한 이질성의 발견과 수용이 사회적으로 존재하는 수많은 '차이'를 이해하고 존중하는 윤리적이고 정치적인 태도로 나아갈 수 있음을 스스로 경험하게 된다. 이 과정에서 자아존중감의 회복과 자기 수용적 태도 함양이라는 심리적 성과 외에 글쓰기 능력의 신장을 기대할 수 있으며, 이와 더불어 사회적 감수성의 심화와 공감 능력의 확대, 사회적 공존을 지향하는 방향으로의 윤리적 태도 변화 등의 또다른 효과를 확인할 수 있다.

그 자체로 설정되는 타자'나 '인식과 권력 지식의 효과로 창출되는 광범위한 타자화', '잉여적 존재로 사회에서 배제되거나 소외된 존재들에 대한 고찰' 등의 주제를 포괄하게 된다. 이 과정에서 만화·영화 등의 영상 매체와 문화기술지(ethnography)·소설·수필·칼럼·학술적 에세이 등 다양한 양식의 텍스트들을 글쓰기 수업에 도입하게 되며, 이를 통해 학습 주체는 '원주민 사회의 이질성'·'현대 도시 문화에 대한 문화기술지적 고찰'·'동성애 담론과 젠더정체성'·'장애 여성'·'성매매'·'오리엔탈리즘'·'질병의 타자화'·'몸의 담론' 등의 주제를 다룬 '읽기 자료'를 만나게 된다.[34]

이와 같은 주제로 구성된 후반부 강의에서는 사고의 확대와 수렴, 논리적 연상(논리적 사고 이어가기 연습), 대상의 분류·선별·계층화, 논리적 설득의 전략과 서술 흐름, 논리적 글쓰기의 수사, 학술적 글쓰기의 관습과 규범, 주제·구성·개요 작성, 초고쓰기와 상호 피드백 후의 고쳐쓰기 등의 글쓰기 과정을 학습하게 된다. 그러므로 글쓰기 과정 학습의 측면에서 학생들은 강의 전반부를 통해 일반적 글쓰기 과정을 연습한 후 후반부 강의를 통해 논리적이고 학술적인 글쓰기라는, 한층 심화된 글쓰기 단계에 돌입하게 되는 것이다. 이 과정에서 전반부 글쓰기 주제와 후반부 글쓰기 주제가 유기적으로 연결됨에 따라 학기말에 학습 주체가 최종적으로 갈무리하게 되는 포트폴리오의 주제 역시 일관성 있게 구성된다.

---

34 앞에 열거한 주제를 포괄하는 읽기 자료는 학습 주체의 성격과 역량에 따라 선택적으로 구성되는데, 강의 초반부에 별도의 묶음으로 미리 제공된다. 학생들은 5~6명으로 구성된 조별로, 읽기 자료에 대한 토론을 최소한 5회 이상 온라인·오프라인으로 실시하고 토론 결과물을 사이버강의실 게시판에 업로드한다. 토론 결과에 대한 피드백은 사이버강의실과 조별 면담을 통해 수행되며, 학생들은 12주나 13주차에 토론 내용에 토대를 둔 조별 발표와 전체 토론을 진행한다. 발표와 토론 수업 이후에 해당 주제 범주 내에서 글쓰기를 위한 주제 구성과 개요 작성이 뒤따라 수행되며 이에 대한 교수자의 피드백 후에 학생들은 글쓰기에 돌입한다.

위 표에서 1에서 4까지의 단계는 글쓰기 능력의 선조적 발달 단계를 의미하지 않는다. 이는 '자기 탐색' 주제의 심화 단계이며 글쓰기 수업의 진행 단계라고 할 수 있는데 모든 담론(담화) 공동체 내에서 1에서 4까지의 단계가 수행되는 것은 아니다. 학습 주체의 전공 계열과 학업 성취도, 글쓰기에 대한 관심과 동기 정도, 집단 내부 동질화의 내용과 수준, 담론 공동체 내부의 신뢰와 정서적 유대의 정도, 담론 공동체 내 상호작용 양상과 수위, 성별 분포 등에 따라 선택적으로 활용되는데 '1-2-3-4'의 단계를 모두 실행하는 경우와, '1-2'나 '1-2-3' 단계까지만 실행하는 경우, 3단계를 제외하고 '1-2-4' 단계만을 실행하는 경우로 나뉜다.[35]

단계별 적용에 대한 판단과 조율은 첫 강의 시간에 이루어진다. 강의가 시작되기 전에 학습자 집단의 구성에 대한 정보를 어느 정도 파악할 수 있지만 담론(담화) 구성체[36]의 일원으로서 학생들을 직접 만나 상호작용을

35 여기서 4단계의 글쓰기는 중간고사를 대신해서 제출하게 되는데 중간고사 기간을 지나 10주차가 제출 기한으로 설정되며, 최종적인 포트폴리오를 통해 평가받게 된다. 4단계 글쓰기 가운데 인터뷰 후 글쓰기나 문화기술지(ethnography) 쓰기 등은 학습 집단의 역량에 따라 주제를 다소 변형하여 후반부 학술적 글쓰기와 연계된 활동으로 이어가기도 한다.

36 패트리샤 비젤은 '담론(담화) 공동체'를 '특정한 언어 사용 실천을 하는 사람들의 집단'으로 정의하고 이를 다시 '언어 공동체'나 '해석 공동체'라는 말로 표현하였다. 이때 '언어 사용 실천'은 일종의 '관습'이라 할 수 있는데 여기서 '관습'은 집단 내부는 물론 집단과 집단 외부 사이의 사회적 상호작용을 규제한다. 또한 '담론 공동체'는 언어 사용으로 결속되어 있을 뿐만 아니라 지리학적·사회경제적·인종적·직업적으로 결박된 집단을 암시한다. 그러나 비젤은 '담론(담화) 공동체'를 동질적인 집단으로만 한정하지 않으며 '담론(담화) 공동체'의 담론적이고 관습적인 규제 역시 공동체 내 모든 개별자가 따를 수밖에 없고 따라야 하는 자연적인 것이나 당위적인 것으로 가정하지 않는다(Patricia Bizzell, "What is a Discourse Community?", *Academic Discourse and Critical Consciousness*, University of Pittsburgh Press, 1992, p.222). 린다 플라워는 "특정한 공동체의 담화 또는 대화는, 거기에 소속된 사람들이 서로 이야기하는 방식-공동체에 속한 사람들이 모두 동의하는 가정과 상투어, 그들이 사용하는 전문적인 어휘들, 특정한 토론방식 등으로 특징지어지는-이다."고 지적하고 "특정 공동체에 진입하기

통해 전체 강의 내용을 협의하고 조정하는 작업이 중요하다. 본 수업은 과정 중심의 글쓰기 교육을 지향하며, 글쓰기가 담론(담화) 공동체의 상호작용의 산물이라는 인식적 바탕 위에 구성되기 때문이다. 의미 생성 및 글쓰기 주체로서 학습 주체와의 만남과 이를 통한 담론(담화) 구성체의 형성은 글쓰기 수업의 효과를 좌우하는 핵심 요인 가운데 하나다.

각 주제별 개별 글쓰기 작업은 여섯, 혹은 일곱 단계의 과정에 걸쳐 진행된다. 비계(scaffolding)[37]를 설정하고 제시하는 제1과정과, 해당 글쓰기 주제 범주 내 하위 주제에 대해 사고하고 담론(담화) 공동체 내에서 토론을 전개하는 제2과정을 거쳐 제3과정인 초고쓰기가 수행되는 것이다. 초고에 대한 피드백(feed-back)은 3단계까지의 글쓰기 수업이 완료된 후 세 가지 종류의 글에 대한 개별 강평과 담론(담화) 공동체 내 상호 강평[38]을 통해 이루어진다. 피드백에 초점을 둔 이 제4과정(혹은 4-5과

위해서는 그 사회에 소속된 사람들이 말하는 방식을 먼저 배워야 한다."고 주장하였다(린다 플라워 지음, 원진숙·황정현 옮김, 『글쓰기 문제해결전략』, 동문선, 1998, 39쪽).

37 비계(scaffold)는 건축 분야에서 활용되는 용어로, 공사가 진행되는 동안 건물 아래위로 인력과 물자를 실어 나르는 등의 건축 활동을 지원하기 위해 설치하는 구조물을 가리킨다. 학습 주체의 능동적인 활동과 과정 중심의 글쓰기 교육을 지향하는 구성주의 작문 이론에서 이 용어는 교수자 등이 교수-학습 과정에서 학습 주체와 상호작용하면서 특정 문제 해결 과정을 비롯한 각 단계 글쓰기 활동을 지원하는 일체의 활동을 뜻하는 말로 쓰인다(최현섭 외, 『구성주의 교수-학습론』, 박이정, 65~66쪽; 최상민, 「대학생 글쓰기 지도에서 비계설정하기-실용적 글쓰기를 중심으로-」, 『국제어문』 42, 국제어문학회, 2008, 565~588쪽). 비계 설정과 제시 방식은 단순한 안내와 방향 제시로부터 글쓰기 시범을 보이는 데 이르기까지 다양하게 활용될 수 있다. 단, 비계 설정과 제시는 자칫 글쓰기 과정의 모델링(modeling)에 치중하여 또다른 인지 중심적 접근의 오류를 낳을 수 있으므로 여기서는 방향 제시와 각종 지원 활동에 초점을 둔 교수자의 행위를 가리키는 말로 제한하기로 한다.

38 교수자의 설명 외, 동료집단과의 의견교환을 통해 학습자 스스로 과제해결전략을 모색하는 과정 역시 핵심적인 비계 설정 단계로 구성될 수 있다(최성민, 「대학생 글쓰기 지도에서 비계설정하기」, 『국제어문』 42, 국제어문학회, 2008, 576쪽). 학생들이 작성한 글을 모둠별로 상호 강평하는 작업이 이에 해당하는데 주제에 따라 조심스럽게

정[39])이 완료된 후에 언어 규범과 문장 표현에 대한 강의를 주 내용으로 하는 제5과정(혹은 6과정)이 뒤따른다. 그리고 최종적으로 제6과정(혹은 7과정)에서 고쳐쓰기가 수행됨으로써 3단계까지의 글쓰기 수업이 완료된다. 이때 제3과정까지는 단계별로 각각 별도의 수업이 진행되지만, 제4과정부터는 1·2·3단계 '자기 탐색' 주제의 글쓰기가 총괄적으로 검토·수정된다. 4단계 주제의 글쓰기는 중간고사 기간까지 계획 내지는 주제와 개요에 대한 검토가 별도로 진행되며, 비계 설정 및 제시를 위한 교수자 강의와 주제 및 구성에 대한 피드백 과정을 거쳐 학습자 개인이 독자적으로 완성한 원고를 10주차에 제출하는 것으로 완료된다.[40] 2단계나 3단계, 4단계까지 진행된 모든 '자기 탐색' 글쓰기는 후반부의 논리적·학술적 글쓰기와 함께 최종적으로 포트폴리오(portfolio)[41] 형태로 평

접근해야 하지만(지나치게 사적인 주제를 다루는 경우 상호 강평을 진행하지 않는 것이 좋다.) 상호 강평에 대한 학생들의 성취도나 참여도는 높은 편이다.

39 글쓰기 주제의 성격에 따라 학습자-교수자 사이의 개별 강평만을 수행할 수도 있고 학습자 상호 간의 상호 강평을 수행할 수도 있기 때문에 전체 글쓰기 과정은 여섯 과정으로 완료되기도 하고 일곱 번째 과정으로 이어지기도 한다.

40 교수자가 제시하는 비계의 다양한 유형을 열거한 최성민의 목록 가운데 '시범 보이기', '지속적인 관리', '피드백 주기', '안내하기', '질문하기', '인지적 구조화하기', '초점 맞추기', '수정하기', '공동 문제 해결', '상호 주관성', '자기 조절 능력 증진' 등을 본 연구자도 글쓰기 강의에 적극 활용하였다(최성민, 「대학생 글쓰기 지도에서 비계설정하기」, 『국제어문』 42, 국제어문학회, 2008, 570~571쪽).

41 포트폴리오(portfolio) 평가는 텍스트 하나를 학생이 지닌 글쓰기 능력의 전체로 간주하는 태도를 극복하고 다양한 글쓰기 상황에서 각각 다른 능력을 드러낼 수 있는 학습자에 대한 다각적인 평가를 할 수 있다는 점에서 긍정적인 의미를 지닌다. 학생의 글쓰기 능력을 평가하기 위해서는 각기 다른 시간대에, 다른 장르로, 다른 독자들을 대상으로 쓰여진 글들을 보아야 한다는 것이 이 평가 방식을 지지하는 연구자들의 주장이다(Peter Elbow, 'Writing Assessment : Do it better, Do it less', E. D. White & W. D. Lutz & S. Kamusikiri, *Assessment Writing*, The Modern Language Association of America, 1996, p.120). '자기 탐색'에서 '타자 이해'로 나아가는 주제적 일관성을 지닌 본 글쓰기 강의 모형에서, 포트폴리오 평가는 학생들의 글쓰기 학습 성취를 단계별로

가하게 된다.[42]

위에서 표로 제시한 수업 모형에서 가장 중요한 것은 담론(담화) 공동체 내부의 협의를 통한 조절과 교수자의 판단에 의한 탄력적 운영이다. 자칫 과부하로 인해 글쓰기 학습의 효율성이 반감될 수 있기 때문이다. 또한 자기 고백적 서사가 주는 부담감이나 자기 탐색 깊이의 갑작스런 심화로 인해 글쓰기에 대한 거리감이 더 깊어지고 담론(담화) 공동체 내 불필요한 긴장이 강화될 수도 있다. 이와 같은 요인들은 글쓰기 동기를 촉진하기는커녕 오히려 떨어뜨리는 효과를 낳는다.[43]

'자기 탐색'을 제안하고 지원하는 교수자는 여러 가지 사항에 유의해야 하는데 특히 주의할 것은 담론(담화) 공동체 내에서 자기 탐색 결과 및 자기 기술 내용을 공개하고 공유하는 문제를 학생들과 밀도 높게 협

확인할 수 있고 다양한 주제에서 다른 능력을 드러내는 학생들을 총괄적으로 평가할 수 있다는 점에서 의의를 지닌다. 또한 학생들은 최종적인 포트폴리오 제출 전까지 수차례 원고 수정의 기회를 가질 수 있고, 자신의 글쓰기 특성을 주제별·단계별로 한눈에 확인할 수 있으며, 한 학기 글쓰기 수업의 성과를 성취감 속에 갈무리할 수 있다. 특히 이와 같은 평가는 객관적이고 절대적인 글쓰기 평가에 대한 신화를 해체하고 평가 기준이 반드시 공동체로부터 나와야 하며 다른 방식의 대안적 평가나 평가 방식의 변화를 향해 항상 열려 있어야 한다는 주장(Pat Belanoff, 'The Myth of Assessment', Journal of Basic Writing Vol.10-1, 1991, pp.54~65.)을 지지한다.

42 최종 포트폴리오 제출 전에 학생들은 글쓰기 지원 센터(writing-center)의 도움을 받을 수 있다. 교수자는 학생들이 자발적으로 글쓰기 지원 센터 내 교수자의 강평을 받아 원고 수정을 할 수 있도록 안내하고 이를 평가에 반영한다.

43 1에서 4까지의 단계 가운데 학습 주체의 특성에 크게 구애되지 않고 무리 없이 진행할 수 있는 단계는 2단계까지이다. 3단계와 4단계는 조금 더 신중하게 설계할 필요가 있다. 신중하게 대처하지 않으면 자기 탐색 과정 자체가 어렵게 느껴지거나 또다른 부담과 긴장을 유발하여 글쓰기 공포증을 더욱 심화시킬 수도 있기 때문이다. 또한 담론(담화) 공동체의 분위기 역시 급속도로 경직될 수 있다. 그러나 한 가지 분명한 사실은 어렵게 접근한 과제일수록 학습자의 성취도 또한 높다는 사실이다. 3단계나 4단계의 글쓰기 활동을 전개한 강의실에서 강의 평가 내용을 받아 보면 학생들에게 가장 큰 보람을 안겨준 글쓰기가 자기 탐색의 글쓰기였다는 사실을 알 수 있다.

의하는 것이다. 강의 첫 시간에 간단한 설문 조사 등을 실시하여 학생 한 사람 한 사람의 목소리를 들어야 할 뿐 아니라 교수자가 학습 목표와 제안 배경 등을 성실하게 설명하고 이에 대한 학생들의 의견을 경청해야 한다. 또한 이 과정에서 교수자가 학생들의 비밀을 유지하면서 성실하고 신중하게 글을 읽으리라는 신뢰 관계를 구축할 필요가 있다. 이와 같은 신뢰나 안도감이 학생들의 탐색 깊이와 표현 수위 조절에 영향을 미치기 때문이다. 교수자는 자기 탐색의 부담과 어려움에 대해 깊이 이해하고 있음을 학생들에게 충분히 설명하고 그럼에도 불구하고 자기 탐색의 글쓰기가 필요한 이유를 납득할 수 있게 설득해야 한다. 이와 더불어 교수자는 '자기 탐색'의 글쓰기가 부분적으로는 '자기 고백'으로 받아들여질 수 있는 국면을 이해하고 있음을 밝히고, 담론(담화) 공동체가 성숙하지 않은 상황에서는 개인에게 이와 같은 글쓰기의 공유가 일종의 '폭력'일 수 있음을 사전에 진술해야 한다.

실제로 교수자는 제한된 한두 경우를 제외하고는 '자기 탐색' 글쓰기의 공유를 경계해야 하며 모둠이나 조로 구성된 소규모 담론(담화) 공동체 내에서의 공유도 신중하게 판단하여 제안할 필요가 있다. '자기 탐색' 글쓰기 교육을 수행하는 동안 교수자는 담론(담화) 공동체 내 상호작용 양상을 세밀하게 관찰하면서 교수-학습 내용을 조절해야 한다. 특히 이때 주목할 것은 학습 집단 내부의 동질성과 이질성이다. 출신 지역, 부모의 사회경제적 지위, 각자가 경험한 중등 교육 환경, 전공 계열, 인문학적 교양의 수준과 글쓰기에 대한 관심도, 특목고 출신 여부 등의 조건에 따라 학습 주체 내부에는 강력한 구심력의 동질성이 존재하기도 하고 커다란 간격을 만드는 균열상이 존재하기도 한다.

'자기 탐색' 글쓰기 수업에서 교수자가 주의할 또다른 사항은 이와 같은 활동을 섣불리 치유적 목표를 향해 이끌어 가지 않는 것이다. 교수자의 이런 태도는 자기 기술 과정을 죄의 고백이나 양심의 압박에 따른 성찰로 귀결시킬 수 있으며 정상성의 회복이나 심리적 평형 상태 유지 및 행복 성취에 대한 강박적 태도를 유발할 수 있다. 이는 결과적으로 자기 탐색적 글쓰기를 통해 치유의 효과를 성취하는 것이 아니라, 오히려 글쓰기 주체의 억압적 상황과 우울을 더욱 심화시키게 될 것이다. 따라서 글쓰기 활동을 제안하고 지원하는 과정에서 자기 고백적 정서를 강화하는 방향으로 나아가지 않도록 주의해야 하며, 개별 강평 과정에서도 선불리 상담역을 자처하는 태도를 경계하면서 글쓰기 교수자로서의 역할과 지위에 집중해야 한다. 교수자가 잊지 말아야 할 것은, 만약 학생에게 문제나 위기가 있다면 이는 학생 스스로가 판단하고 해결해 나갈 문제라는 사실이다. 따라서 강평 과정에서도 교수자·학습자 간 관계 거리를 조절하면서 글쓰기 수업 목표를 일관성 있게 견지해 나가는 태도가 중요하다.

'자기 탐색' 글쓰기 수업에서는 피드백과 평가 방식 면에서도 세심한 주의가 필요하다. 탐색 주제와 담론(담화) 공동체의 조건에 따라 피드백의 방식과 수위를 조절해야 하며 평가 항목 선정 및 평가 기준 구성의 국면에서도 신중하게 탄력적으로 대응할 필요가 있다. 평가 항목과 기준은 교수자가 강의 초반부에 학생들에게 구체적인 내용을 제안하면서 세부 항목을 충분히 설명하고 부분적인 사항에 대해서는 학생들과 협의를 한 후 최종적으로 확정하면 된다. 이때 교수자는 평가의 객관성이 부분적으로 허구적일 수밖에 없음을 설득하고 평가 과정의 상호주관성과 평가 결과의 정의적 측면을 먼저 설명해야 한다.[44]

---

44 평가 단계 사이의 간격을 크게 벌려 두지 않거나, 평가 시 글쓰기 과정의 성실한 이행과 단계별 목표 달성 여부 등을 주요 요소로 고려하는 것도 '자기 탐색' 글쓰기의 평가에 대한 신뢰도를 높이는 한 방안이 될 수 있다. 예를 들어 고쳐쓰기 과정 등을 성실하

교수자는 개별 강평 등의 피드백 과정을 평가 못지않게, 혹은 때때로 그보다 더 중요한 요소로 인식할 필요가 있다. 교수자와 학습자 간 일대일 면담을 통해 이루어지는 개별 강평의 목적은 글쓰기 문맥과 표현을 고치거나 교정하는 데 있지 않고, 글쓰기 학습 상의 목표가 제대로 수행되었는지 여부를 함께 점검하고 더 나은 방향으로의 발전 방안을 같이 모색하는 데 있다. 학생 스스로가 문제를 해결하는 과정에서 경험하고 있는 어려움의 내용이 무엇인지 확인하고 이를 격려·지원하는 동시에 발전적인 방향으로 자극하기 위해 글쓰기를 매개로 한 개별 면담을 시행하는 것이다.

위에서 제시한 것처럼 '자기 탐색' 글쓰기 활동을 일회적인 것으로 한정하지 않고 단계별로 심화시키면서 전체 강의 설계도 내에서 유기적으로 조직할 때 '자기 탐색'을 통한 성찰적 글쓰기와 '자기 서사 기술'의 목표도 효과적으로 달성될 수 있다. 특히 이와 같은 수업 설계는 포트폴리오 평가시 포트폴리오만으로도 전체 강의의 유기적 연계망을 쉽게 확인할 수 있을 뿐 아니라 학습 주체의 성취감 또한 높아질 수 있다. 전체와 세부, 각 부분별 글쓰기 상호 간의 논리적 연결이 강화됨으로써 포트폴리오 상으로 드러나는 학습 성취와 효과 또한 더욱 명확해진다. 이는 글쓰기 교육 주체인 학습자에게 또다른 글쓰기를 향한 새로운 동기 유발 계기가 될 수도 있을 것이다.

게 이행했는지, 교수자가 제안한 글쓰기 단계상의 목표를 성실하게 이해하고 이를 수행하려 했는지 여부 등을 주요 요소로 평가하는 것이다.

4. '자기 탐색' 글쓰기 교육의 실행 : 구전이야기 '다시쓰기(Re-Writing)'의 활용

앞에서 제시한 글쓰기 교육 프로그램에서, 자기 탐색 및 자기 서사 재구성의 글쓰기 활동이 가장 심화되는 4단계라고 할 수 있다. 이 단계에서 가장 많이 활용된 주제는 '자기 상실을 애도하는 글쓰기'였는데 이를 위한 자기 탐색 활동에서 활용된 텍스트는 '아기장수'라는 구전이야기였다. 구전이야기를 활용한 글쓰기 교육은 최근 여러 연구자들에 의해 제기된 바 있는데 이른바 '문학치료' 영역에서 가장 활발하게 다루어지고 있다.[45] 자기 탐색과 자기 서사 구성의 글쓰기 활동에 구전이야기를 끌어

45 '문학치료'는 문학 텍스트를 활용한 심리치료를 목표로 한다. 이 분야에서 구전이야기를 활용하여 자기 서사 탐색 글쓰기에 접목시킨 사례를 들면 다음과 같다. 강미정, 「〈해명태자 이야기〉의 감상과 자기서사의 탐색」, 『문학치료연구』 1, 한국문학치료학회, 2004, 55~96쪽; 강미정, 「우울증 서사로 보는 〈콩쥐팥쥐〉·〈상사뱀〉·〈고분지통〉」, 『한국고전연구』 16, 한국고전연구학회, 2007, 265~292쪽; 강미정, 「분노 관련 설화를 통한 우울증 극복 가능성의 탐색」, 『고전문학과 교육』 22, 고전문학교육학회, 2011, 21~63쪽; 김정애, 「〈아기장수〉 설화에 나타난 말겨루기의 서사적 특성과 그 문학치료적 의의」, 『문학교육학』 29, 한국문학교육학회, 2010, 231~256쪽; 성정희, 「우울증에 대한 문학치료학적 접근과 서사지도」, 『문학치료연구』 14, 한국문학치료학회, 2010, 141~166쪽; 이인경, 「〈왕이 된 새샙이〉 설화의 해석에 투영된 자기서사」, 『어문론총』 50, 한국문학언어학회, 2009, 137~162쪽; 정운채, 「오줌 꿈을 사는 이야기의 전승 양상과 문학치료학적 의미」, 『국문학연구』 5, 국문학회, 2001, 28~299쪽; 정운채, 「우울증에 대한 문학치료적 이해와 〈지네각시〉」, 『문학치료연구』 5, 한국문학치료학회, 2006, 161~170쪽; 정운채, 「편집성 성격장애에 대한 문학치료학적 접근」, 『고전문학과 교육』 18, 고전문학교육학회, 2009, 179~203쪽; 정운채, 「〈여우구슬〉과 〈지네각시〉 주변의 서사지도」, 『문학치료연구』 13, 한국문학치료학회, 2009, 327~361쪽; 정운채, 「분노에 대한 문학치료학적 접근과 서사지도」, 『문학치료연구』 14, 한국문학치료학회, 2010, 305~326쪽; 정운채, 「문학치료와 자기서사의 성장」, 『우리말교육현장연구』 4집 2호(통권 7호), 우리말교육현장연구회, 2010, 7~54쪽; 조은상, 「〈효불효 다리〉의 반응을 통해 본 우울성향 자기서사의 양상」, 『문학교육학』 30, 한국문학교육학회, 2010, 423~463쪽; 조은상, 「〈구렁덩덩신선비〉의 각편 유형과 자기서사의 관련 양상」, 『겨레어문학』 46, 겨레어문학회, 2011, 291~327쪽; 하은하, 「대학생 K의 살아온 이야기에 대한 자기서사 분

들일 수 있는 근거는 다음과 같다.[46]

첫째 우리는 이야기에 따라 삶을 살아가며 이때 이야기는 정체성과 삶의 방식, 세계 인식 태도, 심리적 기제 등에 영향을 미친다. 둘째 이야기는 사회적으로 구성되는 것이므로 기존 이야기에 대한 분석과 비판은 기존 가치 질서와 규범, 표준화 시스템 등에 대한 문제제기를 촉발한다. 셋째 이야기가 바뀌면 삶이 달라지므로 문제에 얽매여 있는 이야기를 변화시켜 삶의 변화를 모색할 수 있다. 넷째 삶에서 직면하는 문제를 본질화하는 태도에서 벗어나야 문제로부터 해방될 수 있다. 문제에 지배당한 서사에서 벗어나야 하는데 이를 위해서는 문제를 사람에게서 분리시켜 사고하는 성찰적 태도가 요구된다. 이와 같은 태도는 '내가 바로 문제'라는 생각에서 벗어날 수 있게 도울 뿐 아니라 문제를 개인의 영역에 국한하지 않고 사회적 차원에서 재사유하도록 자극한다.[47] 다섯째 지배

석」, 『겨레어문학』 41, 겨레어문학회, 2008, 399~423쪽.

46 이 글에서 구전이야기를 활용한 자기 서사 탐색과 재구성 활동은 '이야기치료(narrative therapy)의 시각과 문제의식을 공유한다. 그 구체적인 내용은(김영희, 「구전이야기 '다시쓰기(Re-Writing)'를 활용한 자기 탐색 글쓰기 교육」, 『구비문학연구』 34, 한국구비문학회, 2012, 185~242쪽) 참조.

47 구전이야기 다시쓰기 제안의 이론적 토대를 제공하는 것 가운데 하나는 이야기치료(narrative therapy)다. 이야기치료는 살아가는 대로 이야기를 만들어내는 것이 아니라 이야기대로 살아가게 된다는 명제에서 출발한다. 사람들에게는 저마다 믿고 의지한 채 살아가는 자신만의 이야기가 있기에 삶을 바꾸려면 이 이야기를 바꿔야 한다는 것이다. 이야기치료의 연구자들은 삶의 모든 문제는 결국 사회적 관계를 반영하는데 이를 제대로 고찰하지 않고 문제에 얽매이게 되면 문제에서 빠져나오지 못한 채 문제에 고착된다고 말한다. 문제를 본질화하여, 문제를 전면화한 이야기에 지배당한 채 살아가게 된다는 것이다. 이에 따라 이야기치료의 연구자들은 문제를 사람에게서 분리하여 대상화하는 대화 기법으로서 '외재화 대화(externalizing conversation)'를 제안한다. 외재화 방식은 '사람이 문제가 아니라 문제가 문제라는 인식'에 토대를 두고 있으며, 자신이 심각한 위기로 경험하고 있는 문제가 자신의 본질을 반영하는 것이 아니라 그저 문제일 뿐이라는 사실을 자각하도록 촉진한다. 개개인이 스스로 '문제'로 인식하고 있는 어떤 상황을 사회적인 맥락에서 재사유하도록 제안하는 것이 이야기치료의 핵심

담론에 동화되어 스스로 주목하지 못했던 자기 자신만의 차이나 삶의 세부, 가치를 부여하지 못했던 소소하지만 특별했던 경험 등에 새로운 의미를 부여해야 한다. 여섯째 구전이야기는 문제에 잠식당한 기존의 이야기를 비판적으로 사고케 하고 새로운 대안적 이야기의 구성을 촉진하는 텍스트로 기능할 수 있다.

자신의 삶을 지배하는 이야기를 탐색하고 이를 통해 자기 서사를 재구성하기 위해서는, 학습자의 사회문화적 조건을 고려하여 이들에게 가장 주도적으로 제기되는 문제를 다루는 이야기를 선택하는 것이 중요하다. 이와 같은 이유로 선택할 수 있는 텍스트는 〈아기장수이야기〉다. 〈아기장수이야기〉는 집단 동일성에서 배제되는 차이의 문제, 사회화 과정에서 강조되는 표준화 기제의 문제 등을 제기하는 텍스트로 재해석, 재맥락화될 수 있기 때문이다. 이 글에서 다루고 있는 글쓰기 교육 프로그램은 대학 신입생들을 대상으로 한 교수-학습 활동이며, 20대 초반의 학습자들은 본인들이 직면한 최우선의 과제가 사회입문과 정체성 구성에 직결되어 있음을 고백한 바 있다.

1단계 글쓰기 활동에서 학습자들은 '자기 서사'를 통해 드러나는 갈등의 핵심 내용을, 자신이 속한 집단이 요구하는 기대 역할 수행의 어려움, 사회적 규범이나 가치에 대한 양가적 태도, 집단 동일성과 개별적 자질 사이의 갈등, 집단의 표준과 동질화된 흐름에서 배제될지 모른다는 불안 등으로 열거하였다.[48] 이와 같은 성찰 결과를 토대로 교수자는, 사회입

적인 관점이라고 할 수 있다. 이야기치료는 이와 같은 과정을 거쳐 자신의 삶을 지배하던 이야기에서 벗어나 새로운 '대안적 이야기'를 구성할 수 있다고 주장한다(마이클 화이트, 『이야기치료의 지도』, 이선혜·정슬기·허남순 공역, 학지사, 2010, 33쪽).

48 1단계 성찰과 글쓰기 과정에서 학생들은 자기 내면의 모순과 양면성에 주목했으며, 자기를 규정하는 집단(가족, 학교, 지역, 젠더 등) 정체성과 이와 같은 정체성에 대한 양가적 태도에 초점을 두고 자신의 이미지를 구축하였다. 또한 상실과 좌절의 경험,

문의 여정을 관통하고 있는 학습자들이 직면한 실존적 과제를 '공동체의 가치와 규범을 인식하고 내면화하는 동시에 이에 대한 성찰적 거리를 유지하면서 자기 존재에 대한 긍정이나 개별적 가치의 소중함을 재인식하는 단계로 나아가는 일'로 파악하였다. 이에 따라 '집단 동일성에서 벗어난 차이의 배제와 자기 거세'를 핵심 주제로 다루는 〈아기장수이야기〉를 '자기 탐색' 활동을 여는 핵심 텍스트로 선정한 것이다.

〈아기장수이야기〉

1. 옛날 어느 집안에 날개 달린 아이가 태어났다.
2. 태어난 지 얼마 지나지 않은 때에 우연히 그 어머니가 아이의 남다름을 발견하였다.
3. 어머니가 자신의 남편에게 자신이 발견한 사실을 말하였다.
4. 아이의 부모가 가족, 친지, 이웃, 가문의 어른 등과 의논한 끝에 아이를 죽이기로 하였다.
5. 그들은 아이가 자라 역적이 되어 그들 모두에게 치명적인 위협이 될 것이라 생각하였다.
6. 쉽사리 죽지 않는 아이를 부모 등이 다함께 어렵게 죽였다.
7. 아이가 죽고 나자 용마가 나타나 울다 사라졌다.
8. 용마가 나타났던 산, 용마가 들어간 소(沼), 용마가 남긴 발자국 등이 아직도 남아 있다.

교수자는 1차시 수업에서 학생들에게 위와 같은 내용으로 〈아기장수이야기〉를 들려주고 다음과 같은 몇 가지 질문을 던졌다.[49]

타자와의 관계 설정의 어려움, 자신에게 기대되었던 사회적 역할의 성공과 좌절, 자신에게 강제되었던 사회적 규범과 가치를 수용하거나 이에 동화되는 과정에서 경험한 내적 갈등, 특정 경계 바깥으로 밀려나 소외된 느낌을 받았던 시기에 겪었던 존재의 부대낌 등을 자기 서사 구성의 핵심 사건으로 열거하였다.

1. 이야기에서 ‘날개’가 상징하는 것은 무엇인가?
2. 이야기에서 ‘날개’는 왜 위험한 요소로 인식되었는가?
3. ‘날개’를 위험 징후로 판단한 주체는 누구인가?
4. 아기장수의 죽음을 요구하는 것은 누구, 혹은 무엇인가?
5. 아기장수의 죽음을 둘러싼 갈등의 핵심 내용은 무엇인가? 부모-자식 사이의 갈등인가, 구질서와 신질서 사이의 갈등인가, 집단과 개인 사이의 갈등인가?
6. 이야기에 등장하는 각 인물의 입장에서 상황을 재해석했을 때 어떤 점을 새롭게 인식할 수 있는가? 각 인물의 입장과 해명은 무엇인가?
7. 아기장수의 죽음은 부당한가? 부당하다면 왜 그러한가?
8. 〈아기장수이야기〉를 듣고 자란 아이들의 내면에서는 어떤 일이 발생했을까?
9. 자신에게는 아기장수의 ‘날개’와 같은 것이 없는가?
10. 이야기의 문맥을 바꿀 수 있다면 어디를 어떻게 바꾸고 싶은가? 왜 그러한가?

교수자는 이와 같은 질문을 가지고 모둠별로 토론을 시행한 후에 담화 공동체 전체가 참여하는 토론식 수업을 진행하였다. 최소한 세 개의 층위-학습자 개인, 소규모 토론 집단으로서의 모둠, 담화 공동체 전체-에서 텍스트 독해가 이루어진 셈이다. 이 과정에서 학생들은 ‘아기장수’의 죽음이 부당하다는 반응을 보이거나 ‘아기장수’의 죽음을 요구하는 집단의 논리와 이를 대리 실행하는 부모에 대해 분노의 감정을 드러내기도 했다. 그러나 그보다 더 강렬하게 나타나는 반응은 자기 상실의 재발견이었다. 학생들은 자신들도 ‘날개 달린 아기장수’로 태어났으나 무수한 무의식적

---

49 이는 텍스트 해석을 추동하는 비계 설정으로, 학생 개개인의 해석적 활동을 유인하면서 담화 공동체 전체가 참여하는 토론식 수업과 모둠별로 실행되는 소규모 토론-집단적인 텍스트 독해-의 흐름을 잡아주는 이정표 역할을 한다.

상실과 자기 거세 과정을 거쳐 지금처럼 집단 동일성과 집단 가치·규범에서 벗어나지 않는 공동체 구성원으로 거듭났음을 토로하였다.

2차시 수업에서 교수자는 위의 내용으로 구성된 〈아기장수이야기〉 텍스트를 프린트물로 나눠주고 학생들이 각자 개별적으로 이야기에 대한 밀도 높은 해석을 단행하게 한 후 그 내용을 토대로 이야기의 맥락을 바꾸는 '다시쓰기'를 실행케 하였다. 다시쓰기 과정에서는 선행 텍스트에 대한 해석의 내용을 반드시 기술하고, 새로운 이야기 텍스트를 만들어내는 과정에서 글쓰기 주체 스스로 초점으로 삼은 것이 무엇인지 밝히도록 제안하였다. 학습자들은 상황과 조건에 따라 자신이 '다시쓰기'한 것만을 보기도 하고, 동료들이 '다시쓰기'한 이야기 텍스트를 함께 공유하기도 했다. 그리고 이를 통해 자기 탐색 주제를 한층 심화시킨 후 자신이 잃어버린 '날개'를 애도하는, 자기 상실 애도의 글쓰기라는 다섯 번째 단계로 이행하였다.

〈아기장수이야기〉의 주제 효과는 공동체의 규범과 가치를 내면화하고 동질화 요구에 자발적으로 굴복하는 동화와 순응의 주체화 과정을 촉구하거나 무의식적으로 강제하는 데 있다.[50] '날개' 달린 존재로서는 죽고 '날개'를 스스로 거세하고 공동체의 일원으로 거듭난 자만이 사회적 주체로 그 존재 가치를 유지하고 설득할 수 있다는 메시지를 전달하는 이야기인 것이다. 여기서 '날개'는 집단 동일성에서 벗어난 차이를 상징한다. 집단 동일성에서 벗어난 차이가 집단을 파멸시킬 위험 징후로

50 〈아기장수이야기〉는 '집단 동일성이나 공동체적 질서 및 가치 규범에의 순응과 동화, 그리고 그에 대한 반항'이라는 주제를 환기하는 구전이야기다. 현재까지 전국 각지에서 수백 편의 자료가 조사·보고된 이 이야기는 과거 사회입문을 앞둔 남자 아이들이 남자 어른들에게 전해들은 이야기로, 남성 주체의 사회입문, 곧 남성 주체로의 호명(呼名)이나 주체화(subjectivation) 과정에 작용하는 구전서사라고 할 수 있다(김영희, 「비극적 구전서사의 연행과 '여성의 죄'」, 연세대 박사학위논문, 2009 참조).

포착되는 것이다. 이 때문에 집단은 아기장수에 대해 근친살해로 대리된 집단살해라는 처벌을 내린다. 아직 나이 어린 아기 상태에서 맞이하는 부모에 의한 살해는 다른 어떤 폭력보다도 더 큰 공포와 불안을 자아내는 사건으로, 아기장수의 죽음은 이야기 속 사건인 것만으로도, 직접 사건을 경험하는 것이 아니라 이야기를 통해 간접 경험하는 이들에게도 거세 불안을 증폭시킬 만큼 커다란 파괴력을 지니고 있다. '날개' 달린 아이가 '날개' 없는 사람들의 세상에 태어났기 때문에 그것이 아무리 신성 징표라 할지라도 '날개' 달린 아이는 이 세계에 용납되지 못할 존재로, 결국에는 세계 바깥으로 내쳐질 운명에 처해 있다. '날개' 달린 존재로서는 죽고 공동체가 용납하고 호명하는 존재, 곧 공동체적 동일성에 준하고 표준화 기제에 부합하는, 그리하여 공동체적 정체성을 몸과 마음에 기입한 존재로 거듭나야 하는 것이다.

이렇게 해서 〈아기장수이야기〉는 학습자들에게 공동체와 개인 사이의 갈등, 공동체적 동일성에서 벗어난 개별적 차이의 인식, 부모세대와 자식세대 사이에 존재하는 가치의 차이로 빚어지는 갈등, 집단의 배제와 소외의 불안, 집단의 폭력이나 구조적 억압에 대한 트라우마 등을 환기시킨다. 소규모 토론과 전체 토론, 이야기 향유와 교수자와의 대화 등을 통해 20대 초반의 청년들은 이야기가 암시하는 주제를 자신들의 삶의 영역으로 끌어들여 적극적으로 재사유하기 시작한다. 그리고 자신들의 내면에 스스로도 인지하지 못한 채 존재하던 어떤 상실들을 발견하고 이를 글쓰기로 실행하게 되는 것이다. 이는 자기에게 일어났던 무의식적 상실을 성찰하고 이를 재인식함으로써 이와 같은 상실을 스스로 애도하는 과정으로 의미화할 수 있다.

학습자들의 다시쓰기 활동 결과물에 나타난 가장 뚜렷한 특징은 아기장수의 '날개'로 표상되는 '차이'가 수용되는 방향으로의 변화이다. 가장 많이 나타나는 경향은 〈학생글1〉에서처럼 공동체의 거부에도 불구하고 부모만은 아이를 보호하며 그의 생명을 지켜낸다는 내용으로의 변화다. 해당 이야기에서 부모가 아기장수에게 들려주는 말은 마치 글쓴이가 부모에게서 듣고 싶은 이야기인 것처럼 읽힌다. 이런 부류의 텍스트에서 나타나는 변화는 학생들이 기대하는 최후의 안식과 수용의 주체가 누구인지 짐작케 한다. 학생들의 서사에서는 부모의 인정과 수용을 갈구하는 마음과 세상에 용납되기를 바라는 욕망, 곧 인정 욕구가 매우 강하게 드러났다.

〈학생글1〉

– 전략 – 아이의 부모는 남들과는 다른 이 아이를 키우는 것이 걱정이 되었지만, 자신의 사랑하는 딸이었으므로 최선을 다해 기르기로 마음먹었다. 아이가 커감에 따라 날개도 조금씩 커졌고 이는 곧 사람들의 입에 오르내리게 되었다. – 중략 – 부모와 아이는 심한 마음고생을 겪었고 심지어 아이는 울면서 자신의 날개를 떼어버리려고 했다. 부모는 아이를 달래며 "너는 저주를 받은 것도 아니고, 천벌을 받은 것도 아니다. 너는 그저 남과 조금 다른 모습을 가진 것뿐이야. 그 날개를 잘 발달시키면 너에게 큰 이점이 될 수도 있을 거야."라고 말했다. 아이는 부모의 말을 듣고 마음을 고쳐먹었다. 그리고 자신의 날개를 소중히 여기면서 나는 연습을 하였다. 오랜 기간의 연습 후 그녀는 훨훨 날고 있는 자신을 발견하였다. 그때부터 그녀는 자신의 날개를 이용하여 마을 사람들을 도와주었다. – 중략 – 이러한 그녀의 소문이 임금의 귀에까지 들어갔다. – 후략 –

(2003년 연세대 글쓰기 조○○)

〈학생글1〉과 같은 사례가 〈아기장수이야기〉 다시쓰기 활동의 결과물로 가장 쉽게 접할 수 있는 텍스트이다. 또다른 학생은 아이의 날개를 불길하게 여겨 아이를 해하려는 부모와 자신의 입장을 항변하며 부모를 설득하는 아기장수를 그려내기도 했다.(2003년 연세대 글쓰기 태○○) 이런 종류의 이야기에서 아기장수는 살아남아 세상을 이롭게 하는 각종 활동을 전개하는 것으로 형상화된다. 학생들은 아기장수의 날개로 표상되는 '차이'가 결과적으로 세상을 이롭게 하리라는 믿음을 갖고 있으며 이에 대한 의지와 희망을 이야기를 통해 표현하고자 하였다. 특히 학생들의 이야기 변형에서 두드러지게 드러난 것은 아기장수의 날개에 대한 세상의 승인, 곧 사회로부터 인정받고자 하는 욕구의 표출이었다.

학생들의 이야기에서 나타나는 두드러진 특징 가운데 하나는 부모의 보호와 수용을 중요하게 생각하고 이를 갈망하는 태도를 적극적으로 드러내는 것이다. 한 학생의 이야기에서 아기장수의 부모는 세상에 거칠게 대항하며 자기 자식인 아기장수를 보호한다.(2004년 연세대 글쓰기 김○○) 결국 아기장수의 부모는 마을 사람들에게 죽임을 당하면서 아들에게 '사람들을 미워하지 말고 네 가치를 스스로 증명하라'는 유언을 남긴다. 그날 밤 마을에 큰 비가 내려 둑이 무너져 내릴 위기에 처했는데 아기장수가 마을을 구하고 본인은 죽음을 맞이하고 만다. 이 이야기에서는 부모의 헌신적인 보살핌과 적극적인 수용이 극단의 상황에서도 아들로 하여금 폭력과 복수가 아닌 용서와 희생의 길을 선택하게 하는 긍정적인 결과를 낳게 됨을 보여준다.

〈학생글2〉

– 전략 – 이 날개는 왕좌에 앉는 이에게 대대손손, 그리고 영겁으로 이어지는 번영을 약속하는 증표로, 이를 떼어다 왕에게 바치는 자 역시 대대손손 이어지는 부귀와 명예를 보장받을 수 있었다. – 중략 – 폭정으로 이름난 왕에게 날개를 바치는 대가로 평범한 아이와 함께 빼앗길 염려 없는 부귀영화를 누릴 것인지, 아니면 자신들의 아이에게 새로운 시대의 도래를 가능하게 할 영광된, 그러나 대단히 위험한 운명을 열어줄 것인지, 부부는 한참을

고민했다. -중략- 그들은 아이와 날개를 함께 기르기로 결정했다. -후략-
(2003년 연세대 글쓰기 신○○)

〈학생글2〉에서도 아기장수의 날개와 생명이 보존되고 결국 그의 존재가 세상에 용납되거나 승인되는 변화가 나타나지만, 이 텍스트에서는 아기장수의 부모에 대한 감정이입과 동일시가 강하게 나타난다. 이야기에 대한 첫 번째 해석에서 학생들은 대부분 아기장수를 감정이입의 대상으로 삼는다. 그러나 이야기 독해가 반복될수록 학생들의 감정이입 대상은 점차 아기장수의 부모에게로 이동하는 경향이 나타난다. 초점화되며, 아기장수의 생존은 오로지 부모의 결단에 의한 것으로 그려진다. 아기장수의 부모는 세상에 맞서면서까지 아기장수를 살리고 그의 입장을 지지하는 편을 택한다.

또다른 학생의 글(2004년 연세대 글쓰기 안○○)에서는 아기장수의 날개가 위험 징후로 인식되지 않고 세상에 보탬이 될 만한 경이로운 능력으로 평가받는다. 문제는 이 때문에 아기장수가 오만과 독선의 주인공이 되어 그를 지지하고 보호하던 왕의 죽음 후에 사형을 당하게 된다는 점이다. 이 이야기에서 아기장수의 날개는 이야기 속 인물들이 아니라 바로 글쓴이에 의해서 부정적인 평가 대상이 된다. 글쓴이는 남다르게 뛰어난 능력이 결국 오만과 독선의 징표이며 이것이 자기 자신을 파멸에 이르게 하리라고 해석하고 있다

비극적 결말을 그려내는 다른 글(2004년 연세대 글쓰기 김○○)에서는 성장한 아기장수가 또래 집단의 집단 폭력에 의해 죽임을 당한다. 그 후 부모는 다시 발에 물갈퀴가 있는 딸을 낳았는데 딸이 똑같은 일을 당할 것을 염려한 부모가 딸을 죽이자 뒷산에서 먼저 죽은 아이의 오빠가 나와 울다가 앞 소로 사라진다. 이 이야기에서는 아기장수의 차이에 대한

공동체의 폭력이 학생들이 흔히 경험하는 또래집단의 폭력으로 구체화되고 있으며 이 폭력의 상흔이 오래도록 남아 또다른 비극의 원인이 되고 있다.

자기 서사의 개입이 적극적으로 드러난 것으로 보이는 학생 글 하나는 매우 흥미로운 이야기의 변형을 보여준다.(2004년 연세대 글쓰기 민○○) 학생의 글에서 아기장수의 부모는 아이의 비범한 능력을 확신하고 가난하지만 최선의 노력을 다해 의사로 키우고자 한다. 학생은 "아이는 가난한 부부의 희망이었다. 부부는 아이를 의사로 키우고 싶었다. 아들이 의사가 되어 돈을 많이 벌어오면 큰 집에서 맛있는 음식과 함께 한가로운 노년을 보내고 싶은 것이 그들의 소망이었던 것이다."라고 서술하였다. 학생이 만든 이야기에 따르면 아기장수는 코미디언이 되고 싶었으나 이를 알게 된 부모와 갈등하게 되고 결국 고민 끝에 코미디언 시험에 응시하게 된다. 그러나 아기장수는 현실의 벽에 부딪혀 연달아 좌절하다가 어느날 문득 '자신이 원했던 것은 사람들을 즐겁게 해 주는 것이었다'는 사실을 깨닫고 보수에 상관없이 남들을 즐겁게 하는 일을 찾아 몰두하기 시작한다. 몇 년이 지난 후 아기장수는 부모를 찾아가 부모와 화해하게 된다. 이때 부모는 아들에게 '아들이 바라던 삶을 몰라주고 자신들의 욕심에만 맞추려 했던 것'을 진심으로 사과한다.

이 글에서는 공동체의 개입은 지워진 채 아기장수와 부모의 갈등이 극대화되며 이 과정에서 자기 욕심과 의지에 따라 아들을 조정하려는 부모의 그릇된 욕망과 자신의 행복을 찾아 부모로부터 독립하려는 아들의 자존적 의지가 충돌하는 장면이 그려진다. 아들을 자신과 다른 독립된 개체로 인정하고 아들을 자신으로부터 분리시키려는 노력을 하지 않는 부모와, 부모로부터 독립하여 자신의 삶을 살아가려는 아들 사이의 갈등은 결국 '부친살해'의 성공과 가족의 화해라는 행복한 결말로 귀결된다. 이것은 이야기를 만들어낸 학생이 직면한 문제와 이 문제의 해결 방향에 대한 학생의 기대가 무엇인지 짐작케 한다.

아래 〈학생글3〉도 이와 유사한 구도를 보여주는 이야기다. 글쓴이는 위 사례와 마찬가지로 자식을 자신들의 욕망을 충족하는 대리물로 삼은 부모의 태도를 비판적으로 그려내고 있다. 그런데 이 이야기에서는 부모의 문제가 훨씬 구체적으로 드러난다. 부모는 아들을 특정 성취 목표를 향해 무조건 밀어붙이기만 하고 있다. 비를 맞아 날 수가 없는데도 아들의 사정을 고려하지 않은 채 훈련을 계속하며 아들은 자신의 상황이 어떠한지 부모에게 말하지 않는다. 부모와 아들 사이에는 소통 부재의 상황이 지속되고 있는 것이다. 아들은 결국 부모에게서 독립하여 세상으로 나간 후 자기 방식으로 훈련을 계속하여 안정적으로 날 수 있는 능력을 획득하게 된다.

〈학생글3〉

– 전략 – 비천한 신분의 아이가 남다른 능력을 타고났으니 집안에 부와 명예를 가져다줄 거라는 것이 그들의 생각이었다. 부부는 아이가 높은 창공에서 씽씽 날아다니는 모습을 상상하면서 나는 훈련을 시켰다. 아이는 곧잘 날아올랐고 그럴 때마다 부모는 더 높은 곳까지 날아오르도록 훈련시켰다. 아이 스스로도 언젠가 하늘 높이 날 것이라고 확신하면서 열심히 나는 훈련을 하였다. 부모는 아이가 하늘 높이 날아오르는 그날만을 기다리면서 그 정도까지 날아오른 후엔 아이가 집안에 무슨 선물이든지 가져올 거라 내심 기대하고 있었다. 그러던 어느 날 갑자기 천둥 번개가 치면서 비가 억수로 쏟아졌다. 비는 계속해서 내리다가 세 달 만에 그쳤다. 비는 그쳤으나 날씨는 계속 습했고 좀처럼 습기가 가시지 않았다. 날개가 눅눅해진 아이는 예전처럼 날 수가 없었다. 부모는 비 오는 동안 훈련을 못했기 때문에 높이 못 나는 것이라며 아이를 꾸짖었다. 습기에 날개가 눅눅해져 아이가 잘 날지 못한다는 것을 깨닫지 못하고 부모는 계속해서 아이를 날

> 도록 훈련시켰다. 자신이 왜 날지 못하는지 잘 아는 아이는 소용없다고 했지만 부모는 알아듣지 못했다. 아이는 결국 집을 나와 큰 세상으로 나갔다. 겨드랑에 달린 날개를 본 사람은 깜짝 놀라면서 그 아이를 부러워했지만 아이는 우울해지곤 하였다. -후략- (2004년 연세대 글쓰기 유○○)

뜻밖에도 학생들의 글 중에는 이처럼 자식을 도구화하거나 자식을 자신들의 욕망을 대리 실현하는 존재로 삼는 부모들의 모습을 초점화한 이야기들이 상당수 존재한다. 이들 이야기에서 아기장수의 부모는 능력이 되지 않는 아들을 의대에 보내려 고액 과외를 받게 하거나 각종 비리를 저지르기도 하고(2004 연세대 글쓰기 정○○), 자녀에 대한 투자를 인생역전의 기회로 삼아 편안한 노후를 보장받기 위해 가난을 무릅쓰고 과도하게 아이에게 투자하는 모습으로 그려지기도 한다.(2003년 연세대 글쓰기 이○○) 전자의 이야기에서 아기장수는 각종 비리와 부정을 저지르는 의사로서 살아가고 후자의 이야기에서 아기장수는 성공한 후에 자신의 성공은 모두 자기 노력의 결과라며 부모의 기대를 저버린다.

이와 유사한 것으로, 부모가 가난한 살림에 집안의 돈을 몽땅 털어 강남 8학군으로 이사가 키워낸 아기장수가 결국 부모들만을 위하지 않고 세상을 널리 이롭게 하는 사람이 되기 위해 나환자들을 위한 어의가 되어 떠나는 이야기도 있다.(2004년 연세대 글쓰기 홍○○) 이 이야기에서도 아기장수는 부모의 기대를 저버린다. 아기장수의 날개를 구경거리로 만들어 돈을 벌려한 부모들의 이이야기도 존재한다. 아기장수의 부모가 사람들의 이목이 집중되는 곳에 자식을 내보내 돈을 벌고, 이 과정에서 부모에게 도구로 쓰인 것을 알고 아기장수가 스스로 자살을 택하는 이야기(2004년 연세대 글쓰기 조○○)도 있다. 또 돈벌이로 이용되던 아기장수가 임금에 의해 전쟁 도구로 쓰인 후 다시 전쟁의 제물로 희생되는 내용의 이야기(2004년 연세대 글쓰기 이○○)도 있다.

학생들이 만들어낸 이야기들에서 부모와 자식 사이의 관계 문제를 제기하는 작품이 많은 것은 흥미로운 결과였다. 특히 자식을 도구적 존재나 대리물로 활용하는 부모의 모습은 학생들이 만들어낸 어느 이야기에서나 상세하게 그려졌다. 어떤 이야기에서는 아기장수가 부모의 이와 같은 욕망과 의지에 대항하여 자신의 독립을 성취하기도 하고 다른 이야기에서는 결국 부모로 인해 비극적인 죽음을 맞이하기도 한다. 학생들이 아기장수의 이야기를, 자식을 독립시키지 않으려는 부모에 대항하여 스스로 분리되고자 애쓰는 아들의 이야기로 재맥락화하는 것은 학생들의 삶의 문제와 연관된 재해석과 창작의 결과로 보인다.

학생들은 이처럼 〈아기장수이야기〉를 자신들이 직면한 삶의 문제에 관한 서사로 읽어냈다. 그리고 이야기 '다시쓰기'를 통해 자신들의 삶의 문제가 어떤 쟁점을 내포하고 있는지 드러내고 이와 같은 문제를 어떻게 해결하고 싶은지 자신들의 바람을 토로하였다. 이와 같은 새로운 이야기의 창작은 학생들이 자기 서사를 새롭게 탐색하거나 자기 서사의 내용을 재구성하는 계기를 만들었다. 특히 학생들은 자신들이 '다시쓰기'한 이야기 텍스트를 다시 분석적으로 살펴보면서 자신이 미처 인식하지 못했던 자기 삶의 문제를 발견하기도 하고 자기 안에 잠재되어 있던 욕망과 분노의 정체를 확인하기도 하였다. 때로는 '다시쓰기'한 구전이야기 텍스트를 통해 해묵은 자신의 상처를 발견하기도 하고, 오랫동안 자신을 괴롭혀와 스스로도 의식하지 못한 사이에 무의식의 수면 아래 깊숙이 묻어둔 삶의 문제를 고통스럽게 재발견하기도 하였다. 그러나 학생들은 이 과정을 통해, 스스로 얽매여 있던 삶의 문제를 자신에게서 떼어내 새로운 맥락 속에서 고찰할 내적인 힘을 얻게 되었다고 고백하였다.

5. '자기 탐색' 글쓰기의 효과와 의미

5.1. 형식화된 글쓰기의 한계 극복과 글쓰기 교육의 정체성 재정립

'자기 탐색'의 글쓰기는 '글쓰기의 긴장감과 부담감을 줄이고 주어진 화두에 대해 보다 진지하고 깊이 있게 생각해 볼 수 있는 장을 자연스럽게 마련함'[51]으로써 글쓰기의 동기를 새롭게 부여하고 글쓰기 주체가 능동적으로 글쓰기에 참여할 수 있는 계기를 열어준다. 표현 능력의 회복은 글쓰기의 도구적 목적에 치우친 형식화·획일화된 글쓰기로 인한 잘못된 습관을 극복하는 과정으로 연결될 수 있으며 이를 통해 글쓰기 교육의 정체성이 인문학적 기반 위에서 새롭게 정립될 수 있다.

특히 입시 위주의 교육 풍토 속에서 기형적인 읽기 교육('수능 시험' 유형의 문제 풀기를 위한 지문 읽기)과 논술 교육은 '내가 쓰지만 내가 없는 글'과 '내가 읽으면서도 내 머리로 사유하지 못하는 글'이라는 아이러니를 창출하는데 '자기 탐색' 활동은 글쓰기 주체를 글쓰기와 글읽기의 식민성을 극복하는 현장으로 이끈다.

> 〈학생글1〉 처음 억지 글을 쓰기 시작한 건 초등학교 입학 후였다. −중략− 중학교와 고등학교 때에도 크게 달라진 건 없었다. '입시'라는 이유 하나로 학생들을 강제로 글쓰기 대회에 참가시키고 여러 편의 논술문을 쓰게 한다. 주어진 주제를 주어진 형식에 맞게 써야만 혼나지 않고 좋은 대학에 들어갈 수 있다고 학생들은 세뇌 당한다. 이런 이유와 사정 때문에 그들은 자기가 진정 쓰고 싶은 글이 아닌 억지로 채점 기준에 맞는 글을 쓰게 되는 것이다. 이런 초·중·고등학교를 지내오면서 글쓰기에 대한 반감은 점점 더 증폭되었다. 내 마음이 담긴 글이 아닌 칭찬을 얻기 위한 글이 절대 제대로 써질

51 박현이, 앞의 논문, 112쪽, 20~121쪽.

리 없다. 사회에서 약속한 틀과 내용에 맞게 쓴 글이 사회로부터 인정 받을 수 있을지 몰라도 아름다운 글이 될 수는 없다고 생각한다. 가장 아름다운 글은 자신의 진심이 그 글에 담겨 있을 때 탄생하기 때문이다.

(연세대 공학계열 글쓰기 김○○)

〈학생글2〉 나는 어렸을 때 창작가였다. 학교 신문이 발간될 때마다 시작(詩作)란의 한 칸은 언제나 나의 차지였고 친구와 연습장에 캐릭터 만화를 빼곡히 채워 넣어 나만의 만화책을 만들기도 했다. 글 쓰는 일이 즐거웠고 글을 잘 쓴다는 칭찬을 듣기가 좋았다. 이것이 어렸을 때의 나였다. 시간이 흘러서 중학생이 되고, 고등학생이 되었다. 학교라는 하나의 사회에서 여러 규제를 받고 사회 속에서 인정받으려 노력하는 동안 어느새 나는 어렸을 때의 모습을 잃어버리고 또다른 내가 되어 있었다. -중략- 내 기분에 맞춰 행동하기보다는 남들을 먼저 생각하게 되고 글을 쓸 때는 내가 갖는 개인적인 감정이 아니라 철학적, 현학적인 깊이 있는 소재를 주제로 해야 한다는 생각에 사로잡히게 되었다. '나 자신의 글'보다는 '남이 보는 글'이 우선시되는 글쓰기가 된 것이다. -후략-

(연세대 공학계열 글쓰기 박○○)

〈학생글3〉 -전략- 블로그에 글쓰기가 내게는 글의 배설과 같다. 내용은 별 것 없고 그냥 일기일 뿐인데 쓰지 않으면 견딜 수 없다. 키보드를 잡고 두 시간씩 세 시간씩 쓰고 싶은 것은 넘쳐난다. -중략- 대입 논술 공부할 때, 끙끙대며 힘들어 하다가 결국 글을 완성한 적이 한 번도 없었다. 뻔한 주제를 주니까 나도 뻔한 글 이상은 쓰기 힘들어서 괴롭고, 어떻게든 안 뻔하게 쓰려고 하니까 또 괴롭고, 그런데 안 괴로운 척 하면서 써야 해서 또 괴로웠다. -후략- (연세대 인문계열 글쓰기 홍○○)

'자기 탐색'의 글쓰기 활동 가운데 하나는 '글쓰기 주체로서의 나'를 탐색하는 내용으로 구성된다. 글쓰기에 개입하는 다양한 욕망과 글쓰기 활동의 심리적·사회적 의미를 고찰하기에 좋은 텍스트(영화 한 편의 일부분)를 학습자들과 공유하고 몇 가지 세부 주제를 제시하여 모둠별로 토론하게 한다. 토론 주제는 '글쓰기를 매개로 한 소통', '글쓰기에 개입하는 권력 욕망', '글쓰기 과정에서의 자기 소외', '내면화된 타자의 시선과 글쓰기의 억압', '타자화로 인한 글쓰기의 형식화', '글쓰기 주체의 분열', '몸으로 익히는 글쓰기', '글쓰기와 자기 검열', '글쓰기를 통한 정체성의 수행' 등의 내용으로 구성된다. 학습자들은 이 과정에서 글쓰기에 대한 두려움과 부담, 글쓰기 과정에서 경험하는 억압 기제 등의 내용을 동료들과 공유하게 되는데 이때 자신의 첫 글쓰기 경험이나 글쓰기에 거리를 두게 된 계기, 혹은 그 반대의 경험 등을 토로하게 된다.

〈학생글1〉-〈학생글3〉에서 볼 수 있듯이, 학생들은 자신의 글쓰기 역사를 탐색하는 과정에서 어린 시절 글쓰기에 열중했던 자신의 모습을 기억해내고 자신이 왜 글쓰기를 싫어하거나 부담스럽게 여기게 되었는지 살펴보게 된다. 어떤 학생들은 단순하게 자신이 얼마나 글쓰기를 싫어하거나 두려워하는지 반복 발언하는 것으로 글을 마무리하기도 한다. 이런 경우 교수자는 개별 강평을 통해 한층 심화된 탐색을 촉진할 수 있다. 이와 같은 과정을 거쳐 학습자는 자기 안에 잠재되어 있던 글쓰기를 향한 열망을 발견하는 동시에, 그 열망을 사라지게 만든 것이 무엇이며 열망이 사라진 자리에 남은 것이 무엇인지 생각하게 된다.

계열별 글쓰기 활동을 비교해 보면 공학계열 학생들이 글쓰기를 두려워하거나 싫어하는 경우가 많은데, 이들 가운데는 한 학기 글쓰기 수업을 통해 자기 안의 글쓰기 에너지를 발견하여 학기가 마무리될 때쯤 눈에 드러날 만한 성과를 보이는 이들도 있다. 〈학생글1〉과 〈학생글2〉의 글을 쓴 공학계열 학생의 경우, 학기 초 강의시간에 자신은 글쓰기를 몹시 싫어할 뿐 아니라 글을 잘 쓰지 못한다고 선언한 바 있는데 실제로

'자기 탐색' 글쓰기 활동을 계속해나가는 동안 조금씩 잠재되어있던 표현 능력을 발휘하기 시작했다.

이와 같은 학생들이 고백하는 것은 초등학교 시절 일기 검사로 시작된 글쓰기에 대한 공포와 억압이 대학입학시험 준비 과정에서 최고조에 달했다는 사실이다. 돌이켜 보면 자신에게도 행복한 글쓰기의 기억이, 글쓰기에 열중했던 시절의 추억이 존재한다는 고백 또한 이들의 글에서 자주 발견되는 내용이다. 이들은 글쓰기를 멀리하게 된 이유로 타자의 시선과, 사회적 기준에 일방적으로 종속된 글쓰기 활동의 축적을 꼽고 있다. 사회적 인정과 권력 획득을 위해 도구화된 글쓰기에 열중하는 사이에 자기도 모르게 글쓰기를 향한 열정과 표현 의지를 점차 잃어버리게 되었다는 것이다.

학습자들은 교사와 학부모가 원하는 글쓰기, 학교 교육의 틀 내에서 좋은 평가를 받을 수 있는 글쓰기, 대학 입학시험에서 성공할 만한 글쓰기에 몰입하는 과정에서 타자의 목소리에 완전히 경도된 글만을 기계적으로 생산해내느라 자기 목소리를 잃어버렸음을 인식하게 된다. 사회화 과정에서 필연적으로 타자의 목소리를 내면화할 수밖에 없기에 글쓰기 주체는 분열되기 마련이지만, 내면에 억압된 자신의 목소리를 다시 끌어올리기 위해 노력하거나 점차 강화되는 자기 검열의 선을 성찰하지 않은 채로 형식화된 글쓰기에만 몰입하다 보면 글쓰기 주체는 '자기'를 잃어버리고 '타자'의 목소리만을 실어 나르는 도구적 존재로 전락하고 만다.

〈학생글4〉 -전략- 언제나 내 글은 정곡의 언저리를 뱅뱅 겉돈다. 그렇다고 내가 아무런 생각을 하지 않거나 아무것도 판단할 수 없는 것은 아니다. 글을 쓰기 전에는 많이 생각하고, 입장을 분명히 정리하는 과정을 충분히 거친다. 글을 쓰기 위해 펜을 드는 그 순간까지는 단호하고 결연한 의지에 가득 차 있지만 글을 써내려가기 시작하면서부터는 순식간에 겁쟁이로 돌변한다. -후략- (연세대 사회계열 최○○)

〈학생글5〉 언제부터인지, 어디서부터인지 알 수가 없다. 내가 인식하지 못하는 어느 순간부터 나는 원래 그러했던 것처럼 말하지 않게 되었다. 내 입이 닫히게 된 치명적인 사건이 있었던 것은 아니다. 어느 순간부터 나는 마음의 입은 꾹 다물고 머리 속 입으로 그저 하나마나한 말들만 쏟아내고 있었을 뿐이다. 마치 입은 열려 있지만 목구멍은 막혀 있는 기분이다. -후략- (연세대 사회계열 최○○)

〈학생글6〉 내 삶의 마지막 순간이 온다면, 나는 그날 몇 편의 글을 적고 있을 것이다. -중략- 아마도 그날은 모든 굴레를 집어던지고 가슴 속에 복받쳐 오르는 말들을 토해낼 수 있는 날이기 때문일 것이다. 나는 살면서 다른 사람들의 눈치를 본다. 아마 모든 사람들이 그럴 것이다. 한 마디 말을 할 때도 주위를 의식하게 되고 한 편의 글을 쓸 때는 더욱 그렇게 된다. 그래서 어쩌면 일생 동안 쓰는 글들의 대부분은 타인의 글이 아닐까 생각한다. 편지를 써도 어느새 내 안에는 타인의 시선이 들어와 써야 할 말들을 편집하고 있는 것처럼 나만의 글을 쓸 수 없는 것이다. -중략- 이 짧은 글은 타인이 봤을 때, 충분히 감정이 설명되지 않을 수도 있고, 정신이 오가는 급한 상황에서 쓴 글이라 두서없을 수도 있다. 하지만 이런 글이 정말 나의 글이 아닐까 생각한다. 다른 사람 어느 누구의 시선을 신경 쓸 겨를도 없이 가슴 속에서 목이 터져라 올라오는, 뜨거운 무언가에 집중해서 쓴 글이기 때문이다. -후략- (연세대 공학계열 서○○)

〈학생글7〉 많은 사람들이 힘들고 지칠 때 곁에서 누군가가 위로와 동정을 해주길 바란다. 나 역시도 힘들고 지칠 때, 위로와 동정을 받길 바란다. 그 중 하나가 바로 글쓰기이다. 물론 글쓰기는 사람이 아니라서 글쓰기란 존재가 나를 위로하거나 동정해주는 것은 아니다. 글쓰기를 통해서 내 스스로 위로를 받는 것이다. 다른 사람들도 그렇겠지만 나에게는 힘든 순간이

> 많았고 앞으로도 많을 것이다. 그럴 때마다 수첩이나 휴대전화 메모장에 짤막하게 스스로를 위로하는 글을 썼다. -중략- 글쓰기는 나에게 위안을 줄 때도 있지만, 반대로 글쓰기가 압박을 줄 때도 있다. 주로 남의 시선이 개입되는 경우이다. 일기나 단순한 메모와 같이 나만 보고 나만 읽고 마는 글은 부담 없이 쓸 수 있고, 나를 기쁘게 해준다. 그러나 내가 쓴 글이 타인의 눈에 들어가는 순간, 예를 들어 글짓기 대회에서 쓰는 글이나 대학교 논술시험 같은 경우 글쓰기는 나에게 부담이 되고 나의 마음을 조여온다. -후략-
>
> (연세대 공학계열 김○○)[52]

〈학생글4〉-〈학생글7〉의 글들을 통해 확인할 수 있듯이, 글쓰기 주체로서의 자기 자신에 대한 탐색은 틀에 갇힌 글쓰기, 입시 위주 글쓰기 관성에 대한 적극적인 반성으로 이어져 새로운 글쓰기의 가능성을 열어내는 첫 계기를 마련한다. 글쓰기 주체로서 학습자들은 이제껏 자신이 글쓰기를 통해 밖으로 토해낸 말들보다 삼켜온 말들이 훨씬 더 많음을 인지하고 이 삼킨 말들을 다시 뱉어내지 않고서는 능동적인 글쓰기 활동을 이어나갈 수 없음을 인식한다. 그리고 이와 같은 글쓰기 경험이 성장과 성숙을 위해 자신에게 필연적이고 필수적인 일임을 인식하게 된다. 이 과정에서 학습자들은 자기 안에 잠재되어 있던 새로운 글쓰기를 향한 기대와 열망을 발견하거나 글쓰기를 통한 자기 위안의 가능성을 재인식하며, 아울러 관성화된 글쓰기, 형식화된 글쓰기에 대한 저항의 필요성과 의지를 새로이 다지게 된다.

'자기 탐색' 글쓰기 활동을 통해 학습자들은 다양한 글쓰기를 경험하게 된다. 다양한 글쓰기 활동은 글쓰기 표현 능력을 신장하는 데 기여할 수 있으며[53] 글쓰기 활동에로의 능동적이고 자발적인 참여를 이끌어낼

52 〈학생글1〉의 글쓴이와 동일인임.

53 루츠 폰 베르더 등은 창의적으로 글을 쓰는 데 도움이 되는 11가지 기본적인 글쓰기

수 있다. 자신의 목소리를 낼 수 없게 만드는 '담론(담화) 공동체'의 어긋난 규약과 관습 때문에 글쓰기로부터 멀어졌던 학습 주체를 글쓰기로 다시금 다가서게 만드는 것이다. 특히 해당 주제를 자신의 것으로 소화하지 못한 상태에서 타인의 주장만을 앵무새처럼 반복하는 논술 쓰기의 관성에서 벗어나 '자기'에 집중하고 '자기'를 드러내는 '자기 탐색'의 글쓰기에 열중함으로써 잃어버렸던 글쓰기의 열정을 새로이 복구해낼 수 있게 되는 것이다.

5.2. '자기' 안의 이질성에 대한 수용과 타자 이해 및 공감의 윤리성 획득

'담화공동체 내에서의 자아 탐색으로서의 글쓰기 과정은 나를 타인의 모습에 비추어봄으로써 타인을 통해 나를 확인해가는 과정'이라거나 '망각하고 있던 자아의 모습을 탐색하고 재발견하는 과정'[54]이라는 지적처럼, '자기 탐색'의 글쓰기는 '자기'를 재발견하고 재구성하는 작업이 될 수 있다. 〈학생글8〉의 글을 쓴 학생은 자기 탐색의 글쓰기 활동 중에 첫 번째로 게임 중독에 빠져 있는 자기 자신을 반성하는 글을 썼다. 토론과 강의, 교수자와의 개별 강평을 진행하는 동안 학습자는 중독에 가까운 자신의 행동 안에 내재한 열정을 발견하고, 열정이 향할 곳을 찾지 못하던 중에 자신이 게임에 집착하게 되었음을 깨닫게 되었다. 이 과정에서 그의 글쓰기는 자기 자신을 속이는 일방적인 반성문에서, 자신의

방법을 제안하고 있다. 이 가운데는 '상상력 속의 여행 묘사하기', '가치관 서술하기', '부치지 않을 편지 쓰기', '기억 적기', '대화 적기', '꿈에 대해서 쓰기' 등의 활동이 포함된다(루츠 폰 베르더·바바라 슐테-슈타이니케, 『즐거운 글쓰기』, 김동희 옮김, 들녘, 2004, 1~128쪽 참조).

54 박현이, 앞의 논문, 112쪽, 120~121쪽.

열정을 긍정적으로 재평가하면서 열정의 내용과 방향을 모색하는 새로운 탐색의 글로 옮겨갔다.

> 〈학생글8〉 누군가가 어떤 것에 미쳐버릴 수 있다는 건 그 사람의 삶이 의미 있음을 반증한다. 그 미쳐버린 것을 위해 일하고 노력하기 때문이다. 때론 지나치게 열정적인 사람이 현실을 올바르게 인식하지 못해 불미스러운 일을 저지르기도 한다. 그러나 우리를 흥분하게 하는 그것이 존재하기에 우리는 자신만의 의미 있는 삶을 만들어 나간다. -후략-
>
> (연세대 공학계열 김○○)[55]

자기 탐색의 첫 단계에서 학습자들은 자신의 속성을 사물의 속성에 빗대어 표현하는 작업에 참여하게 된다.[56] 〈학생글9〉의 글을 쓴 학생은 효율성을 지나치게 강조하는 자신의 성격을 '공회전 금지 표지판'에 빗대어 표현했는데 이후 글쓰기를 통해 이와 같은 강박적 행동의 원인이 자신의 성장 과정에 있음을 토로하기도 하였다. 처음에는 단순하게 자신의 성격을 표현할 만한 사물을 찾아내어 두 대상간의 유사성을 설명하는데 불과한 일로 받아들였지만 학습자는 이내 이 글쓰기를 통해 새로운 자기 탐색의 단계로 나아갈 수 있었다.

> 〈학생글9〉 나는 '공회전 금지 표지판' 같은 사람이다. 한정된 자원을 낭비하는 것을 싫어한다. -중략- '시간은 금이다'라는 명언이 있다. 나는 시간을

55 〈학생글1〉·〈학생글7〉의 글쓴이와 동일인임.

56 정민주는 자기소개 담화의 자아 표현 양상 가운데 하나로 속성을 통한 자아 표현, 곧 자아 속성의 상징화를 언급한 바 있다. 자아의 속성을 사물의 속성과 결부시켜 대상을 상징화하는 것이 상대방에게 효과적으로 자기를 표현하는 방식의 하나라는 것이다(정민주, 「자기소개 담화에 나타난 '자아 표현' 양상과 실현 맥락에 관한 고찰-대학생 자기소개 담화를 중심으로-」, 『국어교육연구』 44, 국어교육학회, 2009, 136쪽).

아끼기 위한 여러 가지 습관을 가지고 있다. 화장실을 가는 김에 물을 마시거나 글쓰기 수업을 들으러 학관을 지나가는 김에 학용품을 산다. 또한 이동시간을 단축시키기 위해 빨리 걷는다. 최단거리를 이용하기 위해 강의실간의 샛길을 찾아다니기도 한다. -하략- (연세대 공학계열 현○○)

〈학생글10〉 수박을 보면 겉은 초록색 바탕에 검은색 줄무늬로 되어 있다. 그래서 겉만 보면 볼품없어 보인다. 그러나 속은 다르다. 수박의 속은 붉고 달콤한 부분이고, 많은 사람들이 좋아한다. 내 성격도 수박에 비유할 수 있다. 내 내면적 성격은 수박의 속처럼 붉은 열정을 갖고 있고 많은 사람들이 수박의 달콤한 맛을 좋아하는 것처럼 내 성격도 많은 사람들이 좋아할 만한 성격이라고 생각한다. 내 겉모습은 내면적 모습과 반대로 수박의 겉처럼 어두운 이미지이다. 즉 무뚝뚝하고 소심하고 다른 사람들이 쉽게 접근하지 못하는 겉모습을 갖고 있다. -후략- (연세대 공학계열 정○○)

〈학생글10〉의 글에서 볼 수 있듯이 많은 학생들은 자기 자신을 양면성을 지닌 존재로 인식하고 양면성을 드러내기에 유용한 수박, 소라, 양파 등의 사물로 자신을 표현해낸다. 자기 탐색의 첫 단계에서 학습 주체가 가장 먼저 발견하는 것은 자기 안의 이질성인 것이다. 어떤 학생은 '겉으로 보면 하나의 개체처럼 보이지만 까보면 여러 조각으로 갈려 있는 귤처럼 머릿속이 항상 여러 생각으로 나뉘어 있다.'(공학계열 1학년)고 고백하기도 하였다. 또 다른 학생은 '평소에는 화려함을 감추지만 때에 따라 화려해지는 공작과 같이, 나도 평소에는 평범한 아이처럼 보이지만 필요할 땐 과감하게 자신을 드러내기도 한다.'(공학계열 1학년)고 글을 쓰기도 하였다. 어떤 학생은 자신의 감정을 잘 드러내지 못하는 성격을 '광대의 분장'에 비유하기도 하였고(사회계열 1학년), 다른 학생은 '겉으로는 굉장히 깔끔하고 합리적인 척하지만 사실 지저분하고 뒤끝 있는 성격'임을 고백하며 스스로를 '독버섯'에 비유하기도 하였다.(공학계열 1학년) 어떤 학생은 '하고 싶은 말이나 행동이 많은데 그것을 시원스럽게 말하거나 실천하지 못하는' 자신의 상태를 '꽉 막힌 하수구'에 빗대어 표현하였으며(공학계열 1학년) 또 다른 학생은 아직 드러나지 않은 자신의 가능성을 긍정하며 스스로를 '그대로 두어도 제 역할을 하지만 자신의 발전이나 변화를 위해 몇 번이고 걸러지거나 증류될 준비가 되어 있는 탁주'에 비유하였다.(공학계열 1학년)

아래 〈학생글11〉의 글을 쓴 학생은 앞에서 소개한 〈학생글1〉·〈학생글7〉·〈학생글8〉의 글을 쓰기도 했는데, 양면성을 표상하는 사물들로 자신을 표현하는 짧은 글을 쓴 후 두 번째 글 〈학생글11〉에서 다음과 같이 자신의 페르조나를 고백하고 있다. 그는 이 과정을 통해 사회적 자아에 가리워진 자신의 다른 면을 발견했을 뿐 아니라 그 이면의 모습을 긍정하는 힘을 보여주었다. 여전히 서로 다른 자아 사이의 괴리 때문에 괴롭다고 토로하고 있지만 이 서로 다른 자아상의 발견과 긍정만으로도 그 스스로가 〈학생글7〉에서 언급한 바 있는 '글쓰기를 통한 자기 위안과 치유'를 어느 정도 성취해낸 셈이다.

〈학생글11〉 거울을 통해 나 자신이 본 나의 모습과 타인이 보는 나의 모습에는 분명 차이가 있다. -중략- 나를 아는 대부분의 사람들은 나를 밝고 쾌활하다 생각한다. 그들은 매사에 긍정적, 적극적으로 임하며, 웃음이 많고 남 또한 웃길 줄 아는 유머러스한 남자의 모습을 내게서 발견한다. 그러나 내가 알고 있는 나의 모습은 이와 상당한 차이가 있다. 내가 알고 있는 나는 우울함과 걱정 투성이의 남자다. 외모에 대한 걱정, 학업에 대한 걱정, 타인과의 관계, 새로운 도전에 대한 걱정, 미래에 대한 걱정, 돈 걱정 등 나는 수없이 많은 걱정을 품고 살아가고 있다. 그리고 그 걱정들에서 발생한 우울함은 밝은 모습의 나를 상상할 수 없게 한다. 보여지는 나와 내가 아는 진정한 나 사이의 괴리는 나를 매우 힘들게 한다. 나를 힘들게

> 하는 원인을 아는 만큼 이를 고치려는 시도를 많이 해 봤지만 그럴 때마다 또다른 내가 나를 가로막는다. 그 또하나의 나는 다른 이에게 보여지는 나에게 신경을 곤두세우며 나와 타인의 관계에 주목한다. 그 나는 언제나 타인과의 관계가 원만하길 바라며 다른 이가 나를 싫어하게 되는 것을 극단적으로 싫어한다. 이 또하나의 나의 방해로 나는 여지껏 단 한 번도 남에게 우울한 모습을 보이거나 나와 진정한 나 사이의 괴리를 좁혀본 적이 없다. 그래서 이 괴리는 여전히 나에게 큰 힘겨움을 안겨준다. 그렇게 매일매일 나는 사람들 속에서는 밝은 모습을 유지하느라, 혼자 있을 때는 걱정 속에서 몸부림치느라 서서히 지쳐가고 있다. (연세대 공학계열 김○○)[57]

이처럼 '자기 탐색'의 글쓰기는 '자기 서사' 구성과 수행을 통해 서사적 정체성을 가시적으로 드러내며, 글쓰기 주체는 이를 통해 자신이 내면화하고 있는 정체성의 시나리오를 인식하게 된다. 특히 이와 같은 활동은 '자기'나 '정체성'을 구성적이고 수행적 개념으로 이해하도록 추동하면서 '자기 서사 구성'에 개입하는 철학적이고 사회·정치적인 측면을 폭넓게 사유하게 만든다. 아래 〈학생글12〉의 글을 쓴 학생은 사회나 대학이 요구하는 삶의 가치와 그에 대한 비판적 의식 사이에서 갈등하는 자신의 모습을 성찰하고 있다. 철학적으로 사유하는 삶의 길과 자신이 현실적으로 부딪히고 있는 사회적 요구 사이에서 갈등하는 '현존'을 드러내고 있는 것이다.

> 〈학생글12〉 –전략– 대학에 와서 '너희가 이 나라의 지도자다'라는 자의식을 끊임없이 심어주는 엘리트 교육을 받고, 나는 남들과 다르다는 근거 없는 우월감에 빠져 있는 난 단 한 번도 진심으로 내가 비정규직이 될 것이라, 제도권 안에 들지 못하는 '루저'가 될 것이라 생각해본 적이 없기 때문이다. 한 순간 사회 정의를 위해 가슴이 뜨거워졌다가도, 금세 내 이익만

---

57 〈학생글1〉·〈학생글7〉·〈학생글8〉의 글쓴이와 동일인임.

쫓는 냉철한 인간으로 돌아가는 나의 모습. 경쟁을 부추기는 사회 구조에 신물이 나면서도 일단 경쟁에서 이기고 보는 것이 진리라고 생각한다. 일단 이겨야 아쉬운 소리 하지 않고, 내가 높은 위치에 있을 때 남을 위해 베풀 수 있다고 생각하기 때문이다. 그러나 항상 이기려고만 했지, 이긴 후에 남에게 베풀어본 적이 없다. 그러나 난 아직까지도 내가 정의로운 인간이라 굳게 믿고 싶어한다. 양면적인 나의 모습을 볼 때마다, 나도 결국 속물이구나 하는 생각이 든다. -후략- (연세대 사회계열 장○○)

자기 자신에 대한 탐색이 자기 안의 이질성, 곧 '내 안의 타자'를 발견하는 과정이라면 이는 자신과의 화해와 자신에 대한 긍정의 과정을 이끌어낸다는 측면에서 자기 상실을 애도하고 스스로를 위무하는 글쓰기로 나아갈 수 있다. 실제로 많은 학생들은 자기 안의 이질성을 발견하고 인식하는 과정에서 스스로에 대한 긍정의 힘을 찾아낸다. 주목할 점은 바로 이 과정에서 사회적 타자에 대한 폭넓은 이해의 길도 열린다는 것이다. 스스로가 이질적인 존재임을 인정하고 자기 안의 대극상을 긍정함으로써 자신과 다른 것, 곧 '차이'를 부정하거나 배척하지 않는 윤리적 성찰의 계기가 열리는 것이다. '나는 어떤 사람이다'라는 자기 정의는 '나는 어떤 사람이 아니다'라는 정의와 규정을 전제로 하는데 이때 배제된 속성들은 타인에게 투사되기 마련이다. 그리하여 '내가 누구이다'라는 정체성에 대한 집착은 '차이'를 용납하지 않는 태도를 유발할 뿐 아니라 이미 존재하는 사회적 차별과 배제의 기제를 외면하게 만든다. 스스로를 용납하지 못할 뿐 아니라 타인에 대해서도 관용적 태도를 가질 수 없게 되는 것이다.

〈학생글13〉 -전략- 누구나 튀고 싶고 관심을 받길 원한다. 강렬한 노랑머리나 지나친 성형은 관심 받고 싶다는 신호이다. 하지만 우리는 그 노랑

머리 선수를 못 미더운 시선으로 바라보며 뭐 하나 실수하는 것이 없는지에만 집중한다. 결국 그 노랑머리는 당신에 의해 형편없는 선수로 낙인찍혀 버린다. 나도 많은 이들의 관심을 받고 싶다. 그리고 사랑받고 싶다. 하지만 나는 단 몇 명 앞에서 하는 발표조차 긴장감에 어쩔 줄 몰라 하는 소심한 남자다 -중략- 하지만 그 발표를 준비하면서 많은 사람들 앞에서 발표할 내 모습을 상상하며 준비하는 시간은 너무나 흥분되고 즐거운 시간이다. -중략- 하지만 거기까지다. 예정된 시간이 다가올수록 흥분도 초조함으로 바뀐다. -중략- 나는 무기력해진다. 너무 뛰어나면 공공의 적이 되어 가만히 놔주지 않고, 시기와 질투의 대상이 되는 무서운 세상. 나는 피해자이면서 가해자다. 우리의 횡포로 또다른 나를 만들고 나는 항상 가슴 속 깊은 곳에 당신에 대한 두려움을 갖고 움츠려들게 된다.

(연세대 사회계열 고○○)

〈학생글14〉 -전략- 오른손잡이는 왼손잡이에 비해 비중이 높다. 때문에 사회 전반적으로 오른손잡이를 보편적인 것, 타당한 것으로서 인식하고 있고 책상을 비롯하여 많은 시설물들이 오른손잡이에 맞추어 꾸며져 있다. 이러한 인식의 배경에는 '내가 오른손잡이니까!' 하는 다수의 횡포가 자리잡고 있다고 생각한다. 그것으로부터 필연적으로 소수와의 구별짓기가 시작되고 차별과 소외를 불러일으킨다는 점을 나는 인지하고 있다. 그러나 이러한 차별의 감정으로부터 최대한 자유로우며 나와 다른 소수를 구별짓는 것을 지양하려는 포장된 내 자아의 이면에는, 내가 보편타당한 다수에 속해 있어서 다행이라는 안도감과 우월감, 그리고 소외받는 자들에 대한 동정과 연민으로서만의 공감, 심지어 사회적으로 소수에 대한 어느 정도선의 무시는 효율성 측면에서 불가피한 것이라는 생각마저 '그림자'로 내 안에 자리잡고 있음을 발견하였다. (연세대 사회계열 김○○)

〈학생글15〉 -전략- 어렸을 때부터 나는 그룹에서 약간 떨어진 위치가 좋았다. 좋았다고 스스로 최면을 거는 건지 그저 적응을 못했는지는 모르겠다. 나는 남들과는 다르다고, 특별하다고, 남들이 다 하는 것은 왠지 하기 싫고, 나만이 하는 것이 멋진 것이지만 남들이 따라해주길 바랐다. 어디서 배운 생각인지는 모르겠지만 사회와는 약간 떨어진 위치에서 부조리를 비웃는 게 멋지다고 생각했다. 그런 사람으로 사회가 받아주길 바랐다. 스스로를 비주류로 포지셔닝하면서도 사회비판적인 지식인인 양 인정받고 싶었다. 비주류가 되길 원했던 것이 아니라, 비주류처럼 보이는 주류가 되고 싶었다. -후략- (연세대 신학계열 이○○)

〈학생글16〉 -전략- 하지만 내가 약자의 편에 서려고 했던 이유는 그들에게 도움이 되고자 하는 마음 이면에 내가 못나지 않았다는 것을 확인하고 싶은 우월감 때문이었던 것 같다. 나는 약자들에게 "당신과 같은 편이에요, 내가 함께 할게요"라고 말하면서도 내가 그토록 싫어했던 강자의 시선으로 똑같이 약자들을 바라봤다. 나보다 날씬한 사람이 나를 위아래로 훑어볼 때 나는 나보다 뚱뚱한 사람을 똑같이 위아래로 훑어보며, 내가 그 사람보다는 날씬하다고 안심했다. -후략- (연세대 사회계열 이○○)

〈학생글13〉에서 〈학생글16〉까지의 글들은 모두 자기 안의 이질성과 대극상을, 곧 '내 안의 타자'를 발견하고 고백하고 있다. 그러나 이 글들이 모두 '죄의 고백'이나 '양심의 토로'를 의미하는 것은 아니다. 글을 쓴 학습 주체는 정체성의 시나리오를 구성하는 자기동일성의 내용을 비판적으로 검토하면서 자기 내부에 존재하는 균열을 발견하고 있으며 이를 통해 타자에 대한 진정한 이해와 공감의 필요성을 스스로에게 설득하고 있다. 앞에 인용한 내용 다음에 기술한 부분에서 학생들은 모두, '바른 길로 나아가겠다'는 반성의 언술을 드러내지 않고 여전히 갈등하고 있는 자신의 모습을 있는 그대로 드러내고 긍정하는 방향으로 나아갔다. 이처럼 자기 탐색의 글쓰기는 '정체성'이나 '자기'의 개념을 가변적인 것으로 사유하게 하며, 배타적 인식에 기반한 타자화의 태도를 반성하고 경계하게 만든다.[58] '자기' 안의 이질성을 발견하고 재인식하는 과정을 통해 타자 이해의 폭을 확대함으로써 사회적 공감 능력 확장 및 차이 존중과 공존 지향의 태도를 끌어안게 되는 것이다.

〈학생글17〉 난 내가 여성이라는 것을 잊고 살기 위해 노력한다. 나의 정체성을 '여성'으로 규정하는 것을 거부한다. 나 스스로 '여성'이라는 억압 코드를 사용하여 나의 행동을 제어하지 않는다. 여성이라는 이유로 선처를 바라지도 않고, 성역할에 대한 고정관념을 탈피하고자 한다. 여성도, 남성도 아닌, 한 개인으로서 인정받고자 한다. 그러나 세상은 나의 노력에 개의치 않고 주기적으로 내가 여성이라는 것을 의식하게 한다. -중략- 오늘도 지하철을 타고 집에 왔다. -중략- 남편은 앉고 부인은 서서 간다. 아줌마는 두 손으로 손잡이를 잡고 잠깐잠깐 매달린다. 아줌마가 서 있는 것을 딱히 좋아하는 것 같지는 않다. 나는 고개를 절레절레 흔들고 다시 책을 읽는다. 실은 책을 읽는 척하면서 부부 흉을 본다. 이런 사소한 것도 그런데 집에서는 오죽할까. 항상 생각한다. 난 죽어도 저런 남자랑은 결혼 못한다고. 다시 지하철 안이다. 배가 남산만하게 부른 한 젊은 여성이 탔다. 사람이 많아서인지 여자는 문이 열리자마자 노약자석 쪽으로 향한다. 노약자석도 꽉 찼다. 여자는 그냥 열차벽에 기댄다. -중략- 문이 열리고 한 중년 남자가 탄다. 들어설 때부터 취객 분위기가 물씬 풍겼다. 내 쪽으로 다가온다. 아, 본능적으로 싫었다. 내 옆에 앉아 있던 젊은 남자가 자리를 양보한다. 중년 남성은 자리를 양보한 남성에게 고맙다는 말을 뒤틀리게 표현한다. "아~아니, 옆에 있는 애가 더 젊어 보이는데……." 나를 가리키며 큰 소리로 말한다. 난 한 번 노려본다. 내가 여자만 아니었어도 마음껏 지껄이지는 못했을텐데. -후략- (연세대 사회계열 장○○)[59]

---

58 이는 '정체성'이나 '자기'의 개념을 자연적인 것이나 당위적인 것으로 받아들이지 않는 인식의 변화를 이끌어냄으로써 자기 자신에게나 타인에게 억압적인 입장을 취하지 않는 태도 변화를 수반하게 된다.

59 〈학생글12〉의 글쓴이와 동일인임.

〈학생글18〉 나는 경상도 남자다. 나는 많은 친구들 사이에서도 전형적인 경상도 남자라 불리는 그런 남자다. 말수 없고 속내를 잘 표현하지 않으며 의리를 중시하는 남자로 통한다. –중략– 나보다 더 지독한 경상도 남자는 우리 아버지다. –중략– 그들 모두는 남들에게 약한 모습을 보이지 않으려 항상 의식한다. 언제나 담대한 모습으로 어떠한 순간에도 당황하지 않으려 노력한다. 누군가에게 자신의 약한 모습을 보이는 것을 패배로 간주하기 때문이다. 우리는 세상의 모든 것을 일종의 싸움이라고 생각한다. 하지만 이러한 강박관념 속에 지는 것이 두려워 누군가와의 대결을 회피하는 것도 경상도 남자다. 우리는 보이지 않는 곳에서 패배를 두려워하고 스스로 약해지기도 한다. 그러나 패배하지 않았기 때문에 자신 스스로를 합리화시키며 여전히 진정한 남자임을 자부하는 경상도 남자다. –후략–

(연세대 공학계열 고○○)[60]

〈학생글19〉 나는 예천 촌놈이다. 내가 고향을 떠나 구미에 위치한 고등학교로 진학하면서 나는 스스로를 촌놈이라 인정할 수밖에 없었다. –중략– 내 인생의 첫 번째 선택은 아버지와의 싸움이었다. 나는 공부도 잘하고 운동도 잘하며 싸움도 잘하는 소위 '엄친아'였고 무엇보다도 더 넓은 세상으로 나아가길 간절히 원하며 자신에 차 있었다. 아버지의 만류에도 불구하고 집에서 2시간 거리의 구미에 위치한 고등학교에 진학하며 고향을 등진 순간 모든 것이 변했다. 더 이상 나는 엄친아도 아니고 아무도 나를 알아주지 않았으며 그저 시골 촌놈일 뿐이었다. 하지만 사춘기의 이유 없는 반항처럼 아버지보다 내가 옳았음을 증명하여 남자답게 아버지를 이기고 싶었다. 나는 결코 아버지에게 지고 싶지 않았다. 그것이 내 인생에 있어서 첫 번째 '선택'이었다. 나는 생존의 문제에 골몰했다. 새로운 세상에 발을 내딛는 그 순간 더 이상 나를 알아줄 친구도 없었고 나를 보호해줄 부모님도 없었다. 낯선 공간, 낯선 친구들 속에서 나는 단지 이름없는 존재였다. 나는 침묵해야 했으며 조용히 나의 존재를 드러낼 기회를 찾아야 했다. –중략–

60 〈학생글13〉의 글쓴이와 동일인임.

나는 누군가가 나를 미워하고 나의 적이 되는 것을 매우 두려워한다. 그렇기 때문에 나는 아직도 새로운 관계의 시작에 대해 매우 조심스럽다. 그 당시 나는 여전히 홀로 남겨져 있으며 나의 가장 큰 고민거리는 생존의 문제였다. 그래서 내가 택한 방법은 최대한 많은 것을 양보하고 나를 드러내지 않으며 나의 목소리를 낮추는 것이었다. 그렇게 나는 생존을 위해 조금씩 변화했다. -후략- (연세대 사회계열 고○○)

〈학생글20〉 -전략- 기억을 아무리 곱씹어보아도 나에게 초등학생다운 초등학생 시절은 없었다. 늘 예의바르고, 착한 아이로 보이기 위해 언제나 침착하고 신중했다. 선생님께서 시키는 일은 천지가 개벽해도 반드시 해야만 했고 친구들과의 약속은 아무리 사소한 것일지라도 지켜야만 했다. -중략- 나는 그때 이미 알고 있었던 것이다. '○사장네 큰딸'이라는 호칭에서 사람들에게 중요한 것은 '딸'이 아니라 '○사장'이라는 점을 알아버린 것이다. 그래서 나는 '○사장'의 딸로서 어긋남 없이 행동해야 한다는 강박증에 시달렸던 듯하다. -중략- 집안에 누군가가 아프다는 것은 가족들에게 많은 변화를 감당하게 하지만 그중에서도 아버지께서 편찮으신 것은 훨씬 더 특별한 것이었다. 사람들은 당장이라도 우리 가정이 무너질 것 같다는 표정으로 나를 쳐다봤다. 학교에서도 동네에서도 언제나 나는 사람들의 주시 대상이 되었다. 그들의 눈은 내가 탈선할까봐 걱정하는 것이었다기보다 내가 언제쯤 노랑머리에 짧게 짜른 교복 치마를 입고 등장할까를 기대하는 것이었다. -중략- 사실 지금 돌이켜보면 그때는 힘든지도, 상처받았는지도 몰랐을 것이다. 지금에 와서야 그때 생겼던 상처들을 만져보며 내가 상처받았었구나, 아파했었구나 하고 추측할 뿐이다. 오히려 그때는 화가 나 있었고 누구를 향하고 있는지 모를 분노가 있었다. 울타리가 없어진 삶은 생각보다 훨씬 불안정하고 치욕스러운 것이었다. 흔히 말하는 결손 가정의 맏딸이 된 것이다. 이전보다 훨씬 더 성실해야 하고 그 누구보다 모범적이어야 하고 한 치의 어긋남도 허용되지 않았다. 그들이 정해 놓은 테두리에서 한 발짝만 벗어나도 나는 홀어머니 밑에서 자라 배운 것 없는 몹쓸 녀석이 되어버렸다. -후략- (연세대 사회계열 최○○)[61]

자기 탐색의 글쓰기는 범주화나 집단적 동질화의 압력에 대해 비판적으로 고찰하는 계기를 만들어주기도 한다. 학생들은 자신들에게 의미 있는 범주로 자신의 소속 학교나 학과, 출신 학교, 또래 집단, 취미나 기호 활동을 중심으로 모인 각종 동호회 등을 들기도 하는데 가장 많이 등장하는 것은 가족과 젠더, 종교와 군대이다. 학생들은 특정 가족 내 일원으로서의 호명에 민감하게 반응하며 장남이나 장녀, 막내나 ○○의 자녀로서 자신에게 가해지는 주변 사람들의 기대와 시선에 스스로 어떻게 반응하고 있는지 상세하게 기술하고 있다. 또한 여성이나 여대생으로 사는 것이 자신에게 어떤 의미인지, 군미필자나 복학생으로 대학에서 생활하는 것이 어떤 의미로 다가오는지에 대해서도 주의깊게 관찰하는 편이다. 때로는 특정 종교를 가진 사람으로서 자신을 특별하게 의미화하기도 한다.

〈학생글17〉에서 〈학생글20〉까지의 글을 통해 확인할 수 있듯이 학습자들은 자신에게 해당 범주가 어떤 작용을 하고 있으며 해당 범주나 집단 내 동일성을 스스로 어떻게 인식하고 있는지 글을 통해 드러내고 있다. 한편으로 집단 동일성에 대한 일방적 동화와 순응을 고백하고 그로 인해 억압된 자기 안의 타자를 어루만지는 동시에 동질화의 압박과 강제에 대한 저항적 의지를 드러내기도 한다. 이 발견과 저항은 집단화로의 맹목적 몰입을 경계하면서, 사회적 주체로 거듭나는 과정에 일방적으로 순응할 수 없음을 스스로 인식하는 계기를 마련한다.

이와 같은 글쓰기는 글쓰기 주체를 주체화(subjectivation)[62] 과정에서

61 〈학생글5〉의 글쓴이와 동일인임.

62 『감시와 처벌』에서 푸코는, 자율 의지를 가진 것으로 가정되거나 상상되는 '주체'가 되는 과정은 사실상 '종속화'를 통해서라고 설명한다. 그는 '주체화(종속화, subjectivation)'의 역설적 의미-주체화되는 동시에 종속화되는, 혹은 종속화되는 과정을 통해 비로소 주체화되는-를, "사람은 오로지 근본적인 의존을 의미하는 종속, 곧 권력에 종속되는 것에 의해서만 자율의 형상에 깃들 수 있다"는 말로 정식화하고 있다(미셸 푸코, 『감시와

필연적으로 발생할 수밖에 없었던 자기 상실을 발견하고 위로하는 단계로 이끈다. 표준화 기제에 부합하는 주체로 거듭나기 위해 무의식적으로 반복해온 '자기 거세' 과정을 재인식하고, 이 과정에서 발생한 억압과 상실[63]을 스스로 돌아보고 어루만지는 작업으로서 글쓰기를 새롭게 자리매김할 수 있게 되는 것이다. 자기 탐색의 글쓰기가 궁극적으로 자기 치유를 넘어선 '자기에의 배려'일 수밖에 없는 이유도 여기에 있다.

5.3. '자기에의 배려'로서의 글쓰기 : '자기 탐색'의 치유적 효과

자기 탐색의 글쓰기 활동 중에 학습자들에게 자전적 역사 서술을 위한 예비 단계로서 자기 인생에서 의미있는 사건을 떠올려보라고 하면, 대체로 이민이나 유학, 이사와 전학, 부모님의 사고, 자신의 질병, 집단 따돌림의 가해와 피해 경험, 독서 경험, 연애 사건, 가족이나 친구들에 의한

처벌』, 오생근 역, 나남출판, 1994 참조).

63 프로이트는 상실이 분명히 일어났으나 상실한 대상이 무엇인지 몰라 애도할 수 없는 심리적 상태를 '우울(Melancholie)'로 명명하였다. 우울은 상실한 대상이 자아에 합체되어 상실이 무의식적으로 부인되고, 상실한 대상에 대한 비난이 결국 자아에 대한 비난과 처벌로 전환되는 과정을 통해 심화되는데 문제는 이와 같은 과정을 거쳐 자아가 형성되고, 양심을 가진 주체가 만들어진다는 사실이다. 그에 따르면, 상실을 부인하기 위해 상실한 대상을 자아로 합체한 우울증적 주체는 대상에 대한 비난을 자아에게 돌림으로써 극단적인 자기 비난과 자기 징벌, 자존감의 상실과 자아의 빈곤 등의 증상을 드러낸다. 그는 '애도(Mourning)' 속에서는 세계가 빈곤해지지만 우울 속에서는 자아가 빈곤해진다는 말로 이와 같은 증상을 설명하였다(지그문트 프로이트, 윤희기 옮김, 「슬픔과 우울증」, 『정신분석학의 근본 개념』, 열린책들, 2005(재간 3쇄), 243~265쪽 참조). 주체화의 과정에서 모든 개인은 표준화에 어긋나는 요소들의 상실을 필연적으로 경험하게 되는데 이 상실은 무의식적으로 부인되어 애도될 기회를 잃어버린 채 리비도의 저장고에 저장된다. 이 애도되지 못한 상실이 우울을 만드는데 이 우울이 자아를 비난하고 처벌하는 초자아, 곧 양심을 만들어내는 것이다. 결국 모든 사회화된 개인, 호명된 주체들은 애도되지 못한 상실로 인한 우울 속에서 형성된 존재들이라는 점에서, 또한 그 상실을 우울 속에 보존하고 있다는 점에서 '우울증적 주체'가 된다.

폭력의 경험, 관계의 상실과 획득, 좌절이나 실패의 경험, 재수 경험 등을 자기 인생의 10대 사건으로 구성한다. 경험을 통한 자아의 표현은 자기 경험의 의미화 과정이라 할 수 있는데, "주체가 겪은 과거의 경험을 현재의 시각으로 재구성한 것이라는 점에서 담화 주체의 삶의 일부이자 의도된 자아를 가장 잘 보여줄 수 있는" 내용으로 인식되곤 한다.[64]

교수자의 비계 설정이 자세하게 이루어지지 않을 경우 학생들은 특정한 주제 없이 떠오르는 대로 10가지 사건을 나열하는 데 그친다. 그러나 교수자가 현재 자신의 삶이나 과거 자신이 살아온 과정의 역사를 일정하게 해석하고 바로 그 해석적 내용에 근거하여 주제를 구성한 후 주제를 드러내기에 적합한 사건들로 내용을 구성하라고 안내하면 학생들의 글쓰기 또한 달라진다. 이때 교수자는 개별 사건이 주제와 연관해서 드러내는 의미에 집중하도록 지도해야 한다. 한 공학계열 1학년 남학생은 남자 중·고등학교를 거쳐 남성 동성 집단으로서의 성격이 강한 공학 계열에 진학하는 일련의 과정을 지나오는 동안, 일반적인 '남성성'의 표상에 부합하지 않는 자신의 외모와 성격이 자신에게 어떤 영향을 끼쳤는지 서술하였다. 처음 이 학생은 자신의 출생부터 초등학교 입학, 중학교 입학 등의 의미없는 사건들을 나열하는 글쓰기를 시도하였다가 교수자의 안내와 개별 강평 이후 글을 대폭 수정하였다. 이 학생은 스스로 자신이 '약한 남성'으로서의 표상을 지니고 있음을 기술하고 이것이 자기 삶에 어떤 그림자를 드리웠는지 적극적으로 서술하였다. 그는, 어려서부터 조퇴를 밥 먹듯이 하느라 친구들을 제대로 사귈 수 없었던 일, 스트레스성 장염을 달고 살아온 일, 신장염이라는 고질병을 안게 된 일, 군 입대 신체검사에서 군 면제 판정을 받은 일, 벌에 쏘인 사건 등을 일일이 기술

---

64 정민주, 앞의 논문, 139쪽.

하면서 각각의 사건들이 '나약한 남성'이라는 자기 표상을 어떻게 드러내는지 글로 풀어냈다.

〈학생글21〉 –전략– 중학교 시절의 나는 사춘기의 또래 친구들과 마찬가지로 타인과의 관계에 대한 고민이 많았다. 그러던 중에 아버지의 사업 때문에 중국에 가게 되면서 내 삶은 송두리째 바뀌게 되었다. –후략–

(연세대 사회계열 권○○)

〈학생글21〉의 사례처럼 학생들이 자전적 역사 서술에서 가장 주요한 사건으로 언급하는 일은 대부분 안주해 있던 자기 경계를 벗어나거나 부모로부터 심리적으로 분리되는 일과 연관되어 있다. 일상생활을 영위하던 자기 삶의 경계를 벗어나 또다른 경계 바깥의 존재가 되거나 경계 위의 존재가 되는 경험은 글쓰기 주체로 하여금 스스로가 자기 범주로 인식하고 있던 집단 내 동일성의 내용이나 경계 구성에 작용하는 갖가지 정치적 기제들을 비판적으로 성찰할 수 있는 기회를 제공한다. 또한 어디에도 소속되지 않은 존재로서의 경험과 기억은 소속감에 작동하는 포함과 배제의 기제, 혹은 소속감으로 표현되는 정체성의 정치적 국면을 새로이 인식하는 계기를 마련한다. 학습 주체는 경계를 넘어서는 경험과 기억을 통해 '낯선 존재'로서의 자신을 발견하거나 '차이' –인종, 언어, 장애 등을 포괄하는– 를 바라보는 새로운 시각을 갖게 되는 것이다. 학생들은 외국 생활의 경험을 통해 스스로 자신의 피부색이나 인종 문제가 야기하는 갖가지 상황들을 어떻게 인식했는지, 또 그와 같은 경험이 자신의 생각을 어떻게 바꾸어냈는지 설명한다. 또한 많은 학생들은 고등학생도, 대학생도 아닌 재수생으로서의 경험이 주변적 존재로서의 자의식을 갖게 했음을 토로하고 그 기간 동안 자기 인생의 어느 때보다도 가장 활발하게 정체성의 문제에 골몰했음을 고백하기도 하였다.

〈학생글22〉 유명 모 통신사는 자신들의 새로운 서비스 전략을 강조하기 위해서 '다 그래'를 뒤집는다는 표현을 사용한다. 개인적으로 멋진 문구라고 생각하는데, 이유는 그 말이 내가 예부터 작은 공동체인 학교에서, 큰 사회인 나라나 세계로 외치고 싶던 말과 비슷한 말이기 때문이다. 고집이 세고 자존심이 강하던 내가 나이가 적지 않으신 부모님 곁에서 자라다 보니, 자연스럽게 가부장적인 부모님의 규범과 그렇지 않은 내 가치 기준은 서로 충돌했다. 특히 사춘기 때는 머리카락 길이나 부모님을 대하는 태도, 유교적 의식에 관해서 잦은 갈등이 있었다. 또한 학교에 대해서도 두발 규제나 학생들에 대한 비인간적 대우, 지나치게 권위적이고 폭력적인 교사와 같은 문제에 대해 큰 불만을 가졌다. 그리고 그런 비상식적인 가치들이 왜 그렇게 자연스럽게 생활에 자리잡고 있는지 의문을 가졌다. -후략-

(연세대 공학계열 황○)

〈학생글23〉 나는 어렸을 때부터 아버지의 사고방식에 세뇌당했다. 아버지는 돈, 학벌을 최고로 중시하였다. 그래서 나도 그러한 생각을 갖게 되었고 그것이 타당하다 믿었다. 이상과 현실이 다르다는 건 알고 있었다. 아무리 좋은 의도로 한 말이라도 욕먹을 수 있다. 그것은 초등학교 교과서에 나온 바르고 바른 현실과 달랐다. 이 세상도 사랑과 꿈과 같은 아름다운 말이 아니라 학벌과 돈에 의해 굴러가는 게 아닐까 생각했었다. 아버지의 교육은 고등학교 때도 현실과 부합했다. 고등학교는 대학을 잘 보내기 위한 기관이었다. 선생님들은 학원 강사처럼 대학을 최우선 가치로 삼았다. 많은 아름다운 사람들이 온갖 아름다운 말로 세상을 노래하였지만 나뿐만 아니라 많은 사람들 마음 속에는 돈과 학벌이 깔려 있다는 것을 느낄 수 있었다. 이런 내가 생각을 바꾸게 된 계기는 한 친구 부모님과 갖게 된 술자리 덕분이다. 그 친구는 돈과 학벌에 신경쓰지 않고 하고 싶은 것에 큰 가치를 두며 살아가는 친구였다. 나는 이 친구가 이상하게 느껴지면서도 부러웠다. 예전에 잃어버린, 내가 이상이라 생각했던 것은 그 친구한테는 자연스러운 것이었다. 친구의 할머니 생신 잔치에 초대받고 나는 큰 충격을 받았다. 그 친구의 부모님께서 하신 말씀 때문이었다. "사람은 자기를 필요로 하는 곳에서 할 수 있는 일을 하면 되는 거란다." 이 말씀이 크게 와 닿았다. 그것은 소박하지만 행복할 수 있는 비법 같았다. 그분들의 형편은 우리집보다 나을 게 없었다. 좋은 대학을 나온 것도 아니다. 근데 그분들은 우리 가족보다 행복해 보였다. 돈과 학벌이란 가치는 나를 행복하게 만들어줄 수 없다고 느껴졌다. -후략- (연세대 공학계열 김○○)

〈학생글24〉 -전략- 사춘기가 슬슬 지날 무렵이었을까. 단순히 내가 보는 주변을 벗어나 사회, 혹은 세상 전체를 바라보기 시작했다. 큰 그림을 그려 하나씩 좁혀가기 시작했고 나 개인에서 끝이 났다. 전체에서 고칠 것이 너무 많다고 느꼈다. 그런 것들이 존재하는 것이 불편했고 내가 직접 고치고 싶었다. 계속적으로 그런 생각을 하다 보니 내가 너무 미미하게 느껴졌다. 당시의 신분으로 아무것도 하지 못하는 무력감도 느꼈던 것 같다. 지금 돌이켜 보면 한정된 정보 안에서 전체를 평가했는데 그땐 너무 긴박하게 느껴졌다. 당장 내가 다니는 학교부터 뜯어고쳐야 할 것이 많은데 시간이 지나도 변화가 없으니 말이다. 그러면서 은연 중에 사회적 힘을 갈망하게 된 것 같다. -중략- 가장 먼저 하고 싶은 것은 아르바이트와 여행이었다. -중략- 하지만 어머니와 과외선생님에게 아주 간단히 차단을 당했다. 방황을 한다고 그러셨다. 정신 차리라고. 도저히 이해할 수 없었다. 왜 '좋은 생각이니 한번 나가서 느껴보고 와라'가 아니라 나를 강제로 잡아서 앉혔을까. 나이를 먹고 생각해 보니 어머니와 선생님 입장에선 말리는 것이 일반적이긴 하다. 하지만 참 아쉬운 일이다. 분명 그 시절에 좋은 경험이 됐을 것이다. 말리더라도 그냥 나설 수 있었을 테지만 난 태생적으로 행동에 소극적이다. 여하튼 시도조차 못했지만 독립을 강하게 인식하게 된 계기가 되었다. -후략-
(연세대 공학계열 복학생 서○○)

〈학생글22〉, 〈학생글23〉, 〈학생글24〉의 글쓴이는 부모나 교사가 안내하는 세계 내에 안주하던 주체가 점차 그들과 갈등하면서 심리적 분리를 겪고, 부모나 교사는 물론 더 나아가 세상과 갈등하는 모습을 그려내고 있다. 기존 질서 – 부모나 교사의 조언으로 대변되는 – 에 부딪히고 저항하는 과정 속에서 이전 세계로부터의 분리를 추구하는 한편 자신만의 세계를 세우기 위해 분투하는 주체의 모습을 발견할 수 있다. 많은 학생들이 이와 같은 사건을 자기 역사 서술의 중요 대목으로 꼽고 있는데 그 주제는 대체로 '분리와 독립'을 중심으로 구성된다. 학생들은 글쓰기를 통해 자신이 여전히 이와 같은 '싸움'의 여정 중에 있음을 토로하며 부모나 사회에 대해 양가적인 자신의 감정을 솔직하게 털어놓는다. 그들은 글쓰기를 통해 갈등이 해결되었다고 선포하거나 갈등을 부인하려 들지 않는다. 오히려 여전히 갈등 중인 상황을 그대로 직시하고자 하며 이를 통해 갈등 자체를 다음 단계로의 진입을 위한 생산적인 과정으로 인식하고 부모 등에 대한 자신의 양가 감정을 죄의식 없이 자연스러운 과정으로 받아들인다.

한편 상당수의 학생들은 부모나 교사에게 복종하거나 세상과 타협하는 과정에서 자신이 잃어버렸던 것들을 떠올리며 안타까운 감정을 드러내기도 한다. 〈학생글25〉와 〈학생글26〉의 글을 쓴 학생들은 모두 사회 입문 과정에서 자신이 잃어버렸던 것들을 떠올리고 그에 대한 회한의 감정과 함께, 자신의 현재와 미래에 이 상실이 가질 의미를 열정적으로 기술하고 있다. 이는 곧 의식적으로 부인하거나 인식하지 못했던 상실을 재인식함으로써 상실을 애도하는 과정이라고 할 수 있다. 자기 탐색의 글쓰기가 자기 상실을 애도하는 작업으로 작용하고 있는 셈이다.

> 〈학생글25〉 지금까지의 내 인생에서 가장 기억에 남는 말은 '세상에 하고 싶은 일을 다 하고 사는 사람은 없다'이다. 나는 이 말을 듣는 순간 이 말만큼 내게서 공감을 이끌어내는 말은 없다고 생각했다. 그리고 말 그대로 나는 하고 싶은 일을 다 하고 사는 사람이 아니었다. 그보다는 하고 싶은 일을

거의 못하는 쪽에 속했다. -중략- 하지만, 고등학교에 오면서 그 재미없어 보이는 일상에 변화가 생겼다. 불만족이라는 감정이 싹트기 시작한 것이다. 그 이유는 진정으로 하고 싶은 일이 생겼기 때문인데, 그것은 바로 클래식 악기를 연주하는 것이었다. 배운 적도 없고 많이 해본 적도 없지만, 바이올린이나 첼로 같은 고전 현악기를 연주하는 것이 내가 하고 싶은 일이었다. 방과 후에 농구를 하는 것같이 일회적인 바람이 아닌, 그것은 진정 처음으로 마음 속에서부터 우러나온 미래에 대한 설계였다. 하지만, 이번에도 역시나 나는 하고 싶은 일을 뒤로 접어두었다. 가정 형편을 고려하고, 벌써 고등학생이 되어버린 내 처지를 생각했을 때, 악기 연주자가 되는 것은 당연히 불가능한 일이라는 생각이 들었기 때문이다. 그렇게 나는 대학교에 들어오기까지 하고 싶은 일이란 것을 제대로 해본 적이 없는 사람이 되었다. 해야 하는 것을 하면서 난 언제나 나의 미래를 그렸다. 대학을 위한 공부를 하고, 취업을 위한 공부를 하고, 승진을 위한 일을 하고, 결국에는 월급쟁이로 내 인생의 전성기를 마감하고 은퇴하는 것. 그런 상상을 할 때마다 너무나도 볼품없는 인생이라는 생각은 들었지만, '세상에 하고 싶은 일을 다 하고 사는 사람은 없다'라는 말을 떠올렸고, 진정으로 하고 싶은 것을 하기에는 난 너무 늦었고, 주변의 환경이 뒷받침되지 못한다는 생각을 하면서 난 언제나 이렇게 태어나 버린 나 자신을 안타까워하고 동정했다. 내 탓이 아닌 다른 누군가 혹은, 세상의 탓으로 돌린 것이다. 하지만, 그렇게 매일매일 자기 연민에 빠지고 세상을 탓해봤자 변하는 것은 없었고, 난 또 이렇게 안타까워함에도 변하지 않는 세상을 탓했다. -후략- (연세대 공학계열 김○○)[65]

〈학생글26〉 -전략- 지금의 나는 사회에 굴복해버린 상태다. 주류인간, 어른, 사회적응자, 이런 사람들에게 호감을 얻으려 하고, 그들 중 하나인 것처럼 행동하고 있으며, 꽤 잘해내고 있다. 맞지 않은 옷을 입은 것처럼 괴로울 때도 잦지만, 하라고 하는 대로 사는 것의 안정감과 편안함도 느끼고 있다. 하지만 분명한 것은, 무난하고 평범한 삶은 전혀 아름답지 않다는

65 〈학생글1〉·〈학생글7〉·〈학생글8〉·〈학생글11〉의 글쓴이와 동일인임.

> 것이다. 좋은 학점을 받는 일이나 실용적인 공부를 하는 일은 나에게 예전 같은 쾌락을 전혀 주지 못한다. -후략- (연세대 인문계열 홍○○)[66]

이들은 글을 통해 자신의 현재 모습을 부정적으로 인식하고 있는 듯한 모습을 드러내기도 하고 지금 자신이 느끼는 괴리감에 좌절하는 듯한 인상을 주기도 한다. 그러나 조금 더 자세히 들여다보면 이들이 자괴감과 비탄에 빠져 허우적대는 것도, 성장과 성취를 향해 자기 상실을 부인하며 쉽사리 극복을 부르짖는 것도 아님을 발견할 수 있다. 아래 〈학생글27〉과 〈학생글28〉, 〈학생글29〉는 모두 죽음을 앞둔 가상의 현실을 상상하고 학생들이 유서로 쓴 글이다. 이 유서쓰기 활동에서 교수자는 자기 상실을 애도하는 데 초점을 둘 것을 제안하였다. 학생들은 이 작업을 통해 과거의 상실을 애도하는 한편 자신의 현재를 점검하고 미래에 어떻게 살아갈 것인가에 대한 전망까지 모색하였다.

> 〈학생글27〉 -전략- 이렇게 냉소적으로 스스로를 대하던 때가 어느 순간부터였을까. 감정에 대해서 깊게 생각한 적은 없었지만 분명 어느 시점에서 흐름이 변한 것은 분명하다. 사랑하는 무언가에 미치도록 열정을 쏟아부은 적도 없고, 죽을 만큼 미워한 적도 없었다. 나 자신을 지키기 급급해 솔직하지 못한 내 모습들이 뇌리를 스쳐간다. 뚜렷한 갈망이 부재했으니 생을 마감한다 하더라도 허무감에 흘러나오는 평온함이 있을 수밖에 없다. -중략- 항상 도전의식을 가진 건실한 청년이고 싶었지만 실제로는 위험 중립자였다. 내 행동을 좌우하는 몇 가지 기준을 정해 놓고 그 선을 넘지 않았다. 극단으로 치닫는 것이 두려워 '중용'의 탈을 쓴 겁쟁이의 모습도 보인다. 그 어떤 일에 있어서도 특별한 파장을 일으키지는 않지만 그렇다고 확실하게 자신의 의지를 관철시키지도 못하는 사람이었다. -후략- (연세대 사회계열 전○○)

66 〈학생글3〉의 글쓴이와 동일인임.

〈학생글28〉 나는 떠나려 한다. 나에게 사고가 부여된 이후 기억하는 모든 소중한 것들을 버려야 할 수밖에 없음에, 물론 나는 슬퍼한다. 고집이 세고 욕심이 많아 나는 무엇이든 잡으면 놓지 않으려 했고, 다 내 것이어야 했고, 가지려고 하면 시간이든 돈이든 얼마든지 쏟아붓는, 열망이면 열망이고 욕망이면 욕망인 그러한 마음을 가지고서는, 살아있는 때에 내 모든 그대들에게 무엇 하나 주려고 하지 않았던, 그런 욕심쟁이인 나 자신만이 내 기억 속에, 그대들의 앞으로의 기억 속에 남을 게다. –중략– 어떤 사람들은 일상적이고 평범한 삶을 살기를 원한다. 또 어떤 사람들은 리더로서 역사에 자국을 남기고 싶어한다. 나는 기질적으로 후자겠지만, 넉넉하지 못한 가정환경에서 자라다 보니, 전자에도 만족하는 마음가짐을 가지고 살아왔다. 그렇게 이래저래 양쪽으로 모두 마음을 두니, 어느 한 쪽으로 의지를 굳히지 않았다. 확실히 위험하고 역동적인 삶도 아니었고, 그렇다고 순탄한 삶은 아니었다. 적절하게 위험할 때마다 운이 따라주었고, 필요할 때에 필요한 능력이 발견되어 신기하다 싶게끔 살아왔다. 그렇기에 유서를 쓰는 이 순간에도 두 마음이 서로 충돌하고 있다. –후략–

(연세대 공학계열 황○)[67]

〈학생글29〉 –전략– '솔직함'이 나의 미덕이라고 강조하며 살아온 내 모습 또한 어쩌면 자기 최면이자 이미지로서의 '나'를 꾸민 것에 불과할지도 몰라요. 누구도 나에 대해서 모르는 채로, 누구에게 내 전부를 단 한 번도 드러내지 않은 채로 사라진다니. 이것이 나를 정말로 슬퍼지게 만드는 이유네요. 하지만 사실은 나도 나에 대해서 완전히 알지 못해요. 게다가 설사 안다고 할지라도 마지막 순간에마저 진짜 '나'를 모조리 보여주고 떠날 자신은 없군요. –후략– (연세대 사회계열 김○○)

아래 〈학생글30〉과 〈학생글31〉의 글쓴이처럼 좀 더 직접적으로 자신의 상처를 드러내고 자신의 상실을 애도하는 글쓰기 의도를 적극적으로

67 〈학생글22〉의 글쓴이와 동일인임.

표현하는 이들도 있다. 〈학생글30〉의 글을 쓴 학생은 과거 학교에서 동료 학생들에게 경험한 폭력의 경험을 기술하였고 〈학생글31〉의 글을 쓴 학생은 고치기 어려운 질병을 안게 되면서 가질 수밖에 없었던 상실의 기억을 토로하였다. 두 학생은 모두 글쓰기 실행 후 글을 쓰는 과정이 무척 힘들었음을 고백하는 동시에 자신의 상처와 아픔을 드러내는 것만으로도 마음이 한결 가벼워지는 심리적 변화가 나타났다고 말하였다.[68]

〈학생글30〉 -전략- 난 중학교 기억이 없다. 다니지 않았던 것은 아니다. 어두웠기에, 기억하고 싶지 않았기에 무의식적으로 기억에서 지워 버렸다. 내가 다닌 중학교는 남중이었다. 기억이 흐릿하지만 중3 때 난 한 친구에게 매일 돈을 갖다 바쳤다. 그리 싸움을 잘하는 애는 아니었다. 학교에서 '2진'이라 불리는 아이였다. 아침마다 3층 화장실에 끌려가 천원이나 이천 원씩 매일 빼앗겼다. 누구에게도 말할 수 없었다. 가족에게도 선생님에게도 얘기할 수 없었다. 그렇게 당하고 있는 내 모습이 너무 초라하고 부끄러웠기 때문이다. -후략- (연세대 공학계열 고○○)

〈학생글31〉 극명하게 대립되는 두 공간. 병원과 병원 밖의 세상. 병원 안의 사람들은 이른 아침 혈압을 체크하러 들어오는 간호사의 발소리에 잠을 깨고, 병원 밖의 사람들은 자신이 맞춰둔 알람시계의 울림에 잠을 깬다. 병원 안의 사람들은 자신이 가진 질병과 싸워야 해서 바쁘고, 병원 밖의 사람들은 일에 치여 바쁘다. -중략- 어느새 나는 이중적인 사람이 되었다. 병원에서 요구하는 나의 모습과 세상이 요구하는 나의 모습이 다르기 때문이다. 입원 중에 있을 때는 퇴원만 하면 건강을 지키기 위해 노력해서 다시는 환자복을 입지 않겠다고 다짐하지만 정작 세상에 진입하면 건강을 지키기보다는 세상이 요구하는 내가 되어 버린다. 내 안의 자아는 끊임없이 재

68 이 과정에서 교수자는 상담가의 역할을 자처하지 않았으며 어떤 치유의 의도도 드러내지 않았다.

> 촉한다. 그동안 일보후퇴한 것에 대한 삼보전진을 위해 세상에 발을 내딛자마다 열심히 내달리기 바쁘다. 내가 세상에 순응하기 위해 그토록 애쓰는 이유는 나의 위치가 어중간한 데 있다. 나의 질병은 사람에게 동정을 일으킬 만한 외향적 신체변화를 가져오지 않는다. 오히려 급격한 재발이 이루어질 때 먹는 약은 얼굴을 포동포동하게 살찌울 뿐이다. 세상에 나왔을 내가 환자처럼 굴면 나는 '꾀병'을 부리는 사람이 된다. 세상은 나에게 관대하지 않다. -중략- 그래서 세상에 보내지면 환자인 나는 없고, 고통을 억누르며 여타 보통의 사람들과 똑같이 행동한다. 질병이나 장애를 가진 사람은 둘 중 하나가 된다. 자신이 가진 질병으로 타인에게 동정받는 슬픈 존재가 되거나 질병을 가졌음에도 불구하고 타인에게 귀감이 되는 존재가 되는 것이다. 나는 후자가 될 것을 선택했다. -중략- 내 마음 속 한켠에는 울고 있는 소녀가 있다. 한참 하고 싶은 것이 많을 여고생. 소녀는 하고 싶지만 할 수 없는 것이 너무 많았다. 수학여행도 가보지 못했고, 그 나이 또래들이 좋아하는 피자, 햄버거도 먹지 말아야 했다. -중략- 그 울고 있는 소녀를 외면한 지 올해로 10년째. 너무 강하고 당차 보여서 쉽사리 누군가의 위로를 받지 못해온 소녀. 지금 나는 그 소녀에게 위로와 동정을 허락하고 싶다. (연세대 사회계열 김○○)

'자기 탐색'의 글쓰기는 의도된 발화뿐 아니라 의도하지 않은 발화에까지 관심을 기울이게 만들며 이를 통해 일상적으로는 발견하기 어려운 무의식의 목소리를 간접적으로 경험하게 한다. 또한 '자기 서사' 기술로서의 '자기 탐색'은 주체의 '자기'에 대한 서사적 인식의 내용과 함께 '자기' 내부의 열등한 측면과 균열상을 직면하게 한다. 스스로가 이질적 존재임을 확인하고 이와 화해하는 과정은 적극적인 자기 수용과 긍정의 의미로 해석될 수 있다. 이와 더불어 '자기 탐색'과 '자기 기술'의 과정은 재구성된 기억의 서사를 드러내면서 은폐 기억의 존재를 환기시킨다. 심리적 상처와 더불어 억압의 과정을 성찰하는 계기가 마련되는 것이다.

또한 '자기 탐색'은 무의식적 상실을 발견하고 이를 재환기함으로써 '애도'의 과정으로 작용할 수 있다. 이렇게 해서 '자기 탐색'의 글쓰기는 '자기 치유'의 문을 열어 놓는다. 이때 주의할 것은 '자기 치유'가 '자기 탐색' 글쓰기의 목표가 아니라 효과가 되어야 한다는 사실이다. '자기 탐색' 글쓰기는 교정이나 극복, 억압적인 양심의 고백, 임상적 의미의 치료, 발달 과업의 성취나 정상성 회복 등으로 협소하게 해석되어서는 안 된다. 이런 해석에 빠져들면 '자기 탐색'의 글쓰기가 오히려 주체의 강박과 불안, 우울을 더욱 심화시킬 수 있다.

미셸 푸코는 지식의 계보와 권력 구조의 배후를 추적하는 지적 활동의 궤적 속에서 '자기의 테크놀로지'가 역사적으로 변천하는 과정을 탐구하였다. 그는 그리스-로마 시대에는 '자기의 테크놀로지'가 자기 자신을 돌보고, 자기 자신을 배려하고, 자기 자신으로 되돌아가고, 자기 자신에 은거하고, 자기 자신에게서 즐거움을 발견하고, 오직 자기 자신 안에서만 쾌락을 추구하고, 자기 자신과 더불어 지내고, 자기 자신과 친구가 되고, 성체 속에 있는 것처럼 자기 자신 안에 있고, 자신을 치료하고, 자기 자신을 경배하고, 자기 자신을 존중하는 것을 주요 덕목으로 삼고 있음을 발견하였다.[69] 그는 '인간이 자기 자신을 배려하는 행위는 끊임없이 글쓰는 행위와 결합되었다'고 진술하기도 하였다.[70] '자기에의 배려'가 억압적이지 않은 자기에의 몰입과 성찰과 비판적 거리 두기를 전제로 한 '자기로의 회귀', 온전하게 '자기' 안에 머무르면서 스스로를 돌아보

69 푸코에 따르면, 이와 같은 '자기에의 배려'는 기독교적 세계관이 지배하는 시기를 거치면서 '자기 포기'나 '자기 배제', '자기 억압' 등을 전제로 하는 '공허한 배려'로 왜곡되고 근대에 이르러 더욱 확고하게 강화되고 만다(미셸 푸코, 『주체의 해석학』, 앞의 책, 55쪽).

70 미셸 푸코, 『자기의 테크놀로지』, 앞의 책, 52쪽.

고 치유하는 작업으로 해석된다면 '자기 탐색'의 글쓰기가 창출하는 긍정적 효과 역시 '자기에의 배려'로 표현될 수 있을 것이다.

6. 나오며

'자기 탐색'의 진정한 의미가 푸코의 지적대로 '자기에의 배려'에 있다면 이는 곧 억압적인 자아 관념을 해체하고 정체성의 신화를 탈자연화함으로써 '자기'를 해방시키는 작업이 된다. 이는 글쓰기 주체가 직면한 실존적 조건에 가장 성실하게 응답하는 글쓰기 교육의 '실용적' 목적으로 전유될 수 있다.

'인문학 위기' 담론이 급속하게 확산되는 환경 속에서도 글쓰기 교육이 확대·심화되는 현상은 글쓰기의 표피적이고 파편화된 도구적 성격에 기인하는 것이 아니라, 글쓰기 고유의 목표와 지향 속에 남아 있는 인간과 세계에 대한 탐구가 대학 교육 내에서 여전히 유의미한 내용으로 남아 있어야 한다는 인식에 기인한다. 최근 대학 글쓰기 교육 연구 영역 내에서 이론적 모색이 더욱 활성화되고 새로운 수업 모형 개발이 점차 가속화되는 까닭도 대학 교육의 도구적 성격만을 기형적으로 강조하는 현실 사회의 흐름을 거스르고자 하는 글쓰기 교육 담당 주체들의 문제의식이 심화되고 있기 때문일 것이다. 대학 내 글쓰기 교육의 인문학적 근거와 지향을 정치하게 재구성하는 학문적 활동을 통해 글쓰기 교육의 천박한 도구화에 저항하는 셈이다.

이런 관점을 수용할 때 대학의 글쓰기 교육은 사회입문을 앞둔 청년들이 스스로 자기 존재 이유와 세계 내에서의 자기 위치를 새로이 성찰함으로써 현실 사회의 흐름에서 한 발짝 물러선 비판적 거리를 유지할 수 있도록 자극하고 지지하는 역할을 다할 수 있을 것이다. 직업 세계로의 입문과 동시에 거대한 도구화의 흐름에 맹목적으로 순응하여 스스로 집단과 조직을 위한 땔감이 되기를 자처하지 않도록, 청년들을 더욱 자존감 높은 주체로 준비시키는 작용을 할 수 있는 것이다. 특히 '자기 탐색'의 글쓰기는 대학 교육 공동체의 개별 학습 주체들이 자신이 살고 있는 현실 세계의 '현재'에 굴복하지 않고 '미래'를 제안하는 패기를 품을 수 있도록 격려하고 지원할 수 있다. 현실의 묵수와 답습, 지배적 흐름에의 동화와 종속에서 벗어나 스스로를 존엄하고 고유한 개별 존재로 지켜내고자 하는 청년들의 활동을 촉진하는 힘을 발휘할 수 있기 때문이다.

현실 세계로 돌진하는 청년들의 이와 같은 방향 전환, 곧 자기에로의 복귀를 제대로 지원하려면, '자기 탐색'을 비롯한 갖가지 대학 글쓰기 교육 프로그램이 인문 교양적 가치를 부르짖거나 규범적으로 강조하는 데서 벗어나 좀 더 구체화되고 체계화되어야 한다. 이 글은 이와 같은 문제의식에 기반을 두고, '자기 탐색' 글쓰기 수업의 목표와 필요성, 효과와 의의를 더욱 적극적으로 설득하기 위해 시작되었다.

'자기 탐색' 글쓰기는 종종 '자기 치유적 글쓰기'로 언급되곤 한다. 그러나 이 글에서는 '치유'를 '자기 탐색' 및 '자기 서사' 재구성의 효과 가운데 하나로 인정하기는 하되 이와 같은 활동의 궁극적인 목표로 설정하지는 않았다. 이는 최근 치유의 담론이 만들어낸 부정적 효과들에 대한 비판적 인식에 토대를 두고 있다. 오늘날 치유 담론은 '자기 치유'에 매진하지 않는 사람이라면 스스로 행복해지기를 포기하거나 이를 게을리하는 사람이며, 이는 곧 자기 자신을 방기하는 일이라는 암묵적 강박을 개인에게 심어주기에 이르렀다. 치유에 대한 강박이 또다른 상실과 불안을 야기하고 있다고 해도 과언은 아닐 것이다. 치유가 부단히 자신을 새로운 단계로 끌어올리는, 말 그대로 '자기 개발(開發) – 계발(啓發)이 아닌–'의 신화에 복무하면서 이 사회가 강권하는 성취 목표의 목록에 새로운 과제로 그 이름을 올리게 된다면 치유는 결국 교정과 교화의 회로로 귀환하고 만다.

게다가 치유가 오로지 행·불행의 문제를 개인의 문제로 한정하고 억압이나 억압으로부터의 해방을 개별 주체의 몫으로만 남겨둔다면, 치유의 담론은 사회적 모순을 은폐하고 구조적 필연성을 개인적 선택과 우연의 문제로 치환하는 신자유주의 동화 전략에 정확히 합치하는 지배 담론으로 기능하게 될 것이다. 무엇보다 이와 같은 징후의 발견이 우려스러운 것은 잘못 노정된 치유의 길이 거짓 위안과 섣부른 긍정의 압박 속에서 아직 말해지지 않았거나 덜 말해진 고통의 입을 막아버리는 결과를 초래할지 모르기 때문이다.

비판적으로 사유되지 않은 채 문화 상품으로 포장된 치유의 담론은, '아프다, 힘들다'고 말해도 좋다 하고선 다시 사회적으로 인정할 수 있는 고통만을 말하게 하거나 이미 동질화·규격화된 고통의 내용에 자신의 것을 끼워 맞추게 함으로써 말문을 막아버리는 결과를 초래할 수 있다. 개별 주체는 또다른 '말할 수 없음'의 금기를 무의식적으로 떠안게 되는 것이다. 이번에야말로 오롯이 자신의 몫으로만 남겨진, 정확하게는 자신의 탓으로 돌려진 상실이기에 이것은 영원히 애도할 수 없는 상실, 곧 우울로 귀결되고 만다.

따라서 '자기 탐색' 글쓰기는 오로지 자기 안에 머물면서 자기를 끌어안고 자기를 배려하는 '자기 돌봄'의 작업이 되어야 한다. 동시에 이와 같은 자기 존중은 내면의 이질성을 발견하여 '내 안의 타자'와 마주하는 과정이 되어야 하며 이로 인해 '자기 돌봄'은 폐쇄적인 자기 세계로의 회귀가 아니라 사회적 억압과 통제를 직시하면서 사회적 타자에 대한 존중으로 나아가는 단계로 확장된다. 나의 아픔을 어루만지면서 타인의 아픔에 공감하는 능력을 획득하게 되는 것이다. 내 안의 차이에 대한 이해가 내 바깥의 차이에 대한 이해로 나아가는 길이야말로 공존과 연대의 진정한 초석이 된다. 그러므로 '자기 돌봄'의 성찰적 글쓰기는 개인적인 위안과 반성에 머무르지 않는 사회적 실천의 첫 걸음이 될 수 있다.

장르의 전형성과 대학 글쓰기 교육의 한 방향

나은미
한성대학교

1. 서론

이 연구는 장르의 개념 및 특징을 고찰하고 이를 토대로 대학 글쓰기 교육의 한 방향을 모색하기 위한 것이다. 한 방향이라고 한 것은 대학에서 글쓰기 교육은 특정 대학이 지향하는 바에 따라 또는 전공 차원인지 교양 차원인지 등에 따라 다양한 차원에서 가능하기 때문이다.

장르 중심 관점이 글쓰기 교육에서 지배 담론이 된 지 상당한 시간이 흘렀고 관련 연구물도 늘고 있다. 이는 장르 중심 쓰기 이론이 기존의 쓰기 이론이 안고 있는 문제점에 대한 해결책이 될 수 있을 것이라는 기대와 공감대의 반영이라고 볼 수 있다(김명순, 2003:120). 실제로 장르 중심 쓰기 관점은 맥락을 배제한 텍스트 결과물에 중심을 둔 전통적인 쓰기 관점과 쓰기 행위를 개인의 인지적 문제 해결과정으로 보고 접근한 과정 중심 쓰기 이론의 한계점을 보완하고 있다. 예컨대 장르 중심 이론은 특정한 맥락을 고려한 쓰기를 전제하고 해당 맥락의 구현에 적절한 텍스트의 구성 전략을 전제함으로써 맥락과 고립된 텍스트의 문제를 해결하려고 하였으며, 쓰기 주체인 개인을 사회적 개인으로 상정하고 문제

해결과정으로서의 쓰기 과정의 수행을 수용하고 있다.

그런데 쓰기 능력과 같이 실천적 수행 능력이 중요한 영역에서는 작문의 과정이나 현상을 밝히거나 작문 과정의 일반화 내지 보편화를 추구하는 이론 측면의 연구도 중요하지만 교육 현장에서의 실천력을 갖는 교육적 측면이 더 중요할 수 있다.[1] 다행히 서로 다른 패러다임 하에 진행되는 이론도 교육의 측면에서 볼 때는 필요한 부분을 서로 융합하거나 응용할 수 있다(노명완, 2010:28).

그럼에도 불구하고 지금까지의 연구는 이론적인 측면의 논의와 교육 현장의 실천적 논의가 상호 보완적인 관점에서 진행된 연구는 그리 많지 않은 것으로 보인다. 특히 대학 작문교육 환경을 대상으로 한 경우는 더욱 더 그렇다.[2] 이에 필자는 장르 중심 관점에서 핵심 개념인 장르가 무엇인지를 규명하고 이를 기반으로 하여 대학에서 글쓰기 교육의 한 방향을 제안하고자 한다.

2장에서는 선행 연구를 토대로 장르의 개념 및 특징을 고찰한다. 그리고 3장에서는 2장에서 추출한 장르의 전형성이라는 개념과 스카마의 관련성을 논의하고, 이러한 이론적 토대를 근거로 4장에서는 대학 글쓰기 교육의 한 방향으로서 전형성 교육을 제안할 것이다.

---

1 정희모(2011)는 우리의 작문 교육에서 작문 이론이 갖는 추상성을 비판적으로 검토한 바 있다. 그는 작문 과정의 일반화나 보편화를 추구하는 것, 작문 현상, 방법이나 이론에 대한 비평과 같은 이론적 패러다임과 창작방법이나 교수 방법 등과 같은 교육적 패러다임이 상호 영향을 주며 발전할 수 있도록 서로 인정하는 것이 교육 문제를 해결하는 길이라고 하였다.

2 글쓰기 분야에서 장르를 대상으로 한 연구는 정정순(2000), 최인자(2000), 김혜영(2002), 김명순(2003), 선주원(2010), 나은미(2011) 등이 있는데, 이 중 대학에서 쓰기 교육을 대상으로 한 것은 나은미(2011)를 들 수 있다.

2. 장르의 개념 및 특징

전통적으로 '장르(genre)'[3]는 서정, 서사, 극 또는 소설, 희곡, 수필, 평론 등과 같은 문학 범주를 지칭해 왔으나, 오늘날에는 영화, 음악, 무용, 건축 등 다양한 분야에 확장되어 광범위한 영역에서 쓰이고 있어 그 정의가 쉽지 않다. 선행 연구자들의 장르에 대한 설명을 통해 장르의 개념 및 특징을 추출하기로 한다.

> (1) "내가 주장하는 수사적 장르는 수사적 실천, 즉 한 사회에서 '함께 수반되는 행위(acting together)'로 공고하게 된 담화에 대한 관습으로서 수사적 실천에 근거를 둔다. 장르는 분류하기 위한 것이 아니며, 어떤 사회 속에서 변화, 진화, 쇠멸되는 장르의 수를 지칭하는 것도 아니다. 장르는 그 사회의 다양성과 복잡성에 의존하는 것이며 뚜렷한 경계를 갖는 것이 아니다." (Miller, 1984:163)

Miller(1984:163)는 장르를 수사적 실천이라고 본다. 그에게 장르는 한 사회에서 어떤 실천에 '함께 수반하는 행위(acting together)'로 굳어진 일종의 '관습화된 담화 범주(conventional category of discourse)'이다. '관습화되었다는 것'은 어떤 수사적 행위가 일회적인 것, 사적인 것이 아님을 의미한다. 이는 장르가 반복적인 행위이며 동시에 사회적인 행위라는 것을 의미한다.[4]

---

3 논의에 앞서 '장르(genre)'라는 용어를 그대로 사용할 것인가 아니면 번역어를 사용할 것인지에 대해 논의할 필요가 있다. 필자는 졸고(2011:177-180)를 통해 번역어인 '갈래'나 '유형'보다 '장르'라는 용거가 적절함을 밝힌 바 있다. 자세한 내용은 나은미(2011)를 참조할 수 있다.

4 그는 장르는 개인적인 의도와 사회적 사태를 매개하는 수사적인 수단이지만, 이것은 개인적인 것을 공적인 것으로, 한 번의 사건을 반복적인 것으로 연결함으로써 동기화된다고 하였다. 이는 구체적인 개인의 실천행위가 장르 구현으로 인정되기 위해서는

(2) "장르는 한 집단의 의사소통 사건들로 이루어진다. 그 의사소통 사건의 구성원들은 몇몇 의사소통 목적의 세트를 공유한다. 이 목적은 모어 담화 공동체의 전문가 구성원들에 의해 인지되고, 이러한 인지가 특정 장르에 대한 근거를 구성한다. 이러한 근거들은 담화에 대한 스키마 구조를 형성하고 내용(content)과 문체(style)를 선택하거나 또는 선택하지 못하도록 제약을 가한다. 의사소통 목적은 하나의 특권적 기준임과 동시에 수사적 행위와 같은 장르의 영역을 유지하도록 작동하는 것이다."

(Swales, 1990:58)

Swales(1990:58)는 장르가 '구성원들이 의사소통 목적의 다발로 공유하는 의사소통적 사건들의 부류'로 구성된다고 본다. 이는 장르 지식을 구성하는 가장 영향력 있는 기준이 의사소통 목적이라는 것을 의미한다. 그런데 이러한 지식들이 특정 담화에 대한 스키마 구조를 이루며 향후 특정한 의사소통 목적 달성을 위한 장르 실천의 규약으로 작용된다는 점이다. 이는 특정 담화에 대한 장르 지식이 구체적인 실천 행위의 근거로 작동되며 동시에 새로운 실천에 의해 역동적으로 변화하는 동적 실체임을 의미한다.

(3) "어떤 사건이 사회적 사건의 한 부분이 되기 위해서는, 각각의 사건은 그 사건에 필요한 그 장르와 유사해야 한다. 하지만 장르가 의사소통 행위의 유형으로 인지된다하더라도 장르는 현실 속에서는 우리가 볼 수 있는 단지 추상적 아이디어이다. 왜냐하면 우리가 눈으로 볼 수 있는 것은 장르가 아니라 텍스트이기 때문이다." (Hyland, 2007:54-55)

그러한 사건들이 동일한 소통 목적의 실천을 위해 반복되며, 동시에 공적인 행위로 인정되어야 함을 의미한다.

위의 설명 역시 장르가 사회적 실천 행위임을 분명히 하고 있다. 문제는 Hyland(2007:54)도 지적하고 있듯이 장르가 특정한 의사소통 행위의 유형으로 인지된다고 하더라도 현실 속에서 볼 수 있는 것은 그러한 장르가 실현된 텍스트라는 점이다. 즉 장르가 텍스트의 유형이 아니라 추상적인 아이디어라는 점이 장르 중심 교육의 어려움이기도 하다.

지금까지의 내용을 정리해 보면, 장르는 텍스트의 유형이라기보다 사회적 실천 행위임을 알 수 있다. 즉 특정 사회의 규범과 같은 것이라고 할 수 있는데, 이러한 실천으로서 장르 지식은 모어 담화 공동체 구성원들에게 공유되고 있으며, 그러한 공유 지식이 특정 담화에 대한 스키마를 형성한다. 그리고 그렇게 형성된 스키마는 개인이 새로운 글을 쓸 때 선택 및 제약의 조건으로 기능하며, 동시에 읽는 이에게는 텍스트 이해의 단서를 제공한다.

특정 담화에 대한 스키마 형성이 그 담화 공동체의 구성원들에 의해 형성되지만, 동시에 그러한 구조가 개인의 글쓰기 활동에 영향을 미치는 순환적 구조를 보인다는 점은 이데올로기의 형성 및 기능과 유사한 측면이 있다. 이는 "쓰기 활동이 더 이상 '자신의 생각을 어떻게 효과적으로 표현하느냐'냐 하는 식의 개인의 자율적 활동으로 이해될 수 없다"(최인자, 2000:28)는 것을 의미한다.[5]

선행 연구들을 통해 우리는 장르 지식을 구성하는 가장 높은 층위의 요인은 '의사소통 목적'이고, 그러한 목적 달성에 결합된 실천적 행위가 개인적인 선택과 취향의 문제가 아니라 담화공동체가 인식하는 하나의

---

5 사실 쓰기뿐 아니라 말하기 상황 역시 개인의 자유로운 선택이라고 보기 어렵다. 우리는 말하기 상황에서 참여자들이 누구인지에 따라 내용, 말투, 말차례 등 다양한 차원에서 선택에 제약을 받는다. 예를 들어 부모나 스승과 성에 대해 얘기하기 어려우며, 아랫사람이 윗사람에게 명령의 어법을 사용하기 어렵다.

'관습'임을 알 수 있다. 이는 특정 담화공동체마다 특정 의사소통 목적을 달성하는 데 가장 효과적이고 경제적인 방법, 그에 따른 텍스트 구현 전략이 존재한다는 것을 의미한다. 그래서 장르는 종종 뭔가를 달성하기 위해 말해지는 '정해진 과제(job)'로 정의되기도 한다(Hyland, 2007:57). 특정 장르의 실천이 분명한 목표 달성을 위한 것이라는 점, 그리고 그 목표 달성을 위한 어떤 것이 과제(job)와 같이 '정해진' 그 무엇을 갖는다는 것을 의미한다. 즉 장르 지식은 특정 목적에 적절하다고 인정되는 정해진 그 무엇으로 구성되는데, 그 무엇은 절차, 구조, 어휘, 문제 등 다양한 층위에서 가능할 것이다. Miller(1984)의 표현에 의하면 이러한 '정해진 것들'이 '전형(典型, type)'이 되며[6] '특정한 장르에 구현된 전형의 총합'이 곧 특정 장르의 지식이 되는 것이다.[7]

3. 장르의 전형성과 스키마

전형성(typicality)은 담화 공동체 내에서 하나의 장르가 어떻게 자리를 잡아 가는지, 즉 특정 담화공동체에서 장르로 인정되어 가는지 그리고 유지되어 가는지를 설명하는 기제가 된다. 위에서 살펴보았듯이 장르는 하나의 사회적 실천이 반복됨으로써 구현된다. 이 과정에서 이러한 실천과 결합된 특정한 언어 표지 및 언어 전략들이 특정한 텍스트의 양식화와 결부되고 그러한 양식화가 사회적으로 공인됨으로써 하나의 장르로 인정될 것이다.

6 필자는 장르를 '사회문화적 맥락 속에서 순환적 반응에 의해 형성된 전형성의 총합'이라고 정의한 바 있다. 자세한 내용은 나은미(2011:177-180)를 참조할 수 있다.

7 전형(典型)은 '어떤 부류의 유형(type)'이라는 의미로 개개의 특징적 형태를, '전형성(典型性)'은 '전형들의 성질 또는 속성'을 지칭하기로 한다.

그렇다면 전형성이 유지되는 이유는 무엇일까? Tribble(2003:85)은 그 이유를 장르적 제약을 준수하는 것이 그렇지 않는 것보다 이득이 되기 때문이라고 한다.

(4) "After waiting for two weeks for a reply about the letter of complain I sent to you. I thought it was necessary for me to write you again in order to let you know how disappointed I am."[8]

(5) "I am very unhappy with the accommodation you have arranged for me. I have already argued in person but in vain; here the bathroom is dirty and the shower doesn't work and more over a security system is inexistent."[9]

(4)와 (5)는 무엇인가에 대한 불만을 토로한 편지이다. (4)는 본격적인 용건(불만 내용)을 전달하기 전에 읽을 사람과의 관련을 세우려고 시도를 하고 있으며 글쓴이가 왜 이 편지를 쓰는지 불만의 근거를 설명할 필요가 있음을 깨닫고 있다는 것이 잘 드러나 있다. 반면 (5)는 불만의 세부 내용을 바로 기술하고 있으며 읽을 사람과의 관련성을 세우려는 시도가 전혀 없다(Tribble, 2003:85).

그런데 영국인들은 위의 두 유형 중에서 (5)보다 (4)를 '불만의 편지'로 더 적절하다고 본다고 한다. 더 적절하다고 보기 때문에, 즉 (4)의 유형이 '불만의 편지' 유형으로 더 좋은 사례라고 기대하기 때문에 (4)의

8 "제가 귀하에게 보낸 불평의 편지에 대한 회신을 2주도 넘게 기다린 뒤에, 얼마나 제가 실망하였는지를 알리기 위해 귀하에게 다시 편지를 써야겠다고 생각했습니다."

9 "귀하께서 저에게 배당해 준 편의시설이 저는 아주 언짢습니다. 이미 개인적으로 따졌지만 허사였습니다. 이곳 화장실은 더럽고, 샤워기는 작동하지 않으며 더욱이 보안 시설이 전혀 없습니다."

유형이 불만의 편지 유형으로 유지된다는 것이다.

이는 일종의 제약 조건, 즉 전형성이 유지되는 이유가 읽을 사람들이 기대 때문이라는 것이다. 그렇다면 읽을 사람들은 왜 그러한 기대를 하는 것일까? Swales(1990:84)는 읽을 사람의 기대를 스키마 구조(schemata structure)와 관련하여 설명한다.

(6) 스키마 구조와 장르의 관계(Widdowson 1983, Swales 1990:84 재인용)

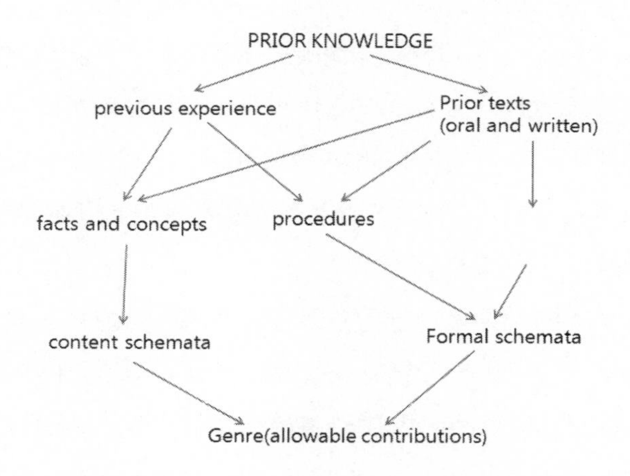

위의 그림은 스키마(schemata)가 어떻게 특정 장르의 유지에 관여하는지를 보여준다. 주지하다시피 스키마는 어떤 지식이 낱낱으로 저장되는 것이 아니라 일정한 단위로 묶여서 저장되는 것을 의미한다. 이러한 스키마는 어떤 정보를 이해하는 과정에서 해당 정보를 받아들이는 데 이상적인 지식 구조를 형성하고, 필요한 정보를 선택적으로 수용할 수 있게 한다. 또한 언어 자료에 명시되지 않은 정보를 찾는 추론이 가능하도록 하고, 정보의 탐색 순서나 절차의 근거가 되며, 읽은 정보를 일관성 있게 재구성하는 역할을 한다(국어교육학 사전:453-454). Swales(1990:84)에 의하면 이러한

스키마는 내용 스키마(content schemata)와 형식 스키마(formal schemata)로 구조화된다. 내용 스키마는 삶 속에 동화된 직접적인 경험에 의해 형성되며 형식 스키마는 이와 관련된 다양한 행위와 그러한 행위에 동화된 언어적 경험들로 이루어진다. "형식적 스키마가 바로 특정한 사회 목적을 위해 글을 쓰는 사람들에게 적절한 낱말 표현과 조직화된 텍스트를 만들어 낼 수 있는 근거를 제공한다. 또한 이러한 형식적·절차적·내용적 스키마는 사람들이 특정 장르의 사례를 확인하고 그 원형성(prototypicality)의 등급을 평가하는 근거로도 작용한다."(Tribble, 2003:85). 예컨대 사람들은 특정한 행위에 적절하다고 인정되는 언어적 경험들을 토대로 스키마 구조를 형성해 나가며 또한 새로운 의사소통 상황에 부딪쳤을 때 기존의 스키마 구조에 근거하여 특정 행위에 적합하다고 판단되는 언어를 산출한다. 또한 그러한 스키마 구조는 타인의 언어적 산출물이 얼마나 원형적인지를 판단하는 근거로도 작동되는 것이다.

장르와 스키마 이론의 결합은 특정 장르를 유지하는 하는 것이 그렇지 않은 것보다 읽는 사람들, 담화 공동체의 기대에 적절하며 이러한 기대가 특정 장르를 유지하는 기제가 된다는 것이다. 물론 위에서도 언급했듯이 담화 공동체가 특정 장르에 대해 갖는 기대는 스키마가 새로운 정보에 대한 의미 형성에 기여하는 바가 크기 때문이다.

4. 장르의 전형성과 대학 글쓰기 교육

4.1. 전형성 교육의 필요성

교양으로서 대학 글쓰기 교육은 위에서 언급한 장르의 특성과 대학 글쓰기의 환경을 동시에 고려해야 할 것이다. 주지하다시피 〈사고와 표현〉류와 같은 교양 글쓰기 강좌를 수강하는 학습자는 대체로 대학에 갓 입학한 1학년들이다. 이들은 대학이라는 새로운 맥락, 해당 학문 담화 공동체의 맥락에 익숙하지 않다. 또한 대부분의 학생들이 1학년 때 교양 강좌로 경험하는 글쓰기 활동 이외에 특정 장르에 대한 경험이 부재한 상태로 사회에 진입하게 된다.

> (7) "우리는 교육을 받아 오면서 다른 많은 유형의 보고서를 쓰도록 요구받아 왔다. 이러한 보고서는 25페이지 분량의 연구보고서로부터 '기술과 인간' 과목에서 매킨토시 컴퓨터의 발달이라는 1페이지 분량의 짧은 보고서에 이르기까지 다양하다. 분명히 이 두 가지 유형의 보고서는 각기 다른 종류의 글쓰기 스타일을 요구한다. -중략- 이러한 유형의 글쓰기 문제는 때때로 여러 가지 문제의 원인이 될 수도 있는 것이다. 이러한 문제에는 각기 다른 쓰기 과제에 따라 어떤 유형의 글쓰기 스타일을 고려해야 할지에 대해 결정하여야 한다든지, 각 교과목이 요구하는 보고서의 스타일을 이해해야 한다든지, 또 이러한 글쓰기 스타일을 계속 유지해야 하는지 등의 문제를 포함하고 있다. 또 다른 문제로는 이러한 문제와 관련해서 나 같은 대학 1학년생이 고등학교 때와는 다른 대학에서의 글쓰기 스타일의 문제에 적응하는 문제가 있을 수도 있다. 고등학교로부터 대학으로 넘어오면서 내가 경험한 가장 어려웠던 점은 작업에 대한 부담감이라기보다 '대학에서 요구하는 글쓰기의 스타일'을 배우는 문제였다."
>
> (플라워, 1993, 원진숙·황정현 옮김, 1998:56 재인용)

(7)의 글은 대학 신입생이 겪는 어려움을 잘 보여준다. 특히 마지막 문장은 글쓰기 어려움이 '대학에서 요구하는 글쓰기 스타일'에 대한 지식에 기인함을 보여준다.

한편 대학 글쓰기 강좌를 담당하는 교수자의 환경도 학습자와 마찬가지이다. 대부분의 교수자가 글쓰기 전공자가 아닐 뿐 아니라 다양한 분야의 학문 영역에 기반을 두고 있어 학문공동체로서의 공동체적 기반도 없는 실정이다. 또한 대부분은 학문 담화 공동체 이외의 맥락에서 글쓰기 경험이 거의 없다고 할 수 있다.

대학에서 글쓰기 교육은 이러한 맥락을 고려해야 할 것이다. 필자는 대학에서 글쓰기는 사회문화적 맥락에 따른 전형에 대한 교육이 선행되어야 하며 이러한 전형 교육의 토대 속에서 창의적 쓰기 활동이 이루어져야 한다고 생각한다.[10]

글쓰기 교육에서 오랫동안 '개성적 글쓰기', '창의적 글쓰기'라는 미명하에 '전범(典範), 전형(典型), 모방(模倣)과 같은 어휘는 반성 없이 그 사용이 봉인되어온 감이 있다. 하지만 "장르의 변용과 교섭에서 교섭의 대상은 일차적으로 기존 장르이다."(김명순, 2003:139). 장르 중심 쓰기에서 새로움이나 창의성은 결국 기이함이 아니라 기존의 것의 변용과 해체, 융합 속에서 도출되는 변이형인 것이다.

물론 대학 글쓰기에서 모든 장르에 대해 미리 체험할 수는 없다. 위에서도 논의하였듯이 장르는 기존의 전형을 공유하는 특징이 있지만 역사적인 관점에서 볼 때 새로운 장르의 출현 및 기존 장르의 변용에 의해 전형의 유형 및 구성은 늘 역동적이기 때문이다.

그러므로 글쓰기 교육에서는 장르의 전형성과 역동성 등에 대한 장르적 특성에 대한 이해가 선행되어야 할 것이다. 예컨대 장르가 사회적 실

---

10 특정 장르의 전형성에 대한 교육에 대한 비판적 견해도 많다. 실제로 "특정 장르의 쓰기 방법을 제시하고 이를 동화되도록 교육하는 것은 쓰기 주체의 주체적이고 창의적인 행위를 가로막을 염려가 있다."(최인자, 2001:45). 하지만 장르 전형에 대한 교육은 단순히 특정 텍스트를 모방하는 것과는 다르다. 물론 이러한 전형에 대한 교육이 자칫 창의성을 가로막을 수 있다는 우려가 있기는 하나 장르의 창의적 변용은 특정 장르에 대한 실천이 능숙한 전문가 그룹에서 나올 가능성이 있다는 점을 고려할 때 대학 신입생을 대상으로 하는 글쓰기 교육에서는 전형화 측면의 교육이 선행될 필요가 있다.

천 행위임을, 글을 쓰는 행위가 사회적 상호작용임을, 특정한 장르의 실천에 따른 절차, 구조, 어휘 등과 같은 언어적 전략이 존재하며 이러한 전형이 스키마 구조를 이룬다는 점 등이 교육되어야 할 것이다.

또한 장르가 하나의 사회적 관습 규약으로서 개인의 글쓰기에 제약이 되기도 하지만, 이러한 규약이 완전히 닫힌 구조가 아니라 개인의 창의적 영역과 연결되는 역동적인 열린 구조임을 동시에 교육할 필요가 있다.

4.2. 전형성 교육을 위한 준비

장르에 대한 이해가 선행된 다음 특정 장르의 구체적인 실천에 필요한 전형에 대한 지식의 습득이 뒤따라야 한다. 물론 전형이 무엇인지에 대해 충분히 설명되어야 할 것이다. 특정 장르의 전형의 총합을 특정 장르의 지식이라고 본다면 특정 장르에 대한 지식, 즉 장르 지식은 의사소통 목적에 대한 지식(Knowledge of the communicative purposes), 텍스트를 구성하고 해석하는 데 필요한 형태에 대한 지식(Knowledge of the appropriate forms), 내용 및 사용역에 대한 지식(knowledge of content and register), 하나의 장르에서 발견되는 상황맥락에 대한 지식(knowledge of the contexts) 등을 포함한다(Hyland, 20017:56). 즉 다양한 층위의 전형이 가능할 터인데, 이러한 전형은 구조, 문체, 내용, 의도된 독자의 측면에서 유사한 패턴을 드러냄으로써 담화 공동체에게 인식될 것이다. 만약에 어떤 텍스트에 이러한 전형들이 모두 구현된다면 그 담화 공동체는 그 텍스트를 원형적(prototypical)이라고 인식하게 된다(Swales, 1990:58). 이는 특정 장르에 대한 더 좋은 보기와 더 좋지 않은 보기가 있을 수 있다는 것을 의미하며 어떤 텍스트에 대해 'A가 B보다 더 적절하다'는 판단이 가능하다는 것을 의미한다.

전형에 대한 이러한 설명은 우리가 어떤 텍스트를 접했을 때, 특정 의사소통의 목적을 달성하는 데 더 적절한 텍스트와 그렇지 않은 텍스트를 평가할 수 있으며, 이러한 평가의 근거가 원형적 보기에 대한 지식이 된다는 것을 의미한다.

그러므로 장르 기반 글쓰기 교육이 효과적으로 이루어지기 위해서는 특정 장르의 원형적 보기와 그 보기를 통한 전형들을 추출할 필요가 있다.

(8) 전형성 교육을 위한 준비 흐름도

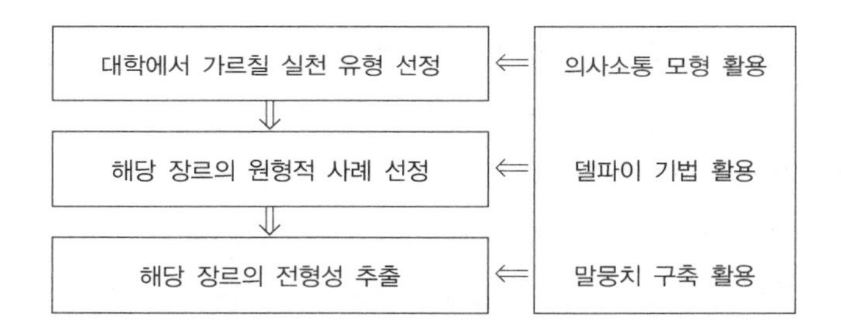

장르의 전형에 대한 교육이 효과적으로 이루어지기 위해서 가장 먼저 해야 할 일은 대학에서 가르칠 실천 유형을 분류하고 선정하는 것이다. 대학마다 지향하는 교육 목표가 다르고 그러한 교육 목표에 따라 초점을 두는 방향이 다를 수 있는데 이러한 점을 고려하여 대학 신입생들이 경험해야 할 장르 유형을 선정하고 장르 실천을 위한 전형성을 추출할 필요가 있다.[11]

11 대학이 지향하는 바에 따라 장르의 선정 목록이 달라질 수 있을 것이다. 예를 들어 학문 후속 세대를 양성하는 것인지, 교양인을 길러내는 것인지, 직업인을 길러내는 것인지에 따라 선정될 장르의 목록이 달라질 것이다. 대부분의 대학은 대학 1학년 이후에 따로 글쓰기를 개설하지 않는다는 점을 고려할 때 위의 세 가지 유형이 모두 포함될 수도 있을 것이다.

가르칠 장르를 선정한 후에는 해당 장르의 원형적 사례를 선정한다. 사례의 선정은 델파이 방법(delphi method)을 활용할 수 있다. 이 방법은 어떤 문제에 관하여 전문가들의 견해를 유도하고 종합하여 집단적 판단으로 정리하는 일련의 절차를 말한다. 이는 '두 사람의 의견이 한 사람의 의견보다 정확하다'는 계량적 객관화의 원리와 '다수의 판단이 소수의 판단보다 정확하다'는 민주적 의사결정의 원리에 논리적 근거를 둔 것이다(이종성, 2006:7).[12] 원형적 보기는 글쓰기 교수자 집단으로부터 추천을 받거나 전문가라는 평을 받는 필자들의 글을 대상으로 할 수 있을 것이다.

선정된 원형적 보기를 이용하여 말뭉치를 구축하고 이를 토대로 특정 장르의 전형들을 추출할 수 있다. 말뭉치를 이용하여 장르적 특징을 추출한 연구로 강범모(1999)를 들 수 있다. 이 연구는 광범위한 텍스트를 대상으로 유형별로 말뭉치를 구축하고 그 언어적 특징을 추출한 것이다. 전체 코퍼스의 평균에 비해 특정 장르의 언어 표현의 빈도가 얼마나 높은지 낮은지, 즉 특정 장르에 나타나는 두드러진 표현을 알 수 있다는 점이 유용하다. 예를 들어 '전기/기행'의 경우 '과거 시제, 장소부사구절과 시제 교체' 비율이 다른 장르에 비해 상대적으로 높으며, '백과사전'의 경우는 '명사문의 비율'이 상대적으로 높다(강범모, 1999:80-81).

그럼에도 불구하고 이 연구의 결과를 장르 교육에 바로 사용하는 데는 한계가 있다. 왜냐하면 장르별 상대적 빈도 차이만을 보이고 있어 특정 장르별 언어적 특징이 따로 정리되어 있지 않으며, 자료에 대한 해설이 충분하지 않아 교육 환경에서 바로 사용하기는 어렵기 때문이다.

---

12 델파이 기법에 대한 자세한 내용은 이종성(2001)을 참조할 수 있다.

4.3. 의사소통 목적과 전형성 교육

위에서도 설명했듯이 특정 장르의 형성에 가장 큰 영향을 끼치는 요인은 의사소통 목적이다. 이는 의사소통 목적에 따라 상이한 전형들이 구현될 것이라는 예측을 가능하게 한다. 장르의 유형에 대해서는 다양한 의견들이 있지만 대체로 이들 분류의 근거를 Jakobson(1960:89)의 의사소통 모형에서 찾을 수 있는 것도 이 때문이다.[13]

(9) 의사소통 요소와 의사소통 기능(Jakobson, 1960:89)

CONTEXT/refferental
MESSAGE/poetic

ADDRESSER/emotive ……………… ADRESSEE/conative

CONTACT/phatic
CODE/matalingual

Jakobson(1960:89)에 따르면 의사소통 과정에서 각각의 요소는 각기

13 ㄱ. Brewer(1981)의 분류(선주원, 2010:648 재인용)

기저 구조	기능			
	정보성	오락성	설득성	심미성
묘사(공간)	기술보고서 식물학, 지리학	일상의 묘사	가옥광고	소설적 묘사
서사(시간)	신문기사, 역사 지시, 요리, 전기	추리소설 공상과학소설 단편소설, 전기 드라마	교훈적 소설 격언, 속담, 설화, 광고, 드라마	예술성소설 단편소설, 드라마
설명	과학적 글, 철학 추상적 정의		설교, 선전, 사설, 수필, 비평	

다른 의사소통 기능을 성립시킨다. 그런데 전언(message)의 전달이 주된 목적이라는 점에서 모든 의사소통은 지시적(referential)기능이 수행되어야 하지만 이 과정에서 특정 요소들은 상대적으로 다른 기능을 수행한다. 예컨대 표출적(emotive) 기능은 발신인에 초점을 둔 것으로 내용에 대한 화자의 태도를 직접적으로 표현하는 기능을 수행하며, 능동적(conative) 기능은 수신자를 지향하는 것으로 내용에 대한 진위 여부를 전달한다기보다 수신자의 행동을 유발하는 기능을 수행하다. 또한 메타

ㄴ. Common features and families of genres(Nsw Ames, 1998, Hyland 2007:66 재인용)

Category	Genre	Purpose	Structure	Main features at intermediate level
Story text	Narrative	To deal with problematic or unusual events To entertain	Orientation–Complication–Evaluation–Resolution	- Series of clauses in past tense linked with conjunctions - Vocabulary related to characters, contexts, and events
	Recount	To retell events in order To entertain or inform	Orientation–Events–Reorientation and/or Coda	- Sequencing conjunctions - Some 2-clause sentences - Past tense and markers
Persuasive text	Argument	To argue for viewpoint	Thesis–Argument–Reinforcement	Cumulative argument Specific information and supporting statements Writer's position
	Discussion	To argue for two or more points of view	Issues–Points of View–Conclusion	Organized information "Objective" information and supporting statements

ㄷ. 고등학교 국어과 교육과정해설서의 '작문' 과목(교육과학기술부, 2009)

글의 유형	목적	정보 전달 / 설득 / 사회적 상호 작용 / 자기 성찰 / 학습
	제재	인문 / 사회 / 과학 / 예술
	양식	설명 / 논증 / 서사 / 묘사
	매체	인쇄 매체 / 다중 매체

언어적(matalingual)기능은 대상에 대해 언어적인 설명을 가능케 하는 기능이며, 교감적(phatic) 기능은 구체적인 정보의 전달 전에 발신자와 수신자의 채널을 개방하는 역할을 한다.

이중 전언과 지시적 요소는 모든 의사소통에 공통되는 것이며, 교감적 기능을 수행하는 코드는 발신자와 수신자의 접촉이 직접적이지 않는 글쓰기 상황에서는 다른 의사소통요소의 강화 내지는 보조적인 쓰기 수단으로 대체된다.[14]

그러므로 가장 단순한 모형을 아래와 같이 제시할 수 있다.

(10) 의사소통 목적과 전형화의 정도

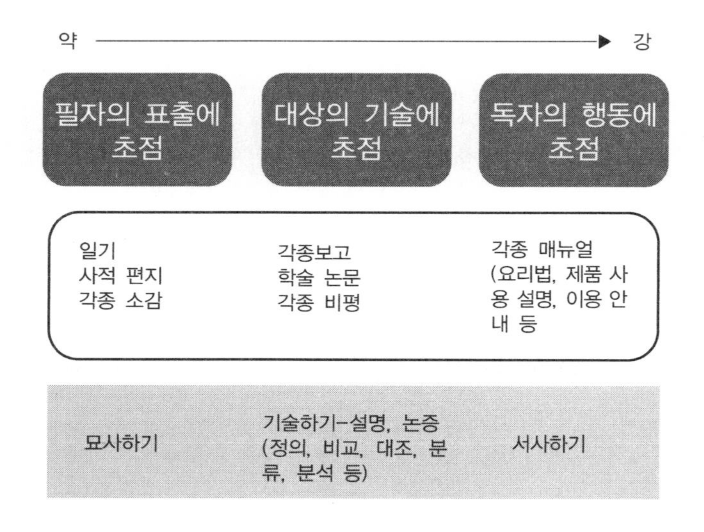

위의 분류는 Jakobson의 모형을 토대로 필자의 표출에 초점을 둔 쓰

14 말하기 상황이 쓰기 상황으로 전환될 때 보조적 쓰기 수단의 사용에 대해서는 Ricoeur (1976), 김윤성·조현범 옮김(1994)을 참조할 수 있다.

기, 대상의 기술에 초점을 둔 쓰기, 독자의 행동 유발에 초점을 둔 쓰기 목적으로 대분류를 한 것이다. 지나치게 간소화한 것이 아니냐는 지적이 있을 수 있지만 필자에 초점을 둔 쓰기일수록 전형화의 정도가 약하며 독자의 행동 유발에 초점을 둔 것일수록 전형화의 정도가 상대적으로 높다는 것을 예측할 수 있는 장점이 있다. 전형화의 정도가 약하다는 것은 쓰기과정에서 개인의 지켜야 할 제약이 상대적으로 많지 않다는 것을 의미하며, 반면 전형화의 정도가 강하다는 것은 좀 더 패턴화된 글쓰기 방식이 요구된다는 것을 의미한다.[15] 실제로 우리는 일기나 사적 편지, 각종 소감문의 경우는 특정한 형식이 요구되지 않는 반면, 공문서나 각종 매뉴얼 쓰기의 경우 관습화된 형식이 요구된다.

이러한 유형 분류는 언어 표현에 대한 추측을 가능하게 한다는 점에서도 유익하다. 예를 들어 필자에 대한 표출이 강한 장르일수록 주어로 필자 자신을 지칭하는 '나, 저'와 같은 1인칭의 사용 가능성이 높으며, 감정동사, 과거 시제의 출현 빈도도 높을 것이라고 예측할 수 있다. 반면 독자의 행동 유발이 목적인 장르의 경우 구체적인 행동을 유발할 수 있는 단서들이 언어로 표상될 가능성이 높다는 점을 예측할 수 있다. 예컨대 구체적 행동을 요청하는 장르의 경우 명령이나 요청의 행동을 드러내는 문장 종결 표지의 사용이 두드러질 것이며, 연속된 행동을 요청할 경우 '그런 다음, (닫은/연) 후, 열기 전'과 같은 행동의 전후 순서를 표현하는 어휘의 출현 빈도도 높을 것이다. 한편 대상에 대한 기술에 중점을 둔 장르의 경우 기술하고자 하는 대상이 주어로 나올 확률이 높을 것이며, 화자의 태도나 청자의 행동 유발을 표상하는 어휘의 사용은 억제될 것이

---

15 장르에 대한 규약은 강제규약이라기보다 지켰을 때 보다 적절하다고 판단되는 약한 규약이라고 할 수 있다.

라는 점을 추측할 수 있다.

(11) ㄱ. 나는 이 도시가 미치도록 좋고, 또 미치도록 싫다. 부질없는 것들을 지키기 위해서 모두들 노예처럼 일한다. 그 때문인지 시청 앞 삼성플라자 건너편 빌딩 위에 세우진 거대한 '박카스' 선전탑을 바라보며 가끔 통곡이라도 하고 싶어진다.

(김경, 「나의 스타일, 나의 칼럼-당신만의 칼럼을 써라」, 『글쓰기의 힘』, 한국출판마케팅연구소, 2005)

ㄴ. 지금의 나에게 영향을 준 것들이 뭐가 있을까? 가족, 친구, 영화, 책 등 주변에 많은 것들이 지금의 나를 만들었을 것이다. 그 중 최근에 내 가치관에 큰 영향을 준 영화들을 말해 보려한다. 첫 번째 영화가 '죽은 시인들의 사회'이다. 고등학교 때까지 구체적인 목표 없이 좋은 대학에 가겠다고 공부를 했었다. 내가 좋아하는 것이 뭔지도 모른 채 그냥 대학을 위해 공부를 했었다. 그런데 수능이 끝나고 이 영화를 보니 내 자신이 한심해 보였다. 그냥 사회에서 시키는 대로 끌려 다닌 것 같았다. 이 영화는 나에게 주변에 이끌려 다니기보다는 나의 삶은 내가 개척해 나가라고 말해주는 듯 했다. (학생글, 나에 대한 쓰기)

(11)은 필자의 표현에 초점을 둔 유형의 글로 (11ㄱ)은 해당 분야의 전문가라는 평을 받은 사람이 쓴 글이고, (11ㄴ)은 대학 1학년 신입생이 자신에 대해 쓴 글이다. 이러한 유형의 글은 쓰는 사람의 경험과 그에 따른 느낌 등 주관적인 내용이 주가 되며 언어 표현 역시 주관적인 느낌을 표현하는 어휘가 자주 나타난다. 주어로 필자 자신을 지칭하는 '나'의 출현 빈도가 높으며, '싫다, 좋다, ~하고 싶다'와 같은 감정 표현의 빈도 역시 높다.[16]

---

16 한편 학생의 글에 나타난 '첫 번째'와 같은 표현은 표현에 초점을 둔 유형의 글에 잘 나타나지 않는 표현이다. 아마도 이 학생은 논술과 같은 유형의 글을 통해 좋은 글이

반면 (12) 유형의 글에서는 이러한 표현이 사용되지 않는다.

(12) ㄱ. 헤파(HEPA)필터는 공기 중의 미세한 먼지 및 담배입자 등을 없애 주는 고성능 필터입니다. 필터함을 열고 집진 필터부를 빼 주세요. 필터틀의 양쪽 끝을 손으로 벌려 넓힌 후 필터틀에서 헤파(HEPA)필터를 빼 주세요. 필터함을 닫은 후 전원 플러그를 꽂으세요.

(서강대학교 교양국어 교재편찬위원회, 『이공계열 움직이는 글쓰기』, 서강대학교 출판부, 2006)

ㄴ. 잠자고 있던 꿈과 이상을 스위치 온 시키는 매력적인 일이 바로 광고이며, 저는 바로 그런 광고와 소비자 사이에서 징검다리 역할을 해낼 유능한 미디어 바이어로 성장하고 싶습니다. 특히 ○○○○에서 2006년 동계 인턴십 과정을 수료하면서 제 적성이 미디어 바이어 업무에 적합하다는 것을 알게 되었고, ○○○○광고공사에서 기획서 및 PT 과정을 수료하며 광고 지식과 스킬을 두루 습득할 수 있었습니다.

(학생글, 취업목적 자기소개서)

(12) 유형은 독자의 행동을 유발할 목적으로 쓰여진 글이다. 이러한 유형의 글은 읽는 이의 행동 유발을 목적으로 하기 때문에 주관적인 느낌을 드러내는 표현이나 다양한 해석의 여지가 있는 모호한 표현이 억제되며, 분명한 의도 전달을 위해 특정한 형식이 요구된다. (12ㄱ)은 제품 사용 설명서의 일부이고 (12ㄴ)은 취업 목적 자기소개서의 일부 내용이다.

독자의 행동을 유발하고자 하는 유형의 글은 독자의 행동 촉구를 (12ㄱ)과 같이 직접적으로 표현하는 경우와 (12ㄴ)과 같이 행동의 촉구를 간접적

순서를 매겨 쓰는 것이라는 스키마를 형성하고 있을 가능성이 높다. 이러한 현상은 의사소통 목적에 따른 장르의 대분류와 그에 따른 장르 지식에 대한 교육의 필요성을 잘 보여준다.

으로 표현하는 경우를 들 수 있다. 취업 목적의 자기소개서 경우 후자의 유형에 드는데, 이는 간접화행의 한 종류로 볼 수 있다. 간접 화행은 말하고자 하는 바(언표내적 행위)와 실제로 발화하는 언어 표지(언표 행위)가 일치하지 않는 경우를 말한다. '모든 병사는 연병장에 3분 내로 모인다.'와 진술문이 군대에서는 명령으로 수행되는 것, 강의실 출입구 쪽에 앉은 학생을 보면서 교수가 발화한 '춥지 않니?'와 같은 의문문이 '문 좀 닫아라.'는 명령으로 수행되는 것 등을 들 수 있다. 취업 목적 자기소개서의 경우도 필자는 구직자이며 독자는 구인자라는 상황맥락이 위의 유형의 글을 '내가 적임자이니 뽑아 주시오'라는 요청의 화행을 수행하는 언표내적 행위로 해석하게 하는 것이다.

> (13) ㄱ. 전자의 방법이 구체의미들 간의 전개 발전의 관계와 상호 간의 근접성에 관심을 둔다는 점에서 다분히 발생론적 입장이라고 할 수 있는 반면, 후자의 경우는 구체적인 의미로부터 추상적이며 포괄적인 하나의 의소를 설정하는 관심을 둔다는 점에서 기능적 입장이라 규정할 수 있을 것이다. (이정식, 『다의어 발생론』, 도서출판 역락, 2003)
>
> ㄴ. 1) 황상민 연세대 교수는 "화장품을 사는 것은 명품을 소비하는 것과 동일한 측면에서 봐야한다"면서 "화장품은 효능을 보고 사용하는 것이 아니라, 어떤 브랜드이냐 여부가 중요하다. 또 여성들은 고가의 브랜드를 사용하는 것을 통해 사회적 지위가 상승되는 것으로 인식한다. 화장품을 고를 때 효능을 보고 선택한다는 생각은 화장품이 내포하고 있는 상징의미를 제대로 파악하지 못한 것." 에서도 보여 진다. 따라서 당장 필요 없지만, 안가지고 있으면 친구들 사이에서 소외 될 것 같아서 자신의 이미지를 위해 돈을 더 지불하여서 구매를 하게 되는 현상을 보여주는 추세가 늘어나고 있으며, 이러한 추세는 희소성, 기대심리, 품질, 트렌드의 4가지 요소로 설명되어 질 수 있다.

1) 홍경환, 「화장품 선택 기준은 기능보다 '가격?'」, 아시아투데이, 2010. 05. 11. (학생글, 보고서 쓰기)

(13) 유형은 대상에 초점을 둔 유형으로 (13ㄱ)은 전문가가 쓴 글이고 (13ㄴ)은 학생이 쓴 글이다. '전자', '후자'와 같은 표현은 대상을 기술하는 유형의 글에서 자주 볼 수 있는 전형적인 표현이다. (13ㄴ)의 글도 대상을 기술하는 글의 특성을 보이고는 있지만 각주 표시라든가 인용 등이 자연스럽지 못한 점을 발견할 수 있다.

장르가 텍스트의 양식화와 연관된다는 점을 고려할 때 특정 장르에 대한 구체적인 전범 텍스트를 통한 직접적인 교육이 가시적인 교육적 효과를 거둘 수는 있을 것이다. 하지만 장르를 텍스트의 양식화로 이해할 경우 이미 존재하는 장르의 구현은 가능할지 모르지만, 새로운 장르의 출현에 응용하기는 쉽지 않을 것이다.

그런데 장르가 하나의 사회적 행위라는 것, 의사소통 목적에 적절한 행위를 구현하는 전형들이 존재한다는 점 등을 학습한다면, 새로운 의사소통 상황을 접했을 때, 학습자들이 그 새로운 상황이 어떠한 소통 목적의 유형에 해당하는지 정도만 파악하더라도 기존의 스키마를 응용할 수 있을 것이다. 그러므로 새로운 맥락을 접했을 때 해당 의사소통이 어떠한 목적을 달성하기 위한 것인지, 그러한 상황에서 필자와 독자의 관계는 어떠한지 등을 먼저 분석하고, 해당 의사소통에 적절한 구조, 문체, 어휘 등을 선택하도록 지도할 필요가 있다.

예를 들어 비평문과 감상문의 차이를 보자. 비평문은 대상에 대한 기술 장르에 가깝지만, 감상문은 화자의 태도 표출 장르에 가깝다. 두 유형의 글은 읽기 텍스트를 전제한다는 공통점이 있지만, 비평문은 쓰는 이유는 작품에 대한 깊이 있는 이해가 상대적으로 중요하기 때문에 작품의 분석에 초점을 두어야 할 것이며, 감상문은 자신의 감상에 초점을 두어야 할 것이다. 이러한 사례는 자신을 글쓰기 대상으로 하는 경우도 마찬가지이다. '성찰 목적의 자서전'과 '취업 목적 자기소개서'는 쓰기 대상이 '나'라는 공통점이 있지만, 의사소통 목적은 '성찰(표현)'과 '취업(설득)'으로 다르며, 이러한 목적은 위의 대분류의 측면에서 보면, 필자의 표현 목적과 독자의 행동 유발 목적으로 아주 다른 양상을 보인다. 중요한 것은 이러한 다른 소통 목적은 내용의 선택 및 배열, 구체적인 어휘의 선택 및 배열에 영향을 끼친다는 것이다.[17]

5. 마무리 및 남은 문제

지금까지 필자는 장르의 개념과 장르의 특징인 전형성 개념을 고찰하고 이를 토대로 대학에서 글쓰기 교육의 한 방향으로서 전형성 교육을 제안하였다.

장르를 '관습화된 사회적 실천행위'라고 볼 때, 글을 쓰는 행위는 사회적 실천 행위이며 동시에 기존 장르의 실천 행위이다. 이는 글을 쓰기 행위가 단순히 개인의 문제 해결 과정과 실천 행위가 아니라 담화공동체의 실천적 행위라는 것을 보여준다. 그러므로 담화공동체 내의 개인이 의사소통 목적을 달성하기 위해서 담화공동체 구성원들이 인정하는 특정한 전형들을 구현하는 방법을 배워야 한다.

대학 신입생의 경우 학문 담화공동체의 소통 방식을 아직 경험하지 않아 해당 방식으로 글을 쓰는 문제는 쉽지 않은 문제이다. 또한 교양

---

17 성찰 목적의 자서전과 취업 목적 자기소개서의 장르 지식과 텍스트 구성 전략 및 어휘 표현 등에 대한 내용은 나은미(2011)를 참조할 수 있다.

강좌로 수강하는 대학 글쓰기 이외 다양한 소통 목적의 글쓰기 상황을 접하기도 어려운 상황이다.

이러한 상황을 고려하여 필자는 대학 신입생들을 대상으로 하는 글쓰기 교육은 특정 장르에 대한 전형성에 대한 교육이 필요함을 역설하였다. 전형성 교육이 효과적으로 이루어지기 위해서는 가르칠 실천 유형을 선정하고 각각의 실천 유형에 대한 원형적 사례를 토대로 전형들을 추출할 것을 제안하였다.

또한 의사소통 목적과 전형화의 정도를 고찰함으로써 학습자가 새로운 상황을 접했을 때, 의사소통 상황을 분석하고 이미 습득한 전형적 특성을 이용하여 텍스트를 구성할 수 있도록 지도할 수 있다는 것을 보였다.

장르 중심 관점이 작문 이론 및 글쓰기 교육에서 지배적 담론이 된 지 상당한 시간이 흘렀지만, 대학 글쓰기 교육을 위한 교육 측면의 연구가 그리 많지 않은 상황에서 이 논문이 작은 대안이 되기를 기대해 본다. 다만 전형 추출 방법을 제안하기는 했지만, 구체적인 사례를 제시하지 못한 점이 아쉬움으로 남는다. 이에 대해서는 후고를 기대한다.

제2부

대학 글쓰기 연구와 텍스트 해석

대학생 쓰기 교육을 위한 텍스트 특성 비교

대학생 필자와 전문 필자의 텍스트를 중심으로

정희모
연세대학교

1. 서론

이 논문은 대학생 필자의 텍스트 특징을 규명해 보기 위해 작성되었다. 이를 위해 이 논문에서는 대학 1학년의 텍스트를 상호 비교하고, 나아가 전문 필자의 텍스트와 비교해 보고자 한다. 대학 1학년의 텍스트를 검토하는 것은 대학생 필자의 쓰기 특성을 이해하고 이를 대학 글쓰기 교육에 반영하기 위한 것이다. 그간 대학생 필자의 텍스트를 유능한 필자와 미숙한 필자로 나누어 비교하는 논문들이 간혹 있었다. 그러나 Bizzell의 말처럼 대학 신입생은 학술 공동체의 관점에서 보았을 때 대부분 초보 필자(novice)에 해당하기 때문에 정확한 특성을 비교하기가 어려웠다. 대학 1학년의 글과 전문적인 필자의 글을 비교해 보는 것은 학생들의 부족한 텍스트 특성을 보다 정확하게 진단해 볼 수 있기 때문이다. 이런 특성을 찾을 수 있다면 차후에 이에 맞는 교수 학습 방법을 강구해 볼 수 있을 것이다.

이 논문에서 먼저 관심을 가지는 것은 텍스트 분석 준거들이다. 특히 텍스트 분석 준거들 중에서도 텍스트 구성이나 분석을 위한 준거들보다 텍스트의 자질에 대한 준거들에 주목한다. 텍스트 자질에 대한 분석 준거들은 좋은 텍스트가 어떤 특성을 지니고 있는가를 판명해 줄 뿐만 아니라, 좋은 텍스트를 작성하기 위해 어떤 점에 주의를 기울여야 한다는 사실을 지적해 준다. 텍스트 자질에 대한 분석 준거들을 사용하면 교수자들은 좋은 텍스트가 어떤 속성을 품고 있는지를 알게 되고, 학생들은 좋은 텍스트를 작성하기 위해 무엇에 주의해야 하는가를 깨닫게 된다. 따라서 좋은 텍스트의 자질을 분별하고자 하는 노력은 글쓰기 교육에 도움이 될 수 있다.

그런데 중요한 점은 텍스트 구성을 파악하거나 텍스트를 분석하기 위한 준거들은 많아도, 텍스트 자질에 대한 분석 준거들이 많지 않다는 점이다. 또 텍스트 자질에 관한 분석 준거라 하더라도 주로 외국의 것이라 실제 한국어 텍스트 자질을 변별하는 데 도움이 되지 않는 것도 많다. 따라서 이 논문에서는 선행 연구 결과를 통해 한국어 텍스트 자질에 도움이 될 만한 분석 준거를 찾는 데 주의를 기울였다. 외국 문헌에 소개된 분석 준거라 하더라도 한국어 텍스트에 실제 적용하여 텍스트 자질을 판명하는 데 유의미한 결과를 산출했거나, 주목해야 할 것을 찾고자 했고, 이를 실제 분석 도구로 삼았다.

이 논문에서 다루고자 한 것은 대학 1학년 학생의 글에서 나타난 텍스트 특성들이다. 이를 위해 이 논문은 두 단계의 비교 절차를 거치고자 한다. 우선 대학생 필자 사이에서 미숙한 필자와 유능한 필자를 비교한다. 이를 통해 학생 텍스트 사이에 어떤 차이가 있는지를 살펴보고자 했다. 다음으로 유능한 학생 필자와 전문 필자의 텍스트를 비교해 본다. 특히 전문 필자와 대학생 필자의 텍스트 비교는 좋은 글이 지니고 있는 본질적인 속성들을 비교해 볼 수 있는 잣대를 제공해 줄 것이다. 대학생 필자와 전문 필자와의 비교는 대학글쓰기 교육을 받는 신입생들이 좋은 글을 쓰기 위해 어떤 점에 주의해야 하는 지에 대한 여러 지침을 제공해 줄 수 있다.

2. 이론적 배경 및 도구

2.1. 선행 연구 검토

텍스트의 질에 대한 분석 연구는 텍스트 구조를 분석하고자 하는 논문보다 훨씬 적다. 특히 이에 관한 쓰기 분야의 논문은 매우 드문 편이다. 텍스트 분석 도구를 가지고 학생 텍스트의 질을 검토한 논문으로 정희모·김성희(2008), 박소희(2009), 이윤빈·정희모(2010), 이윤빈(2010)이 있다. 정희모·김성희(2008)의 논문은 59명의 학생을 대상으로 상위 그룹과 하위 그룹을 나누고 텍스트 분석도구를 이용하여 이들 텍스트의 특성을 분석한 것이다[1]. 논문에서 사용한 분석도구는 비문 수, 문장 수, T-unit 수, 문장 화제 수, 응집성 연결요소 수, 라우타마티(Lautamatti)의 병렬적 화제 진행, 순차적 화제진행, 확장된 병렬적 화제 진행 등이다. 이 논문에서는 이런 분석 도구를 통해 우수한 필자의 텍스트와 미숙한 필자의 텍스트를 비교했다.

정희모·김성희(2008)의 논문에서 얻을 수 있는 학술적인 의미는 문장 속에 풍부한 정보를 담은 글이 더 좋은 평가를 받았다는 점이다. 이 논문을 보면 '어휘 수/T-unit 수'와 'T-unit 수/화제 수'가 높은 학생이 더 좋은 평가를 받았다. 이는 하나의 의미 단위(T-unit)나 화제에 보다 많은

---

1 구체적인 내용은 정희모·김성희, 「대학생 글쓰기의 텍스트 비교 분석 연구」, 『국어교육학연구』 32집, 2008, 411~421쪽 참고할 것.

정보를 담은 것, 또한 논제에 대해 보다 상세하고 자세한 설명을 한 것이 더 좋은 점수를 받았다는 뜻으로, 지식이 많은 학생이 좋은 텍스트 평가를 받았다는 의미 해석이 가능하다.

이 연구에서 확인할 수 있는 또 다른 사실은 대학생 글쓰기 경우 응집성 연결요소(cohesive-ties)가 좋은 평가를 받는 데 별 도움이 되지 않았다는 점이다. Halliday & Hasan(1976)의 연구를 보면 영어권에서는 응집성 연결요소가 많은 글일수록 높은 평가를 받았다고 한다. 그러나 정희모·김성희(2008)의 연구 결과를 보면 그렇지 않았다. 여기서는 우수한 필자나 미숙한 필자의 텍스트에서 응집성 연결요소에 관해서는 차이가 없었다. 이는 뜻밖의 연구 결과로서, 국내 글쓰기 교육에서 응집성 요소를 어떻게 다루어야 할지 검토해 보아야 할 측면이다. 또 이와 함께 학자마다 응집성 연결 요소(cohesive ties)에 대한 규정이 다르기 때문에 쓰기 분야에서 분석도구로 사용하기 위해서는 이에 대한 검토가 있어야 한다는 사실도 알 수 있었다. Haliday & Hasan이나 기타 국내 학자들이 규정한 응집성 연결요소들은 너무 세밀하고 복잡하여 막상 텍스트의 질을 구별하는 데는 별 도움이 되지 않았다.

다음으로 이윤빈(2010)의 연구는 텍스트 질을 판단하기 위한 연구이기는 하지만 기본적으로 담화 통합을 통한 연구이기 때문에 앞의 논문(정희모·김성희:2008)과는 차이가 있다. 이 논문에서는 학생들에게 읽기 자료를 제공하고 이에 대한 반응으로 비평문을 쓰게 하여, 그것을 분석 텍스트로 삼았다. 이를 통해 학생들이 어떻게 자료를 통합하는지, 그 결과로 나타난 텍스트의 특성이 어떠한지를 분석했다. 이 논문에서 사용한 분석도구는 텍스트의 길이, 조직 긴밀도, 부정적 논평의 비율, 영역 지식적 근거의 비율, 텍스트의 배열 유형이다. 논문에서는 이 도구를 사용하여 상위 평가의 글과 하위 평가의 글을 분석했다.

분석의 결과를 살펴보면[2], 먼저 텍스트의 길이와 텍스트 배열 유형은 텍스트의 질과 아무런 상관이 없는 것으로 나타났다. 이는 텍스트의 길이나 배열 유형보다 텍스트에 담긴 내용이나 조직이 중요할 것으로 예측할 수 있는 측면이다. 반면에 조직 긴밀도와 영역 지식적 근거의 비율은 텍스트의 평가 점수와 매우 높은 상관이 있는 것으로 나타났다. 여기서 조직 긴밀도는 Spivey(1984)나 Mathison(1993, 1996)이 사용한 방법으로 필자가 하나의 화제를 얼마나 깊이 있게 다루었는가를 측정하는 방법이다. 조직 긴밀도가 높은 학생은 한 화제를 피상적으로 다루지 않고, 깊이 있게 다루었다는 것을 의미한다. 학생들이 좋은 점수를 받기 위해서는 다양한 화제를 폭넓게 다루는 것보다 적은 화제를 깊이 있고, 충실하게 다루는 것이 필요하다.

다음으로 영역 지식별 근거 비율을 살펴보면 대상 텍스트 주제에 관한 학생들의 지식이 텍스트의 평가에 영향을 미쳤다는 것을 알 수 있다. 학생들은 읽기 자료에 대한 비평문을 작성해야 했기 때문에 읽기 자료에 관한 영역 지식적 배경을 가진 학생들이 텍스트를 훨씬 더 잘 구성했다. 이를 볼 때 영역지식별 내용은 텍스트 질의 향상에 영향을 미친 것으로 보인다. 읽기 자료에 대한 긍정, 부정적 논평의 비율은 통계적으로 유의미하나 높은 상관을 가진 것은 아니었다. 읽기 자료에 대해 어떤 관점(긍정적, 혹은 부정적)을 취하느냐보다 그에 대한 근거를 어떻게 제시하는가가 더 중요하다는 사실을 확인할 수 있었다.

이윤빈(2010)의 연구에서 주목해 볼만 한 것은 텍스트의 질과 조직 긴밀도의 상관관계이다. 텍스트의 질과 조직 긴밀도의 상관은 Mathison(1996)

2 구체적인 내용은 이윤빈, 「대학생의 학술적 비평문 쓰기수행에 대한 연구」, 『국어교육』 133호, 2010. 이하 275~283쪽 참고할 것.

의 논문에서도 확인된 바 있다. Mathison(1996)은 우수한 논문일수록 화제를 설명하는 논평의 내용 단위 개수가 더 많았다고 보고한 바 있다. 앞의 연구와 마찬가지로 이윤빈(2010)의 연구에서도 화제를 깊이 있게 다룬 텍스트가 더 좋은 평가를 받았다. 본 논문에서도 조직 긴밀도를 면밀히 살펴볼 예정이다. 본 논문에서는 특히 Mathison(1996)이나 이윤빈(2010)과 달리 읽기-쓰기 과제 텍스트가 아닌 일반적인 텍스트에도 이 기준이 적용되는가를 검토해 보고자 한다. 조직긴밀도를 일반화할 수 있다면 학생들의 글을 향상시킬 좋은 교육 방법을 구성해 낼 수 있을 것이다.

박소희(2009), 이윤빈·정희모(2010)의 연구는 담화 통합과 과제 표상에 대한 논문이기 때문에 텍스트 분석도구를 통해 텍스트 질을 판단하는 본 논문과는 차이가 있다. 그러나 두 논문 모두 실험을 통해 텍스트의 질에 대한 결과를 제시하고 있어 이에 대한 검토가 필요하다. 박소희(2009)의 연구에서는 학생들이 단일한 화제에 대한 반응으로 보고서를 썼을 때 어떻게 자료를 수집하여 이를 텍스트로 통합하는지를 분석했다. 이윤빈·정희모(2010)의 연구도 대학생들이 주어진 과제 표상에 따라 자료텍스트를 어떻게 통합하여 텍스트를 만들어 내는지를 연구했다. 두 논문 모두 텍스트에 대한 통합, 변형에 관심을 쏟지만 텍스트 자질에 대한 분석도 제시하고 있어, 여기서는 그 부분만 지적하도록 한다. 박소희(2000)의 논문에서는 한 화제에 대해 더 많은 내용 단위를 연결하여 글을 쓴 학생들이 더 좋은 평가를 받았다. 상위 집단의 학생들은 하위 집단의 학생보다 하나의 화제를 더 깊게 다루고 있다는 것이다(박소희, 2000:98-99). 이는 앞서 다룬 정희모·김성희(2008)와 이윤빈(2010)의 연구의 결과와 유사하다. 이윤빈·정희모(2010)의 연구에서는 자료를 단순 요약하여 작성한 글보다 자기 견해와 수사적 목적을 종합한 글이 높은 평가를 받았다. 이는 화제를 단순히 나열하기보다 자기견해와 비판, 분석을 섞어 복합적으로 제시하는 것이 좋은 점수를 받았다는 뜻이 된다(이윤빈·정희모, 489-490).

이 논문에서는 이런 선행 연구의 결과에 따라 〈문장 길이〉, 〈T-unit 수〉, 〈문장화제 수〉, 〈전체 글자 수/전체 문장 수〉, 〈비문 수/전체 문장 수〉, 〈응집성 연결요소 수/전체 문장 수〉, 〈화제 덩이 수〉, 〈어휘 수/T-unit 수〉, 〈T-unit 수/화제 수〉, 〈화제덩이 수/화제 수〉를 분석도구로 사용한다. 이 도구들은 선행 연구를 통해 한국어 텍스트의 질을 판단하는 데 유용했거나, 차후 다시 한 번 검토가 필요하다고 판단된 것들 중에서 뽑았다. 이 논문에서는 이러한 분석도구를 사용하여 그 동안 선행 논문에서 나타난 분석들이 사실인지, 또 어떠한 변화나 새로운 사실이 있는지를 판단하고, 전문 필자와 비교해 대학생 필자들의 텍스트 특성을 찾아보고자 한다.

2.2. 분석도구에 대한 이론적 검토

2.2.1. 문장 길이(전체 글자 수/전체 문장 수), T-unit 수

먼저 우수한 필자와 미숙한 필자의 텍스트에서 질적인 차이를 볼 수 있는 지표로 문장 길이를 들 수 있다. 문장의 길이에 대해서는 외국어의 경우와 한국어와 차이가 있다. 외국어의 경우 문장의 길이는 대체로 글의 성숙도나 유창성을 판단하는 지표가 되었다. 예컨대 영어의 경우 실험연구를 통해 쓰기 능력이 향상될수록 문장이 길어지는 것으로 보고되었다. 또 절의 길이도 쓰기 능력에 따라 길어지는 것으로 알려졌다(유재임, 2005:265-267). 영어에서는 다양한 절을 사용하여 문장의 다양성과 복합성을 높인 것을 더 좋은 문장으로 파악하고, 이를 문장의 성숙도(maturity)

나 유창성(fluency)을 판단하는 기준으로 삼고 있다. Mellon(1969)은 영어에서 명사적인 절이나 구 혹은 관계절 등이 많이 들어 있고, 문장 형태가 다양한 것을 "유창한(facility), 편안한(ease), 혹은 세련된(grace) 문장"으로 규정한 바 있다. 이처럼 영어에서는 문장이 정교해지면 종속절이 많아지고, 문장에 삽입되는 부분도 많아진다고 판단한다(유재임, 2005:271).

이런 특성은 불어의 경우에도 마찬가지이다. T-unit을 이용하여 불어의 유창성을 연구한 논문을 보면 언어 능력이 향상될수록 문장의 길이는 늘어난다고 보고했다. 예컨대 학습 시간이 늘어남에 따라 T-unit당 평균 단어 수가 증가했으며, 문장 당 평균 단어 수도 늘어났다. 이에 따라 언어 능력의 향상도를 측정할 때 절 당 평균 단어 수가 가장 변별력 있는 척도가 되었다. 다시 말해 절의 길이가 늘어나는 것을 언어능력이 향상된다는 증거로 본 것이다. 절의 길이가 늘어나는 것은 하나의 절 속에 여러 개의 문장들이 들어가기 때문이다. 당연히 문장 수는 상대적으로 줄어들게 된다. 실제로 Monroe(1975)의 연구에 의하면 절 당 평균 단어 수가 대학 1학년, 2학년, 3~4학년, 대학원으로 올라감에 따라 5.64, 5.79, 6.21, 7.28로 늘어났다고 한다.[3]

그런데 한국어의 경우는 이와 다른 것 같다. 선행 연구를 통해 볼 때 한국어의 경우 절의 수가 많거나, 문장이 길다고 해서 좋은 평가를 받지 않았다. 글쓰기 평가에서 문장 점수가 우수한 학생과 그렇지 않은 학생을 비교한 한 실험에서 문장의 길이는 평가에 영향을 미치지 않았다. 또 절의 수도 2~4개 정도로 적절하게 배분한 학생이 우수한 평가를 받았

3 결과는 Monroe, J., H. Measuring and Enhancing Syntactics Writing Fluency in French(The French Review, 1975, p.1025)에서 언급된 것으로 여기서는 장한업, 「한국 대학생들의 불어 쓰기 유창성 연구」, 『불어불문학연구』 74집, 2008, 486~490쪽에서 재인용하였다.

다. 다시 말하면 한국어의 경우 절의 수가 중요한 것이 아니라 적절한 절의 배분이 중요하며, 문장에 따라 절의 변화(1개~10개)가 많은 것은 좋은 평가를 받지 못했다(이재성, 2009:31). 이런 면을 볼 때 문장의 길이는 한국어 텍스트에서 큰 평가의 도구가 되지 못했다.

문제는 'T-unit'이다. 일반적으로 T-unit은 의미를 이루는 최소 단위를 의미하는 데, 통상 영어에서는 종속절이나 삽입절이 내포된 하나의 주절로 이루어진다(유재임, 2005:264). 예컨대 'I think he is very smart'라는 문장이 있다면, 이는 종속절이 있는 하나의 주절로 전체가 한 의미 단위가 된다. 'I went the libary and she went a theater'란 문장은 서로 대등적으로 연결되어 있는 것으로, 문장은 하나이지만 T-unit은 2개가 된다. T-unit은 양적(量的)으로 영어 문장의 능숙도를 측정하기 위해 K. W. Hunt(1965)에 의해 개발된 것이다. 한국어의 경우에도 문장에서 의미의 최소 단위를 측정할 때 이 방법을 사용하기도 한다.[4] 예를 들어 '나는 그가 참 멋있다고 생각한다'란 예문은 종속절이 포함된 한 문장으로 하나의 의미 단위이다. 반면에 '그는 테니스를 잘하고, 나는 배구를 잘한다'란 예문은 문장은 하나이지만 T-unit은 두 개이다. T-unit을 사용하면 문장의 개수와는 달리 실제 전체 텍스트에서 의미 단위가 몇 개인가를 파악할 수가 있다.

2.2.2. 응집성 연결요소

이 논문에서 살펴보고자 하는 주요 분석도구 중 하나는 응집성 연결요소(cohesive ties)이다. 응집성 연결요소에 관심을 가지는 것은 외국의 문

---

4 국내의 경우 다음의 논문에서 사용된 바 있다. 정희모·김성희, 「대학생 글쓰기의 텍스트 비교 분석 연구」, 『국어교육학연구』 32집, 2008.

헌에서 텍스트의 질을 판단하는 주요 도구로 이를 규정하고 있기 때문이다. 영어권 논문에서 응집성 연결요소를 통해 텍스트의 질을 판단할 수 있다고 본 것은 Halliday & Hasan(1976)과 Witte & Faigly(1981)의 연구이다. Halliday & Hasan은 텍스트를 분별하는 요소로 응집성을 강조했다. 텍스트는 분명히 통일된 연결성을 가져야 하는 데, 형식적 차원에서 그것을 볼 수 있는 방법으로 응집성(cohesion)을 꼽았다. 좋은 텍스트가 되기 위해서 응집성이 높아 문장 결속력이 좋아야 한다.

Halliday & Hasan이 응집성을 중요하게 보는 것은 텍스트를 문법 단위가 아니라 의미 단위로 본 것과 관련이 있다(Halliday & Hasan, 1976:1-30). 텍스트에서 단어나 구절, 문장들은 의미를 해석하고 재현하는 기호적 관계로서 기능하지, 문법적 관계로서 기능하는 것만은 아니다. 다시 말해 어떤 텍스트의 의미를 읽을 때 이해나 해석이 중요하지 문법이나 기능적 관계가 중요한 것은 아니라는 것이다. 따라서 텍스트의 통일성이나 구조성을 파악하기 위해서는 어휘나 문장이 어떤 의미론적인 관계를 맺고 있느냐가 중요해진다. 응집성(cohesion)은 다른 의미소들과 마찬가지로 어휘, 문장적인 차원에서 이루어지는 의미론적 관계를 의미한다. 텍스트의 의미적 통일성은 텍스트를 '응집'하는 구조 속에서 어휘나 구절, 문장을 통해 드러난다. 응집성 연결요소(cohesive ties)는 문장 단위에서 이런 의미적 연결 관계가 이루어지는 요소이다.

텍스트의 응집성을 통해 우수한 텍스트와 미숙한 텍스트의 차이를 분석한 것은 Witte & Faigly(1981)이다. 이들은 Halliday & Hasan의 이론에 근거하여 응집성 연결요소들을 분류하고, 이를 유능한 필자와 미숙한 필자의 텍스트에 적용하여 분석을 하였다. 이들의 연구에서 응집성 연결요소는 텍스트 질을 판단하는 데 매우 긍정적인 기능을 한 것으로 나왔다. 예컨대 우수한 필자의 텍스트에는 미숙한 필자의 텍스트보다 두 배

이상의 응집성 연결요소가 있었다. 우수한 필자의 텍스트에서 3.2개의 단어마다 한 번씩 응집성 연결요소가 등장한 반면, 미숙한 필자의 텍스트에서는 4.9개의 단어마다 한 번씩 응집성 연결요소가 있었다. T-unit 당 응집성 연결요소의 수는 이보다 차이가 더 컸다. 한 개의 T-unit당 응집성 연결요소의 수는 우수한 필자의 텍스트가 5.2개, 미숙한 필자의 텍스트가 2.4개로 두 배 이상의 차이를 보였다(Witte & Faigly, 1981, 195). 이는 하나의 의미 단위 당 응집성 연결요소의 수가 많은 텍스트가 훨씬 우수하다는 것을 의미한다.

Witte & Faigly의 연구를 보면 응집성 연결요소의 양(量)뿐만 아니라 내용 면에서도 차이가 있었다. 문장과 문장을 직접적으로 연결하는 immediate ties(직접적 연결)의 비율은 우수한 필자의 텍스트가 전체 응집성 연결요소의 41.6%를, 미숙한 필자의 텍스트가 32.8%를 사용하여 서로 차이가 컸다. 이는 글쓰기 능력이 뛰어날수록 개별 T-unit 사이의 언어적 연결을 훨씬 잘 성립시킨다는 사실을 보여준다. 응집성 연결요소의 구성 성분에도 차이가 있다. 우수한 필자의 텍스트에서는 미숙한 필자의 텍스트보다 지시적 연결요소, 접속사 연결요소, 어휘적 연결요소가 모두 사용 비율이 높았다. 지시어의 사용에서 가장 차이가 큰 부분이 3인칭 대명사였는데, 미숙한 필자들이 불분명한 지시어의 사용으로 인한 오류를 줄이기 위해 이를 잘 사용하지 않는 반면, 우수한 필자들은 앞에 나온 어휘를 지시하기 위해 지시어를 빈번하게 사용했다.

접속사 연결의 경우도 비슷하다. Witte & Faigly는 훌륭한 작가일수록 개별 T-unit을 연결시키기 위하여 접속사를 많이 사용한다고 한다. Witte & Faigly는 접속사의 사용이 immediate ties(직접적 연결)의 비율을 증가시킨다고 보고 있다. 즉 문장과 문장을 직접 연결시키는 데 접속사를 많이 사용했다는 것이다. 이와 함께 우수한 텍스트와 미숙한 텍스트에서 가장 많은 차이를 보인 것이 어휘적 연결요소이다. 미숙한 텍스트에서는 어휘적 연결요소의 가장 많은 부분을 차지하는 것이 동일 단어의 반복이었다. 반면에 우수한 텍스트는 동일 단어 반복 사용 비율이 낮고, 같은 항목의 하위 범주에 해당하는 단어 비율이 높았다. 우수한 필자일수록 다양한 어휘를 통해 문장과 문장의 연결을 매우 능숙하게 처리하고 있었다(Witte & Faigly, 1981:196).

Witte & Faigly의 이런 연구 결과는 국내의 연구와 차이가 있다. 국내에서 텍스트 응집 관계를 연구한 정희모·김성희(2008)의 연구에 의하면, 우수한 필자의 텍스트와 미숙한 필자의 텍스트 사이에 응집성 연결요소에 의한 유의미한 차이는 없었다. 우수한 필자의 텍스트에서 나온 응집성 연결요소의 수는 15.35로, 미숙한 필자의 텍스트에서 나온 13.86보다 많았지만 통계적으로 유효하지 않았다($t=1.01$, $p>.05$). 다시 말해 한국어의 경우 응집성 연결요소의 수가 텍스트의 질을 판단하는 유의미한 기준이 될 수 없었다는 것이다(정희모·김성희, 2008:415). 한국어의 경우 접속사나 지시대명사를 많이 사용하면, 문장의 응집성은 높아지겠지만 그것이 문장의 세련성이나 깊이 있는 내용을 보장해 주지는 않는다. 오히려 지시사나 접속사의 빈번한 사용은 글의 긴장감을 떨어뜨리고 내용을 이해하는 데도 방해가 될 수 있다.

외국어와 한국어의 이러한 차이를 일반화할 수 있는 지에 대해서 면밀한 검토가 필요하다. 이 논문에서는 한국어에서도 응집성 연결요소가 텍스트의 질을 판단하는 주요한 기준이 될 수 있는가를 다시 한 번 파악하고자 한다. 통계적인 결과에 의해 만약 한국어에서 응집성 연결요소가 텍스트의 질을 판단하는 기준이 될 수 없다면 이는 Halliday & Hasan(1976)이나 Witte & Faigly(1981)의 연구 결과와는 다른 것이다. 응집성 연결요소가 가진 이런 차이를 구분해야 하는 것은 이 방법이 글쓰기 교육에 유용하게 쓰일 수 있기 때문이다. 만약 응집성 연결요소가 한국어 텍스트의 질을 판단하는 주요 요소로 작용한다면 학생들에게 이를 교육시킬 필요가 있다. 현재 중등교육에서는 7차 교육과정에 응집성 요소가 포함되어 있다. 초등에서도 이를 이용한 글쓰기 교육이 이루어지고 있다(서승아, 2008: 163-178; 이재승, 2003:92). 초등이나 중등이 아닌 대학, 일반 글쓰기의 경우 응집성 요소가 텍스트의 질에 어떻게 작용하는가를 보는 것이 이 논문의 주요 목적 중 하나이다.

응집성(cohesion) 연결요소를 나누는 방식 역시 학자마다 천차만별이다. 우선 응집성(cohesion)과 통일성(coherence)에 대한 용어 통일도 이루어져 있지 않을 뿐만 아니라[5] 응집성 연결요소의 하위 요소에 대한 합의도 없다. 응집성 연결요소의 하위 요소에 대해 Halliday & Hasan(1976)은 지시(reference), 대체(substitution), 생략(ellipsis), 접속(conjunction), 어휘적 요소(lexical elements)로 나누었다.[6] 이에 반해 Witte & Faigly(1981)는 실험 연구의 복잡성을 피하기 위해 응집성의 주요 요소인 지시(reference)와 접속(conjunction), 어휘적 요소(lexical elements)만을 비교 대상으로 삼아 연구를 했다. 이 논문에서도 전체 응집성 연결요소의 수와

---

5 7차 교육과정에서는 cohesion을 응집성으로, coherence를 통일성이란 용어로 통일하고 있다. 그러나 이에 대해서는 학자마다 견해가 다르다. 이재승은 cohesion을 결속구조로 coherence를 응집성으로 부르고 있다. 반면에 김정남(2004)은 cohesion을 응결성, coherence를 응집성이라고 부른다. 이와 달리 이성영(2001)은 cohesion을 일관성, coherence를 통일성이라고 불렀다. 이 논문에서는 7차 교육과정의 용어를 따른다.
김정남, 「대학 작문 교육에서 텍스트 이론의 적용 가능성에 대한 검토」, 『텍스트 언어학』 17호, 2004, 152쪽.
이재승, 앞의 논문, 93~95쪽.

6 응집성의 하위 요소 분류에 대해서는 이재승, 앞의 논문, 98~100쪽, 조영돈, 『논술문 생산의 텍스트 언어학적 책략』, 태학사, 2006, 40~75쪽. 한국텍스트언어학회, 『텍스트언어학의 이해』, 박이정, 2004, 44~65쪽 참고할 것.

세부적으로 지시, 접속, 어휘 요소의 수를 비교했다. 응집성 연결요소를 너무 세분화하면 비교가 불가능할 정도로 세밀해지고 복잡해지기 때문에 응집성 연결요소의 80% 이상을 차지하는 세 요소를 중심 비교 대상으로 삼았다. 이에 대한 비교 결과는 다음 장에서 상세히 다룬다.

2.2.3. 조직 긴밀도

다음으로 이 논문에서 텍스트 질을 파악하기 위해 주요 도구로 사용하는 것은 화제를 이용한 조직 긴밀도 측정 방법이다. 이 방법은 학생들이 한 화제를 얼마나 조직적으로 깊이 있게 다루었는가를 측정하는 것으로, Spivey & King(1989)나 Mathison(1993, 1996)이 이 방법을 사용했고, 국내에서는 이윤빈(2010)이 응용하여 사용한 바 있다. 이윤빈의 실험 결과에 따르면 조직 긴밀도 측정 방법은 학생들의 텍스트 질을 판단하는 데 매우 유용한 것으로 나타났다(이윤빈, 2000:20-27). 대체로 좋은 평가를 받은 텍스트가 조직 긴밀도의 점수가 높았다. 좋은 텍스트의 경우 학생들이 한 화제에 대해 더 깊이 있게 다루었다는 것을 증명해 주었다. 앞서 Spivey & King(1989)이나 Mathison(1993, 1996)의 연구 결과에서도 조직 긴밀도가 높은 학생이 우수했고, 이윤빈(2010)의 연구도 그런 결과를 보였다.

조직 긴밀도는 하나의 화제를 얼마나 많은 의미단위로 설명했는지를 측정하는 방법이다. 학생들은 텍스트를 작성하면서 화제를 간략하게 다룰 수도 있고, 자세히 다룰 수도 있다. 텍스트의 분량이 일정하다면 많은 화제를 두는 것보다 적은 화제를 두어 자세하고 깊게 다루는 것이 더 좋은 결과를 가져올 수가 있다. 이는 앞서 말했듯이 실험 결과로도 증명되었다. 대체로 학생들의 텍스트에서 적은 화제에 많은 의미 단위가 있는 것이 좋은 평가를 받았다. 조직 긴밀도를 측정하는 원리는 간단하다. 텍스트에서 화제덩이와 의미단위를 측정하고 이를 점수로 환산하여 텍스트의 질을 판단하는 것이다. 이를 도식으로 설명하면 조직긴밀도는 내용단위 수를 화제 덩이 수로 나눈 값을 의미한다.[7]

$$\frac{\text{화제 덩이 수(number of thematic chunks)}}{\text{내용 단위 수(number of content units included)}}$$

조직 긴밀도를 측정하기 위해 텍스트의 내용 단위와 화제 덩이를 먼저 찾아야 한다. 내용 단위는 하나의 '문장 화제'와 '코멘트'로 이루어진 하나의 의미 단위를 지칭한다. 여기서 문장 화제란 문장에서 말하고자 하는 중심 대상으로서 통상 주어가 이에 해당하나 주어 이외도 가능하다. 예컨대 "사람들은 좋은 글이란 좋은 주제, 간결한 문장, 적합한 구성이 잘 조화된 것이라고 말한다"라는 문장이 있다면, 여기서 문장 화제는 '좋은 글'이다. 이 문장은 '좋은 글'이 무엇인가에 대해 말한 것이기 때문이다. 이 예문에서 코멘트에 해당하는 부분은 '좋은 주제, 간결한 문장, 적합한 구성이 잘 조화된 것'이다. 화제 덩이는 이런 내용 단위들이 유사한 화제로 묶어져 있는 것을 의미한다. 예컨대 문장화제가 '지식인', '지식인의 개념 규정', '지식인의 사명', '지식인의 종류' 등이 이어진다면 이는 하나의 화제 덩이이다. 만약 여기에서 '문화의 의미', '문화의 기능' 등과 같이 다른 문장 화제가 나온다면 이는 화제 덩이가 다른 것을 의미한다. 이처럼 조직 긴밀도는 하나의 화제를 얼마나 깊이 있게 다루고 있는가를 수치로 드러내 준다.

---

7 조직긴밀도에 대해서는 다음 두 논문을 참고하기 바람. N. N. Spivey & J. R. King (1989), Readers as Writers Composing from Sources, Technical Report No.18. p.10; 이윤빈, 앞의 논문, 266~269쪽.

3. 실험 절차와 방법

3.1. 텍스트 표집과 집단의 설정

이 논문의 실험은 대학생 필자가 쓴 우수한 텍스트와 미숙한 텍스트, 그리고 전문 필자가 쓴 텍스트에 대해 각각의 자질과 특성을 비교해 보기 위해 고안되었다. 상위 집단의 학생 텍스트는 A대학교 1학년 학생 중 8개 분반에서 평가가 끝난 상위 20%의 텍스트를 담당교수의 추천을 통해 수집한 후 이 중에서 무작위로 20편을 표집했고, 하위 집단의 학생 텍스트 역시 하위 20%에 해당하는 텍스트를 동일한 방법으로 수집하여 20편을 표집했다. 또 8개 분반의 학생들이 추천한 우수 전문가의 글을 수집했고, 이 중에서 순위대로 20편을 표집했다.[8] 이 표집 방법은 학생 모집단 속에 하위 집단으로서 우수한 텍스트를 쓰는 집단, 미숙한 텍스트를 쓰는 집단이 있다는 것을 가정하고 이들 집단에서 단선 무선 표집을 한 층화표집(stratified sampling)에 해당한다. 또 전문가의 텍스트를 학생 텍스트와 비교하기 위해 표집한 것은 목적표집(purposeful sampling)에 해당한다(성태제·시기자, 2009:93-100). 우리가 관심을 두는 것은 이렇게 차이가 있는 집단들의 텍스트가 지닌 특징들이다.

---

8 전문가 텍스트는 학생들에 의해 전문가의 칼럼에서 선정되었고, 이에 해당하는 전문 저술가는 다음과 같다.

윤평중, 복거일, 도종환, 고종석, 김용석, 홍세화, 신경림, 이원복, 유종호, 정혜신, 김우창, 김성연, 양성희, 김광일, 이어령, 김용택, 이광호, 박경철, 도정일, 장영희.

〈표 1〉 실험 대상 텍스트

집단	텍스트
학생-하위(집단A)	20
학생-상위(집단B)	20
전문가 (집단C)	20

대학생들과 전문 필자의 텍스트는 모두 1,900자 내외의 칼럼으로 주제는 다양하지만 형식은 동일하다. 다시 말해 두 집단의 실험 텍스트는 서두와 결말을 가진 완결된 형식의 칼럼과 에세이로 동일한 형식을 가지고 있다. 각 텍스트의 분량은 1,500자에서 2,900자까지 걸쳐 있으나 대체로 1,700~2,100자 남짓이며, 평균은 약 1,900자 정도이다.

〈표 2〉 각 집단의 글자 수, 어휘 수, 문장 수

	N	평균		표준편차	분산
	통계량	통계량	표준오차	통계량	통계량
미숙자 글자	20	1890.60	76.05	340.11	115671.93
능숙자 글자	20	2096.75	67.68	302.67	91611.25
전문가 글자	20	1967.15	117.88	527.21	277957.18
미숙자 어휘	20	446.50	17.76	79.44	6311.31
능숙자 어휘	20	500.80	16.68	74.61	5568.06
전문가 어휘	20	477.20	31.32	140.08	19624.69
미숙자 문장	20	33.35	1.74	7.80	60.87
능숙자 문장	20	35.35	1.92	8.59	73.92
전문가 문장	20	38.20	2.30	10.30	106.16

각 집단의 글자 수, 어휘 수, 문장 수의 평균은 위의 표에서 보듯 비슷한 수치를 보여준다. 이는 각 실험 대상의 텍스트가 유사한 양적(量的)

성격을 지니고 있음을 나타낸다. 또 각각의 텍스트들이 다양한 주제(낙태, 사이버 공간, 언어의 다양성, 사회적 소수자, 미국 문화의 성격 등)를 가지고 있는 것이 텍스트의 특성을 일반화하는 데 도움이 될 것으로 생각한다.

3.2. 분석 변수의 설정

특정한 집단의 텍스트를 목적 표집을 한 것은 집단 간의 텍스트 속성을 보다 분명하게 알기 위해서였다. 이 논문에서는 선행 연구(정희모 · 김성희, 2008)에서 사용한 지표를 참고로 했다. 유효하거나, 유효하지 않더라도 중요한 것은 상당수 포함했고, 새롭게 문장긴밀도에 관한 분석도구를 첨가했다. 이는 이전 연구와의 비교를 통해 대학 신입생 텍스트의 속성을 보다 정확히 알고자 하는 목적 때문이다. 이 논문에서 사용하는 분석 도구로서 변수는 다음과 같다.

X1 : T-unit 수
X2 : 문장 화제 수
X3 : 전체 글자 수 / 전체 문장 수
X4 : 비문 수 / 전체 문장 수
X5 : 응집성 연결요소 수 / 전체 문장 수
X6 : 화제 덩이 수
X7 : 어휘 수 / T-unit 수
X8 : T-unit 수 / 화제 수
X9 : 화제덩이 수 / 화제 수

여기서 이 변수들의 의미들을 검토해 보겠다. 먼저 X1, X2를 살펴보자. 'T-unit'은 앞서 설명한 대로 '의미의 최소 단위'를 가리킨다. T-unit 수는 텍스트에서 사용된 의미 단위의 수를 말하는데, 이것이 텍스트의 질을 판단하는 것은 아니다. 문장의 의미 단위가 많다는 것은 내용이 풍부하다는 뜻도 되고, 복잡하다는 뜻도 된다. 전체 텍스트의 주제와 관련하여 화제를 어떻게 엮어 가는가가 텍스트의 질을 판단하기 때문에 이 변수는 다른 변수를 판단하는 데 기초 자료가 된다. '문장 화제'도 역시 텍스트의 질을 판단하는 기초 자료로 기능한다. Mathesius는 한 문장에는 테마와 레마가 결합되어 있다고 말했는데, 여기서 테마가 문장 화제에 해당한다. 테마는 문장에서 설명하고자 하는 대상을 말하며 레마는 이에 대한 설명 부분이다(한국텍스트언어학회, 2004:68). 문장 화제가 많다는 것은 텍스트가 그 만큼 복잡하다는 뜻도 되지만 내용이 풍부하다는 뜻도 된다.

X3, X4는 우수한 텍스트와 미숙한 텍스트 사이에 어느 정도 차이를 보여줄 것으로 기대되는 변수이다. X3은 '글자 수/문장 수'로 문장의 길이를 재는 지표이다. 한국어의 경우 통상 문장을 짧게 쓰는 것이 좋다고 알려져 있기 때문에 실제 그러한지를 확인해 볼 수 있는 중요한 지표이다. 이 변수를 통해 문장 길이가 텍스트 질의 판단에 유의미한 차이가 있는 지를 판명해 볼 것이다. '비문 수(X4)'는 유능한 필자와 미숙한 필자 사이에 차이가 분명히 드러날 것으로 기대되는 변수이나, 선행 연구(정희모 · 김성희, 2008)에서는 유효한 차이가 나타나지 않았다. 그러나 이번 연구에는 전문가 집단이 포함되기 때문에 대학생 필자와의 이들 사이에서 유의미한 차이가 나올 수도 있을 것이다. 학생들에게 흔히 보이는 비문들은 전문 필자들에게는 잘 보이지 않는다.

변수 X5는 '응집성 연결요소'이다. 이는 앞서 분석 도구에서 설명한 대로 영어의 경우 텍스트 질을 판단하는 주요한 변수로 상정했다. 그러나 한국어를 다룬 선행 연구(정희모 · 김성희, 2008)에서는 유효한 차이가 나타나지 않았다. 대학 신입생 필자와 전문 필자 사이에 어떤 결과가 나올지 주목되는 측면이다. '화제덩이 수(X6)'도 대학생 필자, 전문 필자 사이에 차이가 있는지 궁금한 분야이다. 화제덩이의 수만으로 텍스트의 질을 판단하는 데는 큰 도움이 안 될 수 있다. 화제덩이는 유사한 화제의 묶음인데 이것이 너무 많으면 글이 산만하다는 뜻도 되지만 너무 적으면 내용이 단조롭다는 뜻도 된다. 따라서 화제덩이는 적절한 수가 필요한데, 대학생 필자와 전문 필자 사이에 어떤 차이가 있을지는 실험결과를 살펴볼 필요가 있다.

선행 연구를 통해 대학생 필자와 전문 필자 사이에 큰 차이가 있을 것으로 기대되는 변수는 X7, X8이다. X7은 '어휘 수/T-unit 수'로 선행 연구에서 텍스트 질의 판단에 실제 영향을 끼치는 것으로 판명된 바 있다. 'T-unit 당 어휘 수'가 많으면 하나의 의미 단위를 더 길게 설명하고 있다는 뜻이 된다. 특히 설득적인 글에서는 한 의미 단위 당 설명이 많은 것이 더 좋은 평가를 받을 가능성이 있다. 전문 필자의 경우에도 이런 결과가 적용될 수 있는지 알아보는 것이 이 실험의 또 다른 목적이다. X8은 '화제 당 T-unit의 수'를 살펴보는 항목이다. 화제 당 T-unit의 수가 많으면 한 화제를 매우 상세하고 자세하게 설명했다는 의미가 된다. 이 항목은 선행연구(정희모·김성희, 2008)에서 우수한 필자와 미숙한 필자의 텍스트를 비교해 본 결과 유효한 차이가 있었다. 다시 말해 하나의 화제를 자세하게 설명한 학생들이 더 좋은 평가를 받았던 것이다. 본 논문에서는 이 변수가 대학생 필자와 전문 필자 사이에서도 유효한지를 검증해 볼 것이다.

X9는 '화제 수/화제 덩이 수'로 텍스트의 화제가 얼마나 일관성과 통일성을 가지고 서술되었는지를 측정하는 조직긴밀도 변수이다. 이에 관해서는 앞 장에서 자세히 설명한 바 있다. 영어권의 연구에서는 이 변수가 텍스트의 질을 판단하는 데 유의미하다는 것이 판명된 바 있다. 이 실험에서는 대학생 필자와 전문 필자를 섞어 이 변수의 유효성을 검증해

볼 예정이다. 조직긴밀도가 텍스트의 질을 판단하는 데 유효하다면 이를 적절하게 작문 교육에 응용할 필요가 있다.

4. 실험 결과 및 검토

4.1. 실험결과

이전의 집단 비교 연구에 비해 이번 실험이 어려운 것은 전문가 집단을 포함해 독립변수가 많아진 점이다. 통상 학생 집단에 대한 비교 연구는 우수한 필자 집단과 열등한 필자 집단 사이에서 많이 이루어진다. 반면에 이번 실험은 세 집단(학생 열등, 학생 우수, 전문 집필자)을 설정했고, 이들의 차이를 비교하고자 했다. 그리고 문제는 독립변수에 따라 다루어야 할 종속변수가 12개(글자, 어휘 수 포함)나 되기 때문에 이를 통계적으로 처리하기가 어려웠다는 점이다. 특히 연구 목적에 따라 특정 대상을 목적 표집하였기 때문에 모집단에 대한 등분산 가정이 되지 않는 변수가 있어서 문제였다. 상관분석을 통해 Levene의 등분산검정을 시도해보니 대다수 데이터가 유의확률 0.05 이상으로 등분산의 영가설을 기각하지 않아 등분산 가정을 어느 정도 충족시켰지만 비문과 화제덩이/화제는 등분산을 이루지 않는다는 사실을 알 수 있었다(.031, .0.04). 따라서 이번 실험 연구에서는 무엇보다 기술통계량을 잘 사용해야 할 필요성이 생겼다. 실험을 통해 나타난 기술통계량은 다음과 같다.

〈표 3〉 Kruskal Wallis 검정 결과 기술통계량

		N	평균	표준오차 편차	표준오차 오류	평균에 대한 95% 신뢰구간	
						하한값	상한값
X1	A집단	20	43.55	7.11	1.59	40.22	46.88
	B집단	20	41.10	7.58	1.69	37.55	44.65
	C집단	20	46.60	14.02	3.13	40.03	53.17
	합계	60	43.75	10.16	1.31	41.12	46.38
X2	A집단	20	36.55	6.90	1.54	33.32	39.78
	B집단	20	35.85	6.89	1.54	32.62	39.08
	C집단	20	37.75	12.51	2.79	31.89	43.61
	합계	60	36.72	9.04	1.16	34.38	39.05
X3	A집단	20	58.65	13.60	3.04	52.29	65.02
	B집단	20	61.68	13.85	3.09	55.19	68.16
	C집단	20	52.33	8.70	1.94	48.25	56.40
	합계	60	57.55	12.69	1.63	54.27	60.83
X4	A집단	20	.13	.14	.032	.069	.20
	B집단	20	.06	.05	.012	.039	.09
	C집단	20	.00	.00	.001	-.001	.00
	합계	60	.06	.10	.013	.042	.09
X5	A집단	20	2.50	.48	.10	2.27	2.73
	B집단	20	2.70	.75	.16	2.35	3.05
	C집단	20	2.27	.46	.10	2.06	2.49
	합계	60	2.49	.59	.07	2.34	2.65
X6	A집단	20	21.40	3.84	.85	19.60	23.19
	B집단	20	19.75	6.18	1.38	16.85	22.64
	C집단	20	9.50	3.06	.68	8.06	10.93
	합계	60	16.88	6.94	.89	15.08	18.67
X7	A집단	20	10.40	1.86	.41	9.53	11.27
	B집단	20	12.44	2.14	.47	11.43	13.44
	C집단	20	10.44	1.80	.40	9.59	11.28
	합계	60	11.09	2.13	.27	10.54	11.64

X8	A집단	20	1.20	.15	.03	1.13	1.27
	B집단	20	1.15	.13	.02	1.09	1.21
	C집단	20	1.25	.16	.03	1.17	1.33
	합계	60	1.20	.15	.01	1.16	1.24
X9	A집단	20	.59	.11	.02	.54	.65
	B집단	20	.55	.15	.03	.48	.62
	C집단	20	.25	.07	.01	.22	.29
	합계	60	.469	.19	.02	.42	.51

이와 함께 집단 간의 유의미한 차이도 분석해 볼 필요가 있었다. 앞서 말한 대로 이 실험은 다변량분산분석(MANOVA)을 사용할 수 없었다. 샘플 수가 적고 정규분포 등분산 가정을 충족시키지 못하는 변수가 있었기 때문이다. 따라서 SPSS 비모수검정의 독립 K 표본 검증 방법을 사용하여 집단 간의 통계적 차이를 분석해 보았다. Kruskal Wallis 검정 결과 종속변수 X3, X4, X5, X6, X7, X9에서 집단 간에 차이가 있는 것으로 판명되었다.

〈표 4〉 Kruskal Wallis 검정 결과

검정 통계량[a,b]

	X1	X2	X3	X4	X5	X6	X7	X8	X9
카이제곱	1.629	.503	6.543	30.536	8.278	35.812	11.371	4.257	38.757
자유도	2	2	2	2	2	2	2	2	2
근사 유의확률	.443	778	0.8	.000	.016	.000	.003	.119	.000

a. Kruskal Wallis 검정
b. 집단변수 : 그룹

위의 표를 보면 X1(T-unit 수), X2(문장 화제 수), X8(T-unit 수/화제 수)에서 세 집단 간에 차이가 없는 것으로 나타났다. X1(T-unit 수)와 X2(문장 화제 수)는 텍스트의 길이에 따라 차이가 달라질 수 있기 때문에 이해할 수 있는 결과이나 X8(T-unit 수/화제 수)은 매우 뜻밖의 결과였다. 이 변수에 관해 선행 연구에서 우수 학생과 미숙 학생 사이에 질적 차이가 분명히 있었기 때문이다. 이런 점에 대한 분석은 다음 절에서 자세히 다루기로 한다.

Kruskal Wallis 검정 결과를 통해 X3, X4, X5, X6, X7, X9에 유의미한 차이가 있었기 때문에 이를 다시 SPSS 비모수검정의 독립 2 표본 검증 방법을 사용해 어떤 집단 사이에 어떤 차이가 발생하는지를 검증해 보았다. 비모수검정의 독립 2 표본 검증은 집단 A와 집단 B, 집단 B와 집단 C사이를 나누어 검정해 보았다.

〈표 5〉 집단 A와 집단 B에 대한 비모수검정의 독립 2 표본 검증 결과

검정 통계량[b]

	X3	X4	X5	X6	X7	X9
Mann-Whitney의 U	155.500	136.500	132.500	158.000	97.000	149.000
Wilcoxon의 W	365.500	346.500	342.500	368.000	307.000	359.000
Z	-1.204	-1.271	-1.826	-1.139	-2.786	-1.380
근사 유의확률(양측)	.229	.085	.068	.255	.005	.167
정확한 유의 확률 [2*(단측 유의확률)]	.231a	.086a	.068a	.265a	.005a	.174a

a. 동률에 대해 수정된 사항이 없습니다.
b. 집단변수 : 그룹

대학생 필자들 사이(집단 A와 집단 B)에서 유효한 차이가 있었던 것은 X7(어휘 수 / T-unit 수)뿐이었다. 기술 통계량을 보면 T-unit당 어휘 수는 우수 집단의 학생들이 훨씬 높았다. 비모수 검정에 의하면 그밖에 지표는 기술통계량으로는 차이가 있으나 통계적으로 유효한 것들은 아니었다. 이에 대한 의미는 다음 절에서 다시 살펴본다.

다음으로 집단B(상위 학생 필자)와 집단C(전문 필자) 사이의 차이를 검정해 보았다. 이 두 집단 차이에 대한 비모수검정 결과는 차이는 매우 컸다. 아래의 표에서 보듯 모든 지표에서 상위 학생 필자와 전문 필자 사이에 통계적인 유의미한 차이가 있었다.

〈표 6〉 집단 B와 집단 C에 대한 비모수검정의 독립 2 표본 검정 결과

검정 통계량[b]

	X3	X4	X5	X6	X7	X9
Mann-Whitney의 U	114.000	45.500	101.000	21.000	88.000	7.000
Wilcoxon의 W	324.000	255.500	311.000	231.000	298.000	217.000
Z	-2.326	-4.578	-2.678	-4.850	-3.030	-5.222
근사 유의확률(양측)	.020	.000	.007	.000	.002	.000
정확한 유의 확률 [2*(단측 유의확률)]	.020a	.000a	.007a	.000a	.002a	.000a

a. 동률에 대해 수정된 사항이 없습니다.
b. 집단변수 : 그룹

상위 학생 필자와 전문 필자 사이의 비모수검정의 통계 결과는 모든 면에서 유효한 차이가 있었다. 이런 통계 결과는 결국 대학생 필자 사이의 텍스트 질 차이보다 전문가와 대학생 필자 사이에 텍스트 질 차이가 훨씬 크다는 사실을 증명해준다.

비모수검정의 결과는 차이의 통계적 유효성만을 증명해 주기 때문에 실제적으로 대학생 필자와 전문 필자 사이에 양적 차이는 기술통계량을 살펴볼 필요가 있다. 특히 기술통계량을 통해 볼 때 대학생 필자 사이에서 각 지표 사이에 특이한 측면들이 발견되기 때문에 이를 면밀히 검토해 볼 필요가 있다. 이를테면 전문 필자의 문장 길이가 짧아 상위 학생 필자도 그럴 것 같았지만, 실제 상위 학생 필자의 문장 길이는 짧지 않았다. 상위 학생 필자의 문장이 하위 학생 필자의 문장보다 더 길었다. 응집성 연결요소의 경우는 상위 학생 필자가 하위 학생 필자보다 높았지만 전문 필자는 오히려 하위 학생 필자에 가까웠다. 이처럼 기술통계량이 보여주는 결과는 변수에 따라 차이가 있기 때문에 다음 장에서는 이런 변수들의 상호 관계들을 하나씩 풀어 설명해 보고자 한다.

4.2. 실험 결과 분석

4.2.1. T-unit 수(X1), 비문의 수/전체 문장 수(X4)

앞선 Kruskal Wallis 검정의 결과를 보면 이 세 집단 사이에서 유효한 차이를 보인 것은 'T-unit의 수(X1)', '비문의 수/전체 문장 수(X4)', '응집성 연결요소 수(X5)', '화제덩이 수(X6)', '어휘 수/T-unit 수(X7)', '문장 화제 수/화제덩이 수(X9)'였다. 그러나 실제 이들의 차이를 보다 자세히 관찰해 볼 수 있는 것은 기술통계량이다.

〈표 3〉의 기술 통계량을 보면 '글자 수', '어휘 수', '문장 수'가 나와 있다. 각 집단 별로 전체 글자 및 문장 수는 차이가 있지만 큰 편은 아니다(하위 집단 1894자, 상위 집단 2096자, 전문가 집단 1967자). 상위 학생 집단들의 텍스트는 하위 학생 집단이나 전문가 집단의 텍스트보다 길었다. 그런데 문장 길이와 달리 'T-unit 수'는 상위 학생 집단이 가장 적었다(41.10). 이는 한 편의 텍스트에서 의미 단위 수가 더 적었다는 뜻으로, 다른 집단에 비해 의미 단위 당 글자 수가 많았다는 것을 의미한다.

하나의 텍스트에서 'T-unit 수'가 많고 적음은 여러 가지 각도에서 해석할 수 있다. 우선 의미 단위가 많기 때문에 글이 복잡해질 수 있다. 이런 경우 각각의 의미 단위들이 서로 관련을 맺지 않는다면 매우 혼란스러운 텍스트가 될 것이다. 그러나 의미 단위가 많으면서 서로 긴밀하게 관련되어 있다면 이는 자세하고 상세한 글이 된다. 따라서 'T-unit'

은 측정 숫자만 단순히 볼 것이 아니라 이들이 어떤 연결 관계를 맺고 있는가를 함께 살펴보아야 한다.

'T-unit'이 서로 맺고 있는 관계는 '조직 긴밀도'를 통해 쉽게 드러난다. 〈표 3〉에 있는 조 직 긴밀도 측정 수치를 보면 전문가 집단의 경우 대학생 집단보다 매우 우수한 수치를 보여준다. 다시 말해 조직 긴밀도는 전문가 집단이 가장 우수하고, 상위 학생 집단, 하위 학생 집단 순으로 분명한 차이를 보인다. 그렇다면 하위 학생 집단과 전문가 집단의 'T-unit 수'가 상위 학생 집단보다 높게 나온 것은 서로 상반된 해석이 가능하다. 하위 학생 집단의 경우 'T-unit 수'가 높은 것은 텍스트가 혼란스러우며 복잡하다는 해석이 가능하다. 이 점은 조직긴밀도 측정 수치가 나쁘게 나온 것을 볼 때 유추가 가능하다. 반면에 전문가 집단의 경우 'T-unit 수'가 높은 것은 텍스트가 통일성이 있고, 세밀하며 상세하다는 것을 의미한다. 조직긴밀도 측정 수치가 좋은 것이 이런 가능성을 증명해 준다. 뿐만 아니라 전문가 집단의 경우 '화제 덩이 수'가 가장 작은 것도 글의 통일성이 얼마나 높은가를 알 수 있게 해주는 측면이다.

비문의 수에서도 상위 학생 집단과 하위 학생 집단 사이에는 차이가 있었다. 하위 학생 집단의 텍스트에는 평균 3.79개의 비문이 있었고, 상위 학생 집단은 2.05였다. 평균값이 1.5 이상 난다는 것은 어느 정도 차이가 있다는 뜻이다. 하위 집단의 학생이건 상위 집단의 학생이든 대체로 주-술 관계나 연결 문장의 오류를 흔하게 범했다. 주술 관계 외에도 학생들이 흔히 범하는 오류는 조사를 빼거나 잘못 사용하는 경우, 부사를 잘못 사용하는 경우도 있었다. 그러나 학생들이 쉽게 범하는 가장 큰 오류는 연결 문장의 오류이다. 연결 문장을 사용할 때는 대등적으로 연결하거나 인과 관계 등 논리적으로 연결시켜 주는 것이 중요하다. 그런데 학생 필자의 경우 손쉽게 이런 오류를 어기는 경우가 많았다.

이와 달리 전문가 집단의 경우 비문이 거의 없었다. 앞의 〈표 3〉를 보면 전체 텍스트에서 비문의 수는 0.10에 불과하다. 이는 거의 비문이 없다는 것과 같다. 전체적인 텍스트를 살펴보았을 때 전문 필자는 대학생 필자보다 매우 정확한 문장을 사용하고 있었다. 학생들은 대체로 문장을 길게 쓰며, 연결 문장을 많이 사용하고, 독자가 어떻게 그 문장을 읽을지 고려하지 않았다. 반면에 전문 필자들은 문장을 대체로 짧게 쓰고, 독자가 의미를 쉽게 파악할 수 있도록 고려했다. 이런 점을 보면 교수자들은 대학생들에게 문장을 짧게 쓰며, 독자를 고려한 문장을 사용하라고 교육시킬 필요가 있다.

비문과 관련하여 문장 길이도 유의할 필요가 있다. 비록 통계적으로는 유의하지 않았지만 기초통계량을 보면 각 집단 간에 문장 길이에서 차이가 있었다. 하위 학생 집단이 평균 56.68자이며, 상위 학생 집단이 59.31자, 전문가 집단이 51.49자였다. 전문 필자들은 대학생 필자보다 훨씬 짧은 문장을 쓰고 있었다.

4.2.2. 응집성 연결요소 수/문장 수(X5), 어휘/T-unit(X7), T-unit/문장 화제(X8)

이제 '응집성 연결요소 수/문장 수(X5)'와 '어휘 수/T-unit 수(X7)', 'T-unit 수/문장화제 수(X8)'를 살펴보자. 응집성 연결요소는 하위 학생 집단이 문장 당 평균 2.50개, 상위 학생 집단이 2.70개, 전문가 집단이 2.27개였다. 문장 당 응집성 지표는 상위 학생 집단이 가장 높았다. 그러나 전문가 집단의 수치가 가장 낮은 것을 볼 때 응집성 연결요소가 많다고 좋은 텍스트가 되는 것은 아닌 것이 분명하다. 이는 선행 연구(정희모·김성희, 2008)와 거의 동일한 결과이다. 한국어의 경우 응집성 요소는 텍스트의 질을 측정하는 유효한 도구가 되지 못한다는 사실이 이 실험에서도 증명되었다.

이번 실험에서는 응집성 연결요소 중 가장 많이 사용되는 지시성 응집, 접속성 응집, 어휘성 응집을 함께 분석해서 살펴보았다. 미국의 연구에서 유능한 필자와 미숙한 필자 사이에서 이들 요소에 관해 유의미한 차이가 있었다. Witte & Faigley(1981)는 영어권의 실험을 통해 유능한 필자일수록 지시어 응집관계가 미숙한 필자에 비해 2배 정도 많았다고 보고했다. 미숙한 필자들이 불분명한 지시어의 사용으로 인한 오류를 피하기 위해 3인칭 지시어를 잘 사용하지 않는데 반해 유능한 필자들은 3인칭 지시어를 자주 사용했다는 것이다(Witte & Faigley, 1981:196). 또 Witte & Faigley(1981)는 3인칭 대명사가 T-unit 안에서 대개 앞에 나온 사람이나 사물을 지시하고 있기 때문에, 전체 문장의 연결성과 일관성에 기여한다고 믿고 있다.

그러나 우리의 실험의 경우 결과는 이와 전혀 상반되게 나타났다. 전문 필자는 지시어 응집요소를 다른 필자들보다 훨씬 적게 사용했다. 한국어의 경우 '이, 그, 저'와 같은 지시어의 사용이 내용의 정확성을 떨어뜨릴 가능성이 있다.

〈표 7〉 주요 응집성 요소의 사용 빈도

속성	집단	평균	비율
지시적 응집성	하위 학생집단	18.57	23%
	상위 학생집단	16.76	19%
	전문가 집단	5.86	7%
접속성 응집성	하위 학생집단	9.29	11%
	상위 학생집단	8.24	9%
	전문가 집단	6.71	8%
어휘적 응집성	하위 학생집단	49.71	64%
	상위 학생집단	61.71	71%
	전문가 집단	64.43	83%

다음으로 접속성 응집성의 경우이다. Witte & Faigley(1981)는 유능한 작가일수록 앞 뒤 문장을 직접 연결시키기 위해(immediate cohesive ties) 접속사를 많이 사용한다고 한다. 그래서 영어 실험에서는 상위 평가 텍스트가 하위 평가 텍스트보다 접속사 연결고리가 세 배나 많았다(Witte & Faigley, 1981:196). 위의 표에서 보듯 한국어의 경우 오히려 유능한 집단의 필자일수록 접속성 응집성은 더 떨어졌다(11% → 9% → 8%). 우리말의 경우 접속사를 빈번하게 사용하면 글이 자연스럽지 않게 되고, 세련미도 떨어지는 것 같다.

응집성 연결요소 중 가장 많이 사용하는 것이 어휘적 응집성이다. 어휘적 응집성은 앞의 문장과 뒤의 문장을 어휘를 통해 연결시킨다. 보통 응집성 연결요소의 2/3 이상이 어휘적 응집성 요소이다. Witte & Faigley (1981)의 실험이나 우리의 실험에서도 어휘적 응집성 요소가 압도적으로 많았다. 특히 유능한 필자일수록 어휘적 응집성 요소를 많이 사용했다. 그런데 중요한 것은 어휘적 응집성 요소의 실제적인 내용이다. Witte & Faigley(1981)의 실험을 보면 낮은 평가를 받은 에세이는 대부분 동일 단어를 반복(65%)했다고 한다. 그러나 높은 평가를 받은 에세이는 동일 단어의 사용 비율이 낮았고, 같은 어휘의 하위 범주에 해당하는 것을 많이 사용했다(52%). 뿐만 아니라 동일 계열의 유사어(lexical collocation)에 대한 사용 비율도 높았다(Witte & Faigley, 1981:196). 한국어의 경우도 우수한 필자(상위 학생 집단, 전문가 집단)일수록 동일한 단어를 반복하는 것보다 유사어나 상위, 하위 범주의 단어를 많이 사용했다.

다음으로 '어휘 수/T-unit 수(X7)', 'T-unit 수/문장 화제 수(X8)'의 경우이다. 이 변수는 선행연구(정희모·김성희, 2008)에서 유능한 필자와 미숙한 필자를 가르는 유의미한 변수였다. 이번 실험에서도 이런 경향이 지속될 것으로 기대했다. 그러나 결과는 뜻밖에 전혀 달랐다. 우선 '어휘 수/T-unit 수'는 대학생 필자의 경우, 상위 집단이 하위 집단보다 높았다(12.44:10.49). 그러나 문제는 전문가 집단의 수치가 대학생 필자(상위, 하위)보다 더 낮게 나왔다는 점이다(10.44). '어휘 수/T-unit 수'가 높다는 것은 하나의 의미 단위가 길다는 뜻이다. 다시 말해 어떤 의미를 보다 길게 설명했다는 것이다. 한국어의 경우 짧고 간결해도 명확한 의미를 담을 수 있다. 문장이 길어야 많은 내용을 꼭 전달하는 것은 아니다. 따라서 이전의 연구 결과는 그 논문(정희모 · 김성희, 2008)에서도 밝혔듯이[9] 실험 텍스트가 설득형의 과제 제시형이었기에, 의미를 상세하게 설명하는 것이 더 유리했던 때문으로 판단된다. 따라서 이번 실험 결과에 따르면 '어휘 수/T-unit 수'는, 즉 하나의 의미 단위를 길게 쓰느냐, 짧게 쓰느냐는 텍스트의 질을 변화시키지 않는 것으로 생각된다. 전문 필자들은 의미 단위를 짧게 쓰면서도 풍부한 내용을 담았다.

'T-unit 수/문장 화제 수(X8)'의 실험 결과도 선행 연구결과(정희모 · 김성희, 2008)와 매우 달랐다. 특히 주목할 만한 것은 이 변수는 하위 학생 집단, 상위 학생 집단, 전문가 집단 사이에 큰 차이가 없었다는 점이다. 이전의 연구에서는 하나의 화제를 길게 설명한 것이 좋은 평가를 받았다. 그러나 이번 연구 결과는 이와 달랐다. 세 집단 사이에 통계적인 변별성이 없었던 것이다(기술통계량으로 보면 전문가 집단이 미비하나마 조금 측정치가 높다). 'T-unit 수/문장 화제 수'는 하나의 테마(화제)에 레마(설명)가 얼마나 많은가를 설명해 주는 변수이다. '그 영화는 재미있다'보다 '그 영화는 재미있을 뿐만 아니라 큰 영화제에서 상을 받은 작품이기도 하다'가 레마가 더 길다. 그리고 'T-unit'도 두 개다. 그런데 이렇게 한

---

9 이에 대한 내용은 다음을 참고할 것. 정희모 · 김성희, 「대학생 글쓰기 텍스트 비교 분석 연구」, 『국어교육학연구』 32집, 2008, 413쪽.

문장화제에 'T-unit'이 많다고 해서 텍스트의 질이 꼭 나아진다고 판단하기는 어려울 것이다. 사실상 이것은 상황과 맥락의 문제지, 양적으로 규정할 문제는 아닌 것으로 보인다. 선행 연구(정희모·김성희, 2008)는 과제 제시형의 답안이었다. 반면에 이번 실험은 학술 에세이에 해당하는 텍스트였다. 따라서 'T-unit 수/문장 화제 수'의 경우 앞으로 좀 더 깊이 연구해 볼 필요가 있다고 본다.

4.2.3. 화제덩이 수(X6), 화제덩이 수/화제 수(X9)

실험 결과 텍스트 질을 판단할 변수로 가장 유효한 값을 보여준 것은 '화제덩이 수(X6)'와 '화제덩이 수/의미단위 수(X9)'였다. 앞의 2장에서 설명했듯이 이 변수는 필자들이 하나의 화제에 대해 얼마나 깊이 있게 다루었는가를 설명해 주는 값이다. 하나의 텍스트가 주제에 대한 통일성과 서술의 일관성이 있으려면 아무래도 화제덩이는 적은 것이 좋다. 화제덩이란 일관된 문장 화제들이 서로 연결되어 있는 묶음으로 중심 주제를 향해 문장들이 이어지는 징표가 된다. 따라서 텍스트의 길이가 일정하다면 화제덩이는 많은 것보다 적은 것이 좋다. 화제덩이가 많으면 그만큼 글이 복잡하고 집중력과 일관성이 떨어지기 때문이다. 물론 화제덩이가 아주 적다고 무조건 좋은 것만은 아니다. 화제덩이가 너무 적으면 단조롭고, 무미건조한 글이 되기 쉽다. 따라서 화제덩이는 많으면 좋지 않으며, 적절한 것이 가장 좋다.

기술통계량을 보면 하위 학생 집단의 화제덩이 평균이 21.40, 상위 학생 집단의 화제덩이 평균이 19.75, 전문가 집단의 화제덩이 평균이 9.50이었다. 대학생 필자인 상위, 하위 집단에 비해 전문가 집단의 화제덩이 평균이 훨씬 적었다. 그리고 이 값은 통계적으로 유효한 것으로 나타났다. 즉 대학생 필자들(하위, 상위)의 차이는 통계적으로 유의미한 것이 아니었으나, 대학생 필자(상위)와 전문 필자의 차이는 유의미했다. 이를 통해 볼 때 하나의 텍스트에서 적은 화제덩이를 통해 글의 일관성과 통일성을 지켜나가는 것이 얼마나 중요한가를 알 수가 있다.

이런 점은 '화제덩이 수/화제 수'를 측정한 조직 긴밀도 수치에서도 명확히 드러난다. 하위 학생 집단과 상위 학생 집단의 화제긴밀도 수치는 0.598, 0.551인데 비해, 전문 필자 의 수치는 0.258이었다. 조직 긴밀도의 측면에서 대학생 필자와 전문 필자 사이에는 약 두 배가량의 수치 차이가 있다. 전문 필자의 조직 긴밀도가 대학생 필자보다 훨씬 뛰어난 것이다. 대학생 필자와 전문 필자를 나누는 주요 원인이 바로 여기에 있다. 아래 예문을 한번 살펴보자.

A

(혼혈아 차별에서) 가장 크게 들 수 있는 원인은 ①한국의 배타적 민족주의가 가장 크게 작용하였을 것이라 생각된다. 과거 우리는 ②여러 국가와 부족의 침략을 받아 왔다. 구한말 병인양요와 신미양요를 거치고, 일본의 국권침탈까지 이르러, 그야말로 ③외세에 엄청난 압박을 받아왔었다. 이러한 배경들은 우리를 ④배타적 민족주의라는 틀 안에 가둬버리게 만들었다. 언제나 ⑤우리는 우리와 신체적으로 다른 사람을 경계하며 바라보거나, 신기한 듯이 쳐다본다. 이런 경계심이 지나쳤던 탓인지, 1866년 미국이 통상을 요구하기 위해 보낸 ⑥제너럴셔먼호는 평양군민들의 의해 침몰당하고 만다. 정부의 군대가 아닌, ⑦민간인이 다른 국가의 배를 부숴버린 것이다. 이는 나중에 신미양요를 발발하는 원인이 되고, 우리가 더욱 외세에 대해서 ⑧배척하는 문화를 암묵적으로 만들어 버렸다.

(괄호 필자, 그룹A 대학생 글)

B

①만주어가 곧 사라질 운명을 맞았다는 신문 보도가 나왔다. 지금 중국

만주에 남은 얼마 되지 않는 원어민 세대가 사라지면 만주 땅에서도 ②만주어를 쓰는 사람들이 사라지리라는 얘기다. ③만주어는 퉁구스어의 한 갈래로 여진이라 불린 민족이 써온 언어다. ④만주어는 만주문자로 표기되는데, 만주문자는 청 초기 17세기에 몽골 문자를 약간 개량한 음소문자다. ⑤만주문자는 청의 공식 언어로 300년 동안 널리 쓰였다. ⑥그처럼 번창했던 언어가 이제 사라지는 것이다.

(집단C 복거일, 「언어의 죽음」)

A 예문을 보면 문장 화제는 총 8개이다. 그런데 여기서 제시된 문장 화제를 보면 서로 화제가 같아 묶일 수 있는 내용은 '②여러 국가와 부족의 침략', ③의 '외세에 엄청난 압박'정도이다. 따라서 이 단락의 화제덩이 총수는 7개에 해당한다. 화제덩이는 화제가 연이어 나오면서 덩이를 형성하는 것인데, ②, ③을 빼면 나머지의 화제는 각각 독립적이다. 따라서 조직긴밀도(화제덩이 수/화제 수:7/8)를 측정하면 0.875가 된다. 반면에 B예문의 문장 화제를 보면 6개이다. 그런데 이 중에 화제덩이로 묶일 수 있는 것은 ③, ④, ⑤, ⑥으로 모두 만주어에 포함될 수 있는 화제들이다. 따라서 예문 B의 경우 조직 긴밀도(화제덩이 수/화제 수:3/6)는 0.5에 해당한다.

조직 긴밀도와 관련하여 흥미로운 것은 어떤 주제를 향해 문장을 사용하는 방식이다. A의 필자는 한국에서 배타적 민족주의가 등장하게 되는 원인을 밝히고자 했다. 그러나 ②, ③, ⑤, ⑥, ⑦문장들은 이와 같은 주제를 향해 집중된 문장 형식이 아니라서 필자의 의도를 충분히 살릴 수가 없다. "과거 우리는 여러 국가와 부족의 침략을 받아 왔다", "정부의 군대가 아닌, 민간인이 다른 국가의 배를 부숴버린 것이다"와 같은 단일 문장들은 너무 주제와 동떨어져 보이기 때문에 어떻게든 단락 화제인 '혼혈아 문제-배타적 민족주의'와 관련을 맺는 문장으로 고쳐야 한다.

단락 주제와 관련하여 이런 긴박한 관계는 B의 예문이 잘 보여준다. 예문 B단락은 '만주어-소멸'이란 주제와 관련하여 모든 문장들이 긴밀하게 연관되어 있다. 하나의 문장도 따로 독립된 것처럼 보이지 않으며 주제로부터 벗어나지도 않는다. 모든 문장은 '만주어-만주문자-만주어를 쓰는 사람'과 긴밀하게 연관되어 있다. 따라서 단락 주제가 분명할지라도 개별 문장을 어떻게 쓰느냐에 따라 텍스트의 질은 달라질 수 있다. 조직 긴밀도는 주제와 관련하여 어떻게 문장을 사용하는지, 그런 특성을 잘 보여준다.

기술통계량에서 보듯이 하위 학생 집단, 상위 학생 집단보다 전문가 집단의 조직 긴밀도가 두 배 가량 우수하다(0.598, 0.551↔0.258). 그리고 이 수치는 화제덩이 수와 함께 통계적으로 매우 유효했다. 따라서 좋은 텍스트를 쓰기 위해 단락 주제를 향해 각각의 문장들을 긴밀하게 연결시키는 것이 매우 중요하다는 사실이 검증되었다.

5. 결론

그동안 텍스트를 분석하는 논문들은 주로 대학생 필자들의 텍스트를 대상으로 삼았다. 그러나 이 논문은 전문 필자 집단을 추가하여 상호 비교해 봄으로써 실제 유능한 필자와 대학생 필자 사이에는 어떤 차이가 있는지를 검증해 보고자 했다. 그리고 이 연구는 선행 연구 결과(정희모·김성희, 2008)를 새롭게 검증해 본다는 의미도 가지고 있다. 그 결과는 예상한 것과 달랐다. 이번 실험에서 선행 연구와 차이가 있는 부분도 있었으며, 유사한 부분도 있었다. 예컨대 'T-unit 수/화제 수'는 이전의 연구와 달랐지만, '응집성 연결요소 수/전체 문장 수'에서는 유사한 결론을 얻었다. 이보다 흥미로웠던 것은 대학생 필자와 전문 필자 사이의 차이이다. 이번 실험에서 대학생 필자 사이에는 변수들 사이에 큰 차이가 없었으나, 대학생 필자와 전문 필자 사이에는 차이가 컸다. 이 점을 잘 해석하여 글쓰기 교육에 반영해야 하는 것이 남은 과제이다. 이 논문을 통해 얻을 수 있는 측면을 정리하면 다음과 같다.

첫째, 대학생 필자 사이(상위 집단, 하위 집단)보다 대학생 필자와 전문 필자 사이의 차이가 컸다. 이는 좋은 평가를 받든, 나쁜 평가를 받든, 대학 신입생의 경우 글쓰기의 초보자(novice)임을 확연히 보여준다. 다시 말해 글쓰기 초보자 입장에 맞는 교육 방법이 필요하다.

둘째, 대학생 필자의 경우 상위 집단과 하위 집단의 차이가 뚜렷하지 않았다. 이는 선행 연구(정희모·김성희, 2008)와는 다른 특징이다. 전문 필자와 비교해 볼 때 상위 학생 집단의 측정 수치가 하위 학생 집단보다 안 좋게 나온 경우도 있었다. 예컨대 문장 길이의 경우 전문가는 짧은 문장을 쓰고 있었지만 상위 집단은 하위 집단보다 더 긴 문장을 사용하고 있었다.

셋째, 선행 연구과 달리 유효하지 않은 이론적 도구도 있었다. 'T-unit 수/화제 수(X8)'이 그렇다. 선행 연구에서 이 변수는 텍스트의 질을 판단하는 유효한 도구였다. 그러나 이번 연구에서는 그렇지 않았다. '화제 당 T-unit 수'는 각 집단 간에 큰 차이가 없었다. 한국어의 경우 장르에 따라 화제를 길게 설명해야 할 경우도 있겠으나, 전반적으로 그것이 텍스트의 질을 보장한다고 말하기는 어려울 것으로 보인다.

넷째, 응집성 연결요소는 선행 연구 결과와 같이 한국어 텍스트의 질을 비교하는 데 유효하지 않는 것으로 판명되었다. 영어권의 연구와 달리 한국어의 경우 지시성 응집성과 접속성 응집성은 유능한 필자일수록 더 떨어졌으며, 어휘적 응집성만 다른 집단보다 우수했다. 이런 연구 결과는 Witte & Faigley(1981)의 연구 결과와 차이가 있다. 초등과 중등 교과서에서 응집성에 관한 언급이 있는 것을 고려해 보면 이에 대한 연구가 더 진전되기를 기대한다.

다섯째, Kruskal Wallis 검정과 비모수검정의 독립 2 표본 검정 결과를 볼 때 세 집단의 차이를 가장 극명하게 드러내 주는 변수는 X4(비문 수/전체 문장 수)와 X6(화제 덩이 수), X9(화제덩이 수/화제 수)였다. 이 변수는 두 통계 방법, 즉 Kruskal Wallis 검정과 비모수검정의 독립 2 표본 검정에서 모두 유의 확률이 .00으로 통계적으로 매우 유효했다. 대학생 필자의 경우 상위 집단은 하위 집단보다 비문의 비율이 절반 정도 적었다(0.13: 0.6). 반면에 전문가 집단은 거의 비문이 없었다(0.006). 화제덩이의 경우 상위 집단이 하위 집단보다 적었지만 차이는 근소했다. 반면에 전문가 집단은 대학생 집단의 절반보다 더 적었다(21.40:19.75:9.50). 조직 긴밀도를 나타내는 '화제덩이 수 / 화제 수'도 학생 필자와 전문 필자의 차이는 매우 컸다(0.59:0.55:0.25). 전문 필자들이 문장을 더 일관성 있게, 또 통일성 있게 작성하고 있었던 것이다.

여섯째, 실험 결과를 대학글쓰기 교육에 반영하기 위해서는 대학생들이 정확한 문장을 사용하도록 하고, 각각의 문장들이 화제로 깊이 연결되도록 교육시키는 것이 중요하다. 조직 긴밀도가 높은 글을 쓰기 위해서는 주제를 잘 정하고, 주제의 성격에 따라 동일 화제로 문장의 연결성을 높이는 과정도 필요하다. 학생들은 동일한 화제로 내용이 점점 깊어지는 문장을 잘 쓸 줄 모른다. 교수자는 이에 대한 적절한 샘플을 가지고 학생들을 숙지시켜야 할 뿐만 아니라 학생의 글을 이에 맞게 고쳐주어야 한다. 실험을 보면 특정한 주제를 향해 일관되고 깊이 있게 전개하는 글이 좋은 텍스트였음을 알 수 있다. 전문 필자의 글은 이런 특성을 보여준다.

대학생 텍스트와 전문가 텍스트를 비교해 본 것은 글쓰기 교육에 매우 중요한 의미가 있다. 좋은 글을 쓰기 위해 학생들이 무엇을 유의해야 할지를 명확히 보여주기 때문이다. 교수자들은 전문가들이 사용하는 문장의 전개 방식을 교수·학습 방법에 적용시켜 볼 필요가 있다고 생각한다.

다섯 가지 텍스트 해석 방법을 활용한 읽기 중심 교육 모형의 개발

김미란
성균관대학교

1. 읽기 중심 교육 모형 개발의 필요성

한국의 대학에서 이루어지는 글쓰기 교육은 읽기를 통한 쓰기가 중심을 차지하고 있다. 하지만 교육의 비중이 높은 데 반해 읽기-쓰기 교육을 위한 구체적인 모형은 다양하게 개발되어 있지 못한 것이 현실이다. 그중 쓰기 교육에 이바지할 수 있는 읽기 교육 모형의 개발은 아직 본격적으로 시도되지 못했다고 할 만하다. 이것은 무엇보다도 쓰기 교육의 모형 개발이 시급했던 터라 읽기 교육 모형까지 깊이 고민할 수가 없었던 저간의 사정 때문일 것이다. 하지만 바로 그러한 점 때문에 글쓰기 수업에서 선택되는 읽기 교육 방법론의 수준은 높지 못하다. 글쓰기 교수자들이 학생들에게 제공하는 텍스트의 수준은 상당히 높은 편이지만, 텍스트를 정교하게 읽기 위한 방법론의 개발은 아직 이루어지지 못했다는 점에서 이 영역은 여전히 미답 상태에 놓여 있다.[1]

---

1 최근 10여 년 동안 읽기 연구의 동향을 분석한 이순영은 '교수법'이나 '읽기 기능과 전략'에 대한 연구가 이 시기에 활발하게 진행되었다고 보고한 바 있다(이순영, 「읽기

그렇기 때문에 정교한 읽기 교육 모형을 개발하는 것은 생각보다 시급한 과제이다. 한국의 대학 글쓰기 연구자들이 해결해야 할 일은 산적해 있지만, 그중 읽기 교육 모형의 개발은 더 이상 미룰 수 없는 중요한 과제인 것이다. 따라서 본고에서는 이를 개발하여 한국 대학의 글쓰기 교육이 질적으로 발전하는 데 이바지하고자 한다. 그 점에서 본고에서 제시하는 읽기 교육 모형은 읽기 교육을 활성화시키는 데에만 목표가 한정되지 않는다. 이를 통해 '읽기를 통한 쓰기' 혹은 '쓰기를 위한 읽기' 교육을 발전시키는 데 기여하고자 하기 때문이다. 말하자면 본 연구는 쓰기

연구의 최근 동향과 과제 : 국내외 2005년부터 2010년까지의 연구를 중심으로」, 『한국어문교육』 10, 2011, 320쪽). 사실 그간 읽기에 대한 연구가 전혀 없었던 것은 아니며, 오히려 이 분야와 관련된 연구는 최근 들어 활발해지고 있다. 실제로 "의미 협상 과정으로서의 독서활동은 개별적인 인지적 작용임과 동시에 교실 공동체의 구성원들과의 상호작용을 통해 의미를 구성하는 사회적 작용"(박영목, 「독서교육 활성화 방안 연구」, 『국어교육』 103, 2000, 3쪽)이라는 관점이나, 텍스트의 중층성을 파악하기 위해 부분 읽기가 아닌 전체 읽기를 가능하게 하는 교육 방법을 개발하는 것이 필요하다는 관점(정호웅, 「현대문학 교육과 삶의 질 : 부분 읽기에서 전체 읽기로」, 『국어교육』 113, 2004, 131쪽)은 일찍부터 제시되어 왔고, 대다수의 글쓰기 연구자들과 교수자들은 그에 동의하고 있다. 하지만 이러한 관점을 구체적으로 실현할 수 있는 교수-학습 방법론은 아직 모색 단계에 있다.

참고로 대학의 읽기 교육에 대한 최근의 연구를 살펴보자면, 토론 중심으로 읽기 수업을 진행했을 때 얻는 효과를 분석한 황영미의 「읽기 교육의 토론과 글쓰기 통합 모형 연구」, 『사고와표현』 3(1), 2010, 소집단 중심의 협력적 읽기 수업 모형을 제시한 김희경의 「협력적 읽기 수업의 교수설계 모형」, 『언어와 문화』 7(2), 2011, 분석적 읽기의 가치를 강조한 전대석의 「분석적 읽기를 통한 논증적 글쓰기 연습」, 『철학과 현실』 94, 2012, 대학 교재의 읽기 자료가 문학에 편중되어 있는 점을 비판한 강연임·최혜진·신지연의 「대학국어 읽기자료의 국어교재화 방안과 학습전략」, 『어문연구』 71, 2012 등이 있다.

초·중등학생을 대상으로 한 최근의 읽기 교육 연구로는 김유미, 「텍스트 선정이 비판적 읽기에 미치는 영향 연구」, 『국어교육연구』 51, 2012; 김라연, 「설득적 텍스트의 읽기 전략 활용 분석 연구」, 『우리말 글』 54, 2012; 백지연·최진오, 「독해점검전략이 초등학생의 비판적 읽기능력, 읽기효능감, 읽기태도에 미치는 효과」, 『교과교육학연구』 16(2), 2012 등이 있다.

교육의 활성화를 최종 목표로 삼고 있다.

이러한 작업을 진행하기 위해 본고에서는 먼저 그 전제가 되는 이론을 제시하려 한다. 이론 없는 방법론은 토대가 허약할 수밖에 없기 때문이다. 하지만 국내에서는 읽기-쓰기 교육에 대한 이론적 연구가 충분히 진척되어 있지 못한 상황이기 때문에, 불가피하게 미국에서 이루어진 이론적 모색 과정과 그 결과를 반영하는 방식으로 글을 서술하려 한다. 그리고 구체적인 교육 프로그램을 제공하기 위해서 존 피터스가 개발한 텍스트 해석을 위한 다섯 가지 방법을 활용할 예정이다. 이 다섯 가지 방법의 특징은 정서적, 윤리적, 수사학적, 논리적, 사회적 관점을 질문법과 연계시켰다는 데 있다.[2] 질문법은 대학 글쓰기 교수자들이 가장 많이 사용하는 방법이지만 체계적인 교육원리에 따라 구성된 질문들을 학생들에게 제공하고 있지는 않기 때문에 교육적 효율성은 낮은 편이다. 이 때문에 본고에서는 읽기-쓰기 교육의 활성화를 위해 질문법을 계발하되 이것이 어떠한 관점과 만나야 가장 큰 효과를 얻을 수 있는가를 고민하였다. 이 과정에서 만난 연구자가 존 피터스이며 그의 방법론이 한국의 교수자들에게 시사해 주는 바는 크다.

그런데 읽기와 쓰기를 통합적으로 교육하는 것이 한국 대학에서 일반적으로 채택되는 방법이라는 점에서 여기서는 읽기 교육 모형 개발에 초점을 두되 읽기-쓰기 교육의 통합적 관점을 유지하면서 쓰기 교육과

---

2 필자는 「대학의 읽기-쓰기교육과 '사회적 전환'의 필요성」, 『현대문학의 연구』 48, 2012에서 브루스 맥코미스키의 발견학습법을 수용해 텍스트적, 수사학적, 담론적 차원을 고려한 질문법을 개발한 바 있다. 그 점에서 본고에서 다루고자 하는 질문법은 여기에서 개발한 질문법의 연장선상에 있다.

브루스 맥코미스키의 방법은 B. McComiskey, 김미란 옮김, 『사회 과정 중심 글쓰기: 작문 교육 패러다임의 전환』, 도서출판 경진, 2012(Bruce McComiskey, *Teaching Composition as a Social Process*, Utah State University Press, 2000) 참조.

의 연계성을 살리는 방법으로 프로그램을 개발할 예정이다. 즉 본고에서 개발하고자 하는 것은 읽기-쓰기 교육의 통합적 관점을 살린 읽기 중심 교육 모형이다.

2. 읽기 중심 교육 모형의 개발을 위한 이론적 검토

한국의 글쓰기 교육은 역사가 매우 짧다. 그래서 글쓰기 이론과 교육 방법론이 세밀하고 정교하게 개발되어 있는 미국에서 이론적, 방법론적 자원을 끌어들여 한국의 대학생들을 교육하고 있는 것이 현실이다. 잘 알려져 있듯이 미국에서는 읽기와 쓰기의 상호 관계에서부터 양자의 통합 방식 및 교수 방법론 등에 이르기까지 다양한 이론적, 방법론적 논쟁이 장기간에 걸쳐 진행되었기 때문에 다양하면서도 깊이 있는 연구 성과가 상당하게 축적되어 있다.[3]

본고에서는 현재 미국에서 가장 활발한 연구 활동을 벌이고 있으면서 국내에도 잘 알려진 연구자들인 N. N. 스피비와 린다 플라워의 이론을 중심으로 읽기-쓰기의 이론적 준거틀을 만들어보고자 한다. 그렇지만 두 연구자들의 위치와 연구 내용을 이해하기 위해서는 미국의 읽기-쓰기 연구사를 간략하게라도 정리할 필요가 있다. 이를테면 미국의 연구자들 사이에서 쓰기와 읽기는 오랫동안 별개의 연구 영역으로 취급되었지만, 1970년대 중반에 '학습의 인지 모형(cognitive model of learning)'이

3 미국의 작문학자들이 축적한 읽기-쓰기 이론에 대해서는 김미란, 앞의 논문에서 상세하게 검토하였으므로 여기서는 N. N. 스피비와 린다 플라워의 이론을 중심으로 본 연구에 필요한 내용을 정리하고자 한다. 다만 본문에서 미국의 읽기-쓰기 연구사를 설명할 필요가 있을 때에는 김미란, 앞의 논문에서 정리한 연구사를 압축해서 제시할 것이다.

등장함에 따라 1980년대에는 읽기-쓰기가 하나의 연구 영역으로 인정받기 시작하였다. 그리고 이 시기에 인지주의에 입각한 연구가 집중적으로 이루어지면서 읽기와 쓰기 과정은 모두 텍스트의 의미를 활발히 구성하는 과정이자 상호 영향을 주고받는 활동으로 정립되기에 이른다. 그런데 1990년대에 들어와서 인지주의의 한계를 반성하는 분위기가 형성되면서 텍스트 읽기-쓰기 관계에만 초점을 맞추었던 관행이 비판되었고, 지금은 학습자들이 실제로 놓여 있는 사회 구조와 그들에게 제공되는 문식적 환경을 고려하면서 맥락에 맞게 읽기-쓰기 관계를 설명하는 방향으로 연구가 진행되고 있다.

저명한 구성주의적 작문 교육 이론가인 N. N. 스피비가 쓴 『구성주의와 읽기 · 쓰기』[4]에도 이러한 변화가 잘 반영되어 있다. 크게 보자면, 현재의 구성주의자들은 구성의 주체를 개인으로 보는 인지구성주의자들과 집단으로 보는 사회구성주의자들로 양분된다. 그리고 행위의 주체를 집단으로 가정하는 사회구성주의자들은 구성원들이 상호작용하는 소집단에 초점을 두는 연구자들과 큰 사회집단이나 공동체 혹은 사회에 초점을 두는 연구자들로 대별된다. 이중 먼저 인지구성주의자들에 대해 구체적으로 살펴보면, 이들은 독자가 텍스트의 단서를 이용해 조직하기, 재조직하기, 선택하기, 추론하기, 정교화하기 등을 하면서 의미를 구성한다고 보았기 때문에 개별 행위자들의 의미 구성 과정과 관련된 연구를 집중적으로 수행하였다.

집단을 의미 구성의 주체로 보는 사회구성주의자들 중에서 소집단에 관심을 기울이는 연구자들은 비고츠키의 비계이론을 발전시키면서 지적

4 N. N. Spivey, 신헌재 외 옮김, 『구성주의와 읽기 · 쓰기』, 박이정, 1997. 이하 스피비의 저서에서 핵심이 되는 내용을 전범위에 걸쳐 다룰 것이므로 쪽수는 밝히지 않는다.

인 협력 관계에 대한 연구를 강화시켰다. 이들보다 거시적인 추상적 집단을 의미 구성의 주체로 보는 사회구성주의자들은 담화 공동체[5]를 중시하면서 개인이 소유하고 있는 담화 지식이란 실은 집단에 속한 것이라고 설명하였다. 이들의 특징은 담화 구성체의 구성원들이 어떤 논의를 전개할 때 그에 적합한 내용과 자신들의 주장을 정당화하는 방법이란 집단 자체에 의해 규정된다고 가정하며 그 점에서 공동의 지식, 혹은 지식의 동질성이라는 측면을 강조한다는 것이다. 물론 이들은 지식이 시대에 따라 다르게 구성된다는 점에서 그 구성 과정은 역동적이며, 개인은 하나 이상의 담화 공동체에 속해 있기 때문에 같은 사고 공동체에 속한다 해도 텍스트 이해는 달라진다고 본다.

구성주의자들의 읽기-쓰기 이론은 미국 작문계의 연구와 이론 개발을 주도하였다. 이 이론에 근거한 교수-학습 방법의 특징에 대해서는 서술의 편의상 읽기와 쓰기를 구분하여 논하고자 한다. 구성주의자들의 읽기 수업 방법은 공동체에서 합의된 담화 지식의 습득과 텍스트의 구조와 관련된 지식을 지도하는 데 초점이 맞추어져 있다. 가령 설명적 텍스트에 대한 장르 지식을 제공하고 학생들이 정의, 비교, 인과 분석 같은 설명적 담화 관습을 익히게 하는 것이다. 또한 선택된 텍스트에 대한 구조 전략을 갖추고 배경지식을 활성화하여 추론 과정에 자신의 지식을 적용할 수 있도록 한다. 이를 통해 학생들은 사회문화적 맥락과 상황 맥락을 동시에 고려하면서 내용 조직하기, 선택하기, 변형하기 등을 하여 텍스트를 재구성하게 되는 것이다. 요컨대 이것은 학생-독자들이 능동적인 읽기를 할 수 있도록 유도하는 교수-학습 방법이다. 사회구성주의

5 참고로 여기서의 담화 공동체는 담화를 위한 공동의 주제와 담화 실천을 위한 공동의 관습을 가지고 있는 사람들로 구성된 집단을 가리킨다.

자들은 사회적 맥락을 특히 더 강조한다. 즉 이들은 협력학습 등을 통해 학생들이 의사소통의 방법과 가치를 이해하도록 하며, 나아가 텍스트가 생산, 분배, 수용되는 사회적 맥락을 고려하는 태도를 갖추게 한다.

한편, 구성주의자들은 읽기뿐만 아니라 쓰기도 구성의 과정으로 본다. 쓰기 과정은 사회적, 인지적 측면에서 구성의 중요한 양상을 포함하며, 그 과정은 읽기와 부분적으로 일치한다. 그리고 쓰기 과정은 저자와 독자의 측면, 상호텍스트적 측면, 협동적 구성의 측면에서 사회적 행위로 받아들여진다. 그리고 이 사회적 측면은 인지적 측면과 융합되어 있는 것으로 이해된다. 즉 이들은 쓰기 전-쓰기-수정으로 이루어지는 텍스트 구성 과정을 인지적으로 보며, 그 과정에서 저자와 독자, 저자와 협력 집단 간의 상호작용이 이루어지는 것을 사회적인 것으로 간주한다. 하지만 두 과정은 분리보다는 통합을 지향한다. 예컨대 이것은 독자와의 사회적 관계가 저자의 인지적 과정에 영향을 미치는 것으로 인식되거나 내용 생성이 독자를 고려하면서 이루어진다고 보는 데서 잘 드러난다. 이러한 사회적 측면에는 저자가 사회적 지식에 해당하는 담화 지식을 습득하고 활용한다는 점도 포함된다.

이와 같은 구성주의적 관점에서 볼 때 읽기와 쓰기 능력은 밀접한 관련이 있다. 그렇기 때문에 텍스트의 의미를 구성하는 독자의 역할과 텍스트를 구성하기 위해 의미를 생성하는 저자의 역할이 쓰기와 읽기의 과정에서 통합적으로 나타난다는 주장이 가능한 것이다. 또한 이것은 읽기의 영역과 쓰기의 영역이 명료하게 구분되기 어렵기 때문에 그에 대한 교수-학습 역시 순차적, 단계적으로 실시될 수 없다는 점을 의미하는 것이기도 하다. 가령 자기 자신이 쓴 글을 읽는 것(자기 텍스트 읽기)은 쓰기의 구성적인 과정에서 중요한 부분이다.

그 점에서 구성주의자들이 제안하는 읽기를 통한 쓰기의 교수-학습

전략은 학생들이 읽기 과정과 쓰기 과정을 순차적으로 밟게 하는 것을 목표로 삼지 않는다. 이들의 읽기-쓰기 전략은 학생들에게 읽기-쓰기 통합 과제를 제시하고, 자신의 텍스트를 구성하기(쓰기) 위해 다른 텍스트를 사용하면서 그 의미를 재구성하는(읽기) 과정에 초점을 맞추고 있다. 학생들은 텍스트를 읽는 과정에서 조직, 선택, 연결의 방식으로 이를 변형시키며, 변형한 내용을 쓰기에 활용한다. 그리고 이것은 읽기가 쓰기 과정에서 조직 방식, 선택 기준, 추론의 확장에 영향을 미친다는 이론에 입각해 있다.

읽기 텍스트를 조직하고 선택하여 연결하는 과정에서 많이 선택되는 전략은 요약하기이다. 여기에는 내용을 줄이는 것(동형 구조 조약)만이 아닌 추론을 통한 생성도 포함된다. 목적, 상황, 맥락, 독자에 따라 각기 다른 유형의 요약이 존재하며, 특히 학술적 글쓰기를 위해 요약을 할 때에는 화제들의 관련성을 추론함으로써 얻을 수 있는 생성이 포함되어야 한다. 이러한 요약에는 텍스트 비평도 뒤따른다. 요컨대 독자가 자신의 텍스트를 구성하기 위해 다른 사람이 쓴 텍스트를 참고하는 저자가 될 때, 이러한 혼합된 행위(읽기와 쓰기)에서 저자는 특정한 상황 맥락에 적합한 의미를 구성해야 하므로 보통의 읽기에서는 나타나지 않는 변형을 하게 된다. 이러한 변형은 때로 텍스트에 의해 단서화된 것들과 유사한 포괄적인 패턴 내에서 재배열되고 재조합됨으로써 이루어지기도 하고, 때로 다른 유형의 조직 패턴을 생성해내는 방식으로 이루어지기도 한다. 말하자면 저자는 자신이 구성하는 새로운 텍스트와 관련지어 상호텍스트적인 연관성 및 균형성에 기초하여 정보를 선택하거나 생성해낸다. 이 과정에서 다양한 유형의 추론을 하면서 새로운 텍스트를 만들어내게 되는 것이다. 그렇기 때문에 교수-학습 방법론은 필연적으로 읽기-쓰기 통합적이다.

대표적인 인지주의 작문학자로 평가받았던 린다 플라워 또한 1990년대 전후하여 인지와 사회를 결합시키는 쪽으로 자신의 이론을 수정하였다는 것은 잘 알려진 사실이다.[6] 이 과정에서 그녀는 읽기 행위의 목적에 따라 읽기 과정이 달라진다는 전제 하에, 쓰기를 위한 읽기를 집중적으로 탐색하였다. 이 연구는 읽기를 통한 쓰기를 의미 있는 인지적, 사회적 현상으로 이해하는 관점에 따라 진행되었다. 교수-학습 방법론과 관련하여 이 연구가 중요한 것은 기존의 읽기를 통한 쓰기 수업이 학생들로 하여금 정보를 수동적으로 소비하게만 했을 뿐(혹은 자기 글에 적당하게 짜깁기만 했을 뿐), 자신의 지식을 이용하면서 정보를 변형시키고 재구성하도록 인도하지는 못했다는 반성에 기초해 있기 때문이다.

그녀에 따르면 전통적인 대학의 글쓰기 형식을 연습시키는 것은 비평적 문식성을 기르는 일과 상관이 없다. 이것은 학생이 여전히 짜깁기식 인용을 하고 있는 상황에서 벗어나게 하는 데 별 영향을 미치지 못하기 때문이다. 이를 극복하기 위해서는 학생들이 읽기와 쓰기를 수행하는 과정에서 비평적으로 사고할 수 있도록 돕는 것이 중요하다. 이것은 학생들이 능동적인 독자와 저자가 되기 위해서는 비평적 문식성을 발달시켜야 한다는 것을 의미한다. 플라워에 따르면 이를 위해서는 "1. 질문하고 평가하기 : 자기 자신의 전제를 바탕으로 텍스트에 질문을 제기하고 응답하기 & 텍스트를 쓰는 저자로서 자기 자신의 전제와 주장 내세우기 2. 변형시키기 : 정보 이해하기 & 새로운 목적을 위해 정보 변형시키기"를 할 수 있어야 한다. 이것은 읽기를 통한 쓰기가 비평적 문식 행위를 할 수 있는 장이

6 Flower et al., "Introduction : Studying Cognition in Context," *Reading to Write : Exploring a Cognitive & Social Processes*, Oxford Univ. Press, 1990. 이하 린다 플라워 저서에서 핵심이 되는 내용을 전범위에 걸쳐 다룰 것이므로 쪽수는 밝히지 않는다.

자 그 능력을 키울 수 있는 이상적인 장임을 의미한다. 이를 위해서는 학생들에게 목표 달성에 도달할 수 있는 사고 전략들을 가르치는 것이 중요하다. 그 표준적인 전략에는 분석하고 비평하기, 조정하기(monitoring), 정교화하기(생각을 다듬으며 읽기elaborating), 정보 구조화하기(정보 통합하기), 아이디어 조직하기, 쓰기 계획하기, 수정하기 등이 속한다. 이것은 좀 더 세부적인 읽기-쓰기 전략을 포함한다. 가령 정교화하기는 새로운 아이디어 생성하기, 비판적 시각 발전시키기, 원 텍스트의 아이디어 발전시키기 등을 중심으로 구체화될 수 있다. 아이디어 조직하기는 아이디어 선택하기, 연결하기, 체계화하기로 세분화될 수 있다.

그러나 읽기와 쓰기의 상호연결성을 교수-학습법으로 구체화하기 위해서는 이보다 더 체계적인 접근법이 필요하다. 다음 장에서 자세히 설명할 예정인 존 피터스의 독해를 위한 다섯 가지 접근법은 그와 같은 문제의식에 따라 고안된 교수-학습법이라 하겠다. 가령 스피비나 플라워의 저서에서 사용된 방법론은 텍스트에 반응하고 논평하며 평가하는 행위를 중시하지만, 구체적으로 어떤 수업 과정을 밟아야 학습자들이 텍스트에 접근해서 반응하고 논평하며 평가할 수 있는가를 다루고 있지는 않다. 따라서 구체적이고 정교한 교수-학습법의 개발에 집중한 연구자들의 연구 성과를 살펴볼 필요가 있으며, 3장에서는 그중 존 피터스의 연구 성과를 수용하여 한국 대학에 적합한 읽기-쓰기 교수법을 구체적으로 제시하고자 한다.[7]

---

7 참고한 텍스트는 John U. Peters, "Five Ways of Interpreting a Text", *The Elements of Critical Reading*, New York : Macmillan Coll Div, 1991이다.

3. 독해를 위한 다섯 가지 접근법과 읽기 중심 교육 프로그램의 모듈화

3.1. 독해를 위한 다섯 가지 접근법

이 장에서는 기존의 요약식 읽기 모형의 한계를 극복하고 학생들의 비판적 문식력을 향상시키기 위해 존 피터스가 고안한 읽기 중심 모형을 활용한다. 그는 종합적 사고능력 향상을 위한 통합적 읽기를 위해 다섯 가지 관점으로 텍스트에 접근하는 방법을 제안한 바 있다. 구체적으로 보자면 이것은 정서적 관점, 윤리적 관점, 수사학적 관점, 논리적 관점, 사회적 관점이라는 다섯 가지 관점에 따라 텍스트를 읽게 함으로써 학생들이 능동적인 읽기를 체득할 수 있게 하는 방법이다. 그가 제안하는 이 방법의 강점은 학생들의 머릿속에 산발적으로 존재하는 아이디어를 구체적인 질문에 따라 효과적으로 조직하여 체계적으로 표현할 수 있다는 데 있다.[8]

즉 이것은 효과적인 읽기를 위한 방법이지만 본고에서는 읽기-쓰기 통합 수업에 활용할 수 있는 읽기 중심 모델을 구상하는 데 적용해 보고자 한다. 이를 위해서는 존 피터스가 제안한 다섯 가지 방법이 무엇인지부터 구체적으로 살펴 볼 필요가 있다. 다음은 존 피터스가 제안하는 다섯 가지 관점과 구체적인 텍스트 접근을 가능하게 하는 질문법을 그 특징을 중심으로 정리한 것이다.[9]

---

8 *Ibid.*, p.164. 이하 존 피터스의 방법론을 서술하는 과정에서 본 연구자는 그의 전체적인 아이디어를 활용할 것이므로 별도로 쪽수 표시를 하지 않는다.

9 대부분의 질문은 존 피터스가 각 관점의 특징으로 제시한 내용에서 아이디어를 얻어서 본 연구자가 질문 형태로 재구성한 것이다. 이 과정에서 한국의 현실에 맞게 질문을 변형시키거나 새로 만들기도 하였다.

〈표 1〉 다섯 가지 관점의 특징과 질문법

정서적 관점 (emotional perspectives)	특징	- 대다수의 텍스트는 여러 가지 방식으로 독자의 감정에 호소한다. 따라서 이 점에 집중하여 텍스트를 분석할 때 독자들은 해석의 한 지평을 능동적으로 열어나갈 수 있을 것이다. - 대상을 표현하는 방식(단어와 문장의 특별한 선택), 텍스트의 분위기와 필자의 서술 태도, 독자에 대한 필자의 태도 등은 감정을 표현하는 대표적인 방식이다. 정서적 관점에서는 저자가 이러한 글쓰기 장치들을 선택함으로써 만들어지는 효과가 무엇인지를 살피는 것이 중요하다.
	질문법 : 정서적 접근 방법을 익히기 위한 질문들	- 저자는 자신의 생각을 표현하기 위해 특별히 어떤 단어들과 문장들을 선택했습니까? 이를 통해 어떤 감정이 환기됩니까? - 저자는 자신의 생각에 반하는 인물/대상들을 어떤 단어들과 문장들을 사용하여 묘사하였습니까? 이러한 감정적 갈등을 만들면서 저자는 어떤 효과를 얻었습니까? 나는 그 방식에 공감합니까? - 저자가 만들어낸 감정적 갈등은 텍스트에서 해결되었습니까? 아니면 미해결된 채로 남아 있습니까? 해결이나 미해결은 모두 저자의 글쓰기 전략에 해당합니다. 이 전략은 성공적입니까? 그렇게 생각한 이유는 무엇입니까? - 위에서 우리는 저자가 자신의 생각을 표현하기 위해 특별히 선택한 단어들과 문장들을 살펴보았습니다. 감정을 표현하는 단어들과 문장들을 통해 만들어진 텍스트의 분위기는 무엇인지 추론해 봅시다(예 : 적대감, 공감, 엄숙함, 애석함 등). 여기에서 드러나는 저자의 서술 태도는 성공적입니까? 독자에게 저자가 환기하는 감정은 필요한 것이었습니까? 저자는 왜 독자에게 그러한 감정을 환기하려 했다고 생각합니까? - 기타(내가 만든 질문)[10] :
윤리적 관점 (ethical perspectives)	특징	- 윤리적 관점은 텍스트의 바탕이 된 저자의 이상과 신념을 중시한다. 텍스트가 특히 인간 행동을 다룰 경우 독자들은 도덕적 가치에 대해 질문하거나 텍스트의 윤리를 고찰해야 한다. - 이때 주의할 점은 첫째로, 어떤 기본 원칙을 존중하면서 도덕적 가치에 질문하는 것은 가능하지만 자신의 도덕적 가치를 내세워서는 안 된다는 것이다. 독자가 저자의 윤리적 관점을 옹호할 필요는 없지만 반드시 그에 대한 선입견 없는 전달자가 되어야 한다. 둘째로, 윤리적 신념은 다양하지만 크게 이타성, 자기중심성, 정치성이라는 세 범주로 나눌 수 있다. 이타성은 헌신을 강조하며, 자기중심성은 개인의 자아실현이 최고선이라는 신념을 내세우고, 정치성은 공동체의 복지에 큰 관심을 둔다. 다양한 이데올로기와 정치철학이 포함되는 정치성은 이상 달성을 위해 혼자서 노력한다 하더라도 근본적으로 공동체에 집중하는 것이라는 점에서 자기중심적 신념과는 다르다.

	질문법 : 윤리적 접근 방법을 익히기 위한 질문들	- 윤리적 신념은 다양하지만 크게 이타성, 자기중심성, 정치성이라는 세 범주로 나눌 수 있습니다. 이타성은 헌신을 강조하고, 자기중심성은 개인의 자아실현이 최고선이라는 신념을 내세우며, 정치성은 공동체의 복지에 큰 관심을 둡니다. 다양한 이데올로기와 정치철학이 포함되는 정치성은 이상 달성을 위해 혼자서 노력한다 하더라도 근본적으로 공동체에 집중하는 것이라는 점에서 자기중심적 신념과 다릅니다. 그렇다면 저자는 이 글에서 어떤 윤리적 신념을 드러내고 있습니까? 그것은 이타성, 자기중심성, 정치성이라는 세 범주 중 어디에 포함됩니까? - 저자의 윤리적 신념은 우리 시대에 필요한 이상입니까? 왜 그렇게 생각합니까? - 저자의 윤리적 신념에 대해 나는 어떠한 관점에서 평가합니까? 그 이유는 무엇입니까? 그리고 내가 선택한 관점은 어떤 점에서 가치가 있습니까? - 기타(내가 만든 질문) :
수사학적 관점 (rhetorical perspectives)	특징	- 수사학적 관점은 글의 형식과 스타일에 초점을 맞춘다. 또한 텍스트가 구성되는 방식에 중점을 두면서 장르적 특징(하위 장르적 특징 포함)과 글을 조직하는 방식을 분석하는 것도 수사학적 관점에서 중요하게 다루어야 할 사항들이다(글을 조직하는 방식에는 묘사, 서사, 정의, 비교/대조, 분류, 분석, 예시, 요약, 설득 등이 포함된다). 또한 단어나 내용을 모호하게 사용함으로써(즉 고정되어 있는 관습적 의미에서 탈피함으로써) 새로운 차원의 의미를 생산하고 있는가도 수사학적 관점으로 분석할 수 있다. - 수사학적 관점은 텍스트의 형식과 스타일이 효과적으로 선택되었는가를 분석하기 위한 것이다. 따라서 학생들은 이러한 관점을 적용해봄으로써 읽기 기술뿐만 아니라 쓰기 기술도 함께 향상시킬 수 있다.
	질문법 : 수사학적 접근 방법을 익히기 위한 질문들	- 읽기 자료는 어떤 장르에 속합니까? 하위 장르는 무엇입니까? - 글의 조직 방식은 어떻습니까?(묘사, 서사, 정의, 비교/대조, 분류, 예시, 요약, 설득 등). 글의 조직 방식은 그 글의 장르에 적합하다고 생각합니까? - 글의 문체적 특징은 무엇입니까?(격식적, 비격식적, 일상적, 비일상적 등등). 글의 저자는 자기 글에 적합한 문체를 채택했다고 생각합니까?

10 접근법에 있는 질문 중 '기타(내가 만든 질문)'은 학생들이 텍스트에 능동적으로 접근하도록 하기 위해 학생들 스스로 질문을 만들어 볼 수 있도록 본 연구자가 마련한 것이다.

<table>
<tr><td></td><td></td><td>- 모든 언어는 잠재적으로 모호성(의미의 불확실성 혹은 함축성)을 지니고 있습니다. 저자가 잘못 사용해서 생긴 모호성이 아니라 새로운 차원의 의미를 창조하기 위해 선택한 모호성은 좋은 글을 쓰는 데 크게 기여합니다. 이 글에는 저자가 새로운 의미를 만들어내기 위해 모호성을 부여한 주요 단어들이 있습니까? 있는지 찾아보고 글의 장르에 알맞게 선택된 단어인지 아닌지 평가하시오.
- 기타(내가 만든 질문) :</td></tr>
<tr><td rowspan="2">논리적
관점
(logical
perspectives)</td><td>특징</td><td>- 논리적 관점에서 중요하게 다루어야 할 것은 저자가 결론에 도달하기 위해 사용한 추론이다. 이것이 타당한지 그렇지 않은지를 판단하기 위해 학생들은 텍스트의 논리를 유심히 살펴보아야 한다.
- 이를 위해서는 먼저 저자가 다룬 쟁점이 무엇인지 파악한 뒤 그에 대한 결론을 살펴본다.
- 쟁점과 결론이 무엇인지 분명히 한 다음에는 결론에 도달하기 위해 저자가 택한 추론을 분석한다. 추론에는 연역 추론과 귀납 추론이 있으며, 전자는 보편적 원리에 의거해서, 후자는 사실 관찰이나 자료(data)를 통해 결론을 내린다.
- 독자들은 추론을 위해 필자가 어떤 가설이나 전제를 세웠는지를 조사하고 가설이나 전제를 입증하기 위해 어떤 증거들을 선택했는지를 분석한다. 이때 고려해야 할 사항은 증거의 충분성과 타당성이다.
- 저자가 추론을 위해 다른 관점을 끌어들여 비판하고 있다면 논점 회피, 성급한 일반화, 유형화의 오류 등이 있는지 살펴보아야 한다.</td></tr>
<tr><td>질문법 :
논리적 접근
방법을
익히기 위한
질문들</td><td>- 저자가 다루고 있는 쟁점은 무엇입니까?
- 쟁점에 대한 결론에 도달하기 위해 저자는 어떤 추론을 했는지 분석하기 위해 결론을 살펴봅시다. 저자의 결론은 무엇입니까?
- 저자는 자신의 결론을 위해 어떤 가설이나 전제를 세웠습니까?
- 저자가 결론에 도달하기 위해 선택한 추론 방법은 무엇입니까? (추론에는 크게 연역 추론과 귀납 추론이 있으며, 전자는 보편적 원리에 의거해, 후자는 사실 관찰이나 자료(data)를 통해 결론을 내린다.)
- 저자가 가설이나 전제를 입증하기 위해 어떤 증거들을 선택했는지를 분석하시오.
- 저자는 추론을 위해 다른 관점을 끌어들여 비판하고 있습니까? 여기서 논점 회피, 성급한 일반화, 유형화의 오류 등이 드러나 있는지 살펴보시오.
- 기타(내가 만든 질문) :</td></tr>
</table>

사회적 관점 (social perspectives)	특징	- 사회적 관점에서는 텍스트를 사회와 관련시켜 논의하는 것이 가장 중요하다. 이를 통해 학생들은 자기 자신-텍스트-세상을 관련지어 살펴볼 수 있는 눈을 키울 수 있을 것이다. - 사회와의 관련성을 파악하는 대표적인 방법은 텍스트에서 드러나는 문제나 갈등이 무엇인지 생각해 보는 것이다. 모든 글은 대조를 직간접적으로 포함하고 있으며, 그중 무엇이 사회적인지 알기 위해서는 텍스트에 제시된 대조를 검토해 보아야 한다. 읽기 텍스트에서 사회적 대조는 가족간의 긴장이나 교실에서 일어나는 갈등, 세대차나 경쟁, 심지어 전쟁과도 관련이 있다. 학생들은 읽기 텍스트에서 대조가 제시되는 방식과 내용을 탐색함으로써 우리 사회의 중요한 쟁점을 찾아낼 수 있을 것이다. - 사회와의 관련성을 알아내는 다른 방법은 텍스트가 우리 사회에서 어떤 용도로 사용되는가를 생각해 보는 것이다. 가령 과학 교재는 사회적 관련성이 매우 적다고 생각하지만, 그것이 우리 사회에서 어떻게 서술되고 활용되는가를 살필 때 그 관련성을 구체적으로 이해할 수 있다.
	질문법 : 사회적 접근 방법을 익히기 위한 질문들	- 텍스트에 제시된 사회적 갈등(사회적 문제)은 무엇입니까? - 텍스트에서는 갈등의 근원을 어떻게 설명하고 있습니까? - 텍스트에 제시된 사회적 갈등은 어떤 입장(비판적, 수용적, 절충적 입장)에서 서술되어 있습니까? - 텍스트에 제시된 사회적 갈등은 특수한 사회에 국한된 현상입니까, 아니면 전 세계적인 현상입니까? - 텍스트에 드러난 인간관계/대상과의 관계의 모습은 예전 그대로입니까? 달라졌다면 사회적 갈등은 그 관계를 어떻게 변화시켰습니까? - 텍스트에서 제시한 사회적 쟁점(갈등)은 아직도 우리에게 영향력이 있습니까?(즉 21세기의 한국사회와 관련이 있습니까?) 또한 앞으로도 우리에게 영향력이 있을 것이라고 생각합니까?(즉 미래의 한국사회와 어떤 관련이 있을 것 같습니까?) - 텍스트에 드러난 사회적 갈등에 우리 사회는 어떻게 대응하였다고 생각합니까? 그에 대해 나는 어떻게 평가합니까? - 그 사회적 갈등이 한국사회의 현재와 미래와도 관련이 있다면 우리 사회는 그에 대해 어떻게 대응해야 한다고 생각합니까? 그 이유는 무엇입니까? - 기타(내가 만든 질문) :

3.2. 읽기 중심 교육 프로그램의 모듈화

지금까지 살펴본 것처럼 존 피터스가 제안하는 다섯 가지 관점과 질문법을 연계한 읽기 모형은 매우 구체적이면서 다각적인 방법으로 학생들의 생각을 유도한다. 하지만 모형의 효과를 극대화하기 위해서는 이것을 수업 프로그램(수업 계획서)으로 구현하는 것이 필요하다. 그에 따라 여기서는 존 피터스의 방법을 적용한 읽기 중심 수업 프로그램을 개발하고자 한다. 물론 이것은 읽기-쓰기 통합 수업의 모듈을 구상하는 방향에서 이루어질 것이다.[11]

먼저 이 프로그램을 기획할 때 본 연구자는 다음과 같은 점에 주의하였다. 그것은, 첫째로 학생들에게 다섯 가지 관점으로 텍스트에 접근하는 방법을 익힐 수 있는 적절한 텍스트를 읽기 자료로 선정해야 한다는 점이었다. 다음으로는 다섯 가지 관점에 따라 텍스트 읽기를 수행함으로써 학생들이 능동적인 읽기를 체득할 수 있도록 하기 위해서 각 관점에 맞는 질문법을 개발해야 한다는 점이었다. 마지막으로는 이 다섯 가지 접근법을 익히는 데 적합한 교육 순서를 잡아야 한다는 것이었다. 한번에 다섯 가지 접근법을 모두 익힐 수는 없기 때문에 16주(중간시험, 기말시험 포함) 동안 수업을 효율적으로 진행하기 위해서는 수업 내용의 적절한 배치가 매우 중요했다.

본 연구자는 프로그램을 기획하기 전에 그 취지와 목표를 다음과 같이 정했다. 첫째, 이 수업은 텍스트를 깊이 있게 분석하면서 읽고 이를 쓰기와 연계시키는 방법을 학생들에게 제공하기 위해 기획되었다. 학생들은 설명적 텍스트에서 논리적 텍스트에 이르기까지 여러 유형의 텍스트에 다양한 관점으로 접근하면서 분석적, 비판적 읽기 방법을 습득하게 될 것이며, 이를 위해 혼자서 읽기, 협동해서 읽기를 수행하게 될 것이다.

11 여기서 모듈이라는 표현을 붙인 것은 이 글에서 제안하는 수업 프로그램이 유일한 것이 아니라 다양한 수업에 활용할 수 있는 기본틀에 해당한다는 것을 의미하기 위해서이다.

또한 이를 쓰기와 연결시킴으로써 읽기를 통한 쓰기가 이루어지는 구체적인 방법을 익히게 될 것이다. 교수자는 이 과정에서 읽기를 통한 쓰기라는 강좌의 목표를 완수할 수 있도록 길을 안내하기 위해 다양한 과제를 제시하고, 학생들의 학습 과정에 개입하면서 올바른 방향을 함께 모색해나가는 역할을 담당한다.

이 수업의 예상 수강자는 대학교 1학년생 및 글쓰기 미이수자이며, 이 학생들에게 제공되는 텍스트는 대학교 1학년생들이 이해할 수 있는 수준에서 한국인의 삶의 문제를 다룬 글들이다. 다음이 그에 해당한다.

① 명품에 대해 설명한 백과사전 자료 2편.
② 김용석, 「회전문의 기만」, 『일상의 발견』, 푸른숲, 2002.
③ 에밀 졸라의 선언문(에밀 졸라, 『나는 고발한다』, 유기환 옮김, 책세상, 2005.)
④ 남경태, 「가상현실」, 『개념어사전』 개정판, 휴머니스트, 2012.
⑤ 우석훈, 「공간을 다루는 법 : 걷고 싶은 거리? 굽고 싶은 거리」, 『나와 너의 사회 과학』, 김영사, 2011.
⑥ 한윤형 · 최태섭 · 김정근, 「박카스 권하는 사회」, 『열정은 어떻게 노동이 되는가』, 웅진지식하우스, 2011.
⑦ 고미숙, 「돈은 '내 운명' : 요람에서 무덤까지」, 『돈의 달인, 호모 코뮤니타스』, 그린비, 2010.
⑧ 마이클 센델, 안기순 옮김, 『돈으로 살 수 없는 것들』, 와이즈베리, 2012.

학생들이 해결해야 할 주요 글쓰기 과제는 다음 네 가지이다. 첫 번째 과제는 '읽기를 통한 쓰기 1-설명적 글쓰기'이다. 이 과제의 목표는 읽기 자료에서 필요한 내용을 취사선택하여, 자신의 목적에 맞게 내용을 연결, 조직, 재구성하면서 설명글을 쓰는 데 있다. 이를 통해 학생들은 기초적인 읽기 능력과 쓰기 능력을 향상시킨다. 두 번째 과제는 '읽기를 통한 쓰기 2-분석적 글쓰기'이다. 이 과제의 목표는 텍스트 독해를 위한 다섯 가지 접근법을 활용해서 분석적 읽기-쓰기 능력을 향상시키는 것이다. 세 번째 과제는 '읽기를 통한 쓰기 3-비판적 글쓰기'이다. 과제의 목표는 향상된 분석적 읽기-쓰기 능력을 바탕으로 텍스트를 비판적으로 평가하고, 자신의 정한 주제에 대해 의견을 제시할 수 있는 능력을 기르는 데 있다. 두 번째와 세 번째 과제는 본 수업에서 가장 핵심적인 것이다. 네 번째 과제는 '한 학기를 정리하는 성찰적 글쓰기'이다. 이 과제의 목표는 학생들이 수업의 전 과정을 되돌아보면서 자신의 성취한 바가 무엇이며 앞으로 그것을 어떻게 활용하고 보완해 나갈 수 있을지를 생각해 보게 하는 것이다.

구체적인 수업 프로그램은 아래의 〈표 2〉와 같다.

〈표 2〉 수업 계획서

주	차시	수업 내용	과제	비고
1주	1	1. 강의 소개-읽기를 통한 쓰기 수업의 의미와 강의 & 수업 진행 방식 안내	[과제1] 지금까지 내가 읽은 책 중 가장 좋은 책 한 편을 정해보고, 그렇게 결정한 이유 적어오기(분량 1,000자 내외)	
	2	◆과제 연계 활동 - 모둠별로 과제 돌려 읽기 - 모둠별로 과제 중 가장 좋은 글 한 편씩 정해서 발표하기 〈읽기를 통한 쓰기 활동1 : 설명적 글쓰기 -준비단계〉 1. 내가 알고 있는 읽기 전략에 의거해 주어진 2편의 읽기 자료 독해하기 (명품에 대한 읽기 자료 제공) (*자료 생략) 2. 명품에 대한 읽기 자료에서 내가 설명할 대상과 내용 선택하기 3. 초고의 개요 준비하기		

2주	1	4. 초고 개요 쓰기와 초고 쓰기 방법에 대한 설명 듣기 5. 초고의 개요 짜기 6. 모둠별로 초고의 개요에 대한 의견 나누기 7. 의견 반영해서 초고의 개요 수정하기 8. 읽기 자료를 참조하면서 초고 쓰기	[과제2] 초고 완성해 오기	*제출 : 완성한 초고-2주 2차시 수업에 가져오기
	2	9. 모둠별로 초고에 대한 의견 나누기 10. 초고에 대한 교수자의 조언 받기	[과제3] 재고 완성해 오기	*제출 : 완성한 재고-3주 1차시 수업에 가져오기
3주	1	**〈읽기를 통한 쓰기 활동2 : 분석적 글쓰기 -기초적인 읽기 활동하기〉** 1. 읽기 전 활동 - 읽기 자료 : 칼럼(김용석, 「회전문의 기만」, 『일상의 발견』, 푸른숲, 2002.) - 제목을 통해 내용과 주제 짐작하기 - 모둠별 의견 나누기 2. 읽는 중 활동 - 중요 내용에 밑줄 그으며 읽기 - 내가 짐작한 내용과의 유사점/차이점 표시하면서 읽기 3. 읽은 후 활동 - 모둠별로 읽는 중 활동의 결과 나누기 - 칼럼에 대한 소감/의견 적기		
	2	**〈읽기를 통한 쓰기 활동2 : 분석적 글쓰기 -능동적인 읽기를 위한 다섯 가지 접근법 익히기〉** (* 활동지 배포 : 〈수업 자료1〉 별첨) 1. 정서적 관점으로 접근하기 - 사례를 통해 정서적 접근 방법 익히기 - 정서적 관점으로 칼럼 「회전문의 기만」 분석하기 - 모둠별로 활동 결과 나누기 & 서로의 관점을 비교하면서 내 관점 확장하기 2. 윤리적 관점으로 접근하기 - 사례를 통해 윤리적 접근 방법 익히기 - 윤리적 관점으로 칼럼 「회전문의 기만」 분석하기		

		- 모둠별로 활동 결과 나누기 & 서로의 관점을 비교하면서 내 관점 확장하기		
4주	1	3. 수사학적 관점으로 접근하기 - 사례를 통해 수사학적 접근 방법 익히기 - 수사학적 관점으로 칼럼 「회전문의 기만」 분석하기 - 모둠별로 활동 결과 나누기 & 서로의 관점을 비교하면서 내 관점 확장하기 4. 논리적 관점으로 접근하기 - 사례를 통해 논리적 접근 방법 익히기 - 논리적 관점으로 칼럼 「회전문의 기만」 분석하기 - 모둠별로 활동 결과 나누기 & 서로의 관점을 비교하면서 내 관점 확장하기		
	2	5. 사회적 관점으로 접근하기 - 사례를 통해 사회적 접근 방법 익히기 - 사회적 관점으로 칼럼 「회전문의 기만」 분석하기 - 모둠별로 활동 결과 나누기 & 서로의 관점을 비교하면서 내 관점 확장하기	[과제4] 다섯 가지 관점 중 칼럼 「회전문의 기만」에 접근하는 데 적합한 관점들을 선택, 통합하여 칼럼에 대한 평가글 쓰기(초고 쓰기)	*제출 : 완성한 초고- 5주 1차시 수업에 가져오기
		〈읽기를 통한 쓰기 활동2 : 분석적 글쓰기- 다섯 가지 관점 적용 훈련〉 1. 각 관점 적용해보기 2. 관점 2, 3개 선택해서 통합적으로 적용해보기		
5주	1	◆ 과제 연계 활동 - 과제로 해 온 평가글과 3주 1차시 수업에서 한 '칼럼에 대한 소감/의견 적기' 활동에서 적은 내용과 비교해 보고 향상된 점 표시하기 - 모둠별 우수 글 추천 & 발표 **〈읽기를 통한 쓰기 활동2 : 분석적 글쓰기- 다섯 가지 관점 적용 평가〉** 1. 평가글에 대한 조언 받기 2. 재고 쓰기(과제)	[과제5] 재고 쓰기	*제출 : 완성한 재고- 5주 2차시 수업에 가져오기
	2	◆ 과제 연계 활동 - 재고 제출		

		- 읽기를 통한 쓰기 활동 경험에 대한 소감과 의견 나누기 **〈읽기를 통한 쓰기 활동2 : 분석적 글쓰기-분석 글을 위한 요약식 인용 익히기〉** 1. 인용 및 주석, 참고문헌 작성법 배우기 2. 요약 방법 익히기 * 요약 자료 : 우석훈, 「공간을 다루는 법: 걷고 싶은 거리? 굽고 싶은 거리」(『나와 너의 사회 과학』, 김영사, 2011.) 3. 요약식 인용법(& 각주 달기) 실습 4. 인용과 표절의 차이 알기		
6주	1	**〈읽기를 통한 쓰기 활동2 : 분석적 글쓰기-분석 연습〉** - 다섯 가지 접근법을 활용해 읽기 자료 분석적으로 읽기 - 다섯 가지 접근법 이용해서 「공간을 다루는 법 : 걷고 싶은 거리? 굽고 싶은 거리」 분석하기(개인 활동) → 5인 1모둠으로 모여 분석 내용 나누기(모둠 활동) - 모둠원들의 분석을 염두에 두고, 관점을 통합해서 읽기 자료에 재접근함으로써 자료 분석 능력 강화하기(개인 활동) - 모둠별로 다시 모여 서로 나누기 → 나아진 점 찾아서 서로 칭찬하기		
	2	**〈읽기를 통한 쓰기 활동2 : 분석적 글쓰기-주제 정하는 방법 익히기〉** 1. 요약 자료를 통해 내 글의 주제에 대한 아이디어 얻기 2. 모둠별로 아이디어 평가활동하기 3. 주제 확정하기 - 큰 주제에서 작은 주제로 주제 좁히는 방법 활용하기 - 주제에 대한 교수자의 의견 듣고 최종적으로 확정하기	[과제6] 자신의 주제에 맞는 참고 자료 목록을 만들고 주요 참고 자료 2편 가져오기	*제출 : 참고 자료 목록-7주 1차시 수업에 가져오기
7주	1	1. 가져온 참고 자료 읽으면서 정보 분석하고 선택하기 - 참고 자료 검토해서 주제에 맞는 자료를 구분해 내는 방법 익히기		

		- 참고 자료에서 인용할 만한 대목 찾아 포스트잇으로 표시하기 2. 개요 작성해서 교수자에게 상담받기	[과제7] 1. 개요 완성해 오기 2. 초고에 인용할 내용 2개 확정해서 출전 적어오기 (초고에 인용이 반드시 2개 이상 들어가야 함)	*제출 : 과제1, 2- 7주 2차시 수업에 가져오기
	2	**〈읽기를 통한 쓰기 활동2 : 분석적 글쓰기 -공간 분석 초고 쓰기〉** 1. 초고 쓰기 : 분석적 글쓰기-공간분석	[과제8] 초고 쓰기	*제출 : 완성한 초고- 9주 1차시 수업에 가져오기
8주		중간시험		
9주	1	2. 초고 상호 평가하기 - 평가의 기준 정하기 - 상호평가하기 3. 내 글에서 수정할 점 결정하기 4. 내 글을 뒷받침해 줄 수 있는 자료 추가하기(과제)	[과제9] 내 글을 뒷받침해 줄 수 있는 자료 추가해 오기	*제출 : 완성한 자료 목록- 9주 2차시 수업에 가져오기
	2	**〈읽기를 통한 쓰기 활동2 : 분석적 글쓰기 -공간 분석 재고 쓰기〉** 1. 글 다시 쓰기 2. 모둠별 우수 글 추천 & 발표 3. 참고 문헌 활용(자료 읽기)하며 글을 써 본 소감 나누기 **〈읽기를 통한 쓰기 활동3 : 한국 사회에 대한 비판적 글쓰기〉** 1. 읽기 전 활동 - 제목을 통해 내용과 주제 짐작하기 - 모둠별 의견 나누기 * 읽기 자료 : 1) 한윤형·최태섭·김정근, 「박카스 권하는 사회」, 『열정은 어떻게 노동이 되는가』, 웅진지식하우스, 2011. 2) 고미숙, 「돈은 '내 운명' : 요람에서 무덤까지」, 『돈의 달인, 호모 코뮤니타스』, 그린비, 2010.		
10주	1	2. 읽는 중 활동 : 텍스트의 의미 파악하기 - 제공된 활동지에 뜻을 더 알고 싶은 핵심 용어와 문장 적으면서 읽기 (* 활동지 배포 : 〈수업 자료 2〉 별첨)	[과제10] 활동지에 적은 핵심 용어와 문장의 뜻 알아 오기	*제출 : 완성한 활동지- 10주 2차시 수업에 가져오기

	2	3. 읽은 후 활동 - 모둠별로 알아온 핵심 용어와 문장의 뜻 나누기 - 교수자-학생간의 전체 토론을 통해 텍스트의 내용 명확하게 이해하기 4. 읽기-쓰기 연계 활동 1) 주제 정하기 - '돈, 열정, 노동'을 핵심어로 삼아 모둠별 브레인스토밍하기 - 브레인스토밍의 결과로 나온 아이디어 평가하기 - 내 주제 정하기(큰 주제에서 작은 주제로 주제 좁히는 방법 활용하기) - 주제에 대한 교수자의 의견 듣고 최종적으로 확정하기		
11주	1	2) 논거 정하기 - 논거에 대해 학습하기	[과제11] 초고에 필요한 참고 자료 검토해서 주제에 맞는 자료 확정해오기	*제출 : 완성한 자료 목록 - 11주 2차시 수업에 가져오기
	2	- 다섯 가지 접근법 활용하여 읽기 자료의 논거 제시 방법 분석하기 - 내 글에 필요한 논거 결정하기		
12주	1	3) 인용 내용 정하기 - 참고 자료에서 인용할 만한 대목 찾아 포스트잇으로 표시하기 4) 한국 사회 비판적 글쓰기-개요 쓰기 ① 열정과 노동에 대한 비판글 쓰기를 위한 개요 작성하기 - 개요 짜기 - 교수자의 조언 받기 ② 개요 수정하기	[과제12] 1. 개요 완성해 오기 2. 초고에 인용할 내용 2개 확정해서 출전 적어오기 (초고에 인용이 반드시 2개 이상 들어가야 함)	*제출 : 완성한 과제1, 2 - 12주 1차시 수업에 가져오기
	2	5) 한국 사회 비판적 글쓰기-초고 쓰기		
13주	1	6) 초고 쓰기 후 활동 - 상호평가하기 - 교수자의 조언 받기 - 내 글에서 수정할 점 결정하기	[과제13] 1. 참고 자료 추가하기 2. 추가한 참고자료에서 인용할 만한 대목 찾아 포스트잇으로 표시하기	*제출 : 과제1, 2 -13주 2차시 수업에 가져오기
	2	7) 재고 쓰기 : 글 다시 쓰기		

14주	1	8) 조원이 쓴 글 읽고 평가하기 - 모둠별 우수 글 1편 추천&발표 - 다섯 가지 접근법을 바탕으로 모둠원의 글 2편 평가하기		
	2	- 다섯 가지 접근법을 바탕으로 모둠원의 글 2편 평가한 내용을 내 글과 비교하고 내 글에서 더 보완되어야 할 점 말하기(모둠 활동)		
		9) 읽기-쓰기 통합 활동에 대한 소감 나누기-읽기와 쓰기가 연계되는 방식을 알게 된 후 자기가 변화된 점 말하기(읽기 방식/태도에서 무엇이 바뀌었는가, 쓰기 태도/내용에서 무엇이 바뀌었는가 등)		
15주	1	읽기를 통한 쓰기 중심의 수업에 참여한 소감을 자기에 대한 성찰을 중심으로 정리하기(성찰적 글쓰기) → 제출하기		
	2	수업 마무리		

〈수업 자료 1 : 다섯 가지 접근법을 익히기 위한 읽기 자료와 질문 사례〉

① 정서적 관점으로 접근하기

읽기 자료	에밀 졸라의 선언문(에밀 졸라, 『나는 고발한다』, 유기환 옮김, 책세상, 2005.)
정서적 접근 방법을 익히기 위한 질문들	- 에밀 졸라는 자신의 생각을 표현하기 위해 특별히 어떤 단어들과 문장들을 선택했습니까? 이를 통해 어떤 감정이 환기됩니까? - 에밀 졸라는 자신의 생각에 반하는 인물들을 어떤 단어들과 문장들을 사용하여 묘사하였습니까? 이러한 감정적 갈등을 만들면서 저자는 어떤 효과를 얻었습니까? 나는 그 방식에 공감합니까? - 에밀 졸라가 만들어낸 감정적 갈등은 텍스트에서 해결되었습니까? 아니면 미해결된 채로 남아 있습니까? 해결이나 미해결은 모두 필자의 글쓰기 전략에 해당합니다. 그 효과는 무엇입니까? 나는 이 전략에 찬성합니까? 그 이유는 무엇입니까? - 위에서 우리는 에밀 졸라가 자신의 생각을 표현하기 위해 특별히 선택한 단어들과 문장들을 살펴보았습니다. 감정을 표현하는 단어들과 문장들을 통해 만들어진 텍스트의 분위기는 무엇인지 추론해 봅시다(예 : 적대감, 공감, 엄숙함, 애석함 등). 여기에서 드러나는 필자의 서술 태도는 성공적입니까? 독자에게 필자가 환기하는 감정은 필요한 것이었습니까? - 기타(내가 만든 질문) :

② 윤리적 관점으로 접근하기

읽기 자료	에밀 졸라의 선언문(에밀 졸라, 『나는 고발한다』, 유기환 옮김, 책세상, 2005.)
윤리적 접근 방법을 익히기 위한 질문들	- 수많은 윤리적 신념은 이타성, 자기중심성, 정치성이라는 세 범주로 나눌 수 있습니다. 이타성은 헌신을 강조하고, 자기중심성은 개인의 자아실현이 최고선이라는 신념을 내세우며, 정치성은 공동체의 복지에 큰 관심을 둡니다. 다양한 이데올로기와 정치철학이 포함되는 정치성은 이상 달성을 위해 혼자서 노력한다 하더라도 근본적으로는 공동체에 집중하는 것이라는 점에서 자기중심적 신념과 다릅니다. 그렇다면 에밀 졸라는 어떤 윤리적 신념을 드러내고 있습니까? 그것은 이타성, 자기중심성, 정치성이라는 세 범주 중 어디에 포함됩니까? - 에밀 졸라의 윤리적 신념에 대해 나는 어떠한 관점에서 평가합니까? 그 이유는 무엇입니까? 그리고 내가 선택한 관점은 어떤 점에서 가치가 있습니까? - 기타(내가 만든 질문) :

③ 수사학적 관점으로 접근하기

[참고] 수사학적 접근 방법을 익히기 위해서는 서로 다른 글을 비교하는 것이 효과적이므로 여기서는 두 편의 읽기 자료를 제공하였다.

읽기 자료	1) 에밀 졸라의 선언문(에밀 졸라, 『나는 고발한다』, 유기환 옮김, 책세상, 2005.) 2) 남경태, 「가상현실」, 『개념어사전』 개정판, 휴머니스트, 2012.
수사학적 접근 방법을 익히기 위한 질문들	- 두 읽기 자료는 각각 어떤 장르에 속합니까? - 두 글의 조직 방식은 어떻습니까?(묘사, 서사, 정의, 비교/대조, 분류, 예시, 요약, 설득 등). 두 글의 조직 방식은 장르에 따라 어떻게 차이가 납니까? 각 글의 조직 방식은 그 글의 장르에 적합하다고 생각합니까? - 각 글의 문체적 특징은 무엇입니까?(격식적, 비격식적, 일상적, 비일상적 등 등). 각 글의 저자들은 자기 글에 적합한 문체를 채택했다고 생각합니까? - 모든 언어는 잠재적으로 모호성(의미의 불확실성 혹은 함축성)을 지니고 있습니다. 저자가 잘못 사용해서 생긴 모호성이 아니라 새로운 차원의 의미를 창조하기 위해 선택한 모호성은 좋은 글을 쓰는 데 크게 기여합니다. 각 글에는 저자가 새로운 의미를 만들어내기 위해 모호성을 부여한 주요 단어가 있습니까? 있는지 찾아보고 각 글의 장르에 알맞게 선택된 단어인지 아닌지 평가하시오. - 기타(내가 만든 질문) :

④ 논리적 관점으로 접근하기

읽기 자료	남경태, 「가상현실」, 『개념어사전』 개정판, 휴머니스트, 2012.
논리적 접근 방법을 익히기 위한 질문들	- 필자가 다루고 있는 쟁점은 무엇입니까? - 쟁점에 대한 결론에 도달하기 위해 필자가 어떤 추론을 했는지를 알려면 먼저 결론을 살펴보아야 합니다. 필자의 결론은 무엇입니까? - 필자는 자신의 결론을 위해 어떤 가설이나 전제를 세웠습니까? - 필자가 결론에 도달하기 위해 선택한 추론 방법은 무엇입니까? - 필자가 가설이나 전제를 입증하기 위해 어떤 증거들을 선택했는지를 분석하시오. - 필자는 추론을 위해 다른 관점을 끌어들여 비판하고 있습니까? 여기서 논점 회피, 성급한 일반화, 유형화의 오류 등이 드러나 있는지 살펴보시오. - 기타(내가 만든 질문) :

⑤ 사회적 관점으로 접근하기

읽기 자료	남경태, 「가상현실」, 『개념어사전』 개정판, 휴머니스트, 2012.
사회적 접근 방법을 익히기 위한 질문들	- 텍스트에 제시된 사회적 갈등(사회적 문제)은 무엇입니까? - 텍스트에서는 갈등의 근원을 어떻게 설명하고 있습니까? - 텍스트에 제시된 사회적 갈등은 어떤 입장(비판적, 수용적, 절충적 입장)에서 서술되어 있습니까? - 텍스트에 제시된 사회적 갈등은 특수한 사회에 국한된 현상입니까, 아니면 전 세계적인 현상입니까? - 텍스트에 드러난 인간관계의 모습은 예전 그대로입니까? 달라졌다면 가상현실은 인간관계를 어떻게 변화시켰습니까? - 텍스트에 제시된 사회적 쟁점(갈등)은 아직도 우리에게 영향력이 있습니까?(21세기의 한국 사회와 관련이 있습니까)? 앞으로도 우리에게 영향력이 있을 것이라고 생각합니까?(미래의 한국 사회와 어떤 관련이 있을 것 같습니까) - 텍스트에 드러난 사회적 갈등에 한국 사회는 어떻게 대응하였다고 생각합니까? 그에 대해 나는 어떻게 평가합니까? - 그 사회적 갈등이 한국 사회의 현재와 미래와도 관련이 있다면 우리 사회는 그에 대해 어떻게 대응해야 한다고 생각합니까? 그 이유는 무엇입니까? - 기타(내가 만든 질문) :

〈수업 자료 2〉

[참고] 뜻을 더 알고 싶은 핵심 용어와 문장을 제공받은 활동지에 적으면서 읽는 활동이다. 핵심 용어/문장에 대해 내가 알고 있는 지식은 무엇이며 알고 싶은 지식은 무엇인지 적은 다음, 알고 싶은 지식에 대해 조사해서 〈새로 알게 된 지식〉란에 적는 방법으로 진행한다.

① 핵심 용어 이해하며 읽기

핵심 용어	알고 있는 지식	알고 싶은 지식	새로 알게 된 지식

② 중요 문장 이해하며 읽기

중요 문장	알고 있는 지식	알고 싶은 지식	새로 알게 된 지식

이처럼 위 프로그램은 학생들이 다섯 가지 접근법을 구체적으로 익혀서 텍스트를 분석하고 분석 내용을 쓰기로 전환시키는 것을 주요 내용으로 삼는다. 지금부터는 교수자들이 이 프로그램을 활용할 때 참조할 만한 지도 방법을 몇 가지 제시하고자 한다. 이것은 16주로 분할되어 배치된 수업 내용 중 교수자가 수업의 의도를 정확히 알아야만 진행할 수 있는 1주, 3주, 6주, 9주 수업에 대해 설명하는 방식으로 이루어질 것이다.

먼저 다섯 가지 접근법을 전혀 활용하지 않은 1주 수업에 대해 설명하는 것이 필요하겠다. 1주에서 이 접근법을 활용하지 않는 이유는 학생들이 그것을 활용하기 전에 먼저 익혀야 할 사항이 있기 때문이었다. 1주 수업에서는 가장 중요한 것은 〈읽기를 통한 쓰기 활동1-설명적 글쓰기〉를 수행하는 것이다. 이를 위해서 2편의 읽기 자료가 제공되는데, 이때 제공되는 읽기 자료는 백과사전에 실린 명품에 대한 설명글들이다. 이 글들을 읽기 자료로 선택한 이유는 백과사전의 특징상 글이 일관된 주제의식을 바탕으로 설명되는 것이 아니라 특징별로 나열되어 있기 때문이다. 이는 학생들이 능동적으로 글을 재구성할 수 있는 가능성을 크게 높여준다. 그 점에서 교수자는 학생들이 짜깁기식으로 글을 쓰면 안 된다는 것을 반드시 주의사항으로 알려주어야 하며, 읽기 자료에서 자신의 주제의식과 글쓰기 목표에 맞는 내용을 선택하여 자신의 글로 재구성하는 것이 중요하다는 점을 설명해 주어야 한다. 한편으로, '1. 주어진 2편의 읽기 자료 독해하기(명품에 대한 읽기 자료)'를 할 때는 학생들이 나열되어 있는 여러 항목 중에서 자신의 관심사와 독자의 관심사를 잘 고려하여 명품에 대한 자신의 설명글에 사용할 내용을 선택하는 것이 중요하다. '2. 설명 대상 선택하기'는 자신의 주제의식과 글쓰기 목표에 맞는 내용을 선택하여 자신의 글로 재구성하기 위한 것이다. 이를 위해 교수자는 무엇을 왜 쓰고자 하는지를 분명히 하고(나의 주제 의식은 무엇인가), 글쓰기 목표가 무엇인지 확정한 뒤(독자에게 무엇을 전달할 것인가) 필요한 내용을 선별하도록 지도한다. 3. 초고의 개요 준비하기에서는 글을 쓰기 전에, 자신이 선택한 내용을 조직적으로 배열하여 글의 논리적 흐름을 잡는 것이 중요하다. 이때 여러 내용을 나열하는 단순 조직을 피하고, 자신의 주제의식에 맞는 조직을 선택하도록 지도한다.

다음으로는 3주 수업의 지도 방법에 대해 설명할 필요가 있다. 3주 수업의 첫 번째 달성 목표는 〈기초적인 읽기 활동하기〉이다. 이는 '1. 읽기 전 활동, 2. 읽는 중 활동, 3. 읽은 후 활동'으로 나누어진다. 이것은 본격적으로 텍스트를 분석하며 읽는 방법을 학습하기 전에 기초적인 읽기 능력을 기르기 위해 계획되었다. 이를 위해 선택된 읽기 자료는 칼럼 「회전문의 기만」으로, 짧고 구성이 정교하며 주제의식이 흥미롭다는 점에서 수업용 읽기 자료에 적합하다. 3주 수업의 두 번째 달성 목표는 〈능동적인 읽기를 위한 다섯 가지 접근법 익히기〉를 하는 것이다. 3주에는 '1. 정서적 관점으로 접근하기'와 '2. 윤리적 관점으로 접근하기' 방법을 익힌다. 첨부된 〈수업 자료 1〉에는 읽기 텍스트와 그에 대한 접근 방식이 제시되어 있다. 제시된 접근 방법은 질문법을 중심으로 구성되어 있다. 교수자는 학생들이 질문법에 들어 있는 다양한 질문을 읽기 텍스트를 적용하면서 각 접근법의 특징을 이해하고, 다른 텍스트에도 활용할 수 있도록 이끈다.

읽기 텍스트는 출전만 제시되어 있으므로 교수자는 미리 읽기 자료를 준비해 오거나, 학생들이 수업 전까지 자료를 읽어 오도록 안내해 주어야 한다. '정서적 관점으로 접근하기'를 익힌 학생들은 '정서적 관점으로 칼럼 「회전문의 기만」 분석하기' 활동을 수행한다. 그리고 '모둠별로 활동 결과 나누기'를 하면서 '서로의 관점을 비교하면서 내 관점 확장하기'를 한다. 2. 윤리적 관점으로 접근하기'도 위와 같은 방식으로 진행한다.

6주 수업의 지도 방법은 다음과 같다. 6주에는 본격적으로 '3. 요약식 인용법(& 각주 달기) 실습'을 한다. 이 과정에서 교수자는 학생들이 '4. 인용과 표절의 차이'를 알도록 하기 위해 양자가 어떻게 다른지를 설명해준다. 요약식 인용법은 읽기 자료를 자기 글에 적합하게 인용하기 위해 고려해야 하는 사항들이 무엇인지 학생들이 인지하도록 하기 위해 실시한다. 즉 읽기 자료의 핵심을 중심으로 간결하게 줄이되, 내용을 변형시켜 의미를 왜곡하지 않은 요약이 인용에 필요한 요약이다. 생각보다 학생들이 요약을 제대로 해 본 경험이 없으므로 어떤 요약이 바람직한 요약인지를 알게 해주는 것은 중요하다. 그리고 다른 사람의 글을 읽고 내 글에 반영할 때 각주를 다는 등 출처를 밝히지 않으면 표절이 된다는 점도 반드시 알려주어야 한다.

6주에서 두 번째로 중요한 활동은 〈읽기를 통한 쓰기 활동2 : 분석적 글쓰기〉를 위해 '다섯 가지 접근법을 활용해 읽기 자료 분석적으로 읽기'를 하는 것이다. 학생들은 다섯 가지 접근법 이용해서 「공간을 다루는 법 : 걷고 싶은 거리? 굽고 싶은 거리」를 분석한다(개인 활동). 개인 활동이 끝나면 5인 1모둠으로 모여 분석 내용을 나눈다(모둠 활동). 이 과정에서 학생들은 다양한 분석 내용을 공유할 수 있을 것이다. 그 다음 학생들은 다시 자기 자리로 돌아와 모둠원들의 분석을 염두에 두고, '두세 가지 관점을 선택, 통합해서 읽기 자료에 재접근'함으로써 자료 분석 능력을 강화한다. 모둠별로 다시 모여 새로 분석한 내용을 서로 나누고 분석 중 나아진 점을 찾아서 서로 칭찬해주는 활동을 한다.

6주 2차시 수업에서는 〈읽기를 통한 쓰기 활동2 : 분석적 글쓰기-주제 정하는 방법 익히기〉를 수행하기 시작한다. 먼저 학생들은 요약 자료(읽기 자료)를 통해 내가 원하는 공간을 분석하기 위한 아이디어를 얻는다('1. 요약 자료를 통해 내 글의 주제에 대한 아이디어 얻기'). 그런 뒤 모둠으로 모여 '2. 모둠별 아이디어 평가활동하기'를 수행함으로써 아이디어를 정교화한다. 그리고 정교화한 아이디어를 바탕으로 '3. 주제 확정하기'를 시작하는데 이때 주의할 점은 '큰 주제에서 작은 주제로 주제 좁히는 방법 활용하기'를 하는 것이다. 학생들은 주제의 범위를 매우 크게 잡는 경향이 있으므로 가급적 주제를 좁게 잡도록 안내한다.

예) 신촌공간과 소비성(큰 주제) → 신촌의 명물거리와 학생들의 소비 성향(작은 주제)
→ 명물거리와 일본 음식점 그리고 학생들의 소비성향과 대일본의식(더 작은 주제)

그리고 주제를 정하는 과정에서 교수자가 의견을 제시해 주는 것은 학생들이 주제를 선택할 때 실패할 가능성을 낮출 것이다.

마지막으로, 9주 수업에서는 2차시에 사용할 읽기 자료에 대한 소개가 필요하다. 여기서는 읽기 자료로 한윤형·최태섭·김정근, 「박카스 권하는 사회」, 『열정은 어떻게 노동이 되는가』, 웅진지식하우스, 2011과 고미숙, 「돈은 '내 운명' : 요람에서 무덤까지」, 『돈의 달인, 호모 코뮤니타스』, 그린비, 2010을 채택하였다. 열정을 강조하는 한국 사회와 열정이 노동력으로 전환되면서 발생하는 한국 사회의 문제를 분석하되, 한편으로는 노동을 경시하면서 돈을 유일한 가치 판단의 척도로 삼는 한국

사회에 비판적으로 접근하기 위해서이다. 보조 자료로 마이클 센델, 안기순 옮김, 『돈으로 살 수 없는 것들』, 와이즈베리, 2012를 읽도록 권하면 학생들이 주제 접근에 필요한 가치관을 정립하는 데 도움을 받을 수 있을 것이다.

4. 마치면서

이 글은 정교한 읽기 교육 모형을 개발하여 프로그램화함으로써 한국의 대학 글쓰기가 질적으로 발전하는 데 이바지하기 위해 씌어졌다. 이를 위해 본고에서는 존 피터스가 개발한 텍스트 해석을 위한 다섯 가지 방법을 적극적으로 활용하였다. 체계적인 교육원리에 따라 구성된 질문법을 개발하는 데 관심이 있는 본 연구자는 특히 정서적, 윤리적, 수사학적, 논리적, 사회적 관점으로 구성되어 있는 이 다섯 가지 접근법이 질문법과 연계되었을 때 최대한의 효과를 얻을 수 있다는 점에 주목하였다. 그리고 실제로 지금까지 본론에서 살펴본 것처럼 존 피터스가 제안하는 모형은 매우 구체적이면서 다각적인 방법으로 학생들의 생각을 유도해 내는 데 도움을 준다. 하지만 이 모형만으로는 효과를 극대화할 수 없기 때문에 본고에서는 이것을 16주 수업 프로그램으로 구체화하였다. 특히 16주 동안 수업을 효율적으로 진행하기 위해서 수업 내용을 체계적으로 배치하는 데 주의하였다. 질문법을 중심으로 개발된 이 프로그램이 널리 활용되고 다른 연구자들에 의해 단점이 보완된다면 학문 공동체에 같이 속해 있는 보람을 느낄 수 있을 것이다.

대학생의 학술적 비평문 쓰기 수행에 대한 연구

비평문 텍스트의 질과 필자·텍스트 변인들의 상관 분석을 중심으로

이윤빈
동국대학교 경주캠퍼스

1. 서론

이 연구는 대학생의 학술적 비평문 쓰기 수행의 양상을 다면적으로 고찰하는 것을 목적으로 한다. 먼저, 비평 대상 텍스트가 다루고 있는 화제에 대한 필자의 사전 지식이나 텍스트 이해도가 해당 필자가 쓴 비평문 텍스트의 질(quality)과 갖는 관련성을 살펴볼 것이다. 또한 비평문 텍스트의 내적 구조를 형성하는 자질들이 텍스트의 질과 갖는 관계를 고찰함으로써 교수자들로부터 '우수'한 것으로 평가되는 학술적 비평문의 특성이 무엇인지 구체적인 텍스트 분석을 통해 규명해볼 것이다.

여기서 '학술적 비평문'이라는 용어를 사용한 것은 이 연구에서 다루고자 하는 비평문의 성격을 명확히 규정하기 위해서다. '비평'이란 다른 저자가 생산한 텍스트에 대해 필자가 평가적인 논평을 함으로써 해당 이슈에 대한 이해 지평을 확장하거나 조정하는 행위(Mathison, 1996:314)이다. 이때 비평 대상이 되는 텍스트의 종류에 따라 비평문에는 문학 비평문, 문화 비평문, 영화 비평문, 정치 비평문 등 다양한 하위 유형이 존재할

수 있다(박영민, 2003:33). 여기서 다루고자 하는 학술적 비평문이란 이러한 비평문 장르의 한 유형으로서, 학문 공동체의 구성원인 비평 주체가 해당 학문 영역의 저술을 읽고 여기에 나타난 영역 지식(disciplinary knowledge)을 지지 혹은 변형하는 방식으로 평가하는 글을 의미한다. 이때 비평 주체는 독자이자 동시에 필자이며, 그가 쓴 비평문 텍스트는 다시 해당 공동체 안에서 비평 대상이 되는 텍스트로 기능함으로써 학문적 담화를 발전적으로 순환시킨다.

대학 교육의 현장에서 학술적 비평문 쓰기 과제는 중요한 기능을 담당한다. 우선, 대학생들은 학술적 비평문을 씀으로써 비판적 문식성(critical literacy)을 신장시킬 수 있다. 비판적 문식성이란 대상 텍스트의 중점에 대해 질문하고 평가하는 능력과 대상 텍스트의 중점을 필자의 관점에서 변형하는 능력을 포함하는 개념(Flower et al., 1990:5)이다. 이는 텍스트에 대한 수동적 이해에 그치는 수용적 문식성(receptive literacy)과 변별되는 것으로, 대학생들이 갖추어야 할 중요한 사고 능력이다. 단순한 독서 감상문과 학술적 비평문을 구분할 수 있는 자질도 바로 해당 텍스트가 비판적 문식성을 사용하여 작성되었는지 유무라고 할 수 있다.

또한 대학생들은 학술적 비평문을 씀으로써 해당 전공의 영역 지식을 습득할 수 있고, 이에 대한 비평적 관점을 구성함으로써 학문적 담화에 참여할 수 있다. 일반적인 글쓰기 강좌뿐만 아니라 다양한 전공 영역 강좌의 교수자들이 비평문 쓰기 과제를 널리 사용하는 이유가 여기에 있다. 비평문 쓰기를 통해 학생들은 영역 지식을 학습하고, 해당 영역의 전문인으로 성장할 수 있다.

그러나 이러한 중요성에도 불구하고, 대학생들이 실제로 어떻게 학술적 비평문 텍스트 쓰기 수행을 하는지에 대해서는 거의 고찰된 바가 없다. 작문 영역에서 행해진 기존의 비평문 연구는 주로 문학 비평문 쓰기의 교육적 활용 방안을 탐색하는 데 치중한 경향[1]이 있다. 또한 전공 영역 교수자들의 경우에는 학술적 비평문 쓰기 과제를 빈번하게 사용할지라도 텍스트 질에 영향을 미치는 필자 혹은 텍스트 변인들에 대해서는 연구적 관심을 갖지 않았다. 그러나 학생들의 쓰기 수행에 대한 구체적인 분석을 전제하지 않고서는, 학생들에게 학술적 비평문 쓰기 과제를 표상하고 수행하는 방법을 교육할 수 있는 방향성을 수립하기 어렵다.

이에 이 연구는 대학생들이 쓴 학술적 비평문 텍스트를 실제적으로 분석함으로써, 교수자들로부터 '우수'하거나 혹은 그렇지 못한 것으로 평가되는 비평문 텍스트의 특징이 무엇인지를 잠정적으로나마 규정해보고자 한다. 또한 '읽기를 통한 쓰기' 텍스트의 질에 중요한 영향을 미치는 것으로 알려져 온 필자의 사전 지식 및 텍스트 이해도가 텍스트의 질과 갖는 관계 또한 함께 고찰할 것이다. 이와 같은 작업은 숙련되거나 미숙한 것으로 평가 받는 필자들의 비평문 쓰기 수행 양상을 구체적이고 다면적으로 검토할 수 있게 할 것이다. 또한 향후 학술적 비평문 쓰기 교육의 방향을 모색하는 단초를 제공할 수 있을 것이다.

---

1 문학 비평 쓰기 교육의 필요성 및 교육 방향에 대해 논의한 연구로 김동환(1999), 우한용(1999), 양정실(2000), 김성진(2002, 2004), 임경순(2002) 등과 다수의 학위논문이 있다. 한편, 문학 작품 이외의 대상에 대한 비평문 쓰기 교육을 다룬 연구로는 박영민(2003)과 황혜진(2008)이 주목할 만하다. 박영민(2003)의 경우에는 비평 대상을 문학작품에 국한시키지 않고 비평문 쓰기 교육의 일반적 모형을 제시했다. 황혜진(2008)은 고전을 현대적으로 변용한 드라마에 대해 상호텍스트적 관점에서 비평문을 작성하게 함으로써 비평문 쓰기의 대상을 다중매체 문화물에까지 확장했다.

2. 선행 연구 및 이론적 도구

2.1. 비평문 텍스트 질에 영향을 미치는 필자 변인들

한 편의 텍스트가 완성되는 데 영향을 미치는 변인들은 매우 다양하다. 먼저 필자가 속한 사회적 맥락, 담화 공동체의 관습과 언어, 과제가 부과된 교실 환경이나 필자가 사용하는 쓰기 도구와 같은 환경적 변인들(situational variables)이 있을 수 있다. 또한 필자의 연령(학년), 전공, 사전 지식 등 필자 측면의 변인들(writer's variables)도 있을 수 있다. 특히 비평문 쓰기와 같이 읽기 행위를 바탕으로 쓰기 행위가 이루어지는 경우에는 필자의 독해 능력 또한 텍스트 질에 영향을 미치는 중요한 변인이 될 수 있다.

이 중 이 연구에서 관심을 가진 것은 화제에 대한 필자의 사전 지식과 텍스트 이해도이다.[2] 일반적으로 화제에 대한 필자의 지식이 풍부할수록 필자가 쓰는 텍스트의 질이 높을 것으로 생각된다. 그러나 선행 연구들의 결과는 하나의 뚜렷한 결론을 내고 있지는 않다. Voss et al.(1980)은 화제에 대한 지식이 풍부한 필자들일수록 미시적인 차원에서 좀 더 구체적이고 깊이 있는 텍스트를 작성한다고 주장했다. Rowan(1990) 역시 필자가 가진 화제 지식이 설명적 쓰기 텍스트의 질과 명료한 상관을 가진다는 사실을 밝혔으며, Langer(1984)는 화제 지식이 필자의 아이디어 생산 과정과 아이디어 조직 과정을 돕는다는 것을 알아냈다. 그러나 박영민·가은아(2009)의 경우에는 인문계 고등학생 437명의 쓰기 지식과 수

2 이 연구는 A대학교 〈글쓰기〉 강좌를 수강하는 학생들을 대상으로 하여 쓰기 과제 및 자료 텍스트, 과제 수행 환경 등을 통제한 실험 환경에서 이루어졌기 때문에 환경적 변인들에 대해서는 다루지 않았다. 또한 실험 대상 학생들이 동일 전공의 대학 신입생들이었으므로 연령 및 전공과 같은 필자 변인들에도 중점을 두지 않았다.

행의 상관을 검토한 결과, 쓰기 지식만으로 쓰기 수행을 가늠하거나 예측할 수 없다는 결론을 얻었다.

필자의 독해 능력과 쓰기 능력 간 관계에 대한 연구 결과들도 일치된 결론을 내지는 않고 있다. Spivey(1984)에서는 읽기 능력에 따라 필자의 쓰기 과제 처리 능력이 달라지는지 살폈으나 유의미한 차이를 발견하지는 못했다. 반면 Spivey & King(1989)에서는 읽기 능력과 통합적 쓰기 과제 수행 성공도는 매우 높은 상관관계를 갖는 것으로 나타났다.

일반적으로 전문 영역에서의 글쓰기는 필자의 화제 지식이 풍부하거나 선행 저술에 대한 이해도가 높을수록 텍스트의 질이 높아질 것으로 예상된다. 그렇다면 이제 막 대학이라는 담화 공동체에 진입한 신입생들의 학술적 비평문 쓰기에 있어서도 필자의 사전 지식과 텍스트 이해도가 텍스트 질과 높은 상관을 갖는가? 이 연구에서 첫 번째 검토할 문제는 이러한 필자 측면의 변인들과 텍스트 질의 상관성 유무이다.

2.2. 비평문 텍스트 질에 영향을 미치는 텍스트 변인들

사전지식이나 텍스트 이해도와 같은 텍스트 외적 변인들은 실제적인 쓰기 수행이 일어나기 전 텍스트 질을 예측하는 변인들로 작용할 수 있다. 이러한 변인들을 규명함으로써 우리는 학생 필자들이 어떠한 자질을 갖추도록 인도할지에 대한 교육적 방향성을 시사 받을 수 있다. 그러나 비평문이라는 특정 장르의 텍스트를 구체적으로 어떻게 작성하도록 이끌 것인가와 같은 문제는 실제적인 텍스트 분석을 통해서만 가능하다. 즉, 해당 텍스트가 평가 받는 맥락에서 '우수'하거나 그렇지 못한 것으로 평가 받는 텍스트의 특성이 어떠한 것인지 그 양상을 구체적으로 밝혀야만 미숙한 필자의 텍스트를 숙련된 필자의 것으로 변화시킬 수 있는 단초를 제공 받을 수 있는 것이다.

텍스트의 내적 자질을 다양한 척도로 분석하여 이를 텍스트 질을 예측하는 변인으로 삼을 수 있는지의 가능성을 탐색한 연구들은 다양하다. Witte(1983)와 정희모·김성희(2008)는 숙련된 필자와 미숙한 필자가 쓰는 텍스트의 특성을 복수의 지표들(t-unit의 수, 문장 화제의 수, 어휘 수/t-unit의 수, 응집성 지표 수, 비문 수/전체 문장 수, t-unit 수/화제 수, 병렬적·순차적·확장된 병렬적 화제 진행 구조의 수 등)을 사용하여 비교 분석했다. 한편 Crammond(1998)는 논술문이라는 특정 장르의 텍스트를 구성하는 요소들을 Toulmin의 논증 모델을 참조하여 규정(주장, 하위 주장, 확신 정도, 제약 조건, 사실, 논거, 논거 보강, 유보 조건, 반박, 대안 등)했다. 그리고 숙련된 필자와 미숙한 필자의 텍스트에 각 요소들이 존재하는 정도 및 형태를 살핌으로써 필자 능숙도에 따른 논설문 텍스트의 특징을 밝혔다.

'읽기를 통한 쓰기' 영역에서 텍스트의 구조적 특성을 살핀 국내외 연구로는 Flower 외(1990)와 이윤빈·정희모(2010)가 있다. Flower 외(1990)는 대학생들이 다양한 자료 텍스트들을 읽은 뒤 이를 종합하여 자신만의 학술적 글을 쓰는 행위를 다각도로 고찰한 대규모 프로젝트 연구의 결과물이다. 여기에 실린 논문 중 Kantz(1990)는 학생들의 텍스트에 나타난 구조적 양상을 질적 분석하여, 일곱 가지의 조직 범주(요약, 검토+논평, 중점 고립, 틀, 종합, 해석, 자유 반응)를 도출했다. 그리고 각 조직 범주로 구성된 텍스트의 특성 및 해당 텍스트에 대한 평가자들의 반응을 고찰했다. 한편 이윤빈·정희모(2010)에서는 사전 연구를 통해 Kantz의 조직 범주가 한국어 글쓰기의 특성에는 온전히 부합하지 않는 것으로 판단했다. 이에 따라, 한국어 글쓰기의 특성에 맞게 범주를 개정하고 이를 바탕으로 대학생들에게 텍스트 구조 교육을 실시하여 그 효과를 검증했다.

이처럼 텍스트 질에 영향을 미치는 텍스트의 요소들은 연구 목적이나 텍스트의 장르에 따라 다양하게 규정될 수 있다. 이 연구에서 관심을 갖는 비평문 텍스트의 경우에는 Mathison(1993, 1996)과 Mathison & Spivey (1993), Mathison & Flower(1993), 박영민(2003) 등에서 텍스트의 내적 자질들을 규정한 바가 있다. Mathison이 참여한 일련의 연구들에서는 비평문 텍스트의 내적 구조를 밝히기 위해 비평 대상 텍스트와 이에 대한 비평문 텍스트를 화제-논평의 내용 단위들(topic-comment content units)로 분쇄했다. 그리고 비평문 텍스트에 나타난 화제-논평 배열의 유형, 길이, 논평의 종류, 논평에 대한 근거의 종류, 화제-논평 조직의 긴밀도 등을 텍스트 변인들로 삼아 이 변인들이 텍스트 질에 미치는 영향력을 고찰했다. 그 결과 학생의 텍스트가 부정적 논평을 많이 포함하고, 이에 대한 영역 지식적 근거를 풍부히 포함하며, 화제와 논평이 통합된 형태로 텍스트를 조직했을수록 텍스트 질 점수가 높아지는 것을 발견했다. 한편, 박영민(2003)에서도 비평문 텍스트의 내적 구조를 화제 범주, 논평 범주, 근거/반응 범주로 분류함으로써 비평문 텍스트를 구성하는 요소들을 Mathison과 유사[3]하게 규정했다.

국내의 경우에는 아직 학생들이 쓰는 학술적 비평문 텍스트의 특성을 실제적인 텍스트 분석을 통해 규명한 연구는 없다. 그러다보니 대학 강의실에서 학생들에게 비평문 쓰기 과제를 부과하는 일은 빈번히 발생해도, 정작 어떤 비평문 텍스트가 '우수'한 텍스트인지 교수자들이 구체적으로 설명해주기가 어려웠다. 이 연구의 두 번째 목적은 어떤 학술적 비평문 텍스트가 '우수'한 것으로 평가받는지를 구체적인 텍스트 분석을 통해

---

3 Mathison(1993:88)은 학술적 비평문을 대상으로 했기 때문에 논평을 뒷받침하는 근거를 학문적인 근거와 개인적인 근거로 분류했다. 반면, 비평문 일반을 대상으로 한 박영민(2003:79-80)에서는 비평문에서 나타나는 정서적 반응을 근거와 묶어 '근거/반응 범주'를 설정하고, 그 하위 항목으로 '텍스트적 근거'와 '개인적 반응'을 설정했다. 학술적 비평문을 대상으로 하는 이 연구에서는 Mathison의 분류법을 따랐다.

잠정적으로나마 규명해보는 것이다. 이를 위해 Mathison(1993, 1996)과 박영민(2003)에서 규정한 비평문 텍스트의 구성 요소들을 복수의 텍스트 변인들로 원용(援用)하여, 이 변인들이 텍스트 질 점수와 갖는 상관관계를 고찰해볼 것이다.

2.3. 비평문 텍스트 분석의 도구

2.3.1. 길이(화제-논평 내용 단위의 수)

텍스트의 길이는 기존의 여러 연구들(Breland & Jones, 1984, Diederich, French & Carlton, 1961, Freedman, 1979, Nold & Freedman, 1977)에서 텍스트 질을 예측하는 중요한 변인으로 취급되어 왔다. 숙련된 필자일수록 텍스트에 풍부한 내용을 담기 때문에 텍스트의 길이가 길어진다는 것이다. 한편, 텍스트 길이가 텍스트 질을 담보하지는 않는다는 시각도 존재한다. 길지만 필자의 생각이 잘 드러나지 않고 산만한 글이 있는가 하면, 짧더라도 필자의 생각이 잘 드러나며 흥미로운 글도 얼마든지 존재할 수 있다는 것이다.

과제 수행 시간 및 분량을 통제하지 않은 상황에서 학생들에게 비평문을 작성하게 했을 때, 텍스트의 길이는 과연 텍스트 질을 예측하는 변인으로 작용하는가? 이를 측정하기 위한 척도로는 비평문을 구성하는 화제-논평 내용 단위의 수를 사용했다. 여기서 '화제'란 문장 화제(sentence topic)로서 '해당 문장이 다루고자 하는 대상'을 의미하며, 어휘들의 문법적인 관계가 아닌 내용과 논리에 의해 정의[4]된다. 또한 '화제에 대해 말해

4 이는 Shuy(1982), Giora(1979), Van Dijk(1979) 등의 학자들이 텍스트의 담화 전개 양상을 연구할 때 사용한 방법이다. 이때 화제는 반드시 문법적인 주어일 필요는 없으나, 담화에서 중심이 되는 대상으로 기능한다. 예컨대 "유비쿼터스는 어원 그대로 '편재한다'는 뜻으로, 좁게는 언제 어디서나 컴퓨터를 이용할 수 있는 환경을 의미한다."

진 것'을 의미하는 '논평'은 문장에서 화제에 대해 설명하고 있는 부분을 지칭한다. 이렇게 볼 때 화제-논평 내용 단위의 수는 기본적으로[5] 텍스트를 구성하는 문장의 수와 일치한다.

2.3.2. 조직 긴밀도

제한된 화제를 깊이 있게 다루는 텍스트가 있는가하면 다양한 화제를 폭넓게 다루는 텍스트도 있을 수 있다. 또한 텍스트에서 다루고 있는 화제들이 서로 유기적으로 연결된 텍스트가 있는가하면 그렇지 못한 텍스트도 있을 수 있다. 이러한 '조직 긴밀도'는 내용 단위 수에 대한 화제 덩이(chunk) 수의 비율(심도율)로 측정한다. 이는 Mathison(1993, 1996)을 비롯하여 Spivey(1984), Spivey & King(1989) 등에서 폭넓게 쓰인 방법으로, 다음의 절차를 따른다.

첫째, 텍스트를 내용 단위들로 분쇄한 뒤, 각 내용 단위의 화제를 표지화 한다.
둘째, 표지화한 화제들을 텍스트에 나타난 순서대로 배열한다.
셋째, 두 개 이상의 내용 단위들(화제 표지들)이 중복되지 않을 때 경계를 짓는다.

라는 문장에서 문법적인 주어는 '유비쿼터스'이지만, 문장이 다루는 의미적 대상은 '유비쿼터스-의미'로 규정할 수 있다. 이와 같이 화제를 규정하는 방법은 텍스트의 정보가 전개되는 의미적 방향성을 드러내는 데 유용하게 쓰인다.

5 학생들의 비평문 중에는 두 개의 의미적 화제를 다루고 있어 별도의 문장으로 서술해야 할 내용을 접속문의 형태로 구성한 어색한 문장이 간혹 존재했다. 예컨대 "유비쿼터스 기술이 인간을 가축화시킨다는 필자의 주장은 영화적 상상력을 바탕으로 한 비논리적인 것이라고 생각하며, 정부와 관련 단체들은 유비쿼터스 기술에 대해 사람들이 제대로 인식하도록 도와야 할 것이다."와 같은 문장의 경우, 연구자의 판단에 따라 두 개의 내용 단위로 취급했다.

넷째, 경계선으로 구분된 내용 단위들 사이에 의미적인 관련성이 있는 경우 연결고리를 표시한다.

다섯째, 이 관계를 그림으로 나타냈을 때, 화제 덩이들의 총수(너비)를 내용 단위들의 총수(깊이)로 나눈 것이 조직 긴밀도 점수가 된다. 점수가 낮을수록 내용이 좀 더 통합적이고 밀도 있는 것으로 볼 수 있다.

이해를 돕기 위해, 이를 실제 학생 비평문의 예를 통해 설명하면 다음과 같다. 〈그림 1〉의 [A]는 필자 K의 비평문 일부[6]를 화제-논평의 내용 단위로 나눈 뒤, 각 내용 단위의 화제[7]를 텍스트에 나타난 순서대로 배열하고 경계선을 그은 것이다.

1), 2), 3), 4), 5), 6)과 같이 동일한 화제들이 연속된 부분을 '화제 덩이'([B]에서 연이은 사각형으로 표시된 부분)라 한다. 이들 사이에 경계선을 그은 뒤 각 화제 덩이들 사이의 의미적 연관성[8]을 검토한다. 만약 인접한 화제 덩이들 사이에 의미적 연관성이 있을 경우 연결고리를 만든다. 예를 들어 1)과 2)는 '조건'의 관계를 맺고 있고, 2)와 3)은 '대조'의 관계를 맺고 있으므로 1), 2), 3)은 [B]의 Ⅰ과 같이 하나의 의미적 단락으로 연결된다. 그러나 3)과 4) 사이에는 의미적 연관성이 없으므로 4)는 별도의 의미적 단락으로 구성된다.

---

6 [A]는 논문의 분량상 비평문의 첫 문장부터 열두 번째 문장까지만을 표지화한 것이며, [B]는 전문을 나타낸 것이다. [A]는 [B]의 Ⅰ, Ⅱ에 해당한다. [A]의 원문은 〈부록〉에서 확인할 수 있다.

7 학생들이 사용한 화제는 대부분 비평 대상 텍스트를 구성하는 화제들로부터 조합된 것이다. 학생 비평문을 내용 단위로 분쇄하기 전, 먼저 비평 대상 텍스트를 분쇄하여 화제들을 표지화 한 것을 학생 비평문의 내용 단위들을 표지화 하는 재료로 사용했다. 단, 대상 텍스트를 쓴 필자의 주장을 화제로 삼는 경우에는 '저자 관점'이라는 표지를 사용했고, 비평 대상 텍스트에서 비롯되지 않은 화제에 대해서는 '외부'라는 표지를 사용했다.

8 의미적 연관성은 Spivey(1983, 1984)와 Mathison(1993, 1996)이 제시한 일곱 가지 의미적 연관 기준(인과, 조건, 대조, 평가, 예증, 설명, 유사 관계)을 사용하여 점검하였다.

[B]는 이와 같은 방식으로 K의 비평문 텍스트 전체를 그림으로 나타낸 것이다. 그림을 통해 이 비평문이 총 30개의 내용 단위로 이루어져 있으며, 이중 하나의 화제를 연속적으로 다루고 있는 화제 덩이의 수는 15개임을 확인할 수 있다. 이 화제 덩이의 수(깊이 : 15)를 내용 단위의 수(너비 : 30)로 나눈 것이 곧 조직 긴밀도 점수(K의 비평문의 조직 긴밀도 점수는 0.50)이다. 이 점수가 낮을수록 내용이 좀 더 통합적이고 밀도 있는 것으로 볼 수 있다. 점수가 낮다는 것은 하나의 화제를 좀 더 많은 내용 단위를 사용하여 깊이 있게 논의했음을 의미하기 때문이다.

2.3.3. 논평의 종류

비평문은 비평 대상 텍스트의 내용(화제들)에 대한 평가적인 논평으로 구성된다. 비평문 텍스트를 분석하는 세 번째 척도는 이러한 논평의 종류에 대한 것이다. 각 내용 단위는 화제에 대한 논평의 종류에 따라 '긍정적', '부정적', '유보적'인 것으로 평가된다.

만약 하나의 논평이 화제에 대한 긍정적인 판단(동의, 선호, 뒷받침)을 드러내고 있으면 이는 '긍정적(+)' 논평으로 평가된다. 또한 화제에 대한 긍정적 판단을 명시적으로 드러내고 있지 않더라도, 긍정적 판단을 드러내는 화제 덩이 안에 삽입되어 전체적인 국면에서 긍정을 나타내는 방향으로 기능한다면 '긍정적' 논평으로 취급된다. 반면, 하나의 논평이 화제에 대한 부정적인 판단(동의하지 않음, 비판)을 드러내고 있으면 이는 '부정적(−)' 논평으로 평가된다. 또한 화제에 대한 부정적 판단을 명시적으로 드러내지 않더라도, 부정적 판단을 드러내는 화제 덩이 안에 삽입되어 전체적인 국면에서 긍정을 나타내는 방향으로 기능한다면 역시 '부정적' 논평으로 취급된다. 마지막으로 하나의 논평이 화제에 대해 어떠한 평가적인 기능도 하고 있지 않으면 이는 '유보적(0)' 논평으로 평가된다. 유보적 논평은 일반적으로 정보를 전달하는 역할을 한다.

학생들의 비평문 텍스트를 〈그림 1〉의 [B]와 같은 그림으로 나타낼 때, 긍정적·부정적·유보적 논평은 각 내용 단위별로 +, −, 0로 표시되었다. 논평의 종류에 대한 측정은 전체 논평 중 '부정적 논평의 비율'을 점수화하는 방식으로 이루어진다. K의 비평문의 경우, 총 30개의 내용 단위에서 부정적 논평을 포함한 내용 단위는 17개이므로 논평 점수는 0.57이 된다.

2.3.4. 근거의 종류

학생 필자가 비평 대상 텍스트의 내용에 대해 평가적인 논평을 할 때, 평가의 근거는 개인적인 것일 수도 있고 영역 지식에 기반한 것일 수도 있다. 네 번째 척도는 논평에 대한 근거의 종류에 대한 것이다. 각 논평은 그것이 학생 필자의 개인적인 경험이나 생각, 신념을 기반으로 한 것일 때 '개인적(▨)'인 것으로 평가된다. 한편 화제와 관련된 해당 영역의 지식을 기반으로 한 것일 때 '영역 지식적(▩)'인 것으로 평가된다.

학생들의 비평문을 〈그림 1〉의 [B]와 같은 그림으로 나타낼 때 개인적·영역 지식적 근거는 각각 내용 단위별로 ▨, ▩로 표시되었고, 특정한 근거에 기반하지 않은 논평일 경우에는 □로 표시되었다. 근거의 종류에 대한 측정은 전체 논평 중 '영역 지식적 근거를 사용한 논평의 비율'을 점수화하는 방식으로 이루어진다. K의 비평문의 경우 총 30개의 내용 단위에서 영역 지식적 근거를 포함한 내용 단위는 10개이므로 근거 점수는 0.33이다.

2.3.5. 텍스트 배열 유형

학생 비평문 텍스트를 분석하는 마지막 척도는 텍스트의 최상위 수준 패턴(top-level pattern), 즉 텍스트를 구성하는 화제들과 논평들이 배열된 전체적인 유형의 종류이다.

텍스트 배열 유형은 〈화제-논평 분리형 배열〉과 〈화제-논평 통합형 배열〉로 분류된다. 〈화제-논평 분리형 배열〉은 '화제'를 강조하는 내용 단위들로 구성된 전반부와 '논평'을 강조하는 내용 단위들로 구성된 후반부로 이루어진다. 즉, 필자가 먼저 일련의 화제들을 그에 대한 유보적 논평과 함께 요약적으로 소개한 후, 그에 대한 자신의 평가적 논평들을 중심으로 텍스트를 구성하는 것이다. 반면, 〈화제-논평 통합형 배열〉은 대상 텍스트를 요약적으로 제시하는 부분을 별도로 두지 않고, 필자가 다루고자 하는 화제들에 대한 소개와 이에 대한 논평을 혼합적으로 제시하는 것이다. 분리형 배열에 비해 필자의 논평을 전면화하여 글을 구성한다.

3. 실험 연구의 방법

3.1. 연구 대상

연구 대상으로는 A대학교 2010학년도 1학기 〈글쓰기〉 강좌를 수강하는 컴퓨터공학계열 신입생 1개 분반을 선택했다. 이 분반의 학생 수는 총 23명(남학생 21명, 여학생 2명)이었으나, 1명의 학생은 사전 지식 검사일에 결석하여 실험 대상에서 제외했다. 이에 따라 실험은 총 22명의 학생을 대상으로 실시되었다.

3.2. 실험 절차

연구의 첫 단계로 대상 학생들에게 사전 지식 검사를 실시했다. 비평 대상 텍스트가 다루고 있는 화제인 '유비쿼터스'에 대해 학생들이 가지고 있는 지식의 정도를 측정하기 위해서였다. 검사는 학생들에게 비평 대상 텍스트를 배부하기 직전에 강의실에서 실시했다. 학생들이 평소에 가지고 있는 지식의 정도를 정확히 측정하기 위해 검사에 대한 사전 예고는 하지 않았다.

연구의 두 번째 단계로 학생들에게 비평 대상 텍스트를 배부하고, 비평문 텍스트를 작성하는 과제를 수행하게 했다. 과제의 요구사항은 "배부하는 자료를 읽고, 이 글에 나타난 필자의 견해를 자신의 시각에서 평가하는 비평문을 작성하라."는 것이었다. 과제 요구 분량은 A4 1장 이상으로 최소한의 제한만 두었고, 과제는 강의실 밖에서 개별적으로 작성하여 1주 뒤 제출하게 했다.

비평 대상 텍스트로는 최철웅(2009)의 「유비쿼터스 시대에 권력은 무슨 꿈을 꾸는가?」를 사용했다. 이 텍스트는 학술잡지에 실린 논문 형식의 글로서 연구자가 비평 대상 텍스트의 조건으로 삼은 다음 세 가지 사항을 모두 충족했기 때문에 선택했다. : (1) 학생들의 전공인 컴퓨터정보공학 분야의 화제를 다루고 있을 것. (2) 학술논문의 형식을 취하되, 대학 신입생이 이해 가능한 수준의 글일 것. (3) 화제에 대해 가치중립적으로 설명하기보다는 화제에 대한 필자의 분명한 주장을 담고 있을 것.[9] 학생들의 읽고 쓰기 과정에 영향을 미치지 않기 위해, 비평 대상 텍스트의 내용에 대한 별도의 설명은 하지 않았다.

연구의 세 번째 단계로는 텍스트 이해도 검사를 실시했다. 검사는 과제 배부 1주 후 학생들의 비평문 텍스트를 제출 받는 강의실에서 실시했다. 검사는 비평 대상 텍스트의 내용을 학생들이 얼마나 잘 이해했는가를 측정하기 위해 실시했으며, 논문의 전반적인 개요 및 주요 개념에 대해 서술할 것을 요구했다. 사전 지식 검사가 '유비쿼터스'라는 화제에 대해 학생들이 갖고 있는 일반적인 지식의 정도를 측정하는 것을 목표로

---

9 최철웅의 글은 유비쿼터스 시대가 가진 부정적 이면에 대한 필자의 견해를 서술했으며, 크게 다음 네 가지의 주장과 그에 대한 논증으로 구성된다. : (1) 유비쿼터스는 '감시사회'가 될 것이다. (2) 유비쿼터스 시대에는 유비쿼터스 서비스가 구축된 곳과 그렇지 못한 곳 사이의 '공간 격차'가 발생할 것이며, 이로 인해 20:80의 사회가 심화될 것이다. (3) 유비쿼터스 시대에는 통제사회의 이중관리구조 안에서 '인간의 자기가축화' 경향이 생길 것이다. (4) 유비쿼터스 시대에는 극소수의 지식 노동자를 제외한 대다수 인구를 노동 과정으로부터 퇴출하는 '노동자 배제' 현상이 심화될 것이다. 이처럼 화제에 대한 필자의 분명한 주장을 담은 텍스트를 비평 대상 텍스트로 선정한 것은 학생들이 필자 주장에 대한 자신의 비평적 입장(critical stance)을 보다 명료하게 세울 수 있게 하기 위함이었다.

삼았다면, 텍스트 이해도 검사는 비평 대상 텍스트의 구체적인 내용에 대한 이해 능력을 측정하는 것을 목표로 삼는다는 점에서 변별된다.

3.3. 사전 지식, 텍스트 이해도 검사 도구 및 평가 기준

3.3.1. 사전 지식 검사 도구 및 평가 기준

사전 지식 검사 도구로는 해당 전공교수의 추천을 받아, 한국 RFID/USN협회가 저술한 『유비쿼터스 지식능력검정』에 수록된 기초 용어 항목들 중 20개를 선별하여 사용했다. 평가는 평가자 1인이 문항당 0.5점 배점으로 채점하여 총점 10점을 기준으로 점수를 산정했다.

3.3.2. 텍스트 이해도 검사 도구 및 평가 기준

텍스트 이해도 검사는 비평 대상 텍스트의 전반적인 논지를 700자 내외로 서술하는 〈논지 이해도〉 측정 문항 1개와 대상 텍스트에서 사용된 주요 개념 5개의 의미에 대해 150자 내외로 서술하는 〈개념 이해도〉 측정 문항 5개로 이루어져 있었다. 평가는 대학 글쓰기 교육을 담당하는 3인의 평가자가 담당했다. 전반적인 논지를 서술하는 1개 문항에 대해서는 5점을, 개념의 의미에 대해 서술하는 5개 문항에 대해서는 각 1점을 배점하여 총점 10점을 기준으로 점수를 산정한 후, 평가자 3인이 산정한 점수의 평균값을 최종 점수로 사용했다.[10] 논지 서술 문항에 대한 평가 기준은 〈표 1〉과 같았다. 한편, 대상 텍스트에서 사용한 주요 개념에 대한 의미를 서술한 문항에 대해서는 학생이 서술한 의미가 정확한지 여부에 따라 0점 혹은 1점을 부여했다.

---

10 평가자간 신뢰도는 Cronbach α값을 사용했을 때 0.86이었다.

〈표 1〉 텍스트 이해도(논지 서술 문항) 평가 기준

점수	설명
5	자료 텍스트의 전체적인 내용을 잘 이해하고 있고, 필자가 다룬 논점들을 모두 정확하게 파악하고 있다.
4	자료 텍스트의 전체적인 내용을 이해하고 있어 필자의 논지를 왜곡하거나 오도하고 있는 부분이 없다. 세부적인 논점들을 놓친 부분이 가끔 있다.
3	자료 텍스트의 전체적인 내용을 이해하고 있으나, 필자의 논지를 왜곡하거나 오도하고 있는 부분이 가끔 있다. 세부적인 논점들을 놓쳤거나 잘못 이해하고 있는 부분이 가끔 있다.
2	자료 텍스트의 전체적인 내용을 거의 이해하지 못하고 있어, 필자의 논지를 왜곡하거나 오도하고 있는 부분이 자주 있다. 세부적인 논점들을 놓쳤거나 잘못 이해하고 있는 부분이 많다.
1	자료 텍스트의 전체적인 내용을 전혀 이해하지 못하고 있다.

3.4. 비평문 텍스트 분석 절차

학생들이 작성한 비평문 텍스트는 2-3에서 소개한 이론적 도구를 사용하여 분석했다. 각 비평문을 화제-논평 내용 단위들로 분쇄한 이후, 〈그림 1〉의 [B]와 같이 비평문의 전체적인 조직 및 특질들을 확인할 수 있는 도해로 나타내었다.

각 비평문은 길이, 조직 긴밀도, 논평의 종류(부정적 논평의 비율), 근거의 종류(영역 지식적 근거의 비율), 텍스트 배열 유형의 5개 척도를 사용하여 분석되었다. 이후 각 척도의 점수와 텍스트 질 점수가 갖는 상관성을 SPSS 17.0 통계 프로그램을 사용하여 분석했다. 이때 텍스트 질 점수는 3인의 평가자가 7점 척도를 사용하여 평가한 점수의 평균값을 사용했다.[11] 텍스트 특질들 및 텍스트 질 점수의 관계를 양적으로 분석한 이후

11 이 3인은 텍스트 이해도에 대한 평가도 담당했다. 텍스트 이해도 평가 결과가 텍스트 질 평가에 영향을 미치는 것을 막기 위해 텍스트 이해도 평가와 텍스트 질 평가 사이에는 1주의 시간을 두었다. 텍스트 질에 대한 평가자간 신뢰도는 Cronbach α값을 사용했을 때 0.78이었다.

에는, 각 비평문 도해에 나타난 특징을 질적 분석하여 양적 분석 결과 해석에 참조하였다.

4. 연구 결과 및 논의[12]

4.1. 사전 지식과 텍스트 질, 텍스트 이해도와 텍스트 질의 상관

연구의 첫 번째 목적은 텍스트 질에 영향을 미치는 것으로 알려진 대표적 필자 변인들인 사전 지식 및 텍스트 이해도가 필자가 쓴 텍스트의 질과 높은 상관을 갖는지 확인하는 것이었다. 이를 위해 필자의 사전 지식 점수와 텍스트 질 점수, 그리고 텍스트 이해도 점수와 텍스트 질 점수 사이의 상관분석을 실시했다. 세 변수의 기술통계량은 〈표 2〉, Pearson 적률상관계수를 이용한 상관 분석의 결과는 〈표 3〉과 같았다.

〈표 2〉 사전 지식, 텍스트 이해도, 텍스트 질의 기술통계량(n=22)

	평균	표준편차
사전지식	6.45	1.262
텍스트 이해도	6.14	1.885
텍스트 질	4.59	1.563

〈표 3〉 사전 지식, 텍스트 이해도(논지/개념)과 텍스트 질 사이의 상관계수(n=22)

	1) 사전 지식	2) 텍스트 이해도	2)-a. 논지 이해도	2)-b. 개념 이해도
텍스트 질	.437*	.893**	.899**	.523*

* p 〈 .05, ** p 〈 .01

12 이 연구의 모든 자료는 SPSS for Windows 17.0(한글판)을 사용하여 분석하였다.

먼저, 비평 대상 텍스트의 화제에 대한 필자의 사전 지식과 텍스트 질 사이의 상관계수는 r= .437 ($p<.05$)로 나타났다. 통계적으로 볼 때 이는 유의미한 상관이 존재하기는 하나, 상관도가 높다고 보기는 어려운 수치이다.[13] 즉, '유비쿼터스'라는 화제에 대한 필자의 지식 정도는 그가 쓰는 텍스트의 질과 약한 상관성만을 가졌다는 것이다. 이러한 결과는 전공 영역의 화제에 대한 글쓰기를 할 때에도, 질 높은 텍스트를 쓰기 위해서는 단지 화제에 대한 풍부한 지식을 갖는 것 이상의 능력이 필요하다는 사실을 환기한다. 필자가 알고 있는 화제 지식을 텍스트로 표현해낼 수 있는 능력을 배양하는 일이 필요할 것으로 보인다.

한편, 필자의 텍스트 이해도와 텍스트 질 사이의 상관계수는 r= .893 ($p<.01$)으로 상관도가 매우 높게 나타났다. 즉, 필자가 텍스트 이해를 잘 할수록 그가 쓰는 텍스트 질이 높으며, 반대로 질 높은 텍스트를 쓰는 필자일수록 텍스트 이해를 잘하는 것으로 볼 수 있다. 그런데 앞서 설명한 것처럼 텍스트 이해도 검사는 비평 대상 텍스트의 전반적 논지를 서술하는 〈논지 이해도〉 측정 문항과 텍스트에서 사용된 주요 개념들의 의미에 대해 간략히 서술하는 〈개념 이해도〉 측정 문항으로 구성되어 있었다. 각 유형별 텍스트 이해도 점수와 텍스트 질 사이의 상관관계를 분석해 본 결과는 흥미로웠다.

텍스트의 전반적인 〈논지 이해도〉 점수와 텍스트 질 점수 사이의 상관도는 r= .899 ($p<.01$)로 매우 높은 상관을 보인 반면, 〈개념 이해도〉 점수와 텍스트 질 점수 사이의 상관도는 r= .523 ($p<.05$)로, 통계적으로는 유의미하나 〈논지 이해도〉 점수에 비해서는 상대적으로 낮은 상관을 보였

---

13 일반적으로 상관계수(r)의 범위가 ±.00~.20이면 '상관이 매우 낮다', ±.20~.40이면 '상관이 낮다', ±.40~.60이면 '상관이 있다', ±.60~/80이면 '상관이 높다', ±.80~1.00이면 '상관이 매우 높다'고 해석한다(성태제, 2007, p.111 참조).

다. 이는 비평 대상이 되는 텍스트의 전체적인 논지 구조(macro-structure)를 잘 이해하는 일이 텍스트에 나타난 개별적인 개념들을 잘 이해하는 일보다 텍스트 질 점수와 높은 관련성을 갖는다는 사실을 보여준다. 비유하자면 '나무'보다는 '숲'을 잘 이해하는 일이 필자의 텍스트를 질 높게 구성하는 일과 좀 더 높은 상관을 가졌다고 할 수 있다.

4.2. 텍스트 특질들과 텍스트 질의 상관

연구의 두 번째 목적은 비평문 텍스트의 다양한 특질들이 텍스트 질과 갖는 관계를 살펴보는 것이었다. 텍스트 특질을 나타내는 척도들의 기술통계량은 〈표 4〉, 상관 분석의 결과는 〈표 5〉와 같았다.

〈표 4〉 텍스트 특질 척도들의 기술통계량(n=22)

	평균	표준편차
1) 길이	26.68	7.390
2) 조직 긴밀도	.70	.124
3) 부정적 논평 비율	.39	.251
4) 영역지식 근거 비율	.29	.101
5) 텍스트 배열	.73	.456

〈표 5〉 텍스트 특질들과 텍스트 질 사이의 상관계수(n=22)

	1) 길이	2) 조직 긴밀도	3) 부정논평 비율	4) 지식근거 비율	5) 텍스트 배열
텍스트 질	.351	−.620**	.524*	.729**	.304

* p 〈 .05, ** p 〈 .01

〈표 5〉에서 보는 바와 같이, 텍스트 질 점수와 ± .60 이상의 높은 상관도를 가지는 것으로 드러난 텍스트 특질은 '영역 지식 근거의 비율'과 '조직 긴밀도'였으며, '부정적 논평의 비율'도 통계적으로 유의미한 상관

을 갖는 것으로 나타났다. 한편, '길이' 및 '텍스트 배열 유형'은 이 연구에서는 텍스트의 질 점수와 유의미한 상관을 갖지 않는 것으로 나타났다. 각 변인별 특성을 구체적 사례와 함께 살펴보면 다음과 같다.

첫째, 비평문 텍스트의 **길이**는 텍스트의 질 점수와 유의미한 상관을 갖지 않았다(r=.351). 즉, 텍스트 길이가 짧아도 높은 텍스트 질 점수를 받은 비평문이 있는가 하면, 텍스트 길이가 길어도 낮은 텍스트 질 점수를 받은 비평문도 존재했다. 예를 들어 〈그림 2〉의 필자 K와 J의 비평문 텍스트 길이는 각각 30.0과 28.0으로 유사했지만, 텍스트 질 점수는 6.7점과 3.0점으로 큰 차이가 있었다. 중요한 것은 텍스트의 물리적 길이가 아니라 텍스트에 담긴 논리나 조직의 양상일 수 있다는 예측을 가능하게 하는 결과였다.

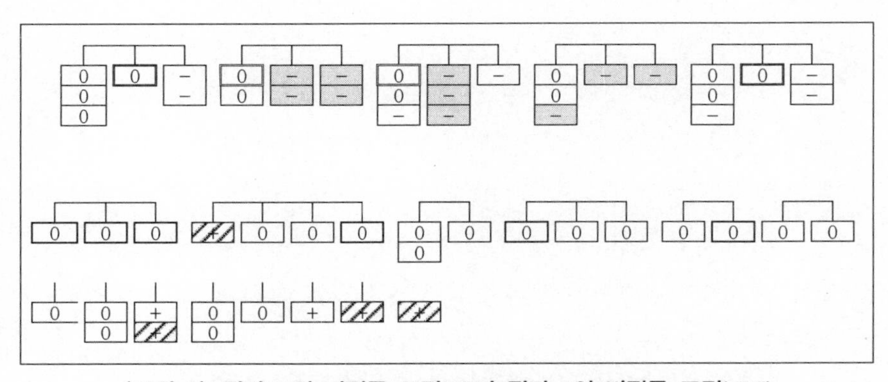

〈그림 2〉 필자 K의 비평문 조직(위)과 필자 J의 비평문 조직(아래)

둘째, **조직 긴밀도**는 텍스트의 질 점수와 비교적 높은 상관을 가졌다(r=-.620, p〈.01). 조직 긴밀도는 필자가 화제를 얼마나 깊이 있게 다루었는가를 측정하는 척도이다. 조직 긴밀도가 텍스트 질 점수와 높은 상관을 갖는다는 것은 다수의 화제를 피상적으로 다루기보다는 제한된 화제들을 깊이 있게 논의하는 것이 높은 텍스트 질을 담보하는 일이 될 수 있음을 시사한다.

〈그림 2〉에서 K와 J의 텍스트의 조직은 대조적인 양상을 보여준다. K의 비평문은 15개의 화제를 30개의 내용 단위를 사용하여 다루고 있으며, 각 화제 덩이들이 5개의 의미적 단락으로 긴밀하게 연결되어 있다. 반면, J의 비평문은 24개의 화제를 28개의 내용 단위를 사용하여 다루고 있고, 각 화제 덩이들은 13개의 의미적 단락으로 산만하게 분산되어 있다. J의 비평문은 필자가 비평 대상 텍스트에 나타난 다양한 화제들을 파편적으로 언급하는 데 그치고 있으며, 이에 대한 자신의 주장을 정교화(elaborate)하지 못하고 있음을 확인할 수 있다.

셋째, **부정적 논평의 비율**은 텍스트 질 점수와 통계적으로는 유의미하나 높지 않은 상관을 가졌다(r=.524, p〈.05). 부정적 논평의 비율이 높다는 것은 필자가 비평 대상 텍스트에 나타난 주장에 대해 좀 더 비판적으로 접근한다는 것을 뜻한다. 이는 Mathison(1993, 1996)에서 텍스트 질을 결정하는 결정적인 변인으로 판정되었으며, 이 연구에서도 텍스트 질과 매우 높은 상관을 가질 것으로 예측되었다. 그러나 결과는 예상과 다르게 나타났다. 비평 대상 텍스트에 대해 부정적이거나 긍정적 태도를 갖는 일이 그 자체로는 텍스트 질과 높은 상관을 갖지 않는 것으로 나타났다.

학생들의 텍스트를 검토한 결과, 이러한 결과가 나타난 원인은 논평에 대한 근거의 정도와 밀접하게 관련이 있음을 확인할 수 있었다. 즉, 대상 텍스트의 주장에 대해 비판적으로 접근하고 있는 텍스트라고 할지라도 부정적 논평에 대한 근거가 부재하거나 개인적인 감상을 근거로 들고 있을 경우에는 높은 점수를 받지 못했다. 반면, 긍정적이거나 유보적인 태도를 취하고 있는 경우라도, 그에 대한 근거를 객관적인 지식에 근거하여 논리적으로 전개할 경우에는 높은 점수를 받았다. 아래 필자 H와 필자 C의 비평문 일부가 그 사례가 될 수 있다.

> [필자 H] "유비쿼터스 시대에 인간이 가축화 된다는 주장에는 절대로 동의할 수 없다. 그런 주장은 예전에 본 핑크 플로이드의 뮤직비디오에서 인간들이 컨베이어 벨트에 들어가 소시지가 되는 설정과 다를 바가 없다. 오싹하기는 하지만 필자가 공상과학영화를 너무 많이 보았다는 생각밖에는 들지 않았다."
>
> [필자 C] "저자가 지적한 것처럼 유비쿼터스 시대에 민간영리기업인 '제공자'는 시민인 '사용자'를 원하는 방식으로 감시하고 통제할 가능성이 존재한다. 네트워킹 기술을 전제로 구현되는 유비쿼터스 기술들은 공간적인 적용 범위가 광범위하고 기초투자자금이 크기 때문에 거대 민간 기업에 의존해 개발되는 경향이 있다. 그리고 사적 이익을 추구하는 민간 영리 기업은 이익 추구를 위해 수단을 남용할 가능성을 가지고 있다. 2003년 〈필립스〉가 베네통의 공급망 관리에 사용될 RFID칩을 제공하여 사생활 침해 논란을 불러일으켰던 일이 단적인 사례가 된다. RFID칩을 의류에 부착할 경우, 제조사는 고객 선호도 등 다양한 정보를 얻을 수 있어 매출 증가를 꾀할 수 있지만 소비자의 입장에서 볼 때 이는 새로운 형태의 '판옵티콘'에 들어가는 결과를 낳는다는 사실을 부정할 수 없다."

필자 H는 '유비쿼터스 시대에 인간이 가축화된다'는 대상 텍스트의 주장에 대해 강하게 부정하고 있고, 필자 C는 '유비쿼터스 시대에 기술 제공자가 사용자를 감시·통제할 가능성이 있다'는 주장에 대해 긍정하고 있다. 그러나 H는 자신이 대상 텍스트의 주장에 동의하지 않는 근거를 논리적으로 기술하는 대신 과거에 시청한 뮤직비디오의 부정적 이미지를 언급하며 주장에 대한 개인적인 거부감을 드러내는 데 그치고 있다. 반면, C는 대상 텍스트의 주장에 동의하는 입장을 취하되, 동의의 근거를 유비쿼터스 기술과 관련된 객관적인 지식에 기반하여 제시하고 있다. 그럼으로써 대상 텍스트의 주장을 단순히 되풀이하지 않고 발전적으로 확장하는 효과를 거두고 있다.

넷째, **영역지식적 근거의 비율**이 텍스트 질 점수와 높은 상관($r=.729$, $p<.01$)을 가진 것은 이와 같은 맥락에서 이해할 수 있다. 〈그림 2〉의 필

자J의 비평문 사례에서 볼 수 있듯이, 미숙한 필자의 글일수록 논평에 대한 근거가 부재하거나 지극히 개인적인 감상을 근거로 제시하는 경향이 있었다. 이들은 대상 텍스트의 내용을 요약하고 그에 대한 간략한 감상을 덧붙이는 독후감 형식으로 글을 구성하거나, 혹은 근거가 불충분한 비판을 나열하는 형식으로 글을 구성했다. 교수자들은 흔히 비평문 쓰기 과제를 부과할 때 학생들에게 비평 대상 텍스트의 주장에 대해 자신의 시각에서 비판적으로 접근하라는 조언을 해주곤 한다. 이는 물론 타당한 조언이지만, 대상 텍스트에 대한 필자의 평가가 객관적이고 정당한 근거를 기반으로 이루어져야 함을 함께 강조하고 교육할 필요가 있다.

마지막으로, **텍스트 배열 유형**은 텍스트 질 점수와 상관을 갖지 않았다(r=.304). Mathison(1993, 1996)에서 텍스트 배열의 유형은 텍스트 질을 예측하는 강력한 변인으로 작용했다. 그러나 이 연구에서는 두 변인의 상관이 낮게 나타났다. 참여 학생들 대부분(73%)이 '화제-논평 통합형 배열'을 사용했기 때문에, 텍스트 배열 유형과 텍스트 질의 상관을 살피는 일 자체가 유효하지 않았기 때문이다.

이러한 현상이 나타난 원인은 학생들에게 배부한 비평 대상 텍스트의 조직 구조에 있는 것으로 보인다. 비평 대상 텍스트는 유비쿼터스에 대한 필자(최철웅)의 네 가지 주장을 순차적으로 제시하는 방식으로 조직되어 있었다. 그래서 학생들은 대상 텍스트의 내용을 별도로 정리하지 않고 주장과 그에 대한 자신의 평가를 통합적으로 서술하기가 비교적 용이했을 것으로 보인다. 그러므로 비평 대상 텍스트가 핵심 주장이 명료하게 정리된 형식으로 조직되지 않았을 경우에는 Mathison의 연구에서와 같이 텍스트 배열 유형이 텍스트 질과 높은 상관을 가질 가능성을 배제할 수 없다. '화제-논평 분리형 배열'을 사용한 27%의 학생들 모두가 텍스트 질 점수에서 하위 40% 내에 위치하고 있는 것도 이와 같은 추론을 가능하게 한다.

5. 결론

이 연구는 대학생의 학술적 비평문 쓰기 수행의 양상을 이해하고 효과적인 비평문 쓰기 교육의 방향을 모색하기 위해 구성되었다. 이를 위하여 필자의 사전 지식 및 비평 대상 텍스트에 대한 이해도가 비평문 텍스트의 질과 갖는 관계를 고찰하고, 다음으로 비평문 텍스트를 구성하는 다양한 내적 자질들이 텍스트 질과 갖는 관계를 고찰하였다. 그 결과는 다음과 같았다.

먼저, 필자가 가진 사전 지식의 정도와 텍스트 질 점수는 상관도가 높지 않았다(r= .437 p〈.05). 화제에 대해 풍부한 사전 지식을 갖는 일 이상으로 이를 실제적인 텍스트로 표현해내는 능력을 갖는 일이 중요한 것으로 보인다. 반면, 비평 대상 텍스트에 대한 이해도 점수와 텍스트 질 점수는 상관도가 매우 높게 나타났다(r=893, p〈.01). 이때 대상 텍스트에서 사용된 개별적인 개념을 이해하는 〈개념 이해도〉 점수의 상관계수(r=.523, p〈.05)에 비하여 대상 텍스트의 전반적인 논지 구조를 이해하는 〈논지 이해도〉 점수의 상관계수(r=.899, p〈.01)가 월등히 높게 나타났다.

다음으로, 텍스트 질 점수와 높은 상관을 갖는 텍스트의 내적 자질은 영역지식적 근거의 비율(r=729, p〈.01) 및 조직 긴밀도(r=-.620, p〈.01)인 것으로 나타났다. 선행 연구에서 텍스트 질을 결정하는 강력한 요인으로 나타났던 부정적 논평의 비율은 이 연구에서는 텍스트 질 점수와 높은 상관을 갖지 않았다(r=.524, p〈.50). 흔히 비평 대상 텍스트에 대해 비판적인 입장을 취하는 것이 높은 텍스트 질을 담보하는 방법인 것으로 생각하기 쉽다. 그러나 이 연구에서 텍스트 질과 높은 상관을 갖는 요인은 대상 텍스트에 대한 필자의 입장 자체이기보다는 입장을 뒷받침하는 근거의 충분성과 객관성인 것으로 나타났다. 아울러 폭넓은 화제를 두루 언급하는 것보다는 제한된 화제에 대하여 충분한 내용 단위를 할애하여 논의를 심도 있게 전개하는 일이 중요하다는 사실을 확인할 수 있었다. 또한, 텍스트의 물리적인 길이나 배열 방식은 텍스트 질과 상관을 갖지 않는 것으로 나타났다.

대학 교육의 현장에서 학술적 비평문 쓰기 과제는 매우 빈번하게 사용된다. 이 연구에서는 대학생들이 비평문 텍스트를 작성할 때 주요하게 작용하는 필자의 능력이 무엇이며, 이들의 비평문 텍스트가 실제로 어떻게 구성되고 평가되는지 검토했다. 이 연구의 결과로 도출된 '우수'한 비평문 텍스트의 자질은 물론 잠정적인 것이다. 그러나 이와 같은 실제적인 진단들이 축적된다면 대학 글쓰기 교육의 방향이 보다 구체적이고 현실적으로 정립될 수 있을 것으로 기대한다.

6. 부록

K의 비평문 (일부)

현실과 사이버 체제가 하나가 되어 우리의 일상생활을 구성하는 유비쿼터스 시대는 더 이상 먼 미래가 아니며, 우리가 곧 직면할 현실이다. 유비쿼터스 시대가 되면 영화 〈13층〉에서처럼 컴퓨터로 이루어진 가상공간에 살고 있는지 현실세계에 살고 있는지 인식조차 할 수 없을 만큼 정교한 사이버 체제 하에서 살게 된다. 이런 유비쿼터스 시대를 축복으로 간주하고 환영하는 사람이 있는가 하면 유비쿼터스 시대의 이면을 부정적으로 보고 그 위험성을 심각하게 받아들이는 사람도 있다. 최철웅은 후자의 태도를 취하여 유비쿼터스 시대의 '패러다임'에 내포된 권력과 자본 논리의 위험성을 중심으로 그 부정적 측면을 언급하고 있다. 하지만 유비쿼터스 시대를 바라보는 최철웅의 부정적 관점은 여러 가지의 오류를 내포하고 있다. 이하 정보 독점을 기준으로 권력 유무를 구분하려는 필자의 전제, 컴퓨터가 인간을 장악할 것이라는 필자의 견해, 그리고 자본주의 논리로 유비쿼터스 시대를 분석하려는 필자의 관점에 대해 분석하고 그 한계를 짚어보겠다.

최철웅은 유비쿼터스 시대를 공간 혁명으로 간주하고 정보를 지배하는 자만이 사이버공간 체제 하에서 권력을 얻게 될 것이라 주장한다. 즉, 유비쿼터스 시대에는 물리 공간에 컴퓨터를 집어넣은 인공지능화 된 공간이 형성되며, 정보 지배자가 이 공간을 독점하게 된다는 논리이다. 하지만 정보의 관리는 과거 산업 사회에서 오히려 지배층에 의해 철저히 배타적으로 이루어졌음을 상기할 필요가 있다. 정보화 사회로 진입한 현재에 와서야 인터넷의 발달로 독점적 정보 관리가 불가능해져 지구 반대편에서 벌어지고 있는 사건도 몇 초 만에 접할 수 있게 되었다. 이를 감안하면, 유비쿼터스 시대에 정보의 교류는 더욱 활발해질 것이고 필자가 언급한 정보의 배타적 지배로 인한 새로운 VIP계급은 나타나지 않을 것이다. 오히려 사람들 간의 정보에 대한 더욱 신속하고 정확한 공유가 가능해져서 상품이나 서비스의 질이 향상될 것이고, 나아가 모두가 사이버공간의 윤택함을 공유하게 될 수 있을 것이다.

또한 최철웅은 유비쿼터스 시대가 되면 '이중관리구조'의 시스템 하에 과학기술이 자연의 예측불가능성을 세밀하게 통제하면서 그 작동을 인간에게 무의식적으로 적용시킬 것이라고 본다. (이하 생략)

대학 신입생의 융·복합적 사고 능력 배양을 위한 렌즈에세이 쓰기 교수 모듈 효과

김성숙
한양대학교

1. 학술적 쓰기 교과목의 목표

현재 국내 대학 〈글쓰기〉 교과는 과정 중심 쓰기 교육 과정을 바탕으로 개별 대학의 건학이념과 교육 목표에 따라 다양한 교수요목으로 실현되고 있다. 〈글쓰기〉 교과의 최종 목표는, 상이한 내력을 가진 신입생이 대학이라는 학술 담론 공동체에서 자유로이 의사소통할 수 있는 기본 소양을 길러주는 것이다. 따라서 대학 〈글쓰기〉 수업에서는 학술 담론 생성에 필요한 창의적 사고력과 표현 규범 등 학술적 쓰기 능력[1]을 길러

1 '학술적 쓰기 능력(academic writing ability)' 개념은 언어를 초월하여 학술 공동체에 속한 전문 독자를 설득할 목적으로 문서화하는 일반적인 학술 담론 생성 능력을 포괄한다. 〈글쓰기〉 수업에서 신입생은 대학 생활을 하는 데 긴요한 학업 기술인 학술 담론 생성 능력을 배운다. 담론(discourse)이란 특정 사회 집단에 속한 개인이 사고, 감정, 신념, 가치 등을 표현하여 대사회적으로 유의미한 역할을 수행하고 있음을 나타낼 수 있는, 특정 사회에서 공유되는 인공 기표(artifacts)이다(Gee, J. Paul., *Social Linguistics and Literacies : Ideology in Discourses*, Bristol, PA : Taylor and Francis, Inc. 1996, p.131). 이렇게 특정한 언어와 기호로 표상되는 특정 공동체의 인위적 담론 양식을 익히려면 일정 시간 이상 교육을 받아야 한다. 가정에서 사용하는 일차적 담론 지식은 자연스럽게 습득되지만, 학교나 직장, 종교 생활을 하는 데 필요한

주어야 한다. 그런데 보고서나 논문 같은 학술 담론 장르는 배타적인 속성이 강해서 대학에서 오랜 기간 도제식으로 배우지 않으면 학생이 한 학기 수업만으로 숙달하기는 어렵다. 그리고 현 교수자들 역시 전공 논문을 쓰고 관련 교과 수업을 담당하면서 〈글쓰기〉 교수법을 체험적으로 연마해가고 있는 실정이어서 표준화된 쓰기 교수 모형이나 구체적인 교수 모듈[2] 관련 논의는 그리 많지 않았다. 그래서 이 글에서는 최근까지 미국 컬럼비아대학교의 신입생 대상 〈글쓰기〉 수업에서 주요 과제로 사용되었던 렌즈에세이 쓰기 과제 활동을 참조하여, 융·복합적 사고 능력 배양을 위한 쓰기 교수 모듈을 개발해 보고자 한다.[3]

1960년대를 전후로 미국 대학에는 제대 군인과 유학생이 급증하면서 학생들간에 나이나 경력 차이로 인한 대학 수학 능력 편차가 두드러지게 되었다. 그 해결 방안을 모색하는 동안 읽기를 통한 쓰기 수업 모델이 기본적인 문식성과 학술적인 사고력을 기르는 데 유용하다는 사례 연구가 잇따랐다. 이렇게 해서 미국 대학들은 〈글쓰기〉 수업을 신입생 필수 교과목으로 지정하게 된다. 하지만 자신의 주장을 다섯 단락으로 정형화시키는 데 익숙한 현 미국 대학 신입생에게도 창의적인 담론을 생성하라

이차적 담론 지식은 교육을 통해서만 학습된다(Freeman, Jennifer Maria, The writing exam as index of policy, curriculum, and assessment : An academic literacies perspective on high stakes testing in an American university, Unpublished dissertation, University of Pennsylvania, 2007, p.4).

2 Module은 '개별화 수업에서 사용되는 수업 자료 유형의 한 전형으로 하나의 통합된 주제를 가진 자기 주도적인 학습용 수업 단위'로서 학습자에게 하나의 통합된 주제에 대한 지식과 기능의 습득에 필요한 정보를 제공하는 것이다(『교육학용어사전』, 1994).

3 이 렌즈에세이 수업 콘텐츠는 2013년 한국교양기초교육원으로부터 제1회 교양기초교육 우수콘텐츠 상을 받았고 다음 주소에서 관련 수업 자료를 공유하고 있다. (href="http://www.kocw.net/home/search/kemView.do?kemId=704337&lid=704339")

는 학술 담론 공동체의 요구는 낯설다. 그래서 이들을 대상으로 한 〈글쓰기〉 수업에서 무엇을 어떻게 가르칠 것인가는 대학 교·강사를 비롯해 행정가와 연구자들의 여전한 관심사이다.

컬럼비아대학교는 이러한 학내외 요구를 신입생 〈글쓰기〉 교과목에 반영하였다. 이 기초필수교양 수업에서는 학술 담론이 생성되는 절차를 교수요목에 반영하여, 렌즈에세이(Lens Essay), 대화적 에세이(Conversational Essay), 협력적 탐구 에세이(Collaborative Essay), 자기 성찰적 에세이(Re-trospective Essay) 등 네 편의 글을 쓰도록 지도하였다. 학생들은 이 4개 과제를 순차적으로 수행하면서 자신의 관점으로 다양한 텍스트를 해석하고 통합하는 능력을 기르게 된다. 이 수업의 목적 지향적 교수요목은 신입생에게 비판적 문식성과 이론화 전략, 그리고 학술 담론 생성 절차를 단계적으로 가르치도록 설계되었다.

이 각각의 단계가 목표로 하는 텍스트는 학술 담론 공동체가 합의한 장르 유형군이기도 하다. 렌즈에세이는 수필이나 칼럼 등 대중적 산문이나 특정 전공과목의 논증적 보고서 장르로 전이될 수 있고, 대화적 에세이는 대담문, 탐구 에세이는 가설을 검증하는 연구 보고서 장르에 해당한다. 따라서 이 4단계 교수요목은 전체적으로 학술 담론 생성 절차에 익숙해지는 과정 중심 교수법인 동시에 세부적으로 개별 학술 장르를 숙달하는 데 목표를 둔 장르 중심 교수법이기도 하다. 이 글에서는 그 가운데 첫 번째, 렌즈에세이 과제를 장르 기반 교수 모듈로 개발한 사례를 보고하고자 한다. 국내 대학생에게 아직 생소한 장르인 렌즈에세이 쓰기 과제를 어떻게 지도하였는지 그 구체적 절차와 결과물을 소개하고, 학술 담론 공동체에 입문하는 단계의 쓰기 과제로서 렌즈에세이가 가지는 의의를 설명할 것이다.[4]

2. 장르 기반 렌즈에세이 교수 모듈

장르 기반 쓰기 교수법은 할리데이(Hallyday) 등 시드니학파로 불리는 체계 기능 언어학(Systemic Functional Linguistics) 연구자들을 중심으로 시작되었고, 이들은 언어의 사회적 기능 및 언어와 텍스트 간 상관에 주목하였다. 기존의 과정 중심 쓰기 교수법이 고정된 장르를 정교하게 재생산하는 데 목표를 두었다면, 이를 비판하며 등장한 장르 중심 쓰기 교수법은 학습자로 하여금 텍스트 구조와 사회적 목적 사이의 관계를 파악하도록 메타적 사고를 하게 하는 데 초점을 두었다.[5]

장르 중심 쓰기 교수법에서는 특정 장르를 실제적인 예시 텍스트의 형태로 제시하는 모델링(modeling)을 통해서 학습자가 직접 상황 맥락 안에서 대상 텍스트의 특징적 자질을 파악하도록 한다. 교사는 목표 장르의 맥락이나 구조 및 언어 특질에 대한 지식을 학습자와 공유하면서 학습자의 텍스트 구성을 돕는다. 그리하여 마침내 학습자는 교사의 지원 없이 스스로 해당 장르의 글을 쓸 수 있게 된다.[6] 일반적인 장르 중심 쓰기 교수법은 이렇게 3단계 모형으로 '예시글 제시(modeling)', '협력하여 써보

---

4 컬럼비아대학교의 〈글쓰기〉 교수법은 김성숙, 「미국의 대학 글쓰기 교육과정과 평가」, 『작문연구』, 2008에 처음 발표되었다. 렌즈에세이 이외의 나머지 3개 과제의 구체적 적용 사례는 김성숙, 「컬럼비아대학교 글쓰기 교수법의 적용 사례」, 『대학작문』, 2012. 에 실려 있다. 컬럼비아대학교는 매년 우수한 에세이를 선정, 전자 저널 The Morning side Review에 실어서 학내 전 구성원이 공유하고 학습 자료로도 활용한다. 이 렌즈에세이 과제는 컬럼비아대학교에서 2010년까지 실시되었다.

5 Bawarshi, A. S. & Reiff, M. J., *Genre. An Introduction to History, Theory, Research, and Pedagogy*. West Lafayette : Parlor Press and The WAC Clearing house, 2010, p.31.

6 Callaghan, M. & Rothery, J., *Teaching factual writing : Report of the Dis advantaged Schools Program Literacy Project*. Sydney : Metropolitan East Dis advantaged School Program, 1988.

기(joint negotiation)', '독립적으로 쓰기(independent construction)'의 순환적 방식으로 진행된다. '순환적'이라 함은 학습자의 상황에 따라 쓰기 수업의 시작 단계가 달라질 수 있고 필요에 따라 이전 단계로 회귀할 수도 있다는 뜻이다. 이러한 장르 중심 쓰기 교수법은 학습자가 자신이 속한 담화 공동체에서 기대하는 내용과 형식을 산출하게 하는 데 초점을 두고 있으며, 단기간에 실제적인 텍스트 생산 능력을 함양하여 해당 담화 공동체의 일원으로 소통할 수 있게 하는 데 크게 기여해 왔다.[7] 그렇다면 전 세계적으로 학술 담론 공동체에 갓 진입한 신입생이 반드시 수강해야 하는 〈글쓰기〉 수업에서는 어떤 교수법으로 학술 담론 생성에 필요한 절차적 지식을 안내할 수 있을까? 이 글에서는 중심 주제에 따라 수필이나 칼럼 등 대중적 산문이나 특정 교과목의 논증적 보고서로도 전이될 수 있는 에세이 장르의 교수 모듈을 소개하고자 한다. 이 글에서 제안하는 에세이 장르는 필자의 주장을 수사적으로 전달하기 위해 두 동떨어진 현상의 유사성을 창의적인 '렌즈'로 포착하게 하는 게 특징이다. '렌즈'의 독창성 여부는 선택된 렌즈와 분석할 대상의 결합 맥락이 필자가 속한 담화 공동체의 관습적 배경지식에 익숙한 정도에 달려 있다. 학생들은 낯선 장르를 협력적으로 생성해 보면서 개별적으로 학술 담론 장르에 접근할 때 참조할 절차적 지식을 연마하게 된다.

근대 이후 비약적으로 발전한 자연과학 및 인문·사회과학 분야에서는 새로 발견한 사실을 설명하기 위해 많은 개념어를 만들어냈다. 특히 정보통신 분야의 발전은 연관 학문 분야의 패러다임 변화에 큰 영향을 미쳤다. 쿤은 "과학 혁명의 구조"에서 '패러다임'에 대해, 우리 지각과

---

7 원진숙·황정현·이영호, 「장르 기반 환경적 쓰기 교수·학습 모형 개발 연구」, 『한국초등교육』, 제22권 2호, 2011, 152쪽.

사고를 질서 지우고 한계를 설정해 주는 렌즈라고 정의하였다.[8] 기존의 규칙과 이론만으로 현재 지각되는 정보를 더 이상 설명할 수 없을 때 개인은 세계를 해석하는 렌즈를 변화시킨다. 세계에 대한 이해를 구성하는 인지 활동은 늘 능동적이고 정신 관여적인 과정이다.[9] 쿤은 과학 발전의 성과를 수용하기 위하여 기꺼이 세계관을 변화시키는 개인의 의식적인 지향성 변화를 "패러다임 이동"이라 설명하였다. 여기서 '패러다임'이 '렌즈'에 비유되었다는 점이 주목을 요한다.

1900년대를 전후로 보급되기 시작한 렌즈는 복제품의 지위를 독자적 예술 장르로 승화시켰다. 기술적 복제는 인간의 육안으로 포착할 수 없는 원작의 숨은 속성을 가시화하고, 원작에게는 불가능한 시공간적 초월을 가능하게 한다.[10] 그 결과 대중은 손상되지 않은 예술 작품의 진품성을 손쉽게 향유할 수 있게 되었다. 또 렌즈가 포착하는 대상이 확장·심화됨에 따라 대중의 미의식도 점차 고양되었다. 사진이나 영화를 찍어내는 렌즈는 대상의 불가시적 속성을 현현함으로써 대상에 대한 직관적 통찰을 돕는다. 이렇게 렌즈는 대중과 대상 자체의 거리를 줄이는 데 기여해 오고 있다.

렌즈에세이 쓰기 교수 모듈의 목적은, 렌즈가 가진 물리적이고 비유적인 속성을 이용하여 신입생에게 학술 담론을 구성하는 데 필요한 이론화 전략을 가르치는 것이다. 인지과정에 대한 이론적 탐색이 본격화된 20세기 이후, 개별 학술 공동체는 현상에 내재한 '구조'를 파악하는 이론

---

8 Kuhn, T., *The structure of scientific revolutions*, Chicago : University of Chicago Press. 1962.

9 Sigel, I. & Cocking, R., *Cognitive Development from Childhood to Adolescence : A Constructivist Perspective*, NY : Holt. 1977.

10 발터 벤야민 지음(1936), 최성만 옮김, 『기술복제시대의 예술작품 – 사진의 작은 역사 외』, 도서출판 길, 2007, 45쪽.

화 능력에 주목하게 되었다. 자신의 전공 영역에서 통용되는 렌즈, 즉 탐구 방법을 익히고 그 적용 방법의 확장 가능성을 모색하는 것은 학술 공동체 구성원으로서 갖추어야 할 기본 자세이기도 하다.[11]

2.1. 렌즈에세이 구성 요소

렌즈에세이의 핵심 요소인 렌즈란 유사(analog) 관계를 알아보는 눈이다. 독자가 잘 아는 개념에 빗대어 필자의 전문 지식을 설명하면 내용 전달력이 높아진다. 실제 지형을 A : B = a : b 의 관계로 축척한 지도를 보고 쉽게 지형지물간 거리를 파악하는 것처럼 말이다. 그래서 렌즈에세이에서는 내용의 설득력을 높이는 전략으로 은유나 비교 등의 수사법이 즐겨 차용된다.[12] 그러므로 렌즈에세이를 잘 쓰려면 주제와 렌즈의 유비 관계를 포착하는 직관력과 논리성이 필요하다.

렌즈에세이의 구성 요소로는 필자와 독자, 분석 대상, 그리고 렌즈를

---

11 렌즈에세이 쓰기는 〈글쓰기〉 수업의 첫 번째 과제이므로 학술적 에세이로서의 주제나 격식을 완벽하게 구현하는 데 목적을 두지 않았다. 렌즈에세이를 쓰는 학생들은 필자가 잘 알고 있는 지식을 독자에게 익숙한 렌즈로 이해시키는 본 과제에 흥미를 느꼈고, 이렇게 특정 맥락의 독자를 고려하면서 창의적인 주제를 모색하는 자세는 이후 진행된 '협력적 탐구 에세이 쓰기' 과제에서 전형적인 학술 담론 규범을 익히기 위한 출발점이다.

12 아리스토텔레스는 일찍이 은유법을 잘 구사하는 능력이야말로 남에게서 배울 수 없는 능력으로 천재의 징표와 다름없다고 밝혔다. 말하자면 은유법이란 직관을 통하여 서로 이질적인 것으로부터 비슷하거나 같은 것을 파악해내는 능력이다(김욱동, 『수사학이란 무엇인가』, 민음사, 2008, 92쪽). 리쾨르도 은유, 플롯 등의 구성 활동이 주체로 하여금 대상을 재인식(recognition)하게 함으로써 새로운 의미 생성을 돕는다고 보았다. 바흐친은 모순적인 것의 비모순적 결합이라는 대화의 원리를 창의성으로 설정하여, 기성의 것을 자신의 문맥에서 해체적 재구성하는 능력으로 설명하고 있다(최인자, 「창의력을 위한 문제 중심의 교수 학습 방법」, 『국어교육』 10, 2000, 한국국어교육연구회, 294쪽).

들 수 있다. 이 가운데 가장 중요한 것은, 필자의 의도와 독자의 기대를 충족할 렌즈이다. 과제 맥락에 적합한 최적의 렌즈를 찾는 데는 좌·우뇌의 협응이 요구된다. 보통 인간의 좌뇌는 이성적·분석적·구체적 사고를, 우뇌는 직관적·통합적·추상적 사고를 담당한다고 알려져 있다. 21세기에 요구되는 사고력은 이성과 직관을 융합하는 능력이다. 과학 기술이 발달할수록 인간 고유의 독창적 사고 능력은 더 값어치 있어질 것이다.

〈그림 1〉 렌즈에세이 구성 요소

〈그림 1〉을 보면 동일한 대상을 비추는 두 개의 렌즈가 있다. 이 그림은 여자가 남자의 렌즈를 통해 세계에 대한 자신의 해석을 보여주는 과정에 대한 도해(圖解)이다. 본 렌즈에세이 교수 모듈은 특정 대상에 대한 필자의 사유 내용을, 특정 담론 공동체 내 보편 독자에게 익숙한 렌즈로 보여줌으로써 이해의 폭을 넓히는 쓰기 전략을 교수하고자 기획되었다. 이 때 필자와 독자는 광의의 해석 공동체에 속해 있어야 해당 담론 특유의 전형적 표지들을 해독할 수 있으므로, 교수자는 독자를 고려한 내용 생성 절차를 강조해야 한다.[13]

13 피시(Fish)는 이렇게 특정 유형의 독자 집단을 고려하는 담론 공동체의 속성을 '해석적 공동체(interpretive community)'라는 개념으로 설명한다(Fish, S., *Is their a test in this class? The authority of interpretive communities*, Cambridge, MA : Harvard University Press. 1980). 개별 담론 공동체는 외부 물질세계와 규칙적인 상호작용을

2.2. 렌즈 활용 문헌

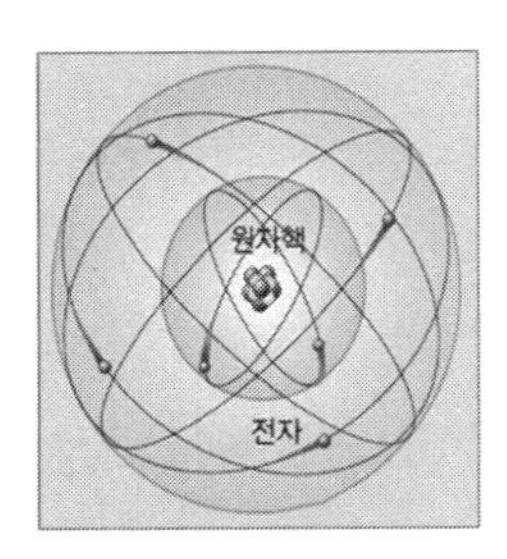

〈그림 2〉 원자 모델

학술 담론 공동체에서 통용되는 이론 중에는 복잡한 자료와 친숙한 모델 간의 은유가 많다. 그 가운데 보어의 원자 모델은 궤도를 돌고 있는 전자들에 둘러싸인 양자 모형이다. 이 모델은 태양계가 그 은유의 출처 중 하나이다. 최근 새로운 미립자와 원자 간의 복잡한 관계가 발견되면서 이 모델은 사실이 아닌 것으로 판명되었다. 하지만 어떤 이론을 입증하는 데 사용된 개연성 있는 모델은 해당 이론의 논리적 허점이 드러난 후에도 여전히 그 역사적 가치가 존중된다.[14]

학술 담론에서 렌즈가 적용된 사례는 일찍부터 아주 다양했다. 성호 이익의 〈관물편(觀物篇)〉을 보면, "눈앞에 닥친 위험에 대해 방심하거나 그것을 요행으로 면해 보려는 세상 사람들의 어리석음을 뱀에 잡혀먹는 개구리의 어리석음에 견주어서 설명"하고 있다.[15] 이외에도 하우프트만(Hauptmann, 1792~1868)은 바흐(Bach)의 칸타타 구조를 기차에 비유한 바 있다. 대규모 도입 합창은 '기관차'에, 이어지는 여러 편의 레치타티

하면서 형성한 언어 사용 습관과 해석적 스키마를 기반으로 미지의 해석을 새로 확충할 가능성을 늘 열어두고 있다. 독자의 요구를 염두에 두되 그 기대치의 가장 외곽에서 새로운 해석의 지평을 확장하는 것, 이것이 해석적 공동체의 영역 확장 방법이다.

14 모델은 참도 거짓도 아니다. 오직 모델과 그것이 표상하는 것의 유사성에 관한 이론만이 참일 수도 있고 거짓일 수도 있는 것이다. 이론은 모델과 그 모델이 표상하기로 되어 있는 사물들의 관계를 가리키는 말로, 이론과 모델이라는 용어를 혼용해서는 안 된다(줄리언 에인스, 『의식의 기원』, 한길사, 2005, 80쪽).

15 "여기서 중요한 것은 개구리의 예처럼 독자들이 이미 친숙히 알고 있는 것을 동원한다는 것이다. 이처럼 일견 연관이 없어 보이는 사물들의 유사점을 찾아, 그것을 비교함으로써 주제를 선명하게 부각시키는 설명 방법이 비교이다."(한양대학교 출판부, 『창조적 사고와 글쓰기』, 2012, 100쪽.)

보와 아리아는 '객차'에, 마지막 코랄은 '우편마차'에 비유하여 칸타타의 전체 구조를 명료화했다. 그리고 전 물리학자였던 프랑스 현대 비평가 바슐라르는 빛, 물, 공기 등 물질적 상상력 개념으로 독창적인 문예 비평 영역을 수립하였다. 동물생태연구가 최재천 교수 역시 개미와 인간 등 동물과 인간 사회를 비교하는 칼럼으로 폭넓은 애독자층을 형성하고 있다. 이러한 사례들로 미루어 볼 때, 딱히 '렌즈에세이'라고 명명되지 않았을 뿐 독자에게 친숙한 렌즈를 사용하여 필자의 주장을 납득시키는 글은 오래 전부터 쓰여 왔음을 알 수 있다. 특정 사물을 렌즈로 사용한 사례를 좀 더 살펴보자. 안치용은 다음과 같이 미국 경제의 심각성을 경고하는 글에서 미국 '은행'을 '심장'에 비유하였다.

> "경제위기 국면에서 스포트라이트를 받고 있는 은행에는 어떤 비유가 적당할까. 일반적으로 은행은 경제의 **심장**으로 비유된다. 경제가 움직이도록 **조직과 세포에 혈액을 공급하는 역할**을 하기 때문이다. 물론 혈액은 돈이다. 미국 정부가 고장 난 **은행 산업에 천문학적 돈을 투입하는 이유는 심장을 멈추게 할 수 없어서**다. 현재 **미국 경제는 심장 수술을 받고 있다**고 봐도 된다."[16]

이 글의 기발함은, 독자가 익숙하게 유추할 수 있는 '은행'과 '심장'의 은유를 넘어, 현 미국 은행에 대한 정부의 조치를 '심장 수술'에 비유한 데에서 찾아볼 수 있다. 심장과 관련하여 조직, 세포, 수술 등 일관된 비유를 사용함으로써 어려운 경제 개념을 쉽게 설명하고 있다.

다음 인용문은 특정 개념이 렌즈로 사용된 사례이다. 애덤 스미스의 '노동 분업론'은 하이에크가 정초한 '지식 분업론'의 기초가 되었다.

---

16 안치용, 『트렌치 이코노믹스』, 리더스북, 2009.

> "우리가 식사할 수 있는 것은 정육점, 양조장, 빵집 주인의 자비심 때문이 아니라 자기 자신의 이익에 대한 그들의 관심 때문이다. 우리는 인간성에 호소하지 않고 이기심에 호소하며, 우리 자신의 필요가 아니라 그들의 이익을 이야기한다." - 〈국부론〉 (애덤 스미스, 1776)

> "지식의 진보도 시장과 마찬가지로 경쟁의 산물이다. **보이지 않는 손**을 이끄는 원동력은 바로 보상을 바라는 야망이 펼치는 경쟁심이다. 게임 참가자의 야망을 사회적인 면에서 적절히 생산적인 방향으로 돌릴 수 있는 규칙이 필요하다." - 〈노예의 길〉 (하이에크, 1944, 2006)

자본주의 시장 경제의 메커니즘을 설명하기 위해 애덤 스미스가 사용한 '보이지 않는 손'의 비유를, 하이에크(1944)는 지식의 확장 원리를 설명하는 데 차용하고 있다. 경제학의 주요 개념으로 지식 생산의 메커니즘을 설명한 것이다. 렌즈의 작동 원리는 시 창작 기법으로도 활용할 수 있다. 다음은 '사랑'을 '발화'에 비유한 함성호의 시 〈발화〉 전문이다.[17]

> 목재는 100℃ 이상 가열되면; 추워라, 추워라, 상처 입은 짐승처럼 아무리 그대 얼굴 떠올려도 생각나지 않네; 가연성 가스인 CO, H_2, CH_4 등이 발산되고; 나는 심해의 향유고래처럼 미지의 어둠에서 떨고 있구나; 150℃ 이상 되면 탄화 작용으로 흑갈색으로 착색되며; 얼마나 사랑했으면, 얼마나 사랑했으면; 250℃이상 되면 화원(火源)에서 스스로 불꽃을 당겨 인화하며; 피의 온도-칼날처럼 슬픈 너의 꽃이(齒)를 기억하고 있지; 화원이 없어도 목재 자체에서 불길이 일기 시작한다; 너는 왜 나를 파고들지?
>
> 기억하니?
>
> 미친 내 인생을

17 함성호, 『너무 아름다운 병』, 문학과 지성사, 2001.

이렇게 렌즈가 적용될 수 있는 장르는 시와 수필 등 문학 장르에서부터, 보고서와 논문 등 학술 담론에 이르기까지 광범위하다. 어떤 장르든 렌즈를 적용할 때 공통적인 것은 독자에게 익숙한 사유 틀로 필자의 주장이나 전문 지식을 전달한다는 점이다. 그래서 렌즈에세이의 수사법으로 비유나 비교 등의 방법이 자주 사용된다.

2.3. 과제 수행 절차

컬럼비아대학교는 고유한 학풍과 동시대 학문 경향에 익숙해지도록 모교 교수가 쓴 글 가운데 최근 10년 이내의 글에 한해서 렌즈에세이 모델 글로 활용하였다. 그리고 오랜 기간 이 교수법을 적용해 왔으므로 학생들의 렌즈에세이 샘플도 많이 축적하고 있다. 그러나 국내에는 이 렌즈에세이 과제 사례 보고가 거의 없었으므로, 본 교수 모듈에서는 위 2.2절에 소개한 문헌들이나 이전 수업 자료를 활용해 렌즈에세이 개념을 소개하였다. 또한 학기 초반에 수행되는 과제임을 감안하여 전반적인 쓰기 과정 지식도 함께 익히도록 설계하였다. 그리고 조별 협업을 통해 한 편의 렌즈에세이를 쓰고 나서 개별 렌즈에세이를 작성하게 함으로써 새로운 과제에 순차적으로 익숙해지게 하였다.

2012년 2학기 A대학교 3개 계열 학부 신입생 85명을 대상으로 한 〈글쓰기〉 수업에서는 4주차부터 7주차까지 3주간 렌즈에세이 과제를 수행하였다. 조별 렌즈에세이 쓰기 수업은 3차시 총 6시간으로 진행되었고 이어서 개인 렌즈에세이 작성 과제가 1주간 진행되었다. 4주차에 렌즈에세이 과제를 소개하고 나서 제반 학술 분야의 법칙이나 공식 등 렌즈로 사용할 만한 이론이나 개념 범주를 찾아오는 과제를 부여하였다.[18] 본

---

18 줄리언 에인스는 창의적 생각이 발현하는 단계로, 의식적으로 문제와 씨름하는 준비

교수 모듈의 세부 절차는 다음 〈표 1〉과 같다.

〈표 1〉 렌즈에세이 과제 수업 계획표

주	강의 내용	과제
4	[강의] ① 렌즈에세이란 무엇인가? ② 주제 설정의 절차와 방법(34~45쪽) [조별 활동] 개요 작성(52~66쪽)	제반 학술 분야의 법칙이나 공식 등 주제를 펼치는 데 기여할 렌즈 찾아오기
5	[조별 활동] 조별 렌즈에세이 작성 (특수 단락 작성 요령 참조, 92쪽)	줄 간격 300%, A4 2매 분량 * 진단 평가 및 자기소개서에 대한 개별 피드백
6	[강의] 수정(첨가, 삭제, 대체, 재배열) 방법 교육 [조별 활동] 다른 조의 렌즈에세이 첨삭	* 개인 렌즈에세이 개요에 대한 교사 점검
7	[중간고사] 개인 렌즈에세이 작성	동료 첨삭 참조하여 조별 렌즈에세이 수정 후 제출

처음 4주차에는 렌즈에세이의 개념 및 예시 자료[부록 1] 소개와 주제 찾기에 대한 강의에 이어서 개요를 작성하는 조별 활동을 하였다. '주제 설정의 절차와 방법' 등 글을 쓰기 시작할 때 필요한 전반적인 쓰기 지식과 '개요 작성'에 대한 강의 자료로는 교재를 참조하였다. 그리고 화제와 주제를 구체적으로 설정하고 독자의 요구를 체계적으로 반영한 개요를 짜도록 조별 활동지[부록 2]를 배부하였다. 이 활동지에는 구체적인 화제로 생각지도와 개요를 작성한 렌즈에세이가 예시되었다. 수업 이후 학

(preparation) 단계, 그 문제에 아무런 의식적 집중을 하지 않은 채 놔두는 부화(incubation) 단계, 추후에야 논리적으로 정당화되는 조명(illumination) 단계를 설정하였다(줄리언 에인스, 상게서, 70쪽). 따라서 창의적 사고가 필요한 렌즈에세이 과제도, 주제에 부합하는 렌즈를 찾기 위해 의식적으로 집중하였다가(4주차), 1주일간 별로 주의를 기울이지 않은 상태에서 틈틈이 과제를 회상하고(1주간), 주제와 렌즈 간에 포착된 연결 지점을 사후적으로 조명하며 에세이를 써 나가는(5주차), 3단계 절차를 따랐다. 아이디어를 '부화'시키는 1주일 동안 학생들은 SNS 플랫폼을 이용해 수시로 조별로 작성할 글의 주제를 환기하며 렌즈를 모색하는 잠재적인 쓰기 과정에 있게 된다.

생들은 다음 주까지 자기 조가 설정한 독자와 주제에 적합한 렌즈를 모색해보고 SNS 플랫폼 등을 이용해 정보를 공유한다.

5주차 수업 시간에는 지난 차시에 학습한 쓰기 지식을 바탕으로 조원들이 찾아온 렌즈의 적합도를 검토하고 조별 렌즈에세이를 작성하였다. 인상적인 도입과 논리적이고 수사적인 마무리 단락을 작성하는 데에는 교재의 특수 단락 작성 관련 내용을 참조하였다. 전체 단락의 개요에 대해 교사의 검토를 받은 조는 전자 교실에 가서 텍스트파일을 작성하고 온라인 강의실에 제출하였다. 이 글은 6주차 수정 교육 자료로 활용될 것이므로 줄 간격 300%, A4 2장 분량으로 작성한다.[19]

5주차 수업 후에 교사는 1주간 조별 렌즈에세이에 대한 첨삭을 실시한다. 교사는 첨삭 내용이 가장 적은 조의 렌즈에세이를 샘플 에세이로 선정한 뒤, '첨가, 삭제, 대체, 재배열'된 내용을 다른 색깔로 표시해 오류 개수를 상단에 기입하고 스캔 파일을 작성해 둔다([부록 3] 참조). 첨삭 내용이 가장 적은 글을 선정하는 이유는 6주차 수업에 참여하는 학생들의 정서적 반응을 고려한 것이다. 먼저 칭찬할 사항을 언급하고 나서 수정 사항을 지적하는 조언 예절을 따르더라도 20여 분간 반 전체로부터 글의 문제를 지적 받은 조원들의 기분은 좋을 수가 없다. 그래서 수정 사항이 가장 적은 글이 선정되었다고 공표를 해야, 지적 받는 조원들의 당혹스러움을 위로할 수 있고 지적하는 학생들도 겸허한 자세로 수정을 권고하게 할 수 있다.

6주차 수업에서는 수정 교육([부록 4] 참조)을 하고 나서 수정용 샘플 에세이를 배부한다. 학생들은 20여 분 동안 개별적으로 샘플 에세이를

19 교수자는 이 과제물을 '모아찍기'해서 한 장으로 출력한 뒤 학생 수만큼 복사하여 수정 워크숍 자료를 마련한다.

첨삭하고 그 수정 결과를 교사의 첨삭 스캔 파일과 비교해 본다. 이 과정에서 어떤 오류가 쉽게 발견되고 그렇지 않는지를 토론하면서 오류 빈도가 높은 쓰기 지식 실수를 함께 인지하고 수정한다.[20] 남은 시간에는 각 조별로 다른 조의 렌즈에세이를 한 편씩 더 첨삭하여 해당 조에 돌려준다. 수업 후 각 조는 교사와 동료의 수정사항을 확인하고 역할을 분담하여 다음 차시까지 수정고를 제출한다. 학생들이 수정 과제를 수행하는 동안 교사는 중간고사 과제로 제출할 개인 렌즈에세이 개요를 확인하고 조언해준다. 7주차에는 조별 과제를 수행하면서 익힌, 기본적 쓰기 지식과 수정 지식, 렌즈에세이 관련 지식이 개별적으로 내면화되도록 개인 렌즈에세이 쓰기 과제를 부과하였다.[21]

---

20 교사는 첨삭한 오류 사항에서 첨가(빨강), 삭제(파랑), 대체(보라), 재배열(연두)해야 할 사항별로 다른 색깔을 표시하고 각각 몇 개인지 지면 상단에 쓴다([부록 3] 참조). 샘플 에세이 수정 전에 형광펜을 배부하고 수정 후 권고 사항별로 다른 색깔을 표시하게 하면 수정 동기를 고무하고 수정의 범주와 효과를 시각적으로 인지시키는 효과가 있다. 학생은 자신이 발견한 오류의 색깔별 개수를 교사의 것과 비교해보고 비슷한 정도로써 수정 능력을 스스로 진단해 보는 기회로 삼는다. 교사가 발견하지 못한 오류를 발견한 학생에게 가산점을 주는 방식으로 수업 동기를 북돋을 수도 있다. 시간이 부족하거나 내향적인 성격 때문에 발표를 못한 학생은 온라인 강의실 토론방에다가 자신이 발견한 오류를 보고하라고 권고한다. 반 전체가 동일한 글에서 오류를 발견하고 함께 수정해 보는 과정을 통해서 개인마다 오류를 인지하는 기준이 얼마나 다른지, 문장의 일부를 고치는 것이 전체 글의 구조에 어떤 영향을 미치는지 등 수정의 중요성을 깨닫게 할 수 있다.

21 조별로 렌즈에세이 초고를 작성한 뒤 매주 2개 조씩 반 전체로부터 수정의 조언을 듣고 1주일 안에 개별적으로 수정고를 제출하도록 수업을 구성할 수도 있다. 그러면 개인적으로 렌즈에세이를 작성하는 과제는 부과하지 않는다. 글의 문제를 진단하고 구체적인 수정 방향을 권고하는 시간을 경험하면서 학생들은 좋은 글을 분별하는 감식안을 기르게 된다. 같은 교과목을 수강하고 있더라도 학생들의 출신 고교와 개인적 취향에 따라 쓰기 이력과 능력의 편차가 크다. 이렇게 잠재적 발달 수준이 상이한 학생들이 수정 워크숍에 참여하면서 상호 협력에 의한 인지의 공동 상승효과를 거둘 수 있다. 부수적으로는 상대방의 기분을 고려하면서 조언하는 기술도 익히게 된다.

2.4. 과제 분석 사례

다음은 SPSS 18.0의 상관분석 프로그램을 이용해서 렌즈에세이 85편에 사용된 주제의 빈도와 단락 구조, 전개 방식, 그리고 렌즈의 적합한 정도와 에세이 총점 간 상관 등을 분석한 결과이다.

2.4.1. 주제 빈도

본고에서는 85편의 렌즈에세이가 다룬 주제를, 개인적 화제, 소통적 화제, 학술적 화제로 구분하였다. 먼저 개인적 화제로는 ① 목표를 추구해 가는 인생, ② 학창시절 최대 관심사인 공부, ③ 부모의 노고를 기리는 양육, ④ 다이어트 등 건강 관련 주제, ⑤ 개인의 말투나 감정 표현과 관련된 내용 등이 있었다. 그리고 소통적 화제로는 ① 남녀 간 연애, ② 리더나 친구, 사회 구성원의 여러 유형, ③ 수강 신청이나 대학 등록금 등 학사 관련 건의사항, ④ 게임 등 타인과 함께 하는 취미나 여가 생활에 관한 내용이 있었다. 마지막으로 학술적 화제로는 ① 경제, ② 환경, ③ 공·사교육, 미술, 독서, 쓰기 등 교육 일반, ④ 도박, 성형, 종교, 과학, 성폭행 등 현대 사회 문제, ⑤ 정치, ⑥ 역사 등 다양한 주제 영역이 발견되었다. 구체적인 주제 빈도는 다음 〈그림 3〉과 같다.

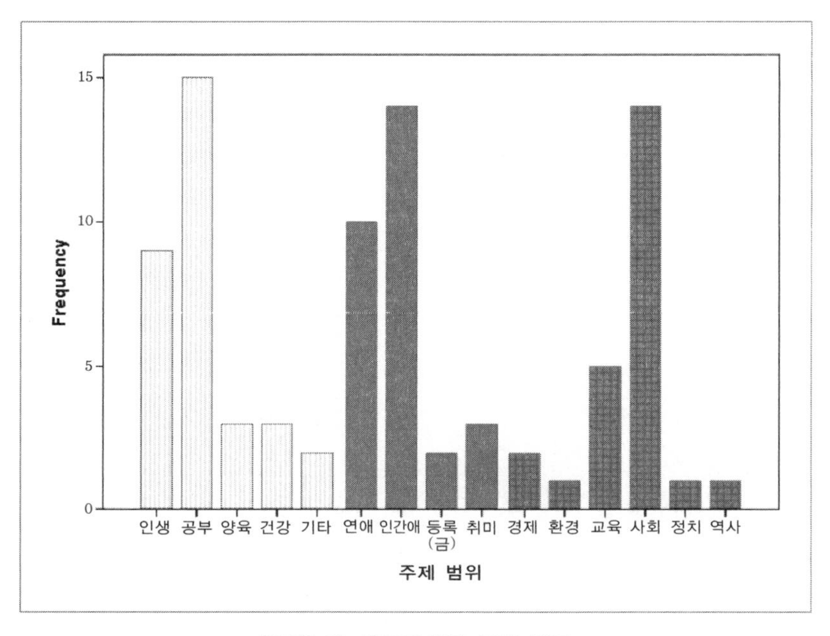

〈그림 3〉 렌즈에세이 주제 빈도

개인(37.6%), 소통(34.1%), 학술(28.2%) 등 3개 범주 주제는 비교적 고른 분포를 보였다. 이 가운데 신입생이 가장 많이 다룬 주제는 공부(17.6%)와 관련된 것이다. 학술적으로 교육 문제를 다룬 것(5.9%)까지 합하면 신입생의 최대 관심사는 '공부'인 셈이다. 대학 입학 이외의 다른 목표를 세우기 어려운 한국에서 청소년기를 보낸 신입생에게는 당연한 주제 편향이기도 하다. 학생들은 화학 반응이나 지렛대의 원리, 건축, 게임, 농구, 복싱, 배드민턴, 샤프심의 종류(H/B) 등에 빗대어 효과적인 공부 방법을 예시하였다. 유생으로 탐험을 하다가 성체가 되면 기생을 하고 마지막으로 제 뇌를 먹기까지 하는 멍게의 삶에 빗대어, 힘들게 들어온 대학에서 더 이상 자기 계발을 하지 않는 '멍게生'을 질타한 창의적 발상도 있었다.

신입생이 작성한 글에 인간에 대한 이해(16.5%)나 사회에 대한 관심

(16.5%)이 높은 것은 고무적인 현상이다. 지식인으로서 인류애를 실현하고 사회 참여에 책임을 느끼는 긍정적인 자세를 읽을 수 있기 때문이다. 특히 라이프니츠의 인간에 대한 단자론이 현대인을 예측하는 데에는 들어맞지 않는데도 여전히 부분으로 전체를 파악하려고 하기 때문에 현대인이 대인관계에서 좌절하는 경우가 많다고 해석한 수학과 학생의 글에서는 융합적 사고력이 돋보였다([부록 6] 참조). 양적 방법론을 제시하는 수학과 질적 통찰력을 발휘하는 철학을 함께 다루어 현대인의 인간 소외 문제를 분석하려는 창의적인 발상이 설득적으로 전개되었기 때문이다.

그리고 신입생답게 연애(11.8%)나 인생(10.6%)에 대한 관심도 높았다. 이 부류의 글에서는 사랑을 축구, 요리, 퍼즐, 화학 반응, 삼권분립 등에 비유하거나, 인생을 마라톤, 프로야구, 그림, 빛의 삼원색, 지하철 등에 비유하기도 했다. '질량보존의 법칙'과 'Zero Sum' 이론으로 장·단기적 운의 원리를 설명하려는 논리적 시도도 있었다.

2.4.2. 단락 구성 및 전개 방식

85편의 렌즈에세이에 사용된 단락의 수는 2개 단락을 제외하고 1개 단락(3.5%)부터 10개 단락(2.4%)까지 다양한 분포를 보였다. 가장 많은 것은 5개 단락(24.7%)과 6개 단락(23.5%)이고, 4개 단락(20.0%) 구성이 그 뒤를 이었다. 도입과 마무리 단락을 제외하면 일반적으로 3~4개 단락으로 본문이 구성되었음을 확인할 수 있다.

문제는 1개 단락으로 작성된 3편이다(3.5%). 내용 개요나 단락 기능 등 조별로 글을 쓰면서 학습한 전반적인 쓰기 지식이 아직 개별적으로 충분히 체득되지 않았기 때문이다. 이 3편은 인간관계를 애니팡 게임에, 영어 정복을 괴물과의 전투에 빗대거나, 개인의 독특한 개성이나 순간적인 실수도 시적 허용처럼 너그럽게 용인해주자는 주제로 쓰였다. 렌즈와 주제의 결합은 참신했지만 전체 구조가 학술 담론 격식에 맞지 않는 등 일관성과 정확성 면에서 오류가 많아 에세이 총점에서 3편 모두 감점 폭이 컸다.

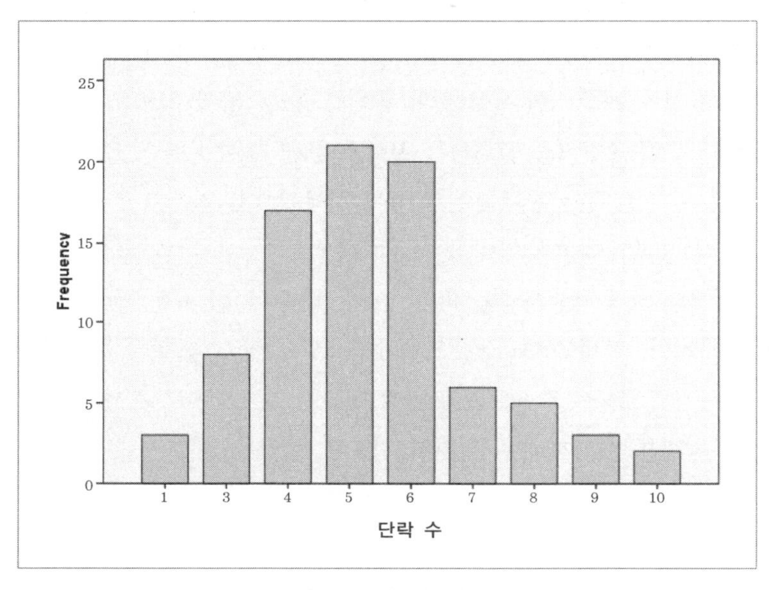

〈그림 4〉 단락 수 빈도

단락 수와 구조 영역 점수 간 상관은 $-.246^{*}$($p<.05$)으로 단락 수가 많아질수록 구조 관련 오류 점수는 줄었다. 단락은 내용이나 기능이 달라짐에 따라 분할되므로, 단락 수가 많아지면서 인과, 비교, 분석 등 논리적 진술 구조가 생기고, 신구 정보의 제시 순서나 분량 면에서 결속력이 높아졌기 때문인 것으로 보인다.

렌즈에세이에서 필자의 주장을 입증할 근거로 사용된 렌즈는 글의 전개 방식에 따라 크게 두 가지 원리로 적용되었다. 주제와 렌즈, 두 집합 내 원소 간 유사성에 주목하는 은유(metaphor)의 원리와, 주제와 렌즈,

두 개체 간 인접성에 주목하는 환유(metonymy)의 원리가 그것이다.[22]

다크 초콜릿과 화이트 초콜릿을 정신적 사랑과 관능적 사랑에, 사계절을 초·중·고등학교와 대학교에 비유하거나, 장기예금은 오래된 연인, 단기 예금은 짧게 사귀고 헤어지는 커플, 주식이나 펀드 등 투자 상품은 서로 잘 맞지는 않지만 인내하면서 사귀어 가는 사이로 설명한 것이 첫 번째, 유사성에 기반한 은유의 부류에 해당한다. 그런데 이렇게 주제와 렌즈, 두 집합 내 원소의 일대일 대응을 논리적으로 설명하기가 쉽지 않다. 이 글에서 분석한 85편 가운데에도 주제와 렌즈 내 개별 원소들의 유사성을 대응시켜 쓴 글은 15편(17.6%)에 불과했다. 나머지 70편(82.4%)은 주제와 렌즈 간 인접성에 입각한 환유의 원리로 쓰였다. 자연과학부 신입생은 두 전하 사이에 작용하는 쿨롱의 힘($F=k\frac{Q_1Q_2}{r^2}$)에 근거하여, 연인 간 애정 강도($k\frac{\text{호의적인정도}^2}{\text{거리}^2}$)와 총 n명 사회의 구성력($k\frac{\text{호의적인관계의정도}^n}{\text{거리감}^n}$)을 산출하는 공식을 만들기도 하였다. 렌즈에세이 과제에서 이렇게 주제와 렌즈 간 유사성을 포착하여 이론화하는 연습은 장차 학제 간 연계를 추동할 융·복합적 사고력 신장에 도움이 된다.

2.4.3. 에세이 총점과 렌즈 적합도 간 상관

85편의 글은 4점 척도의 10개 평가 준거로 채점되었고, 10개 중 내용 영역의 2개 평가 준거가 렌즈의 참신성과 주제 적합도에 해당하는 것이었다.[23] 적절한 렌즈의 선정 여부는 에세이 총점과 .498**(p=.00)의 유의

---

22 이 원리는 로만 야콥슨이 시적 언어와 산문적 언어의 조직 원리로 구분한 것으로, 은유 원리는 계열체(paradime) 내 유사성에 대한 선택으로, 환유 원리는 배열체(syntagm) 내 인접성에 대한 조합으로 구현된다.

23 학기 초에 각 반은 20개 평가 준거([부록 5] 참조)에 대한 토의를 거쳐 구조, 양식, 내용 범주별로 학술적인 글의 평가 준거와 배점을 선정하였고, 각 평가 준거는 3등간

미한 상관을 보였다. 하지만 에세이 총점과 구조 영역 점수 간 상관은 .655**(p=.00), 양식 영역 점수와의 상관은 .533**(p<.05)으로, 본 과제에서 에세이 총점을 산정하는 데에는 구조나 양식 관련 쓰기 지식이 렌즈 적합도보다 더 큰 변별력을 보여 주었다.

〈표 2〉 에세이 총점과 평가 범주 간 상관

평가 범주 / 에세이	구조	양식	렌즈 적합도 (내용)
총점	.655**	.533**	.498**
유의수준(p)	.000	.023	.000

이로써 본 렌즈에세이 과제를 수행한 신입생은 관련 주제를 전개하는 데 적합한 렌즈를 모색할 때 그리 큰 어려움을 느끼지 않았음을 알 수 있다. 하지만 이들 신입생에게는 창안한 내용을 논리적인 구조로 표현하는 능력이 부족하고, 표지와 참고문헌 등 학술 장르 격식에 맞춰 정확한 문장을 생성하는 능력도 부족하다. 따라서 렌즈에세이 과제를 수행하면서 전반적인 쓰기 지식을 숙달하는 세부 절차를 강화할 필요가 있다.

3. 렌즈에세이 과제의 효용

렌즈에세이 과제는 21세기 학문 지형의 변화를 반영하고 융·복합적

4점 척도로 구획되어 한 학기 평가에 참조되었다. 학생들은 스스로 선정한 평가 준거에 의해 평가 받는다는 사실에 만족해했고 학기말까지 이 평가 준거를 내면화하면서 학술 담론의 필요조건을 숙달하는 효과를 거두었다. 이 3개 계열의 〈글쓰기〉 수업에서는 구조의 적절성(논리성, 전개 방법, 단락 구분, 결속력), 양식의 정확성(표지, 어휘, 어법, 인용표기), 양식의 격식성(제목, 장르 속성, 단락 기능), 내용의 창의성(독자 인식, 배경지식) 관련 준거들이 평가 준거로 선정되었었다.

사고력을 신장하는 데 도움이 되며 이론화 전략을 강화할 수 있다. 이 과제는 간학문적 사고를 촉진함으로써 융·복합적 사고 능력을 배양한다. 그리고 독자에게 익숙한 이론 틀을 가지고 필자의 전문 지식을 전달하는 과제를 수행하면서 논의 대상을 심도 있게 분석하고 다양한 관점으로 해석하는 능력을 기른다. 또한 특정 주제로 자신의 생각을 전개해 나가면서 독자를 설득하기 위해 관련 자료를 찾아 쓰며 논증하는 과정은 학술 담론을 생성하는 기본 절차이기도 하다. 이러한 절차를 따르는 렌즈에세이 과제는 간학문적 쓰기 능력을 숙달하기에 적합하다고 볼 수 있다.

3.1. 학문 지형 변화 반영

20세기 현대 물리학은 상대성이론으로부터 출발하였다. 아인슈타인은 물리 현상에 대한 직관을 $E=mc^2$이라는 수식으로 정리하고, 수학자인 친구로부터 일반상대성이론에 사용할 미분기하학을 직접 배우기도 하였다. 상대성이론도 물리학과 수학의 융합적 성과인 셈이다.

랑쥬벵(Langevin)은 좌표 개념을 도입해 상대성 이론의 본질을 다음과 같이 설명한다. "상대성 원리는 그 제한된 형태건 아니면 보다 일반적인 형태이건 간에, 여러 좌표계와는 독립적인 실재의 존재를 배정하는 데 불과하다. … 각각의 사건에 대한 개개의 좌표는 좌표계에 의존하지만, 그것은 기하학이 공간에 대해 하듯이, 불변의 요소를 도입하고 적당한 언어를 구축함으로써 고유의 형태로 표현될 수 있다."[24] 이 글에서 랑쥬벵은 좌표를, 시간의 흐름을 소거한 공간의 분할 개념으로 가정하고 있다.

본고에서는 21세기 학문 지형의 변화를 반영한 렌즈에세이 쓰기 교수의 유용성을 설명하기 위하여, 추상적 범주 구분의 논리적 오류 가능성을 무

---

24 앙리 베르그송 지음(1975), 이광래 옮김, 『思惟와 運動』, 종로서적, 1981, 36쪽.

릅쓰고 개별 학술 분야를 〈그림 5〉과 같이 좌표 평면 위에 분할해 보았다. 〈그림 5〉에서 x축은 연구 방법, y축은 연구 결과 텍스트 양상에 해당한다. 연구 방법의 변이 폭을 나타내는 x축은 질적 연구방법인 '직관의 논증'과 양적 연구방법인 '가설의 검증'을 양 끝점으로 한다. y축의 연구 결과 텍스트는, 철학과 같이 추상적인 개념을 언어화하는 데서부터 수학과 같이 구체적인 현상을 기호화하는 데까지 위계적으로 범주화할 수 있다.

이러한 구분에 따르면, 1사분면은 추상적 개념에 대한 직관을 언어적으로 논증하는 인문과학의 영역이다. 그리고 2사분면은 추상적 개념에 대해 가설을 세우고 양적 연구 방법으로 검증해 보이는 사회과학 분야에 해당한다. 한편 구체적 현상에 대해 가설을 세우고 양적 연구 방법으로 가설의 진위 여부를 가리는 자연과학 분야는 3사분면에 위치한다. 이러한 지형 구분에 따르자면 4사분면의 연구 방법과 데이터 조합이 이채롭다. 제4사분면의 연구 방법은 구체적 현상에 대한 직관적 통찰을 기호로 논증하는 것이다. 즉, 양적 연구 대상에 질적 연구 방법론으로 접근하는 것이다. 질적 연구 대상에 양적 연구 방법론으로 접근하는 사회과학의 거울상이 되는 연구 영역이다.

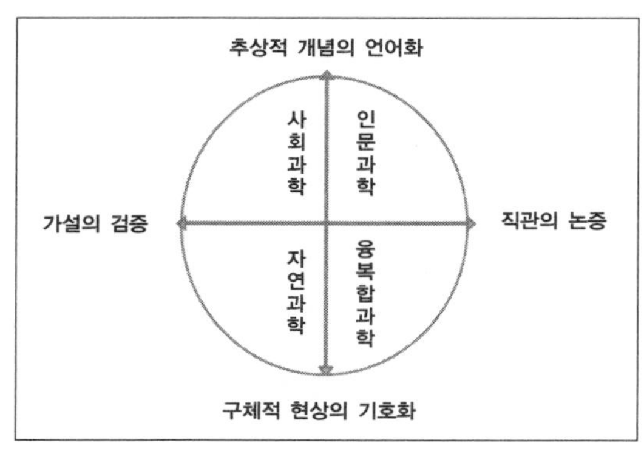

〈그림 5〉 학문 분야 지형도

그렇다면 융·복합과학의 연구 영역을 제4사분면에 배치해 보면 어떨까? 그리하면 융·복합과학이 인문과학이나 사회과학, 그리고 자연과학과의 연계 하에 연구 방법이나 결과 해석 면에서 어떤 변별적 특성을 가지는지를 따져볼 수 있을 것이다. 하지만 융·복합과학의 학문 영역은 종횡으로 축을 넘나드는 좌표평면간 이동으로 무한히 확장될 수 있다. 왜냐하면 2사분면에 속한 사회과학 분야에서 질적 연구 대상에 대해 실험이나 통계 같은 양적 분석 방법을 사용하는 것도 이미 간학문적, 융·복합 과학적 성과이기 때문이다. 렌즈에세이 쓰기는 이렇게 특정 학문 영역의 좌표를 좌우나 상하로 수평·수직 이동하거나, 대칭 이동시켜서 렌즈의 상대적 일반화 방법을 모색하는 학술적 과제 활동이다.

3.2. 융·복합적 사고 능력 배양

20세기까지는 양적 연구와 질적 연구가 각각의 분야에서 전문 영역을 확장하며 일정한 성과를 거둘 수 있었다. 그러나 전 지구적 사유가 필요한 21세기 학술 담론 공동체는 융·복합적 사고 능력을 요구한다. 렌즈에세이는 현대 학술 담론 공동체에 필요한 양질전화(量質轉化)의 매체 텍스트라 할 수 있다. 마르크스는 양적으로 생산물이 축적되어야 사회 구조의 질적 변화가 일어난다고 보았다. 공산주의 이데올로기의 정치·경제적 성패와는 별도로 이 변증법적 진리는 여전히 유효하다. 근대 이후 기계 문명이 빠른 속도로 발달하면서 양적 축적은 거의 포화 상태에 다다랐다. 이제 질적 비약이 필요한 시점이다. 어떻게 양과 질의 개념을 간학문적으로 통합할 것인가? 베르그송은 다음과 같이 대답한다.[25]

---

25 앙리 베르그송 지음(1975), 이광래 옮김, 『思惟와 運動』, 종로서적, 1981, 180쪽.

과학에 비하여 효용성과 엄밀성에서 뒤지는 것을 형이상학은 시야와 범위에서 만회한다. 수학이 크기의 과학에 불과하고 수학적 과정이 오직 양적인 것에만 적용된다면, 그 양이란 언제나 발생하고 있는 상태가 지닌 질이라는 점을 잊어서는 안 될 것이다. 즉, 양이란 질의 극한의 경우라고 말할 수 있으리라. 따라서 자연스럽게 형이상학은 수학을 발생시킨 관념을 자기 것으로 해서 모든 질에로 뻗어 나가려고, 다시 말해서 실재 일반에로 확장해 나가려고 한다. … 형이상학의 작용은 실재적인 것의 연속성 및 운동성과 접합으로써 시작되며, 이때의 접촉이야말로 참으로 굉장한 효용성을 지니고 있는 것이다. 형이상학은 거울에 비친 자기 모습을 보게 된다. 이 거울은 분명히 축소는 되었지만 매우 빛나는 영상을 그에게 보여 준다. 형이상학은 수학적 진행이 무엇을 구체적 실재로부터 빌어 왔는가를 극히 명확하게 알게 되고, 그리하여 수학적 진행 방향이 아닌 구체적 실재의 방향으로 계속 나아간다. 형이상학이 목표하는 바의 하나는, **질적인 미분법**(微分法) 및 **적분법**(積分法)을 행하는 것이다.

베르그송은 '질적인 미분법(微分法) 및 적분법(積分法)'이라는 용어로써 수학 및 과학과 형이상학의 융·복합을 제안하였다. 본 렌즈에세이 쓰기 교수 모듈은 양과 질의 이분법적 사고 틀을 상대적으로 보완해가며 보편적 진리에 접근하고자 기획된 과제이다. 양적 방법론으로 질적 대상의 범주를 수량화함으로써 형이상학적 개념을 공식으로 정리하거나, 질적 방법론을 써서 양적 대상의 발생이나 운동성을 형이상학적으로 설명할 수 있다.

3.3. 독창성과 이론화 전략 강화

신입생을 대상으로 렌즈에세이 작성 방법을 가르치면 독창성과 이론화 전략을 강화할 수 있다. 이러한 기량은 창의적이고 논리적인 학술 담론을 생성하는 데 도움이 된다. 독창성은 이미 알려지고 읽혀진 것을 변형하고 여러 영역을 관계 지음으로써 얻어진다. 이론적 수준에서의 독창성은 다른 지식 영역에서 유사한 것을 빌어와 적용해보며, 그것이 새로운 제약 속에서 가능하게 조정함으로써 얻어진다. 따라서 렌즈에세이에서는 차출된 렌즈와 관심 주제가 서로 상이한 학문 영역에 속해 있어야 독창성 효과가 두드러진다. 렌즈에세이 과제는 간학문적 이론 생성 능력을 배양하는 '다르게 보기' 연습의 절차상 비계가 될 수 있다.

또한 렌즈에세이 과제는 이론화 전략을 배양한다. 학술적 자아(academic I)로서 학술 담론을 엮으려면(academic discoursization) 직관에 기초해 이론을 정립하고 논리적으로 입증할 수 있어야 한다. 이렇게 학술 담론 공동체의 구성원으로서 자신의 주장을 논리적으로 입증하려면 자신이 속한 전공 영역의 통시적 전통과 공시적 성과를 반영하는 능력이 필요하다. 렌즈에세이 과제는 신입생에게 범학문적으로 축적된 연구 성과를 고찰하게 함으로써 특정 전공 분야의 이론을 정립하는 데 폭넓은 시각을 제시한다.

4. 간학문적 쓰기 과제로서의 의의

현재 국내 대학에서는 신입생 대상 〈글쓰기〉 수업을 교양필수과목으로 지정하고 있다. 교양인으로서 문자 텍스트를 통해 자신을 효율적으로 표현하고 타자와 성공적으로 소통하는 능력을 길러주기 위함이다. 새로운 정보 기술 사회에서 요구되는 쓰기 능력은 전통적인 쓰기 능력 기준을 훨씬 상회한다. 21세기를 살아가려면 기술 문식력, 정보 문식력, 매체 문식력, 사회적 능력과 책임 등 새로운 문식력으로서의 쓰기 능력을 갖출 필요가 있다. 중등 쓰기 교육에서는 이러한 쓰기 능력을 체계적으로 신장시키기 위하여, 창의적 사고력과 비판적 사고력의 신장을 위한 텍스트 생산 활동, 심층적 학습 능력의 신장을 위한 텍스트 생산 활동, ICT(Information Communication Technology) 기술을 활용한 멀티미디어 텍스트 생산 활동 등을 중시한다.[26]

중등 쓰기 교육과의 연장선 위에서 대학의 고등 쓰기 교육이 제 목표를 달성하려면, 기존의 과정 중심 쓰기 교육과는 차별화되는 학술 담론 장르의 쓰기 교수요목을 정립해야 한다. 대학 〈글쓰기〉 수업의 목표는 21세기 교양인이 갖추어야 할 기본적인 의사소통 능력과, 학술 공동체 구성원으로서 익혀야 할 담론 생성 능력을 차세대에게 전수하는 것이다. 대학 입시 위주의 고등학교 교육을 마친 신입생 모두가 체계적인 쓰기 교육을 받았다고 기대하기는 어렵다. 일부 학생이 개인적으로 논술 지도를 받았다고 해도 논술문은 학술 담론과 전혀 다른 장르이다.

따라서 대학 〈글쓰기〉 수업에서는 기본적으로 문자를 통한 표현과 소통 능력을 가르쳐야 한다. 그리고 학술 담론을 생성하는 데 필요한 이론화 전략도 교수해야 한다. 렌즈에세이 과제는 이러한 목표에 부응할 수 있는 제1단계 학술적 쓰기 과제이다. 본고에서 제안한 렌즈에세이 교수모듈이 신입생 대상 〈글쓰기〉 과제로서 갖는 유용성은 다음과 같다.

첫째, 렌즈에세이 과제를 통하여 신입생은 예상 독자의 요구를 수용하여 아이디어를 생성하고 주제를 선정하며 목적의식적으로 글을 쓰는, 기본적인 쓰기 과정 지식을 숙달할 수 있다.

둘째, 다양한 학문 분야의 개념과 공식 등을 찾아보는 렌즈 탐색 과정을 통하여 인근 학문 분야에 대한 관심을 확장할 수 있다. 또한 자신이 잘 알고 있는 전문 지식을 특정 담론 공동체에 속한 독자에게 쉽게 전달

---

26 박영목, 「중등학교 글쓰기 교육의 새로운 방향」, 『작문연구』, 한국작문학회, 2007.

하는, 융·복합적 이론화 전략을 익힐 수 있다.

셋째, 비교적 짧은 분량으로 작성된 조별 렌즈에세이 수정 과정을 통해서 학생들은 학술적 장르가 갖춰야 할 내용의 결속력과 구조의 일관성, 양식의 정확성 등을 고려할 수 있게 된다.

10여 년 전 대학생의 교양 교육 강화를 위해 출범한 학부 대학 체제 안에서 〈글쓰기〉 교과는 신입생의 '의사소통 능력 강화'라는 교과 목표를 성실히 수행해 왔다. 그리고 이 교과목을 담당한 교수자들은 중등 쓰기 교육과 차별화된 고등 쓰기 교육과정의 목표를 실현하기 위하여 새로운 학술적 쓰기 과제를 다양하게 개발해 왔다. 그 실천 사례의 하나로 보고되는 본 렌즈에세이 교수 모듈이 대학 〈글쓰기〉 교수 현장에서 유용한 학술적 쓰기 과제로 자리매김 되기를 바란다.

[부록 1] 조별 렌즈에세이 예시

뉴턴의 사랑 법칙

신소재공학부 1조

고전 물리학을 완성한 위대한 과학자 아이작 뉴턴은 모든 것을 가졌었지만 한 가지 가지지 못한 것이 있었다. 그것은 바로 사랑(결혼)이었다. 그는 평생을 독신으로 보냈는데 그 이유에 대해서는 여러 가지 설이 있지만 아마도 그는 물리와 사랑에 빠졌기 때문이었을지도 모른다. 하지만 아이러니하게도 그가 그토록 평생을 바친 물리 법칙을 통해 그가 한 번도 해보지 못했던 남녀 간의 사랑을 해석할 수 있다. 뉴턴이 의도치 않게 알려주는 사랑의 법칙을 배워보도록 하자.

사랑의 시작은 관성의 법칙과 가속도의 법칙(F=ma)으로 설명할 수 있다. 움직이는 물체는 계속 움직이려 하고 멈춰있는 물체는 정지상태를 지속하고 싶어하는 관성처럼 남녀 간에도 어떠한 자극이 없는 한 연인으로 발전하기보다는 현재의 관계를 유지하려 한다. 이성과의 관계를 연인으로 발전시키고 싶을 때 이성의 마음을 처음으로 움직이게 하는 것이 가장 중요하며 힘든 일이다. 일단 마음을 움직이게 했다면 가속도의 법칙에 따라 움직임이 가속되어 관계가 빠르게 발전할 수 있다. 물체에 따라 정지상태를 움직이게 하는 데 필요한 에너지가 다르듯이 마음을 쉽게 열지 않는 사람도 있다. 이런 이성의 마음을 움직이기 위해서는 더 많은 정성(F)이 필요하고 일단 움직이기 시작했다 해도 움직이지 않으려는 성향(m)이 강해 가속도(a)가 작으므로 관계가 발전하는 속도가 느리다. 이 경우 그 사람에 대한 사랑이 부족하다면 목적을 이루기 전에 지쳐버릴 수 있고 사랑이 크다 해도 힘든 과정을 겪어야 한다. 이와 유사한 경우로 짝사랑에 대해서도 생각해 볼 수 있다. 누구나 속으로만 끙끙 앓는 짝사랑을 경험해본 적이 있을 것이다. 짝사랑은 사랑(F)을 정확한 방향으로 가하지 않아 운동효과가 일어나지 못한 것이라고 해석할 수 있다. 사랑의 크기가 크다 할 지라도 고백하지 않는다면 상대방은 그 사랑을 전혀 느끼지 못하고 결국 무의미한 작용이 된다. 따라고 혼자서 앓기 보다는 용기를 내어 고백해야 한다고 뉴턴은 공식을 통해 말해 준다.

연인관계가 시작된 후 이별까지의 과정은 만유인력의 법칙에 빗대어 설명할 수 있다. 만유인력은 질량을 가지는 두 물체 사이에 작용하는 인력으로 이 힘은 두 질량(m_1, m_2)의 곱에 비례하며, 두 물체 사이의 거리(r)에는 제곱에 반비례하고 다음과 같은 식으로 쓴다. $F = G\frac{m_1 m_2}{r^2}$. 즉, 두 물체는 각각의 질량이 크고 거리가 가까울 때 서로 강하게 끌어당기는데 사랑도 이와 유사하게 남녀 간의 서로를 향한 사랑의 크기가 클수록, 또 가까운 거리에 있을수록 서로를 더 원한다. 장거리 연애를 하는 커플은 오래 가기 힘들다는 속설이 있는데 거리(r)가 떨어져 있어 사랑(F)이 빨리 식는다는 공식이 성립한다. 하지만 견우와 직녀처럼 각각의 사랑(m_1, m_2)이 크다면 멀리 떨어져 있다 해도 이를 극복하고 큰 F값을 가지게 된다. 반대로 값이 작아진다면, 거리가 멀 때와 마찬가지로 관계가 식어가게 된다. 중요한 점은 중 하나가 큰 값을 가지더라도 다른 하나가 ‘0’이 되면 F=0이 되어 연인관계는 끝나게 된다는 사실이다. 관계를 유지하려면 서로를 향한 최소한의 사랑이 있어야 한다.

우리는 우주를 떠도는 천체와 같이 갑자기 나타난 상대에게 끌려 충돌하거나 빗나가 아쉬워하는 과정을 겪으며 사랑을 하고 있는지도 모른다. 우주가 태초부터 물리법칙을 따라 움직였듯이 인간의 사랑 또한 세대를 거듭한다 해도 이러한 자연의 섭리를 반복하며 계속될 것이다.

[부록 2]

렌즈에세이 작성을 위한 마인드맵(mind-map) 그리기 (예시)

화제 : 행정학적, 경제학적 시각으로 해석한 성경의 어느 포도밭 주인 이야기

독자 : 사회 문제에 관심이 많은 사회 초년생, 특히 20대 초반의 대학생들

– 독자의 요즘 최대 관심사 : 자본주의 4.0, 시장실패, 복지제도, 더불어 살아가는 사회

– 독자에게 익숙한 어휘, 용어 : 기초적인 경제학, 사회학, 행정학 용어

– 독자에게 익숙한 글의 장르 : 에세이

– 독자의 기대: 새로운 깨달음이나 지식의 확대

글을 쓰는 목적 : 보다 인간적인 세상을 만들어가자는 포도밭 주인의 가르침을 전하기 위해

핵심어(key word) : 무임승차, 공공재, 비배재성, 비경합성, 복지제도, 인간의 존엄성, 기계적 능률, 사회적 능률, 호손실험, 형평성, 사회적 정의

핵심어를 문장으로 쓰기

포도밭 주인의 이야기에서는 무임승차가 나타나고 있다.

복지제도는 비배재성, 비경합성이라는 공공재의 특성을 지니고 있다.

인간의 존엄, 자유에 대한 권리는 기본적 욕구가 충족되지 않으면 향유될 수 없다.

핵심어 간 논리적 위계 정하기

무임승차, 비배재성, 비경합성〈복지제도

기계적 능률, 사회적 능률〈호손실험

복지제도, 호손실험〈형평성, 사회적 정의〈인간의 존엄성

내 글에 적용할 렌즈 : 경제학, 사회학, 행정학적 용어

무임승차의 개념, 공공재, 복지제도

기계적, 사회적 능률 - 호손실험

나중에 온 사람에게도

201******* ***

「마태복음」 제 20장에 나오는 예수의 설교 가운데 이런 구절이 있다. 어떤 포도밭 주인이 이른 아침부터 장터에 나가 일꾼을 구해 그들에게 1 데나리우스를 주기로 하고 일을 맡겼다. 그런데 그 주인은 아침 아홉시와 열두 시, 오후 세 시, 오후 다섯 시에도 계속해서 새로운 일꾼을 채용했다. 저녁이 되어 맨 먼저 온 사람에서부터 맨 마지막에 온 사람에게까지 포도밭 주인은 동일하게 1 데나리우스 씩을 지불했다. 그러자 이른 아침부터 일을 했던 일꾼이 '마지막에 온 이 사람들은 한 시간밖에 일하지 않았는데도 찌는 더위 속에서 온종일 수고한 우리와 똑같이 대우를 하시는 군요'라고 항의했다. 그러자 주인은 '친구여, 나는 너를 부당하게 대한 것이 아니다. 너는 나와 1 데나리우스로 합의하지 않았느냐? 나중에 온 이 사람에게도 너에게 준 것과 똑같이 주는 게 내 뜻이다'고 말했다고 한다.[1]

아마 많은 사람들은 아침 일찍부터 온 일꾼의 항의를 당연하게 받아들이고 포도밭 주인의 처사가 부당하다고 느낄 것이다. '가치의 공정한 배분'에 대한 통념과 어긋나기 때문이다. 현대사회에서 급여는 자신이 일한 시간만큼 받는 것으로 여겨지고 있으며 편의점 아르바이트에서부터 대기업 사원에 이르기까지 보통 자신의 급여를 지급받을 때에 자신이 일한 총 시간을 고려하여 계약한다. 노동자의 노동 시간과 급여가 같은 가치를 지닌다는 합의를 하면 교환이 성립하는 것이다. 만일 같은 카페 아르바이트를 하고 있는데 자신보다 3시간, 아니 심지어는 9시간을 적게 일한 사람이 나와 같은 돈을 받았다면 화가 날 것이고 만일 그런 사람이 있다면 아마 그 사람을 자신의 노력의 비해 큰 이득을 챙긴 "무임승차자"로 비난할 것이다. 요금을 내지 않고 지하철에 승차하는 이득을 챙긴 무임승차자처럼 이들도 적은 시간의 기회비용을 지불하면서 시간의 기회비용을 더 많이 지불한 다른 사람들과 같은 급여를 지급받아 상대적으로 큰 이득을 가져가고 있기 때문이다. 포도밭의 일꾼들도 이 같은 이유로 불만을 느끼고 항의를 하였을 것이다.

하지만 사회에서 이와 같은 무임승차가 당연한 듯이 자행되고 있는 분야가 있다. 바로 국가에서 제공하는 공공 서비스 분야이다. 국방 서비스를 예로 들어보자. 국방서비스는 공공재라는 특성 때문에 정당한 대가를 지불하지 않아도, 즉 세금을 적게 내거나 아예 내지 않는 무임승차를 해도 국방의 혜택에서 배제되지 않으며 서비스 질의 차이가 없다. 또한 한 사람이 국방서비스 소비에 참여해서 얻게 되는 효용이 다른 사람의 편익을 감소시키지 않는다는 면에서 비경합적인 재화이다. 복지제도 역

---

1 장정일, 『녹색평론』 2008년 3-4월호, 통권 99호에서 전재 http://www.nabeeya.net/Archive/archive_view.aspx?CD_MENU=41&bType=3&ID_CONTENT=99)

시 마찬가지이다. 세금을 덜 내거나 내지 못하는 극빈자라고 하더라도 국가에서는 기초생활을 보장해주기 위해 최저생계비를 지원해주고 기본적인 교육과 의료 서비스를 받을 수 있도록 하는 복지 혜택을 제공하고 있다. 뿐만 아니라 경제활동을 하고 있지 않은, 즉 나라에 세금을 내지 못하고 있는 실업자들에게도 실업급여를 지급하고 있다.

포도밭 주인이 정부, 일꾼들이 국민의 역할이라고 생각해 보면 포도밭 주인은 일꾼들에게 일종의 복지제도를 운영하고 있는 것이라고 해석할 수 있다. 일하는 시간이 많거나 적거나 1데나리우스라는 같은 돈을 지급하고 있다는 것은, 내는 세금이 많거나 적거나 국민에게 똑같이 복지서비스를 제공하고 있는 정부의 모습을 떠올리게 한다. 국가의 공적부조 제도는 국민의 최저한도의 생활권을 보장하여 빈곤자, 장애자, 노령자 등 사회적으로 보호해야 할 불우집단을 사회에 복귀시키고 빈곤을 최소한으로 감소시키고자 하는 인도적 목적을 가지고 있다.[2] 모든 인간은 법 앞에서 평등할 뿐만 아니라 그들의 존엄성과 가치는 다 동일하다. 인간은 자기의 능력이나 실적에 관계없이 그의 욕구가 충족되어야 할 권리가 있다는 것이다. 그런데 인간의 존엄, 자유에 대한 권리는 기본적 욕구가 충족되지 않으면 향유될 수 없다.[3] 포도밭 주인은 고정적인 수입이 없는 일용직 노동자에게 최저 생활 생계비를 지원함으로서 그들의 생존을 돕고 존엄성을 지킨 것이다.

이제 조금 다른 관점에서 다시 이 이야기를 살펴보자. 포도밭 주인이 기업 경영자이고 일꾼들은 노동자라고 가정하면 이야기가 조금 달리 보인다. 보통 기업가는 비용, 효과, 투입, 산출의 즉각적 비교에서 추구되는

---

2 이종수, 『행정학 사전』, 대영문화사, 2009.
(http://terms.naver.com/entry.nhn?docId=75645)

3 백완기, 『신판 행정학』, 박영사, 2010, 429쪽, 432쪽.

기계적 능률을 중시하여야 이윤을 남길 수 있다고 생각한다. Elton Mayo 라는 학자 역시 이러한 과학적 관리법에 대한 믿음을 가지고 Hawthorne 공장에서 작업환경이나 경제적 보상 등 비사회적이고 비감정적인 측면을 개선하여 근로자들의 생산성을 향상시키려는 연구를 진행했다. 그러나 결과는 예상 밖이었다. 물질적이고 측정 가능한 요소보다는 작업장 내의 인간관계, 작업에 대한 만족과 같은 사회심리학적인 요소가 생산성에 결정적인 영향을 미친 것이다. 포도밭 주인은 일찍 온 사람에게나 늦게 온 사람에게나 똑같이 1 데나리우스라는 돈을 지급하면서 늦게 온 사람 역시 자신에게 소중한 일꾼이라는 그에 대한 신뢰를 보여주었다. 이러한 인간적인 측면이 처음에는 일꾼들의 반발을 불러왔을지 모르나 나중에는 포도밭 주인과 일꾼 사이에 깊은 교류를 촉진시키고 작업을 향상시켰을 수 있다.

물론 이러한 주장은 혹자에게는 자본주의의 기본 틀인 가격과 시장기구를 무시하는 사회주의적 발상으로 비춰질 수 있다. 무조건적인 복지는 분명히 답이 아님을 우리는 지난 역사가 실패한 경험, 이를테면 북유럽 국가들의 침체를 통해서 이미 알고 있다. 그러나 포도밭 주인이 바라는 것은, 개인의 자유의지가 무시되지 않는 선에서 경제적으로 여유가 있는 사람은 도움이 필요한 사람을 조금만 도와주자는 것이다. 정부에서는 소외된 사람들에게 기초생활보장제도를 통해 자활의 손길을, 기업에서는 따뜻한 마음으로 노동자들에게 인간적 신뢰를 쌓을 수 있는 공간을 만들어 주어야 한다. 매슬로우의 욕구단계설에서도 알 수 있듯이 개인의 기본적 욕구를 충족시켜야 보다 높은 차원의 가치인 자유경쟁과 기회균등이 활성화 될 수 있다.

최근 우리나라에서 마이클 샌델 교수의 〈정의란 무엇인가〉라는 책이 베스트셀러가 되어 큰 화제가 되었다. 이러한 현상은 과연 진정한 사회적 정의란 무엇일까에 대해 많은 사람들이 고민을 하고 있다는 사실을 보여 준다. 아마 포도밭 주인이라면 마이클 샌델 교수의 "정의란 무엇인가?"라는 물음에 대해 이렇게 답하지 않을까. "나중에 오는 사람에게도 인간의 존엄성이 유지되는 사회가 정의로운 사회요."

[부록 3] 조별 렌즈에세이 교사 첨삭 예시

뉴턴의 사랑 법칙

고전 물리학을 완성한 위대한 과학자 아이작
것이 있었다. 그것은 바로 사랑(결혼)이었다. 그
여러 가지 설이 있지만 아마도 물리와 사랑에
게도 그가 그토록 평생을 바친 물리 법칙을 통
석 할 수 있다. 뉴턴이 의도치 않게 알려주는

사랑의 시작은 관성의 법칙과 가속도의 법칙
속 움직이려 하고 멈춰있는 물체는 정지상태를
자극이 없는 한 연인으로 발전하기보다는 현재
로 발전시키고 싶을 때 이성의 마음을 처음으로
일단 마음을 움직이게 했다면 관성의 법칙에
있다. 물체에 따라 정지상태를 움직이게 하는
는 사람도 있다. 이런 이성의 마음을 움직이기
기 시작했다 해도 움직이지 않으려는 성향(m)이
가 느리다. 이 경우 그 사람에 대한 사랑이 부
이 크다 해도 힘든 과정을 겪어야 한다. 이와
다. 누구나 속으로만 끙끙 앓는 짝사랑을 경험
방향으로 가하지 않아 운동효과가 일어나지 못
할 지라도 고백하지 않는다면 상대방은 그 사

1 (힘=질량×가속도)로 표시하는 가속도의 법칙

다. 따라고 혼자서 앓기 보다는 용기 내어 고백해야 한다고 뉴턴은 공식을 통해 말해 준다.

연인관계가 시작된 후 이별까지의 과정은 만유인력의 법칙에 빗대어 설명할 수 있다. 만유인력은 질량을 가지는 두 물체 사이에 작용하는 인력으로 이 힘은 두 질량의 곱에 비례하며, 두 물체 사이의 거리에는 제곱에 반비례하고 다음과 같은 식으로 쓴다 $F=G\frac{m_1m_2}{r^2}$ 즉, 두 물체는 각각의 질량이 크고 거리가 가까울 때 서로 강하게 끌어당기는데 사랑도 이와 유사하게 남녀 각자의 서로를 향한 사랑의 크기가 클수록, 또 가까운 거리에 있을수록 서로를 더 원한다. 장거리 연애를 하는 커플은 오래가기 힘들다는 속설이 있는데 거리(r)가 떨어져 있어 사랑(F)이 빨리 식는다는 것을 쉽게 이해할 수 있다. 하지만 견우와 직녀처럼 각각의 사랑(m_1, m_2)이 크다면 멀리 떨어져 있다 해도 이를 극복하고 큰 F값을 가지게 된다. 반대로 m_1m_2값이 작아진다면, 거리가 멀 때와 마찬가지로 관계가 식어가게 된다. 여기서 중요한 점은 m_1과 m_2중 하나가 큰 값을 가지더라도 다른 하나가 '0'이 되면 F=0이 되어 연인관계는 끝나게 된다. 관계의 유지를 위해서는 서로를 향한 최소한의 사랑이 있어야 함을 알 수 있는 대목이다.

연애란 교통사고와 같아 언제 어디서 누구와 부딪칠지 모른다는 말이 있다. 우리는 우주를 떠도는 천체와 같이 갑자기 나타난 상대에게 끌려 충돌하거나 빗나가 아쉬워하는 과정을 겪으며 사랑을 하고 있는 지도 모른다. 우주가 태초부터 물리법칙을 따라 움직였듯이 인간의 사랑 또한 세대를 거듭한다 해도 비슷한 과정을 반복하며 계속될 것이다.

[부록 4] 조별 렌즈에세이에 대한 동료 첨삭 자료

☞ 다른 조가 작성한 글에서 문법 및 어휘 오류를 최대한 수정해 주되 전후 문맥으로 추측할 수 없으면 (?) 표시를 한다.

· **글을 수정하는 4개 유형**[1] : 문장 성분 간 호응 및 연어 관계 확인

· **첨가**(빨)
- 의미의 상세화(문맥상 꼭 필요한 논거, 비교, 대조, 예시 내용 등)
- 각 문장 간 적절한 연결어미

· **삭제**(파)
- '우리', '-들', '-은/는 것이다', '-라고 생각한다', '-은/는 것 같다'
- 간결성 : 표현의 경제성을 고려하여 불필요한 잉여 정보 및 표현은 모두 삭제한다.

· **대체**(=삭제+첨가)(보)
- 전후 문맥과 글의 무게에 어울리는 어휘로!
- 지시대명사 대신 전후 문맥에 알맞은 내용을 요약해 써 넣는다.
- 바로 앞 뒤 문장의 종결 어미가 같지 않도록 한다. (-을 수 있다. -이/가 있다.)
- 한 문장 내에서 동일한 음절의 단어나 문법 표현을 지양한다.
- 타동사 위주의 문장을 자동사 위주의 문장으로 바꾼다.(-을/를 vt. →-이/가 vi.)

그러나 수동태 표현(-게 되다/-어지다)은 지양한다.
- '우리', '-의', 맞춤법, 문장 부호

---

1 반다이크 지음(1978), 정시호 옮김(2000), 『텍스트학』, 도서출판 아르케, 197쪽 참조.

· **재배열**(초)

– 전체 글에서 독자가 이미 아는 정보와 아직 모르는 정보를 순서대로 전개한다.

– 한 단락 내에서 의미를 강조하기 위해 도치할 수 있다.(예. 주제문+뒷받침 문장)

– 한 문장 내에서 긴밀한 문장 성분은 가까운 곳에 배치한다.

· **기계적 오류**

– 띄어쓰기(붙여 쓰기) 등

· **조언의 예절** : 칭찬 + 단락 간 및 단락 내의 응집성(coherence)을 높일 제안 근거의 사실성 여부를 검토해 주고 내용 수정 방향을 권고

[부록 5]

[1] 대학에서 작성하는 보고서에 대한 다음 평가 준거에 부족한 것이 있으면 보충해 봅시다.

[2] 3개 영역(구조, 양식, 내용)별로 3개 요소 이상씩을 선정하고 점수를 부여해 봅시다.

평가 준거			준거 문항	2인조		4인조		8인조		최종 결과	
영역	요소			선정 여부	배점	선정 여부	배점	선정 여부	배점	선정 여부	배점
구조	적절성	논리성	정보를 단순히 나열하지 않고, '그러므로, 하지만' 등 연결 표지를 써서 단락 내(두괄식, 미괄식), 단락 간 논리적 진술 구조(인과, 비교, 분석, 찬반, 진단과 대책 등)를 세웠는가?								
		설명 방법	주개념이나 대상에 대해 명확하게 정의를 내렸는가?								
		단락내 일관성	단락의 세부 내용이 단락별 주제문을 뒷받침하도록 써서 불필요한 문장이나 부족한 단락이 없는가?								
		단락 구분	도입, 본문, 마무리가 적정 비율로 구성되었고, 본론에서 중심 생각이 달라짐에 따라 적절한 길이로 단락을 구분하였는가?								
		정보 제시 순서	이미 아는 정보와 새로운 정보를 논리적 순서로 배치하여 이해하기 쉽게 썼는가?								
		논증 방법	주장에 대한 예시를 하였는가?								
		단락간 결속력	선정한 주제에 대해 근거를 제시하는 등 도입에서 제기한 주제를 본문과 마무리 부분에서 일관성 있게 다루어 불필요한 단락이 없는가?								

<table>
<tr><td rowspan="8">양식</td><td rowspan="4">정확성</td><td>어휘</td><td>객관적 어휘(개념어, 한자어, 담화 표지, 지시어)를 사용하고 구어체, 축약어, 지나친 존대 표현을 사용하지 않았는가?</td><td></td><td></td><td></td><td></td><td></td><td></td><td></td><td></td></tr>
<tr><td>표지</td><td>제목(가운데, 진하게)과 학번, 이름(오른쪽 정렬)을 표지 규약에 맞추어 썼는가?</td><td></td><td></td><td></td><td></td><td></td><td></td><td></td><td></td></tr>
<tr><td>인용 표기</td><td>인용한 참고 자료의 출처를 보고서의 끝에 〈참고문헌〉으로 정리하고, 본문에 인용 표시를 하였는가?</td><td></td><td></td><td></td><td></td><td></td><td></td><td></td><td></td></tr>
<tr><td>어법 및 문체</td><td>어법(맞춤법, 띄어쓰기, 들여쓰기, 문장 부호, 조사, 문장 성분 간 호응, 동어 반복의 오류 자제)과 문어적 어미(-므로, -고자, -은 바와 같이, 는다.) 사용에 오류가 없는가?</td><td></td><td></td><td></td><td></td><td></td><td></td><td></td><td></td></tr>
<tr><td rowspan="4">격식성</td><td>장르</td><td>과제가 요구하는 장르 양식에 맞게 글을 작성하였는가?</td><td></td><td></td><td></td><td></td><td></td><td></td><td></td><td></td></tr>
<tr><td>단락 기능</td><td>서론에 연구 목적 및 연구의 필요성을 밝혔는가?
서론이나 결론에서 본론의 내용을 간결, 명료하게 요약하였는가?</td><td></td><td></td><td></td><td></td><td></td><td></td><td></td><td></td></tr>
<tr><td>단락 기능</td><td>도입 부분에 주제를 환기하거나 독자의 주의를 끌 내용(통계적 수치, 일화, 유명한 문구 epigraph)을 썼는가?</td><td></td><td></td><td></td><td></td><td></td><td></td><td></td><td></td></tr>
<tr><td>제목 내용</td><td>제목을 보고서의 내용에 어울리게 작성하였는가?</td><td></td><td></td><td></td><td></td><td></td><td></td><td></td><td></td></tr>
<tr><td rowspan="5">내용</td><td rowspan="5">창의성</td><td>연구 방법</td><td>주제를 드러내기에 적당한 연구 방법을 채택하였는가?</td><td></td><td></td><td></td><td></td><td></td><td></td><td></td><td></td></tr>
<tr><td>근거의 참신성</td><td>예상 반론 검토 및 주장 옹호 내용 등을 참신하게 썼는가?</td><td></td><td></td><td></td><td></td><td></td><td></td><td></td><td></td></tr>
<tr><td>독자 인식</td><td>마무리 부분에서 독자를 설득하고 독자의 공감을 얻기 위한 내용을 언급하였는가?</td><td></td><td></td><td></td><td></td><td></td><td></td><td></td><td></td></tr>
<tr><td>주제</td><td>논의할 가치가 있고 참신한 주제 및 key word를 선정하였는가?</td><td></td><td></td><td></td><td></td><td></td><td></td><td></td><td></td></tr>
<tr><td>배경 지식</td><td>제시한 자료 이외에도 주제와 관련된 전문적 배경 지식을 활용해 내용을 풍부히 하였는가?</td><td></td><td></td><td></td><td></td><td></td><td></td><td></td><td></td></tr>
<tr><td colspan="3">총합</td><td>20문항</td><td></td><td></td><td></td><td></td><td></td><td></td><td></td><td></td></tr>
</table>

[부록 6] 개별 렌즈에세이 예시

인간과 단자론

201******** ***

어떤 물리적 실체를 쪼개고 쪼개면 더 이상 나눌 수 없고 연장성도 가지지 않는 어떤 형이상학적인 '점들'이 나온다. 이 더 이상 쪼갤 수 없는 단순 실체들이 단자(monad)이고, 사물의 구성요소이다. 이 점들은 각기 다른 특성과 질적 차이를 바탕으로 자신이 구성하고 있는 실체를 거울처럼 반영해나가고 있다.[1]

라이프니츠는 단자론을 통해 만물의 실재성을 이야기 하였다. 물리적 현상, 세상 모든 사물, 일상적 관념 등 모든 분야에서 단자론을 적용시켰다. 인간 또한 보편성으로 이루어져 있기 때문에 단자론으로 인간의 이해가 가능하다 하였다. 경험이나 기억보다는 필연적 본질로 사람이 존재하기 때문에 한 단면을 통해 인간의 주체를 알 수 있다는 것이 인간에 대한 단자론이다.

그러나 현실에서는 인간에 대한 단자론을 적용시킬 수 없다. 물론 과거에는 국가나 종교에 의한 획일화된 가치관이 인간의 보편성을 나타냈다. 비슷한 환경을 가지고 태어나 같은 종교와 가치관을 가진 과거의 사람들은 인간에 대한 단자론이 적용된다. 하지만 현대사회에서 인간에 대한 단자론은 적용이 되지 않는다. 현대사회에서 사람들은 여러 단면들로 이루어져 있다. 저마다 가진 다양한 가치관과 경험으로 인간은 과거보다

---

1 G. W.라이프니츠, 『Monadology』, 서광사, 1994, 218쪽.

다양해졌다. 인간의 보편성 또한 사라지고 있는 현대사회에서, 부분으로 사람을 이해할 수 있다고 외치는 단자론은 터무니없는 이론으로 보인다.

라이프니츠는 미분적분학에도 단자론을 적용시켰다. 단자론을 입증하기 위해서 미분적분학을 고안하였기 때문에 미분적분학 속에는 단자론이 그대로 존재한다. 라이프니츠는 미분적분학에서 함수의 그래프를 더 이상 쪼갤 수 없는 '점'들의 연속으로 생각하였다. 하나의 '점'이 하나의 '단자'라고 생각하였다. 함수의 개형을 알고 그래프 위의 한 '점'을 본다면 해당 '점'에서 그래프의 보편성을 알 수 있다고 하였다. 함수의 그래프 또한 하나의 '점'을 통한 부분의 이해로써 전체를 바라보는 것이 미분적분학에서의 단자론이다. 라이프니츠의 단자론은 부분을 통해 전체를 본다는 점에서 인간과 미분적분학에 같은 방법으로 적용된다.

라이프니츠의 미분적분학에서의 단자론은 이차함수에 적용시킬 수 있다. 예를 들어, 이차함수의 개형인 $y = ax^2+bx+c$ 인 함수가 있다고 하자. 이차함수는 그래프의 모양이 일정하게 정해져 있다. a, b, c의 값에 따라 그래프의 곡률과 위치는 달라진다. 하지만 그래프 위의 한 '점'을 알 수 있다면 해당 점의 미분계수[2], 극소점 혹은 극대점[3]을 알 수 있다. 미분계수를 통해 그래프의 곡률[4]을 알 수 있고, 극소점 또는 극대점의 위치를 통해 xy-평면 위의 그래프의 정확한 위치를 알 수 있다. 그래프의 모양이 보편성을 띄기 때문에 위치와 곡률을 안다면 정확한 그래프를 그릴 수 있다. 하나의 '점'이 그래프의 거울이 된다고 주장하는 라이프니츠의 단자론이 적용된다.

과거의 사람들의 모습은 미분적분학에서의 이차함수의 그래프와 같

---

2 x의 어떤 값에 대한 순간변화율 (곡선에서의 기울기)

3 어느 함수의 극댓값 또는 극솟값을 나타내는 점

4 곡선이나 곡면의 각 점에서의 구부러진 정도를 표시하는 값

다. 이차함수가 그래프 모양의 보편성을 가지고 있는 것처럼 라이프니츠가 보았던 과거의 사람들 또한 종교나 직업, 국가, 가치관에 있어서 큰 보편성을 지녔다. 유사한 직업을 가지고 하나의 종교를 믿으며 매일매일 비슷한 삶을 살았던 과거의 사람들은 일정한 단면을 보더라도 개인을 이해할 수 있었다. 보편성을 지닌 과거의 사람들은 이차함수와 마찬가지로 라이프니츠의 단자론이 충분히 적용된다.

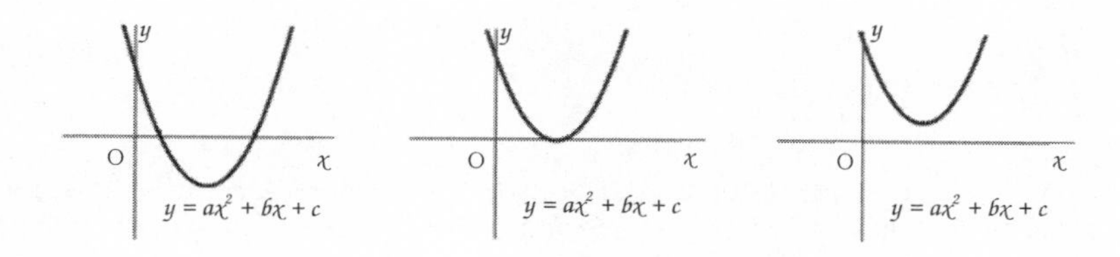

▲ 이차함수는 a, b, c에 따라서 그래프의 위치나 곡률은 다르지만 쉽게 파악할 수 있다

반면 삼차함수의 경우 라이프니츠의 미분적분학에 대한 단자론이 적용되지 않는다. 삼차함수의 개형인 $y = ax^3+bx^2+cx+d$ 인 함수가 있다고 하자. 이차함수와 마찬가지로 삼차함수 또한 그래프의 보편성이 존재한다. 삼차함수의 그래프는 변곡점[5]이 존재하며 극대점과 극소점이 한 개 이상 생길 수 없다. 하지만 그래프의 보편성만으로는 삼차함수의 그래프를 전혀 예측할 수 없다. a, b, c, d의 값에 따라서 그래프의 극대점과 극소점이 존재하지 않을 수도 있고, 극대점과 극소점이 같은 위치에 있을 수도 있다. 변곡점만 존재하고 극대점과 극소점이 모두 없는 경우도 있다. 삼차함수는 각각 함수의 특성에 따라 그래프의 모양이 다양하게 나타나기 때문에, 하나의 '점'을 통해 미분계수나 곡률을 이해한다고 하더라도 그래프의 위치나 모양을 전혀 예측할 수 없다. 미분계수와 곡

---

5 굴곡의 방향이 바뀌는 자리를 나타내는 곡선 위의 점

률을 통해서 해당 '점' 주변의 그래프의 개형은 알 수 있지만 그래프의 전체적인 모양은 알 수 없다. 같은 미분계수와 곡률을 가진 부분이 있더라도 그래프의 모습은 다양하게 나타날 수 있기 때문이다. 라이프니츠의 미분적분에 대한 단자론은 삼차함수에는 전혀 적용이 되지 않는다.

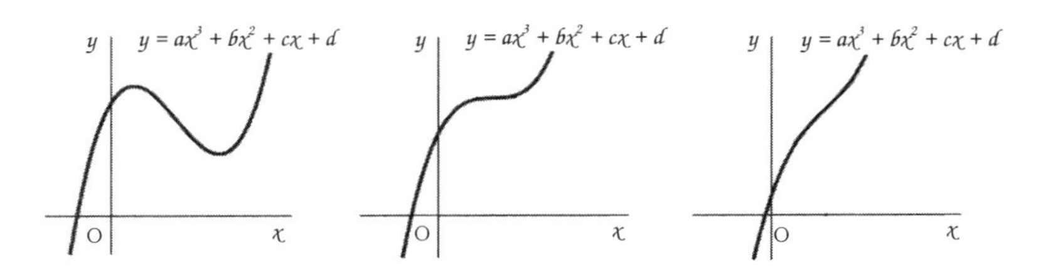

▲ 삼차함수는 a, b, c, d에 따라서 그래프의 모양이 다르기 때문에 부분으로 전체를 파악하기 힘들다. 왼쪽부터 극대점과 극소점이 모두 존재하는 그래프, 극대점과 극소점이 같은 위치에 있는 그래프, 변곡점만 존재하는 그래프

현대사회의 인간의 모습은 삼차함수의 그래프라 할 수 있다. 현대의 사람들 또한 삼차함수 그래프의 보편성처럼 유사한 부분이 존재한다. 하지만 더 이상 보편성만으로는 사람을 이해할 수 없다. 현대사회에서 인간을 결정짓는 것은 유사한 보편성보다 사람 개개인의 특성이다. 각각 함수의 특성이 그래프를 나타내는 것처럼 사람 또한 각자의 경험과 기억으로 완성된다. 개인의 경험이나 기억은 과거의 인간과는 달리 각양각색이다. 종교의 자유는 가치관의 자유를 초래하였고, 직업의 종류는 무수히 많아졌다. 교통과 커뮤니케이션의 발전으로 사람들의 시야는 넓어졌으며, 매일매일 새로운 삶을 산다. 보편성을 이용하여 사람의 파편화된 정보를 보더라도 이제는 더 이상 사람 전체를 이해할 수 없다. 현대사회의 인간에게는 더 이상 단자론이 적용되지 않는다.

현대사회에서 사람들은 아직까지 단자론적인 이해로 사람을 이해하려고 한다. 요즘 대학 신입생들과 사회초년생들을 살펴보면 사람에게서 큰 실망을 느끼는 모습을 자주 접할 수 있다. 새로운 사람을 만났을 때에 파편화된 모습만으로 마치 그것이 전부인 듯 보편화한다. 그리고 추후에 전혀 다른 실체를 보고 실망하고 좌절한다. 항상 실패로 끝났지만, 지금까지도 사람들은 꾸준하게 단자론적인 관점으로 인간을 섣불리 판단하고 있다. 하지만 현대인은 라이프니츠의 인간에 대한 단자론처럼 부분만 보고는 이해할 수 없는 존재이다. 인간은 과거와는 달리 매우 고차원적인 함수의 모습이다. 시대가 변하면 사람 또한 변한다. 마찬가지로 인간에 대한 철학적 이해도 바뀌어야 한다. 그러나 아무도 인간을 이해할 수 있는 새로운 확실한 이론을 제시하지 못했다. 아직까지 단자론적인 생각으로 서로서로 이해하고 상처받는 현대인들이 너무나도 딱해 보인다. 이제는 단자론이 아닌 새로운 이론으로 사람을 분석해야한다. 더 이상 사람 때문에 상처받고, 실망하고, 좌절하는 일이 생겨서는 안 된다. 발전하는 사회에 알맞은 인간관계를 위하여 현대사회의 학자들이 단자론을 대체할 수 있는 새로운 이론을 제시하는 것은 어떨까?

반복된 상호작용이 독자 인식에 미치는 영향 분석

블로그 쓰기와 다층적 독자인식을 중심으로

주민재
명지대학교

1. 문제 제기 : 매체와 독자 인식의 관계

작문 연구에서 독자는 가장 핵심적인 연구 주제 중의 하나이다. 쓰기는 누군가가 읽는 것을 전제로 이루어지는 행위이기에 인지주의 이후로 작문 연구에서 독자는 쓰기 과정 전체에 걸쳐 영향을 미치는 핵심 요인으로 간주되었다. 하지만 독자에 관한 그간의 논의들은 아날로그 쓰기의 관점에서만 이루어졌다. 담화 공동체를 독자로 간주하는 사회구성주의 관점에 입각한 논의들 역시 아날로그 쓰기를 전제로 한다는 점에서는 다르지 않다. 독자에 관한 논의들이 아날로그 쓰기에 집중되어 있는 현상은 인터넷 쓰기[1]가 일상화된 것이 비교적 최근의 일이고 여전히 아날로그 쓰기가 갖는 권위나 영향력이 지배적이라는 데 원인이 있을 것이다. 따라서 인터넷 쓰기의 독자 그리고 필자의 독자 인식에 대한 논의들

1 '아날로그 쓰기'의 대척점은 본래 '디지털 쓰기'가 되어야 하지만 현재 디지털 쓰기의 대부분이 인터넷 환경에서 이루어지고 인터넷은 디지털 기술을 기반으로 하는 상황을 감안하여 본고에서는 '디지털 쓰기' 대신 '인터넷 쓰기'라는 용어를 사용하기로 한다.

은 아직 초기 단계에 머물러 있다. 하지만 인터넷 쓰기에서 독자의 중요성은 상호작용성이라는 매체의 특성으로 인해 더욱 커진다. 필자와 독자 사이의 물리적 거리가 엄존하는 아날로그 쓰기와는 달리 인터넷 쓰기는 필자와 실제 (다수의) 독자가 시공간적 거리가 소거된 상태에서 '발화–반응–재반응'이라는 과정을 반복할 수 있기 때문이다. 따라서 반응의 주체이자 필자의 재반응을 이끌어내는 인터넷 쓰기의 독자는 일방적 발화의 구조인 아날로그 쓰기와 비교할 때 의미 구성의 측면에서 차지하는 위상과 역할이 더 커졌다고 할 수 있다.

아날로그 필자는 독자와의 물리적 이격(離隔) 현상 때문에 독자를 언제나 추상적 존재로 상정할 수밖에 없다. 하지만 인터넷 필자는 독자를 자신의 발화에 반응하는 실체적 존재로 인식한다. 인터넷 필자는 물적 기반이 디지털 네트워크이므로 상호작용을 하는 독자들은 필연적으로 불특정 다수가 된다. 인격적 존재이든 사회적 차원의 비인격적 존재이든 아날로그 필자가 상정하는 독자가 '관념적' 존재인 것과는 달리, 인터넷 쓰기의 독자는 필자에게 '실제적' 존재로 인식되는 것이다.[2]

인터넷 쓰기의 특성은 기본적으로 인쇄 매체의 쓰기와 다른 물적 조건 및 이와 영향 관계에 있는 인지적 조건에 대한 분석을 통해 규명될 수 있을 것이다. 인터넷 텍스트들이 표면적으로 인쇄 텍스트와 거의 동일한 형태를 취하고 있지만 상호작용성과 링크로 집약되는 하이퍼텍스트성은 둘 사이에 근본적인 차이가 있음을 드러낸다. 결국 표면적으로는 인쇄 텍

2 인터넷 필자가 독자를 최소한의 수준으로도 추상화하지 않는다는 것은 아니다. 하지만 아날로그 필자처럼 독자를 하나의 허구적 존재로 상정하기 어렵고, 추상화 역시 그 시효가 매우 짧아지는 원인이 불특정 다수의 독자들과의 실제 상호작용이 지속적으로 이루어지는 환경에 있다는 사실은 부인할 수 없다. 아날로그 쓰기에서도 실제 독자가 쓰기 과정에 미치는 영향력에 대해 주목해야 한다는 일련의 주장들(Reiff, 1996; Tomlinson, 1990)이 있었다는 점에 주목할 필요가 있다.

스트와 거의 동일하게 보이는 인터넷 텍스트들은 사실 재매개(remediation)를 통한 유사복원(類似復原, quasi-restoration)의 형식일 뿐, 둘은 근본적으로 다르다. 지속적으로 이루어지는 상호작용은 새로운 텍스트들을 파생시키고 이를 다시 기존의 텍스트들과 연결시키면서 거대한 네트워크를 형성한다. 네트워크의 물질성은 독자성과 일방적 발화의 조건이 부여되었던 아날로그 필자와는 달리 인터넷 필자에게 항상 타자와의 관계를 의식하고 공동의 영역, 즉 네트워크에서 자신의 공간을 스스로 확보하도록 만든다. 결과적으로 물적 조건의 상이성이 인지적 조건에도 변화를 가하는 것이다. 이러한 측면에서 볼 때, 인터넷 쓰기와 더불어 인터넷 필자의 독자 인식에 대한 분석은 물적 조건과 인지적 조건이라는 두 개의 측면을 충분히 고려한 상태에서 이루어져야 한다.

본고에서는 인터넷 쓰기의 특성에 대한 분석을 바탕으로 블로그 쓰기를 질적 연구의 방법으로 접근하여 블로그 커뮤니티(blog community) 및 필자와 독자의 위치 전환 현상을 분석하고 이를 토대로 블로거(blogger)가 지닌 독자 인식의 특징을 고찰할 것이다. 블로거의 독자 인식을 면밀하게 고찰하기 위해서는 실제 블로거들이 독자를 인식하는 방식과 독자들에 대한 기대, 그리고 실제 독자의 역할과의 관계 등 블로거들의 인식적 측면을 분석해야 하므로 양적 연구보다는 질적 연구 방법이 보다 적절하다고 본다. 이러한 연구 방법이 실효를 거두기 위해서는 블로그 쓰기 및 독자와의 상호작용 경험이 풍부한 블로거들을 연구참여자로 선정하는 것이 필요하다. 따라서 국내의 대표적인 포털 사이트의 블로그 서비스와 전문 블로그 사이트에서 활동하는 파워블로거(power blogger)들을 대상으로 연구 방법에 따라 연구참여자를 선정하였다.

2. 연구 방법

본 연구를 수행하기 위한 연구참여자들 선정을 위해 기본 대상으로 포털 사이트 블로그와 전문 블로그 사이트를 복수 선정했다. 복수 선정의 이유는 대중성이 강한 포털 사이트 블로그와 상대적으로 전문성을 띠는 블로그 사이트 중 어느 한 쪽만을 대상으로 선정했을 경우 연구 결과의 신뢰도가 떨어질 수 있다고 판단했기 때문이다.

포털사이트 블로그는 〈네이버 블로그〉를, 전문 블로그 사이트에서는 〈이글루스〉와 〈티스토리닷컴〉을 채택했다. 연구참여자들은 판단표집(jud-gement sampling)을 활용하여 선정했다. 판단표집은 이론적 논의와 기존 연구를 기반으로 하여 연구자가 가지고 있는 문제의식이 가장 적절하게 반영된 연구대상을 의도적으로 선정하는 의도표집(purposive sampling)[3]의 한 유형이다.[4]

1차 선정을 하기 위해 포털 블로그인 네이버의 파워블로그 리스트(2011년)와 전문 블로그인 이글루스의 올해의 블로그(2011년) 및 티스토리닷컴의 우수블로그(2011년) 리스트에 접속하였다. 1차 선정에서는 블로거의 독자 인식에 직접적인 영향을 미치는 요인이라 판단되는 댓글커뮤니케이션[5]과 트랙백의 활성화 정도 그리고 포스트(텍스트) 구성방식 등을

---

3 의도표집은 질적 연구에서 쓰이는 방법으로 연구자가 연구에 필요한 현장과 개인을 선택하는 것을 가리키는 개념이다. 질적 연구를 수행하는 연구자는 자신이 연구하고자 하는 현상에 대한 정보를 충분히 제공하느냐를 기준으로 표집을 해야 하기 때문이다.

4 민속지학적 내용분석의 표집 방식도 기본적으로 의도적(purposive)이고 이론적(theoretical) 표집이다. 판단표집은 일반화의 오류만 경계한다면 표집의 크기가 작더라도 모집단의 특성과 경향을 파악하는데 유용한 정보를 얻을 수 있다(Corbin & Strauss, 1990; 한선, 2006).

5 댓글 커뮤니케이션은 특정 블로그 포스트 안에서 독자들이 서로 댓글을 통해 커뮤니케이션을 하는 경우를 지칭하는 개념이다. 블로거와 독자 사이에 문답의 형태로 댓글

기준으로 해당 사이트 파워블로그 리스트 전체를 필터링했다. 선정 작업을 거친 파워블로그들은 민속지학적 내용분석을 적용하여 전수조사를 하였다. 민속지학적 내용분석 결과와 기존 연구들에서 이루어진 블로그 분류 등을 참고하여 조사된 파워블로그들을 일상/리뷰/오피니언의 3개로 유목화했다.

2차 선정에서는 층화된 의도표집(Stratified purposeful sampling, Miles & Huberman, 1994; Crewell, 2007/2010:182에서 재인용) 방법을 활용하되, 댓글 상호작용[6], 댓글 커뮤니케이션 측면에 최대 편차(Maximum variation)를 적용하여 블로그들을 표집했다. 즉 댓글 반응 정도와 댓글 커뮤니케이션 정도에 따라 활성화/비활성화로 이분화하여 코딩한 1차 선정 결과를 토대로 유목별로 가장 전형적이라고 판단되는 파워블로그들을 표집했다. 그 결과 포털 블로그 15개와 전문 블로그 17개, 총 32개가 최종 연구대상으로 선정되었다.

1, 2차 선정을 거쳐 최종 확정된 32명의 파워블로거들 중 인터뷰 요청을 허락한 20명에 대해서는 사정에 따라 각각 면대면, 이메일을 통한 서면, 전자 채팅을 이용한 인터뷰를 진행했다. 인터뷰는 블로그 내용분석과 댓글 커뮤니케이션 분석 그리고 사전 질문지 답변을 종합하여 질문지를 작성, 이를 중심으로 진행하였다. 연구참여자의 명단은 다음과 같다.

이 발생하는 것과 독자들 사이에 서로 의견을 주고받기 위해 댓글이 발생하는 경우를 나누지 않으면 표집을 하는데 왜곡이 일어날 수 있기 때문에 부득이하게 이를 구분하여 처리했다.

6 댓글 상호작용은 블로거와 독자 사이에 서로 문답의 형태로 댓글이 발생하는 경우를 지칭하는 개념이다.

〈표 1〉 연구참여자 현황[7]

번호	분류	블로그 주소	유형	나이	성별	인터뷰
1	포털블로그	http://blog.naver.com/laon***	일상	20대	여	○
2		http://197***.blog.me/	일상	20대	여	
3		http://blog.naver.com/mido***	일상	30대	여	○
4		http://blog.naver.com/cine2***	리뷰	40대	남	○
5		http://blog.naver.com/film***	리뷰	40대	남	
6		http://blog.naver.com/dkse***	리뷰	50대	남	○
7		http://blog.naver.com/funk***	리뷰	30대	남	○
8		http://www.dogsty***.com/	리뷰	40대	남	○
9		http://blog.naver.com/haff***	리뷰			
10		http://blog.naver.com/alphas***	리뷰	40대	남	○
11		http://blog.naver.com/swin***	리뷰	40대	남	○
12		http://blog.naver.com/miso***	리뷰		남	
13		http://blog.naver.com/josep***	오피니언	50대	남	○
14		http://blog.naver.com/goli***	오피니언	30대	남	
15		http://blog.naver.com/over***	오피니언	20대	남	○
16	전문블로그	http://www.like***.net/	일상	30대	남	○
17		http://lala***.com/	일상	30대	여	○
18		http://kirh***.egloos.com/	일상	30대	남	○
19		http://noas.tis***.com/	일상	20대	남	
20		http://www.realfo***.co.kr/	리뷰			
21		http://penny***.net/	리뷰	30대	여	
22		http://blues***.net/	리뷰	30대	남	○
23		http://est***.egloos.com/	리뷰	40대	남	○
24		http://differen***.tistory.com/	리뷰		여	
25		http://za***.tistory.com/	오피니언	30대	남	
26		http://son***.egloos.com/	오피니언	40대	남	○
27		http://hist***.egloos.com/	오피니언	30대	남	○
28		http://sli***.tistory.com/	오피니언	30대	남	○
29		http://nasa***.egloos.com/	오피니언	40대	남	○

7 선정된 연구참여자들의 개인정보를 보호하기 위해 블로그 URL의 일부를 삭제하고 블로그 이름을 공개하지 않는다.

30		http://ozz**.egloos.com/	오피니언	40대	남	
31		http://kaf***.tistory.com/	오피니언	30대	남	
32		http://ly***.egloos.com/page/5	오피니언	40대	남	○

3. 블로거의 독자 인식 기반

3.1. 네트워크 형성과 텍스트 공유의 기반 : 링크

'인터넷을 기반으로 하는 전자적 글쓰기의 가장 본질적인 특징은 하이퍼텍스트성(hypertextuality)에 있다'(Bolter, 1997:42 유현주, 2003:3에서 재인용)는 지적은 인터넷 쓰기가 아날로그 쓰기와는 다른 물적 토대를 갖는다는 사실을 일깨운다. 인터넷 쓰기는 아날로그 쓰기의 형식을 '복원'하려는 욕망에 발을 딛고 있지만 물적 토대의 상이성으로 인해 외면적으로만 비슷한 '유사복원(quasi-restoration)'의 형태를 띤다(주민재, 2012:287-288). 비선형성과 상호작용성, 다매체성/복합양식성과 같은 하이퍼텍스트의 특성들(유현주, 2003; Landow, 2006/2009; 김주환, 2008)이 인쇄 텍스트를 복원하려는 욕망의 실현을 방해하기 때문이다. 이 중에서 비선형성은 이용자의 선택에 의해 각각의 경로들이 형성됨으로써 인쇄 텍스트가 지닌 선형성을 극복할 수 있는 개념으로 알려져 있다. 하지만 읽기-쓰기의 기반을 인쇄 매체의 관습과 경험에 두고 있는 이용자들은 비선형적 텍스트를 그대로 수용하는데 거부감을 갖는 것으로 보인다. 블로그 포스트와 같은 인터넷 텍스트에서 비선형성의 활성화가 드문 것도 인쇄 텍스트의 선형성에 익숙한 이용자들의 경향이 반영된 결과로 볼 수 있다. 인터넷 텍스트의 비선형성은 단일 텍스트 내부 보다는 상호 연결된 개별 텍스트들의 순서를 이용자가 선택하고 그 흐름에 따라 의미를 구성하는 방식으로 활성화되는 것이 일반적이다.

웹에서 개별 텍스트들은 하이퍼링크(hyperlink)[8]를 통해 연결되므로 이용자의 읽기나 의미 구성은 연결되는 흐름에 따라 이루어진다. 링크는 개개의 실체들 간의 관계를 실질적으로 구성하므로(강수택 외, 2003:92) 하이퍼텍스트의 비선형성을 담보하는 핵심적 기제라 할 수 있다. 비선형성과 더불어 상호작용성 역시 텍스트들을 연결하는 링크 기능을 통해 활성화된다. 링크는 텍스트를 매개로 이루어지는 필자와 독자의 상호작용이 '단순한' 연결에서 '의미 있는' 관계로 격상될 수 있도록 만들기 때문이다. 블로그에서는 상호작용을 통해 블로거와 독자가 연결되면서 새로운 경로가 만들어지고 이 경로를 통해 또 다른 독자들이 유입되기도 한다. 즉, 웹에서 발화를 하는 순간 타자와 연결되며 발화에 대해 반응/재반응하는 과정에서 발생하는 대화는 모두 새로운 연결선을 생성하는 것이다. 결국 링크는 타자와의 연결에서 의미 있는 관계에 이르는 과정을 실제로 가능하게 만드는 핵심적인 역할을 수행한다. 따라서 블로거와 같은 인터넷 필자들이 비동시적 현존(a-presence)을 통해 동시성의 감각을 갖게 되고 나아가 독자를 하나의 실체로 파악하는 심리의 기저에는 링크 기능이 역할을 하고 있는 것이다.

블로그에서도 링크는 네트워크를 형성하는 근간이다. 앞서 언급했듯 블로거-독자, 독자-독자 간의 상호작용은 그 자체로 새로운 연결선을 생성하고 네트워크를 확장한다. 댓글과 트랙백으로 이루어지는 블로그의 상호작용은 발화-반응이라는 대화적 성격을 띠는 동시에 발화자와 반응자를 연결시키는 기능을 하기 때문이다. 결과적으로 상호작용은 '발화-

---

8 하이퍼텍스트를 기반으로 하는 연결은 본래 하이퍼링크(hyperlink)라는 용어를 사용해야 하나 대개 링크(link)로 줄이므로 본고에서도 이를 따른다.

반응'의 과정만이 아니라 새로운 '관계'를 맺는 행위인 것이다. '관여(involvemnet)'(GatorLog; 김익현, 2005:57-59)[9]는 블로거-독자의 상호작용을 '대화'의 차원에서 연결과 관계의 차원으로 전환하는 데 효과적인 개념이다. 독자는 댓글과 트랙백을 통해 특정 블로그에 관여하고 블로거와 의미 있는 관계를 맺게 되는 과정에서 네트워크가 확장되며 보다 큰 대화 공간이 생성된다. 즉, 링크가 "'대화의 확장'이라는 측면에서 중요한 역할"(김익현, 2008:38)을 담당하는 것이다. 링크를 통해 네트워크가 구축되고 네트워크는 다시 새로운 관계들을 견인하는 순환의 구조는 '참여의 아키텍처(an architecture of participation)'(O'Reilly, 1999:198-196; Shirky, 2008/2008:23-26,61)[10]를 형성한다. 참여의 아키텍처 관점에서 보면 블로그 네트워크는 독자들이 자신의 흥미와 이익을 위해 블로그 콘텐츠에 자발적으로 관여하는 과정에서 산출되는 네트워크의 산물(byproduct)이 모두에게 이익이 되는 구조라고 규정할 수 있다. 특정한 정보의 공유를 통해 자신과 아무런 상관이 없는 사람들까지도 혜택을 누릴 수 있는 것이다. '공헌'을 한다는 특별한 생각 없이 블로그에 접속하고 의견을 남기는

---

9 관여(involvement) 개념은 파워블로거 GatorLog(http://gatorlog.com/mt/archives/002183.html)에서 참고·인용했다. GatorLog의 '독자 관여' 개념은 김익현(2005:56-59)에서도 논의되었다.

10 참여의 아키텍처(an architecture of participation)는 인터넷 환경이 이용자들의 자발적 '참여'를 유발한다는 기존의 시각에서 발판으로 이용자들의 참여 행위 자체가 새로운 가치를 생산하는 구조적인 부분에 초점을 맞추는 개념이다. 예를 들어 냅스터(Napster-개인이 가지고 있는 음악파일을 인터넷을 통해 사람들과 공유할 수 있는 P2P 프로그램-네이버 지식백과 참조) 프로그램처럼 사용자들이 내려받은 음악파일(mp3 파일)이 자동으로 다른 사람과 공유되면서 거대한 음악 데이터베이스(DB)가 구축되는 구조는 이용자들이 다른 사람 혹은 서비스에 공헌하려는 의지가 없어도 자연스럽게 공헌하게 된다. 참여의 아키텍처는 일상적인 참여 행위가 전체 시스템이나 네트워크의 가치를 증진시키는 구조를 가리키는 개념이라고 할 수 있다(O'Reilly, 1999, 2004; PRAX's Blog 참조).

독자들의 반응은 다른 독자들로 하여금 또 다른 반응을 하도록 자극하고 이렇게 집합된 정보들이 공유되면서 특정한 사안이나 대상을 다루는 담론은 확장된다. 특정 블로그에 접속하는 독자들이 어떤 경향성을 띨 가능성은 상존한다. 하지만 독자는 불특정 다수이므로 그들의 의견은 본질적으로 비균질적이다. 블로거는 독자들의 비균질적 반응을 지속적으로 접하게 되면서 독자에 대해 다층적인 인식을 갖게 된다. 즉, 링크를 통해 블로그의 네트워크는 점점 확장되며 더 많은 독자들의 유입과 관여가 이루어지는 동시에 블로거-독자, 독자-독자 사이에 발생하는 상호작용의 스펙트럼 역시 커진다. 블로거는 이 과정을 반복적으로 경험하게 되면서 관념적 독자의 성격인 단일성에서 벗어나 독자를 다층적으로 인식하게 되는 것이다.

링크의 개념을 도입하면 블로그 쓰기를 파생의 관점에서 접근할 수 있다. 일방적 발화의 성격을 띠는 인쇄 매체와 달리 블로그에서는 상호작용이 이루어지는 과정에서 새로운 텍스트들이 생성되기 때문이다. 댓글과 트랙백은 물론, 기존의 다른 텍스트들을 독자들이 연결하기도 하는 과정에서 새로운 텍스트들이 파생된다. 대화의 성격을 갖는 상호작용은 이전의 담론들을 수용하고 축적된 정보를 토대로 이루어지기 때문에 파생된 새로운 텍스트는 이전 텍스트의 의미 맥락에서 본질적으로 자유로울 수 없다. "대화는 다양하게 존재하는 정보를 새로운 정보로 합성하는 방법"(Flusser, 1996/2001:31)이므로 블로거-독자, 독자-독자의 상호작용은 "새로운 정보를 합성할 것이라는 기대를 갖고 다양하게 존재하는 정보를 주고받는" 대화적 커뮤니케이션(Flusser, 1996/2001:19) 형식을 띠게 된다. 이전 텍스트의 존재가 새로운 텍스트 생성을 가능하게 하는 충분조건이 되는 것이다.

3.2. 개별성과 공통성의 동시적 추구 : 다중적 주체

링크를 통해 무한 확장될 수 있는 인터넷 환경과 이용자의 능동적인 태도 사이에는 일정한 영향 관계가 성립한다. 구조 내에서 자율적인 주체는 실체론에 입각한 탈맥락적이고 독립적 주체가 아니라 구조와의 관계를 인정하되 구조의 영향력에 능동적으로 대응하는 존재이다(은혜정·나은영·주창윤, 2001 참조). 이른바 구조적 주체 개념은 구조와 주체를 변증법적으로 통합하여 구조가 주체에게 미치는 영향과 개별적 사안에 대해 자율적이고 능동적으로 대응하는 주체의 행위를 모두 충족시킬 수 있으므로 인터넷 환경에서 활동하는 의미 구성의 주체를 설명하는 데 활용할 수 있다(한선, 2006:18-20 참조). 하지만 구조적 주체 개념은 구조와 개인 사이의 영향 관계에만 초점을 맞춤으로써 인터넷 환경에서 중요한 개별적 타자들과의 관계를 도외시하는 경향이 강하다. 인터넷 환경에서 의미 구성 주체는 개별자로서 타자들과 끊임없이 접속하고 상호작용을 통해 새로운 의미를 구성하는 개인임을 감안하면 더욱 그러하다. 따라서 인터넷 필자와 독자, 즉 블로거와 같은 의미 구성 주체를 규정하기 위해서는 구조와 개인의 관계를 유지하면서도 타자와의 연결이라는 횡단성까지 포괄할 수 있는 새로운 개념이 필요하다.

개별자이면서도 타자와의 상호작용 속에서 공동의 영역을 확보하는 집단 주체인 다중(多衆, multitude, Negri & Hardt, 2000/2001:530) 개념은 횡단성을 강조함으로써 구조적 주체 개념에서 결핍되었던 타자와의 관계를 보완하면서 인터넷 환경에서 활동하는 상호작용의 주체의 성격을 규정할 수 있는 개념으로 활용하기에 적합하다. 다중은 '개방적이고 복수적인 복합체로서 위계적 구조에 의해 결합되는 단일한 전체가 아니다'(Negri, 2004/2008:235). '복수적인 복합체'란 개별적 존재들이 자율성을 유지하면서도 상호 연결되면서 집단을 이루는 이른바 "특이성들의 집합"(Negri, 2004/2008:135)이며, 여기서 특이성은 "그 차이가 동일성으로 환원될 수 없는 사회적 주체, 차이로 남아 있는 차이"(Negri, 2004/2008:135)를 뜻하는 것이므로 결국 다중은 개별자들의 복수적 복합체로 규정된다. 다시 말해 다중 개념은 수많은 내적 차이들을 인정함으로써 단일한 정체성으로 환원될 수 없는 성격을 가지므로(윤수종, 2007), 집단적 주체가 갖는 단일성이나 추상성에서 벗어나 네트워크에 존재하는 개별적 존재들의 특이성을 상정할 수 있다. 따라서 '다중'은 독자라는 이름으로 같이 묶이지만 실제로는 개별자인 불특정 다수의 '방문자들'이 만들어내는 비균질성을 드러내기에 효과적인 개념이다. 다중 개념을 적용하면 무작위한 네트워크를 통해 이루어지는 상호작용을 통해 인터넷 필자가 독자들과 맺는 관계는 항상 다층적이고 복합적인 형태로 규정되며 불특정 다수의 독자들이 만들어내는 비균질성을 독자 반응의 본질적인 성격으로 상정할 수 있게 된다. 다중은 비대면성을 전제로 하면서도 적극적인 상호작용을 통해 개별성과 공통성을 동시에 추구한다는 점에서 매체에 의해 주조된 단일하고 수동적인 대중(mass)과는 구별된다. 다중적 주체는 수많은 접속을 통해 다 대 다의 상호작용이 이루어지는 인터넷 환경에서 각각의 소통이 개별적이고 독립적인 성격을 유지하면서도 공통성을 확보하는 현실을 규정하는데 효과적인 개념이라고 할 수 있다.

4. 다층적 독자 인식의 형성 요인

4.1. 블로그 커뮤니티(blog community)의 형성과 역할

블로그를 기반으로 이루어지는 대화적 커뮤니케이션에서 콘텐츠는 블로거와 독자 모두에게 가장 중요한 요인이다. 독자들은 블로그의 콘텐츠를 통해 블로거의 경향을 파악하고 그에 대한 자신의 입장을 피력하는 과정에서 블로그에 관여하게 된다. 즉, 콘텐츠를 매개로 형성된 블로거와 독자의 견해차가 커뮤니케이션의 원동력이 되는 것이다. 블로거-독자, 독자-독자의 상호작용은 최초 텍스트를 변형, 복제 혹은 합성하여 새로운 텍스트들을 생산하는 동시에 텍스트 간의 연결을 활성화하고 네트워크를 확장할 수 있는 동력을 제공한다. 플루서(Flusser, 1996/2001:19-37)의 시각으로 보면 블로그를 매개로 이루어지는 상호작용은 대화적 커뮤니케이션이며 블로그는 대화적 매체가 된다. 상호작용의 과정에서 포스트(post)들이 지속적으로 파생되고, 이들은 다른 블로그의 포스트나 텍스트(예를 들어 웹페이지)와 복수로 연결되면서 새로운 의미를 생산하는 현상은 대화적 커뮤니케이션의 맥락에서 이해가 가능하다.

블로그 포스트를 매개로 이루어지는 상호작용은 크게 블로거의 입장에 대한 독자들의 동조와 반대의 양상으로 이분화된다. 동조는 콘텐츠를 다루는 블로거의 관점이나 입장에 대해 공감을 갖는 독자들이 반응을 보이는 현상이다. 특정 콘텐츠를 다루는 블로그의 관점이 특정 독자의 관점과 부합하거나 독자가 원하는 정보들을 제공하는 경우에는 독자의 방문 빈도는 높아질 것이며 독자의 일부는 블로거와 상호작용을 하게 될 것이다. 상호작용의 과정에서 블로거 역시 독자들의 반응 양상들을 파악하는 동시에 방문의 빈도가 높은 독자들을 인식하게 된다.[11] 블로거의 관점에 동조하는 독자들이라 하더라도 그 정도는 모두 다르므로 결과

11 〈26번〉의 답변은 블로거의 입장에서 고정 독자들을 인식하는 방식을 잘 보여준다. "재미있다고 생각하는 사람들이 와서 뭐 아이디를 계속 달아두면 자꾸 봐서 이 사람이 단골이구나 하고 알게 되잖아요? 특별히 기억하게 되는 것 아닙니까? 그렇게 자주 오는 사람들은 제 글을 빠짐없이 보고 있는 사람들인거죠, 거의."

적으로 블로거는 다양한 독자들의 관점들을 접하게 된다.

블로거의 관점과 상반되거나 비판적인 입장을 취하는 독자들은 자신의 관점을 적극적으로 제시하면서 대항 담론을 만들어낸다. 연구참여자들의 블로그를 살펴보면 반대하는 독자들의 수는 동조하는 독자들에 비해 상대적으로 적다. 그러나 반대하는 독자들은 상호작용에 긴장을 더하고 대항 담론을 제시함으로써 대화적 커뮤니케이션을 활성화하고 이질적인 관점의 정보들을 연결시킴으로써 네트워크 확장에 일조한다.

동조와 반대의 성향을 띠는 독자들은 특정 블로그를 매개로 하는 대화적 커뮤니케이션을 통해 서로 연결되면서 네트워크는 확장되고 담론 역시 확대되는 양상을 보인다. 상호작용이 활발할수록 더 많은 텍스트들이 생성되고 새로운 정보와 연결되는 네트워크는 특정 블로그를 중심(hub)[12]으로 하는 블로그 커뮤니티(blog community)를 형성하게 된다. 블로그 커뮤니티(blog community)는 본고에서 제시하는 개념이다. 블로그 커뮤니티는 중심 블로그(hub blog)를 중심으로 블로거와 상호작용하는 독자들 그리고 나머지 독자들 사이에 형성되는 네트워크로 블로고스피어에 비해 네트워크의 범위가 상대적으로 좁고 중심 블로그에서 제시한 콘텐츠나 메시지를 매개로 형성된 특수한 맥락을 기반으로 한다. 블로고스피어(blogosphere)는 사회적 연결망(social network)의 역할을 하는 모든 블로그들의 집합(김익현, 2005:53; 주민재, 2010a:401-407)으로 본고에서 제시하는 블로그 커뮤니티 개념보다는 범주가 더 크며 블로그들의 연결망, 이른바 블로그 생태

---

12 본고에서는 이를 중심 블로그(hub blog)로 명명한다. 허브(hub)라는 개념을 사용하는 이유는 특정 블로그를 중심으로 형성된 커뮤니티의 구성원들은 모두 또 다른 블로거이며, 다른 주제나 사안에 대해서는 이들 중의 하나가 허브 블로그가 될 수 있기 때문이다. 따라서 허브 블로그로서의 위치는 영속적일 수 없다. 기본적으로 커뮤니티는 네트워크를 기반으로 형성되기 때문에 허브 블로그의 위치는 수시로 변할 수 있으며 그에 따라 블로그 커뮤니티 역시 형태가 달라진다.

계를 가리키는 개념이라는 점에서 차이가 있다.

> 1) 정기적으로 방문하는 독자들의 취향이나 기대는, 기본적으로는 제 블로그의 방향성에 맞추어 주형된 것이라고 봅니다.
>
> 〈26번〉[13] 인터뷰(밑줄은 인용자)

> 2) **질문** : 그렇지만 댓글토론이라는 것이 독자들의 방문과 참여를 통해 이루어질 수 있는 것인데 기본적으로 일정 수 이상의 방문자가 보장되어야 하잖아요.
>
> **답변** : 그 부분이 아직은 반쪽짜리인 것 같아요. 제 생각에도 저는 정치적으로는 좌편향된 쪽인데 … 반대쪽 분들도 좀 오셔서 싸워야 되는데, 주로 오시는 분들이 저와 비슷한 성향이 많으니까 … 그게 잘 안되는 거죠. 그래서 처음에는 일부러 제가 반대쪽에서 막 반박도 해보고 했는데 … 역시 성공하지는 못한 것 같아요. 〈28번〉 인터뷰

> 3) 포스트에 남긴 의견이나 공감과 같은 반응들을 통해 추측하는 것인데 독서나 문학에 약간의 관심이 있지만 문학을 전문적으로 공부하거나 다독하지는 않으며, 감정적 측면을 중요하게 생각하며, 트렌드에 민감하지 않은 사람들이라고 예상해요. 〈1번〉 인터뷰

> 4) 블로그는 불특정 다수를 상대로 하는 공간이기 때문에, 이질적인 독자의 출현은 피할 수 없고(중략) (블로거들은–인용자 주) 여러 부류의 독자 반응을 예상해서 문제가 될 만한 소지를 제거 또는 순화해나가는 타입과 두 번째는 좀 더 확실하게 자기의 독자성을 과시하면서 독자와의 충돌도 불사하는 타입으로 나뉩니다.
>
> 〈18번〉 인터뷰(밑줄은 인용자)

13 연구참여자는 〈표 1〉의 번호로 표기한다.

위의 인용문들에서는 블로그 커뮤니티를 기반으로 형성되는 블로거의 독자 인식에 관련된 여러 문제들을 엿볼 수 있다. 1)과 2)에서는 상호작용을 통해 블로거가 자신의 블로그에 관여하는 독자들의 성향에 대해 파악하고 있음을 알 수 있다. 먼저 2)에서는 자신의 관점에 동조하는 독자들을 중심으로 블로그 커뮤니티가 형성되는 예를 볼 수 있다. 2)의 연구참여자(〈28번〉)는 블로거와 독자의 취향이나 관점 그리고 이를 기반으로 형성되는 기대가 지속적으로 이루어지는 상호작용을 통해 서로 동기화(同期化, synchronization)되는 경향을 인지한 것으로 해석할 수 있다. 1)을 해석하기 위해서는 2)보다 훨씬 복합적인 접근이 요구된다. "블로그의 방향성에 맞추어 주형된 것"이라는 말은 2)와 같이 블로거의 관점에 동조하는 독자들로 블로그 커뮤니티가 형성되는 것으로만 해석되어서는 안된다. '주형된다는 것'을 꼭 동조하는 독자들만으로 커뮤니티가 형성된다는 의미로 해석할 필요는 없기 때문이다. 동조하는 독자와 마찬가지로 블로거의 관점에 대해 비판적인 입장을 취하는 독자들이 지속적으로 방문하면서 대항 담론을 만들고 나아가 커뮤니티의 한 부분을 차지할 수도 있다. '방향성에 맞추어 주형'된다는 개념은 블로거의 관점에 대한 동조와 반대를 모두 포괄하는 것으로 보다 유연하게 해석할 필요가 있다. 리뷰 블로그나 오피니언 블로그를 운영하는 연구참여자들 중 상당수가 〈26번〉이 말하는 것처럼 블로그의 관점에 대해 자신의 입장을 밝히면서 블로거와 일정한 긴장 관계를 형성하는 독자들의 존재에 대해 언급하거나 블로그에서 이루어진 댓글 상호작용의 관찰(〈15번〉, 〈22번〉, 〈27번〉, 〈29번〉, 〈30번〉)을 통해 확인할 수 있었다.

인터넷과 같은 뉴미디어가 수신자들을 분할하고 차별화함으로써 수신자가 선택적으로 결정되는 현상에 대한 사바(F.Sabbah)와 이토(Y.Ito)의 지적은 블로그 커뮤니티의 성격을 설명하는 데도 유용하다. 사바는 뉴미디어가 메시지와 출처의 다중성 때문에 수신자는 더욱더 선택적인 성향을 갖는다고 지적한다. 즉, 수신자는 이데올로기, 가치, 취미, 생활양식 등에 의해 분할이 증가되고 그에 따라 메시지를 선택적으로 수신한다는 것이다(Sabbah, 1985:219; Ito,1991; Castells, 2000/2003:446에서 재인용). 사바와 이토의 주장은 블로그 커뮤니티를 블로그들이 독자들의 입장이나 가치 그리고 취향 등과 선택적으로 연결되는 차원에서 이해해야 한다는 것을 일깨운다. 하지만 '메시지의 선택적 수신'이라는 개념을 블로그 커뮤니티의 단일성을 높이는 기제로 이해해서는 곤란하다. '메시지 자체에 대한 관심을 갖는 독자'들을 중심으로 커뮤니티가 형성되는 것이지, 메시지에 대한 입장이 동일한 독자들로만 형성되는 것은 아니기 때문이다.

대화적 커뮤니케이션에서는 후행메시지가 선행메시지를 반영할 뿐 아니라 선행메시지들 사이의 관계성까지 고려되어야 하므로 〈26번〉이 말하는 비판적 반응의 존재는 상호작용의 활성화에 긍정적인 영향을 미친다. 실제로 1)의 〈26번〉 블로그에서는 비판적인 입장을 취하는 독자들이 지속적으로 반응하면서 상호작용이 보다 활성화된다. 그 결과, 〈그림 1〉처럼 블로거는 관찰자의 위치로 한 발 물러서고 독자들 사이에 담론-대항 담론의 경쟁 또한 치열해지는 것을 확인할 수 있다. 이러한 현상이 반복적으로 발생하면서 블로거는 독자들의 성향을 파악하기 위해서는 가능한 많은 부분들을 생각해야 한다는 결론에 도달하게 된다.

1), 2)에서 독자에 대한 블로거의 인식 과정을 포괄적으로 파악할 수 있었다면, 3), 4)에서는 독자들에 대한 구체적인 이해와 그에 따른 쓰기 전략의 활용 방식을 파악할 수 있다. 3)의 연구참여자는 자신의 블로그에 방문하는 독자들을 범주화하고 성격을 규정한다. 연구참여자의 말에서도 확인할 수 있듯, 이는 지속적인 상호작용의 경험이 축적되어야 가능하다. 이러한 인식은 독자 반응을 예상하고 그에 적절하게 대응하는 쓰기 전략

을 수립하는 것으로 이어지게 된다. 4)는 이에 관해 다수의 연구참여자들이 부분적으로 표명한 것들을 포괄하는 진술의 성격을 띠고 있다. 4)에서 주목해야 할 부분은 밑줄 친 '여러 부류의 독자'와 '이질적인 독자'이다. ('이질적인' 독자라는 용어는 블로거가 경험한 기존의 반응과는 달리 생소한 반응을 보이는 독자를 가리킨다) 설사 블로그 커뮤니티가 동조하는 독자만으로 형성된다고 하더라도 모두가 균질한 반응을 보일 수는 없다. 불특정 다수인 독자들의 반응은 비균질적이므로 또한 다층적일 수밖에 없기 때문이다. 새로운 독자들이 지속적으로 유입됨으로써 이질적인 독자의 비율이 늘어날 가능성은 높아지고 독자 반응의 다층성 역시 커지게 될 것이다.

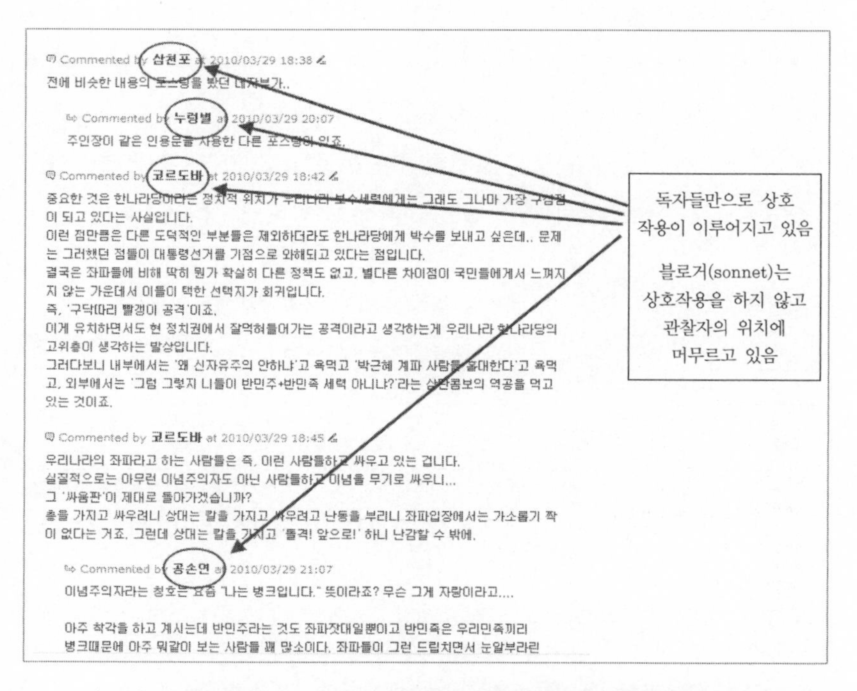

〈그림 1〉 한 독자의 비판적 반응으로 촉발된 담론-대항담론의 경쟁

다양한 독자들과 연결된 블로그 커뮤니티는 결과적으로 블로거의 독자 인식을 복합적으로 형성하도록 만든다. 기존에 경험한 '여러 부류의 독자'들과 함께 새롭게 출현하는 '이질적인 독자'들의 반응까지 고려해야 하는 블로거가 독자를 복합적·다층적으로 인식하는 것은 필연적인 결과일 것이다.

블로그 커뮤니티는 중심 블로그(hub blog)를 매개로 독자들(중심 블로그의 독자는 또 다른 블로거이다)이 연결되면서 커뮤니티를 형성하고 이 안에서는 블로그에서 다루는 사안에 대해 특수한 맥락이 형성된다.[14] 특수한 맥락이란 특정 사안에 대해 다루는 중심 블로거의 기본적인 시각이나 입장에 대해 독자들이 대체적으로 인지하고 중심 블로거 역시 대략적으로 독자들의 반응들을 이해하고 적절하게 대응하는 과정에서 형성된다. 중심 블로그를 중심으로 이루어지는 커뮤니케이션이 이러한 맥락을 토대로 가능해지는 것이라면, 결국 블로그 커뮤니티는 중심 블로그에서 다루는 특정 사안에 대해 활발한 토론이나 논쟁을 발생시키는 동력을 제공하며 이 과정에서 블로거의 독자 인식은 복합적인 성격을 띠게 된다.

〈표 2〉 블로그 커뮤니티의 형성 과정(점선은 동시에 진행되는 과정임을 의미)

단계	형성 과정의 구체적 내용
1	독자는 검색이나 링크 혹은 메타 블로그 등을 통해 특정 블로그에 대해 흥미[15]를 느낌.
2	특정 블로그의 포스트가 누적되고 독자는 반복적으로 접속하면서 블로그의 경향성을 파악하게 됨.
3-1	특정 블로그가 다루는 콘텐츠가 독자의 관점 및 취향과 부합할 경우 독자는 블로거 또는 방문한 다른 독자들과 댓글 커뮤니케이션(트랙백 포함)을 시작함.

14 여기서 맥락이란 특정 사안을 다루는 중심 블로거의 기본적인 시각이나 입장에 대해 독자들이 대체적으로 인지하거나 혹은 대체적으로 동의하는 형태를 말한다.

15 독자가 특정 블로그에 대해 느끼는 '흥미'는 긍정적 반응과 부정적 반응을 모두 포괄하는 중립적 개념이다.

3-2	블로거 역시 댓글 커뮤니케이션을 통해 다수의 독자들의 접속 목적이나 취향 또는 기대나 요구 등을 파악하고 독자의 다층성을 인지하게 됨.
4	3-1, 3-2가 반복되면서 특정 블로그를 중심으로 하는 비가시적 커뮤니티가 형성되고 블로그는 커뮤니티에서 중심적인 역할(hub blog)을 하게 됨.
5	비가시적 커뮤니티는 중심 블로그에서 다루는 사안에 따라 개별적으로 활성화 및 확장되며 이 과정에서 새로운 중심 블로그의 탄생 및 또 다른 커뮤니티의 형성이 가능해짐.

〈표 2〉는 연구참여자들의 인터뷰 내용들을 기초로 하여 블로그 커뮤니티 형성 과정을 구성한 것이다. 블로그 커뮤니티는 비균질적인 다수의 독자들의 접속과 상호작용의 결과로 형성된다는 점에서 주도권은 블로거가 아닌 독자에게 있다. "독자들이 할 일이란 가상적인 연결망을 세우는 것"(Moulthrop, 1994:300)이라는 말은 본래 비선형적인 하이퍼텍스트에서 의미 구성의 망을 세우는 주체가 독자임을 가리키는 것이지만, 블로그 커뮤니티 형성의 주체가 독자임을 명시하는 데도 유효하다. 복수의 블로그 및 다른 독자들과 관계를 맺은 독자들이 특정 블로그에 반응을 하게 되는 과정에서 커뮤니티의 생성과 확장이 이루어진다. 대화적 커뮤니케이션을 통해 블로그 커뮤니티를 지속적으로 경험하게 되는 블로거는 텍스트를 작성하고 게시하는 모든 단계에 걸쳐 끊임없이 수많은 독자들이 자신의 블로그에 접속하고 반응을 보일 것임을 깨닫게 된다. 집단성과 개별성이 교직되는 다중(multitude) 개념처럼 '집단으로서의 독자'와 구체적인 반응을 통해 경험되는 '개별적 독자' 개념이 공존하면서 블로거의 의미 구성을 끊임없이 간섭하는 것이다. 블로거가 자신이 작성한 텍스트가 단지 직접 접속하는 독자만이 아니라 이후 커뮤니티를 통해 다른 독자들에게도 전달될 것임을 경험적으로 알고 있으며 이는 독자 인식의 다층성을 강화하는 결과로 나타난다. 블로거는 다른 독자들이 커뮤니티의 경로를 이용해 새로운 반응들을 표할 가능성을 인지하기 때문이다. 결국 블로그 커뮤니티는 블로거의 독자 인식을 다층적으로 만드는

데 가장 중요한 역할을 하는 경험의 장으로 기능한다고 볼 수 있다.

4.2. 필자와 독자의 위치 전환과 로그인/비로그인 정책의 역할

모든 블로거는 필자인 동시에 독자이다. 블로거가 독자들의 심리를 아날로그 필자보다 잘 파악할 수 있는 것은 기본적으로 상호작용 경험의 축적에 있지만 이와 함께 블로거 역시 빈번하게 독자의 위치에 놓이기 때문이다.[16] 웹 2.0의 환경에서는 커뮤니케이션 주체들이 모두 동일한 플랫폼을 이용하고 이를 기반으로 개방된 공간에서 자발적 참여가 이루어지기 때문에 필자와 독자의 위치 전환이 빈번한 것은 자연스러운 현상이다. 블로그에서의 상호작용은 근본적으로 필자와 독자의 위치 전환을 전제로 할 때만 가능하다. 자신의 텍스트에 대한 반응에 대해 재반응을 하는 과정에서 필자와 독자의 위치 전환이 이루어지기 때문이다. 연구참여자들이 위치 전환을 인정하지 않으려 할지라도 독자 경험은 무의식중에 각인되며 이는 쓰기 전략과 독자 인식에도 일정한 영향을 미칠 것이다.

---

16 〈4번〉은 다른 블로그에 방문하는 일이 거의 없다고 답했다. 하지만 인터뷰 동안 자기와 비교할 수 있는 다른 블로거들을 계속 언급했고 그들이 다루는 콘텐츠의 질을 평가하는 모습에서 인터뷰와는 달리 다른 블로그에 빈번하게 방문을 하고 있음을 확인할 수 있었다. 따라서 그도 독자의 위치에 놓이는 경험에 지속적으로 노출되는 것이다.
 흥미로운 것은 연구참여자들의 상당수가 자신도 독자의 위치에 놓인다는 명백한 사실을 별로 인정하려고도, 인지하려고도 하지 않는 경향을 보이는 점이다. 웹에서 필자와 독자의 위치 전환은 블로거라면 일상적으로 경험하게 되는 사실적 측면과 필자로서의 정체성만을 고수하려는 연구참여자들의 인식적 측면이 별개로 존재하는 것이다. 이러한 모순적 현상의 원인은 복합적이겠지만 그 중에서도 콘텐츠 생산과 그에 따른 권위를 인정받는 아날로그 필자와 자신을 동일시하려는 소위 '필자로서의 욕망'에 기인하는 것으로 보인다. 이에 대해서는 별도의 연구를 할 예정이다.

5) **질문** : 다른 블로그에 가서 정보를 얻거나 의견을 공유한다고 답변하셨습니다. 여기서 다른 블로그란 대체적으로 〈7번〉님과 비슷한 테마를 다루는 블로그입니까 아니면 다른 테마의 블로그입니까?
답변 : 거의 저와 비슷한 테마를 다루는 블로그, 즉 음악 관련 블로그입니다. 다만 꼭 앨범 리뷰가 아니라 뮤지션들에 대한 가십이랄지, 기타 다양한 분야의 뉴스를 다루는 블로그들 역시 종종 방문해서 정보도 얻고 의견도 공유하곤 합니다. 〈7번〉 인터뷰

6) **질문** : 블로그들은 자신의 블로그에 다루는 콘텐츠들과 연관이 있습니까 아니면 그렇지 않습니까? 그리고 방문하는 방식(검색이나 댓글의 링크를 따라 등)은 어떠합니까?
답변 : 음. 연관이 있다고 해야 하나? 일단 제 관심분야가 있잖아요? 도서, 영화, 정치, 애니메이션 & 게임, 역사. 뭐 이런 밸리를 일단 돌아다니죠. 그러다가 재밌게 글을 쓰시는 분이 있으면 링크를 합니다. 특별히 궁금한 소재가 있으면 네이버나 이글루스에서 검색을 해보기도 하고 또 다른 루트는 말씀하신 대로 제 블로그에 꾸준히 댓글을 달아 주시거나 혹은 제 블로그를 링크했다고 신고하시는(알려주는-인용자 주)분이 계시면 저도 가서 링크를 하죠. 〈18번〉 인터뷰

위의 인터뷰 내용은 연구참여자들이 독자로서 하는 행위들을 잘 보여준다. 그들은 독자로서 자신의 블로그를 시발점으로 커뮤니티들을 돌아다니고 다른 블로그에 반응하거나 링크하며 블로그 커뮤니티 확장에 일조한다. 위의 인터뷰에서 〈7번〉은 자신과 유사한 콘텐츠를 다루는 블로그들과의 연결을, 〈18번〉은 다른 분야의 콘텐츠를 다루는 블로그와의 연결을 언급하고 있다. 5)는 블로거들이 자신과 유사한 대상이나 주제를 다루는 블로거들과 상호작용을 할 가능성이 높다는 것을 확인시켜 준다. 블로거들은 자신과 유사한 대상이나 주제를 다루는 블로그들에 접속하

여 독자들의 기대와 요구 그리고 반응들에 대해 보다 깊게 이해하게 될 가능성이 크다. 반면 6)은 자신과는 이질적인 블로그들과 접속하는 방식을 보여준다. 블로거들은 상대적으로 이질적인 블로그들과 링크함으로써 이후 형성될 블로그 커뮤니티의 확장성을 높이면서 인식할 수 있는 독자의 범주 역시 넓어질 수 있다. 이렇게 폭넓은 링크 및 상호작용과 그에 따른 블로그 커뮤니티 생성이 원활히 이루어지기 위해서는 무엇보다 독자들이 블로그 포스트에 쉽게 반응할 수 있는 환경이 제공되어야 한다. 블로거들이 실시하는 로그인/비로그인 정책은 독자들의 접속을 제한할 수도 또는 확장할 수도 있다.

〈13번〉은 블로그를 개설할 때부터 로그인을 하는 독자에게만 댓글을 남기도록 허용했다. 로그인 정책을 쓰는 경우 오히려 블로거와 비슷한 생각을 하는 사람들(like-minded)이 모일 가능성은 더 커진다.[17] 로그인 정책은 독자들에게 자신의 신분을 드러내야 하는 부담감을 주기 때문이다. 따라서 로그인 정책을 시행하는 경우 포스트 내용에 반대하는 사람들이 글을 남길 가능성이 상대적으로 낮아질 것이다.[18] 실제로 비로그인 정책을 쓰는 블로그에서 상호작용이 더 활발하다.[19] 셔키(C.Shirky)는 블

17 〈13번〉은 자신의 블로그 독자들에 대해 자신과 비슷한 생각을 하는 사람이라고 생각하고 있었다. 특히 블로그가 다루는 대상/주제에 대한 관점의 차이가 상호작용 활성화의 관건이 되는 오피니언 블로그에서는 이런 인식과 정책으로는 활발한 커뮤니케이션을 기대하기 어렵다.

18 〈8번〉은 '신분을 밝히는 접속자의 예의'(〈13번〉)를 요구하거나 '무분별한 공격'(〈3번〉, 〈15번〉) 등을 막기 위해 로그인 정책을 취하는 것이 현재 미디어 환경(인터넷 환경을 가리키는 듯-인용자 주)에 맞지 않는 행위라고 말한다. 그는 독자들이 신분을 밝히고 반론이나 공격을 하는 것이 바람직하겠지만 그렇지 않더라도 로그인 정책은 자기 블로그를 고립시키는 행위에 불과하다고 지적한다.

19 〈26번〉은 블로거의 로그인 정책이 토론이나 논쟁이 활발하게 전개되는데 방해가 될 수 있다고 지적한다. 독자들이 자신의 ID와 블로그를 드러내게 됨으로써 논쟁이 격화될 경우 자신의 블로그로 번질 가능성을 걱정하는 경향이 있다는 것이다.

로그 댓글과 같은 전자 채팅(electronic chatting)의 경우 "반대 의견이 계속 해서 나와야 논쟁적 토론이 잘 진행될 수 있다"(Shirky, 1995:44)고 말한다. 셔키의 주장은 블로그 커뮤니티가 보다 활발한 생명력과 확장성을 유지하기 위해서는 블로거와 입장을 달리하는 담론 경쟁자들이 존재해야 한다는 사실을 잘 지적하고 있다. 실제로 로그인 정책을 실시하는 연구참여자들의 블로그들은 상대적으로 독자들의 성향이 유사하고 그에 따라 커뮤니티 역시 비슷한 성향의 블로거들로 형성되는 경우가 많았다. 이런 현상은 블로거의 독자 인식 측면에서 볼 때, 블로거가 비슷한 반응들만 접하게 될 가능성이 높으므로 독자 범주를 좁게 파악할 가능성이 높다.

비로그인 정책을 실시하는 블로그에서는 블로거와 다른 의견을 표하는 독자들이 커뮤니티의 일원으로 속하는 경우들을 보다 쉽게 발견할 수 있었다. 〈26번〉은 이글루스 사이트에서 국제 정치나 사회, 특히 중동 지역 문제에 대해 블로그 쓰기를 하는 파워블로거이다. 그의 블로그에는 블로거의 입장에 비판적인 독자들이 지속적으로 방문하고 논쟁적인 댓글을 남긴다. 〈26번〉은 논쟁과 관련된 새로운 포스트를 지속적으로 작성함으로써 상호작용은 활발해지고 담론의 밀도는 높아지며 커뮤니티는 확장된다. 〈26번〉의 예는 셔키의 지적처럼 블로거의 입장에 비판적인 반응을 보이는 독자들이 블로거에게 일종의 경쟁자(antagonist)의 위치에서 논의의 폭을 넓히는 긍정적인 결과를 가져온 것으로 해석할 수 있다. 그의 블로그 커뮤니티가 활발해지고 확장을 거듭할 수 있었던 결정적인 이유 중의 하나는 비로그인 정책이었다. 비판적 독자들은 익명의 아이디로 자신의 의견을 표함으로써 결과적으로 블로거의 입장에 동조하는 다수의 독자들과의 논쟁을 심리적 부담 없이 진행할 수 있기 때문이다. 〈26번〉(7-1), (7-2)과 〈13번〉(8-1), (8-2)의 인터뷰 내용을 비교해 보면 비판적 독자들에 대한 블로거의 인식 및 대응과 로그인/비로그인 정책과의 연관성을 짐작할 수 있다.

7-1) 제 블로그에 보면 저랑 아주 의견이 달라서 늘 싸우기 위해서 오시는 분들이 계세요. 이제 그 분들 때문에 한 시리즈 스무 편 썼거든요. 그런 경우는 안타고니스트지만 글을 쓰는 동기가 된 거죠.

7-2) 덧글, 트랙백, 핑백 등 블로그 서비스에서 제공하는 모든 기능을 오픈해 놓고 있습니다. 아울러 비로그인 사용자에게도 글쓰기를 허용합니다.(중략) 모든 것은 독자들이 보고 각자 알아서 판단하도록 하는 것을 기본 운영 원칙으로 삼고 있습니다.

이상 〈26번〉의 인터뷰

8-1) 개인들의 만남이라고 상정한다면 사람들이 아무래도 자기와 비슷한 생각을 하는 사람들끼리 모이는 게 더 편안하다는 거죠. 하다못해 어떤 방향을 바라볼 때 자기와 비슷한 곳을 바라보는 사람들끼리 유유상종하는 게 이상하진 않겠죠.

8-2) 블로그를 개설하자마자 로그인을 한 사람들에게만 댓글을 달 수 있도록 설정해 놓았습니다. 블로그도 사적 공간이며, 적어도 남의 집을 방문하면서 거기에 자기 흔적을 남긴다면 자기 정체성을 분명히 밝히는 것은 예의가 아닐까 해서.

이상 〈13번〉 인터뷰

〈26번〉은 비판적 독자들의 반응이 자신의 쓰기 동기를 자극한다고 생각한다. 그가 비로그인 정책을 위하는 이유도 비판적 독자들과의 상호작용을 긍정적으로 생각하기 때문이다. 〈26번〉은 자신의 블로그와 연결될 수 있는 기술적 수단들을 모두 개방함으로써 보다 많은 독자들의 유입과 블로그 커뮤니티의 활성화를 가능하게 하는 환경이 갖추어진 것이다. 실제로 그의 블로그는 상호작용이 매우 활발하게 이루어진다. 반면 로그인 정책을 실시함으로써 결과적으로 자신과 유사한 견해를 갖고 있는 독자들과의 교류가 중심을 이루는 〈13번〉은 상대적으로 상호작용이 활성화 정도가 낮고 블로그 커뮤니티가 생성되는 경우도 별로 발견되지 않는다. 이런 현상은 '비슷한 생각을 갖고 있는 일단의 사람들(like-minded)'만이 모임으로써 고립되고 파편화된 대화의 장을 형성할 가능성에 대해 고려해야 한다는 선스타인(Sunstein, 2007, 권상희·김익현, 2008:56; 소셜미디어연구포럼, 2012:142에서 재인용)의 주장을 떠올리게 한다. 선스타인의 주장은 블로그에 유사한 성향의 독자들만이 모이고 이들이 블로그 커뮤니티를 형성함으로써 오히려 폐쇄적인 성향을 갖게 될 가능성을 지적한 것으로 볼 수 있는 여지가 있기 때문이다.

선스타인은 비슷한 사람들만이 모이는 현상을 부정적으로 파악했지만 이 현상에는 긍정적인 측면도 존재한다. 비슷한 생각을 가진 사람들이 연결된 커뮤니티에서 블로거는 보이지 않는 연계 감각을 가지게 되면서 특정 콘텐츠에 대해 이해를 높이는 동시에 발전된 아이디어들을 생산할 수 있기 때문이다. 그 예로 〈23번〉의 블로그는 리뷰 블로그임에도 포스트별로 매우 많은 트랙백들이 생성되어 있었다. 그 트랙백들은 공통의 관심사를 가진 블로거들이 서로 포스트의 내용을 보완하고 새로운 아이디어를 제공하는 기능으로 활용된 것이었다.[20] 일반적으로 트랙백은 다른 블로그의 의견에 대해 논쟁적 쓰기를 하는 경우에 많이 활용된다. 하지만 〈23번〉의 경우는 트랙백이 서로의 포스트 내용을 파악하고 이에 새로운 정보를 더하는 형태로 진행됨으로써[21] 블로그 커뮤니티의 구성원

---

20 "블로거들끼리 트랙백을 주고받는다든가 어떤 의견교환이라든가 아니면 그 정보에 대해서 보완을 한다든가 조금 더 그 정보를 풍성하게 만들어준다든가 그런 트랙백에 대해서 가치를 좀 높게 두는 그런 경향이 있었구요." 〈23번〉 인터뷰.

들이 특정 콘텐츠에 대한 이해도를 높이고 자신 역시 새로운 아이디어를 제공할 수 있는 생산적 기능을 하고 있었다. 필자와 독자의 위치 전환이 댓글뿐만 아니라 트랙백 기능을 통해서도 이루어지면서 상호작용이 보다 활성화되고 결과적으로 블로그 커뮤니티가 형성되는데 기여하고 있는 것이다.

정리하면 블로그 커뮤니티는 담화 공간으로서 대화적 커뮤니케이션을 활성화하며 새로운 커뮤니티들의 생성을 유도하는 역할을 한다. 블로그 커뮤니티는 중심 블로그의 관점에 동조하는 독자들을 중심으로 형성되는 경향이 강하지만 경우에 따라 반대 성향을 갖고 있는 사람들도 종종 구성원이 되며 이들과의 상호작용을 통해 담론이 확장되는 경향이 강하다. 이러한 일련의 과정을 통해 블로그 커뮤니티는 "고유한 양식의 의미 공유의 틀"이자 "일종의 공동체가 형성될 수 있는 기억의 저장소"(김예란, 2004:81)의 역할을 한다. 그리고 블로거는 블로그 커뮤니티를 통해 새로운 담론들을 생성하는 과정에서 다수의 독자들과 관계를 유지·발전시키면서 독자를 다층적으로 인식하게 된다.

5. 다층적 독자 인식의 구조

블로그 커뮤니티의 형성과정 및 그에 따른 연구참여자들과 독자 사이에 발생하는 상호작용의 양상을 살펴보면 블로거가 다층적으로 독자를 인식하는 현상은 기본적으로 블로그의 기술적 특성에서 그 원인을 찾을 수 있다. 하지만 다층적 독자 인식의 형성이 결코 네트워크와 블로거-독

21 〈23번〉은 이런 기능의 트랙백에서는 블로그 커뮤니티 구성원 간의 정서적인 교감을 갖게 하는 역할도 매우 크다고 말했다.

자, 독자-독자 사이의 실질적 상호작용과 같은 매체의 기술적 특성으로만 환원되어서는 곤란하다. 다층적 독자 인식은 끊임없이 발화하고 그에 대해 반응하는 인간의 본성이 인터넷 매체의 기술적 특성과 결합한 복합체라는 차원에서 이해되어야 한다. 블로그에서 일어나는 블로거-독자의 상호작용은 한 편으로 연설자와 청자가 같은 시공간에서 존재를 확인하고 연설자는 청중들의 반응에 대해 능동적으로 반응했던 고대 연설공간을 기술적으로 복원하는 측면을 떠올리게 만들기도 한다. 또한 '비동시적 현존'으로 인해 블로그의 상호작용은 본원적인 인간 커뮤니케이션의 방식을 '말글'과 '글말'의 형태[22]로 재현된 것으로 이해할 수도 있을 것이다.

5.1. 관계 중심적 사유 양식과 네트워크적 사고의 결합

블로거가 다층적 독자 인식을 갖게 되는 시작점은 독자를 구체적으로 인식하는 것이다. 블로거가 독자를 구체적으로 인식할 수 있는 것은 블로거-독자, 독자-독자의 상호작용을 통해 블로그 커뮤니티가 활성화되는 순환적 구조를 지속적으로 경험하기 때문이다. 지속적인 상호작용 경험의 양은 독자 인식의 질적 변화를 초래하는 일종의 임계질량(臨界質量, critical mass)[23]의 역할을 한다. 상호작용 경험의 양적 증가로 인한 독자

---

22 백욱인(2012)은 인터넷이 출현하면서 단순히 '글'이 아닌 '말글'과 '글말'이 탄생했다고 주장하면서 말이 글로 바뀐 것을 '말글', 글이 말로 바뀐 것은 '글말'로 규정한다. '말글'과 '글말'의 탄생은 인터넷의 출현 이후 글의 축어화, 순간화, 자판화 현상 등으로 인해 문어체에 구어체에 개입한 결과라는 것이다. 따라서 '말글'은 '의사소통과 현실 대화의 연장'으로, '글말'은 '구어체로 쓴 글'이 된다.

23 임계질량은 본래 핵분열성 물질이 스스로 연쇄반응을 일으키는데 필요한 최소 질량을 의미하는 물리학의 용어이지만 '의미있는 변화를 도출하는데 요구되는 충분한 수나 양'의 개념으로 사회학, 정치학, 경제학 등에서 다양하게 변형되어 쓰인다(이동일,

인식의 질적 변화는 블로거에게 전체적인 맥락을 입체적으로 사고하고 상호작용의 양상들을 메타적으로 인식하게 하는 '네트워크적 사고'(Thinking in Network)를 유발한다. 네트워크적 사고는 주체가 타자와 서로 연결되어 있다는 느낌과 내가 어떤 행동을 하면 그것이 간접적으로, 내가 의도하지 않은 결과들을 초래할 수 있다는 생각에서 출발한다(Bly, 2010/2012:384-389). 나의 발화가 수많은 독자들에 의해 재조합·재생산될 수 있다는 사고는 구체적인 상호작용의 경험들을 통해서만 실체화될 수 있는 것이다. 블로거가 네트워크 전체를 인지할 수는 없다. 그러나 네트워크가 갖는 기능과 효과를 인식하고 효율적 활용을 가능하게 하는 힘은 네트워크적 사고에서 나온다.

> 9) 제가 완전히 독단적인 가치 판단을 해 버리면 그것을 사실로 믿어버릴 수 있으니까. 예를 들어서 누가 봐도 수준 이하의 영화를 제가 굉장히 재미있게 봤어요. 개인적으로. 그런데 그걸 '이건 좋은 영화다' 이렇게는 못 올린단 말이에요. 내가 개인적으로는 그 영화를 좋아하나 영화는 완성도가 낮다. 이렇게 올려야 객관적인거지. 또 걸작이지만 내가 싫어하는 영화가 있단 말이에요. 거기가 내가 욕을 할 수는 없단 말이죠. 정확히 써야지. 정보가 잘못 전달되는 안되니까요. 이게 정보 역할을 하는 건데…. 〈4번〉 인터뷰

9)에서는 블로거가 지닌 네트워크적 사고의 일단을 엿볼 수 있다. 〈4번〉은 자신의 포스트가 네트워크를 통해 독자들에게 어떤 영향을 미칠 것인지를 짐작하고 쓰기 자체에 대해 보다 엄격한 태도를 견지한다. 얼핏 보면 〈4번〉은 파워블로거로서의 책임감을 드러내는 것으로 보인다. 하지

1994:43-47 참조). 본고에서는 임계질량을 '다층적 독자 인식을 형성하는데 필요한 상호작용 경험의 양'으로 조작적 정의를 하였다.

만 그의 책임감은 자신의 블로그를 중심으로 형성되는 블로그 커뮤니티에서 지속적인 상호작용 경험을 축적하고 자신의 발화가 미칠 수 있는 영향력을 인지함으로써 형성될 수 있는 것이다. 즉, 자신의 블로그 쓰기가 독자들에게 일방적으로 받아들여질지도 모른다는 생각은 자신의 블로그가 불특정 다수의 독자들과 연결되고 그 경로들을 통해 상호 영향을 주고받는다는 인식에서 출발한 것이기 때문이다. 9)는 네트워크가 갖는 힘을 인지하고 있지만 효율성을 높이는 차원이 아니라 부정적 결과를 사전에 차단하려는 차원에서 네트워크적 사고를 하는 사례라 할 수 있다.

블로거의 다층적 독자 인식은 관계 중심적 사유 양식(Olivesi, 2005/2007:5-9)과 다중적 주체 개념을 통해 보다 정교하게 설명할 수 있다. 관계 중심적 사유 양식은 부르디외(P. Bourdieu)가 제안한 개념으로 사회관계에 대한 고려라는 객관적인 관점과 행위자들의 고유 체험이라는 주관적 관점을 결합함으로써 구조의 무게 아래 있는 개인의 현실을 지우지 않고도 실체론에서 벗어날 수 있는 특성을 갖는다(Olivesi, 2005/2007:7-9).[24] 즉, 관계 중심적 사유 양식은 다른 존재와 무관하게 단일하고 통합적인 개별성을 지닌다는 실체론을 반박하면서, 존재는 다른 존재나 환경과의 관계 속에서 지속적으로 구성된다는 관계론이 기저에 깔려 있는 것이다. 결국 주체의 존재 양식은 타자와의 관계를 전제로만 성립될 수 있다는 것이다. 따라서 관계중심적 사유 양식은 개인과 구조의 두 단위를 접합하면서 개별성과 집단성이라는 대립적 관계를 극복하도록 하는데 효

---

24 이 맥락에서 실체론은 관계론과 대비되는 개념으로 쓰였다. 문맥상 실체론은 개인이나 집단이 내재적인 속성과 독립된 단일하고 통합적인 정체성을 실체로서 갖는다는 입장을 말한다. 반면 관계론은 그와 같은 개별성은 실재하지 않으며, 존재는 다른 존재나 환경과의 관계 속에서 지속적으로 구성되는 것으로 파악한다(Olivesi, 2005/2007:9 역자 주 15) 참조).

과적인 개념이라 할 수 있다(Olivesi, 2005/2007:8-9).

관계 중심적 사유 양식이 개인과 구조의 두 단위를 접합하는 개념이라면, 다중은 개별자들 사이의 차이를 보다 뚜렷하게 드러낸다. 관계 중심적 사유 양식과 다중은 개인과 구조의 대립을 부정한다는 점에서는 유사하지만 다중은 개별자들의 수많은 내적 차이가 결코 단일한 정체성으로 환원되지 않는다(윤수종, 2007)는 점을 강조하는 데서 둘은 개념적인 차이를 보인다. 하지만 관계 중심적 사유 양식이 개인과 구조를 접합한다면 다중은 개인들의 차이가 갖는 의미를 부각함으로써 블로거의 다층적 독자 인식을 규명하는데 상호 보완적인 역할을 한다.

5.2. 두 개의 축을 기반으로 하는 다층적 독자 인식

집단적 독자라는 추상적 개념을 기반으로 하면서도 비균질적인 개별적 독자들을 인지하는 다층적 독자 인식은 집단적 독자와 개별적 독자 두 개념을 구성하는 주관성과 객관성 그리고 개별성과 집단성, 그리고 개별자들이 지닌 내적 차이를 모두 고려한다. 다층적 독자 인식은 매체가 갖는 특성으로 인해 추상적 독자만을 상정할 수밖에 없었던 아날로그 필자의 독자 인식과는 뚜렷하게 대비된다.

블로그의 독자는 다중적 주체이므로 근본적으로 독자들 사이에 위계적 구도가 성립되지 않으며 그 결과, 특정 독자가 다른 독자들에 비해 더 많은 상호작용의 기회를 가질 수는 없다. 블로거가 독자들을 다층적으로 인식할 수 있는 토대도 여기에 있다. 위계적 구도가 성립되지 않으므로 블로거는 모든 독자들을 동등하게 접하는 과정에서 개별적 특성들을 인지할 수 있게 되는 것이다. 위계적 구도는 블로거가 독자들을 '서수적 다수나 기수적 집합'으로 이해하도록 만들고 이로 인해 독자들의 개별적 차이, 즉 비균질성을 인지하지 못하게 만든다(Villani & Sasso, 2003/2012:82 참조).

네트워크적 사고는 블로거로 하여금 블로그 커뮤니티와 같은 네트워크를 통해 자신의 블로그에 누구나 접속할 수 있다는 상상을 하도록 만든다. 이러한 상상은 불특정 다수인 실제 독자들과의 상호작용 과정에서 확인 및 강화된다. 블로거는 네트워크 사고와 지속적인 상호작용을 통해 자신의 블로그에 접속하는 독자들이 젠더·학력·지역·이념·문화·생활방식·욕망·세계관 등에서 다양한 층위에 속하는 존재임을 반복적으로 인식하게 되는 것이다.

결국 다층적 독자 인식은 관계 중심적 사유 양식과 네트워크적 사고를 기반으로 형성된다고 할 수 있다. 두 개의 축을 토대로 독자가 다양한 층위에 위치하는 개별적 존재이자 수많은 내적 차이들로 인해 하나의 코드로 환원되지 않는 집단이라는 다중적 주체 개념이 블로거 내부에 형성됨으로써 다층적 독자 인식이 가능해지는 것이다.

쓰기 주체는 쓰기 과정에서 독자에 대한 추상화의 과정을 거치지 않을 수 없는데 이는 블로거도 마찬가지다. 하지만 블로거가 독자를 추상화한 결과는 매우 일시적일 가능성이 높다. 새로운 독자들이 지속적으로 유입되고 블로거는 이들의 반응들을 인지함으로써 추상화된 독자는 계속 새롭게 구성되어야 하기 때문이다. 블로거가 독자를 추상화하는 것은 쓰기 과정에서 피할 수 없지만 쓰기 맥락에 의해 구성된 일시적 형태로 그칠 가능성이 높다. 다층적 독자 인식이 쓰기 과정에서 이루어지는 최소한의 추상화를 설명할 수 없다는 지적은 이를 통해 해결할 수 있을 것이다.

다층적 독자 인식은 관계 중심적 사유 양식의 산물이며 다시 관계 중심적 사유 방식은 독자들과의 수많은 상호작용의 경험을 통해 성립되는 것이다. 앞서 살펴본 참여의 아키텍처는 블로그 커뮤니티가 생산하는 가치의 차원에서 다시 논의될 수 있다. 블로그 커뮤니티는 독자들이 아무런 장벽 없이 참여하고 연결되는 네트워크가 블로거들로 하여금 네트워트적 사고를 유발하고 나아가 다층적 독자 인식을 갖게 한다. 이와 동시에 커뮤니티의 구성원들이 자발적으로 논의했던 담론들이 공유되면서 창출되는 가치들은 다시 구성원 모두에게 이익이 된다. 이러한 측면에서 보면 블로그 커뮤니티는 참여의 아키텍처의 성격을 가지고 있다고 할 수 있다.

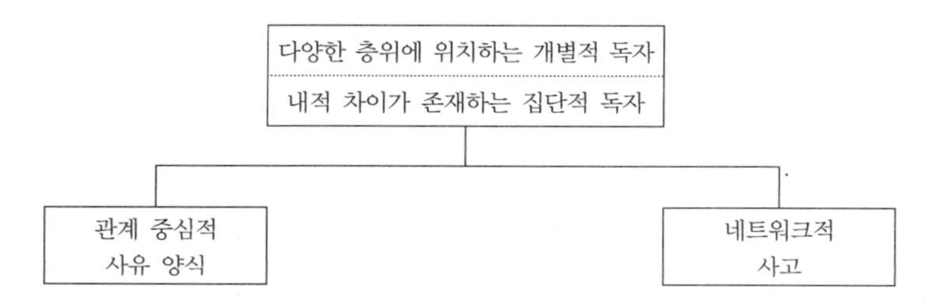

〈그림 2〉 다층적 독자 인식의 구조(점선은 두 개념을 가시적으로 구분하기 위한 것)

본고에서는 파워블로거들을 연구참여자로 선정하여 그들이 이해하는 독자, 독자와의 관계와 그에 따른 쓰기 전략 그리고 블로그 커뮤니티를 중심으로 블로거가 다층적 독자 인식을 갖고 있음을 확인할 수 있었다. 하지만 본 연구는 파워블로거만을 연구참여자로 선정함으로써 다층적 독자 인식의 일반화에는 근본적인 한계를 지니고 있다. 다층적 독자 인식은 충분한 상호작용의 경험이 바탕이 되어 인식의 질적 변화를 통해 형성되는 것이므로 모든 블로거에게 적용되기는 어렵다. 파워블로거는 다양한 독자들과 상호작용을 한 경험치가 매우 높은 반면 일반 블로거들은 그에 미치지 못하는 등 블로거에 따라 상호작용 경험의 축적 정도가 다르기 때문이다. 그러나 블로그 쓰기, 나아가 인터넷 쓰기는 상호작용을 통해 이루어지고 타자와 관계를 맺음으로써 가능한 것임을 쓰기 주체들이 쉽게 인지하는 구조이므로 좀 더 면밀한 접근 방법들이 마련된다면 앞으로는 일반 블로거의 독자 인식에 대한 보다 진전된 연구 성과를 기대할 수 있을 것이다.

대학생 한국어 작문의 L1/L2 수정 양상 비교

김희용
연세대학교 대학원

1. 서론

이 연구에서는 각각 L1(first language)과 L2(second language)를 사용하여 작문하는 대학생 필자들의 한국어 작문 수정 양상을 비교, 고찰한다. 이들의 수정 과정과 결과를 사례 연구와 통계 분석을 통해 비교함으로써 L1 수정과는 다른 L2 수정의 특성을 이해하고, 보다 성공적인 L2의 수정 전략을 모색해보고자 한다.[1]

수정은 글의 주제를 떠올리는 것에서부터 글쓰기를 마친 뒤 구두점을 손질하는 마지막 순간까지 작문의 전 과정에서 강력한 영향력을 행사할 수 있다. 이러한 의미에서 머레이(Murray)는 "글쓰기란 다시쓰기다(Writing is rewriting[2])."라고 표현하였다. 그만큼 수정은 글쓰기 능력과 결과를 실질적으로 향상시킬 수 있는 작문의 핵심적인 과정이다.

---

1 L1 수정이란 한국어가 L1인 대학생 필자의 수정을 말하고, L2 수정이란 한국어를 L2로 사용하는 대학생 필자의 수정을 말한다. 이후에는 각각 L1 수정과 L2 수정으로 칭한다.

2 Huff. Ronald K(1983), "Teaching Revision : A Model of the Drafting Process", College English, Vol.45, No.8, p.806에서 재인용

그러나 작문에서 수정이 차지하는 중요성에 비해, 국내에서는 수정에 관한 연구가 아직 부족한 실정이다. 2000년 이후 외국인들의 한국어 쓰기 연구는 눈에 띄게 증가하였지만(조용준, 2012), 수정에 관한 국내의 많은 연구들이 특정 교육 방법의 효과를 검증하거나 오류 형태를 분석하는 작업에 치중하고 있어서 구체적인 수정 양상과 인지 과정에 대한 연구를 찾아보기가 쉽지 않다. 더욱이 본 연구가 주제로 삼고 있는 '미숙련 L1/L2 필자의 수정 과정에 대한 비교 연구'는 이미 60년대에서부터 수정 연구가 활발하게 진행되어 왔던 미국에서조차 비교적 최근에야 본격적으로 연구가 시작된 분야이다(김성숙·정희모, 2009). 작문 연구의 역사가 길지 않은 국내에서, L1/L2 수정에 관한 비교 연구는 아직 시작 단계라고 할 수 있다.

2014년 교육과학기술부가 발표한 국내 외국인 유학생 현황[3]에 따르면, 외국인 유학생은 2007년 32,056명에서 2014년에는 53,636명으로 2배가량 증가했다. 대학에서는 일반적으로 작문 과제가 많이 요구된다. 따라서 한국어를 L2로 사용하는 학생들이 한국에서 학문적 목적을 성공적으로 달성하기 위해서는 무엇보다 기본적인 글쓰기 능력이 바탕이 되어야 한다. 복잡한 양상을 보이는 작문과정을 연구하는 것은 많은 오독(誤讀)의 위험을 내포하고 있는 것이 사실이다. 여기에서는 수정 양상 분석의 오독을 조금이라도 줄여보고자, 양적 연구와 질적 연구를 결합하여 수정 양상을 분석하는 방법을 택하였다. 대학생인 L1 필자와 L2 필자들의 수정 양상을 사례 연구와 통계 분석을 이용해 비교 분석하고 L1 수정

3 전문학사, 학사, 석사, 박사 등 학위과정에 있는 외국인 유학생만 포함됨.

2007년	2008년	2009년	2010년	2011년	2012년	2013년	2014년
32,056	40,585	50,591	60,000	63,653	60,589	56,715	53,636

(단위 : 명, 교육과학기술부, 2014년)

에 비해 두드러지는 L2 수정의 특성을 이해하고자 하였다. 이러한 연구 결과를 통해 보다 성공적인 L2의 수정 전략을 모색해 볼 수 있다. 이러한 목적을 가지고 설정한 연구문제는 다음과 같다.

첫째, L1 필자와 L2 필자가 사용하는 한국어 수정 전략에는 어떠한 차이가 관찰되는가?
둘째, 성공적인 L1/L2 수정과 성공적이지 못한 L1/L2 수정은 어떠한 특징을 가지고 있는가?
셋째, L2 대학생 필자의 작문을 성공적으로 이끌 수 있는 한국어 수정 전략은 무엇인가?

2. 수정을 통한 의미 구성 과정

2.1. 인지적 관점에서의 수정

인지적 관점[4]에서의 작문 연구는 수정 과정의 중요성을 매우 강조하였고, 수정 과정의 작동 방식에 관하여 방대하고도 자세한 연구 성과를 축적해왔다. 따라서 수정 과정을 보다 효과적으로 관찰하기 위해서는, 수정 과정에 큰 비중을 두고 연구를 수행했던 인지적 관점에서 수정 행위를 분석해 볼 필요가 있다.

4 서구에서 작문을 연구해 온 큰 흐름을 1950년대 이전의 형식적 관점(formal view), 60년대와 70년대에 큰 반향을 일으킨 인지적 관점(cognitive view), 80년대 이후에는 이른바 사회적 관점(social view)으로 나누어 볼 수 있다(Faigley, Lester(1986) Competing Theories of Process : A Critique and a Proposal, In : College English, Vol.48, No.6 : 이재승(2002), 『글쓰기 교육의 원리와 방법-과정 중심 접근』, 교육과학사).

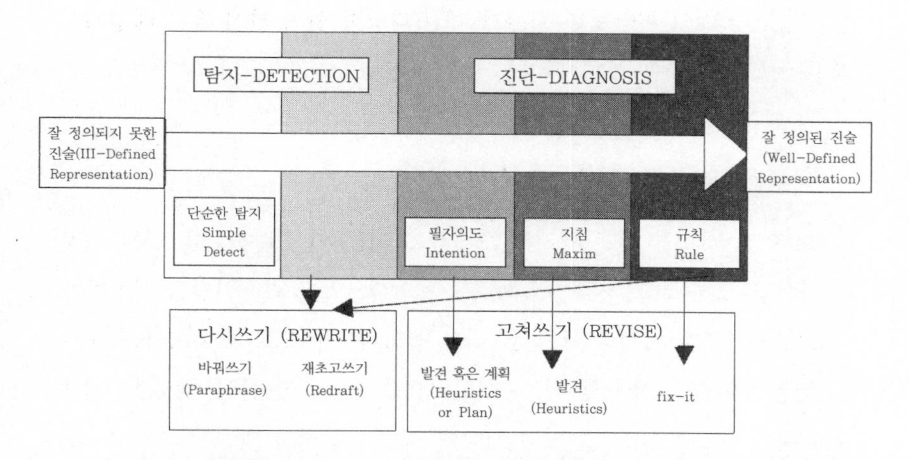

〈그림 1〉 탐지 혹은 진단에 따른 전략 선택 (Flower et al., 1986)

인지적 관점에서 수정은 평가적인 다시보기(Reviewing)로부터 시작한다. 다시보기의 대상은 텍스트뿐만 아니라 현재 사용하고 있는 전략이나 필자로서의 자기 자신까지 광범위하다. 평가를 통해 필자에게 문제가 재현(Problem Representing)되는데 그것은 무엇인가 잘못 되었다는 단순한 느낌이 될 수도 있고, 해결 방법을 명확히 알 수 있는 제대로 된 진단이 될 수도 있다. 혹은 문제 제기 과정에서 오류가 생길 수도 있다. 어떠한 방식으로든 문제가 재현되었다면 필자는 이를 해결할 수 있는 전략을 선택(Strategy Selection)한다. 그런데 미숙한 필자들은 때때로 문제를 정확히 재현해 내고도 이를 해결할 전략을 찾지 못해 수정에 실패한다.

필자의 장기기억 속에, 수정에 활용할 수 있는 충분한 '지식(Knowledge)'이 부족하기 때문이다. 필자가 사용하는 인지 전략과 지식의 효과적인 상호작용을 통해 성공적인 수정이 진행될 수 있다. 즉, 수정 양상의 차이는 인지 과정에서의 차이 혹은 장기기억 속에 있는 작문에 대한 지식의 차이 때문에 발생한다. 따라서 역으로 수정 양상의 차이를 살펴봄으로써 성공적 필자와 그렇지 못한 필자가 가진 다양한 인지 과정 혹은 배경지식의 차이를 밝힐 수 있게 된다.

2.2. 외국인 수정의 과정과 절차

모국어로 작문을 하는 필자와 모국어가 아닌 언어로 작문을 하는 필자의 차이를 크게 두 가지로 요약해 볼 수 있다. 먼저 과제환경을 적절하게 구성해내기 위한 과정이 다르다. 대학 신입생들은 모두 대학이라는 새로운 학술적 공간에 적응해나가야 한다. 그런데 외국인 신입생의 경우에는 한국 사회 고유의 문화, 언어적 맥락에 적응해야 하는 과정이 추가적으로 필요하기 때문에, 내국인에 비해 과제에 대한 부담을 더욱 느끼게 된다.[5] 또 머릿속에 있는 생각들을 사용 가능한 문어로 옮겨내는 작성과정에서도 차이가 발견된다. 이 과정에서 외국인 필자는 내국인 필자와 마찬가지로 사유를 구체적인 문어로 '번역'해야 할 뿐 아니라, 자신의 모국어를 한국어로 '번역'해야 하기 때문에, 인지적 부담은 한 단계 늘어날 수밖에 없다.

이러한 차이점에도 불구하고, 모국어와 비모국어 필자의 작문 과정은 과제 환경과 장기기억을 바탕으로 머릿속에 있는 텍스트의 목표(goal)를 향해 나아간다는 점에서 본질적으로 크게 다르지 않다. 모델이 지닌 도식화의 위험에도, 수정 모형에 대한 연구는 수정에 관한 세부적인 과정을 연구할 때 하나의 지침과 방향이 될 수 있어[6] 〈그림 2〉와 같이 모국어/비모국어 필자의 작문과 수정 과정을 모형[7]으로 그려보았다. 모형에서

---

5 김성숙·정희모, 2009, 위의 글.

6 정희모(2008), 「글쓰기에서 수정의 절차와 방법에 관한 연구」, 『현대문학의 연구』 34집, 354쪽.

7 〈그림 1〉은 목표텍스트로 나아가는 과정에서 필자가 우선 순위로 두는 과제가 다르다는 점을 그림으로 나타낸 것이다. Butler-Nalin(1984, 위의 글)은 성공적인 필자/성공

괄호 안에 들어 있는 '한국의 문화'와 '한국어 사용의 자동화 정도'는 외국인에게만 추가적으로 영향을 미치는 과제인 셈이다. 또 숫자가 증가할수록 해당 도형의 면적이 줄어드는 모양은 작문과 수정에서 필자가 우선순위로 두는 것이 다르고, 이에 소요되는 인지적 자원의 양도 다르다는 것을 보여준다.

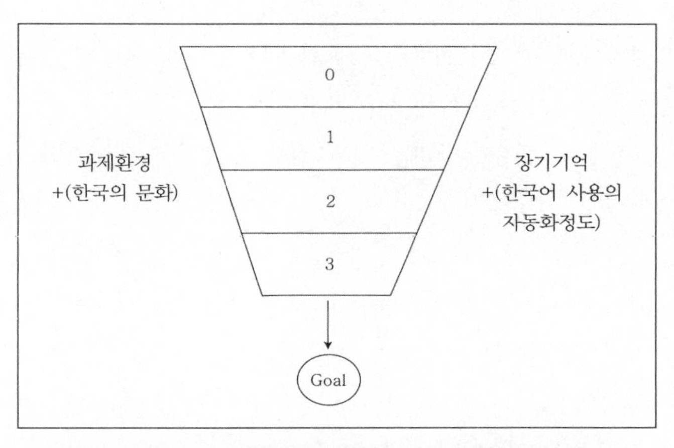

〈그림 2〉 모국어/비모국어 사용 필자의 작문과 수정과정

적이지 못한 필자/외국인 필자의 수정 양상을 비교하며 이들이 각기 다른 수정 양상을 보이는 까닭을 그들이 설정한 '우선 순위'에서 찾았다. 그림에서 0번은 필자가 가장 우선 순위에 두고 수정을 행하는 것이 무엇인지를 나타낸다. 1번은 그 다음 순위, 2번은 그 다음 순위이다. 필자에 따라 3번, 4번, 5번 과정이 덧붙여질 수도 있고, 혹은 1번이나 2번에서 끝날 수도 있다. 이 모형은 수정 과정뿐만 아니라 작문 과정에도 그대로 적용될 수 있다. 작문 과정 역시 우선 순위가 있다. 어떤 필자는 내용을 창의적으로 생산하는 것을 0번에 둘 수 있고, 어떤 필자는 형식과 규범에 맞추는 것을 0번 목표로 둘 수 있다. 작문 과정에서 등장했던 0번은 수정 과정에서 다시 최우선 순위로 등장할 수도 있으나 아닐 수도 있다. 필자는 수정 과정에서는 초고에서와는 다른 전략을 최우선 순위에 두고 수정할 수도 있기 때문이다. 그림에서 목표로 나아가는 각 영역의 크기는 번호에 따라 상이하다. 각 영역의 넓이는 소요되는 인지적 자원의 양을 나타내며, 다음 순위로 갈수록 투자되는 인지적 자원 역시 줄어들게 된다. 이를 통해 한국인 필자와 외국인 필자의 수정과 작문의 양상이 나타내는 차이를 설명할 수 있다.

한국어로 한국어 규범에 맞추어 작문을 해야 하는 상황은 외국인 필자에게 커다란 부담을 주는 과제임에 틀림없다. 일반적인 한국인 성인 필자라면 한국어 및 구문 규범은 대부분 자동화되어 있다. 따라서 외국인은 그만큼 상대적으로 불리한 위치에서 작문을 하게 된다. 즉, 모국어와 비모국어로 작문과 수정을 하는 과정은 크게 다르지 않다. 하지만 한국어라는 반자동화된 매개 언어 사용과, 주제에 따라 활용할 수 있는 배경지식의 편차가 심할 수 있는 한국의 특수한 문화적 배경이라는 부담이 비모국어 필자에게 추가적으로 부과된다는 것이다.

모국인 필자에 의한 글쓰기에서는 집필 순간에 맞춤법과 주술 관계 등 문법적 검열이 자동적으로 이루어지지만 외국인 필자에 의한 글쓰기에서는 이 과정을 수정의 최종 단계에 실행한다.[8] 외국인의 경우 자신의 모국어를 한국어로 '번역'해내는 작업에는 많은 인지적 수고가 요구된다. 여기에 맞춤법과 문법에 대한 정확성을 검열하는 것이 자동화되어있지 않은 외국인 필자의 경우, 이것에 지나치게 집중하게 되면 작문 내용을 탐색하거나 수사적 전략에 맞추어 텍스트를 써내는 작업에 지장이 생길 수 있다. 따라서 외국인의 한국어 작문에서는 먼저 글의 전체 구성이 적절한지를 살피고 알맞은 내용을 써 넣는 일이 선행되어야 한다. 완성된 글의 맞춤법과 문법에 대한 수정은 최종적으로 수행하는 것이 바람직하다. 외국인의 수정에 있어 처음부터 맞춤법과 문법의 정확성에 집착하는 것은 한 편의 글을 완성하는 전체적인 과정에 있어 비효율적인 방법이다.

외국인이 한국어로 글을 쓸 때에는 두 가지 다른 전략을 사용할 수

---

8 김성숙(2007), 「한국어 작문과정 모형과 단계별 전략 탐구」『한국어 교육』, Vol.18 No.2.

있다. 먼저 한국어를 올바르게 활용하는 과제를 우선 순위에 놓을 경우, 그 외의 수사적 문제를 작문에 적용하거나 작문 과제 환경을 적절하게 활용하는 것은 나중 문제로 밀려난다. 그러나 외국인 필자는 이러한 전략을 활용해서 낯선 언어를 사용하는 데서 오는 긴장을 어느 정도 해소할 수 있게 된다. 그러므로 한국어를 사용하는 것에 부담을 많이 느끼는 필자일수록 한국어의 바른 사용을 최우선 순위로 두는 전략을 선택하기가 쉽다. 하지만 이러한 전략을 사용하게 되면, 한국인 필자에 비해 작문의 질이 떨어질 수밖에 없다는 문제점이 생긴다.

외국인 필자가 취할 수 있는 다른 하나의 전략은 정확한 한국어 사용을 차상위 순위에 두는 것이다. 이때 외국인 필자는 한국인이 작문하는 방식과 유사한 방식으로, 수사적 문제를 해결하고 작문 과제 환경을 고려하며 작문을 해 나간다. 한국어가 많이 자동화되어 있는 필자일수록 한국어 사용에 부담이 덜해 이러한 전략을 사용하기가 수월하다. 그러나 한국어를 유창하게 사용하는 필자일지라도, 외국어에 대한 부담은 상당한 것이기 때문에 L2 필자들에게 이 전략은 쉽게 채택되지 않는다. 이러한 전략을 활용할 경우, 한국어 규범을 지키는 것을 최우선 과제로 놓은 필자보다는 어휘와 문법을 올바르게 활용하지 못할 위험이 크기 때문이다. 그러나 이후의 수정 과정을 통해 어휘와 문법 오류는 쉽게 개선될 수 있다.[9]

---

9 장기기억 속에 한국어 문법과 어휘에 대한 지식이 있다면 이와 관련된 잘못은 비교적 식별해내고 수정해내기가 수월하다. 특히 본 연구의 대상이 된 한국어 능력 5급 이상의 학생들은 한국어 지식이 중급 이상인 필자들이므로 이러한 전략을 사용해서 얻을 수 있는 효과가 크다.

3. 연구방법

3.1. 연구 대상과 연구 방법

연구를 위해 서울 Y 대학의 글쓰기 수업 중 한국인을 대상으로 하는 글쓰기 1개 반과 외국인을 대상으로 하는 글쓰기 2개 반을 임의로 선정하였다. 처음 연구 대상으로 삼았던 총 47명 중에 초고와 수정고를 모두 제출한 한국인 15명과 외국인 22명, 총 37명을 텍스트 분석 대상으로 삼았다. 성별은 남자 16명(43.2%), 여자 19명(56.8%)으로 비교적 균등했다.

L2 필자 학생들의 사용언어(모국어)에 따라 수정 경향에 차이가 있을 수도 있다는 가정 하에 L2 필자의 사용언어를 조사했지만 표본 수가 적고, 학생들의 모국어가 중국어에 치중되어 있어 그 차이를 살펴보기에는 다소 무리가 있었다. 교포 학생을 제외한 L2 필자 학생들의 한국어 학습 기간은 평균 15.6개월이었고 최장 36개월 최단 3개월이었다. 해외교포 학생들의 경우 초·중·고등학교를 외국에서 모두 마친 필자들이기는 하지만 가정이나 또래 집단에서 한국어를 사용했을 가능성이 있기 때문에 한국어를 그들의 사용언어로 병기했다.

글쓰기 수업을 듣는 외국인은 한국어 능력 5급 이상의 실력이 요구되기 때문에 대상 필자들은 한국어를 쓰는 데 크게 어려움을 느끼지 않는 중급 이상의 한국어 사용자들이라고 볼 수 있다.[10] 초고와 수정고를 모두

---

10 KPE 한국어능력시험의 설명에 따르면, 5급을 받은 외국인은 한국어 쓰기에 있어 사회 현상을 표현하는 데 필요한 추상적인 어휘나 빈도가 높은 한자어, 시사용어 등을 다양하게 쓸 수 있다. 또 정치나 경제, 사회적 현상 등 다소 전문적인 내용과 관련해 비교하기, 주장하기 등의 글을 구성할 수 있으며 기사문, 연설문 등 논리적인 글을 구성할 수 있어 대개의 공적인 업무를 수행할 수 있다. 6급을 받은 외국인은 정치, 사회, 경제 문화 등 전문적인 분야에서 사용되는 다양한 어휘, 표현을 사용할 수 있다. 또 실용적, 사회적, 전문적인 주제에 대해 공적이거나 사적인 문서의 대부분을 효과적

제출한 37명이 텍스트 분석의 대상이 되었고, 사고구술 녹음 파일과 반성적 쓰기를 모두 제출한 한국인 9명과, 외국인 16명, 총 25명은 추가로 사고구술과 반성적 쓰기 분석의 대상이 되었다.

실험 대상이 된 L1/L2 필자들은 현재 같은 학교에서 같은 과목을 듣고 있기 때문에 학년이나 글쓰기 경험, 태도에 있어 유사점이 많았다. 그러나 L2필자의 경우 에는 한국어 학습기간과 모국어에 있어 다양한 차이가 발견되었다. 하지만 사례연구의 경우, 각각 조금씩 다른 필자 특성은 오히려 다양한 배경(background)을 반영할 수 있게 해서 이점으로 작용할 수 있다.

〈표 2〉 L2 연구대상 기초설문

	글쓰기 교육경험	글쓰기에 대한 평소 흥미	사용언어	한국어 급수	성별
1	없음	하	중국어	4급	남자
2	없음	중	한국어+영어	6급	남자
3	기초 한국어 글쓰기, 어학당	상	일본어	6급	여자
4	없음	중	한국어+영어+중국어	6급	여자
5	어학당	중	중국어	6급	남자
6	어학연수 경험	중	중국어	5급	여자
7	없음	상	한국어+영어	6급	여자
8	독학	상	영어	6급	여자
9	개인논술과외	중	한국어+방글라데시	6급	여자
10	주말 한글교실	하	한국어+중국어	6급	여자
11	논술학원	하	한국어+영어	6급	여자
12	없음	중	한국어+영어	6급	여자
13	5개월	중	중국어	5급	남자
14	학교수업	상	일본어	5급	여자
15	기초한국어글쓰기, 어학당	중	중국어	5급	여자

으로 구성할 수 있으며 논리적인 주장, 연대기적 서술, 묘사 등의 문장 전개 방식을 사용해서 자연스러운 글을 구성할 수 있다.

16	어학당	중	중국어	5급	여자
17	없음	중	중국어	6급	남자
18	학교수업	하	일본어	6급	남자
19	어학당/기초한국어글쓰기 3개월	중	중국어	5급	여자
20	어학당	하	중국어	6급	남자
21	어학당	중	중국어	6급	남자
22	조선족학교/국제캠퍼스3개월	중	중국어	6급	남자

〈표 3〉 L1 연구대상 기초설문

L1 필자	글쓰기 교육 경험	글쓰기에 대한 평소 흥미	성별
1	없음	중	여자
2	재수강, 대입논술	중	남자
3	재수강, 대입논술	상	여자
4	대입논술	중	여자
5	재수강, 대입논술	상	남자
6	중학교 때 글짓기 교육2년	중	여자
7	대입논술	중	남자
8	없음	상	남자
9	재수강, 대입논술	중	여자
10	재수강, 대입논술	상	여자
11	재수강, 대입논술	상	남자
12	재수강, 대입논술, 영어글쓰기	상	여자
13	대입논술	상	남자
14	영어쓰기, 스피치와 토론	상	남자
15	재수강, 대입논술	중	여자

학생들은 글쓰기 수업의 첫 시간에 600-800자 분량으로 초고를 썼다. 초고는 모두 복사하여 두었다가, 2차시의 반성적 쓰기[11]와 사고구

11 반성적 쓰기란 글을 완성한 뒤, 자신의 작문 과정을 되돌아보며 쓴 글을 말한다. 본 연구에서는 반성적 쓰기에 일정한 내용은 제시하되 대답의 여부와 형태는 열어두는 내적 구조화 형식을 통해 쓰기를 유도하였다. 반성적 쓰기 항목은 기존의 연구결과를

술[12] 교육이 끝난 뒤에 돌려주었다. 학생들은 과제의 형식으로 수정고를 쓰면서 사고구술을 녹음했으며, 수정이 끝난 뒤 반성적 쓰기를 수행하였다. 3차시에 수정고와 반성적 쓰기를 수집했고 사고구술 녹음 파일은 연구자의 이메일로 받았다.

〈표 4〉 연구 진행 과정

	연구 진행 과정
1	반성적 쓰기 형식, 사고구술 형식, 분석적 평가기준 구안
2	3개 반의 초고 쓰기
3	반성적 쓰기, 사고구술 교육
4	반성적 쓰기, 수정고, 사고구술 데이터 수집
5	데이터 코딩 및 분석
6	초고와 수정고에 대한 채점

3.2. 실험 결과 분석 방법

3.2.1. 사고 구술 분석 방법

수정을 하는 동안 학생들이 녹음한 사고구술 녹음 파일은 한글 파일로 모두 전사하였다. 본 연구에서는 플라워 외(1986)에서 제안된 '전략 선택 모델'에서 아이디어를 차용하여 사고구술 분석을 위한 틀을 다음과 같이 마련하였다.

참고하여 고안하였다(Williams, R. M. & Wessel, J. 2004, Reflective Journal Writing to Obtain Student Feedback About their Learning During the Study of Chronic Musculoskeletal Condition, In : Journal of Allied Health, spring33 : Butler-Naline, 위의 글 : Flower et al., 위의 글). 본 연구에서 반성적 쓰기의 내용은 지면상 빠져 있다.

12 사고구술이란 'think aloud'를 옮긴 말로써, 인지적 과제를 수행하는 동안에 자신이 하고 있는 생각을 말을 통해 겉으로 드러내는 활동을 말한다. 교육 내용은 기존의 연구 결과를 참조하여 고안하였다(Ericsson, K. A., & Simon, H. A. (1993). Protocol analysis : Verbal reports as data. Cambridge, MA : MIT Press).

〈표 5〉 텍스트 분류 기준

과정	하위분류
(1) 과제를 정의하고 초고를 읽기	없음
(2) 전략을 선택하고 수행하기	㉠잘 정의되지 못한 진술(탐지) ㉡잘 정의된 진술(진단) - 필자의 의도 / 지침 / 규칙에 따른 진단

3.2.2. 텍스트 분석과 평가 방법

텍스트의 수정 경향을 분석하기 위해 Bridwell(1980)의 연구를 바탕으로 수정 유형 체크리스트[13]를 고안하였다. 필자들이 구두점이나 어휘 등의 표면 수준(Surface)에서, 2개 이상의 어휘들 혹은 구와절의 구절 수준(lower)에서, 하나 혹은 여러 개의 문장들의 문장 수준(higher)서 각각 얼마나 수정했는지를 계산하여 초고와 수정고를 분석하였다.

텍스트 평가는 대학글쓰기(외국인 특례반 포함) 강의 경력 10년 이상의 평가자 3명의 의해 이루어졌다. 평가자들은 초고 37개, 수정고 37개, 총 74개의 원고를 각각 1번씩 채점하였다. 학생들의 텍스트는 내용(12점), 조직(8점), 표현(12점)의 세 기준으로 이루어진 분석적 평가표[14]를 이용해서 평가되었다. 평가자 3명의 채점 결과는 상관관계 분석과 신뢰도 검증

13 이러한 분류기준은 기존의 연구물들을 참고하여 고안하였다(Bridwell, L. 1980, Revising strategies in twelfth grade students' transactional writing, In : Research in the Teaching of english, 14., Butler-Naline, 위의 글, 주민재(2008), 「대학 글쓰기 수정 교육에 관한 수업 모형 연구」,『작문연구』 제6집).

14 본고의 분석적 평가기준은 내국인과 외국인 대학생의 작문을 공통적으로 평가하기 위한 기준으로써, 기존에 사용되었던 내국인과 외국인을 위한 평가 기준을 절충하는 방식으로 내용(주제의 선명성/내용의 충실성/내용의 통일성), 조직(문단 구성의 적절성/연결의 논리성), 표현(어휘/문법/맞춤법·구두점)의 영역으로 구성되었다. 이러한 평가의 기준은 제이콥스 외(Jacobs et al., 1981), 이호관(1999), 송수미(2001), 김혜선(2007), 이정희(2008), 정희모, 이재성(2008), 김성숙, 정희모 (2010)의 분석적 평가기준을 참고하여 마련하였다.

을 실시하였고, 초고와 수정고의 점수변화와 텍스트 분석결과는 독립표본 t-검정과 Mann-Whitney 검정의 두 가지 방식을 활용하여 차이를 검증하였다[15]. 연구에 사용된 통계자료는 데이터 코딩(data coding), 데이터 크리닝(data cleaning)과정을 거쳐 SPSS(Statistical Package for Social Science) v. 12.0 통계패키지 프로그램을 활용하여 분석하였다. 본 연구는 통계를 사용하였지만, 수정 양상을 통계적으로 검증하는 것에는 한계가 있을 수밖에 없고, 표본의 수(37명)도 많지 않았기 때문에 이를 통해 일반화를 꾀하려는 목적을 가지지는 않는다. 다만 양적인 연구형태와 질적인 연구형태를 결합하여, 관찰이 어려운 작문의 인지 과정을 보다 적극적으로 살펴보려고 한 것이다.

플라워와 헤이즈(Flower & Hayes, 1980)는 사고구술의 유용성을 창문에 비유한 바 있다. 사고구술 전사 텍스트는 사고의 과정을 들여다볼 수 있는 창문의 역할을 담당할 수 있다는 것이다. 이에 수정을 통해 수정고의 평가점수를 가장 많이 개선한 외국인/한국인 필자와, 수정을 통해 초고를 거의 개선시키지 못하거나 오히려 점수가 하락한 외국인/한국인 필자의 사고구술과 반성적 쓰기를 자세히 분석한 사례연구를 실시하여 수정의 성패를 가르는 원인을 찾고자 하였다. 사고구술을 통해 열리는 창문의 범위가 무한정으로 크지는 않지만, 그 창을 통해 매우 가치 있는 정보를 제공할 수는 있다.

---

15 애초의 계획보다 10명이 모자란 37명의 연구대상은 인문, 교육 분야에서 통계를 활용할 수 있는 최소 인원이라 여겨지는 20명보다 많은 수이기는 하다. 그러나 이들을 L2 필자과 L1 필자 학생의 두 집단으로 나누게 되면, L1 필자 수가 20명에 못 미칠 뿐만 아니라 비교 집단 간의 인원수도 맞지 않게 되기 때문에 일반적으로 활용되는 모수적(Parametric) 통계방법을 사용하기에는 무리가 있었다. 따라서 표본의 수가 적거나 정규성 등의 가정을 사용하지 못할 때에도 사용할 수 있다는 장점이 있는 Mann-Whitney 분석방법을 함께 사용하였다. Mann-Whitney 분석은 독립표본 T-검정과 마찬가지로 두 집단의 평균에 차이가 있는지 검정하는 통계 방법이다.

4. 연구결과

4.1. 사고구술 비교 결과

(1) 성공적인 수정을 수행한 L1필자의 사고구술에서는 문제에 대하여 충분한 정보를 제공해 주지 못하는 "탐지"를 거의 발견할 수 없었다. 이것은 성공적인 수정을 수행한 L2필자에게서도 공통적으로 발견된다.

"탐지"의 성격으로 진술된 문제는 그 문제를 해결하기 위한 방법을 찾을 수 없기 때문에, 이를 수정하기 위해서는 어떤 방식으로든 "다시쓰기"를 해야 한다. L1 필자에게 다시쓰기 전략은 복잡한 문제를 간단하게 해결해주며 의미를 새로 발견하게 해 주는 이점이 있기 때문에 이것이 꼭 나쁜 전략이라고 말할 수는 없다.

그러나 L2 필자는 다시쓰기를 성공적으로 수행하기 위해 전제되어야 할 "문장 산출 능력"이 부족하기 때문에, 유창하지 못한 문장으로 다시쓰기를 할 가능성이 높다. 이는 또 다른 수정이 필요함을 의미하며, 여기에서도 문제점을 찾아내지 못하면 또 다시 다시쓰기를 해야 하는 악순환이 반복된다. 따라서 L2 필자에게 "다시쓰기" 전략은 바람직하지 못하며, "고쳐쓰기"를 하는 것이 더욱 바람직하다. 제대로 "고쳐쓰기" 위해서는 "탐지"보다는 "진단"을 수정 전략으로 적극적으로 선택해야 한다.

"진단"에 관한 한 가지 오해는 그것이 반드시 명확한 용어로 분류되거나 진술되어야 한다는 것이다. 어법이나 어휘 등의 형식적인 오류가 내용이나 구조 등의 오류보다 처치가 분명하고 정확하기 때문에 형식적인 오류를 "진단"으로, 내용이나 구조 등의 오류는 "탐색"에 가까운 것으로 보이기도 한다. 그러나 "진단"과 "탐지"를 가르는 구분은 문제가 얼마나 명료하게 규명되고, 간단히 해결될 수 있는가가 되어서는 안 된다. 비록 구체적인 언어가 아니라 이미지 혹은 느낌에 가깝게 감지된 문제더라도 그것을 해결하기 위한 충분한 정보가 제공될 수 있다면 그것은 "탐색"이 아닌 "진단"으로 분류될 수 있다.

사례 1. 성공적인 L1 필자 A의 '진단과 탐지'

수정을 통해 평가 점수를 25점이나 끌어 올린 필자 A의 경우 잘 정의되지 못한 진술을 거의 찾아볼 수 없다. 형식적인 오류, 내용적인 오류에 상관없이 필자 A는 일단 문제를 발견하면 즉각적으로 해결방법을 찾아낸다.

필자 A (성공적인 수정, +25점)	사용 언어 : L1
15. 그리고 뭐 작심삼일이라든지 뭐 이런 걸로 비유했던 말을 요약해서 그 목표의 크기나 음 생각은 별로 중요하지 않고 목표를 세웠다는 사실 자체만으로도 중요한 발전이었다는 얘기를 넣어주면 좋겠는데. 17. 어 … 음 … 청운의 꿈? 20. 여기서 중요한 거는 스스로 한다는 게 중요한 거니까 자의적으로라는 말을 강조해야겠다. (후략)	

사례 2. 성공적인 L2 필자 E의 '진단과 탐지'

필자 E는 주로 자신의 뜻을 명확하게 전달할 수 있도록 문장을 다듬고 수정한다. 그는 처음에 단지 "이상하다"(사고구술 38번)는 느낌 정도로 문제를 탐지해내지만, 계속적인 다시읽기와 노력을 통해 문장을 성공적으로 수정한다. 단순한 탐지에서 문제를 발견하고 수정하려는 노력이 축적되면, 필자 E는 이후의 비슷한 오류를 보다 용이하게 진단해 낼 수 있게 된다. 수정은 필자가 가진 지식을 활용하는 것뿐만 아니라 새로운 지식을 창조하게도 할 수 있는 생성적인 활동이다.

<table>
<tr><th>필자 E (성공적인 수정, +18점)</th><th>사용 언어 : L2(L1 : 일본어)</th></tr>
<tr><td colspan="2">36. 사람들에게 한국어로 37.사람들에게 전문적인 내용을 간편하게 모든 사람들이 이해하기가 쉽게 표현할 수 있다 38.이상하다
43. 그래서 내가 전하고자 하는 것으로 잘 전할 수 있도록 전문적인 내용이라도 … 음 … 44.어떤 내용이라도 어떤 내용이라도 간편하게 모든 사람들이 이해하기가 쉽게 표현할 수 있는 실력을 키우고 싶다. 45. あ~疲れた。う~んと、どうしようかな? う一ん=아~피곤하다. 음~어떻게 해야지? 음 … 46.내가 전하고자 하는 것을 잘 전할 수 있도록 47.어떤 내용이라도 간편하게 모든 사람들이 이해하기가 쉽게 표현할 수 있는 실력을 키우고 싶다.</td></tr>
</table>

반면 성공적이지 못한 수정을 한 L1/L2 필자들의 경우 공통적으로, 해결방법을 제시하는 '진단'에까지 나아가지 못하고 '탐지'에 그치는 사고구술을 한 경우가 많았다. 이것의 원인으로는 한국어 지식이 부족해서일 수도 있고, 이용 가능한 수사적 전략이 부족해서일수도 있고, 단지 열의가 부족해서일 수도 있다. 그러나 실험을 통해 나타난 한 가지 분명한 사실은 문제가 단순히 '탐지' 수준에서 머무를 때, 수정은 만족할만한 성과를 내기 어렵다는 것이다. 학생들이 '진단의 중요성'을 인지할 수 있도록 교육하는 것은 성공적인 수정을 위해 공통적인 출발점이 될 것이다. 또한 '탐지'를 '진단'으로 바꾸려는 노력은 단지 귀찮고 어려운 일이 아니라, 이후의 글쓰기에서 같은 문제에 대해 이용 가능한 '진단-해결'의 반응쌍[16]을 늘리는 생산적인 활동임을 교육하는 것도 매우 중요하다. '진단'은 필자의 의도와 의지와 깊은 상관이 있기 때문이다. 이것을 통해 미숙한 학생 필자는 보다 능숙하고 경험 있는 필자로 발전할 수 있게 된다.

(2) L1 필자들은 대부분 글쓰기에 관한 지침Maxim을 사용하는데 반해, L2 필자들에게서는 지침을 활용하는 사례를 찾아보기가 힘들었다. 지침을 사용하는 것은 진단과 해결의 과정을 용이하게 해준다.

16 플라워 외 학자들(1986)은 이것을 빨간불을 보면 자동으로 서고, (자신의) 수화물을 보면 주저 없이 집어 들게 되는 것과 마찬가지의 반응이라고 설명한다.

플라워 외(1986)에서 진단된 문제를 해결하는 방법의 하나로 소개된 "maxim"은 지침, 격언, 금언 등으로 해석될 수 있다. 특히 작문에서는 특정 문제 상황에서 활용할 수 있는 일종의 "일반적인 수사적 전략"을 의미한다. "지침(maxim)", 맞춤법 등의 완전히 정형화된 규칙 수정과 필자의 의도에 따라 창의적으로 생산되고 적용되는 발견적인(heuristics) 수정의 중간 정도의 성격이다. 즉, 문제 상황에 대한 일정한 대응 방식이 정해져있기는 하지만 그것의 적용은 창의적이고 자의적일 수 있다. 내용을 풍부하게 하고 독자의 이해를 돕기 위해서 사례를 인용하는 것, 비문을 줄이기 위해서 문장을 짧게 쓰는 것 등이 이러한 "지침"에 해당한다. 지침은 교사나 책을 통해 배울 수도 있고, 필자의 작문 경험을 통해 깨달아 얻게 될 수도 있다. 따라서 개인이 가지고 있는 지침은 교육과 작문 경험이 축적 될수록 늘어난다. 스스로 어떤 문제에 대한 창의적인 대안을 찾을 수 없을 경우, 필자가 알고 있는 여러 지침들을 활용하는 것은 복잡한 문제에 대한 효율적인 해결책을 제시해 줄 수 있다.

사례 1. 성공적인 L2 필자의 '지침(maxim)' 활용

필자 F (성공적인 수정, +10)	사용 언어 : 이중언어 사용자(한국어+영어)
2. 이거 좀 긴 것 같은데 문장이 3. 좀 줄여야 할 것 같은데 5. 이 문장을 좀 잘라야겠다. 30. 첫 번째로 연세 대학교의 자랑이라 너무 똑같은 말을 반복해서 쓴 것 같으니까 31. 첫 번째로 연세 대학교의 자랑이라 할 수 있는 응원단 아카라카에 참여 참여라기보다는 32. 아카라카의 단원으로 활동하고 싶다. 69. 열정 두 번 들어가는데 열정 말고 다른 거 없을까 열기 열정? passion? 70. 열정에 반했다고 써야겠다. 일단. 75. 열정은 계속 썼으니까 열정은 빼고 오케이.	

필자 F는 한국어와 영어를 이중언어로 사용하는 L2 필자이다. 필자 F는 영어 글쓰기와 한국어 글쓰기의 지침을 모두 활용한다. 같은 의미를 다른 말로 바꾸어 표현을 한다거나(paraphrase), 다양한 어휘를 쓰는 것

을 매우 중요하게 생각하는 것은 영어 글쓰기의 대표적 지침이라고 할 수 있다. 또 문장을 짧게 쓰는 것은 한국어 글쓰기의 특징적인 지침에 해당한다. 이중언어 필자들의 경우, 다양한 문화권에서 다양한 글쓰기를 경험할 수 있는데 이것은 개성 있는 글쓰기를 가능하게 하는 매우 독특한 조건이 될 수 있다.

성공적으로 수정을 수행한 L1 필자들의 사고구술분석에서 다양한 지침들을 풍부하게 활용한 사례를 확인할 수 있었다. 그러나 L2 필자의 경우에는, 성공적인 수정을 수행할 필자에게서도 기존에 있는 글쓰기 지침을 활용하여 수정한 사례를 찾기가 힘들었다. 일반적으로 L2 필자들은 모국어 글쓰기에서 활용해왔던 기본적인 전략조차 한국어 글쓰기에 활용하지 못했다. 외국어 산출 부담에 따른 "지각력 결핍"의 문제가 하나의 이유이다. 그러나 더 근본적인 원인은 활용 가능한 '한국어 지침'에 대한 지식이 부족해서였기 때문이다. L2 필자가 지침을 활용할 수 있게 하기 위해 쓰기 전, 교수자가 활용 가능한 한국어 글쓰기의 대표적인 지침들을 소개해주는 과정이 필요하다. 몇 가지 중요한 지침을 배우는 것은 단시간의 교육으로도 가능하다. 또한 지침을 적절하게 소개해주는 것은 L2 필자들에게 어휘·문법 오류 수정 이외의 새로운 수정 목표를 제시해 줄 수 있다.

(3) L1 필자들에게서는 규칙에 따라 문제를 진단하는 과정이 거의 발견되지 않는다. 이와는 달리 L2 필자들은 규칙에 따라 문제를 진단하는 수정에 치중한다. L2 필자들의 인지 자원이 규칙 수정에 집중되는 것을 막기 위해선 수정이 두 가지 차원에서 이루어져야 한다.

날린(1984)은 성공적인 필자/성공적이지 못한 필자/ESL(L2) 필자의 수정양상을 비교하며 이들이 각기 다른 수정양상을 보이는 까닭을 그들이 설정한 '우선순위'에서 찾았다. 처음 수정을 할 때 작가는 스스로가 가장 중요하다고 생각되는 것부터 우선순위를 두고 수정을 한다. 가장 이상적인 것은 텍스트가 가진 내, 외적인 문제점을 모두 찾아내어 한번에 고치는 것이다. 그러나 이것이 현실적으로 불가능하기 때문에 필자는 우선순위를 두고 여러 번에 걸쳐 고쳐나간다. 수정에서의 이러한 '우위의 차이'는 날린(1984)의 실험을 통해 증명되었다. 수정의 횟수가 증가하면 할수록 성공적인 필자와, 성공적이지 못한 필자와 ESL 필자의 수정 차이가 상쇄된다는 것이다. 다시 말해서, 내용과 구조를 수정하는데 중점을 두었던 필자도 수정의 횟수가 증가하면 문법과 어휘를 고치는 쪽으로 수정의 형태가 변경되고, 문법과 어휘를 고치는데 우선순위를 두었던 필자도 2차, 3차로 수정을 계속해나가면 내용과 구조의 수정 쪽으로 나아간다는 것이다. 문제는 시간적이고 환경적인 조건 혹은 필자의 동기부족 등의 제약으로 인해 수정이 언제까지나 지속될 수 없다는 것이다. 따라서 보통은 자신이 우선순위로 둔 문제에 대해서 중점적으로 수정이 이루어지고 우선순위에서 밀려났던 문제는 부차적으로 수정되거나 무시될 가능성이 많다. 여기에서 수정 경향에 차이가 발생하는 것이다.

L1 필자들에게 어법 등의 규칙 수정은 텍스트 생산 단계에서부터 자동적으로 이루어지는 경우가 많기 때문에 L1 필자들은 수정 과정에서 규칙 수정 외의 수정에 집중할 수 있게 된다. 그러나 L2 필자들에게는 규칙 수정이 자동화되어 있지 못하고, 고급 L2 필자라 할지라도 한국어 규칙 오류 수정에 매우 큰 비중을 두기 때문에 가장 우선순위로 규칙 수정을 놓게 된다. 그리고 대부분의 수정은 1차에서 그치기 때문에 L2필자의 경우 최고 우선순위로 둔 규칙수정에 머무르게 되는 경우가 많다.

필자 E (성공적인 수정, +18)	사용 언어:L2(L1:일본어)
10. 한국 … 한국 한국…의 최고 명문 대학인 연세대에서 내가 이루고자하는 것이 한국어로 나의 모국어 日本語(일본어…) 일본어와 같은 수준으로 문장을 만들 수 있게 문장을 만들 수 있게 하는 … 11. 되는 것이다. 되는 것이다. 13. うん、いいんじゃないかな？(응, 좋아진 것 같다.) 48. 그것으로 달성하기 위해서 49. 그것을 … 50. 나의 목표를 달성하기 위해서 51.나의 목표를 달성하기 위해서 한국 책을 많이 읽어야 한다고 생각한다. 66. 한국 사람에게는 들을 수 없는 소리 가치관을, 한국 사람들에게는 가질 수 없는 가치관, 느낄 수 없는 세계관을 가지고 있는 67. 사람으로써? 사람으로서 68. 어려운 일 … 69. 簡単じゃないな(간단하지 않아…)	

본 연구의 사고구술 분석을 통해서도 L1 필자들에게서는 수정 시 '규칙에 따라 문제를 진단'하는 전략이 거의 사용되지 않았음을 알 수 있었다. 수정을 성공적으로 수행한 필자든, 그렇지 못한 필자 등 어법 등의 규칙을 사용하여 수정한 경우는 많지 않았는데 이는 L1 필자들의 경우 문법적 검열의 상당부분이 초고를 쓰는 과정에서부터 자동화되기 때문인 것으로 분석된다. 반면 L2 필자들의 경우에는 수정을 성공적으로 수행한 필자와 그렇지 못한 필자 모두에게서 '규칙에 따라 문제를 진단'하는 과정이 상당량 발견된다. 내용생성을 하며 동시에 규칙에 대한 검열을 하는 것은 L2필자들에게 엄청난 인지적 부담을 주기 때문에, 내용 생성 이후의 수정 과정에서 규칙에 따라 문제를 진단하고 수정하는 과정에 집중하는 전략은 매우 유용할 수 있다. 본 연구에서도 철저한 '규칙 수정'만으로도 높은 점수를 받은 사례가 많았다. 성공한 L2 필자일수록 많은 양의 '규칙 수정'을 수행했다.

문제는 L2 필자들의 전략이 '규칙'검열에 한정될 경우 발생한다. L2필자의 초고는 '규칙'에 어긋난 부분 외에도, L1 필자들과 마찬가지로 내용이나 구조에서도 부족한 부분이 있다. L1필자들은 규칙 외의 수정에 집중할 가능성이 크다. 반면 L2필자들은 규칙 검열에 집중하느라, 텍스트를 자신의 의도에 맞추거나 다양한 지침을 활용하여 내용과 구조를 수정하는 문제를 중요하게 다루지 못하거나 간과하기가 쉽다.

L2 필자들에게 초고를 규칙에 따라 진단하는 과정은 매우 중요하므로, 규칙을 무시하고 내용과 구조의 거시적인 문제에 집중하라는 식의 권고는 올바르지 않다. 그러나 특히 학문 목적을 가진 L2 필자의 글쓰기에서는 규칙에 따른 수정뿐 아니라 내용과 구조를 점검하는 수정 역시 중요하다. 이때 규칙에 따른 수정과 내용 및 구조, 주제 등에 관한 수정이 한꺼번에 이루어지기는 어렵다. 그러므로 최소 두 차례에 걸쳐 각기 다른 목표를 가지고 이루어지는 것이 바람직할 것이다. 한국어 어문 규정에 맞는 규칙 수정과 이외의 수정들을 한꺼번에 하는 것은 L2 필자들에게 과도한 인지적 부담을 주게 되어 자칫 그 어떤 수정도 올바르게 하지 못하는 부정적인 결과를 낳을 수 있기 때문이다. 먼저 정확한 한국어 어휘나 문법에는 신경 쓰지 않은 채, 초고의 주제나 내용이 자신의 의도와 어긋나있지는 않은지 혹은 다양한 수사적 지침을 활용해 글의 구조나 흐름을 더 낫게 바꿀 수 있는지를 살피는 1차 수정을 한다. 이러한 수정은 성공적인 L1 필자에게서 많이 보이는 형태이다. 이후에 한국어 어휘나 문법에 맞는가를 지엽적으로 살피는 2차 수정이 있어야 한다.

실례로, 필자B는 L1 필자로 분류되기는 했지만 미국에서 태어난 이중언어 사용자이다. 필자 B의 초고에는 일반적인 L1필자에게서 찾아볼 수 없는 잘못된 어휘와 어법이 많이 눈에 띈다. 그러나 필자 B는 이후의 수정 과정에서 규칙에 대한 검열을 통해 지엽적인 문제를 해결하는 것과, 자신의 의도와 지침을 활용하여 내용과 구조의 거시적인 문제를 해결하는 두 가지 차원의 각기 다른 수정 계획을 세워 성공적으로 수정을 수행해낸다.

하나의 글쓰기에 2차 이상의 수정을 하는 것은 물론 L2필자들에게 부담스럽거나 귀찮은 과정이 될 수 있지만, L2 필자들의 보다 성숙한 한국어 글쓰기를 위해서는 반드시 필요한 과정이다.

4.2. 수정 결과에 대한 양적 평가

통계 결과는 주로 사고구술 분석 결과 중, L2 필자들의 수정이 지엽적인 규칙수정과 내용과 구조와 같은 거시적 수정의 두 단계로 수행될 필요가 있다는 3번의 내용을 검증하기 위해 사용되었다. 이를 위해 L1필자와 L2필자를 상하위로 나누어 이들 그룹이 갖는 지엽적 수정과 거시적 수정의 특징을 분석하였다.

4.2.1. L1/L2 상위그룹, 하위그룹 텍스트 수정 경향 비교

먼저 L1 필자와 L2 필자의 상·하위 그룹을 구분하고 이를 비교하였다. 평가대상자 37명의 글쓰기 점수 평균을 통해 L1 필자 상위그룹 8명, 하위그룹 7명, L2 필자 상위그룹 11명, 하위그룹 11명으로 분류하였다. 이를 통해 L1 상위필자와 L1 하위필자, L2 상위필자와 L2 하위필자, L1 상위필자와 L2 상위필자, L1하위필자와 L2 하위필자의 텍스트가 가진 특징을 비교할 수 있었다. 각 그룹의 수정 방식에 차이가 있는지를 보기 위하여 각 그룹이 제출한 초고와 수정고를 비교하였다. 텍스트 비교 방식은 필자들이 구두점이나 어휘 등의 표면 수준(Surface)에서, 2개 이상의 어휘들 혹은 구와 절의 구절 수준(lower)에서, 하나 혹은 여러 개의 문장들(혹은 구조 수정)의 문장 수준(higher)서 각각 얼마나 수정했는지를 계산하는 것이었다. L1 필자와 L2 필자의 상·하위 그룹에서 수행한 텍스트 수정 수준의 차이는 비모수 통계검정인 Mann-Whitney검정[17]을 통해 비교하였다.

---

17 육이나 심리학과 같은 인간행동에 관한 연구분야에서는 검사나 측정도구에 의한 점수가 서열정도일 가능성이 높고 전집분포와 전집치에 대한 가정이 충족되지 않는 경우가 많으므로 비모수적 통계방법이 사용되어야 주장하는 견해도 있다. 그러나 모수방법과 비모수 방법 중 어느 방법이 옳고 그르냐를 따지는 것은 어렵다. 다만 연구목적과 주어진 자료의 특성에 따라 적절한 방법을 선택하여 사용하는 것이 합리적이라 할 것

〈표 6〉 상위필자/하위필자 평가 기준

그룹	L1 필자		L2 필자	
	상위	하위	상위	하위
평가기준	4.6점 이상	4.5점 이하	3.9점 이상	3.9점 이하
N	8명	7명	11명	11명

4.2.2. L1 필자 내 상위그룹, 하위그룹 비교

L1 필자 상위그룹와 하위그룹의 수정 경향에 차이가 있는지를 보기위하여 비모수통계검정인 Mann-Whitney검정을 실시한 결과는 다음과 같다. 분석결과 L1 필자 상위그룹와 하위그룹의 수정 경향 표면, 구절 수준, 문장 수준은 모두 통계적으로 유의한 차이를 보이지 않고 있다 (p>.05). 다만 상위그룹의 학생이 구절그룹보다는 문장 수준에서 약간 더 많은 수정을 시도했다는 사실을 확인할 수 있다. 이는 우수한 필자일수록 문장 수준에서 더 많은 수정을 시도한다는 이전의 연구결과를 한국어 작문에서도 일부 반영한 것으로 확인할 수 있다.

〈표 7〉 L1 상위그룹/ 하위그룹 비교

		N	평균	표준편차	Mann-Whitney U	p
표면	L1 필자 상위	8	3.97	1.81	16.000	0.189
	L1 필자 하위	7	5.28	1.55		
구절 수준	L1 필자 상위	8	7.97	2.88	17.500	0.232
	L1 필자 하위	7	9.4	2.78		
문장 수준	L1 필자 상위	8	14.03	4.86	23.000	0.613
	L1 필자 하위	7	12.73	4.76		

*<.05, **<.01, ***<.001

이다(임인재, 김신형, 박현정, 2003).

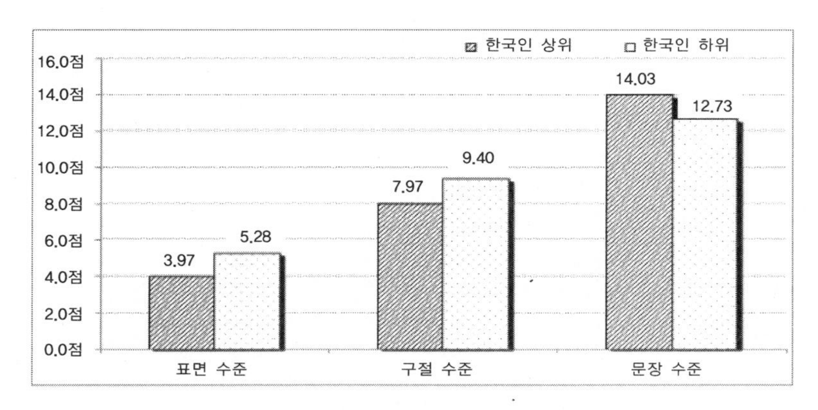

〈그림 3〉 L1 상위그룹 / 하위그룹 비교

4.2.3. L2 필자 상위그룹, 하위그룹 비교

L2 필자 상위그룹와 하위그룹의 수정 경향에 차이가 있는지를 보기위하여 비모수통계검정인 Mann-Whitney검정을 실시한 결과 L2 필자 상위그룹와 하위그룹의 수정 경향 표면, 구절 수준, 문장 수준은 모두 유의한 차이를 보이지 않고 있다(p〉.05).

다만 한국학생의 경우 우수한 필자일수록 문장 수준에서 더 많은 수정을 시도한다는 이전의 연구결과와 반하지 않았던 반면, 외국 학생의 경우에는 기존 연구와 반하는 결과를 보였다는 점이 주목할 만하다. 외국학생은 낮은 점수를 받은 필자일수록 문장 수준에서 수정을 더 많이 했으며, 높은 점수를 받은 필자일수록 표면 수준과 구절 수준에서 더 많은 수정을 했다.

이는 L2 필자 학생의 경우, 초고에서 내용생성에 집중한 필자가 이후 수정 과정에서 표면 수준과, 구절 수준의 규칙수정에 집중하는 전략을 택했을 것이라는 1장의 가설을 뒷받침하는 결과라고 할 수 있다. 반대로, 초고를 작성할 때 어휘와 문법 등의 표면 혹은 구절 수준에서 집중한 필자는 내용생성에 곤란을 겪었을 가능성이 크다. 하위그룹의 필자는 이후 수정 과정에서 상대적으로 수정 시 표면 혹은 구절 수준에서 수정할 필요성은 줄어드는 반면 내용이나 구조를 바꾸는 것이 가능한 문장 수준에서의 수정의 필요성은 높아지는 것이다.

〈표 8〉 L2 상위그룹/하위그룹 비교

		N	평균	표준편차	Mann-Whitney U	p
표면	L2 필자 상위	11	7.73	3.35	45.500	0.332
	L2 필자 하위	11	6.64	3.80		
구절 수준	L2 필자 상위	11	7.13	1.62	55.500	0.748
	L2 필자 하위	11	6.95	1.86		
문장 수준	L2 필자 상위	11	8.15	6.53	35.000	0.101
	L2 필자 하위	11	10.87	5.59		

*〈.05, **〈.01, ***〈.001

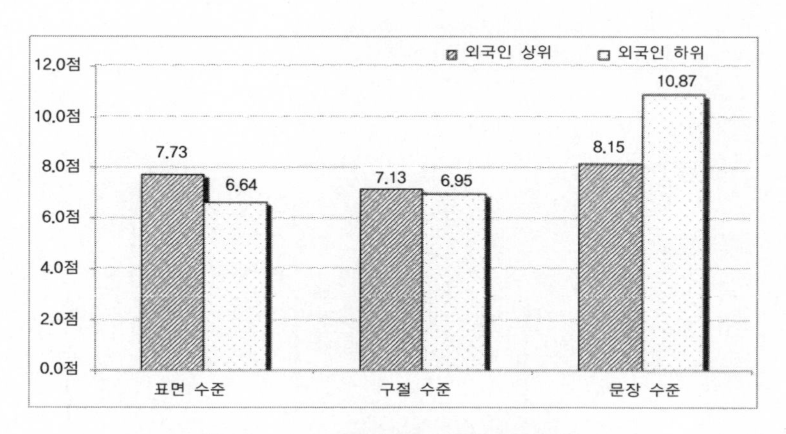

〈그림 4〉 L2 상위그룹 / 하위그룹 비교

4.2.4. L1/L2 필자 상위그룹 비교

성공적인 L1 필자와 L2 필자 필자의 수정 경향에 차이가 있다는 앞의 가설은 상위그룹간의 비교를 통해 더욱 확실하게 지지된다. L1 필자 상위그룹와 L2 필자 상위그룹의 수정 경향에 차이가 있는지를 보기위하여 비모수통계검정인 Mann-Whitney검정을 실시한 결과는 다음과 같다.

분석결과 L1 필자 상위그룹와 L2 필자 상위그룹의 수정 경향 중 문장 수준에서 유의한 차이를 보이는 것으로 나타났으며(p〈.01), L1 필자 상위가 L2 필자 상위보다 높게 나타났다.

〈표 9〉 L1/L2 상위 그룹 비교

		N	평균	표준편차	Mann-Whitney U	p
표면	L1 필자 상위	8	3.97	1.55	23.000	0.091
	L2 필자 상위	11	7.73	3.35		
구절 수준	L1 필자 상위	8	7.97	2.78	22.000	0.075
	L2 필자 상위	11	7.13	1.62		
문장 수준	L1 필자 상위	8	14.03	4.76	18.500	0.033*
	L2 필자 상위	11	8.15	6.53		

*〈.05, **〈.01, ***〈.001

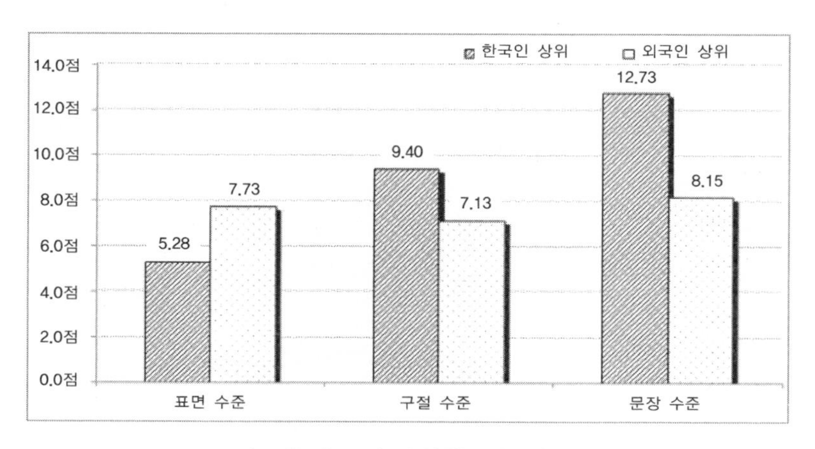

〈그림 5〉 L1/L2 상위 그룹 비교

즉, L1 필자는 성공적인 필자일수록 문장 수준에서 약간 더 많은 수정을 하지만(상위그룹 평균14.03, 구절그룹 평균12.03) L2 필자는 그 반대이다. L2 필자는 성공적이지 못한 필자일수록 문장 수준에서 더 많은 수정을 한다(상위그룹 평균8.15, 구절그룹 평균 10.87). 이는 L2 필자와 L1 필자가 작문과 수정을 성공적으로 이끌기 위해 사용하는 전략이 다를 수 있음을 나타낸다.

성공적인 L1 필자와 L2 필자는 확연히 다른 수정 패턴을 보여준다. 즉 L1 필자는 문장 수준에서 많이 수정할수록, L2 필자는 표면, 구절 수준에서 덜 수정할수록 성공적인 작문 결과를 낳았다. 반대로, 성공적이지 못한 L1 필자 필자는 문장 수준에서 덜 수정하고, L2 필자 필자는 문장 수준에서 더 많이 수정했다. 이는 사고구술 분석에서도 지적되었듯이 L1 필자와 L2 필자가 갖는 작문 과정의 차이에서 기인한 결과이다.

즉, 한국어의 정확한 사용보다는 내용 생성 과정에 집중한 상위그룹의 L2 필자들은 이후의 수정 과정에서 어휘나 구두점, 절이나 구차원에서의 지엽적인 수정을 할 필요성이 더 늘어날 수 있다. 그러나 이렇게 L2 필자의 인지적 수고가 지엽적 수정에 집중되는 것을 막기 위해선 수정이 두 가지 차원에서 이루어져야 한다. 먼저 문장 수준 이상의 전체적인 수준에서 필자의 의도에 따라 적절히 지침을 활용하는 1차 수정의 필요성이 강조되어야 한다. 그 다음 규칙에 어긋난 부분을 지엽적으로 수정하는 2차 수정이 이루어져야 보다 수준 높은 L2 작문의 결과를 기대할 수 있을 것이다.

5. 결론 및 제언

본 연구는 대학생인 L1 필자와 L2 필자의 한국어 수정 양상을 비교하고, 이를 토대로 효과적인 L2의 수정 전략을 도출하기 위해 수행되었다. 이를 위해 수정 과정을 녹음한 사고구술 분석을 통한 질적 연구, 채점결과와 수정 텍스트를 통계적으로 분석한 양적 연구를 실시하였다. 이후 채점자 3인을 대상으로 한 인터뷰가 추가되었다. 이 장에서는 본 연구를 통해 도출된 결과를 정리하고, 이를 통해 L2 수정 교육을 위한 제언을 하려고 한다. 사고구술 분석, 통계 결과와 인터뷰를 종합하여 다음과 같은 결론을 내릴 수 있었다.

첫째, 성공적인 수정을 수행한 L1/L2 필자의 사고구술에서는 문제에 대하여 충분한 정보를 제공해 주지 못하는 "탐지"를 거의 발견할 수 없다. 그러나 성공적으로 수정을 수행하지 못한 L1/L2 필자의 사고구술에서는 "탐지"가 많이 발견되었다. 탐지가 단순히 뭔가 잘못된 "느낌"에 가깝다면, 진단은 문제와 그 해결책에 대해 보다 많은 정보를 제공한다. 진단은 문제를 특정 범주로 분류해줌으로써 그에 맞는 해결책을 찾을 수 있게 한다. 연구 결과, 진단을 통해서 문제에 대한 반응—해결의 쌍을 갖는 것은 L1과 L2필자 모두에게 유용한 수정 전략이 될 수 있음을 확인했다. 반면, 문제의 원인과 해결책을 제시해 주지 못하는 "탐지"가 많아질수록 L1과 L2필자 모두에게 부정적인 수정 결과가 나타났다. 탐지된 문제는 결국 문장을 다시 쓰는 방법으로 해결될 수밖에 없다는 점을 감안한다면, 기본적인 문장 산출 능력이 부족한 L2필자에게 탐지는 특히 불리한 전략이 될 수 있다. '진단의 중요성'을 교육하는 것은 L1/L2 필자 모두에게 성공적인 수정을 위한 공통적인 출발점이 될 것이다. 사례를 통해, 단순한 느낌 혹은 즉각적인 진단이 불가능한 복잡한 문제에 대한 탐지가 끈질긴 시도와 노력을 통해 진단으로 바뀔 수 있다는 사실을 확인했다. 진단이 수정 지식을 개발할 수 있는 생산적인 활동이라면, 한국어 작문 지식이 부족한 L2필자들에게 매우 유용한 전략이 될 수 있다. 단, 명확한 '진단'의 성격이 짙은 문법이나 문장 등의 형식적 수정이 무조건 바람직한 수정은 아니라는 점 역시 교육이 필요하다.

둘째, L1 필자들은 대부분 글쓰기에 관한 지침Maxim을 사용하는데 반해 L2 필자들에게서는 지침을 활용하는 사례를 찾아보기가 힘들었다. 사고구술 분석을 통해, 성공적으로 수정을 수행한 L1필자들이 다양한 지침들을 활용한 것을 확인할 수 있었다. 그러나 L2 필자의 경우, 글쓰기 지침을 활용하여 수정한 경우가 많지 않았다. 지침을 사용하는 것은 수정의 과정을 보다 쉽고 빠르게 인도할 수 있다. 그러나 L2필자들은 "지각력 결핍"에 의해 문법, 어휘 오류 수정에 지나치게 집중하기도 하고, 수정에 활용할 수 있는 '한국어 지침'에 대한 지식 자체가 부족하기도 하다. 지침을 적절하게 소개해주는 것은 수정을 용이하게 해줄 뿐만 아니라 L2필자들에게 어휘·문법 오류 수정 이외의 더 높은 목표를 제시해 줄 수도 있다는 장점도 있다.

셋째, L1 필자들에게서는 규칙에 따라 문제를 진단하는 과정이 거의 발견되지 않았다. 이와는 달리 L2필자들은 규칙에 따라 문제를 진단하는 수정에 치중한다. L2 필자들의 인지적 수고가 규칙 수정에 집중되는 것을 막기 위해선 수정이 두 가지 이상의 차원에서 이루어져야 한다. L1 필자들에게 어법 등의 규칙 수정은 텍스트 생산 단계에서부터 자동적으로 이루어지는 경우가 많기 때문에, L1 필자들은 수정 과정에서 규칙 수정 외의 수정에 집중할 수 있게 된다. 그러나 L2 필자들에게는 규칙 수정이 많은 부분 자동화되어 있지 못하다. 또 고급 L2 필자라 할지라도 한국어 규칙 오류 수정에 매우 큰 비중을 두기 때문에 가장 우선순위로 규칙 수정을 놓게 된다. 그러나 대부분의 수정은 1차에서 그치기 때문에 L2필자의 경우 규칙수정에 머무르게 되는 경우가 많다. 내용생성을 하며 동시에 규칙에 대한 검열을 하는 것은 L2 필자들에게 엄청난 인지적 부담을 주기 때문에, 내용 생성 이후의 수정 과정에서 규칙에 따라 문제를 진단하고 수정하는 과정에 집중하는 전략은 매우 유용할 수 있다. 수정 텍스트를 통계 분석한 결과에서도 성공적인 L2 필자들이 구두점, 어휘, 구와 절 등의 지엽적인 수정을 더 많이 수행했음을 확인할 수 있었다. 그런데 문제는 L2 필자들의 전략이 '규칙'검열에 한정될 경우 발생한다. 이러한 경우, 규칙 수정 외의 문제에 집중할 수 있는 L1 필자들에 비해 수정의 질이 떨어지게 된다. L2 필자들에게는 정확한 한국어 어휘나 문법에는 신경 쓰지 않은 채 거시적인 관점에서 내용과 구조를 살피는 1차 수정과, 어휘나 문법을 집중적으로 살피는 2차 수정이 있어야 한다. 2차 이상의 수정은 L2 필자들의 보다 성숙한 글쓰기를 위해서 반드시 필요한 과정이다.

이러한 연구 결과에 더하여, 학생들의 반성적 쓰기를 통해 드러난 L2 수정에 대한 '낮은 수정 목표 설정'이라는 문제도 이후 더욱 연구해야 할 지점이다. 필자의 수정 의도와 목표가 수정 과정을 인도한다고 볼 때, 특히 학문 목적 L2 필자들의 글쓰기에서는 쉽고 안전한 목표에 안주하는 것만이 최선은 아닐 수 있다. 그보다는 L1의 수준에 버금가는 보다 높은 목표를 제시하고, 이를 달성할 수 있는 구체적 절차를 제시해 줌으로써 L2 필자들도 대학 공간 안에서 만족할 만한 학술적 성과를 달성할 수 있도록 안내해야 할 것이다. 본 연구의 성과를 통하여 L2 학생들의 수정을 도울 수 있는 보다 구체적인 절차를 제공할 수 있을 것이라 기대한다.

상호텍스트성을 바탕으로 한 독자의 텍스트 간 연결 양상 분석

강지은
연세대학교 대학원

1. 서론

한국 고등학생들은 수업 시간에 수업 목표와 관련된 단일한 텍스트만을 읽는다. 대부분의 수업은 교사의 설명이 주가 되는 주입식 강의로 이루어지는데, 한 수업에 할당된 50분 동안 하나의 텍스트를 읽는 것도 버거운 것이 현실이다. 또한 교사들은 학생들이 단일 텍스트를 읽고 '텍스트 내용', '주된 화제', '주제'가 무엇인지 등의 단일 평가 항목으로 텍스트 이해를 파악하려 한다. 이러한 수업을 받았던 학생들이 대학교에 입학하여 느끼는 가장 어려움은 과제를 해결하기 위해 다중텍스트를 읽으며 의미를 구성하는 일이다. 고등학교 시절 단일 텍스트만 읽고 과제를 수행해야 했던 상황에서 벗어나 다중텍스트를 읽고 의미를 구성해야 하기 때문이다. 이 때 상호텍스트성[1]을 활용한다면, 텍스트의 의미를 더 풍부하게 구성할 수 있다.

---

1 이 연구에서 상호텍스트성이란 하나의 텍스트를 이해하는 과정에서 이전에 읽었던 텍스트의 영향을 받거나, 자신의 경험을 통해 텍스트를 이해하거나, 이전 지식을 이용하는 등 읽고 있는 텍스트와 더불어 그 이외의 외적 도움을 받는 것을 말한다.

상호텍스트성(Intertextuality)은 중·고등학교 교과 과정[2]에 포함되어 있다. 그러나 이는 상호 논쟁적 텍스트로만 나타나거나, 문학 작품을 이해하기 위한 배경지식으로 적용될 뿐이다. 또한 학생들은 교과 과정에 포함되어 있는 상호텍스트성에 대해 인지하지 못하며, 자신이 텍스트를 이해하기 위해 그것을 이용하고 있다는 사실조차 깨닫지 못하고 있다. 그러나 우리가 텍스트를 읽을 때 사용하는 상호텍스트성은 교과 과정에 나타나 있는 것보다 범주가 훨씬 넓으며, 이를 교육하면 단일텍스트 의미를 구성하는 데에도 큰 도움을 줄 수 있다.

이 연구는 실험을 통해 고등학생들이 텍스트를 읽으며 연결 짓는 상호텍스트성의 양상을 살펴 그 특성을 드러내는 것을 목표로 한다. 각각의 학생은 주어진 다섯 개의 텍스트를 조용히 그리고 천천히 읽으면서 그들이 생각하고 있는 것을 발화한다. 발화된 내용은 녹음되어 분석 자료로 사용된다.

실험 연구를 통해 탐구할 구체적인 문제는 다음과 같다.

---

2 교육과학기술 고시 제 2011-361호 [별책 5] 국어과 교육과정에는 '상호텍스트성'이 언급되어있다.

(7) 동일한 대상을 다룬 서로 다른 글을 읽고 관점과 내용의 차이를 비교한다.

동일한 글감이나 화제를 다루더라도 필자에 따라 관점과 내용을 달리하여 서술할 수 있다. 그러므로 어떤 대상을 명확하게 이해하거나 어떤 대상에 대해 관점을 뚜렷하게 세우려면 여러 글을 참조하여 읽을 수 있어야 한다. 이와 같이, 하나의 대상에 대해 내용과 형식면에서 비슷하거나 혹은 다르게 쓰인 두 개 이상의 글이 서로에 대해 가지는 관련성을 상호텍스트성이라고 한다. (후략)

국어 [공통교육과정] 중 4. 내용의 영역과 기준 항목 [중1-3학년군] 읽기 영역, 읽기 [내용] 성취 기준(7) (국어과 교육과정, 2011, 54쪽)

[연구문제 1] 고등학교 2학년 학생들이 다중텍스트를 이해하기 위해 어떠한 연결 양상을 사용하는가?

1-1. 고등학교 2학년 학생들이 다중텍스트를 읽으며 만들어낸 연결 양상에는 어떤 것이 있는가?

1-2. 고등학교 2학년 학생들이 다중텍스트 중 하나의 텍스트를 이해하기 위해 사용하는 내부, 외부 연결 요인의 위치는 어디인가?

[연구문제 2] 학생들이 다섯 개의 다중텍스트를 읽으며 나타낸 특성은 무엇인가?

1-1. 학생들은 텍스트를 이해하며 어떠한 입장(stance)을 나타내는가?

1-2. 학생들이 텍스트를 이해하기 위해 나타낸 입장을 어떻게 분류할 수 있는가?

2. 상호텍스트성을 이용한 텍스트 이해 방식

2.1. 텍스트의 개념과 성격

텍스트 이해 방식을 설명하기에 앞서, 텍스트를 정의하는 것은 중요한 문제가 된다. 텍스트 정의 방법에 따라 독자가 사용할 수 있는 텍스트의 범위가 달라질 수 있기 때문이다. 텍스트는 크게 다섯 가지로 정의할 수 있다. 첫째, 텍스트는 읽어야 할 목적을 가진 어떤 것이다. 이는 일반적 텍스트의 정의라고 볼 수 있다. 둘째, 사람들의 발화나 제스처, 음악, 영화, 드라마의 한 부분도 모두 텍스트로 보는 것이다(Rowe, 1987; Short, 1986). 이는 언어적인 것과 비언어적인 것을 모두 텍스트에 포함시키는 것이다. 셋째, 텍스트는 개인의 마음속에 존재하거나 이미 경험한 후 구성된 생각이다(Witte, 1992). 넷째, 텍스트는 의미 덩어리(chunk of meaning)다(Rowe, 1987; Lemke,1985). 다섯째, 텍스트는 결코 무(無)에서 유(有)로 창조될 수 없는 것이다(Kristeva, 1967). 이는 하나의 옷이 만들어지기 위해서는 여러 실들이 교차하여 직물을 만드는 것과 같은 원리다.

텍스트 의미를 확장하는 것은 텍스트 외연을 확장하는 것이다. 케이어니(1990)는 초등학교에 입학하기 전, 학생들은 텍스트를 이해하기 위해 언어적·비언어적 텍스트 사이를 자연스럽게 이동했다고 지적했다. 그러나 학교에 입학한 이후 학생들은 다양한 이유로 텍스트 사이를 넘나드는 유용함을 학습하지 않게 되었다. 이는 학생들이 텍스트 범위를 한정적으로 생각하기 때문이다. 또한 전통적 강의식 수업에서 텍스트는 읽어야할 목적을 가진 것으로 정의하기 때문이기도 하다.

확장된 텍스트의 의미를 수용하면, 학생들은 자신이 읽고 있는 텍스트를 이해하기 위한 방법으로 화제(topic), 주제(theme) 등이 비슷한 텍스트를 사용할 수 있다. 또한 이전에 행했던 경험들이 현재 읽고 있는 텍스트 이해에 영향을 끼치거나, 독서를 하면서 떠오르는 의미 덩어리(chunk of meaning)를 활용하여 현재 텍스트를 이해할 수 있다.

2.2. 텍스트 이해 방식

텍스트를 이해하는 방식은 학문 분야마다 약간의 차이를 가지고 있다. 인지심리학자는 인간을 외부 자극에 반응하는 수동적 존재가 아니라, 스스로 사고할 수 있는 창의적 존재로 보았다. 사람들이 하나의 자극에 대해 각기 다른 반응을 보이는 것은 결국 '기존 지식(prior knowledge)'이나 '스키마(schema)'가 다르기 때문이라고 생각했다. 또한 텍스트 의미는 주어진 맥락에 따라 달라질 수 있음을 보여주었다. 즉, 텍스트는 고정된 실체가 아니라 자유자재로 변할 수 있는 것으로 생각했다(Spiro,1987). 이는 독자가 텍스트 의미를 구성할 때, 특정 맥락이나 상황에 따라 다른 의미가 구성되고 텍스트 이해가 달라질 수 있음을 언급한 것이다.

기호학은 기호를 보는 방법에 따라 텍스트 접근 방식을 달리한다. 기호를 보는 이분법적 관점에서 소쉬르는 사회를 구성하는 사람들이 함께 사용하는 랑그(langue)와 개별 구성원의 언어인 파롤(parole)을 구분했다. 개인은 사회 언어 공동체의 일부로서, 그 공동체의 언어 체계, 그리고 관습에 대한 지식을 가지고 있다는 것을 지적한 것이라고 할 수 있다. 라캉은 기표와 기의 사이엔 빈자리가 존재한다고 설명하고 그 선을 '의미의 경계(barrier to signification)'라고 명명하였다(박헌재 역:193). 기표와 기의 사이에 존재하는 경계선의 빈자리를 메우기 위해서는 일치점이 필요하다. 일치점이 많을수록 빈자리를 더 촘촘히 메울 수 있고, 촘촘히 메워진 곳에서 의미를 발견할 수 있기 때문이다. 기호를 삼분법적 관점에서 바라보는 피어슨은 기호 체계를 기호(sign), 대상(object), 해석체(interpretation)의 관계로 설명한다. 퍼스의 입장에서 볼 때, 텍스트 내용은 두 가지로 나뉠 수 있다. 하나는 필자가 자신의 생각을 표현하기 위해 기호로 나타낸 텍스트이고, 다른 하나는 독자가 생각한 텍스트의 내용이다. 소쉬르와 달리 퍼스는 인간을 중심에 두고 설명한다. 필자가 기호로 표현한 텍스트와 그 텍스트 의미는 주체의 해석 행위를 통해 각기 독자마다 다른 해석을 가질 수 있기 때문이다.

문학이론에서 크리스테바(1967)는 바흐친의 '다성성' 개념을 사용하여 '상호텍스트성(intertextuality)'이라는 용어를 창안했다. 그녀는 하나의 발화가 다른 발화와 맺고 있는 관계를 '수평적' 관계와 '수직적' 관계로 구분하였다(김도남, 2002:45). 여기서 중요한 것은 발화가 그 이전 시대 또는 동시대의 다른 발화와 맺는 수직적 관계이다. 크리스테바는 수직적 관계를 표현하기 위해 '상호텍스트'를 사용했다. 결국 텍스트란 다른 텍스트를 회상하거나 인용한 것으로 텍스트들은 서로 혼합되고 교환된다. 이러한 관점에 이르면, 모든 텍스트들은 상호텍스트가 아닌 것이 없게 되고 상호텍스트성은 결국 모든 텍스트의 특성이 된다.

인지심리학, 기호학, 문학이론은 같은 사안에 대해 다른 단어를 사용하거나 관점의 차이를 보이기는 하지만, 텍스트를 이해하는 방법에서는 공통점을 가진다. 세 이론은 모두 의미가 있는 곳을 다루기 때문이다. 또한 의미의 상관성, 개방적 의미 형성이라는 공통점을 보였다. 이는 크리스테바(1969)의 "독자는 한 텍스트를 다른 텍스트로 옮기고, 흡수, 변형시켜 모자이크를 만든다."를 이해할 수 있는 토대가 될 수 있다.

인지심리학, 기호학, 문학이론을 바탕으로 텍스트를 이해하는 방식으로써 상호텍스트성을 고찰할 수 있다. 중요한 것은 '상호텍스트성'이 존재하는 방식이다. 블룸 & 이건-로버트슨(1993)과 하트만(1995)은 상호텍스트성이 존재하는 방식을 공간과 시간으로 분류했다.

상호텍스트성은 다중텍스트를 읽는 독자의 텍스트 자료에 근거한다. 문학이론과 인지 심리학에서 독자는 현재 텍스트를 이해하기 위해 다른 텍스트를 떠올리거나, 자신이 경험했던 일들을 떠올린다. 이러한 독자의 능동적 활동이 상호텍스트성을 촉발시킨다는 것이다. 또한 상호텍스트성이 나타나는 공간으로 개인의 인지적 과정과 텍스트 기호를 언급한다. 독자는 텍스트 기호를 시각적으로 지각하고 이해하기 위해 인지적 양상을 보이기 때문이다. 상호텍스트성은 개인의 특성과도 관련 있다. 독자가 텍스트를 읽으며 의미를 구성하는 과정에서 개인의 담화 관습이 드러나기 때문이다. 상호텍스트성을 시간으로 접근시키는 방법에서는 현재 진행 중인(on-line) 양상에 위치시킨다. 이 방법은 독서 활동 중에 일어나는 진행 중인 연결 양상을 분석하는 데 사용할 수 있기 때문이다.

김성수(2009)는 2000년대 초반부터 글쓰기교육이 강조되면서, 다중텍스트를 제시하고 이를 통합하여 자신의 생각을 서술하는 통합형 논술이 등장했다고 분석했다. '통합교과형 논술'은 창의적으로 문제를 해결하고 논리적으로 글을 쓰는 능력을 평가하는 것으로, 고등학생이 최초로 다중텍스트를 읽으며 그것을 선택, 조직, 변형하는 시도가 된다. 이후 대학생이 된 학생들은 다중텍스트를 통해 과제를 쓰기 위한 읽기(reading to write)를 수행한다. 지금까지의 독서교육에서는 단일텍스트 위주의 고등학교 독서 읽기 교육 방안과 다중텍스트 중심의 대학신입생 읽기 교육 사이의 간극을 메울 수 있는 어떠한 시도도 없었다. 고등학교 시기의 학생들은 단일텍스트 위주의 평가를 받는다. 이 또한 객관식 시험을 통해 정해진 의미를 확인하는 정도이다. 그러나 대학생이 되면 주어진 과제를 해결하기 위해 다중텍스트를 읽으며 텍스트 의미를 구성하게 된다. 단일텍스트 위주의 전통적 수업방식에 길들여진 고등학생들이 바로 대학생 문식성에 적응해야하는 것에는 문제가 있다.

인지심리학에서는 텍스트를 이해하기 위해 '배경지식'이나 '기존지식'을 언급했다. 고등학생들 또한 배경지식 필요성에 대해 언급했다. 그러나 텍스트를 이해하기 위해 사용하는 배경지식에는 한계가 있다. 세상의 모든 지식을 알 수 없기 때문이다. 또한 '배경지식'이라는 추상적 명제가 학생들의 발목을 잡고, 배경지식이 없이는 텍스트를 이해할 수 없다는 잠재의식을 심어주었다. 독자가 텍스트를 이해하기 위해 '배경지식'이라는 추상적 명제를 강조하기보다는 다중텍스트를 활용한 텍스트 이해 방식을 고안할 필요가 있다.

다중텍스트를 이용해 텍스트를 이해한다면, 단일텍스트를 이해할 때보다 '배경지식'의 막연함을 줄일 수 있다. 또한 단일텍스트를 읽을 때보다 풍부한 자료를 활용할 수 있기 때문에 텍스트 이해의 타당성을 높일 수 있다. 여기에 상호텍스트성을 활용한 텍스트 이해 방식을 덧붙이게 된다면, 텍스트를 이해하고 의미를 구성하는데 큰 도움이 될 것이다.

3. 텍스트 이해 방식으로서 상호텍스트성

국내·외 상호텍스트 읽기 양상 연구는 상호텍스트 읽기의 실용적 측면과 교육적 중요성에 비해 크게 다루어지지 않았다. 읽기 교육의 역사가 오래된 북미권의 경우, 1980년 후반이 되어서야 다중텍스트를 활용한 상호텍스트 읽기 연구가 시작되었다. 연구들은 크게 두 가지로 구분된다.

3.1. 독자의 읽기 양상 분석 연구

독자의 읽기 양상 분석을 위한 연구는 독서 과정에서 일어나는 인지과정을 분석하기 위한 연구가 있다. 독자가 텍스트를 읽을 때 일어나는 일련의 과정들은 다양하고 복합적인 작용에 영향을 받는다. 그러나 인간의 뇌에서 일어나는 여러 가지 일들을 확인하고 분석하는 데 한계가 있다. 이러한 한계를 극복하기 위해 독서 분야에서 사용하는 방법으로 사고구술(think-aloud)[3](정진호, 2011)과 눈동자 움직임[4] 분석(박영민, 2012)이 검토되었다.

---

3 사고구술(think-aloud)이란 Think-aloud를 번역한 용어로 읽기나 쓰기, 문제 해결, 수학 문제 풀기, 토론, 토의 등과 같은 인지적 과업을 수행하고 있는 동안에 피험자가 자신의 생각을 말로 표현하는 것을 말한다(천경록, 2002:39-40).

4 독자가 글을 읽을 때, 독자의 눈동자는 움직임과 고정을 끊임없이 반복한다. 텍스트 읽기 과정을 파악하기 위한 독자의 눈동자 움직임 추적 연구는 독자의 눈동자 움직임이 텍스트 이해 과정과 연관되어 있다고 전제하고, 이것을 통해 개별 읽기의 특성을 분석할 수 있다고 전제한다(박영민, 2012:3).

장진호(2001)는 읽기 활동 중 독자의 구체적 사고 양상을 파악하고, 그것을 분석하여 읽기 평가에서 활용할 수 있는 방안을 분석했다. 이를 위해 실제 학생들이 텍스트를 읽고 구술한 자료를 사용하였다. 그는 고등학교 1학년, 6명의 학생[5]을 대상으로, 학생들이 의논하여 고른 네 개의 텍스트(강옥구, 「한 인디언 추장이 신세계에 주는 메시지」; 피천득, 「엄마」; 김동인, 「조국」; 염상섭, 「삼대」)를 읽으며 사고구술한 내용을 녹음기로 녹음한 후, 개별 학생의 프로토콜[6]을 분석했다. 학생들의 사고구술 분석 결과는 추론하기, 해석하기, 평가하기로 나타났다. 추론과 해석 평가는 선조적으로 나타나는 것이 아니라 복잡하게 얽혀 있었고, 동시 다발적으로 나타나기도 한다는 사실을 확인했다. 이후 학생들의 사고구술 결과를 활용하여 수업 시간에 직접 활용할 수 있는 방안을 모색하고, 더불어 읽기 활동을 평가할 수 있는 도구로 사용할 수 있는 방법을 확인했다.

장진호(2001)가 읽기 중 독자의 활동을 파악하기 위해 사고구술의 방법을 이용했다면, 박영민(2012)은 눈동자 움직임 분석의 방법으로 독서의 인지적 과정을 고찰했다. 그는 인지적 과정인 읽기 과정을 분석하기 위해 독자 집단을 중학생 7명, 고등학생 6명, 대학생 7명으로 분류하고,

---

5 실험 대상이 된 학생들은 각 반에서 10등 이내의 성적 분포를 보였다. 이는 명시적으로 언급하지 않았지만 실험 설계를 할 때 표준화한 시험을 근거로 사고구술을 잘 할 것으로 예상되는 즉, 읽기 수행 능력이 상대적으로 뛰어날 것이라고 예상되는 학생들을 대상으로 실험을 한 것으로 보인다. 이는 하트만(1995)의 연구 결과에서도 드러났듯이, 읽기 수행 능력이 뒷받침 되는 학생을 대상으로 실험 설계를 해야 한다는 것을 확인할 수 있다.

6 사고구술(Think-aloud) 자료는 녹음한 것으로도 이용할 수 있지만, 녹음을 분석하기 위해서는 사고구술을 전사한 프로토콜을 사용한다. 독자가 독서를 하는 동안 텍스트를 "읽는 과정에서 머리 속에 일어나는 일련의 사고 행위를 구술해 놓은" 것을 프로토콜(protocol)이라 한다(천경록·이재승(1998), 『읽기 교육의 이해』, 우리교육, 11쪽). 이는 독서 과정에서 일어나는 개인의 사고를 언어로 풀어쓴 것으로 개인의 인지 작용을 확인할 수 있는 좋은 자료가 된다.

동일한 설명문을 읽는 동안 일어나는 눈동자 움직임을 추적하며 읽기 수행 양상의 차이를 살폈다. 눈동자 움직임을 분석하기 위해서 눈동자의 총 고정 빈도, 총 고정 시간과 평균 고정 시간을 측정했다. 설명문을 읽을 때 눈동자 움직임을 측정한 결과, 총 고정 빈도와 총 고정 시간, 평균 고정 시간은 중학생, 대학생, 고등학생 순으로 높은 것으로 나타났다. 그러나 중학생, 고등학생, 대학생 모두 자주 등장하는 단어와 예시 문단을 읽을 때, 눈동자 고정된 시간이 짧고 고정 빈도가 낮았다는 결과가 나타났다. 눈동자 회귀 특성의 결과는 중학생과 고등학생보다 대학생이 도약의 길이가 긴, 의미 있는 회귀 특징을 보인 것으로 나타났다.

3.2. 상호텍스트를 바탕으로 한 텍스트 이해 연구

이 연구들은 상호텍스트를 바탕으로 독자가 텍스트를 이해하는 방식에 주목했다. 독자가 현재 읽고 있는 텍스트의 진행 중인 상호텍스트 연결 양상을 분석한 연구(Hartman, 1991; 1994; 1995), 학생들이 이전에 배운 문학 텍스트 사이의 관계를 파악한 연구(Beach & Appleman & Dorsey, 1994), 독자의 읽기 능력에 따라 필자의 텍스트 구성 방식이 어떻게 변화하는지를 파악한 연구(Spivey, 1983), 독자가 이미 가지고 있는 배경지식의 정도가 읽기와 쓰기 수행에 미치는 영향을 분석(Ackerman, 1990)하고 고찰한 연구가 이에 해당한다.

국내 연구는 상호텍스트성을 문학 읽기 교육에 접목시켰다. 이는 크게 문학텍스트를 이해하기 위해 상호텍스트를 활용(고은정, 2012; 류수열, 2004; 김정우, 1998, 2006)하거나, 독자의 능동성을 강조(조소정, 2007; 정재찬, 2009)하기 위해 사용하는 경우, 문학사 교육을 위해 사용하는 경우(강선옥, 2002)로 분류할 수 있다.

이 연구는 Hartman(1995)의 연구 성과를 전제로 한다. 하트만은 텍스트 이해를 도모하기 위한 방법으로 연구자가 생각하기에 화제(topic)가 비슷한 다섯 개의 소설을 선정하고, 각 소설의 몇 지문(passage)을 재선정한 후 고등학교 2학년 8명의 학생들에게 다중텍스트를 읽게 하였다. 학생들에게 텍스트를 읽으며 인물, 사건, 배경, 시간 등 연결할 수 있는 부분을 연결 지으며 사고 구술하도록 했다. 그 결과, 학생들은 현재 텍스트를 이해하기위해서 다섯 개의 텍스트 중 미리 읽은 텍스트에서 연결하거나, 텍스트와 텍스트를 넘나들며 연결, 텍스트 외부 지식을 이용하여 의미 구성을 위해 노력했다. 그러나 하트만은 문학텍스트의 일부 단락만을 제시했다. 이는 제한된 실험 설계안에서 인위적인 연결 양상을 나타낸 것이다. 또한 이순영(2009)이 지적한 것과 같이 문학텍스트 읽기에 편중하여 텍스트 이해 양상을 살폈다.

이 연구는 하트만의 연구에서 나타난 문제점을 보완하여 설계했다. 첫째, 텍스트의 단락을 제시하는 것이 아니라 온전한 텍스트를 제시하여 학생들의 실제 연결 양상을 살폈다. 둘째, 질적 연구 타당성을 확보하기 위해 더 많은 연구 대상을 선정하여 선행 연구의 한계를 극복 하고자 했다. 셋째, 추상성이 높은 문학텍스트와 상대적으로 추상성이 낮은 비문학텍스트를 혼합한 텍스트 배열 구조를 사용하여 텍스트 이해 연결 양상을 살폈다.

4. 연구 방법

4.1. 연구 대상

연구 대상은 고등학교 경기도의 공립 외국어고등학교 2학년 12명이다.

11명의 학생은 여학생이고 5명은 남학생이다. 실험에 참여한 12명의 학생 중 9명의 학생이 2013년 전국 6월 모의고사 국어 성적의 89% 이상의 백분위[7]를 차지했다. 나머지 세 명의 학생은 각각 백분위 85%, 73%, 50%를 차지했다. 고등학생 2학년을 연구 대상으로 정한 것은 올스헤이브스키(1976~1977)와 올슨, 더피 & 맥(1984)이 언급한 것처럼 독서 능력이 발달중인 학생보다 능력 발달이 이루어진 상태의 학생이 자신의 생각을 사고구술 할 수 있기 때문이다. 또한 천경록(1998)이 제시 한 것과 같이 고등학교 2학년 학생들은 필요에 따라 자발적으로 글을 읽는 능동적인 독자이기 때문이다.

4.2. 연구 도구

다중텍스트 자료 구성은 보완 관계 텍스트(complementary texts)배열법을 따랐다. 이는 하나의 화제를 지지하는 텍스트 구성 방식으로, 독자는 하나의 화제에 대해 다양한 관점을 생각해 볼 수 있다. 올스헤이브스키(1976~1977)는 추상적으로 쓰인 텍스트를 읽는 독자는 그렇지 않은 텍스트를 읽을 때보다 더 많은 추론을 행한다고 지적했다. 즉, 독자는 명시적으로 주장을 언급하거나 특정 사안에 대해 설명하는 비문학텍스트보다는 문학텍스트를 읽으며 더 많은 추론을 이끌어 낸다. 본 실험에서는 추상성이 높은 두 개의 문학텍스트와 문학텍스트에 비해 추상성이 낮은 세 개의 비문학 텍스트, 총 다섯 개의 다중텍스트를 실험 자료로 삼았다. 다섯 개의 텍스트는 동일한 화제 '진실'에 대한 다양한 관점의 글로 구성하였다. 다섯 개의 텍스트는 "댈러웨이의 창"(박성원, 2000), "신문과 진

7 9명 중 각각의 학생의 백분위는 다음과 같다. 98%-1명, 97%-2명, 96%-1명, 95%-1명, 93%-1명, 92%-2명, 90%-1명.

실"(송건호, 2002), '진실 감추기'(마르퀴즈 그룹, 2009), '진실이란 무엇일까', '빙청과 심홍'(윤흥길, 2005)으로 구성했다.

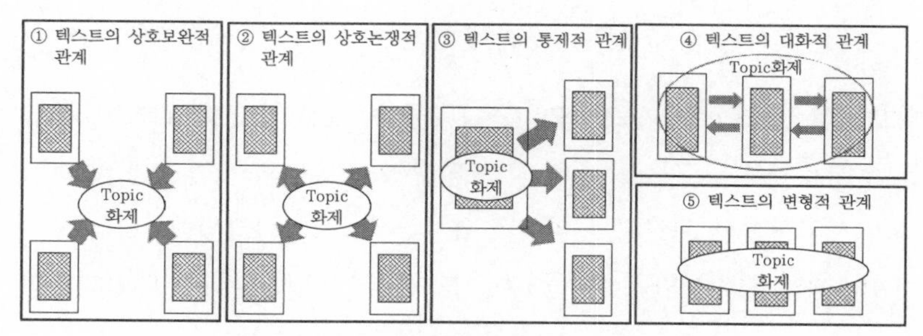

〈그림 1〉 다중텍스트의 관계(김도남, 2002:123)

4.3. 연구 절차

연구 절차는 다음과 같았다. (1) 학생들에게 다섯 개의 텍스트를 제시한 후, 간단한 지시사항을 설명[8]했다. 학생들은 다섯 개의 텍스트를 읽으며, 생각이 떠오르게 된 부분을 텍스트에 표시하도록 했다. 동시에 사고 구술(think-aloud)도 진행했다. (2) 다섯 개의 텍스트를 읽은 후 학생들에게 즉각적인 질문을 했다. 이는 학생들이 텍스트를 이해하기 위해 수행한 연결 양상을 분석할 때, 연결 유형을 이해할 수 있는 토대를 제공했다. (3) 학생 개개인을 파악하기 위해 간단히 개별 인터뷰를 진행했다. 개별 인터뷰는 14개의 질문으로 구성했지만, 학생들을 관찰한 결과 궁금했던 사항을 추가적으로 질문하여 개개인의 연결 상황을 파악할 수 있는 있도록 했다. (4) 실험이 끝난 후 학생들이 발화한 사고구술을 전사하였다.

8 지시 사항은 '1) 텍스트를 읽으며 어떤 것이 떠오른 부분에 표시할 것, 2) 자신이 생각하는 것을 사고 구술 할 것, 3) 읽고 싶은 만큼 지문을 읽을 것'이다.

4.4. 자료 분석

자료 분석은 다음과 같은 절차를 따랐다. (1) 학생들이 읽은 다섯 개의 실제 텍스트에 표시된 위치를 코딩[9]하였다. (2) 학생들이 다섯 개의 텍스트를 읽으며, 발화한 사고 구술을 코딩[10]했다. (3) 코딩된 자료를 통해 학생들의 상호텍스트 연결 패턴을 파악했다. 또한 학생들이 텍스트를 읽으며 생성한 사고구술을 통해 담화 입장(stance)을 분석했다. 12명의 학생이 사고구술한 프로토콜 파일은 총 14시간으로 나타났다. 이는 A4용지 104페이지로 정리할 수 있었다. 또한 2200개의 발화가 확인되었다.

5. 연구 결과

5.1. 다중텍스트를 읽으며 만들어낸 연결 양상

학생들이 텍스트를 읽으면 만들어낸 연결 양상 중 가장 많은 부분을 차지하는 것은 1차 연결이다. 1차 연결이란 하나의 텍스트를 읽으며 텍스트 내부에서 연결 짓는 것을 뜻한다. 학생들은 텍스트 사이를 오가며 2차 연결[11]을 만들었다. 대부분의 학생들은 화제에 초점을 맞추어 텍스

9 학생들은 텍스트를 읽으며 생각이 떠오른 부분을 표시하고 사고구술을 행했다. 이를 따로 전사했다.

10 분석단위는 사고구술발화(think-aloud utterance)를 사용했다. 사고구술발화는 침묵 후에 나타나는 발화로 구성된다. 학생들은 텍스트에 표시를 한 후 자신의 생각을 말하기위해 발화를 시작하거나, 텍스트에 표시하지 않았지만 자신의 생각을 드러내기 위해 발화했다. 발화 후에 다시 텍스트를 읽기 시작하면 발화를 멈추고 집중했다.

11 세정이는 세 번째 텍스트를 읽으며 텍스트에 서술되어 있는 한 문장을 보고 두 번째 텍스트와의 연관성을 설명했다. 이는 화제의 유사성을 통해 연결을 만들어 낸 경우라고 할 수 있다. -'진실을 왜곡하고 거짓을 만들어 낸다.' 이거 아까 텍스트 2에서 광고하는 것과 연관이 되는 것 같아. 진실이 그러니까 노동자의 생산과정을 말하는 거고,

트 간 연결 양상을 만들었다. 또한 장르상의 차이점을 통해 텍스트를 이해하려는 2차 연결 양상을 보였다. 학생들은 텍스트를 이해하기위해 외부 연결[12]을 만들었다. 이는 자신이 알고 있던 지식을 이용하거나, 드라마, 영화, 음악 감상 등의 경험을 이용했다.

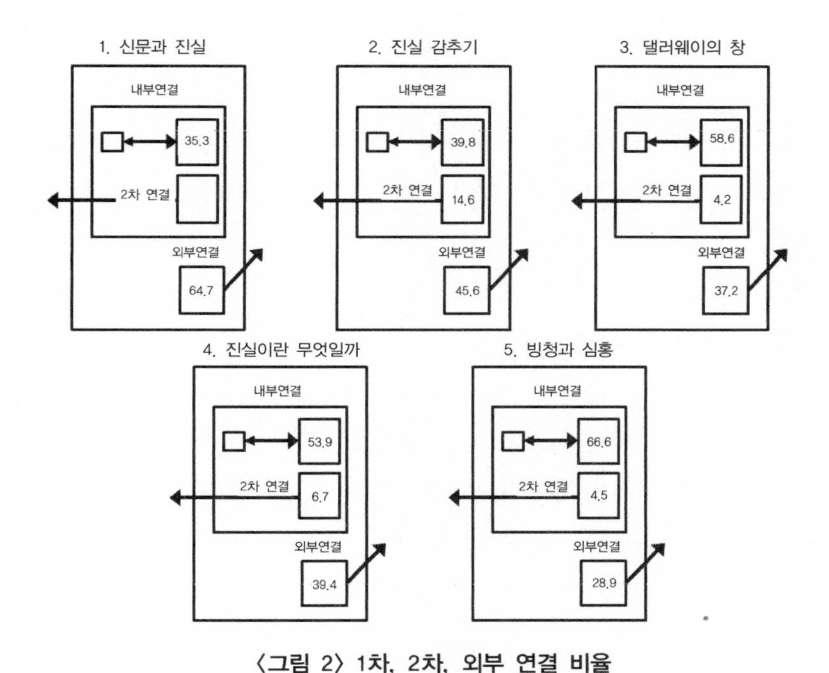

〈그림 2〉 1차, 2차, 외부 연결 비율

거짓은 그 허위 광고를 말하는 것 같은데.'-

12 가영이는 세 번째 텍스트에 제시되어 있는 한 문장을 이해하기 위해 자신이 보았던 드라마를 떠올렸다. 이는 과제 텍스트를 이해하기 위해 외부 연결 양상을 보인 것이다. -'이거 얼마 전에 너목들[너의 목소리가 들려]를 봤었는데, 거기서 봤던 거랑 좀 비슷한 것 같아. 누구도 거짓이란 걸 알지만 적당히 감추는 거 … 거기서 남자 주인공이 그랬는데 원래 거짓이란 게 사람들 사이에 더 윤활제 같이 되어서 더 편하게 된다고. 자기 진심을 드러내고 진실을 말하면 서로 불편해 진다고.' -

5.1.1. 1차 연결 양상-문단 내, 문단 간, 텍스트 내적 연결[13]

학생들이 텍스트를 읽으며 만들어낸 연결 양상 중 가장 많은 부분을 차지하는 것은 1차 연결 양상이었다. 1차 연결 양상은 채연이가 만들어 낸 연결양상으로 파악할 수 있다.

또 댈러웨이가 너무 나와

채연이는 세 번째 텍스트를 절반 정도 읽고 있었고, 텍스트 내 한 문단에서 계속 언급되고 있는 사진작가의 이름에 밑줄을 그었다. 한 문단 내에 자주 언급되는 등장 인물의 이름을 언급하며 1차 연결 양상을 보였다. 이렇듯 문단 안에서 자주 언급되는 단어를 연결하는 경우는 '문단 내 연결 양상'으로 구분했다.

채연이는 다섯 번째 텍스트의 세 번째 페이지 중반 부분부터 마지막 단락을 읽었다. 이 부분에서는 모든 사람들이 우하사의 행동을 영웅적으로 변모시키며 기자회견을 하고 있을 때, 신하사만이 홀로 진실을 말하는 부분이다. 채연이는 텍스트의 '신하사', '꿀먹은 벙어리', '불에 타고 있었습니다.'에 밑줄을 그으며 사고구술을 했다.

---

13 하트만(1995)은 1차 연결을 크게 세 가지로 분류했다. 첫 번째는 국지적(local) 연결로 이는 문단 내 문장 사이에서 텍스트 연결이 이루어지는 것을 뜻한다. 두 번째는 장면적(regional) 연결로 문단 사이에서 더 큰 연결 양상을 보이는 것이다. 마지막은 전국적(global) 연결로 이는 몇 개의 문단을 넘어서 큰 연결 양상을 나타내는 것이다. 이 연구의 실험 결과도 하트만의 실험 결과와 비슷한 양상으로 나타났다. 그러나 국지적(local), 장면적(regional), 전국적(global)이라는 용어를 사용하기 보다는 텍스트를 이해하기 위해 문단 내 문장을 오가며 연결 짓는 양상은 '문단 내 연결', 문단을 넘나들며 연결 짓는 양상은 '문단 간 연결', 텍스트를 모두 읽은 후 전체를 조망하며 연결하는 양상은 '텍스트 내적 연결 양상'으로 정리했다.

신하사는 진실을 말하고 있지만 무시당하고 있다.

이는 문단을 넘어선 연결로 등장인물의 행동과 서술자의 서술을 연결하여 의미를 형성한 것이다. 텍스트를 이해하기 위해 이같이 문단을 넘나들며 연결짓는 양상은 '문단 간 연결 양상'으로 볼 수 있다. 문단 간 연결 양상은 텍스트 장르에 따라 다른 특징을 보였다. 학생들은 비문학텍스트를 읽을 때보다 문학텍스트를 읽을 때 더 많은 문단 간 연결 양상을 보였다.

학생들은 텍스트 읽기가 거의 끝날 무렵, 또는 텍스트를 다 읽은 후에 텍스트 전체를 조망하는 연결을 만들었다. 지영이는 세 번째 텍스트를 다 읽고 난 후, 텍스트 전체적인 내용을 정리하며 '텍스트 내적 연결 양상'을 보였다.

> 댈러웨이라는 거짓의 인물을 만들었고, 그리고 자기가 찍는 사진의 기법을 댈러웨이라는 사람이 찍는 사진 기술이라고 포장을 한거네. 그러면 댈러웨이는 즉 사내라고 볼 수 있겠다.

그러나 모든 학생들이 지영이처럼 '텍스트 내적 연결 양상'을 보인 것은 아니다. 학생들은 다섯 개의 텍스트를 읽으며 이해가 되지 않는 부분이 많다는 언급을 했지만, 문단 간 연결이나 텍스트 내적 연결을 만들지 않고, 문단 내 연결을 만들며 문장 하나하나에 반응하는 양상을 더 많이 보였다.[14]

---

14 실험이 끝난 이후 개별인터뷰에서 지영이에게 텍스트 읽기를 모두 끝낸 후 전체적으로 조망해보지 않았냐고 질문했다. 지영이는 한국 학생들과 외국 학생들을 비교하며 다음과 같이 말했다. "우리나라 학생들과 외국학생들의 가장 큰 차이점은 사고 능력인 것 같은데, 우리나라 학생들은 뭔가 그 순간에 대한 생각은 하지만 통합적인 사고를

〈표 1〉 1차 연결 양상 유형 분류

<table>
<tr><td rowspan="12">1차 연결</td><td rowspan="11">문단 내 연결
문단 간 연결</td><td>·자주 등장하는 단어 언급하기</td><td rowspan="2">사실적 독해</td></tr>
<tr><td>·텍스트 부분 재진술 하기</td></tr>
<tr><td>·상황단서를 바탕으로 의미 추론하기</td><td rowspan="7">추론적 독해</td></tr>
<tr><td>·작가에 대해 추론하기</td></tr>
<tr><td>·서술자와 등장인물에 대한 추론하기</td></tr>
<tr><td>·문단 내 정보 연결 후 추론하기</td></tr>
<tr><td>·앞의 내용을 단서로 추론하기</td></tr>
<tr><td>·상징적 언어를 자신의 언어로 바꾸기
– 문단 요약, 구절을 바꿈</td></tr>
<tr><td>·텍스트 해석으로 결론 구성하기</td></tr>
<tr><td>·인물의 행동 평가/인물 평가
·저자의 공정성 비판
·저자의 자료 적절성 비판
·저자와 다른 자신의 의견 제시</td><td>비판적 독해</td></tr>
<tr><td>·종합한 내용을 바탕으로 깨달음에 대한 감정 표현</td><td>감상적 독해</td></tr>
<tr><td>텍스트
내적 연결</td><td>·텍스트 전체적 내용 정리 후 조망하기</td><td>사실적 독해
추론적 독해</td></tr>
</table>

학생들이 텍스트를 읽을 때, 텍스트의 중층성을 파악하기 위해 전체 읽기를 교육해야 한다는 논의는 일찍부터 제시되어 왔고(정호웅, 2004: 131), 대다수의 교사들은 이에 동의하고 있다. 그러나 실험 결과에도 나타났듯, 학생들은 텍스트 전체 읽기, 즉 텍스트 내적 연결 양상을 활용하지 않았다. 학생들이 텍스트를 읽기를 끝마친 후 전체 읽기를 하지 않는 이유는 학교 수업 방식과 관련이 있다. 강의식 수업에서는 전체 읽기보다 텍스트를 부분으로 나누어 문단을 설명하는 수업이 진행되기 때문이다. 또한 고등학생들이 텍스트 읽기에 많은 시간을 할애하는 대학수학능

하지 않는 것이 외국 학생들과 많이 다르다고 생각합니다."

텍스트를 읽는 학생도 문단 내 연결은 하고 있지만, 텍스트 읽기를 끝마치고 텍스트 전체를 조망하는 텍스트 내적연결 양상을 보이지 않는다는 것을 알고 있었다.

력시험 국어영역을 준비하는 중에도 텍스트 전체를 조망하는 것보다는 각 문단을 이해하거나 문단의 한 부분을 이해하면 풀 수 있는 문제가 출제되고 있어, 텍스트 전체 의미를 파악하기 보다는 문제를 풀기위한 전략적 독서를 하고 있는 것으로 생각된다.

5.1.2. 2차 연결 양상

학생들은 읽고 있는 텍스트를 이해하기 위해 이전에 읽었던 텍스트 사이를 오가며 2차 연결을 만들었다. 대부분의 학생들은 화제에 초점을 맞추어 텍스트 간 연결 양상을 만들었다. 이는 세정이의 발화를 통해 파악할 수 있다.

> '진실을 왜곡하고 거짓을 만들어 낸다.' 이거 아까 텍스트 2에서 광고하는 것과 연관이 되는 것 같아. 진실이 그러니까 노동자의 생산과정을 말하는 거고, 거짓은 그 허위 광고를 말하는 것 같은데.

이 연결은 세 번째 텍스트를 읽고 있는 도중, 텍스트에 서술되어 있는 한 문장을 보고 두 번째 텍스트와의 연관성을 설명한 것이다. 이는 화제의 유사성을 통해 연결을 만들어 낸 경우라고 할 수 있다.

또한 학생들은 장르상의 차이점을 통한 연결 양상을 만들었다.

> 앞의 글[두 번째 텍스트]과 다르게 약간 스토리적 부분이 있어서 읽기가 더 쉬운 것 같아.

이 발화는 의인이가 세 번째 텍스트를 읽기 시작한 후 1분 정도가 지난 후 사고구술한 내용이다. 첫 번째 텍스트와 두 번째 텍스트가 비문학 텍스트였던 것과 달리, 세 번째 텍스트는 소설 지문이었기 때문에 장르상의 차이를 연결해 텍스트를 이해하기 위해 노력했다.

〈표 2〉 2차 연결 양상 유형 분류

<table>
<tr><td rowspan="3">2차
연결</td><td>화제의 유사성</td><td>· 표면적 화제만 언급</td><td>사실적 독해</td></tr>
<tr><td rowspan="2">현재 텍스트 이해</td><td>· 이전 텍스트와 비교, 대조</td><td>추론적 독해
창의적 독해</td></tr>
<tr><td>· 장르상의 차이점</td><td>사실적 독해</td></tr>
</table>

학생들이 만들어낸 2차 연결은 대부분 표면상의 화제에 관한 것이었다. 대부분의 학생들은 '진실'이라는 단어를 통해 텍스트 간 연결을 만들어냈다. 또한 몇몇 학생들은 텍스트 장르를 통해 비교하는 연결 양상을 보였다.

5.1.3. 외부 연결 양상

학생들은 텍스트를 이해하기 위해 자신이 알고 있던 지식을 이용하거나, 드라마, 영화, 음악 감상 등의 경험을 이용하기도 하였다. 이러한 외부 연결은 가영이의 발화에서 나타난다.

> 이거 얼마 전에 너목들[너의 목소리가 들려]를 봤었는데, 거기서 봤던 거랑 좀 비슷한 것 같아. 누구도 거짓이란 걸 알지만 적당히 감추는 거 …… 거기서 남자 주인공이 그랬는데 원래 거짓이란게 사람들 사이에 더 윤활제 같이 되어서 더 편하게 된다고. 자기 진심을 드러내고 진실을 말하면 서로 불편해진다고.

가영이는 세 번째 텍스트에 제시되어 있는 한 문장을 이해하기 위해 자신이 보았던 드라마를 떠올렸다. 이는 과제 외부 환경에서 텍스트를 이해하기 위해 떠올린 것으로 파악할 수 있다.

〈표 3〉 외부 연결 양상 유형 분류

외부 연결	·표면적 관련성만 언급		사실적 독해
	·텍스트 이해를 위한 연결	·텍스트 정보와 배경지식 연결 짓기	추론적 독해
		·텍스트 내용 평가하기	비판적 독해
		·텍스트 스타일 평가하기	
		·텍스트에 제시된 정보 평가하기	
		·텍스트의 타당성 평가하기	
		·공정성 판단하기	
		·자료의 적절성 평가하기	
		·필자의 주장에 대해 동의 또는 비판하기	
		·화제에 대한 자신의 선호도 언급	감상적 독해

실험이 끝난 후 이루어진 인터뷰에서 대부분의 학생들은 외부 연결을 '배경지식'이라는 단어 언급했다. 인터뷰를 통해 학생들은 '배경지식'이 많으면 텍스트를 이해하기 쉽다는 말을 했지만, '배경지식'은 곧 '책'에서 얻을 수 있다는 생각을 하고 있었다. 자신의 경험이나 타 교과에서 배운 내용을 접목시켜 텍스트를 이해하는 것보다 막연히 '배경지식'이라는 추상성에 얽매여 있다는 사실을 확인할 수 있었다.

5.2. 담화 입장(stance)

텍스트 연결 위치를 보완하며, 독자의 담화 입장도 함께 검토할 수 있다. 이는 학생들이 텍스트를 읽으며 나타내는 그들의 입장을 정리하는 것이다. 독자는 텍스트를 읽으며 텍스트 사이를 오가며 연결을 만들어내기도 하고, 자신의 지식을 이용하거나 이전 경험 등을 이용한 외부 연결을 구성하기도 하며 읽고 있는 텍스트를 스스로 연결시키기도 한다. 그러나 학생들이 텍스트를 이해하기 위해 나타낸 상호텍스트 연결은 그들이 속한 사회, 문화, 정치, 역사적 차원의 영향을 받는다. 학생 개인의 생각은 자신의 인지적 작용에서 이루어지는 것이지만, 그 생각은 사회적 맥락, 담화 관습 그리고 언어적 측면의 영향을 받는다.

개인의 생각이 외부적 요인에 영향을 받는 것과 같이, 개인이 형성한 텍스트 또한 중립적이거나 정치와 무관하지 않다. 텍스트는 하나의 생각이 다른 생각으로 연결된 것이기 때문이다. 이 장에서는 학생들의 담화 입장을 부각시킨다. 학생들의 담화 입장을 파악하기 위해서 사고구술과 인터뷰를 분석하고, 이를 통해 세 가지 담화 입장 패턴[15]을 확인할 수 있었다.

학생들의 담화 패턴을 설명하기 위해서, 12명의 학생을 일직선상에 두었다. 이후 개별 학생들이 다섯 개의 텍스트를 읽고 만들어낸 내부 연결을 외부 연결로 나누었다. 학생들을 이 비율에 따라 연속선상에 일치시켰다.

연속선상에서 학생들은 세 무리로 분류할 수 있었다. 왼쪽 끝부분은 내부 자료로 연결하는 양상을 보였다. 태영(9.25), 승헌(3.38), 채연(2.07)이가 이에 속한다. 중간지역 학생들은 내부 연결과 외부 연결 모두를 사용하는 연결 양상을 보였다. 이에는 (1.82), 세정(1.81), 희(1.64), 승현(1.3), 지영(1.28), 소희(1.19), 태양(1.02), 시은(0.78) 이 이에 속한다. 맨 오른쪽의 학생은 의인(0.51)으로 외부 연결 양상만을 나타냈다. 세 무리의 일반적인 특성을 파악한 후 세부적 양상을 파악해 볼 것이다.

5.2.1. 내부자료 연결 지향 – 로고스 입장

내부자료 연결 입장, 로고스 입장은 독자가 텍스트를 읽으며 작가가

---

15 하트만(1995)은 학생들의 담화 입장을 크게 세 가지로 분류했다. 로고스 입장, 상호관계 입장, 저항적 입장이 그것이다. 이 연구에서 12명의 학생들의 담화 입장을 분류한 결과 하트만의 연구 결과와 같은 입장을 분류할 수 있었다.

사용한 언어와 논리를 조사하면서 이성적이고 합리적인 논쟁을 형성하는 것을 뜻한다(Derrida, 1976, 1981a). 즉, 이 연구에서 내부자료 연결 입장이란 작가가 형성한 의미를 존중하며 텍스트를 체계적으로 이해하려는 독자를 말한다.

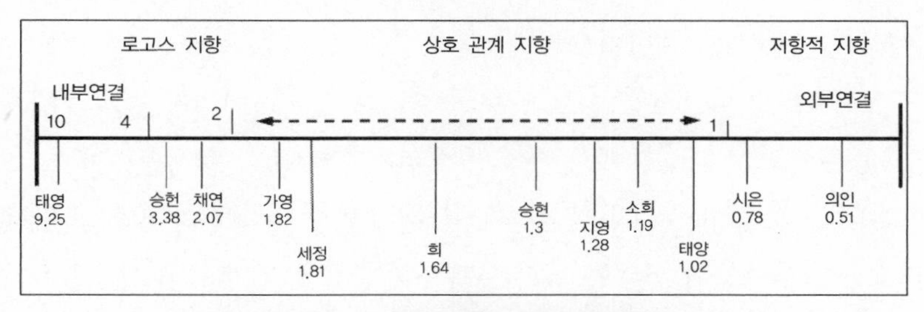

〈그림 2〉 12명의 학생 담화 입장 분석

내부자료를 연결한 학생들은 대부분 1차 연결을 통해 텍스트를 이해하기 위해 노력했다. 이들은 텍스트를 읽으며 필자의 권한을 존중하는 모습을 보였다. 이를 통해 텍스트에 파묻혀 작가가 텍스트를 통해 말하고자 하는 의도를 찾으려 했다. 이 입장을 취한 학생은 태영, 승헌, 채연이었고, 내부자료 연결 입장 입장을 취한 학생들은 텍스트를 읽으며 그것을 통찰하기 위해 노력하고 텍스트에 숨어있는 의미를 통합하려 하는 특성을 보였다.

5.2.2. 내부·외부자료 연결 지향 – 상호 관계 입장

내부·외부자료 연결 지향, 즉 상호 관계 입장은 학생들이 내부 텍스트와 외부 텍스트 자료를 상당히 혼합하여 사용했다는 특징이 있다. 학생들은 텍스트를 적절히 다룰 수 있는 것으로 보았다. 또한 텍스트 자료를 바탕으로 이치에 맞거나 지지할 수 있는 의견을 제시하는 것을 고려하면서 읽기를 행한 것도 발견할 수 있었다. 학생들은 필자의 권한을 무조건 적으로 따르지 않고, 스스로 적절한 권한을 가지고 텍스트를 읽으며 의미를 구성했다. 내부·외부자료 연결 지향을 취한 학생들은 내부자료 연결 입장 입장을 취한 학생보다 더 다의적이고 변화가 있는 독서를 행한다(Bakhtin, 1981). 이 연결 지향을 보인 학생들은 가영, 세정, 희, 승현, 지영, 소희, 태양이었다.

이 학생들은 텍스트를 읽으며 여러 의미를 찾아내려 노력했다. 또한 독자들은 스스로 다양한 뜻을 구성하기 위해 노력했다. 학생들은 텍스트 자체의 연결 양상과 외적 연결 자료를 적절히 이용하며 자신의 의견을 드러냈다. 학생들이 드러낸 의견은 저자의 입장에 동의하거나 반대하는 내용이었다.

5.2.3. 외부자료 연결 지향 – 저항적 입장

외부자료 연결 지향, 즉 저항적 입장을 취하는 학생들은 텍스트를 이해하려 하기보다는 텍스트를 비판의 대상으로 보았다. 또한 텍스트를 쓴 저자의 의미에 동의하기보다 그것에 반대하기 위해 텍스트를 읽는 것처럼 보였다. 이들은 저자의 의미에 반대하는 특성을 보였지만, 자신의 주장을 확립하려 하지 않았다. 이 입장에서 텍스트 이해란 온전히 독자의 권한으로 이루어진다. 독자는 자신에게 중요한 것은 스스로의 이해라고 생각하면서 자신이 생각하는 의견을 내세우며 텍스트를 바라본다.

내부자료 연결 지향 독자는 텍스트에서 작가가 의미한 것을 찾으려 하지만, 외부자료 연결 지향 독자는 텍스트 속에서 자신의 의견을 내세울 수 있는 주장을 찾는다. 내부자료 연결 지향의 독자는 저자가 제시하는 단일한 의미를 찾기 위해 노력하지만, 외부자료 연결 지향은 반대를 위한 반대를 위해 텍스트를 읽었다. 물론 이들도 의미를 찾기 위해 노력하는 모습을 보이긴 하지만 외부자료 연결 지향 독자는 자신의 엄격한 기준에 따라 텍스트를 판단하고 진단하는 특징을 보였다. 이와 반대로 내부자료 연결 입장 지향 독자는 텍스트 내부에 남아 드물게 의미를 파악하려는 노력을 보인다.

플린(1986)은 외부자료 연결 지향을 보이는 독자는 텍스트에서 의미를 찾기 위해 노력하지 않고, 텍스트를 이해하기 위한 연결을 위해 텍스트를 확인하고 선택하지 않는다고 주장했다. 이러한 입장을 취한 학생은 시은이와 의인이었다. 이들은 텍스트 이해를 위해 창의적인 발언을 하거나 생산적인 입장을 취하지 않고, 텍스트에 나타난 내용을 이해하려 하지 않거나 부정적으로 바라보았다. 적은 수의 텍스트 내적 연결을 보이며 이해하려는 부분이 있었지만 극히 드물었다.

6. 결론 및 제언

이 연구는 고등학생 독자가 다중텍스트를 읽을 때 사용하는 연결 양상을 살펴 구체적인 특성을 드러냈다는 데 의의를 갖는다. 특히 이 연구는 그동안 고찰되지 않았던 다중텍스트 읽기 양상을 밝혔다. 기존 선행연구는 주로 문학텍스트를 활용한 상호텍스트 읽기 양상에 초점을 두었다. 그러나 이 연구는 비문학과 문학텍스트를 적절히 혼합하여 보완 관계 텍스트 구성 방식을 취했다. 또한 독자가 텍스트를 읽으며 진행 중인(on-line) 연결 양상을 드러냈다. 연구를 통해 입증된 결과는 다음과 같다.

첫째, 고등학생 독자들은 다중텍스트 이해를 위해 '텍스트 내 연결-1차 연결(55.93%)', '텍스트 간 연결 - 2차 연결(5.24%)', '외부연결(38.83%)'의 양상을 보였다. 1차 연결 또한 문장 내 단어의 의미를 파악하기 위해 문단을 넘나드는 문단 내 연결을 보였지만, 텍스트를 끝까지 읽은 후 전체적으로 조망하는 연결양상을 보이지 않았다. 이를 통해, 고등학생 독자는 텍스트 내 연결을 통해 텍스트를 이해한다는 점을 확인할 수 있었다. 2차 연결은 현재 읽고 있는 텍스트에 앞서 나타난 텍스트 화제를 언급, 비교하거나 대조하는 형식으로 나타났다. 또한 장르 간 유사점과 차이점을 통해 텍스트를 이해하려고 노력하는 모습을 보였다. 그러나 학생들은 2차 연결을 이용하여 현재 텍스트를 이해하는 데 큰 도움을 받지 못했다. 대부분의 학생들은 텍스트의 화제인 '진실'을 표면적으로 언급하는 양상만 보일 뿐, 현재 읽고 있는 텍스트를 이해하기 위해 이전 텍스트에 크게 활용하지 못했다. 텍스트를 이해하기 위해 사용하는 외부 연결은 텍스트 내 쓰인 단어를 보고 피상적인 연결을 하는 경우였다. 이는 텍스트 이해를 도모하기보다는 연결 짓기 위한 방편으로 나타난 경우가 많았다. 개별인터뷰에서 학생들은 텍스트를 이해할 때 '배경지식'이 없어 이해하기 어렵다고 진술했다. 학생들이 생각하는 '배경지식'은 화제에 대해 충분한 지식을 뜻했다. 학생들은 자신의 경험이나 이전에 읽었던 텍스트, 다른 교과에서 배운 내용을 '배경지식'이라고 생각하지 않았고, 자신의 지식을 통해 텍스트를 이해해야 한다는 것을 알고 있었지만 적절하게 사용하는 방법을 몰랐다.

둘째, 독자가 텍스트를 읽으며 나타내는 입장(stance)은 텍스트 내부 자료를 이용하여 연결(25%), 텍스트 내부 연결과 외부 연결을 적절히 혼합하여 연결(66.6%), 텍스트 외부 연결(8.4%)로 나타냈다. 텍스트 내부 자료를 연결한 집단은 텍스트를 이해할 때, 작가가 형성한 의미를 존중하며 1차 연결 양상에 초점을 맞췄다. 이들은 필자가 텍스트에 나타내고자 했던 의도를 파악하기 위해 노력했으며, 필자의 권한을 존중하는 특성을 나타냈다. 텍스트 내부연결과 외부 연결을 적절히 혼합한 집단은 무조건적으로 필자의 권한을 따르지 않았다. 이들은 스스로 권한을 행사하면서 텍스트를 이해하고 의미를 구성하는 특성을 보였다. 텍스트 외부 연결을 취하는 학생들은 독자의 권한을 강조하며, 텍스트 의미가 부재한 것처럼 이해했다.

이 연구는 고등학생 독자가 다중텍스트를 읽으며 만들어낸 연결 양상을 분석한 데 다음과 같은 의의가 있다.

첫째, 우리나라 고등학생의 독서 발달 양상에 대해 점검할 필요성을 제기했다. 천경록(1998)과 쉘(1996)은 고등학교 2학년 학생이 추론적 독해와 비판적 독해가 가능하다고 평가했다. 그러나 연구결과, 고등학교 2학년 학생들이 추론적 독해와 비판적 독해의 여부가 불투명한 것으로 드러났다. 실험 연구의 대상이 상위권 학생들임에도 불구하고 연구자가 생각한 독서 발달 과정과 다른 양상을 나타낸 것은 교육적으로 시사하는 부분이 있다고 생각된다.

둘째, 고등학생들에게 텍스트의 의미가 확장되고 있다는 점을 교육해야 한다는 사실을 밝혔다. 학생들은 텍스트를 이해하기 위해 '배경지식'이 필요함을 언급했다. 그들이 생각하는 배경지식이란 텍스트에 나타난 화제를 완벽하게 알고 있는 것을 뜻했다. 그러나 개인이 모든 지식을 알 수 없기 때문에 텍스트를 이해할 때 자신이 이전에 경험했던 것, 다른 교과시간에 배웠던 것 등 주변에서 활용 가능한 텍스트가 존재한다는 것을 교육할 필요가 있다.

셋째, 고등학교 수업시간에 텍스트 이해 방식으로서 다중텍스트를 활용해야 한다는 것을 강조했다. 학생들이 텍스트를 이해하기 위해 사용한 외부 연결을 텍스트의 이해를 높이기보다 피상적인 연결 양상을 보였다. 또한 자신이 알고 있는 지식이 텍스트를 이해에 도움을 주지 않은 경우도 많았다. 단일텍스트를 이해하기 위해서라도 다중텍스트를 사용한다면, 텍스트 이해의 타당도를 향상시킬 수 있음을 교육해야 한다.

그럼에도 불구하고 이 연구에는 몇 가지 한계가 있다.

첫째, 다중텍스트를 읽는 과제 환경에 따라 결과가 달라진다는 점이다. 연구자는 학생들에게 '텍스트를 이해하기 위해 연결 짓기'라는 광범위한 요구를 했다. 이것은 과제 환경이 구체적이었다면 더욱 확실한 결과를 나타낼 수 있다는 점에서 아쉬움이 남는다. 또한 텍스트 종류와 수준에 따라 연구 결과 달라질 수 있음을 확인해야 한다.

둘째, 실험 대상의 학생 수가 제한적이었다는 점이다. 고등학교 교실에는 25명 이상의 학생이 수업을 받는다. 실제 수업 환경보다 제한적인 인원으로 실험을 하였기 때문에 보편화된 결론을 얻지 못한 것에 대한 아쉬움이 남는다.

셋째, 12명의 학생을 독서 능력만이 다른 동질 집단으로 설정했지만, 남녀 수준에 따른 독서 능력을 간과했다는 점이 아쉬움으로 남는다.

이상의 연구를 토대로 고등학교에서 다중텍스트를 활용한 텍스트 이해 교육 연구가 활발히 진행되어 풍부한 실증적 자료가 축적되기를 기대한다.

수록 논문 출처

본서에 실린 논문들은 다음의 원 논문들을 수정, 보완한 것이다.

제1부 : 대학 글쓰기 연구와 텍스트 및 장르

대학 글쓰기와 텍스트 및 인지 연구 _ 정희모
『작문연구』 18호, 한국작문학회, 2013, 9~33쪽.

텍스트·수사학·담론 _ 김미란
『현대문학의 연구』 48호, 한국문학연구학회, 2012, 403~438쪽.

대학 신입생 대상 '학술적 글쓰기'의 장르적 의미와 성격 _ 이윤빈
『작문연구』 제14호, 한국작문학회, 2012, 159~200쪽.

학술 담화 공동체 장르 변천에 따른 전문 저자성 양상 _ 김성숙
『현대문학의 연구』 55호, 한국현대문학회, 2015, 629~656쪽.

대학 글쓰기에서 복합양식적 쓰기 교육의 가능성과 방향 모색 _ 주민재
『새국어교육』 86호, 한국국어교육학회, 2010, 379~411쪽.

'자기 탐색' 글쓰기와 '자기 서사'의 재구성 _ 김영희
『구비문학연구』 34호, 한국국어교육학회, 2010, 185~242쪽.
『작문연구』 11호, 한국작문학회, 2010, 45~109쪽.

장르의 전형성과 대학 글쓰기 교육의 한 방향 _ 나은미
『작문연구』 14호, 한국작문학회, 2012, 109~136쪽.

제2부 : 대학 글쓰기 연구와 텍스트 해석

대학생 쓰기 교육을 위한 텍스트 특성 비교 _ 정희모
『국어교육』 135호, 한국어교육학회, 2011, 267~303쪽.

다섯 가지 텍스트 해석 방법을 활용한 읽기 중심 교육 모형의 개발 _ 김미란
『대학작문』 5호, 대학작문학회, 2012, 67~103쪽.

대학생의 학술적 비평문 쓰기 수행에 대한 연구 _ 이윤빈
『국어교육』 133호, 한국어교육학회, 2010, 259~288쪽.

대학 신입생의 융·복합적 사고 능력 배양을 위한
렌즈에세이 쓰기 교수 모듈 효과 _ 김성숙
『작문연구』 19호, 한국작문학회, 2013, 195~236쪽.

반복된 상호작용이 독자 인식에 미치는 영향 분석 _ 주민재
『작문연구』 17호, 한국작문학회, 2013, 299~337쪽.

대학생 한국어 작문의 L1/L2 수정 양상 비교 _ 김희용
「대학생 한국어 작문의 L1/L2 수정 양상 비교 연구」, 연세대학교 석사학위 논문, 2012.

상호텍스트성을 바탕으로 한 독자의 텍스트 간 연결 양상 분석 _ 강지은
「대상호텍스트성을 바탕으로 한 독자의 텍스트간 연결 양상 분석」, 연세대학교 석사학위 논문, 2015.

참고문헌

제1부 대학 글쓰기 연구와 텍스트 및 장르

【대학 글쓰기와 텍스트 및 인지 연구】 _ 정희모

신명선, 「통합적 문법 교육에 관한 담론 분석」, 『한국어학』 31호, 한국어학회, 2006.

옥현진, 「작문 연구의 국제 동향 분석과 대학작문교육을 위한 시사점」, 『반교어문연구』 31권, 반교어문학회, 2011.

이재기, 「작문 연구의 동향과 과제」, 『청람어문교육』 38집, 청람어문교육학회, 2008.

이재성·이윤빈, 「구조문장을 활용한 대학 글쓰기 교육 프로그램 개발 및 적용」, 『겨레어문학』 41집, 겨레어문학회, 2008.

이윤빈, 「대학생의 학술적 비평문 쓰기 수행에 대한 연구」, 『국어교육』 133호, 한국어교육학회, 2010.

이윤빈·정희모, 「과제 표상 교육이 대학생의 학술적 글쓰기 수행에 미치는 효과」, 『국어교육』 131호, 한국어교육학회, 2010.

정정호, 「언어, 담론, 그리고 교육–전지구화 복합문화시대의 "비판적" 언어교육을 위한 예비적 논의」, 『국어교육』 115호, 한국어교육학회, 2004.

정정호, 「작문 이론의 구체성과 실천성」, 『한국어문교육』 10호, 고려대학교 한국어문교육연구소, 2011.

정정호, 「대학 글쓰기 교육과 사고력 학습에 관한 연구」, 『현대문학의 연구』, 한국현대문학연구학회, 2005.

정희모, 「대학 글쓰기 교육과 연구과제」, 『대학작문』 제2호, 대학작문학회, 2011.

Berlin, J. A., "Rhetoric and ideology in the writing class", *College English*, Vol.50 No.5, 1988.

Bizzell, P., *Cognition, Convention, and Certainty, Academic Discourse and*

Critical Consciousness, University of Pittsburgh Press, 1992.

Bruffee, K. A., "Collaborative learning and the 'conversation of mankind'", *College Composition and Communication,* 46:7, 1984.

Connors, J. R., "The erasure of the sentence", *College Composition and Communication,* Vol.52 No.1, 2000.

Fairclaugh, N., *Language and Power*, Person Education Limited, 2001.

Fulkerson, R., "Composition at the turn of the twenty-first century", *College Composition and Communication,* Vol.56 No.4, 2005.

Grabe, W. & Kaplan, R. B., 허선익 역, 『쓰기 이론과 실천 사례』, 박이정, 2008.

Hayes, J. R., "A new framework for understanding cognition and affair in writing", Roselmina Indrisano & James R. Squire, *Perspectives on Writing International Reading Association*, 2000.

Nystrand, M., "A social-interactive model of writing", *Written Communication,* Vol.6 No.1, 1989.

McComisky, B., 김미란 역, 『사회과정 중심 글쓰기 : 작문교육 패러다임의 전환』, 도서출판 경진, 2012.

【텍스트 · 수사학 · 담론】 _ 김미란

구자황, 「대학 글쓰기 교재의 분기와 신경향」, 『반교어문연구』 32, 반교어문학회, 2012.

김경휜 · 김미란 · 김성수, 『창의적 사고 소통의 글쓰기』, 성균관대학교 출판부, 2012.

김미란, 「대학의 글쓰기 교육과 장르 선정의 문제」, 『작문연구』 9, 한국작문학회, 2009.

김미란, 「인문학 연구의 활성화가 대학 글쓰기 교육에 미친 영향과 전망 : 문화 연구와 비판적 담론 분석을 중심으로」, 『작문연구』 10, 한국작문학회, 2010.

김혜정, 「읽기 쓰기 통합과정에서 의미구성의 내용과 이행과정 연구」, 『독서연구』 11, 한국독서학회, 2004.

노명완, 「초 · 중 · 고교에서 읽기 · 쓰기교육」, 『제5차 국어과 한문과 교육과정 개정을 위한 세미나』, 한국교육개발원, 1986.

노명완, 「읽기의 관련 요인과 효율적인 읽기 지도」, 『이중언어학』 11, 이중언어학회, 1994.

박수자, 「읽기교재에 수록될 '글(text)'의 정체성에 관한 연구」, 『국어교육학연구』 2, 국어교육학회, 1992.

박주영, 「읽기/쓰기 통합지도 방안모색」, 『청람어문학』 7(1), 청람어문학회, 1992.

박영민, 「우리나라 중등, 대학 글쓰기 교육과정과 글쓰기 교재」, 『한·중·일 글쓰기 교육 비교 연구』, 연세대학교 국문학과 BK21한국언어·문학·문화국제학술대회, 2008.

심광현, 「교육개혁과 문화교육운동 : 지식 기반 사회에서 문화사회로의 이행을 위해」, 심광현 편, 『이제, 문화교육이다』, 문화과학사, 2003.

윤여탁 외, 『매체언어와 국어교육』, 서울대학교 출판부, 2008.

윤재연, 「텔레비전 광고 텍스트를 활용한 비판적 사고와 글쓰기」, 『한말연구』 28, 한말연구학회, 2011.

이은주, 「매체 언어를 활용한 비판적 읽기 교육」, 『독서교육』 23, 한국독서학회, 2010.

이재기, 「작문 연구의 동향과 과제 : 작문에 대한 세 가지 가치론적 접근법」, 『청람어문교육』 38, 청람어문교육학회, 2008.

이재순, 「읽기와 쓰기의 통합지도 방안 연구」, 『현장연구』 17, 경북대학교 사범대학 부속국민학교, 1996.

이재승, 「읽기 쓰기 통합 지도의 방법과 유의점」, 『독서연구』 11, 한국독서학회, 2004.

임칠성, 「협상을 통한 읽고 쓰기 협동 수업」, 『국어교과교육연구』 5, 국어교과교육학회, 2005.

정희모, 「작문 이론의 구체성과 실천성」, 『한국어문교육』 10, 고려대학교 한국어문교육연구소, 2012.

요시미 슌야, 박광현 옮김, 『문화연구』, 동국대학교 출판부, 2008.

브루스 맥코미스키, 김미란 옮김, 『사회 과정 중심 글쓰기 : 작문 교육 패러다임의 전환』, 도서출판 경진, 2012.

Bazerman, C., "A relationship between reading and writing", *College English,* vol.41 no.6, 1980.

Langer, J. A. & Flihan, S., "Writing and reading relationship : Constructive tasks", In Indrisano, J. R. & Squire. J. R. (Ed.), *Perspectives on Writing,* Newark : IRA, 2000.

Musthafa, B., "Reading-to-write connection : Shifts in research foci and instructional practices", *Education Resources Information Center* (ED 396 275), 1996.

【대학 신입생 대상 '학술적 글쓰기'의 장르적 의미와 성격】 _ 이윤빈

김미란, 「대학 글쓰기 교육과 장르 선정의 문제-자기표현적 글쓰기에 대한 비판적 고찰을 중심으로」, 『작문연구』, 9, 한국작문학회, 2009.

김미란, 「인문학 연구의 활성화가 대학 글쓰기 교육에 미친 영향과 전망」, 『작문연구』 10, 한국작문학회, 2010.

김수경, 「대입 논술 제도 변화에 따른 교재의 변모양상분석」, 『청람어문교육』 37, 청람어문교육학회, 2008.

나은미, 「대학 글쓰기 교육 연구 검토 및 제언」, 『대학작문』 창간호, 대학작문학회, 2010.

노명완, 「대학작문-현 실태, 개념적 특성, 그리고 미래적 지향」, 『대학작문』 창간호, 대학작문학회, 2010.

노명완, 「대학 논술 시험의 개념과 그 유형 분석」, 『독서연구』 23, 한국독서학회, 2010.

박규준, 「담화 공동체 관점에서의 대학 글쓰기 교육」, 『우리말글』 50, 우리말글학회, 2010.

박영목, 『작문 교육론』, 역락, 2008.

박정하, 「통합 교과형 논술과 논술 교육의 방향」, 『국어교육학연구』 29, 국어교육학회, 2007.

박태호, 『장르 중심 작문 교수 학습론 : 심리학, 수사학, 언어학의 만남』, 박이정, 2000.

옥현진, 「외국 대학작문교육 실태 조사 연구-미국 대학들의 사례를 중심으로」, 『대학작문』 창간호, 대학작문학회, 2010.

원진숙, 「대학생들의 학술적 글쓰기 능력 신장을 위한 작문 교육 방법」, 『어문논집』 51, 민족어문학회, 2005.

이윤빈·정희모, 「과제 표상 교육이 대학생의 학술적 글쓰기 수행에 미치는 효과」, 『국어교육』, 131, 한국어교육학회, 2010.

이재기, 「작문 연구의 동향과 과제-작문에 대한 세 가지 가치론적 접근법」, 『청람

어문교육』, 38, 청람어문교육학회, 2008.
이재성 · 이윤빈, 「구조문장을 활용한 대학 글쓰기 교육 프로그램 개발 및 적용」, 『겨레어문학』 41, 겨레어문학회, 2008.
정희모, 「'글쓰기' 과목의 목표 설정과 학습 방안」, 『현대문학의 연구』 17, 한국현대문학연구학회, 2001.
정희모, 「대학 글쓰기 교육의 현황과 방향」, 『작문연구』 창간호, 한국작문학회, 2005.
정희모, 「대학 글쓰기의 교육 목표와 글쓰기 교재」, 『대학작문』 창간호, 대학작문학회, 2010.

Bartholomae, D., "Inventing the university", In M. Rose(Ed.), *When a Writer Can't Write : Studies in Writer's Block and Other Composing Process Problems,* New York : Guilford, 1985.
Bartholomae, D., "Writing with teachers : A conversation with Peter Elbow", *College Composition and Communication*, 1995.
Bakhtin, M., *The Dialogic Imagination*(C. Emerson and M. Holquist, Trans; M. Holquist, Ed.), Austin : University of Texas Press, 1981.
Beaufort, A., *College Writing and Beyond : A New Framework for University Writing Instruction,* Logan, UT : Utah State UP, 2007.
Berkenkotter, C. & Huckin, T. N., "Rethinking genre from a sociocognitive perspective", *Written Communication*, 10, 1993.
Bhatia, V. K., *Analysing Genre : Language Use in Professional settings,* London : Longman, 1993.
Bitzer, L., "The rhetorical situation", *Philosophy and Rhetoric*, 1, 1968.
Bizzell, P., "The ethos of academic discourse", *College Composition and Communication*, 29, 1978.
Bizzell, P., "Cognition, convention, and certainty : What we need to know about writing", *Pre/Text*, 3, 1982a.
Bizzell, P., "College composition : Initiation into the academic discourse community", *Curriculum Inquiry*, 12, 1982b.
Bizzell, P., "What happens when basic writers come to college?", *College Composition and Communication* 37, 1986.

Bizzell, P., "Beyond anti-foundationalism to rhetorical authority : Problems defining 'cultural literacy'", *College English*, 52, 1990.

Bizzell, P., *Academic Discourse and Critical Consciousness,* Pittsburgh : University of Pittsburgh Press, 1992.

Bolin, B., "Basic writing/writer", In P. Heilker & P. Vandenberg(Eds.), *Keywords in Composition Studies,* Portsmouth, NH : Boynton/Cook Publishers, 1996.

Branon, L., "(Dis)Missing compulsory first-year composition", In J. Petraglia (Ed.) *Reconceiving Writing, Rethinking Writing Instruction,* Mahwah, NJ : Lawrence Erlbaum, 1995.

Chiseri-Strater, E., *Academic Literacies : The Public and Private Discourse of University Students,* Portsmouth : Boynton/Cook, 1991.

Coles, N. & Wall, S.V., "Conflict and power in the reader-responses of adult basic writers", *College English,* 49, 1987.

Cooper, M., "Why are we talking about discourse communities? Or, foundationalism rears its ugly head once more", In M. M. Cooper & M. Holzman (Eds.), *Writing as Social Action*, Portsmouth, NH : Heinemann, 1989.

Council of Writing Administrators, WPA Outcome Statement for First-Year Composition, 2000(amended 2008).
〈http://wpacouncil.org/files/wpa-outcomes-statement.pdf〉.

Downs, D. & Wardle, E., "Teaching about writing, righting misconceptions: (Re)Envisioning 'First-year composition' as 'Introduction to writing studies'", *College Composition and Communication*, 58, 2007.

Elbow, P., *Writing without Teachers*, New York : Oxford University Press, 1973.

Elbow, P., "The shifting relationships between speech and writing", *College Composition and Communication*, 36, 1985.

Elbow, P., "Reflections on academic discourse : How it relates to freshmen and colleagues", *College English,* 53, 1991.

Estrem, H., "A study of two cultures and the travelers who must negotiate them: High school senior and college first-year English classes", Doctorial dissertation, University of Nevada, 2000.

Evans, K., "Audience and discourse community theory", In M.L. Kennedy (Ed.), *Theorizing Composition : A Critical Sourcebook of Theory and Scholarship in Contemporary Composition Studies*, Westport, Connecticut : Greenewood Press, 1998.

Faigley, L. & Selzer, J., *Good Reasons with Contemporary Arguments*, NY : Longman, 2006.

Flower, L., Stein, V., Ackerman, J., Kantz, M. J., McCormick, K., & Peck, W. C., *Reading to Write : Exploring a Cognitive & Social Process*, New York, NY : Oxford University Press, 1990.

Flower, L., *Problem-Solving Strategies for Writing*(1993 : 4th edition). 원진숙·황정현 역, 『글쓰기의 문제해결전략』, 동문선, 1998.

Flower, L. & Hayes, J. R., "A cognitive process theory of writing", *College Composition and Communication*, 32, 1981.

Greene, S., "The role of task in the development of academic thinking through reading and writing classroom", *Written Communication*, 12, 1993.

Greene, S., "The question of authenticity : Teaching writing in a first-year college history science class", *Research in the Teaching of English*, 35, 2001.

Harris, J., "The idea of community in the study of writing", *College Composition and Communication*, 40, 1989.

Hazlett, C., "Review of college writing and beyond", *Composition Forum*, 18, 〈http://compositionforum.com/issue/18/〉, 2008.

Hines, E., "High quality and low quality college-level academic writing : Its discoursive features", Doctorial dissertation, University of Illinois at Urbana-Champaign, 2004.

Langer, J. A. & Filhan, S., "Writing and reading relationship : Constructive tasks", In R. Indrisano & J. R. Squire(Eds.), *Perspectives on Writing*, Newark : IRA, 2000.

Mahala, D. & Swilky, J., "Academic discourse", In P. Heilker & P. Vandenberg (Eds.), *Keywords in Composition Studies*. Portsmouth, NH : Heinemann, 1996.

Maimon, E. P., "Maps and genres : Exploring connections in the arts and sciences", In W.B. Horner (Ed.), *Composition and Literature : Bridging the Gap*, The University of Chicago Press, 1983.

Mathison, M. A., "Writing the critique, a text about a text", *Written Communication*, 13, 1996.

McCarthy, L. P., "A stranger in strange lands : A college student writing across curriculum", *Research in the Teaching of English*, 21, 1987.

McComiskey, B., *Teaching Composition as a Social Process*, Logan, Utah : Utah State University Press, 2000.

McKenna, E., "Preparing foreign students to enter discourse communities in the US", *English for Specific Purposes*, 6, 1987.

McLeod, S. H., "Writing across the curriculum : The second stage, and beyond", *College Composition and Communication*, 40, 1989.

Miller, C. R., "Genre as social action", In A. Freedman & P. Medway(Eds.), *Genre and the New Rhetoric*, London : Taylor and Francis, 1994.

Petraglia, J.(Ed.), *Reconceiving Writing, Rethinking Writing Instruction*, Mahwah, NJ : Lawrence Erlbaum, 1995.

Rose, M., *Lives on Boundary : The Struggle and Achievements of America's Underprepared*, NY : The Free Press, 1989.

Russell, D., "Activity theory and its implications for writing instruction", In J. Petraglia(Ed.), *Reconceiving Writing, Rethinking Writing Instruction*, Mahwah, NJ : Lawrence Erlbaum, 1995.

Shaughnessy, M., *Errors and Expectations : A Guide for the Teacher of Basic Writing*, New York : Oxford University Press, 1977.

Sommers, N., "Between the drafts", *College Composition and Communication*, 43, 1992.

Spellmeyer, K., *Common Ground : Dialogue, Understanding, and the Teaching of Composition*, Englwood Cliffs : Prentice Hall, 1993.

Spivey, N. N., "Discourse Synthesis : Constructing Texts in Reading and Writing", Doctorial dissertation, University of Texas at Austin, 1983.

Swales, J. M., *Genre Analysis : English in Academic and Research Settings*,

Cambridge: Cambridge University Press, 1990.
Walvoord, B. E. & McCarthy, L. P., *Thinking and Writing in College : A Naturalistic Study of Students in Four Disciplines*, Urbana IL : NCTE, 1990.
Wardle, E., "Can cross-disciplinary links help us teach 'academic discourse' in FYC?", *Across the Disciplines* 1.1: 〈http://wac.colostate.edu/atd/articles/wardle2004/〉, 2004.
Wardle, E., "'Mutt genres' and the goal of FYC : Can we help students write the genres of the university?", *College Composition and Communication*, 60, 2009.
Zamel, V., "Questioning academic discourse", In V. Zamel & R. Spack(Eds.). *Negotiating Academic Literacies : Teaching and Learning across Languages and Cultures*, NY : Routledge, 1993.

【학술 담화 공동체 장르 변천에 따른 전문 저자성 양상】 _ 김성숙

김도헌, 「소셜미디어 활용의 두 가지 얼굴 - 교육적 도구로서의 확장성과 마비성에 대한 고찰」, 『평생학습사회』 8(2), 한국방송통신대학교 원격교육연구소, 2012.
김도헌, 「대학교육에서 집단지성형 수업을 위한 블로그와 위키의 통합적 활용 탐색」, 『평생학습사회』 10(1), 한국방송통신대학교 원격교육연구소, 2014.
김성숙, 「표현적 인지 구성 요소를 고려한 자기소개서 쓰기 지도 방안」, 『국어국문학』 165호, 국어국문학회, 2013.
김성숙, 「학부생의 디지털 저자성 측정 문항 개발」, 『작문 연구』 제23집, 한국작문학회, 2014.
류현주, 『하이퍼텍스트문학』, 김영사, 2000.
발터 벤야민 지음, 최성만 옮김, 『언어 일반과 인간의 언어에 대하여』, 발터 벤야민 선집 6, 도서출판 길, 2007.
오태호, 『(새로운 사회에 대한 상상력) 유토피아』, 토머스 모어 원작, 글누림, 2011.
윤수종 외, 『현대 문화 이해의 키워드』, 이학사, 2007.
이종관, 「가상현실의 형이상학과 윤리학」, 『철학』 54집 봄호, 한국철학회, 1998.

이채리, 『가상현실, 별만들기』, 동과서, 2004.
전선자, 「백남준과 플럭서스(FLUXUS) – 실증자료를 통한 플럭서스 공연의 중심 인물 백남준」, 『인문과학』 48집, 성균관대학교 인문과학연구소, 2011.
제이 데이비드 볼터 지음, 김익현 옮김, 『글쓰기의 공간』, 커뮤니케이션북스, 2010.
제이 데이비드 볼터 · 리처드 그루신 지음, 『재매개 : 뉴 미디어의 계보학』, 이재현 옮김, 커뮤니케이션북스, 2006.
조중혁, 『인터넷 진화와 뇌의 종말–디지털의 미래, 디스토피아인가 유토피아인가』, 에이콘출판, 2013.
리드비터 지음, 이순희 옮김, 『집단지성이란 무엇인가』, 21세기북스, 2009.
토마스 모어 원저, 위평량 지음, 『쉽게 읽는 유토피아』, 2013.
피에르 레비, 권수경 옮김, 『집단지성』, 문학과 지성사, 2002.
해러웨이, D., 임옥희 역, 홍성태 엮음, 「사이보그를 위한 선언문 : 1980년대에 있어서 과학, 테크놀로지, 그리고 사회주의 페미니즘」, 『사이보그, 사이버 컬쳐』, 문화과학사, 1997.
황수영, 『물질과 기억, 시간의 지층을 탐험하는 이미지와 기억의 미학』, 그린비, 2006.

Devitt, Amy J., "First–Year Composition and Antecedent Genres", Conference on College Composition and Communication, Chicago, 24 March 2006.
Freedman, A., "Learning to write again : Discipline–specific writing at university", *Carleton Papers in Applied Language Studies* 4, 1987.
Goodman, N., "On starmaking", *Starmaking*, ed., Peter J. McCormick, 1996.
Turkle, S., *Life On the Screen–Identity in the Age of the Internet*, New York : Touch Stone, 1995.
Robins, K., "Cyberpace and the world we live in", *Cyberspace/Cyberbodies/Cyberpunk*, eds., M. Featherstones & R. Burrows, 1995.
Lasch, C., *The Minimal Self : Psychic Survival in the Troubled Times*, New York : W. W. Norton, 1984.
McLuhan, M., Powers, R. B., *The Global Village : Transformations in World Life and Media in the 21st Century*, New York : Oxford University Press, 1989.

Negri, Antonio & Hardt, Michael, 조정환·정남현·서창현 역, 『다중 : 「제국」이 지배하는 시대의 전쟁과 민주주의』, 세종서적, 2008.

Wellman, B. & Gulia, M., "Net-surfers don't ride alone : Virtual communities as communities", *Networks in the Global Village : Life in Contemporary Communities*, Barry Wellman ed., West View Press, 1999.

Williams, J. & Colomb, G., "The case for explicit teaching : Why what you don't know won't help you", *Research in the Teaching of English* 27.3, 1993.

【대학 글쓰기 교육에서 복합양식적 쓰기 교육의 가능성과 방향】 _ 주민재

구자황, 「대학 글쓰기 교육을 위한 예비적 고찰」, 『어문연구』 53호, 어문연구학회, 2007.

김경희·배진아, 「30대 블로거들의 블로그 매개 커뮤니케이션 연구」, 『한국언론학보』 50권 5호, 한국언론학회, 2006.

김동준, 「대학국어의 특성과 당면 과제」, 『새국어교육』 43-44 합본호, 한국국어교육학회, 1988.

김상희, 「논증적 글쓰기의 수사학적 접근」, 『한국작문학회, 한국수사학회 2010년 동계 정기 학술대회 자료집』, 한국수사학회, 2010.

김연수, 「대학 교양국어 교육의 문제점과 교육목표 설정의 방향」, 『개신어문연구』 13호, 개신어문학회, 1996.

김영정 외, 『비판적 사고와 학술적 글쓰기』, 서울대학교 교수학습개발센터 글쓰기 교실, 2004.

김익현, 『블로그 파워』, 커뮤니케이션북스, 2005.

김중태, 『나는 블로그가 좋다』, 이비컴, 2003.

김중태, 『세상과 소통하는 지름길 - 블로그 교과서』, 멘토르, 2009.

박선웅, 「스튜어트 홀의 문화이론」, 『경제와 사회』 45권, 비판사회학회, 2000.

박은희 편저, 『디지털 마니아와 포비아』, 커뮤니케이션북스, 2007.

박정하, 「〈논리적·비판적 사고〉를 어떻게 가르칠 것인가?」, 『철학과 현실』 통권 54호, 철학문화연구소, 2002.

박정하, 「인문교육의 근본 : 글쓰기 교육의 이론과 실제」, 『시대와 철학』 14권 1호, 한국철학사상연구회, 2003.

서유경, 「매체의 변화와 읽기 교육의 방향」, 『문식성 교육 연구』, 한국문화사, 2008.
송헌호, 「대학 교양 국어국문학 교육의 현황과 개선방안」, 『국어국문학』 114호, 국어국문학회, 1995.
원만희, 「대학에서의 글쓰기 교육의 위상과 '학술적 글쓰기' 모델」, 『철학과 현실』 통권 65호, 철학문화연구소, 2005.
원만희, 「왜 '범교과 글쓰기(WAC)인가'」, 『철학과 현실』 통권 82호, 철학문화연구소, 2009.
유현주, 『하이퍼텍스트』, 연세대학교 출판부, 2003.
윤여탁 외, 『매체언어와 국어교육』, 서울대학교 출판부, 2008.
이명실, 「대학 '읽기-쓰기' 강좌에 대한 학생 요구도 조사」, 『독서연구』 19호, 한국독서학회, 2008.
이병민, 「리터러시 개념의 변화와 미국의 리터러시 교육」, 『국어교육』 117호, 한국어교육학회, 2005.
이승규, 「열린 글쓰기를 통한 대학 글쓰기 교육 방안」, 『새국어교육』 77호, 한국국어교육학회, 2007.
이은미 외, 『디지털 수용자』, 커뮤니케이션북스, 2003.
이정옥, 「대학 글쓰기 교육의 새로운 방향 모색」, 『작문연구』 창간호, 한국작문학회, 2005.
정현선, 「문식성 교육의 쟁점 탐구」, 『교육과정평가연구』 11권 1호, 한국교육과정평가원, 2008.
정희모, 「「글쓰기」 과목의 목표 설정과 학습 방안」, 『현대문학의 연구』 17호, 한국문학연구학회, 2001.
정희모, 「대학 글쓰기 교육과 사고력 학습에 관한 연구」, 『현대문학의 연구』 25호, 한국문학연구학회, 2005.
정희모, 「대학 글쓰기 교육의 현황과 방향」, 『작문연구』 창간호, 한국작문학회, 2005.
조현경, 『'글쓰기'에서 '기록하기'로 – 언제 어디서나 찍고 기록하는 유비쿼터스 시대의 글쓰기. 글쓰기의 힘』, 한국출판마케팅연구소, 2005.
최미숙, 「매체 언어 교육을 위한 교육과정 개발 방향」, 『국어교육학연구』 28집, 서울대학교 국어교육연구소, 2007.
하병학, 「학제적 학문 탐구를 위한 비판적 사고와 논증론(논변론)」, 『철학연구』 58집, 철학연구회, 2002.

하병학, 「기초학문으로서 비판적 사고의 개선방향 : 비판적 글쓰기를 중심으로」, 『범한철학』 38집, 범한철학회, 2005.

황성근, 「대학 글쓰기 교육의 효과적 지도 방안」, 『작문연구』 창간호, 한국작문학회, 2005.

Bolter, J, D. & Grusin, R., *Remediation : Understaing New Media,* MIT Press, 1997. 이재현 역, 『재매개』, 커뮤니케이션북스, 2006.

Bolter, J, D., *Writing Space,* Mahwah, N. J. : Lawrence Erlbaum Associates, 2000. 이재현 역, 『글쓰기의 공간』, 커뮤니케이션북스, 2010.

Bizzell, P., "Beyond anti-foundationalism to rhetorical authoirity : Problems defining 'cultural literacy'", *College English*, Vol.52, 1990, refinement, *Communications of ACM*, Vol.51 No.3.

Evans, K., "Audience and discourse community theory", In M. L. Kennedy (ed.), *Theorizing Composition : A Critical Sourcebook of Theory and Scholarship in Contemporary Composition Studies,* Greenwood, 1998.

Ha, L. & James, "Interactivity re-examined : A baseline analysis of early business websites", *Journal of Broadcasting and Electronic Media*, Vol. 42(4), 1998.

Harris, J., "The idea of community in the study of writing", *College Composition and Communication*, 40, 1989.

Hall, S., 임영호 역, 『스튜어트 홀의 문화이론』, 한나래, 1996.

Jenkins, H., Katie, C., Ravi, P., Alice, J. R., & Margaret, W., Confronting the Challenges of Participatory Culture : Media Education for the 21st century, Internal White Paper, The John D. and Catherine T. Macarthur Foundation. (newmedialiteracies. org), 2006.

Landow, J. C., *Hypertext 3.0,* Johns Hopkins University Press, 2006. 김익현 역, 『하이퍼텍스트 3.0』, 커뮤니케이션북스, 2009.

Lankshear, C. & Knobel, M., *New Literacies*, Maidenhead : Open University Press, 2006.

Messaries, P., "Visual aspect of media literacy", *Journal of Communications*, Vol. 48(1), 1998.

Rouet, J. F., Levonen, J. J., Dillon, A., Spiro, R. J.(eds), *Hypertext and*

Cognition, Mahwha : Lawrence Erlbaum Assocaite, Inc, 1996.
Schmar-Dobler, E., "Reading on the internet : The link between literacy and technology", *Journal of Adolescent and Adult Literacy,* Vol. 47, September, 2003.
Tapscott, D., *Grown Up Digital : How the net Generation Is Changing Your World.* 이진원 역, 『디지털 네이티브』, 비즈니스북스, 2009.

http://en.wikipedia.org/wiki/Literacy (검색일자 : 2010년 8월 3일)

【'자기 탐색' 글쓰기와 '자기 서사'의 재구성】 _ 김영희

가브리엘레 루치우스-회네 · 아르눌프 데퍼만 지음, 『이야기 분석-서사적 정체성의 재구성과 서사 인터뷰의 분석을 위한 이론과 방법론』, 박용익 옮김, 역락, 2006.
경기대학교 글쓰기교재편찬위원회, 『글쓰기』, 경기대학교 출판부, 2013.
경희대학교 후마니타스 칼리지 기초교과 글쓰기 교재 편찬위원회, 『글쓰기1 : 나를 위한 글쓰기』, 경희대학교 출판문화원, 2011.
고병찬, 「자아에 대한 글쓰기-스땅달의 〈앙리 브륄라르의 생애〉에서-」, 『프랑스문화예술연구』 1, 프랑스문화예술학회, 1999.
곽경숙, 「대학 사고와 표현 교육의 방향과 과제」, 『한민족어문학』 55, 한민족어문학회, 2009.
김도환 · 정태연, 『청년기의 자기 탐색』, 동인, 2002.
김미란, 「대학의 글쓰기 교육과 장르 선정의 문제-자기표현적 글쓰기에 대한 비판적 고찰을 중심으로-」, 『작문연구』 9, 한국작문학회, 2009.
김민정, 「대학 글쓰기 교육에서의 '반성적 쓰기'의 활용과 의의」, 『한국문학이론과 비평』 45, 한국문학이론과 비평학회, 2009.
김수아, 「온라인 글쓰기에서의 자기 서사와 정체성 구성」, 『한국언론학보』 52-5, 한국언론학회, 2008.
김애순, 『청년기 갈등과 자기 이해』, 중앙적성출판사, 1997.
김종덕 · 조나현, 「개인 블로그를 통한 자기기술의 변화」, 『한국콘텐츠학회논문지』 8-8, 한국콘텐츠학회, 2008.
김주언, 「교양 없는 시대의 교양으로서의 글쓰기」, 『한국문학이론과 비평』 34, 한

국문학이론과 비평학회, 2007.
김주언, 「종합적인 사고 행위로서의 창의적 글쓰기 방안 연구」, 『한국문학이론과 비평』 31, 한국문학이론과 비평학회, 2006.
김홍중, 「육화된 신자유주의의 윤리적 해체」, 『사회와 이론』 14, 한국이론사회학회, 2009.
김화선, 「자아 발견을 위한 글쓰기 교육의 실제」, 『비평문학』 24, 한국비평문학회, 2006.
나은미, 「대학에서의 글쓰기 교육 현황 분석」, 『우리어문연구』 32, 우리어문학회, 2008.
루츠 폰 베르더·바바라 슐테-슈타이니케, 『즐거운 글쓰기』, 김동희 옮김, 들녘, 2004.
류찬열, 「대학의 글쓰기 어떻게 할 것인가?」, 『문예운동』 2010년 봄호(통권 105호), 문예운동사, 2010.
린다 플라워 지음, 원진숙·황정현 옮김, 『글쓰기 문제해결전략』, 동문선, 1998.
미셸 푸코, 『자기의 테크놀로지』, 이희원 옮김, 동문선, 2002.
미셸 푸코, 『주체의 해석학』, 심세광 옮김, 동문선, 2007.
박태호, 「구성주의 패러다임의 측면에서 본 작문 이론의 전개 동향」, 『초등교과교육연구』 2, 초등교과교육학회, 1998.
박태호, 「사회 구성주의 작문 교육 이론 연구」, 『교육 한글』 9, 한글학회, 1996.
박현이, 「자아 정체성 구성으로서의 글쓰기 교육 연구」, 『한국문학이론과 비평』 32, 한국문학이론과 비평학회, 2006.
서정혁, 「대학의 교양교육과 글쓰기교육」, 『독서연구』 15, 한국독서학회, 2006.
신형기 외, 『글쓰기』, 연세대학교 출판부, 2003.
이가야, 「자서전 이론에 대한 몇 가지 고찰」, 『프랑스문화예술연구』 23, 프랑스문화예술학회, 2008.
이옥형, 『청년심리학』, 집문당, 2006.
이진남, 「〈사과와 표현〉 과목의 정체성과 방향성」, 『사고와 표현』 창간호, 한국사고와표현학회, 2008.
장휘숙, 『청년심리학』, 학지사, 1999.
정민주, 「자기소개 담화에 나타난 '자아 표현' 양상과 실현 맥락에 관한 고찰-대학생 자기소개 담화를 중심으로-」, 『국어교육연구』 44, 국어교육학회, 2009.
정옥분, 『청년발달의 이해』, 학지사, 1998.

정희모, 「〈글쓰기〉 과목의 목표 설정과 학습 방안」, 『현대문학의 연구』 17, 현대문학연구회, 2001.
정희모, 「대학 글쓰기 교육의 현황과 방향」, 『작문연구』 창간호, 한국작문학회, 2005.
정희모, 「대학 글쓰기 교재의 분석 및 평가 준거 연구」, 『국어국문학』 148, 국어국문학회, 2008.
최규수, 「대학 작문에서 자기를 소개하는 글쓰기의 현실적 위상과 전망-대학생에게 자기 성찰의 글쓰기는 어떻게 이루어지는가의 문제」, 『문학교육학』 18, 문학교육학회, 2005.
최상민, 「대학생 글쓰기 지도에서 비계설정하기-실용적 글쓰기를 중심으로-」, 『국제어문』 42, 국제어문학회, 2008.
최성민, 「대학생 글쓰기 지도에서 비계설정하기」, 『국제어문』 42, 국제어문학회, 2008.
최윤미 외, 『현대 청년심리학』, 학문사, 1998.
최숙기, 「자기 표현적 글쓰기의 교육적 함의」, 『작문연구』 5, 한국작문학회, 2006.
최현섭 외, 『구성주의 교수-학습론』, 박이정, 2000.

Spivey, N. N., 신헌재 외 역, 『구성주의와 읽기·쓰기』, 박이정, 2004.
Belanoff, P., "The myth of assessment", *Journal of Basic Writing,* Vol.10-1, 1991.
Bizzell, P., "What is a discourse community?", *Academic Discourse and Critical Consciousness*, University of Pittsburgh Press, 1992.
Elbow, P., "Writing assessment : Do it better, Do it less", E. D. White & W. D. Lutz & S.Kamusikiri, *Assessment Writing*, The Modern Language Association of America, 1996.

【장르의 전형성과 대학 글쓰기 교육의 한 방향】 _ 나은미

강범모, 『한국어의 텍스트 장르와 언어적 특성』, 고려대학교 출판부, 1999.
강범모·김흥규·허명회, 『한국어의 텍스트 장르, 문체, 유형-컴퓨터와 통계적 기법의 이용』, 태학사, 2000.
교육과학기술부, 『교육학교 교육과정해설 2』, 교육과학기술부, 2009.

김 경, 「나의 스타일, 나의 칼럼-당신만의 칼럼을 써라」, 『글쓰기의 힘』, 한국출판마케팅연구소, 2005.

김명순, 「쓰기 교육과 장르 중심 쓰기 지도」, 『국어교과교육연구 5』, 국어교과교육학회, 2003.

김혜영, 「글쓰기 과정에 나타난 장르의 선택조건과 변용 가능성」, 『국어교육』 108, 한국어교육학회, 2002.

나은미, 「장르 기반 텍스트, 문법 통합 모형에 대한 연구-취업 목적 자기소개서를 대상으로-」, 『우리어문연구』 41, 우리어문학회, 2011.

노명완, 「대학 작문-현 실태, 개념적 특성, 그리고 미래적 지향-」, 『대학작문』 창간호, 대학작문학회, 2010.

박영목, 「의미 구성에 관한 설명 방식」, 『선청어문』 22, 서울대학교 국어교육과, 1994.

박영목, 『작문교육론』, 도서출판 역락, 2008.

서강대학교 교양교육위원회, 『이공계열 움직이는 글쓰기』, 서강대학교 출판부, 2006.

서울대학교 국어교육연구소, 『국어교육학사전』, 대교출판, 1999.

선주원, 「확장된 장르 개념을 활용한 비평문 쓰기와 서사교육」, 『현대문학의 연구』 42, 한국문학연구학회, 2010.

유선영, 『새로운 신문 기사 스타일-역피라미드 스타일의 한계와 대안』, 한국언론재단, 2001.

이정식, 『다의어 발생론』, 도서출판 역락, 2003.

이종성, 『델파이 방법』, 교육과학사, 2001.

정정순, 「장르 개념을 활용한 쓰기 교육 - '인물전'에 관한 논의를 바탕으로」, 『선청어문』 28, 서울대학교 국어교육과, 2000.

정희모, 「작문 이론의 구체성과 실천성」, 『한국어문교육』 10, 고려대학교 한국어문교육연구소, 2011.

최인자, 「장르의 역동성과 쓰기 교육의 방향성」, 『문학교육학』 5, 문학교육학회, 2000.

Hyland, K., *Genre and Second Language Writing*, The University of Michigan Press, 2007.

Jakobson, R., *Closing Statement : Linguistics and Poetics, Style and Language*,

Cambridge, Mass : MIT press, 1960.
Knapp, P. & Watkins. M., 주세형·김은성·남가영 역, 『쓰기 교육을 위한 문법-장르, 텍스트, 문법』, 박이정, 2007.
Miller, C., "Genre as social action", *Quarterly Journal of Speech*, 70, 1984.
Ricoeur, P., 김윤성·조현범 역, 『해석이론』, 서광사, 1994.
Swales, J., *Genre Analysis*, Cambridge : Cambridge University Press, 1990.
Tribble, C., *Language Teaching : Writing*, Oxford Universitiy Press, 1999. 김지홍 역, 『옥스퍼드 언어교육지침서 쓰기』, 범문사, 2003.

제2부 대학 글쓰기 연구와 텍스트 해석

【대학생 쓰기 교육을 위한 텍스트 특성 비교】 _ 정희모

김정남, 「대학 작문 교육에서 텍스트 이론의 적용 가능성에 대한 검토」, 『텍스트 언어학』 17호, 한국텍스트언어학회, 2004.
박나리, 「학술논문에 나타난 응집성(coherence)과 응결성(cohesion)의 사상 양상」, 『국어학』 56집, 국어학회, 2009.
박소희, 「중학생들의 담화 종합 과제 수행에서 나타나는 텍스트 변형 양상에 관한 연구」, 고려대학교 대학원 석사논문, 2009.
이윤빈, 「대학생의 학술적 비평문 쓰기수행에 대한 연구」, 『국어교육』 133호, 한국어교육학회, 2010.
이윤빈·정희모, 「과제 표상 교육이 대학생의 학술적 글쓰기 수행에 미치는 효과」, 『국어교육』 131호, 한국어교육학회, 2010.
이재성, 「문장 능숙도에 따른 대학생 글의 문장 특성 연구」, 『작문연구』 9집, 한국작문학회, 2009.
이재승, 「읽기와 쓰기 행위에서 결속 구조의 의미와 지도」, 『국어교육』 110호, 한국어교육학회, 2003.
유재임, 「T-unit 분석 방법과 문장합성연습」, 『신영어영문학』 31집, 신영어영문학회, 2005.
서승아, 「7학년 쓰기 능력의 응집성 발달 특성 추출」, 『국어교육』 126호, 한국어교육학회, 2008.

성태제·시기자, 『연구방법론』, 학지사, 2009.
장한업, 「한국 대학생들의 불어 쓰기 유창성 연구」, 『불어불문학연구』 74집, 한국불어불문학회, 2008.
정희모·김성희, 「대학생 글쓰기의 텍스트 비교 분석 연구」, 『국어교육학연구』 32집, 국어교육학회, 2008.
조영돈, 『논술문 생산의 텍스트 언어학적 책략』, 태학사, 2006.
한국텍스트언어학회, 『텍스트언어학의 이해』, 박이정, 2004.

Connor, U., "Research frontiers in writing analysis", *TESOL Quarterly*, 21, 4, 1988.
Goldman, S. R. & Wiley, J., "Discourse analysis; Written text", in Duke & Mallette (eds.), *Literacy research methodologies*, GP, 2004.
Halliday, M. A. K. & Hasan, R., *Cohesion in English,* Longman, 1976.
Mathison, M. A., "Writing the critique, a text about a text", *Written Communication* 13, 1996.
Witte, S. P. & Faigley, L., "Coherence, cohesion, and writing quality", *College Composition and Communication*, Vol.32 No.2, 1981.
Spivey, N. N. & King J. R., "Readers as writers composing from sources", *Technical Report,* No.18, 1989.

【다섯 가지 텍스트 해석 방법을 활용한 읽기 중심 교육 모형의 개발】 _김미란

강연임·최혜진·신지연, 「대학국어 읽기자료의 국어교재화 방안과 학습전략」, 『어문연구』 71, 어문연구학회, 2012.
김라연, 「설득적 텍스트의 읽기 전략 활용 분석 연구」, 『우리말 글』 54, 우리말글학회, 2012.
김미란, 「대학의 읽기-쓰기교육과 '사회적 전환'의 필요성」, 『현대문학의 연구』 48, 한국문학연구학회, 2012.
김유미, 「텍스트 선정이 비판적 읽기에 미치는 영향 연구」, 『국어교육연구』 51, 국어교육학회, 2012.
김희경, 「협력적 읽기 수업의 교수설계 모형」, 『언어와 문화』 7(2), 한국언어문화교육학회, 2011.

박영목, 「독서교육 활성화 방안 연구」, 『국어교육』 103, 한국국어교육연구회, 2000.
이순영, 「읽기 연구의 최근 동향과 과제 : 국내외 2005년부터 2010년까지의 연구를 중심으로」, 『한국어문교육』 10, 고려대학교 한국어문교육연구소, 2011.
백지연·최진오, 「독해점검전략이 초등학생의 비판적 읽기능력, 읽기효능감, 읽기 태도에 미치는 효과」, 『교과교육학연구』 16(2), 이화여자대학교 교과교육연구소, 2012.
전대석, 「분석적 읽기를 통한 논증적 글쓰기 연습」, 『철학과 현실』 94, 철학문화연구소, 2012.
정호웅, 「현대문학 교육과 삶의 질 : 부분 읽기에서 전체 읽기로」, 『국어교육』 113, 한국어교육학회, 2004.
황영미, 「읽기 교육의 토론과 글쓰기 통합 모형 연구」, 『사고와 표현』 3(1), 한국사고와표현학회, 2010.

McComiskey, B., 김미란 역, 『사회 과정 중심 글쓰기 : 작문 교육 패러다임의 전환』, 도서출판 경진, 2012. McComiskey, B., *Teaching Composition as a Social Process*, Utah State University Press, 2000.
Spivey, N. N., 신헌재 외 역, 『구성주의와 읽기·쓰기』, 박이정, 1997.
Flower, L., "Introduction : Studying cognition in context", *Reading to Write : Exploring a Cognitive & Social Process*, Oxford University Press, 1990.
John U. Peters, "Five ways of interpreting a text", *The Elements of Critical Reading*, New York : Macmillan Coll Div, 1991.

【대학생의 학술적 비평문 쓰기 수행에 대한 연구】 _이윤빈

김성진, 「문학교육에서 비평 활동에 관한 연구」, 『국어국문학』 130, 국어국문학회, 2002.
김성진, 「비평 활동 교육의 내용 연구」, 서울대학교 박사학위논문, 2004.
박영민, 「비평문 쓰기를 통한 작문 지도 방법 연구」, 한국교원대학교 박사학위논문, 2003.
박영민·가은아, 「인문계 고등학생의 쓰기 지식과 쓰기 수행의 상관 및 성별·학년별 차이 연구」, 『국어교육』 128, 한국어교육학회, 2009.

성태제, 『현대 기초통계학의 이해와 적용』, 교육과학사, 2007.
양정실, 「반응일지 쓰기의 문학교육적 함의」, 『국어교육』 102, 한국어교육학회, 2000.
임경순, 「비평적 문식력 신장을 위한 쓰기 교육 : 평전(評傳)을 중심으로」, 『국어교육학연구』 15, 국어교육학회, 2002.
우한용, 「문학교육의 평가 : 메타비평의 평가를 중심으로」, 『국어교육』 100, 한국어교육학회, 1999.
이윤빈·정희모, 「과제 표상 교육이 대학생의 학술적 글쓰기 수행에 미치는 효과」, 『국어교육』 131, 한국어교육학회, 2010.
정희모·김성희, 「대학생 글쓰기의 텍스트 비교 분석 연구」, 『국어교육학연구』 32, 국어교육학회, 2008.
최철웅, 「유비쿼터스 시대에 권력은 무슨 꿈을 꾸는가」, 『문화과학』 57, 문화과학사, 2009.
한국 RFID/USN협회, 『유비쿼터스 지식능력검정』, 영진미디어, 2008.
황혜진, 「비판적 문해력 신장을 위한 드라마 비평문 쓰기교육방법 연구」, 『독서연구』 20, 한국독서학회, 2008.

Breland, H. M. & Jones, R. J., "Perceptions of writing skills", *Written Communication,* 1, 1984.
Crammond, J. C., "The uses and complexity of argument structures in expert and student persuasive writing", *Written Communication,* 15(2), 1998.
Diederich, P. B., French, S. W. & Carlton, S. T., *Factors in Judgements of Writing Ability, Princeton,* NJ : Educational Testing Service, 1961.
Flower et al., *Reading to Write : Exploring a Cognitive & Social Processes,* New York, NY : Oxford University Press, 1990.
Freedman, "How characteristics of student essays influences teachers' evaluation", *Journal of Educational Psychology,* 71, 1979.
Kantz, M., "Promises of coherence, weak content, and strong organization: An analysis of the students' texts", In Flower et al., *Reading to Write : Exploring a Cognitive & Social Processes, New York,* NY : Oxford University Press, 1990.
Langer, J. A., "The effects of available information on responses to school

writing task", *Research in the Teaching of English,* 19, 1984.

Mathison, M. A., "Authoring the critique : Taking critical stances on disciplinary texts", Unpublished doctorial dissertation, Carnegie Mellon University, Pittsburgh, PA, 1993.

Mathison, M. A., "Writing the critique, a text about a text", *Written Communication,* 13, 1996.

Mathison, M. A. & Spivey, N. N., Authorship in writing the critique. Writing from academic sources : Project 9(Study 2, Phase 1). Final Report, Pittsburgh, PA. Center for the Study of Writing and Literacy, University of California at Berkeley and Carnegie Mellon University, PA, 1993.

Mathison, M. A. & Flower, L., Critiquing texts in sociology : A longitudinal Study. Writing from academic sources : Project 9(Study 2, Phase 2). Final Report, Pittsburgh, PA. Center for the Study of Writing and Literacy, University of California at Berkeley and Carnegie Mellon University, PA, 1993.

Nold, E. W. & Freedman, S. W., "An analysis of readers' responses to essays", *Research in the Teaching of English,* 11, 1977.

Rowan, K. E., "Cognitive correlates of explanatory writing skill : An analysis of individual differences", *Written Communication,* 7, 1990.

Shuy, R. W., "Topic as the unit of analysis in a criminal law case", In D. Tannen(Ed.), *Analyzing Discourse : Text and Talk,* Washington, DC : Gergetown University Press, 1982.

Spivey, N. N., *Discourse Synthesis : Constructing Texts in Reading and Writing*(Outstanding Dissertation Monograph Series), Newark, DE : International Reading Association, 1983.

Van Dijk, T. A., "Sentence topic and discourse topic", *Papers in Slavic Philology,* 1, 1979.

Voss J. F., Vesonder, G. T. & Spilich, G. T, "Text generation and recall by high-knowledge and low-knowledge individuals", *Journal of Verbal Learning and Verbal Behavior,* 19, 1980.

Witte, S. P., "Topical structure and writing quality : Some possible text-based explanations of readers' judgements of students' writing", *Visible Language*, 17, 1983.

【대학 신입생의 융·복합적 사고 능력 배양을 위한 렌즈에세이 쓰기 교수 모듈 효과】 _ 김성숙

김성숙, 「미국의 대학 글쓰기 교육과정과 평가」, 『작문연구』, 한국작문학회, 2008.
김성숙, 「컬럼비아대학교 글쓰기 교수법의 적용 사례」, 『대학작문』, 대학작문학회, 2012.
김욱동, 『수사학이란 무엇인가』, 민음사, 2008.
박영목, 「중등학교 글쓰기 교육의 새로운 방향」, 『작문연구』, 한국작문학회, 2007.
발터 벤야민 지음, 최성만 옮김, 『기술복제시대의 예술작품 – 사진의 작은 역사 외』, 도서출판 길, 2007.
서울대학교 교육연구소, 『교육학 용어 사전』, 1994.
안치용, 『트렌치 이코노믹스』, 리더스북, 2009.
앙리 베르그송 지음, 이광래 옮김, 『思惟와 運動』, 종로서적, 1981.
원진숙·황정현·이영호, 「장르 기반 환경적 쓰기 교수·학습 모형 개발 연구」, 『한국초등교육』 제22권 2호, 서울교육대학교 초등국어교육연구소, 2011.
줄리언 제인스 지음, 김득룡, 박주용 옮김, 『의식의 기원』, 한길사, 2005.
최인자, 「창의력을 위한 문제 중심의 교수 학습 방법」, 『국어교육』 10, 한국국어교육연구회. 2000,
프리드리히 하이에크 지음, 김이석 옮김, 『노예의 길』, 나남출판사, 2006.
한양대학교 출판부, 『창조적 사고와 글쓰기』, 한양대학교 출판부, 2012.
함성호, 『너무 아름다운 병』, 문학과 지성사, 2001.

Bawarshi, A. S., & Reiff, M. J., *Genre. An Introduction to History, Theory, Research, and Pedagogy.* West Lafayette : Parlor Press and The WAC Clearinghouse. 2010.
Callaghan, M., & Rothery, J., Teaching factual writing : Report of the Disadvantaged Schools Program Literacy Project, Sydney : Metropolitan East Disadvantaged School Program, 1988.

Fish, S., *Is Their a Test in This Class? The Authority of Interpretive Communities*, Cambridge, MA : Harvard University Press, 1980.
Freeman, J. M., "The writing exam as index of policy, curriculum, and assessment : An academic literacies perspective on high stakes testing in an American university", Unpublished doctorial dissertation, University of Pennsylvania, 2007.
Gee, J. Paul., *Social Linguistics and Literacies : Ideology in Discourses,* Bristol, PA : Taylor and Francis, Inc. 1996.
Kuhn, T., *The Structure of Scientific Revolutions*, Chicago : University of Chicago Press, 1962.
Sigel, I. & Cocking, R., *Cognitive Development from Childhood to Adolescence : A Constructivist Perspective*, NY : Holt, 1977.

【반복된 상호작용이 독자 인식에 미치는 영향 분석】 _주민재

강수택 외, 『21세기 지식키워드 100』, 한국출판마케팅 연구소, 2003.
강진숙 · 장성준, 「텔레마틱 사회의 대화형 매체와 소통형식에 대한 연구」, 『한국출판학연구』 34권 1호, 한국출판학회, 2008.
김익현, 『블로그 파워』, 커뮤니케이션북스, 2005.
김주환, 『디지털 미디어의 이해』, 생각의 나무, 2008.
백욱인, 『네트워크 사회문화』, 커뮤니케이션북스, 2012.
오현지, 「블로그 작문활동을 활용한 초등학생 필자의 예상독자 인식능력 신장 방안 연구」, 서울교육대학교 교육대학원 석사논문, 2010.
유상희, 「쓰기 과정에서 필자의 독자 고려 양상 연구」, 고려대학교 대학원 석사학위논문, 2008.
유현주, 『하이퍼텍스트』, 연세대학교 출판부, 2003.
윤수종, 「'제국'에 대항하는 대중, '제국'을 넘어서는 대중」, 대학신문 2007.11.3.
은혜정 · 나은영 · 주창윤, 「인터넷 시대 수용자 연구」, 『kocca 연구보고서』, 한국콘텐츠진흥원, 2001.
이동일, 「소비자불평행동에 있어 PC 통신 활용에 관한 연구 : 워드프로세서 사용 소비자를 중심으로」, 서울대학교 석사학위 논문, 1994.

이진경, 『노마디즘 I』, 휴머니스트, 2002.
정희모, 「페렐만의 보편청중 개념과 작문의 독자 이론」, 『작문연구』 16집, 한국작문학회, 2012.
주민재, 「블로고스피어의 형성과 담론 공간의 구조」, 『작문연구』 11집, 한국작문학회, 2010.
주민재, 「대학 글쓰기 교육에서 복합양식적 쓰기의 수용 가능성」, 『새국어교육』 86호, 한국국어교육학회, 2010.
주민재, 「디지털 텍스트를 구현하는 실제 요인에 관한 고찰」, 『새국어교육』 93호, 한국국어교육학회, 2012.
한 선, 「블로그 커뮤니케이션의 생산과 실천에 관한 연구」, 전남대학교 대학원 박사논문, 2006.

Barabasi, A. L., *Linked : The New Science of Networks*, Perseus. 강병남 · 김기훈 역, 『링크 : 21세기를 지배하는 네트워크 과학』, 동아시아, 2002.
Bolter, J. D. & Grusin, R., *Remediation : Understanding New Media*, MIT Press, 1999. 이재현 역, 『재매개』, 커뮤니케이션북스, 2006.
Castells, M., *The Rise of the Network Society*, Blackwell, 2000. 김욱한 · 박행웅 · 오은주 역, 『네트워크 사회의 도래』, 한울 아카데미, 2003.
Corbin, J. & Strauss, A., "Grounded theory research : Procedures, canons, and evaluative criteria", *Qualitative Sociology*, Vol.13 No.1, 1990.
Creswell, J. W., *Qualitative Inquiry and Research Design*(2nd ed.), Sage. 조흥식 외 역, 『질적 연구방법론(2판)』, 학지사, 2003.
Dean, J., *Blog Theory : Feedback and Capture in the Circuits of Drive*, UK : Polity Press, 2010.
Deleuze & Guattari., *Mille Plateaux : Capitalisme et Schizophrnie 2*, Les ditions de Minuit, 1980. 김재인 역, 『천개의 고원』, 새물결, 2010.
Flusser, V., *Die Schrift : Hat Schreiben Zukunft?*, Immatrix Publications, 1992. 윤종석 역, 『디지털 시대의 글쓰기』, 문예출판사, 1998.
Flusser, V., *Kommunikologie*, Fischer, 1996. 김성재 역, 『코무니콜로기』, 커뮤니케이션북스, 1996.
Gladwell, M., *The Tipping Point*, Back Bay Books, 2000, 임옥희 역, 『티핑 포인트』, 21세기북스, 2004.

Kiousis, S., "Interactivity : A concept explication", *New Media & Society*, 4(3), 2002.

Landow, G., *Hypertext 3.0*, Maryland : Johns Hopkins University Press, 2006. 김익현 역, 『하이퍼텍스트3.0』, 커뮤니케이션북스, 2009.

Moulthrop, S., "Rhizome and resistnace : Hypertext and the dreams of a new culture", Landow, G.(ed), *Hyper/Text/Theory*, Johns Hopkins University Press, 1994.

Negri, A. & Hardt, M., *Emprire*, Harvard University Press, 2000. 윤수종, 『제국』, 이학사, 2001.

Negri, A. & Hardt, M., *Multitude*, Penguin Press, 2004. 조정환·정남영·서창현 역, 『다중』, 세종서적, 2008.

O'Reilly, T., "Hardware, Software, and Infoware", DiBona, C., Ockman, S., & Stone, M.(Eds), *Open Sources : Voices from the Open Source Revolution*, O'Reilly Media Inc. 1990.

Olivesi, S., *La Communication Selon Bourdieu*, Paris : L'Harmattan, 2005. 이상길 역, 『부르디외, 커뮤니케이션을 말하다』, 커뮤니케이션북스, 2007.

Poster, M., *The Mode of Information : Poststructuralism and Social Context*, Chicago : Chicago University Press, 1990. 김성기 역, 『뉴미디어의 철학』, 민음사, 1994.

Poster, M., *The Second Media Age*, Cambridge : Polity Press, 1995. 이미옥·김준기 역, 『제 2미디어 시대』, 민음사, 1998.

Poster, M., *What's the Matter with the Internet?*, University of Minnesota, 2001. 김승현·이종숙 역, 『미네르바의 올빼미가 날기 전에 인터넷을 생각한다』, 이제이북스, 2005.

Reiff, M. J., "Rereading 'Invoked' and 'Addressed' readers through a social lens : Toward a recognition of multiple audience", *JAC*, 16-3, 1996.

Shirky, C., *Voices from Net*, Ziff-Davis Press, 1995.

Shirky, C., *Here Comes Everybody*, NY : Penguin, 2008. 송연석 역, 『끌리고 쏠리고 들끓다』, 갤리온, 2008.

Shirky, C., *Cognitive Surplus*, NY : Penguin, 2010. 이충호 역, 『많아지면 달라진다』, 갤리온, 2010.

Tomlinson, B., "Ong may be wrong : Negotiating with nonfictional readers",

In Kirsch, G., & Roen, D. H.(eds.). *A Sense of Audience in Written Communication*, CA : Sage Pulications, 1990.

Villani, A. & Sasso, R., *LE VOCABULAIRE DE GILLES DELEUZE*, CENTRE DE TECHERCHES D'HISTOIRE DES IDES, 2003. 신지영 역, 『들뢰즈 개념어 사전』, 갈무리, 2012.

GatorLog's Blog

http://gatorlog.com/mt/archives/002183.html (검색일자 : 2012년 12월 30일)

IT Conversations

http://itc.conversationsnetwork.org/shows/detail807.html# (검색일자 : 2013년 1월 21일)

O'REILLY Online Catalog

http://oreilly.com/catalog/opensources/book/tim.html (검색일자 : 2013년 1월 20일)

http://oreilly.com/tim/articles/paradigmshift_0504.html (검색일자 : 2013년 1월 21일)

PRAX'S Blog

http://www.fortytwo.co.kr/tt/entry/%EC%B0%B8%EC%97%AC%EC%9D%98-%EC%95%84%ED%82%A4%ED%85%8D%EC%B2%98Architecture-of-Participation (검색일자 : 2013년 1월 23일)

http://terms.naver.com/entry.nhn?cid=3619&docId=1625392&mobile&categoryId=3876 (검색일자 : 2013년 1월 11일)

【대학생 한국어 작문의 L1/L2 수정 양상 비교】 _김희용

김성숙, 「한국어 작문과정 모형과 단계별 전략 탐구」, 『한국어 교육』 Vol.18, No.2, 국제한국어교육학회, 2007.

김성숙, 「외국인의 한국어 작문 과정에 대한 연구」, 『작문연구』 제7집, 한국작문학회, 2008.

김성숙·정희모, 「내·외국인 학생 간의 작문 수정 결과 비교」, 『국어국문학』 153집, 국어국문학회, 2009.

김정숙, 「담화능력배양을 위한 외국어로서의 한국어 쓰기 교육 방안」, 『한국어교

육』 10-2, 국제한국어교육학회, 1999.
노명완·박영목·권경안, 『국어과 교육론』, 갑을출판사, 1997.
댐론 줄리에, 김주영, 「한국어 숙달 정도에 따른 미국대학 한국어 학습자의 오류 수정 선호 연구」, 『한국어 교육』, Vol.20 No.2, 국제한국어교육학회, 2009.
린다 플라워, 『글쓰기의 문제해결전략』 원진숙·황정현 옮김, 동문선, 1998.
손연자, 「한국어 글쓰기 교육의 실태와 방안」, 『새국어생활』 6(2), 국립국어, 1996.
이미혜, 「과정 중심의 한국어 쓰기 교육-작문 수업을 중심으로」, 『한국어교육』, 11(2), 국제한국어교육학회, 2001.
이재승, 『글쓰기 교육의 원리와 방법-과정 중심 접근』, 교육과학사, 2002.
이혜전, 「프로토콜 분석을 통한 사과 화행 연구-일본인 한국어 학습자를 대상으로」, 이화여자대학교 석사학위논문, 2008.
임인재·김신영·박현정, 『교육·심리·사회 연구를 위한 통계방법』, 두산, 2003.
정현경, 「외국어로서의 한국어 쓰기 교육 연구 : 과정 중심적 접근을 통하여」, 고려대학교 석사학위논문, 1999.
정희모, 「글쓰기에서 수정의 절차와 방법에 관한 연구」, 『현대문학의 연구』 34집, 한국문학연구학회, 2008.
정희모·이재성, 「대학생 글쓰기의 수정 방법에 관한 실험 연구 : 자기첨삭, 동료첨삭, 교수첨삭의 효과를 중심으로」, 『국어교육학연구』 제33집, 서울대학교 국어교육연구소, 2008.
주민재, 「대학 글쓰기 수정 교육에 관한 수업 모형 연구」, 『작문연구』 제6집, 한국작문학회, 2008.
차영준, 『비모수 통계학』, 자유아카데미, 1993.
천경록, 「사고구술활동이 초등학생에 독해에 미치는 효과」, 『국어교육학연구』 Vol.19, 서울대학교 국어교육연구소, 2004.
최건아, 「작문의 질에 따른 고쳐쓰기 양상 분석」, 고려대학교 석사학위논문, 2009.

Beare, Sophie. & Bourdages, J. S., "Skilled writers' generating strategies in L1 and L2", *Writing and Cognition : Research and Applications Studies in Writing*, Vol.20, Amsterdam : Elsevier, 1997.
Bereiter, Carl., *The Psychology of Written Composition*, New Jersey : Hillsdale, 1987.

Bridwell, L., "Revising strategies in twelfth grade students' transactional writing", *Research in the Teaching of english*, 14, 3, 1980.

Emig, J., "The composing processes of twelfth graders", *National Council of Teachers of English Research report*, No.13, Urbana, 1971.

Ericsson, K. A. & Simon, H. A., *Protocol Analysis : Verbal Reports as Data*, Cambridge, MA : MIT Press, 1993.

Faigley, L. & Witte, S. P., "Analyzing revision", *College Composition and communication*, Vol.32 No.4, 1981.

Faigley, L., "Competing theories of process : A critique and a proposal", *College English*, Vol.48 No.6, 1986.

Flower, L. & Hayes, J. R., "The cognition of discovery : Defining a rhetorical problem the cognition of discovery : Defining a rhetorical problem", *College Composition and Communication*, Vol.31 No.1, 1980.

Flower, L., Hayes, J. R., Carey, L., Schriver, Karen and Stratman, James, "Detection, diagnosis, and the strategies of revision", *College Composition and Communication*, Vol.37 No.1, 1986.

Hall, C., "Revising strategies in L1 and L2 writing tasks : A case study", Thesis Doctorial dissertation University of New Mexico, 1987.

Hayes, J. R., "New directions in writing theory", *Handbook of Writing Research*, The Guildford Press, New York, London, 2006.

Huff Roland K., "Teaching revision : A model of the drafting process", *College English*, Vol.45 No.8, 1983.

Kellogg, R. T., *The Psychology of Writing*, NY : Oxford University Press, 1999.

Kucan, L. & Beck, I. L., "Thinking aloud and reading comprehension research : Inquiry, instruction, and social interaction", *Review of Educational Research*, Vol.6 No.3, 1997.

Naline, B. K., "Revising patterns in students' writing", Arthur N. Applebee (Ed), *Context for Learning to Write*, Ablex P.C, 1984.

Squire, J. R., *Perspectives on Writing : Research, Theory, and Practice*, International Reading Association, 2000.

Murray, D., *A Writer Teaches Writing : A Practical Method of Teaching*

Composition, New York : Houghton Mifflin, 1968.

Murray, D., "Internal revision : A process of discovery". In C. R. Cooper & L. Odell(Eds.), Research on composing. Urbana, Illinois : *National Council of Teachers of English*, 1978a.

Murray, D., "Teach the motivating force of revision", *English Journal*, 1978, 67(7), 1978b.

Sommers, N., "Revision strategies of student writers and experienced adult writers", *College Composition and Communication*, Vol.31 No.4, 1980.

Smith, Allison, D. Smith, Trixie G. and Wright, Karen, *Compbiblio : Leaders and Influences in Composition Theory and Practice* ed. Southlake : Fountainhead press, 2007.

Sze, Celine., "A case study of the revision process of a reluctant ESL student writer", *TESL Canada Journal*, Volume 19, Issue 2, 2002.

Takagaki, Toshiyuki., "The revision patterns and intentions in L1 and L2 by Japanese writers : A Case Study", *TESL Canada Journal*, Volume 21, Issue 1, 2003.

Vinyard, Deirdre W., *Voices in Revision : Case Studies of L1 and L2 Students in College Composition Classes*, University of Nevada, RENO, 2005.

Williams, R. M. & Wessel, J., "Reflective journal writing to obtain student feedback about their learning during the study of chronic musculoskeletal condition", *Journal of Allied Health*, spring 33, 2004.

교육부 공시 교육 통계

http://www.moe.go.kr/web/100085/site/contents/ko/ko_0120.jsp?selectId=1085 (검색일자 : 2015년 5월 7일)

【상호텍스트성을 바탕으로 한 독자의 텍스트 간 연결 양상 분석】 _강지은

교육과학기술부 고시 제 2001-361호 [별책5] 국어과 교육과정.

강선옥, 「텍스트 상호성을 이용한 교수 - 학습방안 연구」, 홍익대학교 석사학위논문, 2002.

고은정, 「상호텍스트성을 통한 소설읽기 교육연구」, 서울대학교 석사학위논문, 2012.
김도남, 「상호텍스트성에 기반한 텍스트 이해 단계 설정 검토」, 『독서연구』 제6호, 한국독서학회, 2001.
김도남, 「상호 텍스트성을 바탕으로 한 읽기 지도 방법 연구」, 한국교원대학교 박사학위논문, 2002.
김성수, 「창의적 글쓰기 교육의 구성 방안 연구 – 대학 글쓰기의 경우」, 『현대문학의 연구』 제38집, 현대문학연구학회, 2009.
김정우, 「상호텍스트적 시 교육에 관한 연구 – 정지용의 시텍스트를 중심으로」, 서울대학교 석사학위논문, 1998.
김정우, 『시 해석 교육론』, 태학사, 2006.
남고운, 「상호텍스트성을 활용한 다문화소설 교육 방안 연구」, 충남대학교 석사학위논문, 2012.
노명완, 「대학 논술 시험의 개념과 그 유형 분석」, 『독서연구』 제23호, 한국독서학회, 2010.
류수열, 「꽃의 시적 표상에 대한 주제론적 접근 : 고전시가교육의 방법론 모색을 겸해」, 『한국시가연구』 제15집, 한국시가학회, 2004.
류수열, 「〈사미인곡〉의 콘텍스트와 상호텍스트적 읽기」, 『독서연구』 제21호, 한국독서학회, 2009.
마르퀴즈그룹, 『광고의 불편한 진실』, 지성사, 2009.
박성원, 「댈러웨이의 창」, 『나를 훔쳐라』, 문학과지성사, 2000.
박소희, 「중학생들의 담화 종합 과제 수행에서 나타나는 텍스트 변형 양상에 관한 연구」, 고려대학교 석사학위논문, 2009.
박영민, 「눈동자 움직임 분석을 통한 중학생, 고등학생 및 대학생의 읽기 특성 비교」, 『학습자중심교과교육학회지』 제12권 제2호, 학습자중심교과교육학회, 2012.
옥현진, 「국어교육 질적 연구 동향에 대한 일고찰 : 연구 타당성을 중심으로」, 『한국어교육학회지』 제132호, 한국어교육학회, 2010.
윤흥길, 「빙청과 심홍」, 『장마』, 민음사, 2005.
이강백, 「파수꾼」, 『이강백 희곡전집 1』, 평민사, 2004.
이성만, 「상호텍스트적 관계 속의 텍스트 : 텍스트 개념정립에서 상호텍스트성 개념의 역할에 관한 연구」, 『언어과학연구』 제33집, 언어과학회, 2005.

이순영, 「읽기 연구의 최근 동향과 과제 – 국내외 2005년부터 2010년까지의 연구를 중심으로」, 『한국어문교육』 10권, 고려대학교 한국어문교육연구소, 2011.

이윤빈, 「담화 종합을 통한 텍스트 구성 양상 연구 : 쓰기 과제 표상과 텍스트 구성의 관계를 중심으로」, 연세대학교 박사학위논문, 2013.

장진호, 「사고구술을 통한 읽기 과정 연구」, 한국교원대학교 석사학위논문, 2001.

정호웅, 「현대문학 교육과 삶의 질 : 부분 읽기에서 전체 읽기로」, 『국어교육』 113호, 한국어교육학회, 2004.

정희모, 「MIT 대학 글쓰기 교육 시스템에 관한 연구」, 『독서연구』 통권 제11호, 한국독서학회, 2004.

조소정, 「상호텍스트성을 활용한 소설 교육 방안 연구 : 주제 교육을 중심으로」, 이화여대 석사학위논문, 2007.

진동선, 「좋은 눈은 어떤 눈인가」, 『좋은 사진』, 북스코프, 2009.

천경록 외, 『초등 국어과 교육론』, 교육과학사, 2002.

천경록·이재승, 『읽기 교육의 이해』, 우리교육, 1998.

Ackerman, J. M., "Reading, writing and knowing : The role of disciplinary knowledge in comprehension and composing", *Technical Report*, 40, Berkely, CA : University of California, National Center for the Study of Writing and Literacy. 1990.

Beach, R., Appleman, D. & Dorsey, S., "Adolescents' uses of intertextual links to understand literature", In R. B. Rudell, M. R. Rudell, & H. Singer (Eds.), *Theoretical Models and Processes of Reading*, Newark, DE : International Reading Association, 1994.

Beaugrande & Dressler., *Einf Hrung in die Textlinguistik*, T bing : Max Niemeyer, 1981. 김태옥·이현호 역, 『텍스트 언어학 입문』, 양영각, 1991.

Egan-Robertson A, & Bloome, D., "The social construction of intertextuality in classroom reading and writing lessons", *Reading Research Quarterly*, 28(4), 1991.

Cairney, T. H., "Intertextuality : Infectious echoes from the past", *The Reading Teacher*, Vol.43, No.7, 1990.

Chall, J. S., *Stages of Reading Development* (2nd ed.), Fort Worth, TX : Harcourt-Brace, 1996b.

Flax, J., *Thinking Fragments : Psychoanalysis, Feminism, and Postmodernism in the Contemporary West,* Berkeley, CA : Universityof California Press, 1990.

Hartman, D. K. & Hartman, J. A., "Reading across texts: Expanding the role of the reader", *The Reading Teacher*, Vol.47, No.3, 1993.

Hartman, D. K., "8 Readers Reading : The Intertextual Links of Able Readers Using Multiple Passage", Doctorial dissertation, University of Illinois, 1991.

Hartman, D. K., "The intertextual links of readers using multiple passage", Ruddell, R. B., Ruddell, M. R., Singer, H., (4th ed) *Theoretical Models and Processes of Reading*, IRA, Inc. 1994.

Hartman, D. K. & Allison, J., "Promoting inquiry-oriented discussion using multiple texts. In *Lively discussion* : Fostering Engaged Readers", edited by L. Gambrell and J. F. Almasi, 106-33. Newark, Del. : International Reading Association, 1996.

Hoesterey, I., "The intertextual loop : Kafka, Robbe-Grillet, Kafka", *Poetics Today*, 8(2), 1987.

Hunt, K. W., "Grammatical structures written at three grade levels", Urbana, IL : *National Council of Teachers of English,* 1965.

Kamberelis & Scott., "Other people's voices : The coarticulation of texts and subjectivities", *Linguistics and Education*, 4, 1992.

Kristeva, J., *Stmeotik : Recherches Pour Une Semanalyse,* Paris : Editions du Seuil, 1969. 서민원 역, 『기호분석론 세미오티케』, 동문선, 2005.

Kucan, L., *Uncovering Cognitive Processes in Reading*, Paper Presented at the Annual Meeting of The National Reading Conference, Charleston, SC. 1993.

Langer, J. A. & Flihan, S., "Writing and Reading Relationship : Constructive Tasks", In Indrisano. R. & Squire. J. R. & IRA (Ed.), *Perspectives on writing,* New York : Routledge, 2000.

Lemke, J. L., "Ideology, intertextuality, and the notion of register", In J. Benson & W.W. Greaves (Eds.), *Systematic Perspectives on Discourse* Vol.1, Norwood, NJ : Ablex, 1985.

Lenski, S. D., "Intertextual intentions : Making connection across texts", *The clearing House : A Journal of Educational Strategies, Issues and Ideas, Volume 72 Issue 2,* 1998.

Olshavsky, J., "Reading as problem solving : An investigation of strategies", *Reading Research Quarterly*, 12, 1976-1977.

Olson, G. M., Duffy, S. A. & Mack, R. L., "Thinking-out-loud as a method for studying real-time comprehension processes", In D.E. Kieras & M.A. Just (Eds.), *New methods in reading comprehension research* Hillsdale, NJ : Erlbaum, 1984.

Ong W. J., *Orality and Literacy : The Technologizing of the Word*. Routledge, 1982. 이기우 역, 『구술문화와 문자문화』, 문예출판사, 1995.

Pearson, P. D. & Tierney R. J., "On becoming a thoughtful reader : Learning to read like a writer", In A.C. Purvey & O.S. Niles (Eds.), Becoming readers in a complex society, Chicago : *National Society for the Study of Education,* 1984.

Peirce, *C. S., What is a Sign? Three Divisions of Logic*, In C. Hartshorne & P. Weiss (Eds.), Collected papers of Charles Sanders Peirce (Vols. 1-8) Cambridge, MA : Belknap Press of Harvard University Press, 1931. 전동열 역, 『기호론』, 연세대학교 출판부, 2005.

Rowe, D. W., "Literacy learning as an intertextual process", In J.E. Readence & R.S. Baldwin (Eds.), *Research in Literacy* : Merging Perspectives (36th yearbook of the National Reading Conference), Rochester, NY : National Reading Conference, 1987.

Saussure., *A Course in General Linguistics*, New York : McGraw Hill, 1966. 최승언 역, 『일반 언어학 강의』, 민음사, 2006.

Short, K., "Literacy as a Collaborative Experience", Doctoral Dissertation, Indiana University, Bloomington, IN. 1986.

Spivey, N. N., *Discourse Synthesis : Constructing Texts in Reading and Writing,* Newark, DE : International Reading Association, 1984. 신헌재 외 역, 『구성주의와 읽기·쓰기』, 박이정, 2002.

Vosniadou, S. & Brewer. W. F., "Theories of knowledge restructuring in development", *Review of Educational Research*, 57, 1987.

찾아보기

기타

저자소개

정희모
연세대학교 국어국문학과 교수, 대학작문학회 회장

김미란
성균관대학교 학부대학 교수

이윤빈
동국대학교 파라미타칼리지 교수

김성숙
한양대학교 기초·융합교육원 교수

주민재
명지대학교 방목기초교육대학 교수

김영희
연세대학교 국어국문학과 교수

나은미
한성대학교 교양교육원 교수

김희용
연세대학교 국어국문학과 박사과정

강지은
연세대학교 국어국문학과 박사과정

한국 언어·문학·문화 총서 5

대학 글쓰기 연구와 텍스트 해석

2015년 7월 31일 초판 1쇄
2016년 7월 15일 초판 2쇄

지은이 정희모 외
펴낸이 김흥국
펴낸곳 도서출판 보고사

책임편집 이순민
표지디자인 이유나

등록 1990년 12월 13일 제6-0429호
주소 경기도 파주시 회동길 337-15 보고사 2층
전화 031-955-9797(대표)
02-922-5120~1(편집), 02-922-2246(영업)
팩스 02-922-6990
메일 kanapub3@naver.com
http://www.bogosabooks.co.kr

ISBN 979-11-5516-429-7 94810
979-11-5516-424-2 94080(세트)

정가 36,000원

이 도서의 국립중앙도서관 출판시도서목록(CIP)은 서지정보유통지원시스템 홈페이지(http://seoji.nl.go.kr)와 국가자료공동목록시스템(http://www.nl.go.kr/kolisnet)에서 이용하실 수 있습니다. (CIP제어번호 : CIP2015020537)